沈沫，北京大学中文系博士，北京大学哲学系博士后。主要从事中国古典美学、中国艺术哲学、女性诗学研究。主持国家社科基金青年项目一项，省部级重大项目一项。在《北京师范大学学报（社会科学版）》《同济大学学报（社会科学版）》《中国文学研究》等刊物发表学术论文十余篇。

筱轩椿墨

清代才媛诗学与美学研究

沈沫 著

华东师范大学出版社·上海

图书在版编目(CIP)数据

筱轩楮墨:清代才媛诗学与美学研究/沈沫著.—上海:华东师范大学出版社,2021
ISBN 978-7-5760-1503-4

Ⅰ.①筱…　Ⅱ.①沈…　Ⅲ.①妇女文学—诗学—中国—清代　Ⅳ.①I207.22

中国版本图书馆 CIP 数据核字(2021)第 049834 号

筱轩楮墨:
清代才媛诗学与美学研究

著　　者　沈　沫
责任编辑　曹　琛
特约审读　李　莎
责任校对　郭　琳　时东明
装帧设计　刘怡霖

出版发行　华东师范大学出版社
社　　址　上海市中山北路 3663 号　邮编 200062
网　　址　www.ecnupress.com.cn
电　　话　021-60821666　行政传真 021-62572105
客服电话　021-62865537　门市(邮购)电话 021-62869887
地　　址　上海市中山北路 3663 号华东师范大学校内先锋路口
网　　店　http://hdsdcbs.tmall.com

印 刷 者　上海盛隆印务有限公司
开　　本　890×1240　32 开
印　　张　14
字　　数　346 千字
版　　次　2021 年 10 月第 1 版
印　　次　2021 年 10 月第 1 次
书　　号　ISBN 978-7-5760-1503-4
定　　价　68.00 元

出 版 人　王　焰

(如发现本版图书有印订质量问题,请寄回本社客服中心调换或电话 021-62865537 联系)

序　一

王岳川

本世纪初,我提出“发现东方”与“文化输出”的命题,并出版了两部同名著作。如今,更是空前感到文化战略层面上文化“输出”的必要性和紧迫性,而文化审视意义上“发现”的大国重任也似乎远未完成,“发现”的对象、内容、范围都需要进一步拓展。当下要重新认识的不仅仅是近现代,还要重新梳理传统中国,关注另类传统,诸如那些在正史和典籍中淹没,或被惯性思维和文化偏见所忽视的,潜藏于历史深处而未引起充分关注的思想、现象与群体。

我欣慰地看到,沈沫在她的博士论文基础上批阅增删,历时三年终于出版的《筱轩楮墨——清代才媛诗学与美学研究》一书,正是对绵延古今而于明清达于极盛的传统才媛群体及其诗词美学价值的重新“发现”。作为她的导师,深感孟子“得英才而教育之”之乐。

女性在诸子思想视野中的位置是晦暗不明的,在艺文领域的位置也是变动不居的。孔子删定《诗经》而不废士女之作,《卷耳》诸篇传出女性之手;而《论语》中又有女子难养的感叹,惹得后世聚讼纷纷。《离骚》开启了以“香草美人”喻“君臣之遇”的传统,美人迟暮亦成为后世文人的美学母题之一。钟嵘《诗品》评:“从李都尉迄班婕妤,将百年间,有妇人焉,一人而已。”唐兴之际,薛涛、鱼玄机等皆有所长,而两宋时李清照独炳文枢。明代“前七子”、“后七子”倡导“文必秦汉、诗必盛唐”,带来了诗歌创作墨守陈规、循规蹈矩的风气,造成诗歌中生命意识的淡化和真情的衰竭。晚明“公安派”标举性灵而流于浮滑浅陋,“竟陵派”推崇幽深孤峭而趋于险僻，本为革新救弊反而走入了僵局。自晚明以至清中期，才媛闺秀工诗擅词者极多，数量之多创作之盛超迈前代，而康乾两朝更是中国古代女性文学创作的高峰期。

在对古代诗歌发展脉络的细致观察中，沈沫博士关注到了女性诗歌这一独特的文化现象，并开始了她近五年的博士论文研究历程。与其他研究者的路径不同，她在努力地拓展新领域，开辟新风格，呈现出不同的研究格局。不妨稍加归纳：

一，不聚焦于单一个体，而着眼于对才媛群体的整体性把握。如同《红楼梦》绝不仅仅将目光锁定在宝钗黛身上一样，此部著作并不是对几个女性诗人的赏析，而是涉及生于不同时代、身处不同地位才媛的研究。她在著作中直接引用甚或分析的才媛诗人达 40 余人。这一时期女性创作实践之丰富，涉足领域之广泛，而又不被文学史所重视，实在是令人惊异。正是这些才媛诗人真正打破了诗文领域寥若晨星的局面，使得有清一代出现了女性群体群星璀璨的文化景观。

二，秉持知人论世传统，对才媛诗词繁荣作出综合性考察。将整个女性群体置于明清时代变迁的大背景中定位和考虑，描绘晚明至清初女性社会生活的新动向，分析才媛创作兴起的原因，形成对“国朝诗学迈前贤”的整体性判断。作者指出：才媛文艺创作的繁荣，是经济发展、技术条件、制度机制、家学传承与才媛自身努力综合作用的结果。明清时商品经济繁荣与印刷技术革新，为提高女性知识获取的可及性准备了条件；长江中下游特别是江南地区人文日新，带来了思想观念解放与文学思潮的流变；科举接力带来的男性士子在诗词歌赋等文学领域的退隐，与他们对才媛诗词所展现的思想情感与审美风格的认同，相互强化并推动了对才媛创作价值的认可；而才媛诗人对文本书写的承担和参与，对传播和延续所在家族的诗书门风起到了重要作用，她们在自身艰苦努力和同辈之间鼓励下，极大推动了清代才媛诗歌创作的繁荣。这些深入研究后得出的结论颇有启示意义，为全篇奠定了广阔的社会和文化基础。

三，深入诗词背后，对才媛诗词与传统伦理、儒家经典和释道思想的关联进行开创性的探讨。作者从诗词的内容和特性出发，研究并努力客观呈现社会思潮、家庭伦理特别是女教观念和诗教传统等对其创作的影响，有一些很有意义的发现。比如，以传统伦理观之，才媛诗人对女教规范既有践履、遵循，也有训化、身殉，但也存在变通、调整；对于儒学倡导的诗歌风格与功能，既有认同和实施，但也有背离和超越，显示了诗歌创作与伦理实践的丰富变动性，这为理解封建社会晚期社会观念和文学观念都具有重要意义。

四，聚焦情之本体，详述才媛赖之以生亦能为之而死的情之类型、情之表达，以及有别于男性文人的抒情模式。触景生情，观物兴思。生活万象投入心田，引起了才媛的情思。女子重情，世所病之，亦世所贵之。才媛之所以能体物真切、独抒胸臆，不拘格套、独写性灵，也是因为根于性、发于情。本书作者正视了情在才媛书写的重要地位，而将诗词中的才媛之情，按性质分为闺情、爱情、亲情、友情、公情，同时将才媛缘生情起的场景与境界，概括为感时起情、触景生情、借物传情、以事寄情、感同他情等类别，不仅展露了才媛情思中的悲欣交集，也指出才媛之情亦可超越一己之私，而具有普遍的人类关怀。

五，由论理、缘情进而谈美，以典型的意象概括才媛美学。诗是才媛情志的表达，是精神世界的书写，而诗中的意象更是才媛心中美的凝定，展示出才媛创造的让人瞩目、发人深思、令人敬畏的壮美、优美、静美。作者讲得好：才媛在诗中构建的意象世界宛然自足，超越浩浩天宇，跨过莽莽太古，独立于时空之中，如静水流深，山长水远。即便染上岁月的尘埃，长满年轮铺下的青苔，也熠熠而有光，高迥而不凡。在明月清照之下，古调重谈之时，这个自足的精神之境会徐徐展开，绽放出才媛生命的喜与悲、愁与苦、淡与真。可以走到诗文的背后，去揣摩深藏其中的才媛心灵之幽微，去共感文字传达的才媛生命之体验，去体会才媛的心中之美。

六，开展系统性的诗歌艺术分析，发掘了才媛的诗学观念和批评话语。诗歌通过格律建构乐感，通过字句扩展意义，通过意境传递精神，这是中国诗论的特色所在，也是文艺美学的研究重点。沈沫博士在这方面下了相当的工夫。从书写题材到抒情方式分析，从语义境界到典型风格分析，从论诗主张到审美范畴与批评话语分析，可谓层层深入。作者注意到：才媛们不仅在自己的创作中奉行，而且在评价他人诗作中使用了“清”“真”“丽”“雅”“韵”“趣”“逸”“健”等美学概念，显示才媛诗学理论的建树表现出相当程度的自觉性。

总之，沈沫博士通过自己的不懈努力，“发现”了一个被遮蔽的才媛诗意世界，并引领我们走向才媛创造的美学世界。作者尽力透过女性诗词等外在表达而管窥其心灵与精神境界，推动从单纯的诗学研究过渡到美学领域的深度思考，为我们“发现”存在于男性之外的东方才媛美学，探索“文化中国”中才媛创造的独特精神世界和审美价值，进行了有益的探索。这种学术定位与美学尝试是值得充分肯定的，也当是新时代青年一代学者的价值担当！

是为序。

2021 年 2 月 26 日于北京大学

序　二

彭国忠

我始终认为中国的女性文学，是天壤间最美的文字，是一切人类美好的代名词，是任何时候都要珍视、都应呵护的灵文秘籍。且不说女性识字的机会比男性少，接受的教育比男性少，作诗的时间比男性少，而受到的各种束缚却比男性多，遭遇的各种阻碍比男性多，体验的各种痛苦也比男性多。所以，女性的文学创作，女性的文字，女性的诗歌，能够留存于人世，能够让我们现在看到、感受到，那是难之又难的事；而我们现在还能够读到这些充满灵性、才气和女性生命意志的文字，又是何等的幸运。像清初唐之坦妻曹氏在第五次自杀未遂时，已经到夫死这年的冬天，"及冬，黄梅方花，曹视而叹，为赋诗，美其不落，复不食。至岁除，出馀布缢之坦柩旁，乃死"(《清史稿·列女传》)，对生命的流连与对生命的决绝竟然被置于同等重要的位置。曹氏临终前观看黄梅而叹息的举动，将定格在女性诗歌史上，她称美黄梅不落的绝命诗《咏蜡梅》，就在传统的比兴寄托之外，多了一层生命的体验和对美好事物的咏叹。

明清文人对苏轼、黄庭坚等人的回文词多有不满，认为是"文人黠慧"，可是，他们读苏蕙的锦字璇玑诗，由八百四十个字读出八千多首诗，却没有这样的批评，因为那是一个失爱的女性日日夜夜、血泪和真情的结晶。同样，读吴宗爱的同心栀子图诗词，当男性文人争论诗是"言志"还是"言情"时，忘记了女性是以诗述说她们的生命历程，她们的生命。

一个世纪以前的1916年，谢无量在中华书局出版了《中国妇女文学史》，虽然仍以介绍作家、点评作品为主，且止于明代，但开始将女性文学创作纳入文学史的观照中，也开始了对中国女性文学的现代学术的研究，堪称第一部中国女性文学史。此时，离中国人编著的第一部中国文学史，即林传甲的《中国文学史》的问世仅隔一纪，我们不能不佩服谢氏的眼界和学识。此后，梁乙真 1927 年在上海中华书局出版《清代妇女文学史》，可以称为第一部断代女性文学史。1928 年，辉群的《女性与文学》由启智书局出版；1930 年，谭正璧的《中国女性的文学生活》由光明书店出版，他认为谢、梁二著主辞赋诗词，不能突破旧有藩篱，所以，这部著作根据进化论思想，以“时代文学”为主线，阐述女性文学的发展，突出弹词创作，以为“历来女性的成功的作品，只有弹词”，虽偏颇而不无创见；并且他的“文学生活”的提法还是很现代的。1931 年，陆晶的《唐代女诗人》由上海神州国光社出版，这是第一部断代女性诗歌研究专著。1932 年，梁乙真于开明书店出版《中国妇女文学史纲》，由清代扩展到通代。同年，陶秋英在姜亮夫指导下完成的《中国妇女与文学》交付北新书局，于 1933 年正式出版，从中国宗法社会及儒家伦理思想与中国妇女、中国妇女教育及妇女在文学上的兴趣进入论述，分文体研究赋、书牍、诗词、文、小说弹词方面的代表性女作家，研究的视域不可谓不宽广。1934 年，谭正璧的《中国女性的文学生活》经过增订出第三版，改名为《中国妇女文学史》，与谢无量著作同名，而角度不同。1946 年，丁英《妇女与文学》由沪江书屋出版。可以说，上个世纪前半段的女性文学史书写，加上女性作品集的整理，女性传记的撰写，单篇研究论文的大量发表，揭开了禁锢在女性和女性文学上千年之久的封土，使女性才华与性灵一时间照射出夺目的光芒。

从谢氏妇女文学史的出版到现在，整整一个世纪过去了，中国女性文学研究的进步何在？不错，女性作品整理的量在不断加大，对女性作品阐释的深度和广度得到加强，被挖掘出来成为研究对象的女性愈来愈多，家族女性、地域女性、性别诗学研究的视角也扩辟了女性文学研究的视野和方法，这些确然是百年来我们女性文学研究的成就，是谁也抹杀不了的。可是，当我们叩问百年来中国人发明、创造了哪些女性理论，哪些性别理论，哪些女性文学理论，来研究这些被称为“没有任何一个国家能拥有数量如此之多的女性诗歌选集或别集”（孙康宜语）的明清才媛时，恐怕要真正地失语了。世界上最大量的女性作家在中国，女性文学研究的理论却在西方，我们只是按照西方的女性理论、西方的文学理论，来研究中国的女性文学。

我不做理论研究，更创造不出理论，但在潜意识里，始终以理论为高，敬重从事理论研究和批评的人。我曾经通过同事的绍介，仔细读了沈沫博士这部书稿，所以，当得知该著作即将出版在即，沈沫博士也有意恳请我写序时，我毫不犹豫就答应了。不为别的，就为沈沫关于清代女性文学研究存在的问题及分析的一节，曾引起我的特别注意和思考，这些思考又让我迫不及待地把这部分内容拿过来，先行刊发于《古代文学理论研究》上。

作为读者，我认为沈沫此书最大的特点，就是坚守中国古代诗学与美学传统，善于批判，善于总结。一方面对国内的女性文学研究现状作了了解，对存在的问题心中有数，另一方面，对西方性别理论、女性文学理论又多有涉猎，对其研究成果、研究动态有所把握，所以，阅读书稿可以明显感觉到作者的眼界与立意，既认可她提出诗学研究需要关注的问题，海外汉学家从性别和社会历史研究的视角，细致考察女性文人的教育、书写、交游活动，得出才媛创作并非完全受男性文人压抑的观点；又对他们受文化背景、语言等因素的制约，研究停留在浅表层面，甚至一些成果主要围绕文学外围现象展开的现象情况作出了批评，并用自己的研究做出回应。如果说女性文学主体上是一种心灵文学、性灵文字，以其多愁善感的柔婉之美和巧智灵光打动读者之心，那么，沈沫此书则在直指才媛诗学美学深处的同时，以其理性批判、识见深度启人思致。《晋书·戴若思传》中陆机荐称戴若思“思理足以研幽，才鉴足以辩物”，移以评沈沫此书，洵为允当。

对才媛创作及其诗学批评话语的探索，是此书的另一突出特点。我们知道，历史上对女性作家的创作是否具有独特的审美特征，以及应该如何进行女性文学批评，由女性进行的文学批评是否存在着不同于女性文学批评的话语，是有不同看法的。一种意见认为女性创作不同于男性，应该持不同的审美标准和美学话语来批评女性的创作；女性的文学批评，自然也不同于男性，她们有着自己独特的审美要求和话语。另一种看法则截然相反，他们认为女性创作附庸于男性文人，根本没有独特性，不需要另立标准；中国根本就没有女性的文学理论家和文学批评家。当然也有折中派。事实上，不可否认，相当一部分才媛都是受男性文人的启蒙、教育甚至教化而走向文学创作的，她们的作品也依靠父兄、依靠男性文人得以保存流传，她们的文学创作和文学批评，免不了受到男性文人，受到千百年来的文学传统和文学批评传统的影响。但沈沫女史的研究表明，决不能因此而说这些传统就决定了女性创作和批评，就决定了才媛诗学与美学没有自己的个性、特性，没有自己的话语。美国著名汉学家孙康宜教授，曾经把“清”作为女性创作和批评的美学特质加以提出，她认为明清女诗人普遍存在“文人化”倾向，其最重要的表现就是：“对男性文人所树立的‘清’的理想模式产生了一定的认同。无论是生活上或是艺术上，这些女诗人流露出真率、质朴、典雅、淡泊等‘清’的特质。在写作上，她们特重自然流露与‘去雕饰’的精神。有趣的是，那原本极具‘男性化’的清的特质，渐渐被说成女性的特质，而女性也被认为是最富有诗人气质的性别；换言之，女性成了诗性的象征。”（孙康宜《走向“男女双性”的理想——女性诗人在明清文人中的地位》，叶舒宪主编《性别诗学》，社会科学文献出版社 1999 版。）“清”，一个来自魏晋时期人物品评，到唐宋时期被用于诗学批评的概念，本来是完全男性化、文人化，到后来却高度女性化，甚至成为女性、女性创作、女性批评的特质的表现。

沈著孜孜于才媛诗学创作、美学意象、审美批评独特性的探求。在书中，我们可以看到诸如“语言和意象分析”“意境和风格分析”等内容。她还遵照古代诗论的传统，对方维仪、徐灿、朱中楣、蔡琬、顾若璞、熊琏、席佩兰、汪端、吴藻、顾太清十位才媛的风格特征进行了分析和评点。她取钟嵘《诗品》评王粲“文体华净，少病累”、元代汤式《风入松·题马氏吴山景卷》“但得仪容淡冶，何妨骨格岩厓”语，以“华净淡冶”评判顾若璞诗歌的典型风格，而熊琏诗歌则是“凄恻冷寂”，席佩兰是“明丽和婉”，汪端是“遒峭沉郁”，吴藻是“博雅豪俊”，都能恰如其分地概括出这些才媛诗歌的风格，具有女性特征而又彼此相别。

书中专设“情之为文”一章，讨论女性文学创作中的情本体以及对抒情传统的承继；归纳最有代表性的才媛“美学意象”，揭示女性情采的意象营构；梳理才媛对于创作题材的开拓及其在体式上的创设，分析才媛作为自述主体在创作上有别于文士的显著特性；开辟“才媛诗学与批评话语”一章，既回溯女性诗学批评发展的历程，又把其中的核心议题概括为“正当论”“风格论”“作家论”“本质论”，并揭示了批评中蕴含的“性别悖论”问题。这些内容，可以看出她为探究才媛诗学与美学特质付出的探索和努力。我们欣喜地看到，沈著对孙康宜教授所关注的“清”的理想模式也有所阐发，她把“清”“真”作为女性文学批评的重要范畴，指出：“清代以降，女性为诗尚清真，‘清’也成为女性诗人使用频率最高的美学词汇，与清有关的词汇，就包括：‘清婉’‘清越’‘清丽’‘清绝’‘清逸’‘清妍’等，可谓极为丰富。而真是从清发挥而来，注重真实自然。”这应该是一种暗合吧，于此也可见出她对女性文学批评独特性认识之精到。而除了“清”之外，她还拈出“丽”“雅”“韵”“趣”“逸”“健”等作为体现才媛论诗的美学范畴。

沈沫有着自己颇不寻常的生活体验，对人生对工作对生命都有独到的感受和看法，与她多次交谈后，我也就明白，为什么她会特别关注古代女性的生活、教育、家庭，她是试图还原她们创作的历史现场，走进她们的生活和心灵，感受她们的苦难、困难，她们的悲喜忧乐，为她们命运的幸和不幸叹息，为她们的风华和才情礼赞，在同情中了解，在感性把握中理性地批评。宋人有为寒松禅师作赞者，端的把禅师当作寒松，体验其饱怡风雪，威风彻骨，所谓“孤迥迥、峭巍巍、寒飕飕、冷湫湫者也”，然后得出其“可以栋梁此道、桥筏有情矣”。吾于沈沫此书，亦有同感。

二〇二〇年四月沪上

目　录

第一编　总论

第四编　结语

第一编 总论

绪 言

“人类先有诗歌，后有散文，任何国家民族皆是如此。”①中国自古以来，诗发展最早，而其言志与抒情之功能，绵延千年而不绝。古今才女在酒浆组纴之余率尔操觚，把心事遭际诉诸吟咏且付于楮墨，使其思想、情感、志趣能够保存下来而能够让后世得以一见，斯为难矣。女子作诗而留传至今者，历代皆有，尤以明清为盛。本研究拟对此一群体诗歌创作的背景、观念、风格、评价等做一整体性的研究，但传统社会女子身份之多样、作品卷帙之浩繁、评价之参差，实难全然囊括。因此，在阐述其诗歌创作的思想内容、艺术成就、抒情特质之前，有必要对学界目前使用的概念进行辨正和澄清，并由此阐明本研究的内容与重点。

一、 相关概念的辨正

概念为研究之起点。时下关于古代女性及其文学的研究中，学者们运用的术语十分多样。而拙著探讨的“清前中期才媛诗学与美学”，自主体而言，聚焦“才媛”这一群体；自对象而言，关注“诗学及美学”这一领域；自时间范围而言，侧重“清前中期”这一历史阶段。以下分而论之。

---

① 顾随：《中国古典文心》，北京：北京大学出版社，2014 年版，第 76 页。

（一）主体：才媛概念的内涵

本书所指“才媛”，是指古代社会各阶层中使用传统文学体裁进行创作并展示出诗学才华与造诣的女性，“才媛”不以婚姻、年龄、社会阶层设限。自概念辨析，先行研究所采用的术语有“女性”“女人”“妇女”，以及“闺秀”“士女”“女史”等，不一而足，但本书的“才媛”与之均不同。

“才媛”的内涵上窄于“女人”和“女性”，但蕴含诗才标准。“女人”之谓，与男人相对，是生物学意义上的称谓。而“女性”这一称谓，最早在1903年金天翮的《女届钟》中出现，后几经演变，“女性”的含义逐渐综合了生理之“性属”与作为女子之“属性”（如性格、气质等）的双重意蕴，且其原有的生物性基础逐渐褪去，变成了一个使用最广又相对客观的中性概念。与之相比，“才媛”则是指传统社会中那些表现出诗学天赋或才华的女性，可视为“女性”概念下的一个子集。

“才媛”与“妇女”在指涉对象上区别甚大，更具雅意。在古汉语中，“妇”“女”为单字，多有并称。如《礼记·曲礼下》：“居丧不言乐，祭事不言凶，公庭不言妇女。”①《史记·项羽本纪》：“（沛公）今入关，财物无所取，妇女无所幸，此其志不在小。”②其中“妇”指已婚女子，“女”指女儿或未婚女子。从语言发展史看，传统上中国较多使用的是“女子”和“妇人”，这二者更多是从家庭关系、社会关系来建构其名称的含义。“妇”“女”二字并称在内涵上与“阶级”合流，成为近代的创造③，是“作为与‘女性’相对抗的马克思主义知识分子引进的中国社会话语”④，因而具

---

① （汉）郑玄注，（唐）孔颖达正义，李学勤主编：《十三经注疏·礼记正义》，北京：北京大学出版社，1999年版，第111页。

② （汉）司马迁：《史记·项羽本纪》，北京：中华书局，2013年版，第393页。

③ ［美］汤尼·白露：《中国女性主义思想史中的妇女问题》，上海：上海人民出版社，2012年版，第83页。

④ 王政：《美国女性主义对中国妇女史研究的新角度》//鲍晓兰：《西方女性主义研究评介》，北京：生活·读书·新知三联书店，1995年版，第266—267页。

有阶级性、社会性甚至一定程度的政治性[1]。在当代,国家政权中亦有代表女性政治地位和权益的正式组织,而“妇女”在法律上被定义为14岁以上女子的通称。故而,“才媛”可涵盖传统社会中的“妇”与“女”,但“妇女”则在新的时代条件下发生了意涵上的变化,与古代的称呼在指代范围上不尽相容。

“才媛”在外延上宽于“闺秀”“贤媛”,而更富弹性。“闺秀”“贤媛”相较“女性”和“妇女”,是古代文言中使用频率较高、但当下颇为“小众”的概念,且与古代典籍对女子的分类有密切联系。如西汉刘向记载中国古代女子德性与言行的《列女传》,按女子德行分为“母仪”“贤明”“仁智”“贞顺”“节义”“辩通”“孽嬖”等七类,而“贤明”“辩通”则为有卓识和辩才的女子,与“才媛”差拟近之。在明清时编辑的诗歌总集中,编选者对女诗人按身份予以分类,如高棅的《唐诗品汇》将世次和文章高下区分了“正始”“正宗”“大家”“名家”“羽翼”“接武”“正变”“余响”“傍流”等品目,“傍流”就包括“世次不可考者及方外异人闺秀”等人之诗。清代选诗时,对女诗人亦有区分。考其字义,所谓“闺”,原意是房间或小门;“闺秀”通常是指传统社会中贤淑而有才学的女性,如南朝宋刘义庆的《世说新语·贤媛》有“顾家妇清心玉映,自是闺房之秀”[2]的表述。“媛”,按《说文解字》,即“美女也。人所援也。从女从爰。爰,引也。《诗》曰:‘邦之媛兮。’”[3]。由此之故,“才媛”“闺秀”均指当时有才华的女子,但严格按之,“闺秀”更重出身,多指出于名门望族或书香世家的女子;而“才媛”则不特论女子的出身、等级、阶层,更关注其文学方面的才能和造诣。那些

① 孙中山先生在《建国之初亟推广女子教育》中即言:“此次革命,女界亦与有功。”

② (南北朝)刘义庆:《世说新语》,北京:中华书局,2011年版,第688页。

③ (汉)许慎撰,(宋)徐铉校订:《说文解字》,北京:中华书局,2015年版,第263页。

身遭变故而沦为寒族的女诗人如山阴黄媛介，以及出身卑微的下层女子如农妇诗人贺双卿等，归之于“闺秀”似与传统理解不合，但皆可列入“才媛”范畴。其他所谓“士女”“女史”则含有家门、职位等意涵，指涉更窄。

综合而言，本研究所使用的“才媛”概念，当较“闺秀”“贤媛”更具包容性，而较“女性”“妇女”又更具准确性。

（二）对象：才媛诗学与美学

本研究从学科归属上看，主要涉及诗歌创作、鉴赏、分析、品评等实践与理论的诗学和美学范畴。诗学与美学研究既要关注和分析诗人留下的作品，也要围绕作品的思想、观念、特点、境界、艺术成就等详加论述，从而形成对才媛诗歌全面、整体性的认识。由此推及，本研究重点关注的是中国古代才媛在诗词歌赋、诗话词话、弹词戏曲等方面的构思与创作、作品与流布、赏鉴与评价。与学界上使用较多的“妇女文学”“女性文学”相比，“才媛诗学与美学”有相对明确的内涵。

“才媛诗学与美学”在研究范围与“妇女文学”有交叉，但对象更为明确。在中国古代，女子参与创作是一直存在的历史现象。但作为一种文化现象，直至清末民初才引起学者的关注。谢无量在《中国大文学史》、郑振铎在《插图本中国文学史》中，分别收入了武则天、上官婉儿、薛涛和鱼玄机的作品，较早对史上女诗人的作品进行了介绍。自此以来，一部分研究者在“妇女文学”这一主题下进行搜集、汇总，如谢无量的《中国妇女文学史》(1916)，采征宏博，始自上古，迄于明末，迈出了将妇女文学活动进行系统性整理的第一步；梁乙真的《清代妇女文学史》(1927)，依代为断，名似续作，体旨实异，后又撰《中国妇女文学史纲》(1932)。以上学者所关注的“妇女文学”托于见解，主辞赋、述诗词，与本研究所称“才媛诗学”在内容上有相同之处；但不以戏曲、弹词、小说为文学，又是与才媛诗学关注韵文的取向不尽一致。

“才媛诗学与美学”与“女性文学”同样关涉女性生活，但兼及诗词造诣。如上所述，“女性”是一个诞生于近代背景下，最初具有强调女子特性以及揭露男权压迫等意涵的概念。因此，起初的“女性文学”更多的是“以‘五四’新文化运动为开端的具有现代人文精神内涵的以女性为言说主体、经验主体、思维主体、审美主体的文学”①。20 世纪 30 年代，陆晶清研究女诗人的专著《唐代女诗人》(1931)、陶秋英的《中国妇女与文学》(1933)、曾乃敦的《中国女词人》(1935)相继问世，在“五四”时期进步史观的引领下，对妇女文学发展中存在的社会压迫与性别压迫进行了剖析。② 谭正璧的《中国女性的文学生活》(1930)、《中国女性文学史》(1934)等著作对文学史上的妇女作品进行了梳理，并关注创作活动与妇女所处时代、生活经历、思想文化背景的联系。一些学者们还运用新的分析方法，对古代妇女的创作进行考辨和探讨，如潘光旦在《冯小青之分析》中运用弗洛伊德精神分析法，对女诗人的身世和创作进行分析；胡适对清代女诗人贺双卿的考辨更具深意，为我们揭示了在男性目光注视下的女性写作具有的性别文化内涵③。这一时期最具代表性的观念是“没有女性便没有文学”或“文学是女性的”，正如胡云翼在《中国妇女与文学》里说：“尽管压迫的重力能够使妇女各方面发展的能力全部斫丧，却不能挤压女性特殊的艺术天才在文学里的表现；虽说学术史上不曾有女

① 刘思谦：《女性文学这个概念》，《南开学报(哲学社会科学版)》2005 年第 2 期，第 1—6 页。

② 例如，陶秋英就“妇女与文学”这一命题的提出发表了一针见血的看法：“‘妇女’，这是一个侮辱我们的名称；不！‘妇女’而成为种种特殊问题，特殊名称：这才是真正侮辱我们的现象，这明明在说，‘妇女是人类的另一部分。’”

③ 胡适：《贺双卿考》//《胡适文存》三集，上海：亚东图书馆，1930 年版，第 1081—1083 页。

哲学家、经学家、史学家，然而在文学方面，女性却遗下卓越的成就，使一部中国文学史还笼罩着女性文学的异彩，给予我们一点读文学史时的安慰。”[①]除了通史性质的女性文学著作外，谭正璧还著有《女性词话》(1934)，列举了自宋至清的59位女词人，而清代就包括徐灿、贺双卿、吴藻、顾太清、顾贞立、沈善宝等作家，对作者的生平、家族、婚姻、爱情、生活经历等进行分析，并对作品加以诠释。

但随着时间的流逝，“女性文学”的概念逐步去除了这种“女权”的色彩，自20世纪80年代中后期开始得到更大范围的使用，如苏者聪撰写《闺帏的探视——唐代女诗人》和《宋代女性文学》，对唐宋代表性名媛的诗词等进行了探讨。由于“女性文学”一方面体现了人文主义思想观照下的现代性别意识，具有深厚的理论渊源[②]；另一方面又对“妇女文学”和“女性主义文学”具有一定程度的包容性，同时规避了“女性主义”某些偏执的观点和认识，更契合中国的现实。20世纪90年代以后，“女性文学”概念的使用率逐年增加并明显超过了“妇女文学”和“女性主义文学”[③]，表明它已被学界所普遍接受。到21世纪初，运用“女性文学”这一术语的著作数量进一步增多，如乔以钢的《中国女性与文学》(2004)，乔以钢、林丹娅主编的《女性文学教程》(2007)等，在对中国古代女性的文学发展情况进行回顾和分析时，均使用了“女性文学”这个概念。邓红梅

① 胡云翼：《中国妇女与文学》//谭正璧：《中国女性文学史》，上海：上海古籍出版社，2012年版，第23—24页。

② 贺桂梅：《当代女性文学批评的三种资源》，《文艺研究》2003年第5期，第12—19页。贺桂梅认为，新启蒙主义话语、男权批判和西方当代女性主义理论、马克思主义女性话语是女性文学的三种宝贵资源。

③ “女性主义文学”概念首次出现在1987年(孙绍先，1987)。这一概念是基于女性主义的理论基础，而它的创作实践和批评时间尚属短暂，也无法与代表中国古代女子创作成果的“妇女文学”和“女性文学”内涵相比拟，因此一段时间内反而成为与“妇女文学”、“女性文学”并行的一个研究术语。

的《女性词史》着眼于历代女词人的代表著作，着重对这一群体的生存状态、内心世界及其作品的风格特征、美感特质等，做了系统性的梳理和品鉴，展现了一个感性而鲜活的女性词人群体。[①]

与“女性文学”不同的是，本研究所关注的才媛诗学与美学，倾向于对“过去女性努力于文学之总探讨，兼于此寓过去女性生活之概况”，但却不欲“成绩之良窳不问焉”[②]。与“女性文学”“女性主义文学”不同的是，本文中才媛诗学与美学的研究任务，并不是去揭示女子面临的生存困境，抑或揭露男权压制下女性体现出的自我欣赏或封闭，而是要探讨才媛创作的独特性、在古代的韵文书写中所做出的独特探索及取得的成绩，特别是她们在诗词中所体现出的审美自觉、美学特质与品格。因此，本书的论旨是诗学和美学维度，而不是史学和伦理学维度。

综上，本书认为，才媛诗学与美学这一研究范围，较之“妇女文学”“女性文学”所指更加精确、更为开阔，既避开了当下语境中“妇女”一词所带有的年龄界限意味，又避免了将所有女性的文字书写作为分析对象；既保有一定程度的性别区分意味，又避免将“女性创造的文学”替换为“关于女性的文学”，从而误入“女性主义”与“女权主义”的领域之中。

（三）时期：清前中期的界定

本书所称的“清前中期”，大体时间范围是从明末至清道光的鸦片战争以前。这一时期虽然经过了明清战事的冲击，但无论是从阶级构成、经济活动还是社会发展来说，其继承性和连续性仍然得到很大程度的保持。从文学史来说，这一时期可以说属于近古时期。袁行霈先生主编的

---

① 邓红梅：《女性词史》，济南：山东教育出版社，2000 年版。

② 谭正璧：《中国女性文学史》，上海：上海古籍出版社，2012 年版，自序第 5—6 页。

《中国文学史》将近古期界定为从明中叶至“五四”运动，其间又分两段：一是明嘉靖至鸦片战争，另一段为鸦片战争至“五四”运动。也有其他研究者用“近世”来概括这个时期。这一时期社会经济特点及文学艺术状况，留待下一章详加讨论。

二、分期概览：清代才媛诗歌创作的阶段特征

本章将才媛诗歌分为清前期和中期两个阶段来考察，分期的主要依据：首先是鲜明的时代特色，即社会特征与文化形态；其次是参与创作的女性群体，即才媛的身份构成及其变化；再次是才媛的创作观念，即才媛书写的体式与标准；复次是作品的典型风格，即才媛作品所呈现的气度意蕴等；最后是才媛作品的刊载流布，即诗词戏曲等的编著状况等。

（一）清前期

从中国历史上看，虽名媛、才女时有出现，但受传统的性别伦理的影响，女子从事创作并不受到鼓励。所谓“女正位乎内，男正位乎外”[①]，“妇人之事，存于织纴组紃、酒浆醯醢而已”[②]，社会伦理要求女子谨守妇女本职，不越性别阈限。即便一些开明世家大族允许女子接受经史教育，也遵循“女子不宜为诗”[③]“内言不出于阃”[④]等主张。受此影响，女子大多难以接受正统诗文的习练，诗歌创作受到抑制。

---

① （汉）郑玄注，（宋）王应麟辑，（清）丁杰等校订：《周易郑注》卷四，北京：中华书局，1985年版，第50页。

② （北齐）魏收：《魏书》卷九十二《列女传》，北京：中华书局，1974年版，第1977页。

③ （清）袁枚著，顾学颉校点：《随园诗话》下册，北京：人民文学出版社，1982年版，第590页。

④ （清）孙希旦：《礼记集解》上册，北京：中华书局，1989年版，第43—44页。

中国的女性文学创作高峰出现在16、17世纪。考史可见，才媛大量参与诗文创作在万历十八年(即1590年)以后。自17世纪起，吟咏写诗在闺秀名媛中蔚然成风，逐渐出现了群体性创作的风潮，时人记云"大江南北，闺秀缤纷，动盈卷轴，可谓盛矣"[①]。那些与文士有密切接触的才媛，包括以男性亲友为中心的世家望族中的闺秀，以及与士人交游的歌姬名妓等，因平素耳濡目染，加上勤于研习，她们逐渐开始从事诗词创作。明代文士也表达了对才媛创作的肯定，如钟惺曾感慨"男子之巧，洵不及妇人矣"[②]，又云"今之为诗者，未就蛮笺，先言法律，且曰某人学某格，某书习某派，故夫今人今世之诗，胸中先有曹刘温李，而后拟为之者也。若夫古今名媛，则发乎情，根乎性，未尝拟作，亦不知派，无南皮西昆，而自流其悲雅者也"[③]，认为才媛作品无功利目的，无门派歧见，不会模拟仿作，具有自抒性情的独特价值。

明末出现了文人争相编选才媛诗词的现象，正如清代四库馆臣言："闺秀著作，明人喜为编辑。"[④]据钟惺考证，17世纪才媛作品选集有40余种，超过了前代诗集之和。公安派江盈科编有《闺秀诗评》，竟陵派钟惺编辑《名媛诗归》，赵世杰编选《古今女史》，此时也出现了才媛自行编选的诗集，如沈宜修的《伊人思》等。在编排次序上，男性编纂者逐渐打破"先德行而后文艺"的传统定见，以才学更胜德行，成为女性作品选集编排的首要标准。如郑文昂的《名媛汇诗・凡例》宣称："凭文辞之佳丽，

---

① (清)毛先舒：《皆绿轩诗序》//(清)汪启淑：《撷芳集》，清乾隆五十年古歙汪氏飞鸿堂刻本，现藏于北京大学图书馆。

② (明)钟惺：《名媛诗归》卷首自序//《四库全书存目丛书》集部第339册，济南：齐鲁书社，1997年版，第3页。

③ (明)钟惺：《名媛诗归》卷首自序//《四库全书存目丛书》集部第339册，济南：齐鲁书社，1997年版，第2页。

④ (清)永瑢等主编：《四库全书总目提要》下册，北京：中华书局，1965年版，第1766页。

不论德行之贞淫。稽之往古，迄于昭代，凡宫闺、闾巷、鬼怪、神仙、女冠、娼妓、婢妾之属，皆为平等。不定品格，不立高低，但以五七言古今体分为门类。”[①]新安蘧觉生辑《女骚》亦是如此，“良贱并存，品格行谊不尽足挂齿牙”[②]。许多诗家一改前代贬视歌妓作品之习，邹漪《诗媛十名家选》将柳如是列入十名家之一，并称：“予论次闺阁诸名家诗，必以河东为首[③]。”钱谦益《列朝诗集・闰集》也大量收录歌妓作品，才妓王微、景翩翩分别有 61 首、52 首入选，也从一个侧面体现出编选者的态度。

明清鼎革，社会动荡，文坛也发生了剧烈的变化。政权易主、山河失色，引发了清初诗人对时乱与变局的反思。如屈大均在《东莞诗集序》中有语“士君子生当乱世，有志纂修，当先纪亡而后纪存。不能以《春秋》纪之，当以诗纪之”[④]。由国运而及文脉，清初诗人对于有明一代诗文模仿蹈袭、逼肖古人之流弊，进行了深刻的反思。如顾炎武云：“君诗之病在于有杜，君文之病在于有韩欧。有此蹊径于胸中，便终身不脱‘依傍’二字。”[⑤]陈子龙直批“今之为诗者，类多俚浅仄谲”[⑥]，又云“此万历以还数十年间，文苑有魍魉之状，诗人多侏儺之音也”[⑦]。

---

① (明)郑文昂：《凡例・古今名媛汇诗》//《四库全书存目丛书》集部第 383 册，济南：齐鲁书社，1997 年版，第 10 页。

② 胡文楷：《历代妇女著作考(增订本)》，上海：上海古籍出版社，1985 年版，第 885 页。

③ (清)邹漪：《柳如是诗小引》//谷辉之辑：《柳如是诗文集》，北京：中华全国图书馆文献缩微复制中心，1996 年版，第 235 页。

④ (清)屈大均：《东莞诗集序》//《翁山文外》卷二，影印上海图书馆藏清康熙刻本//《续修四库全书》集部，第 1412 册，上海：上海古籍出版社，1985 年版，第 93 页。

⑤ (清)顾炎武：《与人书十七》//《亭林文集》卷四，影印湖北省图书馆藏清刻本//《续修四库全书》集部，第 1402 册，上海：上海古籍出版社，2003 年版，第 110 页。

⑥ (明)陈子龙：《宣城蔡大美古诗序》//《安雅堂稿》卷二，影印明末刻本//《续修四库全书》集部，第 1387 册，上海：上海古籍出版社，2003 年版，第 689 页。

⑦ (明)陈子龙：《李舒章仿佛楼诗稿序》//《安雅堂稿》卷三，影印明末刻本//《续修四库全书》集部，第 1387 册，上海：上海古籍出版社，2003 年版，第 694 页。

虽然清初诗人反对钟谭的轻率浮靡，但对才媛诗的天真自然，同明人一样十分推崇。如钱谦益批判钟谭诗观但并不否认才媛的诗歌价值，认为女诗人以抒写真性情为主，开辟了诗歌的新领域新特色："不服丈夫胜妇人，昭容一语是天真。王微杨宛为词客，肯与钟谭作后尘？"[①]一些文士也毫不讳言对才媛作品的喜爱，如邹漪自言"仆本恨人，癖耽奁制"[②]，王士禄曾言"夙有彤管之嗜"[③]，王士祯、龚鼎孳等也都对才媛创作大加扶持。政权交替引发的社会剧变，给不少才媛的家庭、生活和情感造成翻天覆地的变化。面对山河破碎、家国瓦解，一些才媛诗人的作品也显示出对无限江山的执着感与沉痛感，这与入清之后一些男性将女性的命运沉浮作为"国家兴衰的隐喻"共成回响[④]。这一时期才媛诗人代表如李因、徐昭华、王端淑、黄媛介、吴山、吴绡、吴琪、季娴、顾贞立、徐灿、朱中媚等，除传统的闺阁情境、春恨秋愁之表达，其诗材更是囊括了战事乱离、悲情疾苦、故国之戚、黍离之悲等题材，朝代更迭，山河变色，才媛创作呈现出前所未有的波澜壮阔。

随着朝代更迭的完成，社会从一度动荡失序逐步走向稳定平和，清朝很快就承续了晚明文盛之景象。以诗歌编选为例，满人入关后不久，编纂活动便重启了。如顺治年间《今诗粹》编者之一钱价人谈当时的编诗景况云："近来诗人云起，作者如林，选本亦富，见诸坊刻者，亡虑二十余部。他如一郡专选，亦不下十余种。或专稿，或数子合稿，或一时倡和

---

① (清)钱谦益：《姚叔祥过明发堂共论近代词人，戏作绝句十六首》之十一//《牧斋初学集》卷十七，上海：上海古籍出版社，2003年版，第606页。

② (清)永瑢等主编：《四库全书总目提要》，北京：中华书局，1965年版，第1766页。

③ 胡文楷：《历代妇女著作考(增订本)》，上海：上海古籍出版社，1985年版，第909页。

④ [美]孙康宜：《情与忠：陈子龙、柳如是诗词姻缘》，北京：北京大学出版社，2012年版，第25页。

成编者，又数十百家。”[①]龚鼎孳在为曾灿辑《过日集》所撰序言中说道："今天下诗极盛矣。自学士大夫，以及山林高蹈之士，以诗名家者，指不胜屈。而选诗者，亦亡虑数十百家。”[②]

承平之后，闺秀诗人的创作活动日益频繁。“入清，诗学极盛，词学复兴，诗人词人如过江之鲫，能诗善词的才媛淑女层出不穷，风动潮涌。中国妇女参与文学创作活动留下作品之丰厚，有史以来无愈此时。”[③]在这一时期涌现出的才媛，有“蕉园七子”的林以宁、柴静仪、钱凤纶、朱柔则，以及王慧、倪端璇、毛秀惠、吴永和、张学象、蔡琬等等。这一时期的女诗人，经历坎坷、思想活跃，题材丰富、风格多变，显示出不同一般的开放、多元气象。

在才媛诗的编选方面，无论在数量还是类型上，清初的编辑撰述更加丰富多样。从收录范围来看，既有全国性的女诗人作品选集，如陈维崧的《妇人集》等；亦有地域性选集，如毛奇龄的《越郡闺秀诗选》。从规模上看，既有小规模的选集，如邹漪辑的才媛诗选《诗媛八名家选》《诗媛十名家选》；也有鸿篇巨制的选集，如王士禄的《然脂集》，宏博精核，“为古人所未有”[④]。从编选类型上看，既有专录诗歌的选本，如邹漪汇辑女性诗作“遗闻”而成的《红蕉集》；亦有专录词作的选本，如周铭的《林下词选》、徐树敏与钱岳辑的《众香词》。而这一时期才媛自行编选诗集的事例进一步增多，如王端淑的《名媛诗纬》、归淑芬的《古今名媛百花诗馀》、方维仪的《宫闱诗评》等。

---

① 谢正光、佘汝丰编：《清初人选清初诗汇考》，南京：南京大学出版社，1998 年版，第 74 页。

② 谢正光、佘汝丰编：《清初人选清初诗汇考》，南京：南京大学出版社，1998 年版，第 184—185 页。

③ 胡明：《关于中国古代的妇女文学》，《文学评论》1995 年第 3 期，第 95—108 页。

④ (清)王士祯：《香祖笔记》卷八，上海：商务印书馆，1934 年版，第 81 页。

（二）清中期

随着时间的流逝，在承继、反思的同时，清朝也出现了文化与文学的转向。面对历史前贤创造的文化财富，清代士人感受到一种长期积淀下创造空间的压缩与限制。纪文达公言："吾自校理秘书，纵观古今著述，知作者固已大备，后之人竭其心思才力，要不出古人之范围。其自谓过之者，皆不如量之甚者也。"[①]为此，就需要对前人已取得的成就作系统性梳理和批判性分析，把承继下来的深厚传统转化为开辟新领域新境界的无限资源，从而推动思想、文化、学术的进步与发展。"集大成"成为清代学人的自觉意识。

清中叶，伴随盛世的出现，诗文创作也进入了鼎盛时期。在诗歌理论方面，流派迭起。清初朱彝尊强调"诗言志"的传统，主张言志抒情都当出于"自得"，如评价中书舍人钱芳标的诗时认为"其辞雅以醇，其志廉以洁。其言情也，绮丽而不佻，信夫情之挚而一本乎自得者欤"[②]。以王士祯为代表的神韵派，提倡冲和淡远的诗风。以沈德潜为代表的格调派，提倡有益"诗教"、中正和平的诗作，因此偏好有法可循、以"唐音"为准的"格调"。以袁枚为代表的性灵派，则主张表现性灵，强调真实，注重个性，追求自然之美。纪昀论诗，则强调"发乎情，止乎礼义"，此"实探风雅之大原"[③]。以翁方纲为代表的肌理派，深受乾嘉考据学派影响，主张以学问丰富、典故确切、义理深邃、文辞合乎法度等标准来评论诗歌之优劣。各种流派层见叠出，也对清中期的诗歌创作产生了不同影响。作者

① 葛虚存编：《清代名人轶事》//沈云龙主编：《近代中国史料丛刊》三编第四辑，台北：文海出版社，1985年版，第131页。

② （清）朱彝尊：《曝书亭集》卷三十七，上海：商务印书馆，1935年版，第420页。

③ （清）纪昀撰：《云林诗钞序》//《纪文达公遗集》卷九，清嘉庆十七年（1812年）刻本，第23页，现藏于北京师范大学图书馆。

方面，除汉族士子外，出身八旗子弟的作家异军突起，帝王诗作自成一派，女性诗歌制作蔚为大观。

自才媛观之，这一时期的文学状况呈现出一些重要特点：

首先，涌现出的才媛人数远超以往。袁枚《随园诗话》即云，“近时闺秀之多，十倍于古”①。有学者考证，清朝的女性诗人数量大约在两万人左右。② 清代有作品可考的女诗人超过 4000 家③，其中康熙、雍正、乾隆三朝的女性诗人作品又占 50%以上。纵观世界文学史，较之西方伴随女权运动而兴起的女性文学参与热潮，中国女性文学的发展与繁荣整整早了 2 个世纪，其中尤以诗歌为盛。汉学家孙康宜在其文章中描述清代女诗人的创作盛况时感叹道：“与中国明清时期相比，没有任何一个国家能拥有数量如此之多的女性诗歌选集或别集。”④

其次，诗词题材类型、作者地域分布更加多样。在清初，才媛自身创造并刊刻的诗集比较有限，诗歌的编选也相对单调和贫乏。而到此一时期，大型才媛诗歌总集与选集、别集等纷纷涌现。清初的才媛诗歌集虽有涉及全国的，但还主要以江浙等区域性诗集为主，而到了清中叶，不仅全国性与区域性的诗集数量普遍增加，而且还发展出了专收家族、地域、群体才媛诗的集子，如郭润玉辑《湘潭郭氏闺秀集》、袁枚辑《袁家三妹合稿》等，收录宗族内的才媛诗作；潘素心等撰《平西唱和集》、任兆麟辑《吴

---

① (清)袁枚著，顾学颉校点：《随园诗话・补遗》卷八，北京：人民文学出版社，1982 年版，第 785 页。

② 郭蓁：《清代女诗人研究》，北京大学博士学位论文，2001 年，第 3 页。

③ 根据胡文楷、张宏生与史梅三位学者的考证而得出。胡文楷、张宏生：《历代妇女著作考》，北京：商务印书馆，1957 年版。史梅：《清代江苏妇女文献的价值和意义》，《文学评论丛刊》，2001 年第 1 期，第 66 页。

④ Kang-I Sun Chang: *Ming and Qing Anthologies of Women's Poetry and Their Selection Strategies*, //Ellen Widmer, Kang-I Sun Chang editors: *Writing Women in Late Imperial China*, Standford: Standford University Press, 1997, p: 147.

中十子诗钞》等，收录诗社唱和诗；袁枚辑《随园女弟子诗选》等，收录“女弟子”群体之诗；孔璐华辑《拟元人梅花一百咏》等，收录若干女诗人之题咏诗。诸类荟萃，可谓出现了一种新的文学现象与文化景观。①

再次，才媛诗词创作进入鼎盛阶段。生活在乾嘉两朝的代表性才媛诗人有李含章、钱孟钿、方芳佩、潘素心、徐德音、骆绮兰、席佩兰、归懋仪、孙云凤、孙云鹤、金逸、王倩、汪玉珍、王贞仪、毛秀惠、吴永和、张学象、梁韵书、郭漱玉、王采薇、沈镶、熊琏等；生活在道光朝的才媛诗人有汪端、沈善宝、完颜恽珠、王采苹、何慧生、张襄、吴规臣等。这一时期的诗词创作之盛与诗文编选之博，其他时期难以匹敌。当然，随着理学正统在清朝的确立特别是对有裨统治秩序的女教闺范的推行，诗坛的主导风格从过去的不拘一格逐渐转变为强调温柔敦厚，主张温润和平、清新雅正。清初那种活泼张扬、百花齐放、风格各异的才媛诗坛景象渐次褪去，而诗歌重新回归到闺阁生活的描写、情思的抒发、季节变换的感触、生命活动的描摹、交往联络的酬酢等等，诗词表现的范围和内容开始收缩，而体裁和风格等都逐步趋近。

三、 文体概览： 才媛书写的多样形态

从清代前中期的才媛创作来看，才媛从事文艺创作的活动之丰富，涉足领域之宽广，令人惊异。创作体裁最为集中的当然是诗和词。一些才媛在书、画等方面也有很高造诣，如徐灿；有的在弹词和散曲创作中十分知名，如陈端生和吴藻；有的文赋皆擅长，有的则开始探索创作小说。在此，有必要大体厘清这一时期庞大才媛群体书写的范围和类型。通过

① 夏勇：《清诗研究总集研究》，浙江大学博士学位论文，2011 年，第 47—48 页。

对才媛出版的诗集和文士为才媛书写的诗话、序跋、墓志铭等分析，才媛书写按照文类可以粗略分为以下类别。

（一）诗词

诗词是才媛创作最为着力的领域之一，其中又以诗为盛。从总集来看，据胡文楷《历代妇女著作考》附录一《合刻书目》与附录二《总集》统计，清初期的闺秀类清诗总集不超过十种。清中期，则有汪启淑辑《撷芳集》、骆绮兰辑《听秋馆闺中同人集》、毛国姬辑《湖南女士诗钞所见初集》二十余种。才媛独立整理并集结出版女子诗歌的总集水平很高，如王端淑（1621—1685年）所编的《名媛诗纬》，收选了历代闺媛才女诗词，开才媛选编女子作品专集之先河；完颜恽珠（1771—1833）编辑的《国朝闺秀正始集》，规模宏大，不仅强调诗歌的道德教化功能，也扩大了征选的范围，除了汉族闺秀的诗歌，还充分集纳少数民族女作家诗歌。也有女诗人编辑闺秀诗文选本，如柳如是的《古今名媛诗词选》、季娴的《闺秀集初编》、姜元宝的《闺秀诗文录》、张滋兰的《吴中十子诗钞》等。从别集来看，许多才媛将自己创作诗词结集刊印，如方维仪著有《清芬阁集》；王端淑著有《吟红集》《留箧集》和《恒心集》；王凤娴著有《焚余草》《贯珠集》；廖云锦著有《织云楼稿》《仙霞阁诗草附词》；张藻有《培远堂诗集》；张学雅著有《绣余遗草》；张学仪著有《滋兰集》；张学典有《仙樵集》；张学象有《砚隐集》；张学圣有《瑶草集》；张学贤有《华林集》等。据统计，清代编刻诗集或诗词集的作者约741人，才媛诗赋词集则不下800种，加上大型诗歌总集遗漏未收的集子，总数可能在千种以上。清前中期著名的女词人有徐灿、吴藻、顾春，并称为清代三大女词人；其次有贺双卿，虽身为贫家民妇，却有很高的诗词造诣；此外，还有顾贞立、徐元端、庄盘珠、熊琏、沈善宝、赵我佩、陈嘉、关瑛、杨芸、李佩金、钱念生、宗婉等一批才媛词人。徐灿的《拙政园诗馀》、吴藻的《花帘词》《香南雪北庐集》、顾春的《东海渔歌》等影响较大。

（二）评点

这一时期诗话、词话类著作也不断涌现，如方维仪的《宫闱诗评》（已散佚）、王贞仪的《文选诗赋参评》、王端淑的《名媛诗纬》、熊琏的《淡仙诗话》、苏慕亚的《妇人诗话》、王琼的《名媛诗话》、钱斐仲的《雨华盦词话》、赵慈的《诗学源流考》、陈氏的《诗略附编》、杨全荫的《缩春楼诗话》、杨芸的《金箱荟说》、沈遐青的《诗经说意集》《唐诗萍窗偶记》、何志漩的《词话汇编》《词家纪事》、沈善宝的《名媛诗话》等，其中影响较大的是《名媛诗纬》和《名媛诗话》。王端淑的《名媛诗纬》既是才媛诗选集，也渗透了她对诗学的主张与看法，因而也可以看作是一种批评性著作。该书不仅对所选诗人、作品进行点评，也流露出作者倡导的注重性情、崇尚气韵、去脂粉气等标准。而沈善宝的《名媛诗话》是第一部影响较大的、由女诗人独立撰写的诗词批评集，不仅讲述才媛生平、记述事迹、选录作品，还对所选女诗人及其诗作进行品评。

（三）弹词

弹词文本原是唱本，由宋代的陶真和元代的词话发展而来，同时也是一种说唱艺术，主要流行于江南地区，而以苏州为盛，自明以来一直在民间流行。弹词内容丰富、情节曲折、篇幅较长，但大体内容则较为相似，多数写才子佳人爱情故事，表演者不过一两人，用三弦或琵琶作伴奏，演出对舞台场地要求也很简单。艺人们除了在酒楼茶肆开设书场，也会被大户人家请进府内进行小范围的表演。一部弹词，往往可以说上一月甚至数月。

清代才媛的弹词创作最早似可追溯到陶贞怀，她创作的《天雨花》有三十卷，实为长篇巨著。书中描写主人公东林党人左维明与阉党郑国泰、魏忠贤之间的斗争，以此来歌颂东林党人的忠君爱国，同时也涉及父母妻女的忠孝贞节。另一部作品《玉钏缘》，作者姓名已不可考，描写主人公谢玉辉出征番邦立下战功及其经历的情事。清代的弹词作品，有陈端生的《再生缘》、侯芝的《再造天》、邱心如的《笔生花》、程蕙英的《凤双飞》、朱素仙的《玉连环》、郑澹若的《梦影缘》、周颖芳的《精忠传》等。在这些弹词中，最著名的作品还是陈端生的《再生缘》[①]。陈端生创作《再生缘》时还待字闺中，乾隆三十五年(1770)完成前六十五回，后因夫婿科场案发遭谪戍，端生独自在家奉养公婆和教育两个儿子，写作自然停滞，乾隆四十九年续写至六十八回，未完而卒，后十二回由许宗彦和妻子梁德绳在嘉庆末年至道光中期陆续完成。陈寅恪曾在《论再生缘》一书中说："呜呼！端生于乾隆三十五年辍写《再生缘》时，年仅二十岁耳。以端生之才思敏捷，当日亦自谓可以完成此书，绝无疑义。岂知竟为人事俗累所牵，遂不得不中辍。虽后来勉强续成一卷，而卒非全璧，遗憾无穷。"[②]陈寅恪认为梁德绳的续书"不能比美于端生之原书也。"[③]。魏爱莲也在书中有提及："陈端生在《再生缘》中，向传统习俗与性别角色发起了挑战，而梁德绳却让结局复归保守。"[④]

---

① 陈端生(1751—约1796)，清代弹词女作家。字云贞，浙江钱塘人。乾隆朝博学鸿儒科陈兆伦孙女，嫁淮南范秋塘。著有《绘影阁诗集》(已经失传)，弹词小说《再生缘》。祖父陈兆仑(字星斋，号句山)，雍正年间进士，曾任顺天府尹、太仆寺卿等，《续文献通考》纂修官，著有《紫竹山房文集》。端生父亲陈玉敦，乾隆时举人，曾任山东登州府同知、云南临安府同知。母亲汪氏为汪上堉之女。

② 陈寅恪：《寒柳堂集》，上海：上海古籍出版社，1980年版，第54页。

③ 陈寅恪：《寒柳堂集》，上海：上海古籍出版社，1980年版，第70页。

④ [美]魏爱莲著，马勤勤译：《美人与书—19世纪中国的女性与小说》，北京：北京大学出版社，2015年第1版，第96页。

在小说方面，汪端著有《元明佚史》，顾春作《红楼梦影》、杭州王妙如作《女狱花》，可惜只有《红楼梦影》得以传世，其他则佚失。

（四）戏剧与散曲

曲为词馀，是散曲和戏曲的统称。散曲分小令和套数，戏曲分杂剧和传奇。在散曲方面，清初女作家吴绡在其《啸学庵诗馀》中附〔黄莺儿〕等十首，皆是散曲。顾贞立的《栖香阁词》里，有〔步步娇〕〔殿前欢〕等四曲。孙云凤好为南北曲，吴逸香则有《题砚缘集》北曲一套。在杂剧、传奇方面，有阮丽珍的《燕子笺》《梦虎缘》和《莺帕血》（俱已散佚），叶小纨的《鸳鸯梦》"寄情棣萼，词亦楚楚，惜笔力略孱弱，一望而知为女子翰墨。第颇工雅"[①]。此外，林以宁有《芙蓉峡》，王筠有《繁华梦》，刘清韵有《小蓬莱仙馆传奇》，张蘩有《双扣阍》，张令仪有《乾坤圈》《梦觉关》，许燕珍有《保贞蘘》《红绡咏》，王绮有《繁华梦》《全福记》，吴兰征有《绛蘅秋》，何佩珠有《梨花梦》，李怀有《双鱼谱》，李静芳有《丹晶串》，曹鉴冰有《瑶台宴》，孔继瑛有《鸳鸯佩》，宋凌云有《瑶池宴》，姜玉洁有《鉴中天》，以及姚氏《才人福》等20多种。其余从事戏曲创作的才媛，还有钱凤纶、沈蕙端、方玉坤、朱恕、吴淑仪、程蕙英、陈翠娜等。其中最为知名的，当属吴藻的《饮酒读骚》剧（一名《乔影》）。此外陈文述的《兰因集》中，也载有吴藻的南北曲一套。

（五）文章及其他

以文章见长的女作家有黄汉蔫（字幼藻）、张纨英、骆绮兰、汪端、沈善宝、王贞仪、薛绍徽等。更有一人而兼数体之长，如《名媛诗话》记载：

---

① 吴梅：《顾曲麈谈·中国戏曲概论》，上海：上海古籍出版社，2000年版，第159页。

"吴柏(字柏舟),有《柏舟集》数卷,诗极锻炼;词尤富,而长调更工,不减徐湘苹夫人也。古文、尺牍,在明瑛之上。"[①]王圆照、萧道管、戴圣仪等精于考据,各撰有《列女传》注释。在经学方面,有安漩珠的《周易翼释义》、张屯的《易道入门》、杨文楷的《报经堂群经校刊记》;史学方面有刘文如的《四史疑年录》等。天文、数学方面,最为知名的是王贞仪,"兼精壬遁星星象,最嗜梅氏算书,夜观天星,言晴雨丰歉辄验。且知医。"[②]医学方面有曾懿的《古欢室集》(含诗三卷、词一卷,医学篇二卷,女学篇一卷,中馈录一卷),讲述胎教、妊娠期卫生等医学知识。从这些著述足见才媛涉猎广泛、成就多样,但已超出诗学美学研究范围,故兹不详述。

四、研究综述:问题与方向

在中国古代文论中,文学的发展与演变一直存在"文变时序"与"文体通变"两种观念。《文心雕龙》云"时运交移,质文代变",胡应麟《诗薮》中有"诗至于唐而格备,至于绝而体穷,故宋人不得不变而为之词,元人不得不变而为之曲子。词胜而诗亡矣,曲胜而词亡矣"[③]。一代有一代之文学观发展到焦循再到晚清王静安,此论大有盖棺之态。可事实却并非如此。纵观中国古代诗词创作,可以发现经过元朝的沉寂期、明代的低谷期,业已走过各自文学盛世的诗与词却在清代再次焕发出新的生命力。清诗与清词的复兴是历史的必然,也是文人的自主选择。

---

① (清)沈善宝:《名媛诗话》卷一//王英志:《清代闺秀诗话丛刊》,南京:凤凰出版社,2010年版,第363页。

② 王秀琴编,胡文楷选订:《历代名媛文苑简编》,商务印书馆民国三十六年(1947)二月初版,第147页。

③ (明)胡应麟:《诗薮》内编卷一,上海:上海古籍出版社,1958年版,第1页。

无论是明清鼎革之际的风云变幻再一次验证了“国家不幸诗家幸”的文化寓言，还是文人士大夫心中积聚难言块垒需要相与抚慰的诗文酬和（如清初著名的江村唱和），还是不甘枉费一身才学的“不世袭遗民”在新朝初期所受的打击与挫折，抑或是士绅数代家族文风需积累传承等种种原因，这都促使了清代诗词创作走向新的辉煌。清代女性诗人词人数量有如“过江之鲫”，远超前代；诗词数量庞大，难以尽数；类型未定一尊，风格多样，因此明末直至清中期才媛的诗词创作，也是这一时期诗词复兴的一个重要组成部分。事实上，考虑到清代诗词在整个文学界的研究中一直处于相对弱势的地位，对女性创作的研究滞后便不难理解了。近年来越来越多的学者开始关注这一文学现象，但是在研究过程中还是存在一些问题。

（一）文献问题

经过学者的努力，近年来文献整理收获颇丰，研究著述或学术成果已远超于前。如史梅在《历代妇女著作考》的基础上，另行辑出未曾收录的清代女作家 118 人、著作 144 种，在文学资料搜集方面有所创获。2002 年国务院批准启动《清史》编纂工程，总体构架由通纪、典志、传记、史表、图录五大部分组成，共 92 卷约 3000 余万字，可见史料浩繁汪洋。其中，十卷本《清代闺阁诗集萃编》被作为清史重要文献成果收入《国家清史编纂委员会·文献丛刊》，已由中华书局于 2015 年出版。由董乃斌、刘扬忠、陶文鹏等学者校点的《中国香艳全书》《中华妇女文献纵览》等，为研究古代妇女生活和文学创作提供了文献资料或线索。胡晓明、彭国忠主编的《江南女性别集》初编（2008）、二编（2010）、三编（2011）、四编（2014）、五编（2019），收录了分藏于国家图书馆、上海图书馆、南京图书馆或私藏的女性别集稿本、抄本或较早的刻本，对推动女性文学研究和江南文学研究的发展意义重大。2010 年王英志编纂出版《清代闺秀诗话丛刊》，汇集了反映清代女性诗歌创作风貌的诗话著作正编十四种、附录六种，保存了大量反映清代才媛诗歌批评的资料。肖亚男 2013 年主编的《清代闺秀集丛刊》共六十六册，由国家图书馆出版。海外的才媛诗学研究也发展迅速，从 2003 年开始，麦吉尔大学（McGill University）与哈佛燕京图书馆合作，联合建立了“明清妇女著作”（Ming Qing Women's Writings）数据库。此数据库已对众多传统女性文学史料加以整理总结，成绩斐然。

但应当看到，当今学界无论是对清代诗文的整体研究还是单就清代才媛诗学研究而言，整体还很薄弱，特别是史料的考证订误等工作还需要进一步深入。如一些女性的生平资料、参加的结社酬唱、相关社会政治活动及其对诗歌创作的影响，一些才媛诗歌总集或选集如《名媛诗纬初编》《白山诗钞》等的成书时间及流传等，均需要予以考察辩证。正所谓“史臣废弃，旧文散佚”，因明清鼎革之变、清前中期大量文字狱、清末民初民族危亡的巨变等因素影响，无论是敦煌瑰宝还是中国古代接续文脉的正统文人的文集与著作，遗失散佚与流离于外的不计其数，更遑论前朝闺秀之遗作？所以今日对传统闺阁创作的文献整理虽已取得重大成绩，但今后仍需我辈学者不懈努力。

（二）史料问题

如前文所述，清代留下了规模宏富的史料，其中相当一部分与女性的家庭生活、社会生活和艺术实践相关联。近年来，中国社科院历史研究所的《中国古代社会生活史》，商务印书馆出版的《中国古代社会生活丛书》，冯尔康、常建华合著的断代史《清人社会生活》，刘小萌的《清代北京旗人社会》，林永匡、王熹主编的《清代社会生活史》，郭松义的《中国妇女通史·清代卷》,定宜庄关于清代旗人女子的研究专著等著作,都广泛涉及清代才媛在社会等级、宗族家庭、婚丧嫁娶、娱乐休闲、人口经济等方面,对于通观女性的社会生活背景、理解文学创造缘起、分析才媛文学主题等具有重要启示。此外参与2002年《清史》编纂工程中的许多清史研究专家,也越来越重视清代的满语史料的记录。

但总的来看,清代史料还有相当一部分没有被纳入才媛诗学研究的关注范围。如果从更加广阔的性别文化分析,则清代文学典籍中的相当一部分资料也有待发掘、整理和利用。如果单就诗文文本来解释才媛诗学,显然不足以完全阐释才媛书写的文学史与文化史意义。无论是从"知人论世"文学观还是从才媛作品本体出发,都不应脱离时代语境与社会大背景来谈论与探讨。现行研究中即便有一些对于史料的征引,也主要是在个人的主观理论观点指引下进行的简单套用,而不是基于史料本身或长时段历史脉络梳理后相对客观的叙述。这种为观点作注的方式,定会制约才媛诗学研究的真实性、深刻性。

(三) 范围问题

才媛诗学的研究范围应当进一步拓展,这可以从五个方面着手:一是文本范围,才媛诗学不应限制于诗、词范围,也要关注弹词、戏曲等韵文创作,从而增强诗学研究的整体性。二是所属阶层,不仅要关注缙绅阶层、士大夫家族中的女性,也可向上拓展到内宫、皇族、贵族中的女性,向下延伸至社会底层普通家庭、劳苦阶层的女性。三是所属民族,不仅可以关注汉族女子,也可以拓展到满族、壮族、白族等少数民族中的女性。四是所处地域,可从当前最受关注的环太湖流域、江南地区,逐步向安徽、江西、广东、两湖、四川、云南、山东、直隶等地拓展。五是研究议题,可从单纯厘清中国古代才媛诗歌创作史、演进史,拓展到中西之间女性诗歌的发展历程、美感特质、代表性作家等的比较研究，揭示帝制晚期的中国为何出现了才媛群体的扩大，如何出现了性别关系、诗学观念上的重大变化，以及当时的文士如何在鼓励和倡导才媛创作中发挥作用。这些研究对于进一步增进国内学者与国际汉学界的对话与交流，在“前现代与现代”“挑战与转型”“内生与外诱”“西风东渐”等诸多争端话题中贡献中国史实、中国观点，也是大有裨益的。这就使才媛诗学研究不仅仅停留在诗学层面，而变成一个历史、社会、地理等方面的交叉研究领域。

（四）学科问题

才媛诗学如果仅仅局限在文本研究、作家研究即所谓“知人论世”层面，仅仅对才媛的生平加以介绍，对代表性作品进行解读，就会显得过于单一。事实上，才媛一直是社会历史文化中的一分子，也是中国礼教传统与千年文化的重要实践者与参与者。即便才媛是在被规定的社会角色与规范下进行创作，他人也无法完全抹杀掉才媛无论是从群体或个体层面所呈现出的，具有相当程度的多样性和丰富性。因此，才媛诗学既要关注当时统治者的意识形态，又要重视主导社会规范、引领学术思潮的文士对当时才媛的影响、教导和约束，还要关注在不同阶级结构中才媛的自我定位和主动选择。比如，在才媛从事诗歌创作的合理性问题上，就不能仅仅通过她们诗歌作品的艺术价值来判断，而是要深入观察当时才媛是如何通过对儒家经典的解读、对历代女性所树立的闺范、对现实生活的真实需要等途径，来化解时人对才媛参与创作的质疑，并获得持之以恒的动力的。这就意味着，对才媛诗学的充分理解，需要吸收社会学研究的成果。毫无疑问，开展对才媛参与社会经济、家族文化、结社交游的研究，以及对女子的忠贞节烈、宗教信仰、读书课子、法律法规、政治活动等研究，将大大深化我们对不同阶级或阶层才媛诗歌创作的理解。

（五）性别问题

性别之于诗学，原本是考虑性别认知、性别意识、性别观念、性别身份等对诗歌创作的影响。但是，在很长一段历史时期中，性别与诗学之间的复杂关系问题似乎并不是一个迫切的问题，因为封建社会以男性为主导的意识形态将女子限制在狭小的家庭生活之“内领域”，文学素养的高低并不是女子为当时和后人所景仰的主因。才媛诗歌在明清时期的蓬勃兴起，势必造成对文士主导传统下文学格局的极大冲击。如果诗学研究仅仅停留在性别压迫的角度上，而把一部才媛诗歌史简化为女诗人吸收借鉴文士创作经验的历史，简化为性别对立和女性通过艺术追求思想独立的历史，那就会对性别问题的复杂性视而不见。事实上，至少在明清时期的文士之间，在关于才媛对家族家学的传承、才媛参与文学活动的态度、才媛文学作品的评判、保存才媛作品的努力等方面，既有持久的反对者和批评者，也有由衷的支持者和赞许者。而从才媛角度来说，女子从事文学活动、展现诗学天赋，对于文士创作也有复杂而深刻的影响。正如本研究后续内容将要揭示的，才媛在中国文学抒情传统的承继与创新方面显示出的创造性，以及在情感倾注、艺术表达、意境塑造等方面形成的独特性，可以说是对清代诗文创作活动的极大丰富。当然，才媛与文士之间在文学上的互动，也受到特定历史时期社会运动与文化潮流的影响。明清之际钱谦益、陈维崧等对才媛诗歌创作和作品编纂不遗余力的支持，固然是认可才媛诗歌的独特价值，很大程度上也是在才媛书写上赋予了他们对家国存亡的历史情怀。清前中期袁枚、陈文述等对才媛的拔擢与培养，既有诗学主张对峙下主观推动的因素，也可能出于名利兼收的内在动机，这就使得同一行为背后呈现出复杂的社会因素。因此，不能完全否认作为生物属性的性别在两性生命活动、社会规范、情感体验等方面的差异性，以及由此带来的文学作品在内容、形态、审美特征等方面的差异；也不能无视性别背后的社会关系属性和文化心理要素，脱离复杂生动的历史情境而强调才媛参与创作的单向度性。为此，要从性别差异、两性关系、情景感知、文本生成、审美风貌等方面，透视性别因素对于文学创作的影响，透视两性在精神文化活动中的共存共生关系，避免自说自话，防止画地为牢，以利纠正那种两性截然分野、彼此之间完全对立的“刻板印象”。

（六）批评问题

一是层次需要深化。当前的女性诗学研究仍然集中在对少数女作家个案及其作品的研究上，对于清代才媛参与创作的社会背景、心理活动、创作动机、艺术生态等均缺少相应的观照，对才媛参与创作的不同体裁、不同类型的文学作品缺少比较视野，对才媛受教育过程、所接受的文学修养及对其创作过程的影响还未起步，这些都需要在下一步的研究中予以拓展。

二是理论需要集成。诗学批评涉及一个时期人们对于诗歌本质的理解，对于诗词美感来源的认知，对于文本阅读的感悟，以及美的标准的判断。因此，诗学批评，是一个从实践上升到理论层面的品评鉴赏和抽象概括活动，会对艺术创作本身起到导向引领作用。诗学批评通常与诗歌理论、诗歌艺术等密不可分，长期以来一直由文士所主导。才媛向诗话、词话等领域的探索和尝试，往往是诗词创作积累到一定程度、具有更高水平的重要标志。明清时期多名才媛编写了诗评、诗话等著作，还创作了论诗诗、论画诗等，形成了具有女性特点的诗学主张和话语。此外，许多才媛的文学观点还体现在众多的序、跋乃至诗歌之中。当然，研究者们已经开始涉猎诗学批评，但相关研究目前仍然相当欠缺和不足。一般来讲，学者虽然可以比较轻易地发现女性诗歌批评的特点和差异，但是要分析或解读诗文背后的价值观念、创作过程、诗学成就等，就要费更多的工夫。比如，对于评价才媛诗作中常用的"脂粉气"一语，其究竟是女儿"本色"，还是才媛诗歌创作中必须克服的"倾向"，就是诗学批评研究中值得深入探讨的问题。如果不对这些观点的形成做一番深入考察，对各种批评话语的内涵做重新审视，对不同文体做有针对性的探讨，就容易导致泛泛而论，得出的结论不仅没有特色和新意，也显得主观。这里需要大量细致而扎实的梳理、考辨，也需要在研究思路、研究方法上的更新。

三是整体评判亟待破冰。清末民初的研究者如谢无量、梁乙真等前辈虽对女性文学有开先河之功，但总体来看，无论是从梁任公对传统女性文学的否定与贬低、胡适先生的"温和"性忽视，还是周作人对女性价值观的笼统概括，都说明一个问题，即女性文学在相当长的一个时期得不到应有的关注与重视。而出现这种问题的原因，主要是当时对女性文学价值的评判被置于"五四"与"新文学革命"这个大背景下，攻击与捍卫古典文学成为优先于性别评判的议题，而才媛对古典文学的传承之功就被忽略了。百年后，随着中国对弘扬优秀传统文化更加自觉，更理性地对待古典文学成为可能。以诗歌批评为例，目前的许多研究仍然侧重于把女性作为单纯的作家类型来关注，对其生活、历史或一些作品进行简介，缺少对作品价值的深刻理解。而那些正在执着于解决对才媛诗歌创作、风格、流变和价值加以探讨的诗学批评者，却也面临着若干困境。如坚持按照古代文学史上长期流传的以文士为主体的批评理论，对才媛诗歌进行评价就无疑戴了有色眼镜，可能出现系统性的"偏差"；而仅仅基于才媛的特质、特点与长处，对其诗歌的美学特征、艺术流变等进行梳理和评价，又难以比较系统而完整地把握女作家在整个文学版图中的地位，或将诗学批评扩大化为文化批评而不是集中于审美分析，或把对诗词文本审美特征的感悟替换为“性别政治”的探讨。可以说，在这种置于性别背景下的文化分析与基于文本“文学性”的审美判断构成的“双向角力”中，考验着研究者进行综合平衡的能力，考验着创新传统审美评判的能力，考验着评价标准建构或话语体系创新的能力。

五、研究价值：才媛诗学与美学研究的意义

总体来看，目前清代才媛诗学与美学研究的基本情况是：基础材料日益丰富，但研究所涉范围和层面还相对比较有限，进行女性文学等整体性研究的“基座”尚欠宏阔坚实；理论创生力偏弱，有重大影响的成果较少；在进行跨学科研究的探索和实践，以及思维的拓展和方法的丰富方面，还有很大空间。随着新时代文学研究的进一步深化，开展才媛诗学研究具有十分重要的历史和理论意义。

首先，开展此项研究将有助于对明清文学史书写内容和方式做出调整。一般的文学史往往以作品定位作家并串联历史，更明确地说是通过作品在后世的价值确定作家并由此书写文学史。这种以“作品价值”为取向的书写方式固然十分重要，但这种方式，对于文学史发展的脉络、文学流派的演进、文学主张的传承方面，可能“一叶障目不见泰山”。如清初诗人冯舒、冯班号称“海虞二冯”，作为虞山诗派的传承者，强调应善于学古，但在风格上又主张宗晚唐而排宋，认为“诗妙在有比兴，有讽刺”，不仅对当时诗坛有影响，而且影响了后来反对神韵说尤力的赵执信等人，但许多文学史家对他们并无过多着墨。这就说明，即便是男性文人

也容易被后世的文学研究者所忽略，而才媛诗歌及其诗学主张更容易被完全忽视。如入清史正传的女诗人蔡琬，“才德兼擅，工诗善画”[①]，具有很高的诗文造诣，其诗显示出清初少有的沉郁顿挫、雄健壮烈之概，可谓女诗人中宗唐之风的代表，但研究者对此关注极少。此外，对那些昙花一现的诗人如贫妇诗人贺双卿等，如何从文学史的角度看待和评价，也是需要认真考虑的。

其次，开展此项研究将利于明清才媛诗学研究新路径的开拓。从史学角度看，已有相当一部分研究讨论了女性史的内容，比如对历代《列女传》的探讨已经比较深入。总体看，女性文学的研究已相对滞后于女性史研究，而对清代才媛诗学的阐释更为有限。从笔者寓目的文献看，主要集中在对才媛诗歌作品的概要式介绍，对才媛家族情况的梳理，对才媛文艺活动的描述，对才媛高度集中于特定地域现象的探讨等方面，鲜见从文艺理论特别是美学方向探讨的书籍和文章。如果我们从文艺分析的视角，把才媛创作的相关主体分为作家、作品、读者和外部社会，把才媛诗歌创作活动区分为动机、书写、流布、传播、评价等诸个程序和环节，就可以明显看出，先行的多数研究主要在作家及其书写上下功夫，在对作品的分析和编纂上已有相关文章，但从读者和外部社会视角上着力研究成果较少，在才媛美学方面用墨的则几乎是空白。

最后，开展此项研究将利于才媛诗学与美学的发掘与重估。正如明清之际许多才媛诗人在其作品的自序中谈到，中国文化悠久、优秀诗人迭出，这其中也有相当多的女子参与诗文创作，但受当时社会性别分工、主流观念、印刷技术等因素的限制，许多作品未能留存。而清代才媛创

---

① (清)赵尔巽等:《清史稿》卷五百零八《列女传一》，北京：中华书局，1977年版，第14050页。

作的大量作品，是唯一较好地借由当时作家、家族、书商乃至女诗人自身，通过总集、选集或别集等方式保存下来的，可谓蔚为大观。长期以来受到过低评价的才媛诗词创作，随着近年来学界对明清诗文的重新研究和梳理，其文学地位、价值和成就无疑将被重估。

第一章　国朝诗学迈前贤

在经历明清朝代鼎革之重创后，因社会机体对“生”的渴望和承袭朝代更迭规律的导引，传统社会秩序逐渐恢复，重新步入正轨向前发展。入清后，统治者并未如元初一般视汉文化如水火，自清世祖顺治皇帝始即表现出对汉文化的推崇与重视。王朝对科举的重振，推动了知识分子数量的增加。士大夫经过血雨腥风的洗礼进入新朝，思想上的裂变催生出新的人生意涵。社会阶层、文化与意识形态的碰撞与重组，新的人生意义与旧的重创相互激荡，带来了诗学的兴盛与词学的复兴。

从战火中恢复并发展起来的长江中下游地区，延续了明末商品经济繁荣、文教之风繁盛的传统，使得江南这一地域性文化得到新的发展。以江浙为核心的江南地区，相当数量的宦门之家、缙绅之族，以庭训、私塾、举业等途径，持之以恒地对家族子女开展教育，在维系诗礼传统于不坠的同时，客观上也培育了一大批具有极高文学素养的才媛。根据对《清代闺阁诗人征略》所收录诗人的籍贯统计，1220 名有籍贯记载的女诗人中，来自浙江和江苏的诗人共 964 名，占总数的近 80%。

在绪言分期概览才媛诗歌创作阶段性特征的基础上，本章将以长江中下游特别是江南地区为重点，以“国朝诗学迈前贤”为分析现象，围绕影响才媛诗歌创作的技术、经济、地域、性别、家族及社会关系等一系列因素进行审视，全方位考察清代前中期才媛诗学崛起和繁荣的因素。

一、 商品繁荣与技术革新

就地域言之，才媛文学繁荣的翘楚是江南地区。江南地区经济基础雄厚、市镇发展迅速，达官贵戚、文人雅士辐辏，文风鼎盛。世家大族固然以书香门第为荣，而一些普通人家也颇为重视对子女的教育，女性的“咏絮之才”更受到当时文人的推崇。在江南地区出现的商品经济繁荣特别是印刷业的发展、流通渠道的畅通，更是为才媛接受教育提供了较好的条件。

（一）商品经济发展与地域文化的熏陶

明朝中后期之后，内外贸易的增长推动了市场规模的扩大，而需求增加也带动了分工细化，商品经济走向繁荣。随着国家经济重心的南移，商品流通有了极大发展，社会物质财富不断积聚，长江中下游地区成为首屈一指的繁荣富庶之地。即便经历了明清鼎革之际的战争，这一地区也能在战后迅速恢复，其中的翘楚即为江南地区。江南地区“江乡隐僻，远于城郭，四顾皆水，里人老死不见兵革”①的自然、社会环境，成为吸引世家大族聚集的重要因素。对于明清之人来说，“江南”不仅是一个地域概念，更是一种经济生产消费模式和一种文化概念。唐宋以来，政治、经济中心南移，江南地区就成为漕粮供应和税收贡赋等的重要来源地。特别是明中叶以后，江南一跃成为全国经济社会发展水平最高的地区。由农耕缴纳的赋税（主要是地税加丁税）已占全国的十分之三，漕运粮米占十分之五，再加上江淮的盐业、流转的征税，以一地而“当九州之

① （清）彭方周，（清）顾时鸿：《吴郡甫里志》，清乾隆三年（1765）刻本，第441页。

半未已也”[①],成为明清时期国家的经济命脉所在。

“东南财赋地,江浙人文薮”[②],江南地区又是中国传统文化的渊薮,是中国古代文学创作的重要区域,“冠盖京华,凡登揆席而跻九列者,半属江南人士”[③],“吴为人才渊薮,文字之盛,甲于天下。其人耻为他业,自髫龀以上皆能诵习,举子应主司之试,居庠校中,有白首不自已者,江以南其俗尽然”[④]。“仓廪实则知礼节,衣食足则知荣辱”[⑤],江南的学术文化在丰厚的物质基础上也达到了空前的繁荣。

(二)印刷技术革新与书信流通的便利

明朝中后期之后,随着手工业的长足发展、商品经济的繁荣,社会物质生活有了极大丰富,大大刺激了社会各阶层对精神生活的追求。同时,商品经济的发展和商业流通的兴起,客观上推动了文化消费市场的形成,其标志之一就是明清时刻书业的发达。历史上这一地区的印刷出版业十分繁盛。自宋开始,杭州已是全国三大刻书业中心之一。明清时,江南地区已拥有南京、苏州、杭州等众多刻书中心,这些城市商贾众多、刻家云集,印制内容除经、史、子、集以外,也包括各种畅销的通俗读物。如在苏州地区,印刷行业的规模化、专业化达到了很高的程度。清代画家徐扬所绘的《姑苏繁华图》,是苏州城市繁荣的写实之作,也可谓江南文化的缩影。这幅于乾隆二十四年绘成的《姑苏繁华图》,虽是“臣

---

① (清)赵宏恩等监修:《江南通志》//(清)永瑢,(清)纪昀等编:《四库全书》第507册,上海:上海古籍出版社,1987年版,第11页。

② (清)冯桂芬:《苏州府志(同治)》,清光绪九年(1883)刻本,第8页。

③ (清)陈夔龙:《梦蕉亭杂记》卷二,北京:中华书局,2007年版,第107页。

④ (明)归有光:《送王汝康会试序》//《震川先生集》,清光绪元年(1875)刻本,第136页。

⑤ (唐)房玄龄注:《管子》卷一,上海:上海古籍出版社,1989年版,第9页。

幸遭逢之盛，图写太平，为盛世滋生图一卷……”[①]的颂圣之作，却如实展现出当时印刷业发达的情形。图中出现书画、丝绸、印染、酒庄饭馆、钱庄典当、粮食、医药、烟草、瓷器等数十种行当、过百家店铺，其中书籍、字画与文化用品业店铺共十家。[②]

社会经济发展，城市内书肆林立，市面上贩售的书籍种类繁多，这其中也包括大量的女教书。此类书籍虽本质上是宣传传统社会中女子应遵从的礼仪规范，但并非全然是糟粕，对闺秀才媛能“教以正道，令知道理”[③]。其中的内容，亦不乏治国齐家、知理明道、守礼循义之内涵。浙江嘉兴的女诗人桑贞白在《香奁诗草》自跋中就指出，正是因为她自小修习各类女训、熟读经史，才认识了班昭、蔡琰、朱淑真等历史上的杰出女性，并因其“异句奇章行世”而企慕。[④] 因此，这些女教书的传播，既是礼仪的规训，也为女子接受文化特别是文学艺术教育打下了基础。

文化发展需要积极有效的交流，与此相关的便是水陆运输和通信网络的日渐发展。首先是以船只运输为代表的水路运输。以江南地区为例，当地水系繁密、水道通达，发展水路运输具有得天独厚的优势。在湖州等地，许多商人穿梭于城乡之间，通过贩书而获利。据郑元庆的《湖录》：“书船出乌程织里及郑镇淡港诸村落，……于是织里诸村以此网利，购书于船，南至钱塘，东抵松江，北达京口，走士大夫之门。”[⑤]以书籍为

---

① (清)徐扬：《姑苏繁华图》序跋。此图长 1 225 厘米，宽 35.8 厘米，现藏于辽宁省博物馆。

② 画作内容可详见范金民：《姑苏繁华图：清代苏州城市文化繁荣的写照》，《江海学刊》2003 年第 5 期，第 153—159 页。

③ 陈东原：《中国妇女生活史》，上海：上海书店，1984 年版，第 190 页。

④ 胡文楷：《中国历代妇女著作考》，上海：上海古籍出版社，1987 年版，第 338 页。

⑤ (清)宗源瀚等修：《(同治)湖州府志》卷三十三《舆地略 物产下.舟车之属》之“书船”条，卷内三十九页，同治十三年(1874)刻本，总第 1247 页，现藏于北京大学图书馆。

载体的各类知识，通过水路扩大了流通与影响的范围，也为促进沟通与交流提供了良好条件。

其次，以邮驿网络为代表的陆运也起着重要的作用。过去邮路驿站皆为官用，明清以来，邮驿网络一改被官方高度垄断的情形，从货物运输、银钱票据到书信投递都有所发展并得到广泛使用。邮筒绎络，南北相望，从而使诗文交流变得更加便捷。因此，许多才媛在网罗和收集诗文作品时，往往会在诸多城市设立投递地址，形成网状分布。

正是邮驿网络的发展与成熟，为才媛跨越地理距离，通过书信构筑起一个诗文收集网络和女性文艺网络提供了便利。美国学者魏爱莲在《十七世纪中国才女的书信世界》一文中由才女所写书信分析说："明清之际，江南一带的闺秀才女，形成一个疏散的联络网，彼此以创作相激励。"[①]胡晓真也在评述魏氏其文时引申曰："书信是其赖以跨越藩篱的最佳工具，既可用以作远距离的交流，又可作为彼此赞赏并鼓励彼此作品的工具，甚至还可联络出版计划；经由书信，他们也表达了彼此间的支持扶助等私人情谊。如此，经由书信形成了一个超越地理距离的女性文艺网络，一方面可和男性文人交流，一方面也为彼此提供沟通情谊的机会。"[②]魏爱莲、胡晓真二人从书信内容来作分析，确认书信往来促进了女诗人间诗艺的切磋以及情谊上的相互鼓励，对才媛创作起了积极的作用。其实，书信往来频繁以及能以书信往来搭建联络网，基础条件就在于此时邮驿网络的成熟，而这一便捷的邮驿网络在诗文搜集、汇聚上也显示了极大的优势。从明清开始，邮筒投递也成为诗文收集的重要渠

---

① [美]魏爱莲著，刘裘蒂译：《十七世纪中国才女的书信世界》，《中外文学》1993 年第 22 卷第 6 期，第 55—81 页。

② 胡晓真：《最近西方汉学界妇女文学史研究之评介》，《近代中国妇女史研究》1994 年第 2 期，第 271—289 页。

道，大大缩短了诗文收集的周期，并扩大了收集的地域范围。从征稿的情况看，选辑者们往往设有专门而固定的投递地址，有的投递地址设置很有代表性，广列于泰州、扬州、京师、白口等地，形成网点式的分布。设立投递站的用意，大抵着重在“网罗”与“续刻”，以此展现当时女子创作的完整性与连续性。综上，通信的频繁带动了才媛之间的交流，通过互通书信，才媛之间可以联络问候，保持紧密联系；可以共同鉴赏诗文，相互商榷观点，彼此共同激励；亦可以此保持同男性文人的联系和沟通。因此，邮驿网络在保存并促进才媛作品的传播与流布上发挥了重要作用。

文学文化潮流的转化，一定程度上系于物质手段的变迁。入清以来，经济的恢复特别是商品经济的繁荣，催生了对精神产品的需求；而印刷业、流通业等的发展，使得书籍易得、刊刻易行、交流易通，一定地域的文化消费市场逐步发展起来，这些都为当时的才媛提高文化素养提供了机会和条件。

（三）文化市场的需求与大众消费的推动

诗文在创作、传播过程中，存在着作者、作品、读者之间的密切互动。有别于《列女传》所发挥的正统教化作用，明清时期的才媛诗词给阅读者带来了才、情、貌、艺多种审美可能，引发读者无限遐思。如崇祯十三年春初，“江左三大家”之一的钱谦益见到女诗人柳如是的手写原本摹刻《湖上草》，写下《观美人手迹，戏题绝句》七首，其二云：“花非朱户网，燕蹴绮窗尘。挟瑟歌卢女，临池写洛神。”[①]由此诗所见，柳如是在正式过访钱谦益之前，两人通过诗画已有神交。而清中期女诗人吴藻作《饮酒

---

① 陈寅恪：《柳如是别传》（上），北京：生活·读书·新知三联书店，2001年版，第20页。

读骚图》，为世人广为传唱。“吴中好事者，被之管弦，一时传唱，遂遍大江南北，几如有井水处必歌柳七词矣”[①]。可见该作品受人喜爱程度之高。从书本与阅读的关系看，才媛诗集以手书笔迹的视觉印象呈现在阅读者面前，具有很多不同于以往的涵义。才媛诗歌及其书写，创造了阅读者与写作者之间的亲密关系，是一条跨越时间与空间的通途。正如宇文所安所言，“诗歌是社交的一种基本途径，借此文人雅士不仅与在场者交谈，而且也可跨越时间建立一个活动的社交圈”[②]。对才媛诗词文本的阅读，或引起一种内心的曼妙情感，或激起对诗词境界的自觉认同，都是作者与读者密切互动的体现。

伴随着明清出版业的繁荣，士人的文化趣味和审美趣味日趋多样，对才媛及其在作品中渗透的思想观念、内容题材、情感态度、美感风格等予以更多认可与接受。《西湖二集》的作者周清源说：“天下有两种大恨伤心之事：一是才子困穷，一是佳人薄命。”[③]明清时期大量积聚于江南地区的应试举子、文人雅士，在经历科场淘濯、历尽人生悲喜之后，他们与当地接受良好教育的女性就成了才媛文学的消费对象。从社会心理角度来看，对才媛创作的推崇，既与文士心中的“才女情结”相合，也与时代的思潮有关。特别是明清易代之际，文士因政权更迭而引起的故园之思，与女子忠贞守节意识被等量齐观，进一步为才媛创作的繁荣创造了更浓厚的文化氛围。而才媛诗词长于展示家庭或个人“私领域”的思虑与情感，创造出阅读者与写作者之间亲密关系。此外，随着士商互动带

---

① (清)施淑仪：《清代闺阁诗人征略》//周骏富辑：《清代传记丛刊》二十卷，台北：明文书局，1985 年版，第 168 页。

② [美] Stephen Owen: *Traditional Chinese Poetry and Poetics*//Ropp, Paul S.: *Heritage of China*, California: University of California Press, 1990, p: 295 - 296.

③ (明)周清源著，刘耀林、徐元校注：《西湖二集》，杭州：浙江人民出版社，1981 年版，第 297 页。

来价值理念的变化，对才媛诗歌的鉴赏与对商业利润的追求被有效结合起来。明清时期，才媛诗歌作品鉴赏与编纂更为普遍地流行开来。一些才媛诗词集的风行，如《翠楼集》《香奁诗泐》《本朝名媛诗钞》等诗词总集，刊刻后多次再版，影响遍及全国。这种“作者—出版商—读者”的互动，推动了才媛文学的发展，使得明清比过去任何朝代都更重视女子的才华，对才媛诗词的编选出版不遗余力。

入清以来，围绕才媛创作的正当性、适宜性等问题，当时的女诗人及其族内亲属、知名文人以及专业出版商等，有的持支持态度，有的则抱反对意见，塑造出富有争议性的社会情境。从才媛本身看，既有反对吟诗作赋并于离世前将作品付之一炬的，也有生前虽不愿将作品轻易示人但逝后诗篇被近亲家属汇辑整理刊行的，更有生前即以求名为目的而将作品付梓的。从家庭的态度看，既有得家族允许而绣阁联吟、笔耕不辍的商景兰、顾若璞等诗人，也有被丈夫怒焚文稿的余五娘等。[①] 从文士的态度看，诸如钱谦益、吴伟业、毛奇龄、陈维崧、王士祯、沈德潜、袁枚、郭麐、陈文述等部分文人对才媛作品较为推重，对才媛诗人也加以点拨、奖掖；另有尤侗、惠栋、杭世骏等官员兼学者，对汇总刊行才媛诗歌作品予以支持；当然也不乏质疑、非议、批评之声，有的还很尖刻。总之，对女子从事文学创作的持续争论，成为当时社会一个复杂的文化景观。

无论如何，在这种作者、读者与时代的交互影响之下，许多诗词创作者与作品接受者感受着同样的时代情绪，遭受着同样的思想苦闷，容易产生情感上的交融与共鸣，生产、流通与阅读、赏鉴形成了良性的循环，

① （清）王端淑：《名媛诗纬》卷二十二《闺集上》“余五娘”，记余五娘嫁汪姓商贾为妾，郁郁不得志，以短吟自如，中多恨语，汪之友人笑语汪氏，汪大怒，尽焚其作。王端淑评之云：“男儿浅才，故使五娘目空天下，在汪贾固不足惜，徒增须眉羞涩耳。”清康熙六年（1667）清音堂刻本，第22.11b页。现藏于北京大学图书馆。

为才媛诗学的繁荣创造了良好的条件。正是在上述一系列因素影响下，才媛诗人的文学活动才有了更好的社会舆论氛围、市场需求和传播路径。她们有机会打破家族、地域、性别间的界限，也可以与外界诗人、文学团体在不违背礼教约束的情况下建立文学网络。诗人将作品付梓传播，进而获得其他诗人的认同，并赢得文学声望。

二、科举接力与家学维系

清代才媛参与文学创作，不仅与商品经济发展、印刷业不断成熟有关，也与社会制度有关，这其中联系最为密切的就是科举制度。科举制度是一种以竞争性考试而拔擢取士、为国家储备治理人才的制度。历史地看，这一制度的最大特点就是士人获取的功名和官职均不能世袭，为社会阶层流动提供了比较有效的机制。每个家族的后代必须依靠自身的努力攀爬科举阶梯才能维持其门第，否则其家族就会衰落乃至不存，故家族为了巩固社会地位，对于子女的文化教育通常是不遗余力的。明清时期江南官学、社学、义学、书院、私塾星罗棋布，加之江南地域性的文化风尚以及较强的宗族观念，许多世家大族以“好学”作为家风，重视诗书传家、家学传承，对于才媛的诗歌创作及广义上的文学书写持较为开放的态度。这也使得才媛多集中于江南地区的名门望族、书香世家之中。本节重点探讨科举发展与家学维系在推动才媛诗学繁荣方面所起到的作用。

（一）科举发展之激励

长期以来，长江中下游地区有着学而优则仕的浓厚氛围。各地办学之风兴盛，讲学读书蔚为风尚。而江南士人在科举考试中也有优异表现,据统计,清代考录的进士总数26848名,其中江苏进士2920名,浙江进士2808名,共占全国的21.3%。[①] 儒学经典的修习和多层次的考试,激发了社会民众特别是青年学子的读书上进热情,科举成为当地最重要的综合性事业,攻读之盛,他地罕及。以浙江为例,明清时期浙江地区教育普及程度高,民众文化水平发达,知识分子比例大,浙江地区拥有庞大的举子士人群。因此,浙江才子历来是科举考场的主角,明清两朝全国共有状元203名,其中出自浙江的状元就占了全国的四分之一。

江南地区民众的向学以及科举事业的繁荣,对于才媛参与文学特别是诗歌创作的影响是多重的。首先,以应试中举引导社会各阶层勠力向学,这种浓厚的讲读风气与繁荣的教育事业,为才媛提高自身学问素养提供了有利条件。明代时儒学选仕激发了当地的求学热情,各地府县积极办学,讲学之风较为盛行。在江苏泰州,无论乡野村庄,还是市井人家,读书风气都很浓厚,茅舍陋巷、弦诵相闻,蔚然有文雅之风。自嘉靖末年开始,许多士大夫因避党祸而纷纷南迁,在江南地区修建园林,开展戏曲创作,并从事书法、绘画等艺术活动。明末清初鼎革之际虽因战火影响而受到破坏,但是清廷入主之后江南地区便迅速恢复,经济社会发展处于较高水平,同时也成为有清一代的诗礼传家之地、文化繁兴之所。这种浓厚的进学传统和发展水平较高的教育,对生活其中的女子自然产生了良好影响。

其次,明清时期的统治者通过科举所选拔的并不是描摹风花雪月诗词歌赋的文人,而是有治国兴邦之才的后备官员。事实上,虽然科举考试并不排斥对于诗词创作的造诣,但主要目的是选拔有治国兴邦之才的

① 李润强:《清代进士的时空分布研究》,《西北师大学报(社会科学版)》2005年第1期,第66页。

后备官员，而取士的标准主要看对儒学经典的掌握与运用程度。无论是科举取士还是不可胜数的文字狱，“诗”虽依旧“言志”，但诗赋作为文学艺术的意味在增强，而作为反映世情、观察民风载体的最初功用在削弱，甚至逐渐失去了“讽谏”的大义。世家与寒门子弟想要出仕，便要把“学”的重心放在与科举相关的经学理义与治国方略，这就使他们自觉不自觉地减少在歌诗辞赋方面的用心与努力。从当时士人的生活就可以看出，诗赋已经退居到士大夫的私领域，更多是一种表达生活情致雅趣与应酬交际的手段，而不是倾心习练的领地。文士在诗歌创作领域的自发遁隐，为才媛发现和参与这一活动创造了空间，提供了反向激励。

再次，八股取士要求长期从事制义时文的重复性训练，而科举进阶也造就了大批因未能中举而失意的文人，这些都对诗词歌赋等非功利性艺术提出了需求。如鸳湖烟水散人在《女才子书·叙》中即云，自谓“笔尖花足与长安花争丽”，但青云之志“恍在春风一梦中耳”，发出“天之窘我，坎壈何极”之叹，于是“唾壶击碎，收粉黛于香闺；彤管飞辉，拾珠玑于绣阃”[①]，从编辑“女才子”诗文中获得对困窘的解脱。明清时期女子因受传统伦理秩序的约束，往往在创作中流露出相似的思想苦闷。才媛诗歌这种纯粹性和唯美性，在一定程度上符合了文士的审美需求，引起两方在情感和思想上的共鸣。阅读是对创作的一种最好的促进和催生。文士对自身前途的失望和科举动力的消解，反过来促进和推动了才媛创作的发展，使才媛创作才思更加活跃起来。

最后，这一时期士人对才媛参与文学创作总体持较为开明的态度，对其诗歌价值表示认可，客观上促进了才媛诗学的繁荣。明清时江浙地

---

① (清)鸳湖烟水散人：《女才子书·叙》//朱一玄编：《明清小说资料选编》下册，济南：齐鲁书社，1990 年版，1272—1273 页。

区文社、诗社众多,书院、藏书楼林立,读书风气昌盛,文化氛围浓厚。因之得天独厚的地理位置和浓厚的文化底蕴,众多文人雅士、迁客骚人都在此聚集,汇集了一大批文化精英,其所开展的各种活动也提升了当地的文化气息。这为女诗人的成长提供了丰厚的土壤。她们博学精思,汲取文学营养,滋长创作才华。明代晚期以来,对才媛诗歌的鉴赏成为士人精神生活的重要内容之一,对才媛诗歌创作及其价值的认可起到了推动的作用。他们对才媛的诗歌创作教引、指导甚多,在才媛诗词编选上不遗余力,清代毛西河、袁枚、陈文述等均收女弟子,形成了随园女弟子和碧城仙馆女弟子等才媛诗群。这些群体的出现既基于共同或相似的诗学观念(如袁枚的"性灵论"),当然也不排斥名利兼收的内在动机①。大量才媛诗歌专集、选集的出现,既是才媛创作才能的昭示,也是才媛诗学繁荣的标志。

(二)家学传统之赓续

钱穆先生在《略论魏晋南北朝学术文化与当时门第之关系》一文中明确指出:"欲研究中国社会与中国文化,必当注意研究中国之家庭。"②所谓"家学",从内涵说是对"家族过去诸多文化活动的筛选与重构,是家族的文化记忆"③,从外延上说可以是学术性的私学,但主要还是侧重文学艺术活动。家学在保存学术传统、传承学术文化、延续学术流派方面发挥着重要作用,如陈寅恪先生在论及家学与学术文化的关系

---

① 沈沫:《清代女性文学研究的问题与分析》//《中国文论中的"体":古代文学理论研究第四十六辑》,上海:华东师范大学出版社,2018 年版,第 440 页。

② 钱穆:《中国学术思想史论丛》第 3 册,北京:九州出版社,2011 年版,第 225 页。

③ 徐雁平:《清代世家与文学传承》,北京:生活·读书·新知三联书店,2012 年版,第 6 页。

时说:“东汉以后学术文化,其重心不在政治中心之首都,而分散于各地之名都大邑。是以地方之大族盛门乃为学术文化之所寄托。中原经五胡之乱,而学术文化尚能保持不坠者,固由地方大族之力,而汉族之学术文化变为地方化及家门化矣。故论学术,只有家学之可言,而学术文化与大族盛门常不可分离也。”[①]此论所指时间虽在东汉以后的一个时段,但对考察后世家学与学术及文学之关系,亦有诸多启示意义。时至清代,对家学传承的看重更逾从前。世代官宦名门望族在族内设立塾馆以传家学,目的就是在家族之中择英才而教之,培养更多既能在科举考试中博得功名,又能延续家学传统的子弟,从而光大家族门楣。与前代有很大不同的是,传承家学虽依旧是族内男子的首要任务,但是此时家中男性家长亦把族内天资聪慧的女子看作传承家学的重要继承人。

读书进学,必有师承。在家族这个当时才媛成长与生活最为重要的环境中,许多家长通过亲自授读或延请名师讲学,为女子创造了接受教育的机会,“大抵为学必有师承,而家学之濡染,为尤易成就”[②],家庭作为学术知识集纳地,更易于引导女子知书明理、积学进益。尽管生活和活动的空间有限,大家族的才媛或受教于业师,或就读于家馆,或跟习于父兄,从而对经史、文学、政事甚至象数、地理等有了了解和掌握。一些女诗人受到了良好的教育,如徐灿生于苏州的仕宦之家,“幼颖悟,通书史”[③];如黄幼藻“少受业于宿儒方泰”[④]。常州孝廉吴某人之女吴绮,从

---

① 陈寅恪:《崔浩与寇谦之》//《金明馆丛稿初编》,上海:上海古籍出版社,1980 年版,第 131 页。

② (清)钱泰吉:《曝书杂记》卷中,北京:中华书局,1985 年,第 48 页。

③ 海宁《陈氏宗谱》家传//李雷主编:《清代闺阁诗集萃编》,北京:中华书局,2015 年版,第 544 页。

④ (清)钱谦益:《列朝诗集小传》下册,上海:古典文学出版社,1957 年版,第 768 页。

小“慧性过人”，父母“为延师请教”[①]。当时还出现了“闺塾师”，即家族聘请有学问的才媛来对自己族内的女子进行教育，如女诗人黄媛介在当时就是闺阁中较有声望的闺塾师。还有一些官宦人家将女子送入专为家中男性子弟设置的家馆中授读。

以家族文化为依托，清代才媛从小接受父辈的精心培养，受到家族内部好学勤读氛围的熏陶；而所嫁入的夫族往往也是诗礼之家，夫妇、妯娌之间联吟唱和，蔚然成风。一些成年女子出于天性之欲和求知之愿，耽于文史，自我磨砺；还有一些则在家族内雅集论学、相互切磋，出现一族之内、数代之间皆有杰出才媛的现象。江苏常州人孙星衍妻王采微“性耽文史，手不释卷，小楷精绝。吟咏外，喜阅道家言，时有出尘之想”[②]。袁枚之妹袁杼，“幼孤洁，避人而楼居，嗜典籍文史，有所吟辄端书之”[③]。女诗人顾若璞就曾言：“使吾得一意读书，即不能补班昭《十志》，或可咏雪谢庭。”且部分诗人读书求学之热情，经年持久，长时不衰。如山阴商景徽年八十，“犹吟诗读书不衰”[④]。“蕉园七子”之一的林以宁“骈体序极工，熟精《文选》，老年犹日阅一寸书”[⑤]；浙江钱塘女子徐德音(字淑则)，安徽歙县许迎年妻，“精熟《文选》，流览百家，至今老年，犹日

① 胡文楷编：《历代妇女著作考》，北京：商务印书馆，1957年版，第57页。

② 俞陛云：《清代闺秀诗话》，转引自钱仲联《清诗纪事》第22册“列女卷”，南京：江苏古籍出版社，1989年版，第15745页。

③ (清)袁枚：《四妹韩孺人墓志》，转引自钱仲联《清诗纪事》第22册“列女卷”，南京：江苏古籍出版社，1989年版，第15769页。

④ 沈善宝：《名媛诗话》卷一//王英志编：《清代闺秀诗话丛刊》，南京：凤凰出版社，2010年版，第351页。

⑤ (清)法式善：《梧门诗话》，转引自钱仲联《清诗纪事》第22册“列女卷”，南京：江苏古籍出版社1989年版，第15650页。

阅书一寸”[①]。席佩兰认为诗人须勤修苦读明理，她自己就是刻苦自学的榜样，幼时即已学完《毛诗》，其父又教授她《绿窗吟》。席佩兰对自己学诗的情况加以自述云：“性耽佳句席道华，一诗千改墨点鸦。一字未安心如麻，倚柱夜看秋河斜。”[②]嘉庆、道光年间浙江海宁女诗人许诵珠，“生而慧，好读其天性。五岁受经于泉唐朱允元，辄知大义，每授一过，琅琅若宿读”，诵珠父许梿家藏书卷典籍万册，于是许诵珠成日埋首典籍，“恣意涉猎，旁及杂学”[③]。

更为典型是江苏武进张氏姐妹。张琦娶江苏常州才女汤瑶卿，瑶卿“尤好读《苏长公集》”[④]。夫妻二人自幼引导其四女读书，对她们文学才能的提高起到了不可忽视的作用。这种指教不仅以她们的自学为前提，也成为推动她们不懈自学的动力。张纨英写道：

> 姊年二十三，府君自中州归，姊及仲姊皆积稿成帙。府君喟然叹曰：“是皆美才！惜吾奔走风尘，不能亲为指授，负是才也。”因为讲说大义，姊乃窃喜自负，学亦日进。道光甲申，府君官山东，诸女皆随侍。定省之际，常论说今古，评骘诗词以为乐。[⑤]

长女缁英“尽读家藏书，凡汲炊、烹饪、洒扫、浣濯、针线、刀尺，皆置书其旁，且读且作”，“仲姊则尽治一日事，俟孺人寝，乃读书达旦，明日治事如故。孺人虽呵禁之，勿辍也。后姊以过劳故多疾病，恒经月处床褥，

---

① （清）查为仁：《莲坡诗话》，转引自钱仲联《清诗纪事》第22册“列女卷”，南京：江苏古籍出版社，1989年版，第15663页。

② （清）席佩兰：《长真阁集》卷七//胡晓明、彭国忠编：《江南女性别集初编》上册，合肥：黄山书社，2008年版，第559页。

③ （清）潘衍桐：《两浙輶轩录》，转引自钱仲联《清诗纪事》第22册“列女卷”，南京：江苏古籍出版社，1989年版，第15946页。

④ （清）张曜孙：《蓬室偶吟·跋》附汤瑶卿《蓬室偶吟》卷末，清道光间宛邻书屋刻本。

⑤ （清）张纨英：《澹菊轩初稿后序》//《餐枫馆文集》卷一//胡晓明、彭国忠主编：《江南女性别集》三编，合肥：黄山书社，2012年版，第1379页。

然益伏枕读书，故镜台、妆匣、衾枕之畔，皆简册堆积”[①]。緭英一生不仅读书不倦，而且写作不辍，诗而益工，日积月累，集成《澹菊轩诗稿》，凡诗四卷，词一卷，刊行于世。其妹张纨英在回忆緭英时感慨道：“计自学诗以来，井臼间之，疾病间之，死丧间之，儿女间之，处宽闲之日未能五六年，而又无师友督课之助，徒冥心潜索以几于成。诚使假以时日，贵以专心，其所造诣，又当何如？”[②]

在家族长辈的教育之下，张氏四姊妹延承家学，“仲远诸姊之诗，固皆能承其家法”“夫人（张緭英）幼秉庭训，长习篇章”[③]“纬青幽隽，婉紃排奡，若绮和雅，各得先生之一体”[④]，深为后世称道。张氏家学的成果，从张琦到四女，再到王采苹，以及到吴兰畹，一直延续不辍。[⑤]

才媛闺秀读学不辍、不断精进的另一个典型例证是清初顾若璞。顾若璞是杭州名门之女，后嫁与出身于本地望族的黄汝亨之子黄茂梧。夫婿科举不售因病早逝，而若璞天资聪慧、喜读书，公爹黄汝亨便引导她系统地学习了儒家经典、秦汉散文等，以延续家学文脉，保证文名不堕。而顾若璞亦焕发出极大的热忱，广发藏书，篝灯披览，夜深方罢。除自身苦学进益，她还担当起多重职责，既作公爹的学生，又当好孩子的教师。黄茂梧由此深感欣慰，评价顾若璞聪慧明哲，通晓文理，善于督教儿辈，为家族的发展带来了新的希望。正是受黄汝亨有教无类的认识和对女子进学开放态度的影响，顾若璞也积极推动族中女子接受文化教育，她们

---

① （清）张纨英：《澹菊轩初稿后序》//《餐枫馆文集》卷一//胡晓明、彭国忠主编：《江南女性别集》三编，合肥：黄山书社，2012 年版，第 1379 页。

② （清）张纨英：《澹菊轩初稿后序》//《餐枫馆文集》卷一//胡晓明、彭国忠主编：《江南女性别集》三编，合肥：黄山书社，2012 年版，第 1380 页。

③ （清）张曜孙：《阳湖张氏四女集》，清道光间宛邻书屋刻本，第 6 页，现藏于国家图书馆。

④ （清）包世臣：《澹菊轩诗稿序》//《艺舟双楫》，上海：商务印书馆，1945 年版，第 65 页。

⑤ ［美］曼苏恩：《张门才女》，北京：北京大学出版社，2015 年版。

学习与研讨的内容甚至已经超越了一般的女训妇德范围，而指向经济、政治等天下大事。如《妇人集》载，其子妇丁连璧曾与其夫纵论国家边备大计，以屯田法被废弃为憾事。顾若璞也旗帜鲜明地支持闺秀们诵习诗文，认为女子习文能真正通古今之大道，使妇德臻于完美。当有人苛责延请塾师教导女性不合传统时，她作《延师训女或有讽者故作解嘲》的长诗予以回应。这种致力于传承和光大家学的努力，其影响也超出了家族的范围，犹如涟漪一般，在整个杭州地区扩散。她对当地女子教育和诗文创作等的影响，通过酬唱、结社等文化活动而传递了几代人，推动了清代杭州地区才媛诗学的发展。

以上事例表明，清代才媛在家族文化的影响之下承担起传承家学的责任，不仅以诗词形式抒发自我的情感，还将所学运用到教育子女的过程之中，同时在更大范围内推动了才媛创作活动的扩展。因此，这些才媛不仅是其子女学习文化知识、继承家族文化传统的重要纽带，更是影响家族后辈学识与前途的关键人物，维系着家族文脉的兴衰。

（三）家族声名之不辍

由于传统社会中女子的活动空间主要局限在闺门之内，因此才媛受教育的场所主要是在家族之中。或就读于为族中男童所设的家馆，或受教于单独聘请的闺塾师，亦有受教于家人延请的名师而得其指点者。在一些家学传统深厚的家庭，父母会亲自对女儿进行文化教育，教授知识。因此，翻阅家族宗谱或女性作品集时，能够常常见到“幼承家学”“幼承庭训”等词汇来说明才媛的成长背景，可见才媛诗学与家庭教育的密切关系。

通常而言，社会地位较高的才媛如官宦、绅衿家庭之女子，则较平民女子有更多受教育的机会。究其原因，其一是家庭经济富足、物质基础较好，生活条件优越故而无需为衣食住行担忧，女子能够得到闲暇从事诗文创作。其二，家庭观念更为开明，对子女接受教育寄予期望，愿意持续培养子女，特别是为女性的发展提供条件。其三，家中男性往往具有较高文化素养，支持家中子女知晓日用伦常、诗歌词赋，既能相夫教子，也能提高家族的声誉。故而，名父之女、才士之妻、令子之母，往往是知书识礼的才媛代表。

入清之后，女教规范较之前代数量更多，而社会对女子教育的重视有增无减，认为对家中女子当“教以正道，令知道理，如孝经烈女传女戒女训之类，不可不熟读讲明，使他心上开朗，亦闺教之不可少也”[①]。但这也同时为女子接受文学艺术的熏陶打下了基础，如嘉兴女诗人桑贞白在《香奁诗草》自跋中云：“幼荷严母庭诲，日究女训列传经史，以明古今。方识汉有曹大家、中郎女，晋有窦滔妻，宋有朱淑真，明有朱静庵，俱各隽才巧思，异句奇章行世，心甚企慕。”[②]一方面是才媛主动接受文化教育，另一方面家族文化因为才媛诗学的崛起而更有影响。事实上，无论是世家大族还是普通的书香门第，家族中女子知书达理、能够书写创作，不仅是振兴家族实力、发展家族文化的重要因素，而且对传播和延续家族的诗书门风起到了关键作用。甚至从一定程度上说，无论婚前婚后，才媛的存在可以大大提升家族在地方文化中的实力和地位。清代才媛的家属把收集和刊印她们的作品视作传播芳名的一种表示。如“蕉园诸子”人人有集，或是丈夫为之出版，如徐灿的《拙政园诗馀》；或是兄弟为其整理结集，如张昊的《趋庭咏》；也有兄弟替姐妹的诗集写序，如钱凤纶的《古香楼集》等。

---

① 陈东原：《中国妇女生活史》，上海：上海书店，1984 年版，第 190 页。

② 胡文楷：《历代妇女著作考》，上海：上海古籍出版社，1987 年版，第 338 页。

在江南地区,随着较长时间的政治稳定、经济发展、教育普及以及社会意识的逐渐开放等,孕育形成了诸多绵延明清两代的文学家族。在这些文学家族中,不仅是男子才学的发展受到重视,对才媛的培养与造就也是家族文学发展的重要组成部分。这种"爱才重才"的倾向也推动了家族女诗人群体的形成。一族之中、一门之内,母女、婆媳、姊妹、姑嫂、妯娌均系诗人、词人的现象十分普遍。如明末清初叶绍袁妻沈宜修,母女吟诗风气还感染到亲属家中的其他女子,以至姑舅伯姊,都"屏刀尺而事篇章,弃织纫而工笔墨"[1]。据学者对相关文献典籍的搜集和整理,明清环太湖流域共有 35 个文学家族女诗人群体,其中"苏州 20 家、常州 10 家、嘉兴 5 家"[2]。这一时期才媛诗人的涌现及其在诗词上的造诣,使她们获得的荣誉超出了自身,成为衡量清代文学家族影响力的重要指标之一。

女子接受文化教育既是提高自身才情修养的途径,也为婚后生活夫妻鸾凤和鸣、相互理解与沟通提供了基础,文学世家之间的联姻正是基于这样的基础才得以巩固各自在地方文化上的影响力。一些才媛在嫁入夫家之后依然能够受到教育和从事诗文创作活动,夫妻之间相互学习唱和的情景在明清江南的文学家族内尤为多见,这也是家族女诗人群体得以形成和发展的重要原因之一。通过联姻的方式,文学世家得以共享家族之间的文化资源和人才资源,从而保持和扩大本家族在文化上的资本和优势。

由此可见,在江南科举文化的浸润、家学文化的传承等因素的影响下,清代才媛诗学逐渐呈现出地域化、家族化、群体化的特征。这些知书识礼、才华出众的江南家族才媛,具有独特的文学发展力和创造力。她

---

① (明)谈迁:《枣林杂俎 · 义集彤管》,北京:中华书局,2006 年版,第 753 页。

② 娄欣星,梅新林:《明清环太湖流域家族女性文人群体的兴起及特点》,《云南师范大学学报(社会科学版)》2014 年第 3 期,第 111—121 页。

们既能帮助和支持家族男性在举业上不断进取，自身也能够在继承家学传统的基础上，进一步增进自身对历史的感悟、对人生的理解以及对文学艺术的创作、鉴赏能力。才媛的努力不仅使家族的文化得到传承和提升，也为家庭带来了良好声誉，并由此提高整个家族的知名度和文化的影响力，为家族的持续繁荣强盛作贡献。随着时间的流逝，才媛诗歌创作不仅有丰富的横向交流，即同一时期的家族女子成员之间存在共同生活的时间交集，相互唱和不息；也存在代际的传递，即不同辈分的女子之间诗才得以传承；还出现了地域性的扩展，即家族内女子因为出嫁、随宦、谋生等原因离开原有家族群体，而与其他地域的才媛群体产生联系，也在很大程度上推动了才媛诗歌的繁荣。

三、 思想启蒙与交游结社

入清之后，随着经济逐渐恢复、秩序趋于稳定，社会发展在为女子获取知识提供便利的同时，也催生了对女子生存状况的关注特别是对其参加文学活动的认识和讨论。清初部分思想家反对宋明理学对于人类正常欲望的压制，对明代知识分子"平素袖手谈心性，临事一死报君王"的行为进行了批判。在性别关系上，两性平等的观念得到了进一步的阐发。清代才媛的主体意识比过去更加强烈，对长期存在于文史领域中的歧视观念作出了批驳。才媛之间交相通讯、结成诗社，因而出现了规模甚大、前后相续的才媛诗群，使得才媛创作既有地域性、家族性，也呈现出群体性、社会性，成为这一时期才媛诗学繁荣的重要特征。

（一）破尊卑之别而重诗才

明代王阳明一反宋儒理学之繁复，以"心即理"反对"性即理"，主张

“致良知”，简洁易行，直达人心。良知肇自天性，故人人皆有，愚与圣同，因此这一理念蕴含着凡夫俗子与圣人秉性平等的内容。加上这一主张并不借助宋儒格物过程等外化过程，所谓不假外求、不物于物，而直指心性、简易活泼，指出人人成圣成贤之道，因此打破了宋代以来思想钳制的沉闷状况，催生了明代中后期的学说纷纭、思维活跃、新论频出的新局面。晚明之际，李贽赓续这种心性之说，翻为“童心说”，常称自己的著作是“离经叛道之作”。在文学创作上他反对复古、崇尚真实，主张不落俗套、独抒己见，对晚明文学产生了影响。在性别认识上，他认为男女只是性别上的区分，而非智识上的差异。他把男子与求真的品格相联系，认为只有展示出真心声、真性情的人才能被称为“真男子”。女子中也有“真男子”。《初潭集》辑录了有才识的 25 位女子，如若无忌母、婕妤班、从巢者、孙翊妻、李新声、李侃妇、海曲吕母等，“皆的的真男子也”[①]。在《答以女子学道为见短书》中，他从邑姜、文母说起，指出在学道方面，亦无男女之别：“故谓人有男女则可，谓见有男女岂可乎？谓见有长短则可，谓男子之见尽长，女子之见尽短，又岂可乎？设使女人其身而男子其见，乐闻正论而知俗语之不足听，乐学出世而知浮世之不足恋，则恐当世男子视之，皆当羞愧流汗，不敢出声矣。”[②]谢肇淛也强调，女子之“才”比女子之“色”远为难得，所谓“以容则繩繩接踵，以文则落落晨星”[③]。

入清以来，批评宋明理学对人性的压抑，特别是对渗入两性的“存天理灭人欲”“饿死事小失节事大”等观点加以批判的不乏其人。戴震抨击封建统治的秩序和伦理观念，认为“酷吏以法杀人，后儒以理杀人”，提倡

① (明)李贽：《初潭集》卷四，明万历刻本，第 7a 页，现藏于北京大学图书馆。

② (明)李贽：《答以女人学道为见短书》//《焚书》卷二，明万历刻本，第 20a—20b 页，现藏于北京大学图书馆。

③ (明)谢肇淛：《五杂俎》，上海：上海书店，2001 年版，第 152 页。

人道主义精神，认为正常的欲望乃是进步之动力，主张“体民之情、遂民之欲”，反对人为制造两性不平等。[①] 袁枚的《祭妹文》，是祭奠其亡妹袁机之作。他在文中沉痛写道：“汝以一贞之念，遇人仳离，致孤危托落，虽命之所存，天实为之然而累汝至此者，未尝非予之过也。予幼从先生授经，汝差肩而坐，爱听古人节义事。一旦长成，遵躬蹈之。呜呼！使汝不识《诗》《书》，或未必艰贞若是。”[②]袁枚既惋惜妹妹的不幸遭遇，也对造成这一不幸的思想根源进行了反思和挖掘。章学诚通过对经史的考证，认为古圣先贤时期女性曾经承担过任官教引、守护家学甚至传承绝学等重要任务，但后世却只注重培养女子吟诗作赋等文学才能。他的名篇《妇学》指出，女子单纯以诗唱我心的行为是轻薄佻达的。才媛应当追求纯正的经史之学，传播道统，从而推动古典妇学的复兴。这实际上赋予传统社会的女子以更高的期望。

（二）反复古之调而主性情

与思想领域的观念变革同时发展的是文学观念的变化。从明末开始，许多文士和诗人反对前后七子的复古陈调，推崇清新自然的才媛作品。梁乙真在《中国妇女文学史纲》中说：“当竟陵体盛行之时，钟谭之名满天下，且两人者，又喜奖励后进，在妇女亦多受其影响。而钟伯敬又选录历代女子诗为《名媛诗归》，以配《古诗归》《唐诗归》。虽其书文采未及，要义有功于妇女文学界也。”[③]承晚明选编刻印名媛诗词之滥觞，入

---

① （清）戴震：《戴东原集》卷九//《续编四库全书》集部第1434册，上海：上海古籍出版社，2002年版，第523页。

② （清）袁枚：《祭妹文》//王英志主编：《袁枚全集》第二册，南京：江苏古籍出版社，1993年版，228页。

③ 梁乙真：《中国妇女文学史纲》//《民国丛书》第二编，上海：上海书店，1990年版，第856页。

清之后爱才的文人纷纷效法，为才媛诗词结集。而才媛诗人对那些女子不当从事吟咏、更不当刊刻流布的观念也表示反对，参与诗词创作的自觉性大大增强，《国朝闺秀香咳集》卷十中提到："世多云女子不宜为诗，即偶有吟咏，亦不当示人流传之。噫！何其所见之浅也！……我朝文教昌明，闺阁之中，名媛杰出。于染脂弄粉之暇，时亲笔墨，较之古人，亦不多让焉。"[①]思想观念上的解放，尤其是文学主张从被动渐趋自主，加上同时代男性文人的扶助和支持，创作、整理、选编和刊行才媛诗作的风气便盛行开来。

至清中叶，文学领域也发展出尊情求变、反对描摹、主张抒发性情的流派，袁枚的性灵派就是突出的代表之一。他批评沈德潜的"格调说"和翁方纲的"肌理说"，认为"情所最先，莫如男女""自三百篇至今日，凡诗之传者，都是性灵，不关堆垛"[②]，主张把"性灵"当作诗歌流传的首要标准，认为"无自得之性情，于诗之本旨已失矣"。袁枚提倡"性灵说"，认为诗人应不失"赤子之心者"。对于那些女子不应吟诗作赋的观点，他极力排斥批驳："俗称女子不宜为诗，陋哉言乎！圣人以《关雎》《葛覃》《卷耳》冠三百篇之首，皆女子之诗。"[③]可见，袁枚从性灵的角度出发，肯定和推崇表达真实情感、体现真性情的女子之诗文；他不仅在理论上主张不废女子之作，更在实践上给予当时的女诗人以指导，并促成了随园女诗人群体的形成和才媛诗集的出版。

思想理论的解放与文学观念的革新，激励着更多才媛挣脱传统的束

① (清)戴鉴：《国朝闺秀香咳集序》//胡文楷：《历代妇女著作考》，上海：上海古籍出版社，2008年版，第917页。

② (清)袁枚：《随园诗话》卷五，北京：人民文学出版社，1982年版，第146页。

③ (清)袁枚：《袁枚闺秀诗话》卷二//王英志主编：《清代闺秀诗话丛刊》，南京：凤凰出版社，2010年版，第110页。

缚，以自身的创作回应社会的质疑，并从中表达对自己、对人生、对社会的深刻体悟与思考。

（三）倡闺阁之音而结诗社

随着商品经济迅速发展和城市化程度的提高，女性的社会生活空间也在进一步扩展。跟随士人宦海沉浮而多处迁移，再加上观念的变化，过去限于闺阃的女子逐渐可以打破约束，扩大交际范围。于是，结社作为兼有闺阁交游和文化交流性质的社会活动，在清代盛行起来。

总体而言，才媛结诗社兴起于明末。考证起来，“结社这一件事，在明末已成风气，文有文社，诗有诗社，普遍于江、浙、福建、广东、江西、山东、河北各省，风行了百数十年。大江南北，结社的风气，犹如春潮怒上，应运勃兴。那时候，不但读书人要立社，就是女士们也要结起诗酒文社，提倡风雅，从事吟咏”①。从明末开始，结社就成为一种社会性风气，社团的种类也相当多样。从性质上看，既有因政治主张、学术观点而结社的，也有因文学观念、诗歌艺术等而结社的，各社成员之间的松散程度不尽一致。从地域来看，结社各地皆有，而以江、浙、闽、粤、赣、鲁、冀、京等地为盛，前后持续了一百多年。文士结社往往带有政治见解一致甚至党同伐异的“因子”，而才媛则多以文墨雅集，颇为纯粹。通过晤面、书信、结社，才媛之间的交往如切如磋、如琢如磨，相互砥砺、共同提高，抬升了诗词的艺术水平。

从结社的群体类型和所处地域来看，可以把清代才媛诗人的结社区分为不同类型：

第一种是建立在家庭成员和亲属基础上的血脉型诗社，最为典型的

① 谢国桢：《明清之际党社运动考》，沈阳：辽宁教育出版社，1998 年版，第 7 页。

是沈宜修及其女儿亲眷等的社群。沈宜修及其女儿叶纨纨、叶小纨、叶小鸾，表妹张倩倩（后嫁与沈宜修弟沈自徵为妻）等皆“屏刀尺而事篇章，弃织纫而工笔墨”[①]，当然其文学创作活动也主要局限在家族之内。此外，桐城方孟式、方维仪、方维则等三姐妹，组成了“名媛诗社”。

第二种是以亲属关系为主，渐次吸纳少数旁系亲属、闺中密友等成员的拓展型诗社。如山阴女诗人商景兰既与女儿、儿媳共同吟诗作赋，也与其他非亲属的女诗人如黄媛介、王端淑、吴绛雪等相互唱和。在吴中，以“吴中十子”[②]为代表的众多诗人结成了“清溪吟社”。她们组织诗社雅集，作诗填词，兼及赋体及骈文，所作诗文收录于《吴中女士诗抄》之中，堪与西泠派比肩。

第三种是以文化地域为依托，兼顾亲属、邻里、乡族成员的族域型诗社。“清溪吟社”也带有这种特征，《名媛诗话》卷四云：“《吴中十才子诗钞》者，张滋兰（允滋）与张紫蘩（芬）、陆素窗（瑛）、李婉兮（孅）、席兰枝（蕙文）、朱翠娟（宗淑）、江碧岑（珠）、沈蕙孙（纕）、尤寄湘（澹仙）、沈皎如（持玉），结‘清溪吟社’，号吴中十才子，媲美西泠。集中诗词文赋俱佳，洵可传也。”[③]但清初最为显著、声名也最盛的当是“蕉园诗社”。“蕉园诗社”有“蕉园五子”“蕉园七子”，因活动前后持续多年，成为有公众认知度和声望的公众式诗社，也是清代闺秀诗社的主要形式。[④] 吴颢《国朝杭郡诗辑》卷三十“柴静仪”条云：“是时武林风俗繁侈，值春和景明，画船

---

① （清）谈迁：《枣林杂俎》，北京：中华书局，2006 年版，第 753 页。

② “吴中十子”都是江苏吴县人，分别是：张青溪允滋、张紫繁芬、陆素窗瑛、李婉兮孅、席兰枝蕙文、朱翠娟宗淑、江碧岑珠、沈蕙孙纕、尤寄湘澹仙、沈皎如持玉。

③ （清）沈善宝：《名媛诗话》卷四//王英志主编：《清代闺秀诗话丛刊》，南京：凤凰出版社，2010 年版，第 406 页。

④ ［美］高彦颐：《闺塾师——明末清初江南的才女文化》，南京：江苏人民出版社，2005 年版，第 17—18 页。

绣幕交映湖湄,争饰明铛翠羽,珠髾蝉縠,以相夸耀。(柴)季娴独漾小艇,偕冯又令、钱云仪、林亚清、顾启姬诸大家,练裙椎髻,授管分笺,邻舟游女望见,辄俯首徘徊,自愧弗及。"[①]由此可以窥见诗社中才媛活动之一斑。

《名媛诗话》也记载了这类才媛结社的活动。卷一云:"(柴)季娴工写竹梅,尝与闺友林亚清、顾启姬、钱云仪、冯又令、张槎云、毛安芳诸君结蕉园吟社,群推季娴为女士祭酒。"[②]"顾重楣长任号霞笈仙姝,征士林以畏室,著有《谢庭香咏》、《梁案吟》……惜早世,未与蕉园之社。"[③]"张槎云昊,字玉琴……与柴季娴等倡和,称'蕉园七子'。"[④]

第四种是因随宦经历而聚集,又出于对诗词的共同爱好而建立的跨地域社交型诗社。这种结社成员更加复杂、更加开放,活动密度可能一度较大,但很快会因为成员变动而趋冷。典型的是沈善宝在《名媛诗话》中多次提及的"秋红吟社"。"秋红吟社"是沈善宝随宦入京时,与女诗人顾春、项紃、许延礽、钱继芬等于己亥年(1939年)所结的诗社[⑤]。从《名媛诗话》卷八的记载看,该诗社始于道光己亥秋日,初集咏牵牛花,顾春有《鹊桥仙·牵牛》;末社咏白海棠,顾春有《玉烛新·咏白海棠》,由此估

---

① (清)吴颢:《国朝杭郡诗辑》卷三十,清同治十三年(1874)钱塘丁氏刻本,第11页,现藏于北京大学图书馆。

② (清)沈善宝:《名媛诗话》卷一//王英志主编:《清代闺秀诗话丛刊》,南京:凤凰出版社,2010年版,第354页。

③ (清)沈善宝:《名媛诗话》卷一//王英志主编:《清代闺秀诗话丛刊》,南京:凤凰出版社,2010年版,第356页。

④ (清)沈善宝:《名媛诗话》卷一//王英志主编:《清代闺秀诗话丛刊》,南京:凤凰出版社,2010年版,第357页。

⑤ 诗社的主要成员是:顾太清,名春,满族人,宗室奕绘继室,居北京;项屏山,即项紃,钱塘人,项赋棣女,许乃普继室;云林,即许延礽,仁和人,许宗彦女,休宁孙承勋妻;伯芳,即钱继芬,嘉兴人,阮受卿继室。即最初参与秋红吟社的五位诗人,除顾春外,其余诸人皆是随宦人京,始得以结聚在一起。

计诗社成员的雅集活动当结束于庚子年(1840 年)[①]。

虽然诗社正式存在了不到两年时间,但秋红吟社打破了过去才媛诗社以血脉或地缘关系为主导的格局,也不再单纯依赖文士的主导与组织,形成了以文学创作为主要追求,以才媛自愿加入为基本特征,以超越民族和社会地位为标志的文学社团,打破了江南独盛的局面和汉族专美的传统,出现了满汉才媛同社雅集的情形,可谓才媛结社中的一个里程碑。

除了结社,才媛共同编选诗歌总集或诗话,也成为她们文学参与广度和深度不断提高、内涵日渐丰富的一个标志。在诗集方面,清初王端淑所编的《名媛诗纬》共四十二卷,辑录了 830 名才媛诗人共 2028 篇作品,所选作品涵盖元明时期的诗、词、曲三种体裁,其中,卷三十七、三十八专门选录和评论了明代黄峨、徐媛、梁孟昭、沈静专、呼文如等 12 位女散曲家的作品[②],钱谦益、许兆祥、韩则愈为之作序,可以称得上是清初规模最大的才媛诗文选本。季娴编纂《闺秀集》两卷,以诗歌体裁分类,覆盖乐府、四言古诗、五古、七古、五言排律、五律、七律、五绝、六绝、七绝等。完颜恽珠所编的《国朝闺秀正始集》规模很大,潘素心评"太夫人积数十年之力,蒐罗既富,选择必精,用以显微阐幽,垂为懿范,使妇人女子之学诗者,发乎情,止乎礼义"[③]。此外,亦有才媛自主选评的诗歌集,如女诗人汪端就曾选辑过明诗等。[④]

---

① 卢兴基:《顾太清词新释辑评》,北京:中国书店,2005 年版,第 437 页。

② 民国二十三年(1935 年),卢前将这两卷单独辑出并发行了单行本《明代妇人散曲集》。这是清代女性文学批评中较早关注女性戏曲创作的作品。

③ 潘素心:《国朝闺秀正始集》序//(清)完颜恽珠:《国朝闺秀正始集》,清道光十一年(1831)红香馆刻本,第 2a 页,现藏于北京大学图书馆。

④ 赵厚均:《〈名媛诗话〉与乾嘉道时期的闺秀文学活动》,《古代文学理论研究》2012 年第 1 期,第 372 页。

在诗话方面，清初桐城女诗人方维仪所编的《宫闺诗史》《宫闺文史》《宫闺诗评》[①]，今皆已散佚，只能从他人论述中得以管窥。《列朝诗集》言方维仪“删古今宫闱诗史，主于刊落淫哇，区明风烈，君子尚其志焉。”[②]其侄方以智为《清芬阁集》题跋时有言：“女子不以才贵，故其删《宫闺诗史》也，断断乎必以邪、正别之。”[③]后有熊琏的《澹仙诗话》四卷，以才媛之笔触评时人之诗，而不限于闺秀。王琼的《爱兰轩名媛诗话》，杨芸的《金箱荟说》，收集了古今才媛的诗话。沈善宝《名媛诗话》十五卷，评明末至道光女诗人1000余家，为才媛诗话中成就最高。诗集编选和诗话从某种意义上说已属于诗学批评的范围，这标志着才媛诗人已不满足于创作，而具有了保存自身作品的自觉意识，以及向诗词创作理论化、范式化迈进而付出的不懈努力。

才媛从事女性诗歌选集和总集的纂辑活动，特别是才媛诗话的编纂，意味着才媛们开始有意识地保存作品，并推动创作从自发的直抒胸臆逐渐转变为自觉的理论探索，可谓才媛诗学发展到清代进入鼎盛阶段的重要标志。

正是在上述多种因素共同作用下，清前中期出现了女性创作群体化的现象。家族之内，母女、姊妹、姑媳、妯娌间互相唱和，吟咏不绝，一门风雅。而这种群体化现象既在时间上不断延续，即诗词技能在代际上的传递；也在空间上逐步拓展，即才媛诗人因为出嫁、随宦、谋生等原因离开原有家族，与其他地域的女性文人产生联系，从而表现出交际的扩展

① 台湾学者连文萍认为，极可能为《宫闺诗史》的评论部分单独析出，集为一卷，本书认同这一说法。

② (清)钱谦益：《列朝诗集小传》，上海：古典文学出版社，1957年版，第736页。

③ (清)方以智：《清芬阁集跋》//《浮山文集前编》卷二//《续修四库全书》，上海：上海古籍出版社，1995年版，第421页。

与地域的跨越；还表现在关于才媛群体成就的记录上，即因其文学艺术上取得的声誉，而在大量才媛编纂的女性诗歌总集、选集、别集或男性编纂的诗歌选本中留下印记。

总之，通过持之以恒的读书进学、悉心求教，以及自发的结社和编辑诗话、诗文选集等活动，清代才媛诗人们打破了传统观念施加的束缚，部分地跳出了礼教的约束，在商品经济催生的文化普及和家族、地域提供的丰厚文化之中，不断扩大文学参与的空间和领域，主动构筑多样化的文学网络，彰显出日益强烈的独立平等意识。而她们的创作，也冲淡了复古的陈腐滥调，为清代诗坛注入一股新风。

四、小结

本章结合当时的经济发展水平、历史文化积淀、家族社会关系等，对“国朝诗学迈前贤”的原因做了综合性考察。

总体来看，才媛文艺创作的繁荣，是经济发展、技术条件、制度机制、家学传承与才媛自身努力综合作用的结果。明清时商品经济繁荣与印刷技术革新，为提高才媛知识获取的可及性准备了条件，而其带动产生的市民阶层及文化消费需求，为才媛诗歌的大范围传播提供了土壤。一些地区特别是江南独有的自然环境和历史文化积淀，带来了思想观念解放与文学思潮的流变，激发了才媛写作在意识形态层次上的争议和潜在观念，使当时社会对才媛写作呈现出积极开放的态度。科举接力带来的文士在诗词歌赋等文学领域的退隐，与他们对于才媛诗词所展现出的思想情感与审美风格的认同，相互强化并推动了对才媛创作价值的认可。而才媛对文本书写的承担和参与，对传播和延续所在家族的诗书门风起到了关键作用，是光大家族门楣、承继家族之学、提升家族地位的重要途径。随着社会思想领域束缚的解除，更多的新观念得以在明清时期的才媛中流行，平等独立意识的萌芽尤其见厚于当时的才媛诗人群体中，许多才媛诗人秉持相似的伦理观念和诗学主张，多相交游通讯甚至结为诗社，出现了规模甚大、前后相续的才媛诗人群体。这些诗人在较高的文化起点上培养起对历史的感悟、哲学的思考、人生的理解以及文学艺术的创作和欣赏能力，通过自发的努力和同辈之间的相互鼓励，极大推动了清代才媛诗学的繁荣。

第二章　德与言：闺门之仪与夫妇一伦

传统社会的女子有所谓“德言容功”四教，而其中德与言十分紧要。立德与立言不仅是士人获得不朽的途径，也是女性教化的重要内容。古代士大夫有立德、立功、立言之三不朽，明代叶绍袁亦提出“才、德、色”为女子之三不朽。从女教思想的来源看，儒门对礼仪规范的追求与恪守，并不限于男性。司马谈《论六家要旨》云：“天下一致而百虑，同归而殊途。夫阴阳、儒、墨、名、法、道德，此务为治者也，直所从言之异路，有省不省耳。儒者博而寡要，劳而无功，是以其事难尽从，然其序君臣父子之礼，列夫妇长幼之别，不可易也。”[①]夫妇长幼乃儒家关注的重要一伦，修身齐家，实不能置女性于外。学而习之，教而化之，使人而有德，男女同然。

但是，女教观念的形成，实非完全由儒门的思想来塑造。综合考察，经由古籍经典的界定、当权者的强令、臣僚和女史的倡导，加之不少女性的践履，女教的理念由原则走向规范，要求从宽泛变得具体，主导的观念如贞节等虽偶有松动但自宋元之后日益强化，成为礼教中的重要组成部分，绵延了上千年。有德者则有言，对于教化一途，实不可不考。

一、女教规范的发展与清代儒士的夫妇观念

儒家原典对女子的角色及态度，在不同篇章有较多论述，有些也成

---

① (汉)司马谈：《论六家要旨》//(清)严可均辑：《全上古三代秦汉三国六朝文》第一册，上海：上海古籍出版社，2009 年版，第 264 页。

为后世争论的根源。《论语》中关于女子的表述不太多，概括起来大体有四类：一是对历史上杰出女性的钦佩，见于《论语·泰伯》[①]；二是由“孝”引出的对父母的态度[②]，如《论语·里仁》；三是对女子婚姻对象选择的判断，如《论语·公冶长》[③]；四是对南子和弥子瑕等人物品性的概括，如《论语·阳货》：“子曰：‘唯女子与小人为难养也，近之则不孙，远之则怨。’”围绕此句中“女子”的涵义以及孔子是否对女性抱有歧视的态度，后世聚讼纷纷。台湾大学傅佩荣认为孔子此言乃是描述当时的社会现象而不是表达自己的特定主张，当时的女子没有受教育的机会，自然就表现出人类本能中依赖性的一面，近就骄傲、远就抱怨，安全感不强；而从先秦其他典籍的记载来看，孔子对女性是关心和尊重的。如《礼记·檀弓下》记载孔子路过泰山时见“有妇人哭于墓者而哀”，就让子贡前去了解详情。《国语·鲁语下》还记载了孔子对鲁国执政国卿季康子的从祖叔母的敬佩，他称赞：“女知莫如妇，男知莫如夫。公父氏之妇智也夫！欲明其子之令德。”“季氏之妇可谓知礼矣。爱而无私，上下有章。”《诗经》《礼记》《周易》中都有对男女、关系、分际、性格特征等的论述。

性别问题贯穿于中国历史文化之中。一些研究者认为儒家文化更是从“从特定的宇宙论、社会关系论以及政治、经济的视角出发，确立了

---

① 《论语·泰伯》：“舜有臣五人而天下治。武王曰：‘予有乱臣十人。’孔子曰：‘才难，不其然乎？唐虞之际，于斯为盛。有妇人焉，九人而已。三分天下有其二，以服事殷。周之德，其可谓至德也已矣。’”

② 《论语·里仁》：“事父母几谏，见志不从，又敬不违，劳而不怨。”“父母在，不远游，游必有方。”“父母之年，不可不知也。一则以喜，一则以惧。”《论语·阳货》：“子生三年，然后免于父母之怀。”

③ 《论语·公冶长》中孔子对公冶长和南容的态度可见一斑。“子谓公冶长，‘可妻也。虽在缧绁之中，非其罪也。’以其子妻之。”“子谓南容，‘邦有道，不废；邦无道，免于刑戮。’以其兄之子妻之。”

一整套女人是什么、如何做女人的思想体系和行为准则”①。本节以中国的朝代变迁为纵轴，以各朝代官方史书、典籍中记载的最具代表性的女教书为横轴，梳理传统女教规范的演进和规范的发展，分析清代文士的夫妇观念，并以此观察才媛对人伦关系的认知、对传统价值的颂扬以及诗歌对此的映照。

（一）女教观念的发展脉络

《诗经·小雅·斯干》中对于古时家庭生男生女的不同反应及未来的角色期许，作了生动的描述：“乃生男子，载寝之床。载衣之裳，载弄之璋。其泣喤喤，朱芾斯皇，室家君王。乃生女子，载寝之地。载衣之裼，载弄之瓦。无非无仪，唯酒食是议，无父母诒罹。”此诗自父母视角而看待子女，可能是较早描述男女之别的文献，同时也是两性不同教育内容的记载。《诗经·大雅·思齐》对于夫妇一伦中女性教导的表述，是后世文士反复引用的经典：“刑於寡妻，至于兄弟，以御于家邦。”“刑”者，按《说文解字》，“荆，罚罪也。从井从刀。《易》曰：‘井，法也。’。”“刑”又通“型”，因而这一概念具有引导塑造而使之符合法式或典范之意。“刑”与“御”总体定下了后世对于夫妇一伦的基本取向。

虽然大体取向已经定格，但传统社会关于女教的原则、内容、要求等，却经过了一个历史的发展与演变。

---

① 这一思想的梳理可以看做是儒家女性观的范畴，主要的内容包括：在社会思想中处于中流砥柱的儒家文化建立了怎样的社会性别制度，不同历史时期“社会性别”的具体规范发生了哪些变化，其中的女性具有怎样的历史、社会及思想根源，具体又通过哪些文化观念、语言符号、礼仪习俗来完成对女性的塑造等等。参见：彭华：《儒家女性观研究》，北京：中国社会科学出版社，2010 年版，第 2—3 页。

1. 女教规范的发轫与奠基：先秦

西周推翻商朝后建立了分封制，同时又在父系家长制血缘关系的基础上建立了宗法制，形成了“天子建国，诸侯立家，卿置侧室，大夫有贰宗，士有隶子弟”[①]的局面。周公制礼作乐，其重要的内容就是婚姻、宗法、家族等礼制伦常，并作为礼法贯彻实施。王国维在《殷商制度论》中将周礼的基本精神概括为四项原则和三种制度，分别是“尊尊”“亲亲”“贤贤”“男女有别”四项原则和立子立嫡制、庙数之制、婚姻制度三种制度[②]。嫡庶长幼亲疏的区分、男尊女卑的确立以及女性内部的地位等级分化，成为这一时期礼制特别是两性关系上的重要特征。

《礼记·内则》集中规定了女子在闺阁中接受教育的次序与内容，如“女子十年不出，姆教婉娩听从，执麻枲，治丝茧，织纴组紃，学女事，以供衣服；观于祭祀，纳酒浆笾豆菹醢，礼相助奠”。《曲礼》载“纳女于天子曰备百姓，于国君曰备酒浆，于大夫曰备洒扫”，也是要求女子熟悉家事以襄助男子。《仪礼·士昏礼》载：“女子许嫁，笄而醴之，称字。祖庙未毁，教于公宫，三月。若祖庙已毁，则教于宗室。”

“男女有别”原是为确保宗法制下家族有序继承而作出的制度安排，因两性遵守的礼法不同，男女之间应有严格区别。“男女之别”为夫妇人伦的基石，《礼记·昏义》云：“敬慎重正而后亲之，礼之大体，而所以成男女之别，而立夫妇之义也。男女有别，而后夫妇有义。”“男女有别”的原则在《礼记》中亦有具体要求，如《礼记·内则》云：“男不言内，女不言外。非祭非丧，不相授器。”《礼记·曲礼》云：“男女不杂坐，不同椸枷，不同巾栉，不亲授。嫂叔不通问，诸母不漱裳。女子许嫁，缨，非有大故不入其

① (清)王聘珍：《大戴礼记解诂》，北京：中华书局，1983 年版，第 62 页。
② 王国维：《观堂集林》，北京：中华书局，1959 年版，第 451—480 页。

门。姑、姊、妹、女子子，已嫁而反，兄弟弗与同席而坐，弗与同器而食。父子不同席。男女非有行媒，不相知名，非受币，不交不亲。”

进入春秋战国，礼乐征伐自诸侯出，西周的礼法遭到破坏。孔子心仪周礼，提出要“克己复礼”，实际上也是要回到西周的礼法规范上去。在婚姻关系上，孔子强调夫妇对家庭和社会的重要性，要求“敬妻”“重德”；但也主张“男女有别”，认可男主外、女主内的分工模式。孟子要求女子“必敬必戒，无违夫子”，《孟子·滕文公下》云：“以顺为正者，妾妇之道也。”这一时期对女性角色的规范，集中体现在“三从”“四德”等要求之中。所谓“三从”，《礼记·郊特牲》的描述为，“妇人，从人者也。幼从父兄，嫁从夫，夫死从子”。《仪礼·丧服》中亦言：“妇人有三从之义，无专用之道，故未嫁从父，既嫁从夫，夫死从子。”所谓“四德”，则要求女子“言慎、行敬、工端、容整”。《周礼·九嫔》云：“九嫔掌妇学之法，以教九御：妇德、妇言、妇容、妇功。”

无论是“男尊女卑”“男女有别”，还是“三从”“四德”，这一时期的教育都是以维护礼法为核心，以完成女性的角色准备为目的，重视女子柔顺态度的养成和安排家事等职责的践行，培养以顺从为特征的贤妻良母。

2. 女教规范的形成与发展：秦汉

秦于公元前 221 年灭齐，结束诸侯争雄的局面，建立了统一的君主制集权国家。秦遍采六国礼仪，规定了宫规。秦朝虽短，但秦始皇十分注重两性之别和女性贞仪，在泰山立碑，强调贵贱分明，男女礼顺，慎遵职事，昭隔内外。秦始皇还以朝廷名义表彰节妇，如封巴寡妇清为贞妇，并在其葬地筑“女怀清台”以昭天下。

秦朝暴政，激起了农民起义。刘邦于公元前 206 年建立了西汉王朝。董仲舒向汉武帝提出“罢黜百家，独尊儒术”，推动了儒学的勃兴，也带来了对纲常名教的重新梳理。经过董仲舒、刘向、班固、班昭等的加工，礼教得以定型。这一时期许多士人女史都提出了女教的主张，如贾谊要求培养女子"柔""慈""德"等品性，主张妇女进行胎教；蔡邕著有《女训》一书以培养女子的良好心灵，最为知名的还是刘向的《列女传》和班昭的《女诫》。

据《汉书》记载，刘向创作《列女传》的意图在于："以为王教由内及外，自近者始。故采取《诗》《书》所载贤妃贞妇，兴国显家可法则，及孽嬖乱亡者，序次为《列女传》，凡八篇，以戒天子。及采传记行事，著《新序》《说苑》凡五十篇奏之。数上疏言得失，陈法戒。书数十上，以助观览，补遗阙。"[①]《列女传》倡举六类兴国显家的女子模范，也列出乱朝亡国的反面典型。一是"母仪"，即谨守妇礼、注重德教，教育子孙修身立德、建功立业的女性。二是"贤明"，即通达事理、明辨是非，德行贤良、行为有节的女性。三是"仁智"，即有仁德、有胆识、有才智，明于事理、识高见远的女性。四是"贞顺"，即修道正进、避嫌远别，勤正洁行、精专谨慎的女性。五是"节义"，即好善慕节、诚信勇敢，义之所在、赴之不疑的女性。六是"辩通"，即博学善辩、谈吐文雅，善辅国政、善佐夫君的女性。七是"孽嬖"，批评那些淫妒荧惑、背节弃义，指是为非、荒淫无道的女性，警醒后世，以作鉴戒。《列女传》充分肯定女子在家庭、社会、政治等多方面的积极作用，着力倡导女性应当具备的积极品质，指出女性应当远离的淫妒之行，具有进步意义，因而成为女教经典、闺中必读之书。刘向在历史上首次为女子作传，开后世重视女子教育之先河。

班昭《女诫》仿《列女传》之例，分为七个部分，分别是卑弱第一、夫妇

---

① (宋)司马光编撰，沈志华、张宏儒编：《资治通鉴》卷三十一，北京：中华书局，2009年版，第1202页。

第二、敬顺第三、妇行第四、专心第五、曲从第六和谦顺第七。七个部分的规训之意较为明确："卑弱"训以礼法之义，"夫妇"阐释夫妇之义，"敬顺"诫以尊夫之道，"四行"训以修身之道，"专心"教以事夫之道，"曲从"勉以事舅姑之道，"谦顺"示以和叔妹之道。班昭将"四德"进一步细化为"清闲贞静，守节整齐，行己有耻，动静有法，是谓妇德。择辞而说，不道恶语，时然后言，不厌于人，是谓妇言。盥浣尘秽，服饰鲜洁，沐浴以时，身不垢辱，是谓妇容。专心纺绩，不好戏笑，洁齐酒食，以奉宾客，是谓妇功"。

《女诫》是首部由女性本人书写的女教著作，也是继《列女传》之后对妇女影响最深远的著作。此后的女教书或仿《列女传》，或仿《女诫》。因《女诫》阐述了女子应有的道德品行、接人待物的原则等内容，其教化更能深入女子身心，可谓古代第一部女子生活的标准教科书。东汉范晔称《女诫》七篇"有助内训"，清代陈宏谋对《女诫》更是推崇备至，在《教女遗规》中写道："今观其所以诫女者，始之以卑弱，终之以谦和，大要以敬顺为主，绝无一语及于外政，则女德之所尚，可知矣。至于近世女子，好华饰，趋巧异，几几乎以四德为诟病。今所论德言容功，乃在此不在彼，尤可谓对症良剂也。惩骄惰于未萌，严礼法于不坠，贵贱大小，莫不率由，以是为百代女师可也。故列诸卷首，以为教女者则焉。"[①]

3. 女教规范的松弛与重整：隋唐五代与两宋

魏晋南北朝时期出现了各民族的大交流大融合，入唐后儒学受到佛教、道教的冲击，加上对外开放与交流的繁盛，唐代两性交往较为开放，女子所受的约束也较过去要轻，贞节观念亦比往时淡化。但提倡女教的书籍则较前代有所增多，《旧唐书·经籍志》和《新唐书·艺文志》所载女

① （清）陈宏谋：《教女遗规》卷上，清光绪二十一年（1895）浙江书局刻本。

教书凡10部，但对后世影响较大的是侯莫陈邈之妻郑氏的《女孝经》和宋若莘、宋若昭的《女论语》。《女孝经》作书因由，据郑氏《进〈女孝经〉表》云，乃是"妾侄女特天恩策为永王妃，以少长闺闱，未娴诗礼，至于经诰，触事面墙，夙夜忧惶，战惧交集。今戒以为妇之道，申以执巾之礼"①。《女孝经》分十八章，分别为：开宗明义章、后妃章、夫人章、邦君章、庶人章、事舅姑章、三才章、孝治章、贤明章、纪德行章、五刑章、广要道章、广守信章、广扬名章、谏诤章、胎教章、母仪章、举恶章。《女孝经》高举孝道，认为"夫孝者，广天地，厚人伦，动鬼神，感禽兽"，各阶层的女性都要以孝为出发点，养成廉贞孝义、事姑敬夫等习性。行文仿曹大家体例，多为四言或六言，易于诵读。宋若莘、宋若昭的《女论语》共十二章，分别为：续传、立身、学作、学礼、早起、事父母、事舅姑、事夫、营家、待客、和柔、守节。《女论语》主张女子先学立身，次应知礼，以顺为尚，以和为贵，以孝为尊，守节清贞；又强调勤于纺织，善于烹饪，精于营家，多从日常生活规范女子言行。李商隐《义山杂纂》记述了唐代女教的"养成"项目，共有十部分，即习女工、议论酒食、温良恭俭、修饰容仪、学书学算、小心软语、闺房贞节、不唱词曲、闻事不传、善事尊长，相较过去增加了许多新的内容，估计是唐代后期的记述。

宋代宗族组织发达，多编写宗规族诫类的著作，以加强对家族内女子的教育，故而女教专书虽少，但家训尤多。最为著名的当属司马光的《家范》和袁采的《世范》。《家范》由司马光辑录前人教子治家言行并加以论说而成，首载《周易·家人》卦辞、《大学》《孝经》《尧典》《诗经·大雅·思齐》篇作为全书之序；其后分列治家、祖、父、母、子、女、孙、伯叔父、侄、兄、弟、姑姊妹、夫、妻、甥舅、舅姑、妇、妾、乳母凡十九篇，都是杂

① （唐）董诰等：《全唐文》卷九百四十五，北京：中华书局，1983年版，第9817页。

采史记传事中可为法则者，纪昀评“其节目备具，切于日用，简而不烦，实足为儒者治行之要”[①]。《家范》以“女正位乎内，男正位乎外”为治家最高原则，认为妻子应具备“六德”，即：“一曰柔顺，二曰清洁，三曰不妒，四曰俭约，五曰恭谨，六曰勤劳。”司马光亦云“古今贤女无不好学，左图右史以自儆戒”[②]，认为读书有助于妇德之涵养，产生慕贤尚德之心。至于女子应读之书，则应限于《孝经》《论语》《列女传》《女诫》，而“刺绣华巧，管弦歌诗，皆非女子所宜习也”。袁采，字君载，信安（今浙江常山县）人，著有《政和杂志》《县令小录》和《世范》三书，仅《世范》传世。《世范》包括睦亲、处己、持家三部分，共三卷。袁采同情女子的不幸，主张女子应该接受教育，知书识字以达到持家的目的，“妇人有以其夫蠢懦，而能自理家务，计算钱谷出入，人不能欺者；有夫不肖，而能与其子，同理家务，不至破家荡产者；有夫死子幼，而能教养其子，敦睦内外姻亲，料理家务，至於兴隆者，皆贤妇人也！而夫死子幼，居家营生，最为难事。托之宗族，宗族未必贤；托之亲戚，亲戚未必贤。贤者又不肯预人家事，惟妇人自识算书，而所托之人衣食自给，稍识公义，则庶几焉。不然，鲜不破家”[③]。《世范》还强调女子处家当宽容，善反思，顺适劳任，诚笃孝行；主张女子自乳其子，反对过早为男女议婚，认为媒妁之言不可信，可以说全书在立身处世、砥砺末俗方面极为笃挚、切要，明清得以重刊。陈东原认为袁采博通世故，说了许多关于女子的话，却没有“无才是德”的字句；而袁采对女性之于家庭重要性的认识，可以说与近世“贤妻良母”的主张若合符契，不啻为中国传统女教作出的贡献。

---

① 转引自陈东原：《中国妇女生活史》，上海：商务印书馆，1928 年版，第 117 页。

② （宋）司马光：《家范》卷六，明天启元年（1621）刻本，第 77 页。现藏于北京大学图书馆。

③ （唐）袁采：《袁氏世范》卷一，清知不足斋丛书本，第 24—25 页。现藏于北京大学图书馆。

4. 女教规范的强化与系统化:元明

元是蒙古族建立的政权。“孝”作为女教的主张之一,在元代理学家中得到了进一步倡导。元代早期统治者仍强调严守蒙古风俗,随着汉化程度加深,元朝对女子道德特别是贞节观念有所强化。如元典章强调失节女子不封赠,命妇夫死不得改嫁等。经统治者提倡、法制褒扬,元代女子持贞守节情形增多。元代百年间,入《列女传》的守节者 19 人、孝顺舅姑者 18 人、孝己父母者 13 人,但实际守节女子的数量可能更多。陈东原认为对女子贞节的强调在元代达到极致,而章义和在《贞节史》中也指出贞节观念在元代得到了强化。[①] 这一时期较为知名的女教书是许献臣的《女教书》和浦阳郑氏的《郑氏规范》。许献臣摭述经史传记中的嘉言善行,以明为女、为妇、为妻、为母之道,书前有吴澄和虞集为之作序。《郑氏规范》是浦阳郑氏所著,强调道德行为的培养,强调安详恭敬,奉舅姑以孝,事丈夫以礼,待娣姒以和,提倡节俭勤劳等美德,影响流于后世。

明代推翻蒙元王朝后,鉴于元亡教训,明初统治者非常注意对后宫干政的防范,有明一朝比较重视女教书籍的撰述与编纂。洪武元年朱元璋便命儒臣修《女诫》,而成于永乐元年的《古今列女传》(两江总督采进本),也是经明成祖敕令,由官员解缙等奉撰的大型官修女训之书[②]。明

---

① 文中数据见彭华:《儒家女性观研究》,北京:中国社会科学出版社,2010 年版,第 112 页。

② 关于此书的成书过程及版本,其序记载云:明洪武中,孝慈高皇后每听女史读书,至《列女传》,谓宜加讨论,因请太祖命儒臣考订,未就。永乐元年,成祖既追上高皇后尊谥册宝,仁孝皇后因复以此书为言,遂命缙及黄淮、胡广、胡俨、杨荣、金幼孜、杨士奇、王洪、蒋骥、沈度等同加编辑。书成上进,帝自制《序》文,刊印颁行。上卷皆历代后妃,中卷诸侯大夫妻,下卷士庶人妻。时仁孝皇后又作《贞烈事实》,以阐幽显微,颇留意于风教。故诸臣编辑是书,稍为经意,不似《五经四书大全》之潦草。所录事迹,起自有虞,迄於元明。汉以前多本之刘向书,后代则略取各史《列女传》,而以明初人附益之,去取颇见审慎。盖在明代官书之中犹为善本。此本为秀水项元汴家所藏,犹明内府初刊之版。黄虞稷《千顷堂书目》称此书成于永乐元年十二月。今考成祖御制《序》,实题九月朔旦。知虞稷未见原书,仅据传闻著录矣。

成祖徐皇后编《内训》十二篇，分别为：德性、修身、慎言、谨行、勤励、节俭、警戒、积善、迁善、崇圣训、景贤范、事父母、事君、事舅姑、奉祭祀、母仪、睦亲、慈幼、逮下、待外戚。后由明成祖颁赐臣民，施行天下。明朝也提倡女子守节，《明史》所言："明兴，著为规条，巡方督学岁上其事。大者赐祠祀，次亦树坊表，乌头绰楔，照耀井闾，乃至僻壤下户之女，亦能以贞白自砥。"[①]这一时期的知名女教书是吕坤的《闺范》、王相的《女四书》。吕坤编纂《闺范》的目的是宣扬"三从四德"，序言即云"先王重阴教，故妇人有女师。讲明古语，称引昔贤，令之谨守三从，恪遵四德，以为夫子光，不贻父母之辱"[②]。"自世教衰，而闺门中人竟弃之礼法之外矣。生闾阎内，惯听鄙俚之言；在富贵家，恣长骄奢之性。首满金珠，体遍縠罗；态学轻浮，语习儇巧，而口无良言，身无善行。舅姑妯娌，不传贤孝之名；乡党亲戚，但闻顽悍之恶，则不教之故。乃高之者，弄柔翰，逞骚才，以夸浮士；卑之者，拨俗弦，歌艳语，近于倡家，则邪教之流也。闺门万化之原，审如是，内治何以修哉？"[③]为了矫正浮俗，必须加强女教。过去的女教书虽然众多，"然多者难悉，晦者难明，杂者无所别白，淡无味者，不能令人感惕，闺人无所持循以为诵习。余读而病之，乃拟列女传"[④]。为了方便阅览，引起阅读兴趣，作者"辑先哲嘉言，诸贤善行，绘之图像。其奇文奥义，则间为音释。又于每类之前，各题大旨；每传之后，各赞数言，以示

---

① (清)张廷玉等：《明史》卷三百一《列传》第一百八十九，北京：中华书局，1974 年 4 月版，第 7689—7690 页。

② (明)吕坤：《闺范》序言//吕坤撰，王国轩、王秀梅整理，《吕坤全集》上，北京：中华书局 2008 年版，第 1409 页

③ (明)吕坤：《闺范》序言//吕坤撰，王国轩、王秀梅整理，《吕坤全集》上，北京：中华书局 2008 年版，第 1409 页

④ (明)吕坤：《闺范》序言//吕坤撰，王国轩、王秀梅整理，《吕坤全集》上，北京：中华书局 2008 年版，第 1409 页

激劝”[①]。《闺范》共有四卷，卷首为《嘉言篇》，后三卷为《善行篇》，卷二为“女子之道与夫妇之道”，卷三为“妇人之道”，卷四为“母道、姊妹之道、姒娣之道、姑嫂之道、嫡妾之道、婢子之道”。

《女四书》是由王相丛集《女诫》《女论语》《内训》和《女范捷录》(王相之母刘氏著)四本女性著作并加以笺注而成。前三部前文已论及，《女范捷录》共十一卷，分别主要为：第一统论，阐明女子教育的重要性[②]；第二后德，阐释后妃之德；第三母仪，重胎教与德教；第四孝行，阐扬孝行之道；第五贞烈，强调贞烈之节；第六忠义，倡导忠义爱国；第七慈爱，训以慈爱持家；第八秉礼，重视妇人之礼；第九智慧，肯定女子智慧；第十勤俭，强调勤俭美德；第十一才德，肯定女子之才。

5. 女教规范的变革与集成：清

从明代起，一些开明人士开始对传统礼教进行反思和批判。归有光撰《贞女论》，认为贞女殉节守志不合礼，且有背天地之大义。李贽认为男女智识平等[③]，反对“女色祸国殃民论”[④]，反对“女子之嫁也，母命之”的教条和“从一而终”的贞操观[⑤]。满人入关之前，并没有所谓“贞节”观，早期婚俗甚至是“嫁娶则不择族类，父死而子妻其母(指后母)”[⑥]。

---

① (明)吕坤：《闺范》序言//吕坤撰，王国轩、王秀梅整理，《吕坤全集》上，北京：中华书局2008年版，第1409页

② (清)刘氏：《女范捷录》//(清)王相笺注：《状元阁女四书》，清光绪二十四年(1898)书业德刻本，第20页。

③ 李贽：《李贽文集·焚书》，北京：社会科学文献出版社，2000年版，第34页。李贽在《答以女人学道为见短书》中，对女子见识短做了鞭辟入里的批判。

④ 李贽：《李贽文集·初潭集》，北京：社会科学文献出版社，2000年版，第402页。他指出，如果“夫而不贤，则虽不溺志于声色，有国必亡国，有家必败家，有身必丧身，无惑矣”。

⑤ 李贽：《李贽文集·藏书》，北京：社会科学文献出版社，2000年版，第512页。

⑥ [朝鲜]李民寏：《建州见闻录》，辽宁大学历史系清初史料丛刊，1978年版。

但入关后，满人逐渐受到汉人关于女子贞节、褒奖守节等观念和做法的影响。康熙对传统礼教中的"殉节"并不认同，曾下令对旌表殉节永行禁止；雍正对女子"从一而终"的行为，也只在汉人社会中提倡。清代统治者不想因接触汉族文化而失去民族特性，因此多次下诏，严格禁止女子缠足、着汉装，反对以娇媚柔弱为时尚。但是，以人口较少民族来统治偌大疆土，不可能不学习吸收汉族传统。

清代统治者坐稳江山后，都大力推行程朱理学，注重思想上的引导和控制，以巩固自身的统治。在女子的教育引导方面，清朝统治者也不遗余力地推崇"三从四德"，将此作为女子的行为准则。桐城派方苞云："自是以后，为男子者，率以妇人之失节为羞而憎且贱之，此妇人之所以自矜奋欤！呜呼，自秦始皇设禁令，历代守之，而所化尚希；程子一言，乃震动乎宇宙，而有关于百世之人纪若此！"[①]据研究，自乾隆朝以后，"满人对妇女贞节的重视，与汉族相比简直有过之而无不及"。[②] 据《钦定八旗通志》，乾隆朝旌表的八旗节妇烈女的数量达九千五百多名，比顺治、康熙、雍正三朝旌表的总和（两千余名）还多[③]。而清初汇编的《古今图书集成·闺媛典》所辑存的女子材料中，属于"孝、义、节、烈"类型的约占83%。[④] 从地方的记录看，方志等地方史料中对于节妇烈女的记载到18世纪才激增。"相比而言，清代地方志中关于节妇的详细传记，以及长串

① （清）方苞：《岩镇曹氏女妇贞烈传序》//《方苞集》卷四，上海：上海古籍出版社1983年版，第105—106页。

② 刘小萌：《清代北京旗人社会》（修订本），北京：中国社会科学出版社，2016年第2版，第518页。

③ （清）福隆安等纂：《钦定八旗通志》，长春：吉林文史出版社，2002年版，第241—256页。

④ 刘咏聪：《〈奁史〉初探——兼论类书中女性史料之辑录》，《第二届明清史国际学术讨论会论文集》，天津：天津人民出版社，1993年版，第193页。

的节妇名字，迅速增至数百乃至数千。”[①]故朝廷对于贞女烈妇的旌表彰扬，虽褒扬一人节烈，但耀及宗族、泽被乡里，更容易使女性受到鼓励。[②] 因此，妇德规范也不断为宗法制度所强化，如《（绩溪）明经胡氏龙井派祠规》云：“妇人之道，从一而终。一与之齐，终身不改。泛柏舟而作誓，矢志何贞；歌黄鹄以明情，操心何烈。倘有节孝贤妇，不幸良人早夭，苦志贞守，孝养舅姑。满三十年而殁者，祠内酌办祭仪，请阖族斯文迎祭以荣之；其慷慨捐躯殉烈者亦同，仍为公呈请旌，以表节也。”[③]

与闺门约束强化相伴随的是女教书形式与种类的进一步丰富。顺治十三年，一些汉族大臣借太后孝庄的名义编《内则衍义》，记录历代阃门之内起敬起孝、兴仁兴让之事，微至生气容色，显至言动仪文；精而乐心养老，粗而中馈女工，均有收录。书中分有八要义：第一，孝者顺亲之要，如孝顺舅姑、父母；第二，敬者内助之要，如事夫、持家；第三，教者昌后之要，如教子、勉学；第四，礼者持己之要，如敬祭祀、崇节俭；第五，让者睦戚之要；第六，慈者推恩之要；第七，勤者修业之要；第八，学者取法之要。

除官修外，还有文士编写书籍以作训导，如蓝鼎元的《女学》、陈宏谋的《教女遗规》、尹会一的《女监录》、章学诚的《妇学》，以及《女红余志》《闺阁四书》《女千字文》《女三字经》等，而尤以前两种最为知名。蓝鼎元的《女学》主要在阐明“四德”之教，自序言：“天下之治在风俗，风俗之正

① ［美］曼素恩：《从宗族、阶级和社区结构来看清代寡妇》//邓小南，王政，游鉴明主编：《中国妇女史读本》，北京：北京大学出版社，2011 年版，第 204 页。

② 高世瑜：《〈列女传〉演变透视》//邓小南、王政、游鉴明主编：《中国妇女史读本》，北京：北京大学出版社，2011 年版，第 24—25 页。

③ （清）胡宝铎、胡宜铎：绩溪《明经胡氏龙井派宗谱》卷首，1921 年木活字印本，第 1a—2a 页。

在齐家。齐家之道，当自妇人始。”[①]《女学自序》云：“妇以德为主，故述妇德独详。先之以事夫、事舅姑，继以和叔妹、睦娣姒，在家则有事父母、事兄嫂，为嫡则有去妒，处约则有安贫，富贵则有恭俭。可常可俭则有若敬身，若重义，若守节，若复仇，为人母则有教子，为人继母则有慈爱前子，为人上则有待下，巫祝尼媪之宜绝，则有若修正辟邪，而以其余者为通论。此则妇篇之大概也。”[②]该书共列一百二十章专论妇德，也对妇言、妇容、妇功等方面作了具体规定。

陈宏谋的《教女遗规》共三卷，汇辑历代有名的女教书籍合编而成。卷上，分别是班昭《女诫》、蔡中郎《女训》、宋若昭《女论语》；卷中，有吕近溪《女小儿语》、吕坤《闺范》；卷下，有王孟箕《家训・御下篇》、温璜《温氏母训》、史搢臣《愿体集》、唐翼修《人生必读书》、王朗川《言行丛纂》和《女训约言》。陈宏谋认为女子“在家为女，出嫁为妇，生子为母。有贤女然后有贤妇，有贤妇然后有贤母，有贤母然后有贤子孙”[③]。他批评时人云：“父母虽甚爱之，亦不过于起居服食之间，加意体恤。及其长也，为之教针黹，备装奁而已。至于性情嗜好之偏，正言动之，合古谊与否，则鲜有及焉。是视女子为不必教，皆若有固然者。”[④]如若平时能以“格言至论，可法可戒之事，日陈于前，使之观感而效法，其为德性之助，岂浅鲜哉”。因此他“复采古今教女之书，及凡有关于女德者，裒集成篇。事取其平易而近人，理取其显浅而易晓，盖欲世人之有以教其子，而更有以教

---

① (清)蓝鼎元：《女学自序》//蓝鼎元撰，蒋炳建、王钿点校，《鹿洲全集》，厦门：厦门大学出版社，1995年版，第604页。

② (清)蓝鼎元：《女学自序》//蓝鼎元撰，蒋炳建、王钿点校，《鹿洲全集》，厦门：厦门大学出版社，1995年版，第605页。

③ (清)陈弘谋：《教女遗规序》//《五种遗规》，清乾隆培元堂刻汇印本，第411页，现藏于北京大学图书馆。

④ (清)陈弘谋：《教女遗规序》//《五种遗规》，清乾隆培元堂刻汇印本，第411页。

其女也”①。

6. 女教规范发展演变的基本特征

传统社会中女子角色规范的发展与演变，集中体现在每个时期的女教书的有关内容和要求上。换言之，在这些女教书编辑、出版和使用的背后，是传统社会不同时期为女子角色划定的场域与行为要求。历史地看，女教书及其表现的女教思想呈现如下特征。

一是从数量来看，女教书种类持续增加。不仅针对不同年龄段、不同阶层的女子有相应的书籍，一些综合性书籍集成的材料和内容更是逐渐丰富。这说明，封建社会按结构功能对女子进行塑造的努力日益增加，对女子角色的规范和约束有所增长。

二是从主体来看，女教的范围逐步扩大。从过去的皇室后妃、帝胄贵族，逐步推及世家大族、官宦望族、绅衿家庭的女性。到清时，一些对女子守节的要求甚至是村农市儿耳熟能详的，说明女教规范的影响非常大。

三是从内容来看，在强调女德的同时注重才能和素质。历史地看，各个朝代对于女子德行的要求是相对稳定的。但随着时代发展，一些女教书对女子的文学、经济才能也提出了要求，如唐代的袁采就明确提出女子要知书识字、能自理家务，这大体上是为了适应经济的发展和家庭结构的变化。随着积累，女教规范在系统化的过程中，也在不断地细化和专门化，不只讲基础性的原则和规范，也逐渐明确了达成这些原则的路径、方法和策略，女教书的指向性、实务性与时俱增。

四是从规范价值看，存在从多元向单一转变的趋势。从女教书所褒扬的女子德行品质来看，过去强调的贤明、忠义、辩通等要求减少，而贞

① (清)陈弘谋：《教女遗规序》//《五种遗规》，清乾隆培元堂刻汇印本，第411页。

节、孝道等则成为主导甚至可以说至高无上的价值规范。如清代列女传记中有德女子的评判标准集中于孝顺、女子之贞节和对婚姻的忠贞，序言中女子获得赞美在于她们是孝女、孝妇、烈女、烈妇以及践行守节、顺节、未婚守节等行为。[①] 清朝女子传记数量的增加，可视为清政权对有德女子关注度的逐步提高；但同时，朝廷对孝顺女儿、忠贞妻子和自我牺牲寡母的旌表，又使孝顺、忠贞和守节成为最为显明的价值取向，对女子的德行要求出现了单一化甚至极端化的倾向。

五是从礼教约束看，存在贞节观念日益强化的趋势。高世瑜在对历代《列女传》演变的研究中，指出礼教禁锢愈演愈烈特别是贞节观念的日益强化，大体经历了三个发展阶段，第一阶段为先秦至唐五代（包含辽），宋金为第二阶段，元明清三代为第三阶段，即大体都可以以宋、金为一过渡时期，而以元为一重要转折点。[②] 征诸史书，这一阶段划分具有一定的客观性。在元代的史书中，被记载的女子激增至 187 人，可以看作 14 世纪早期元朝政府将守节行为制度化的副产品。在明代，近 300 名女子的人生经历被记载到正史之列女传记中。而在清代，被记载的有德女子之人数空前庞大，超过 400 名女子被作为有德女子记载到了清代的正史之中[③]。当然，这里需要考虑明清时期人口增长的因素，同时也要考虑女性贞节观念的强化是否真自元代开始。如《北史·列女传序》中就已对妇德加上了贞节之绳索："妇人之德，虽在温柔；立节垂名，咸资于贞烈。温柔，仁之本也；贞烈，义之资也。非温柔无以成其仁，非贞节无以

---

① （清）赵尔巽等：《清史稿》卷二百九十三《列女传》，北京：中华书局，1977 年版，第 10219 页。

② 高世瑜：《〈列女传〉演变透视》//邓小南、王政、游鉴明主编：《中国妇女史读本》，北京：北京大学出版社，2011 年版，第 20—26 页。

③ 陈东原：《中国妇女生活史》，北京：商务印书馆，1937 年版，第 430—439 页。

显其义。是以《诗》《书》所记，风俗所存，图像丹青，流声竹素，莫不守约以居正，杀身以成仁也。”①但总体上看，传统社会的贞节观念确有不断强化的趋势。白馥兰在谈到古代中国性别分工时也认为，“自宋代以后，发生了女性角色之典范的修正，强调各种形式的生育而不重视我们认为是生产性的工作”“描述妇女越来越依据其母性或对婚姻的忠诚，而排斥了其他社会角色”。②

当然，在朝代更替、外族入侵、战争打破旧有社会秩序的时期，会出现社会和思想界对女子角色规范的松动，这在明清之际对女子社会角色和规范的思想解放有鲜明的体现。

（二）清朝儒士的夫妇观念

尽管女教内容十分丰富，但是女教规范并不是记录在典籍和文献中的教条，而是一个随朝代变化的具体实践，因而具有两性之间伦理实践的实际维度。《易经·家人》卦，《彖》曰：“家人，女正位乎内，男正位乎外。男女正，天地之大义也。家人有严君焉，父母之谓也。父父，子子，兄兄，弟弟，夫夫，妇妇，而家道正。正家而天下定矣。”③传统伦理对女德的规定性，也需要放到具体的家庭关系特别是夫妇一伦中去观察。因此，除了了解女教传统在历史中的演变和发展，也有必要考察清朝儒士的夫妇观念。

归纳起来，这一时期儒士对女子的角色界定及其夫妇观念有如下

---

① （唐）李延寿：《北史》卷九十一，北京：中华书局，1974年版，第2994页。

② ［英］白馥兰：《技术与性别——晚期帝制中国的权力经纬》，南京：江苏人民出版社，2010年版，第140—141页。

③ （魏）王弼注，（唐）孔颖达疏，李学勤主编：《十三经注疏·周易正义》，北京：北京大学出版社，1999年版，第158页。

特点。

1. 夫妇为明作第一关捩

在清代士大夫看来，夫妇一伦是家庭伦理的基础，亦是士人修为的基础。身历天启、崇祯和弘光三朝的儒士刘宗周认为，“五伦”中“夫妻一伦，尤属化原，古来大圣大贤，又多从此发轫来，故曰：‘刑於寡妻，至于兄弟，以御于家邦。”[①]颜元也指出：“明伦为吾儒第一关节……而伦之当明者切于夫妇。”[②]妻在家庭中至关重要，陆世仪云：“家之有妻，犹国之有相。治天下以择相为本，治家以刑于寡妻为本”[③]。

夫妇之伦如此重要，而处居室之间、平素无人监督，故而修养之事微渺易忽，反而可能助长淫辟。因此破除幽暗居室，就是道德修炼必须经历的一关，是修身齐家的重要进路。“闺门之中，最难是一‘敬’字。古人动云夫妇相待如宾，又曰闺门之内，肃若朝廷，皆言敬也。此处能敬，便是真功夫、真学问，于齐家乎何有。朱子有言：闺门衽席之间，一息断绝，则天命不行。每念及此，令人神悚。”[④]刘宗周亦云，“学者从此关打过，便是真道德、真性命、真学问文章，不然只是伪也”。[⑤] 故“幽独一关，惟妻子为最严，于此行不去，更无慎独可说”。[⑥] 李颙云：“闺门床底之际，莫非上天昭鉴之所，处闺门如处大庭，心思言动，毫不自苟。不愧其

---

① (明)刘宗周：《处人说》//吴光编：《刘宗周全集》第二册，杭州：浙江古籍出版社，2007年版，第361页。

② (清)颜元著，王星贤等点校：《颜元集》上册，北京：中华书局，1987年版，第644页。

③ (清)陆世仪：《思辨录辑要》卷一〇，清福州正谊堂刻本，第4b页，现藏于清华大学图书馆。

④ (清)陆世仪：《思辨录辑要》卷一〇，清福州正谊堂刻本，第5a页。

⑤ (明)刘宗周：《处人说》//吴光编：《刘宗周全集》第二册，杭州：浙江古籍出版社，2007年版，第361页。

⑥ (明)刘宗周：《证学杂解》//吴光编：《刘宗周全集》第二册，杭州：浙江古籍出版社，2007年版，第308—309页。

妻，斯不愧天地，‘刑于寡妻’，便可‘御于家邦’。”[①]又云：“父母不顺，兄弟不睦，子孙不肖，婢仆不共，费用不节，莫不起于妻。家之兴败，全系乎妻，能齐其妻，方是能齐其家，斯家无不齐。”[②]陆世仪谈到：“人欲齐家，只是齐妻子。”[③]王夫之在忆其祖父时就云：“居家严整，昼不处于内，日昃入户，弹指作声，则室如无人焉者。”[④]颜元云，“虽暗室有疚不可记者，亦必书‘隐过’二字”，所谓“不欺暗室”。[⑤]

2. 夫妇分工“正位”当是内外有别

王夫之《周易内传》解释《周易・家人》卦象辞所谓“女正位乎内，男正位乎外”，说：“‘正位’，刚柔各循其道，内外各安其职也。女与阃外之事以妄动，固家之索，男子而问及酒浆瓜果丝枲鸡豚之事，以废人道之大，家亦自此衰矣。”[⑥]“内外有别”意味着家中女性不涉外事，内务耕织、职在中馈，维系家族的和睦兴旺。故陈子龙笔下的郑孺人、徐渭为之作墓志铭的嫡母苗宜人，均是治家有能声、教子有令名的女性，得以“凡家政尽属焉”。[⑦] 唐顺之自云：“癖于书，平生不一开口问米盐耕织事，则以孺人为之综理也。”[⑧]陆世仪说：“教女子只可使之识字，不可使之知书

---

① (清)李颙：《四书反身录・中庸》//(清)李颙撰，陈俊民点校：《二曲集》卷三〇，北京：中华书局，1996 年版，第 420 页。

② (清)李颙：《四书反身录・中庸》//(清)李颙撰，陈俊民点校：《二曲集》卷三〇，北京：中华书局，1996 年版，第 410 页。

③ (清)陆世仪：《思辨录辑要》卷一〇，清福州正谊堂刻本，第 5b 页。

④ (明)王夫之：《船山全书》第十五册，长沙：岳麓书社，1996 年版，第 214 页。

⑤ (清)李塨撰，王源订，陈祖武点校：《颜元年谱》，北京：中华书局，1992 年版，第 20 页。

⑥ (明)王夫之：《周易内传》卷三//(明)王夫之：《船山全书》第一册，长沙：岳麓书社，1996 年版，第 314 页。

⑦ (明)陈子龙：《陆母郑太孺人传》，见《安雅堂》稿卷 13，第 34 页；(明)徐渭：《嫡母苗宜人墓志铭》，见《徐文长三集》卷 26，《徐渭集》第 1 册，第 631 页。

⑧ (明)唐顺之：《封孺人庄氏墓志铭》//(明)唐顺之：《唐荆川文集》补遗卷五，清光绪三十年(1904)江南书局刻本。

义，盖识字则可理家政，治货财，代夫之劳，若书义则无所用之。”[①]颜元亦认为“治家先严内外，强调男治外事，女治内事”。[②]

3. 重妇人德言容功“四行”

孔颖达《十三经注疏・礼记正义》将女性“德言容功”解释为：“妇德谓贞顺，妇言谓辞令，妇容谓婉娩，妇功谓丝枲。”[③]刘宗周忆其母亦强调“居恒自操女红，外者扃户静坐，坐或终日不移席，动止雍容，一中规、一中矩，步趋而裳襞不动，謦咳之声未尝闻厅除”。[④] 刘宗周本人也是恪行此规范，“闺门之内，肃若朝廷。终日独坐一室，不逾门阈。女婢馈茶，先生必起避，俟婢出复位。终身不与妇女亲授受。凡巾帻床笫之间，悉夫人躬亲之”。[⑤] 但是，对于女性的角色、职责问题，一些儒士亦有不同见解。如黄宗羲之父黄尊素在“遗训”中就有“汝妇贤孝，古有用妇言而亡，亦有不用妇言而亡者，汝须知之”云云，对女子的作用有更为平正通达的认识。黄宗羲亦言“然绸缪户牖之事，与经营四方，果孰难而孰易乎？”[⑥]，对过去两性分工的合理性有所怀疑。郑梁则明确为妇人不能参与世事而鸣不平：“男女皆人也，自先王制为内外之别，于是一切修身正心以及齐家治国平天下之务，皆以责之男子，而与妇人无与焉。一若人

---

① （清）陆世仪：《思辨录辑要》卷一，清福州正谊堂刻本，第6b页。

② （清）颜元著，王星贤等点校：《颜元集》下册，北京：中华书局，1987年版，第768页。

③ （汉）郑玄注，（唐）孔颖达疏，李学勤主编：《十三经注疏・礼记正义》，北京：北京大学出版社，1999年版，第161页。

④ （明）刘宗周：《显考诰赠通议大夫顺天府府尹秦臺府君暨显妣诰赠淑人贞节章太淑人行状》//《刘宗周全集》第三册，杭州：浙江古籍出版社，2007年版，第986、991页。

⑤ （清）张履祥：《言行见闻录》//《杨园先生全集》卷三二，北京：中华书局，2002年版，第905页。

⑥ （明）黄宗羲，沈善洪主编：《黄宗羲全集》第十册，杭州：浙江古籍出版社，2012年版，第336—337页。

生不幸而为女，则凡人世之所可为者皆不得为，此固天地间不平之甚者也。”[①]颜元对不问缘由而指责女子不守贞节的态度亦加以反对，他认为“只知斥辱女子之失身，不知律以守身之道，男子失身更宜斥辱也”。[②] 唐甄则更加旗帜鲜明地主张男女平等，认为“以言乎所生，男女一也”[③]，认为妇孺从本性而言可能比男子更接近于天，或者说更有天性之全，而妇孺则可能更近于天者：“男子溺于世而离于天者也；妇人不入于世而近于天者也”；“孺子未入于世而近于天者也，丈夫溺于世而远于天者也”[④]。正因男女皆有天性，故男女应当平等，夫妇应当相互下之：“盖地之下于天，妻之下于夫者，位也；天之下于地，夫之下于妻者，德也。”[⑤]这比过去“夫为妻天”“夫为妻纲”的说法大大进步了。

4. 婚姻之礼强调“重于成妇，轻于成妻”

“妻”与“妇”虽然只有一字之差，但其核心尤其是所面对的社会关系是有巨大差异的。“妻”主要相对于“夫”而言，是个体性词汇；而“妇”则既相对于“夫”，又相对于“舅姑”“妯娌”乃至家庭内外关系。陈鹏在《中国婚姻史稿》中指出：“古婚姻之礼，重于成妇，轻于成妻，妻与夫同居之义，实对舅姑及夫家全体而言，非只对夫家个人也。”[⑥]《礼记》的大量记载都是用“妇”“子妇”，而少用“妻”；对妇的要求也是要求无“私”，而此处之“私”通常就是夫妻二人的核心利益。故而《礼记·曲礼》规定：“父母存，不许友以死，不有私财。”《礼记·内则》亦云：“子妇无私货，无私畜，

---

① (清)郑梁：《琴友张氏诗稿序》//《清代诗文集》编纂委员会编：《清代诗文集汇编》第148册，上海：上海古籍出版社，2010年版，第341页。
② (清)颜元著，王星贤等点校：《颜元集》上册，北京：中华书局，1987年版，第622页。
③ (清)唐甄：《备孝》//《潜书注》，成都：四川人民出版社，1984年版，第231页。
④ (清)唐甄：《内伦》//《潜书注》，成都：四川人民出版社，1984年版，第238—239页。
⑤ (清)唐甄：《内伦》//《潜书注》，成都：四川人民出版社，1984年版，第238—239页。
⑥ 陈鹏：《中国婚姻史稿》，北京：中华书局，2005年版，第555页。

无私器，不敢私假，不敢私与。”除了相对于父母、家族的“私”，对妇人还要求以夫家的利益为上，不得将父母家的需求与利益置于优先位置。故《汉书》刘向传亦云：“妇人内夫家，外父母家。”[①]当然，清代并非所有儒士都持此论，唐甄就对夫家娘家的区分不以为然，认为“父母，一也；父之父母，母之父母，亦一也。男女，一也；男之子，女之子，亦一也”[②]，女之父母与舅姑应当同尊。

5. 理想的夫妇关系是近于师友

归庄有诗曰：“古风妻似友，佳话母为师。”[③]在传统社会关系中，君臣、夫妇之间皆带有主导与从属的性质，但也并不排斥友情、友谊的存在，这为冷冰冰的主从关系增添了平等、温情、互助、相互成全的意涵。故而黄宗羲谓君臣之间，若诚“以天下为事，则君之师友也”[④]。刘宗周在其妇死去之时，亦哭曰：“失吾良友！”[⑤]清代儒士以其妇为友者不在少数，如孙奇逢祭其妻时云：“尔虽吾妻也，实吾友也。”[⑥]亦妻亦友是夫妇关系的优良古风，正如高彦颐把这种关系称为“伙伴式婚姻”，是“有知识的、琴瑟和谐的夫妻组合，他们相互间充满尊重和爱”[⑦]。

总的看来，在明清时期的儒士仍然坚持“男外女内”式的夫妇有别，

---

① （宋）司马光编撰，沈志华、张宏儒主编：《资治通鉴》（二），北京：中华书局，2009 年版，第 1180 页。

② （清）唐甄：《备孝》//《潜书注》，成都：四川人民出版社，1984 年版，第 230 页

③ （明）归庄：《兄子》//《归庄集》，北京：中华书局，1962 年版，第 100 页。

④ （明）黄宗羲：《明夷待访录》之《原臣》//《黄宗羲全集》第一册，杭州：浙江古籍出版社，1985 年版，第 5 页。

⑤ （明）刘宗周：《刘子暨配诰封淑人孝庄章氏合葬预志》//《刘宗周全集》第三册，杭州：浙江古籍出版社，2007 年版，第 913 页。

⑥ （清）孙奇逢：《祭亡妻槐氏文》//《续修四库全书》集部第 1392 册，上海：上海古籍出版社，2000 年版，第 261 页。

⑦ ［美］高彦颐著，李志生译：《闺塾师——明末清初江南的才女文化》，南京：江苏人民出版社，2005 年版，第 179 页。

但视夫妇一伦为尊德性、道问学的重要任务，以“敬”“肃”“刑于”为“齐家”之道。传统儒家多从社会关系界定男女性别内涵传统的延续，也从宗法制度对夫妇关系加以型塑。但期盼师友似的夫妻关系，则男女同然。

二、 清前中期的闺门仪范与才媛诗歌的教化意涵

蓝鼎元在《女学》自序中云：“天下之治在风俗，风俗之正在齐家。齐家之道，当自妇人始。昔周盛时，淑女流徽，化行江汉。降及郑卫，帷薄不修，祸延家国。闺门风化之原，自开辟以迄于今，不可易也。妇人善恶不同，性习各异，比而齐之，宜莫如学。”[①]《内训》亦云：“诗书所载贤妃贞女，德懿行备，师表后世，皆可法也。夫女无姆教，则婉娩何从？不亲书史，则往行奚考？稽往行，质前言，模而则之，则德行成焉。……夫珠玉非宝，淑圣为宝；令德不亏，室家是宜。《诗》云：‘高山仰止，景行行止。’其谓是与！”[②]女教规范经历了一个发展过程，清代儒士秉承的夫妇观念，在上节已略作考察。清代闺门仪范大体有哪些方面的要求，以及这些仪则的践行与壸德的养成又如何影响到才媛的诗文创作，则是本节所要重点讨论的问题。

一般而言，女教书所揭示的教化“科目”，就女子自身及其与他人的关系而言，大体可分为家内关系、家外关系、群我关系等；若按照女子成长的不同阶段，其角色要求又各有不同。

---

① (清)蓝鼎元：《女学自序》//蓝鼎元撰，蒋炳建、王钿点校：《鹿洲全集》，厦门：厦门大学出版社，1995 年版，第 604 页。

② (明)仁孝文皇后：《内训·景贤范章第十一》//(清)王相笺注：《女四书》，清光绪二十六年(1900)江阴宝文堂刻本，第 34 页，现藏于苏州大学图书馆。

（一）清代女子的闺门仪范

1. 贞顺：立身之道

男子在世，当承礼行仁，而一以修身为本。对女子而言，修身立德亦为根基。《内训》原序云："夫人之所以克圣者，莫严于养其德性以修其身。"修养则需谨言慎行，目视耳听口言都要合乎贞顺的要求，即"贞静幽闲，端庄诚一，女子之德性也"[①]。立德则以修身为要。"夫身不修，则德不立，德不立而能成化于家者盖寡焉，而况于天下乎？"[②]

修身就要以贤者为榜样，恪守古道。如文王之母太任，目不视恶色，耳不听淫声，口不出傲言，为女子修身提供了范本。故修身之途径，"居必以正，所以防慝也；行必无陂，所以成德也。是故五彩盛服，不足以为身华；贞顺率道，乃可以进妇德。不修其身，以爽厥德，斯为邪矣"[③]。女子之德修，而夫妇之道明，家之隆替、国之废兴也与此攸关。因此，闺门之内，修身之教，就必须慎其始而终其身。

2. 孝敬：为女之道

儒者重孝，孔子更是孝与敬并重。《论语·为政第二》中孔子曰："今之孝者，是谓能养。至于犬马，皆能有养。不敬，何以别乎。"孔子把孝敬作为为人子女区别于犬马的主要标志之一。他对宰我质疑"三年之丧"所作的批评最为严厉，《论语·阳货第二十一》云："予之不仁也。子生三年，然后免于父母之怀。夫三年之丧，天下之通丧也。予也有三年之爱于其父母乎？"孟子将孔子的"敬"细化为"尊亲"。《孟子·万章上》云：

---

① （明）仁孝文皇后：《内训·德性第一》//（清）王相笺注：《女四书》，清光绪二十六年（1900）江阴宝文堂刻本，第16页。

② （明）仁孝文皇后：《内训·修身第二》//（清）王相笺注：《女四书》，清光绪二十六年（1900）江阴宝文堂刻本，第19页。

③ （明）仁孝文皇后：《内训·修身第二》//（清）王相笺注：《女四书》，清光绪二十六年（1900）江阴宝文堂刻本，第18页。

“孝子之至，莫大乎尊亲。”《孝经·序》亦云：“孝者，德之本也。”对女子而言，养德至《内训》所言的“孝敬仁明，慈和柔顺”，则女子之德性备矣。自此视之，孝敬亦是女子修德之要目。《女范捷录》言：“夫孝者百行之源，而尤为女德之首。”[①]吕坤在《闺范·女子之道》篇中也有言：“孝子难，孝女尤难。”[②]

女子尽孝的对象分为“事父母”与“事舅姑”。在侍奉父母方面，《女训》承《论语》之意，认为“孝敬者，事亲之本也。养非难也，敬为难。以饮食供奉为孝，斯末矣”[③]。《女论语》的要求就更加具体，女子须每天早起问父母身体安康与否，如果天气寒冷则为之烘火，炎热则为之扇凉；父母饥则为之进食，口渴则为之进汤；父母责备下来，不慌不忙听取训导，自己更要“近前听取，早夜思量。若有不是，改过从长”[④]。《闺训千字文》云：“孝顺父母，惟令是行，问安侍膳，垂手敛容。”[⑤]

在侍奉舅姑方面，《内训》认为舅姑之亲，同于父母一样；地位之尊，拟于天地，故孝顺舅姑实为尽孝之大节，须当专心竭诚，致敬致爱，不能有须臾懈怠。“甚哉！孝事舅姑之大也。夫不得于舅姑，则不可以事君子，而况于动天地、通神明、集嘉祯乎！故自后妃，下至卿大夫及士、庶人之妻，壹是皆以孝事舅姑为重。《诗》云：‘夙兴夜寐，无忝尔所生。’”[⑥]

---

① （清）王氏：《女范捷录》//（清）王相笺注：《女四书》，清光绪二十六年（1900）江阴宝文堂刻本，第 26 页。

② （明）吕坤：《闺范·女子之道》序言//吕坤撰，王国轩、王秀梅整理：《吕坤全集》上，北京：中华书局，2008 年版，第 1466 页

③ （明）仁孝文皇后：《内训·事父母章第十二》//（清）王相笺注：《女四书》，清光绪二十六年（1900）江阴宝文堂刻本，第 34—35 页。

④ （唐）宋若昭：《女论语·第五事父母》//（清）王相笺注：《女四书》，清光绪二十六年（1900）江阴宝文堂刻本，第 8 页。

⑤ （清）枚功妻：《闺训千字文》，民国间燕京大学图书馆抄本，现藏于北京大学图书馆。

⑥ （明）仁孝文皇后：《内训·事舅姑第十四》//（清）王相笺注：《女四书》，清光绪二十六年（1900）江阴宝文堂刻本，第 42 页。

《女论语》也要求对舅姑的供承看养当如同自己的亲生父母一样："阿翁阿姑，夫家之主。既入他门，合称新妇。供承看养，如同父母。敬事阿翁，形容不睹，不敢随行，不敢对语。如有使令，听其嘱咐。"[①]

3. 谦顺：手足之道

传统社会的家族之中，人口甚众。女子出嫁之前，则有兄弟姐妹；入到夫家，则有姑嫂妯娌。长为兄，称姊；次为弟，称妹，姊妹之间相助相亲，为一体之同胞。故吕坤《闺范》云："姊妹，女兄弟也，气分一体，情自相联。"女子在家能谨守兄弟姐妹之伦，出嫁之后能与夫家之姑嫂妯娌相处融洽，才不会让夫家认为子妇未能尽习家教与家训，也不会让父母亲背负未尽教养之责。因此，重手足之情、获妯娌之誉，则是家风昭明的标志，是尊崇家庭伦理、维护家族和睦的重要内容。《女诫》认为，友爱谦顺就能博得妯娌之赞誉，从而获舅姑之欢心，"妇人之得意于夫主，由舅姑之爱己也；舅姑之爱己，由叔妹之誉己也"。[②] "然则求叔妹之心固莫尚于谦顺矣。谦则德之柄，顺则妇之行。凡斯二者，足以和矣。《诗》云：'在彼无恶，在此无射。'其斯之谓也。"[③]

4. 曲从：人妇之道

夫妇者，结两性之欢、传百世之好，是最基本也最重要的纲常关系。《女诫》云："夫妇之道，参配阴阳，通达神明，信天地之弘义，人伦之大节也。是以《礼》贵男女之际，《诗》著《关雎》之义。由斯言之，不可不重也。夫不贤，则无以御妇；妇不贤，则无以事夫。夫不御妇，则威仪废缺；妇不

① （唐）宋若昭：《女论语·第六事舅姑》//（清）王相笺注：《女四书》，清光绪二十六年（1900）江阴宝文堂刻本，第9页。

② （汉）班昭：《女诫·叔妹第七》//（清）王相笺注：《女四书》，清光绪二十六年（1900）江阴宝文堂刻本，第10页。

③ （汉）班昭：《女诫·叔妹第七》//（清）王相笺注：《女四书》，清光绪二十六年（1900）江阴宝文堂刻本，第12页。

事夫,则义理堕阙。方斯二事,其用一也。”[①]

女子一旦出嫁,就应以夫家为天、夫主为亲。《女论语》云:“将夫比天,其义匪轻,夫刚妻柔,恩爱相因。”[②]而处家之法,基本要求就是曲意顺从,谦让和柔,如《女诫》把卑弱置于第一,“谦让恭敬,先人后己,有善莫名,有恶莫辞,忍辱含垢,常若畏惧,是谓卑弱下人也”[③]。

事夫之基,在于尽本职。为人妇,当“晚寝早作,勿惮夙夜,执务私事,不辞剧易,所作必成,手迹整理,是谓执勤也”,同时“正色端操,以事夫主,清静自守,无好戏笑,洁齐酒食,以供祖宗,是谓继祭祀也”。如此“三者苟备,而患名称之不闻,黜辱之在身,未之见也”[④]。

夫妻相处,固当相敬如宾。但对夫家之事认为不妥,也应善意规劝,帮助夫家预识难易、避危趋安。《女论语》云:“夫有言语,侧耳详听,夫有恶事,劝谏谆谆。”[⑤]《内训》更是从国家层面历数后妃内助之功:“自古国家肇基,皆有内助之德,垂范后世。夏、商之初,涂山、有莘皆明教训之功;成周之兴,文王后妃克广关雎之化。我太祖高皇帝受命而兴,孝慈高皇后内助之功至隆至盛,盖以明圣之资,秉贞仁之德,博古今之务。艰难之初,则同勤开创;平治之际,则弘基风化。表壸范于六宫,著母仪于天下。验之往哲,允莫舆京;譬之日月,天下仰其高明;譬之沧海,江河趋其

---

① (汉)班昭:《女诫·夫妇第二》//(清)王相笺注:《女四书》,清光绪二十六年(1900)江阴宝文堂刻本,第 4 页。

② (唐)宋若昭:《女论语·第七事夫》//(清)王相笺注:《女四书》,清光绪二十六年(1900)江阴宝文堂刻本,第 11 页。

③ (汉)班昭:《女诫·卑弱第一》//(清)王相笺注:《女四书》,清光绪二十六年(1900)江阴宝文堂刻本,第 3 页。

④ (汉)班昭:《女诫·卑弱第一》//(清)王相笺注:《女四书》,清光绪二十六年(1900)江阴宝文堂刻本,第 4 页。

⑤ (唐)宋若昭:《女论语·第七事夫》//(清)王相笺注:《女四书》,清光绪二十六年(1900)江阴宝文堂刻本,第 11 页。

浩博。然史传所载，什裁一二，而微言奥义，若南金焉，铢两可实也；若谷粟焉，一日不可无也。贯彻上下，包括巨细，诚道德之至要而福庆之大本矣。”[①]贤妃之德，诚可以配至尊、奉宗庙、化天下；士妻之德，则可以内佐君子、长保富贵、利安家室。

事夫之重要，人可见之；而事夫之途径，则并非人人知晓。《内训》也从大体上指出了事夫之道，即“忠诚以为本，礼义以为防，勤俭以率下，慈和以处众。诵诗读书，不忘规谏，寝兴夙夜，惟职爱君”[②]。夫妇之间，家族之内，要忠诚正直，谨守礼仪，勤俭持家，慈和逮下，对肇事之隐患，则引诗书以正之，把诚意爱君体现在自身履行妇责的过程之中。那些不能守之以正道的妃与妇，或致纲纪驰废、沦德败政，或奸佞蜂至、宠嬖并起，直至国破政息，丧邦辱家。《内训》引《诗经》“赫赫宗周，褒姒灭之”，言“女宠之戒，甚于防敌”[③]，足当戒之。

5. 慈教：母仪之道

为人父母，最重要的职责就是教育子女。培育佳子弟而传家继世，不仅使家族得以延续，也使门楣得以光大。但在子女培养的分工上，父母的职责却各不相同。《女范捷录》云：“父天母地，天施地生。骨气像父，性气像母。上古贤明之女有娠，胎教之方必慎。故母仪先于父训，慈教严于义方。”[④]母仪先于父训，这意味着母之于子女的教诲发挥作用更

---

① (明)仁孝文皇后：《内训·崇圣训章第十》//(清)王相笺注：《女四书》，清光绪二十六年(1900)江阴宝文堂刻本，第32页。

② (明)仁孝文皇后：《内训·事君章第十三》//(清)王相笺注：《女四书》，清光绪二十六年(1900)江阴宝文堂刻本，第37页。

③ (明)仁孝文皇后：《内训·事君章第十三》//(清)王相笺注：《女四书》，清光绪二十六年(1900)江阴宝文堂刻本，第39页。

④ (清)王氏：《女范捷录·母仪篇第三》//(清)王相笺注：《女四书》，清光绪二十六年(1900)江阴宝文堂刻本，第23页。

早,更为关键。《列女传》云:"惟若母仪,贤圣有智。行为仪表,言则中义。胎养子孙,以渐教化。既成以德,致其功业。"[①]《女论语》指出:"大抵人家,皆有男女。年已长成,教之有序,训诲之权,亦在于母。"[②]母教之性质,不仅是教引,更兼之以训诲。但是,这种教引训诲是有方向的,是"顺男子之教而长其理者也,是故无专制之义,所以为教不出闺门以训其子者也"[③]。《内训》认为母教不可不慎,且教之有道,即"导之以德义,养之以廉逊,率之以勤俭,本之以慈爱,临之以严恪,以立其身,以成其德。慈爱不至于姑息,严恪不至于伤恩。伤恩则离,姑息则纵,而教不行矣"[④]。正如《诗》云:"载色载笑,匪怒伊教",母亲虽然和颜悦色、和蔼可亲,但也不怒自威,对孩子能产生教化作用。母亲自身贞信孝敬,成为子女的表率,子女也会遵照效仿,具有良好的德行和健全的人格。

6. 明慧:女主之道

《女诫》虽以"卑弱"为第一,但女子除侍奉父母、舅姑、夫君之外,还有对外之交往、对内之操持、对下之管理等职责。作为传统家庭中的女主人,女子应当具有更多良好的素质,展现社会认可的仪态,具有令人称道的行为举止。在诸多描述之中,姑且拈出"明慧"二字以概括。细析之,其内涵比较丰富。

一是明智。妇人之"明",要在有见识、明事理、晓世道。传统社会女子虽不长期读书受教育,但以远见卓识而言,未必不如男子。《女范捷

① (汉)刘向编撰:《古列女传》第一卷《母仪传》,上海:商务印书馆,1936年版,第1页。

② (唐)宋若昭:《女论语·第八训男女》//(清)王相笺注:《女四书》,清光绪二十六年(1900)江阴宝文堂刻本,第12页。

③ (明)仁孝文皇后:《内训·母仪章第十六》//(清)王相笺注:《女四书》,清光绪二十六年(1900)江阴宝文堂刻本,第43页。

④ (明)仁孝文皇后:《内训·母仪章第十六》//(清)王相笺注:《女四书》,清光绪二十六年(1900)江阴宝文堂刻本,第43页。

录》就指出："治安大道，固在丈夫，有智妇人，胜于男子。远大之谋，预思而可料，仓卒之变，泛应而不穷，求之闺阃之中，是亦笄帏之杰。"[①]该书还列举了历史上一系列深思而远谋、鉴往而知来的女子，以此说明妇人的明悉世态、通达事理，小者可以知人免难，大者则可保家卫国，对其夫其家其国有莫大的帮助。

明智者必知言。《论语·卫灵公》中孔子云："可与言而不与之言，失人；不可与言而与之言，失言。知者不失人，亦不失言。"《论语·季氏》又云："侍于君子有三愆：言未及而言谓之躁，言及之而不言谓之隐，未见颜色而言谓之瞽。"对于女性来说，言语就是必备的四种修养之一。《内训》单列一章，从正反两个方面说明了慎言的重要性："妇教有四，言居其一。心应万事，匪言曷宣？言而中节，可以免悔。发不当理，祸必随之。谚曰：'誾誾謇謇，匪石可转；訿訿譞譞，烈火燎原。'又曰：'口如扃，言有恒；口如注，言无据。'甚矣！言之不可不慎也。"[②]而练习言辞的基本要义，就是要"宁其心，定其志，和其气，守之以仁厚，持之以庄敬，质之以信义，一语一默，从容中道，以合乎坤静之体，则谗慝不作，家道雍穆矣"[③]。所谓有德者必有言，只要内心仁厚、态度庄敬，则言语必然合乎道义。

二是慈睦。一家之中，近者，兄弟也；远者，宗族也，但都同于一源。因此亲疏内外虽有本末，等差各有不同，但和睦之道则是一以贯之的。故只有敦睦亲友，宽仁同族，慈抚后辈，方能在家族内保持和谐。《女范

① （清）王氏：《女范捷录·智慧第九》//（清）王相笺注：《女四书》，清光绪二十六年（1900）江阴宝文堂刻本，第40页。

② （明）仁孝文皇后：《内训·慎言章第三》//（清）王相笺注：《女四书》，清光绪二十六年（1900）江阴宝文堂刻本，第19页。

③ （明）仁孝文皇后：《内训·慎言章第三》//（清）王相笺注：《女四书》，清光绪二十六年（1900）江阴宝文堂刻本，第20—21页。

捷录》云:"任恤睦姻,根于孝友;慈惠和让,本于宽仁","秉仁慈之懿,敦博爱之风,和气萃于家庭,德教化于邦国者也,不亦可法欤?"[①]慈惠和让能兴仁义博爱之风,其影响自室家而遍及邦国,自然能成风化俗,引民众归于淳朴。而睦亲之由无它,主要是"不忘小善,不记小过","录小善则大义明,略小过则谗慝息。谗慝息则亲爱全,亲爱全则恩义备矣"[②]。在疏远的亲戚之间也能保持和乐融融,那么推而广之,内外和顺,家国同和,则天下也必然安和。同辈之间强调"睦",对族内晚辈则强调"慈",由慈亲而为后辈带去抚慰和勉励。《内训》云:"慈者,上之所以抚下也。上慈而不懈,则下顺而益亲。是故乔木竦而枝不附焉,渊水清而鱼不藏焉。故甘瓠累于樛木,庶草繁于深泽,则子妇顺于慈仁,理也。"[③]

三是**勤俭**。《论语·里仁》载孔子的话,强调君子当行道而非谋衣谋食。子曰:"士志于道,而耻恶衣恶食者,未足与议也。"《论语·八佾》中,林放问礼之本,孔子云:"大哉问!礼,与其奢也,宁俭;丧,与其易也,宁戚。"《左传·庄公二十四年》云:"俭,德之共也;侈,恶之大也。"可见孔门故训,都是把勤俭节约放在重要位置。勤可致功,俭可养德,崇廉拒腐,尚俭戒奢,则德行近于仁矣。骄奢失国,淫逸忘身,只有克勤克俭才能维系国运家声于不坠。

对女子而言,明道知人,宽以待人,还要俭以持家。勤勉、节俭之德,为历来女教书所倡。《女范捷录》云:"勤者女之职,俭者富之基。勤而不

① (清)王氏:《女范捷录·慈爱第七》//(清)王相笺注:《女四书》,清光绪二十六年(1900)江阴宝文堂刻本,第36—38页。

② (明)仁孝文皇后:《内训·睦亲章第十七》//(清)王相笺注:《女四书》,清光绪二十六年(1900)江阴宝文堂刻本,第45页。

③ (明)仁孝文皇后:《内训·慈幼章第十八》//(清)王相笺注:《女四书》,清光绪二十六年(1900)江阴宝文堂刻本,第46页。

俭，枉劳其身；俭而不勤，甘受其苦。俭以益勤之有余，勤以补俭之不足。”[①]勤俭为兴家之本，如果出身富贵又能勤勉，则辛劳会有功，教导会有成；而富裕之家又崇尚节俭，则能够恪守规约、家道兴旺。《女论语》将“勤俭”要求逐一细化到日常的起居劳作之中，如要求女性应当“早起”：“凡为女子，习以为常。五更鸡唱，起着衣裳。盥漱已了，随意梳妆。拣柴烧火，早下厨房。摩锅洗镬，煮水煎汤。随家丰俭，蒸煮食尝。”[②]同时又要求“算计经营”：“营家之女，惟俭惟勤。勤则家起，懒则家倾；俭则家富，奢则家贫。凡为女子，不可因循。”[③]《内训》有两章论及勤勉积累和节俭爱惜，《勤励章》云：“夫早作晚休，可以无忧；缕积不息，可以成匹。戒之哉，毋荒宁！荒宁者，刿身之廉刃也，虽不见其锋，阴为其所戕矣。《诗》云：‘妇无公事，休其蚕织。’此怠惰之慝也。于乎！贫贱不怠惰者易，富贵不怠惰者难。当勉其难，毋忽其易。”[④]《节俭章》云：“戒奢者，必先于节俭也。夫澹素养性，奢靡伐德。人率知之，而取舍不决焉。何也？志不能帅气，理不足御情，是以覆败者多矣。”[⑤]勤励节俭意义极大，而践行起来又是具体而微的，而且也要区分对象，对待自己不可不俭，而侍奉双亲又不可不丰，需要综合把握。

四是守礼存义。儒家重礼，孔子的理想之一就是要恢复西周的礼乐

---

① （清）王氏：《女范捷录·勤俭第十》//（清）王相笺注：《女四书》，清光绪二十六年（1900）江阴宝文堂刻本，第 44—45 页。

② （唐）宋若昭：《女论语第四·早起》//（清）王相笺注：《女四书》，清光绪二十六年（1900）江阴宝文堂刻本，第 6 页。

③ （唐）宋若昭：《女论语第九·营家》//（清）王相笺注：《女四书》，清光绪二十六年（1900）江阴宝文堂刻本，第 14—15 页。

④ （明）仁孝文皇后：《内训·勤励章第五》//（清）王相笺注：《女四书》，清光绪二十六年（1900）江阴宝文堂刻本，第 24 页。

⑤ （明）仁孝文皇后：《内训·节俭章第六》//（清）王相笺注：《女四书》，清光绪二十六年（1900）江阴宝文堂刻本，第 24 页。

制度。《论语·学而》中，子贡曰："贫而无谄，富而无骄，何如？"子曰："可也。未若贫而乐，富而好礼者也。"《论语·为政》中，孟懿子问孝，子曰："无违。"樊迟御，子告之曰："孟孙问孝于我，我对曰'无违'。"樊迟曰："何谓也？"子曰："生，事之以礼；死，葬之以礼，祭之以礼。"《论语·颜渊》又指出克己复礼的要目，即"非礼勿视，非礼勿听，非礼勿言，非礼勿动"。《诗经·鄘风·相鼠》亦云："人而无礼，胡不遄死。"可以说礼仪是君子的象征。对女子而言，礼仪更是自身修养的重要体现。《女范捷录》强调"礼不可失"，云："德貌言工，妇之四行；礼义廉耻，国之四维。人而无礼，胡不遄死，言礼之不可失也。动必合义，居必中度，勉夫子以匡其失，守己身以善其道，秉礼而行，至死不变者，洵可法矣！"①具体礼仪，也有规定，如《女论语》云："凡为女子，当知礼数。女客相过，安排坐具。整顿衣裳，轻行缓步。敛手低声，轻过庭户。问候通时，从头称叙。答问殷勤，轻言细语。"②

义不同于礼，重在讲个人行为的正当性与适宜性。《论语·述而》中，子曰："饭疏食饮水，曲肱而枕之，乐亦在其中矣。不义而富且贵，于我如浮云。"《论语·卫灵公》中，子曰："君子义以为质，礼以行之，孙以出之，信以成之。君子哉！"《孟子·离娄上》云："仁，人之安宅也；义，人之正路也。"《孟子·尽心上》中，孟子曰："亲亲，仁也；敬长，义也；无他，达之天下也。"由上可知，"义"既规范君臣关系，也约束长幼关系。女教之中，对"忠义"之行十分重视。《女范捷录》云："君亲虽曰不同，忠孝本无二致。古云：'率土之滨，莫非王臣'，岂谓闺中遂无忠义？咏小戎之驷，

---

① (清)王氏：《女范捷录·秉礼第八》//(清)王相笺注：《女四书》，清光绪二十六年(1900)江阴宝文堂刻本，第38—39页。

② (唐)宋若昭：《女论语·第三学礼》//(清)王相笺注：《女四书》，清光绪二十六年(1900)江阴宝文堂刻本，第4—5页。

勉良人以君国同雠；伐汝坟之枚，慰君子以父母孔迩。……是皆女烈之铮铮，坤维之表表。其忠肝义胆，足以风百世，而振纲常者也。”①

五是积善改过。仁与善，是儒家修养和行事的核心价值。人性向善，善就成为人与人之间适当关系的实现。《论语·为政》中，季康子问：“使民敬、忠以劝，如之何?”子曰：“临之以庄，则敬；孝慈，则忠；举善而教不能，则劝。”人无完人，对于犯的错误就应该尽快纠正，故《论语·卫灵公》中，子曰：“过而不改，是谓过矣。”《论语·子张》中，子贡也说：“君子之过也，如日月之食焉。过也，人皆见之；更也，人皆仰之。”女子为闺中和家族之范，除不断修炼个人品德之外，也要通过自己的贤德来引导整个家族行善、迁善、积善。《内训》云：“吉凶灾祥，匪由天作；善恶之应，各以其类。善德攸积，天降阴陟。昔者成周之先，世累忠厚。暨于文武，伐暴救民，又有圣母贤妃善德内助。故上天阴骘，福庆悠长。”②相反，如不改过迁善，则祸患积焉。《迁善章》云：“若夫以恶小而为之无恤，则必败；以善小而忽之不为，则必覆。能行小善，大善攸基；戒于小恶，终无大戾。故谚有之曰：‘屋漏迁居，路纡改途。’《传》曰：‘人谁无过？过而能改，善莫大焉。’”③

（二）清代才媛诗歌中的教化意涵

诗是言的一种形式，才媛之诗亦是其情志的表达。所谓“有德者必有言”，在女教规范与约束中成长，清代才媛不仅恪守传统伦理，具有很

① （清）王氏：《女范捷录·忠义篇第六》//（清）王相笺注：《女四书》，清光绪二十六年（1900）江阴宝文堂刻本，第32—37页。

② （明）仁孝文皇后：《内训·积善章第八》//（清）王相笺注：《女四书》，清光绪二十六年（1900）江阴宝文堂刻本，第28页，现藏于苏州大学图书馆。

③ （明）仁孝文皇后：《内训·迁善章第九》//（清）王相笺注：《女四书》，清光绪二十六年（1900）江阴宝文堂刻本，第31页，现藏于苏州大学图书馆。

高的道德修养，具有一系列可贵的德行，也在其诗词歌赋之中，不自觉地传达出对女教信条的肯定，流露出对传世规约的推崇。这些诗歌，有的是日常生活的描述，有的是思想观念的反映，有的是真情实感的凝结，有的是对高尚行为的讴歌。因此，这一时期才媛诗不仅具有文学艺术价值，更具有社会史、伦理史的价值。

1. 孝亲敬长

女诗人高景芳，父高琦为浙闽总督。景芳为闺中女儿时，年十五作《晨妆》其一云："妆阁开清晓，晨光上画栏。未曾梳宝髻，不敢问亲安。妥帖加钗凤，低徊插佩兰。隔簾呼侍婢，背后与重看。"[①]又有《示谦儿》四章其一云："我归尔父，十有八载。宗庙是寄，蘋蘩是採。虽处贵盛，胡敢稍怠。心存敬恭，手和醯醢。高堂融融，饫此鼎鼐。"[②]诗句就显示出高景芳遵循儿女侍父母之道，能够做到晨昏定省，而在示儿诗中，也通过亲身示范来教育孩子。

歙县女诗人王瑶芬病中思念亲人，也通过诗来表达思眷之情。《病中呈家大人》[③]一诗云：

久病空皮骨，离愁何计消。心摇春梦短，目断故乡遥。弱柳身无力，新莺语自娇。思亲千点泪，聊复寄江潮。

诗人久卧病榻，身形如若弱柳般消瘦。春季暗至，故乡遥在远方，卷起心中万般愁思，难以表达，只好把思念双亲的千行泪滴，托江上的潮水送到亲人身边。

---

① （清）高景芳：《晨妆》//肖亚男主编：《清代闺秀集丛刊》第六册，北京：国家图书馆出版社，2014年版，第399—400页。

② （清）高景芳：《示谦儿》//肖亚男主编：《清代闺秀集丛刊》第六册，北京：国家图书馆出版社，2014年版，第227页。

③ （清）王瑶芬：《病中呈家大人》//《写韵楼诗钞》同治十年申江榷署重刊本，第4a页。

2. 敦品励学

颇为有名的自学劝学之诗人，当属清初才媛顾若璞。丈夫黄茂梧因病离世后，她开始肩负起持家教子的重任。公公黄汝亨也是当时著名的书法家、文学家，对儿子早卒，哀叹"嗟儿茂梧亡矣，有志无年，无奇文瑰行足以托名笔"，可安慰者，"二稚孙稍已见头角，妇慧哲，晓文理，能为母。可督教成之，儿所幸不亡者是耳"①。了解到顾若璞的聪慧贤淑，他将顾若璞视作家学的承继者，引导她系统地学习了儒家经典、秦汉散文。顾若璞在《与胞弟书》中，就记录了自己求学的目的和情形。其夫茂梧过世后，因有儿子在，故她"不敢不学古丸熊画荻者以俟其成"。为教育好子女，她只能发愤读书，"于是酒浆组纴之暇，陈发所藏书，自四子经传，以及《古史鉴》《皇明通纪》《大政纪》之属，日夜披览如不及。二子者从外傅入内，辄令篝灯从隅，为陈说我所明，更相率咿唔，至丙夜乃罢，顾复乐之，诚不自知其瘁也"。随着读书渐多、思虑渐深，圣人的经籍、贤者的撰述积累于心，德行逐渐纯粹，而又兼及文雅。所谓"旁及《骚》《雅》共诸词赋，游焉息焉，冀以自发其哀思，舒其愤闷，幸不底幽忧之疾"②，在诗词的创作上也有了心得。因此顾若璞学识精进，既源于公公黄汝亨的指导，又是自身勤奋苦学的结果，她为后世展现了一个才媛敦品励学的榜样。事实上，这一"传继书香"的动机和"教学相长"的成功实践，也对其家族女子产生了深远的影响，围绕着顾若璞产生了蕉园诗社这一庞大的才媛诗人群体，这与顾若璞的"母教"贡献是分不开的。

---

① （清）黄汝亨：《亡儿茂梧圹志》//《寓林集》卷十五，明天启四年（1624）刻本，第8a页。

② （清）顾若璞：《与胞弟书》//（清）周寿昌：《宫闺文选》卷七，道光二十六年（1846）刻本，第17b—18a页。

3. 明智襄赞

《闺范》云："爱夫以正者也，成其德，济其业。"①贤明的女子能够支持丈夫修德立业。明清之际，科举事业对男子及其所在家族来说命运攸关。在应对科举考试的态度上，特别是对丈夫屡试不第的理解、鼓励，成为清前中期才媛诗中的常见主题之一。如上文提到的清初女诗人顾若璞，在面对丈夫黄茂梧科举的一再失利，曾多次作诗相慰：

古来崄巇自英雄，明珠灼烁泣江汜。苏君万言真奇伟，落魄归来心不悔。六国君侯拜下风，锦屏绣帐门如市。且尽君前一杯酒，蛟龙雌伏岂长守。②

顾若璞援引苏秦的例子激励丈夫不畏失败，潜心修学、以待来日。劝导开慰落榜的夫君，也成为毛秀慧、柴静怡、席佩兰等众多才媛的诗歌题材之一。

《随园诗话》对于叶佩荪继室李含章的描绘，则向人们展现了一位辅佐夫君、宽慰儿辈的诗人。"吾乡多闺秀，而莫盛于叶方伯佩荪家。其前后两夫人、两女公子、一儿妇，皆诗坛飞将也。叶继娶李夫人含章，其《长沙节署感赋》云：'廿年咏絮鸣环地，今日随君幕府开（时外摄中丞事）。画阁乍迎新使节，春风犹忆旧妆台。殊恩象服惭难称，遗爱棠阴待补栽。闻道江城舆颂美，如冰乐令又重来。'（夫人为吾同年李鹤峰之女。鹤峰曾抚湖北，故有感而作也。）《望桂儿不至》云：'济南秋八月，接汝数行书。报说重阳日，能回上谷车。已惊枫落后，又到雪飞初。何事归期误？临风一倚闾。'二篇皆一气呵成，真唐人高手也。《两儿下第》云：'得失由来

① （清）陈宏谋编辑：《教女遗规》卷中《闺范》卷三"郑廉唐人妻李氏条"注，乾隆年间何氏培元堂刻本，第 26 页。

② （清）顾若璞：《慰夫子副榜》//《卧月轩稿》，清顺治八年（1651）黄灿、黄炜卧月轩刻本，第 2a 页。

露电如，老人为尔重踟蹰。不辞羽铩三年翮，可有光分十乘车。四海几人云得路，诸生多半壑潜鱼。当年蓬矢桑弧意，岂为科名始读书？'"[①]正以上之谓也。

4. 诗书课子

许多才媛自行讲读，帮助子女温习诗书。袁枚赠诗骆绮兰《题骆佩香〈秋灯课女图〉》对此场景做过细致的描绘。女诗人骆绮兰，据称为唐代骆宾王后代的一支，曾从父学诗，亦是咏雪柳絮的才女。诗人出嫁不久夫君即亡，骆佩香不得不亲授其女诗书。袁枚赠诗云："秋风瑟瑟乌夜啼，寒光闪闪灯光微。有人课女如课子，夜半书声犹未止。"骆佩香"手持竹素叮咛语，劝儿勤学儿毋苦。女傅常怀宋若昭，状元竟有黄崇嘏。衍波笺纸界乌丝，两汉三唐亲教之。嫛婗上口娇莺似，辛苦分明绛蜡知"[②]。

而母亲的教导对孩子的诗学造诣更有陶铸之功。《随园诗话》所载松江张梦喈之妻汪氏，其"两子兴载、兴镛，皆能诗。来江宁秋试，兴载见赠云：'海内论交皆后辈，江南何福着先生？'兴镛见赠云：'绝地通天双管擅，登山临水一筇先。'人夸其妙，不知皆母训也"。[③] 女诗人汪嫈[④]孀居后，虽生活贫寒拮据，但仍辛勤抚养教育其子程葆，并期寄其能"读书求用世，报答君父恩"（《自哀吟示葆儿》）。因此，劝学励志的主题在其诗集

① （清）袁枚：《随园诗话》//王英志编：《清代闺秀诗话丛刊》，南京：凤凰出版社，2010年版，第116页。

② （清）袁枚：《闺秀诗话》卷四//王英志编：《清代闺秀诗话丛刊》，南京：凤凰出版社，2010年版，第173页。

③ （清）袁枚：《随园诗话》//王英志编：《清代闺秀诗话丛刊》，南京：凤凰出版社，2010年版，第72页。

④ 汪嫈（1781—1842），字雅安，安徽歙县人。汪锡维长女，工部主事程葆之母。年二十一适进士程鼎调为继室。十五年后，她丈夫客死他乡，守节育子。著有《雅安书屋诗集》四卷、文集二卷。

中占了较大比例。谆谆教导中，透出诗人对世事的看法深受儒家思想的影响。如《示葆儿八首》中两首云：

读书能养气，乃为善读书。矜躁不平释，高位终难居。近道莫如静，静坐神安舒。何事营尘缘，逐逐追锋车。处世心和平，自反乐有馀。敬斋两茂铭，朱张旨弗殊。一念常惺惺，毕生无忧虞。

立身笃忠孝，躬修此凭借。力行耻多言，多言辩生诈。鸿词媲张陆，丽藻兼颜谢。实行无一全，心声皆假借。正学出至诚，四知慎清夜。所以参也鲁，再仕心再化。[①]

这两首诗中，"养气"之论出自《孟子》，"静"出自《大学》，"至诚"出自《中庸》，"忠孝"出自《论语》，汪氏的课子诗囊括四书精神，教育幼子不仅是为其应举，更是为其立身处世。居高位而不"矜躁"，处世以心态和平，学由至诚，立身忠孝，这便是寡母对幼子的训育与期待。《名媛诗话》卷十一称赞其"学力宏深，词旨简远，且能阐发经史微奥。集中多知人论世经济之言，洵为一代女宗"。[②]

5. 经训克家

《随园诗话》载王梅坡妻张氏的事迹。张氏能诗，幼子汝翰，初上学，嫌衣服不华，张训即以诗训之云："箪食应知颜子乐，缊袍谁笑仲由寒？"[③]无独有偶，《随园诗话》用较大篇幅记载了才媛张藻用儒家经典故事教育子嗣的事迹。张藻，字于湘，江南青浦（今上海市青浦区）人，父为张之顼、母为顾若宪，镇洋毕礼室，尚书毕沅之母，著有《培远堂诗集》。

① （清）汪嫈：《雅安书屋诗集》卷四，清道光二十四年刻本，第10—11页，现藏于北京大学图书馆。

② （清）沈善宝：《名媛诗话》卷十一//王英志编：《清代闺秀诗话丛刊》，南京：凤凰出版社，2010年版，第530页。

③ （清）袁枚：《随园诗话》//王英志编：《清代闺秀诗话丛刊》，南京：凤凰出版社，2010年版，第78—79页。

毕沅任陕西巡抚时，张藻作诗箴之云：

> 读书裕经纶，学古法政治。功业与文章，斯道非有二。汝宦久秦中，游膺封圻寄。仰沐圣主慈，宠命九重贲。日夕为汝祈，冰渊慎惕厉。譬诸樽栌材，斫小则恐敝。又如任载车，失诚则惧踬。扪心五夜惭，报答奚所自？我闻经纬才，持重戒轻易。教敕无烦苛，廉察无猥细。勿胶柱纠缠，勿模棱附丽。端己励清操，俭德风下位。大法则小廉，积诚以去伪。西土民气淳，质朴鲜糜费。丰镐有遗音，人文郁炳蔚。况逢郅治隆，陶钧综万类。民力久普存，爱养在大吏。润泽因时宜，樽节善调理。古人树声名，根柢性情地。一一践履真，实心见实事。千秋照汗青，今古合符契。不负平生学，不存温饱志。上酬高厚恩，下为家门庇。我家祖德诒，箕裘罔或坠。痛汝早失怙，遗教幸勿弃。叹我就衰年，垂老筋力瘁。曳杖看飞云，目断秦山翠。（《送子沅巡抚陕西》①）

随后张藻赴陕西官署养老，便一路寻访百姓，访察毕沅在当地的政声。听得父老嘉许后，她抵达官署赋诗《就养秦中一路察访政声闻父老俱称中丞之贤抵署喜赋三章》（其一）云："骖騑乍解路三千，风物琴川慰眼前。到处听来人语好，频年丰乐使君贤。"②到达陕西后，张藻游览周边美景，但也不忘作诗，以消乡思。（其三）云："周遭竹屿与花潭，槛外云光映翠岚。尽有琐窗诗料在，不须回首忆江南。"③张藻屡受朝廷诰封，寿终于官署。病故后，乾隆皇帝特赐御书"经训克家"四字褒扬。沈善宝

---

① （清）袁枚：《随园诗话》//王英志编：《清代闺秀诗话丛刊》，南京：凤凰出版社，2010年版，第93页。

② （清）袁枚：《随园诗话》//王英志编：《清代闺秀诗话丛刊》，南京：凤凰出版社，2010年版，第93页。

③ （清）袁枚：《随园诗话》//王英志编：《清代闺秀诗话丛刊》，南京：凤凰出版社，2010年版，第94页。

对其评价也很高:“古来贤母教子成名者颇多,而无诗文著述见于后世,惟国朝贤母之诗流传颇盛,而若此煌煌巨篇,无懈笔、无泛句者,亦不多见也。”①

除了对子女严格要求,许多才媛也引导族内女子恪尽妇职,善待奴婢。如广东阳山李氏有《妇诫》《训婢》之作。《妇诫》②云:“出嫁事舅姑,恩义同父母。云何事人亲,因我为人妇。”对于夫家,强调“不问慈爱无,问我能孝否。竭吾事亲心,可以占无咎。出入敬扶持,奉养勤左右”;对于妯娌,则“姆姒须和颜,姑叔莫多口。持躬务勤俭,接物尚宽厚”;对于夫妇,则须记“夫为妻之纲,妻亦与夫齐。敌体均伉俪,恩爱两不疑”,两者相处应“无违著圣训,至顺昭坤仪。男以刚为贵,女以柔为宜。鸡鸣切戒旦,举案思齐眉”。而贤媛对于夫君之成就也起到很大作用,“古来多淑媛,一一垂芳规。贤豪克树立,半出内助资。人生寄一世,百年有尽期。惟留不朽名,万古恒在兹”。在教育子女方面,应牢记“为孝苦不足,为慈苦有余”,爱护自己的子女,就应该爱而教之,“女则课纺绩,男则课诗书。课女与课男,父母心非殊。高楼峙平地,植基恒于初。孟母切教子,断杼三移居。良田不耕耨,沃土成荒芜。勿谓此父职,有咎岂在予”。贤母能够让子女严笃义训,就可以上答宗祖、下光门闾,问心无愧了。

《训婢示长媳耿氏暨侄女慧芳、孙女文瑛等》一诗,则是从长辈的视角,教育女侄辈要认识到贵贱有异、贤愚有分,不能过于苛责。在家内服侍主人的仆婢出身寒微,秉性拙戆,能忍受鞭责,但是却不注意迁善改过。但即便如此,也要多加引导。诗中云:“矜愚加训诲,赦过策劳勋。

---

① (清)沈善宝:《名媛诗话》//王英志编:《清代闺秀诗话丛刊》,南京:凤凰出版社,2010年版,第378页。

② (清)王氏:《女范捷录·贞烈第五》//(清)王相笺注:《女四书》,清光绪二十六年(1900)江阴宝文堂刻本,第38页。

自然久与化，瘠土堪耕耘。寒冬拥薄絮，暑月愁饥蚊。残羹与冷炙，灶下潜悲辛。谁无父母恩，爱之如掌珍。家贫两不活，弃置难相亲。念此怆我怀，彼亦人子身。尔曹须体恤，慎勿轻怒嗔。”[①]奴婢虽任事不勤，但却承担着很重的家务，生存原本不易。加之诗人想到仆婢亦是人之子女，正是因为贫困才亲子分离，不能享受天伦，故训导女侄要多加体恤，不能轻易发怒斥责。

6. 忠贞守节

女教书将“女性贞节”与“男性忠君”联立并举，明确提出“不事二夫”等行为要求。如《女范捷录》强调女性贞节重要性时云：“忠臣不事两国，烈女不更二夫。故一与之醮，终身不移。男可重婚，女无再适。是故艰难苦节谓之贞，慷慨捐生谓之烈。”[②]“是皆贞心贯乎日月，烈志塞乎两仪，正气凛于丈夫，节操播乎青史者也，可不勉欤！”[③]《女论语》亦云：“古来贤妇，九烈三贞。名标青史，传到如今。后生宜学，勿曰难行。第一贞节，神鬼皆钦。”[④]清代女子守节、死节的记载不绝如缕，《岩镇志草》记载歙县曹氏的事迹如下：

曹氏，名玉鸾，封儒林郎孝光女。端静知大义。年十八，归尖山陈光斡。陈攻文，屡试不利，抑郁以歿。曹年十九，誓以死殉，勺水不入口者七日。祖姑泣语之曰“死烈与立孤孰难”，曹乃忍弗死。及

---

① （清）沈善宝：《名媛诗话》卷三//王英志编：《清代女性闺秀诗话丛刊》，南京：凤凰出版社，2010 年版，第 389—390 页。

② （清）王氏：《女范捷录·贞烈第五》//（清）王相笺注：《女四书》，清光绪二十六年（1900）江阴宝文堂刻本，第 28 页。

③ （清）王氏：《女范捷录·贞烈第五》//（清）王相笺注：《女四书》，清光绪二十六年（1900）江阴宝文堂刻本，第 32 页。

④ （唐）宋若昭：《女论语·第十二守节》//（清）王相笺注：《女四书》，清光绪二十六年（1900）江阴宝文堂刻本，第 18 页。

伯氏有子，抚以为后。长授室，连举二孙。笑曰：“而今而后，未亡人可以报先君于地下矣。”康熙甲申六月，忽旬日不食，归宁其母，慰问备至。还家端坐而逝。年五十二。[①]

传统伦理道德要求女子对丈夫从一而终。一旦丧夫，妇女的生命也就失去了依托。守节之妇，主要是因为“上有双亲、下有遗孤”，不得不承担起赡养老人、抚育幼儿的重任。因此这些诗歌也可以看成是对守节功用的另一种反映。如汪嫈的《自哀吟示葆儿》[②]：

凶耗来如风，痛绝失所天。计决身为殉，相随赴黄泉。儿今无父人，母死儿更苦。匪母心太忍，偷生又曷取。大节岂游移，母死儿挽住。悲哉未亡人，忍死伊何故。似续儿身重，父没书尚存。读书求用世，报答君父恩。

再如她在儿子科举得第后所作的长篇叙事诗，也表达了苦节育子的艰辛和勉儿成贤的期望。诗前有小序云：“道光戊子秋闱，葆儿获售。忆儿十一失怙，计今有三年矣。爰感己事，遂成长歌。”[③]诗云：

人生斯世如晨雾，富贵贫穷随所遇。父母生儿顾复多，零丁独痛儿孤露。儿父当年客洛阳，为儒不成逡为商。轻财重义三十载，日暮途穷空自伤。飘零旅寄邗江上，苦说中年心益壮。寻惊噩梦到家乡，妇寡儿孤复何望。我闻此信悲意外，我遭此境身奚赖。儿家祖训夙彰彰，饿死事小失节大。独坐妆台泪盈袖，死生难决夜复昼。伤心权作未亡人，忍死偷生为儿幼。儿吟母绩每三更，惯听秋虫唧唧声。乾荫已凋期自立，盼儿读书成令名。舅氏近垣我胞弟，自然待儿意深至。孤儿作客母心悬，一纸家书数行泪。人言劝儿作商

① （清）余华瑞：《岩镇志草》，合肥：黄山书社，2004年版，第168页。
② （清）汪嫈：《雅安书屋诗集》卷二，清道光二十四年刻本，第11b页。
③ （清）汪嫈：《雅安书屋诗集》卷三，清道光二十四年刻本，第4b—5a页。

人，衣食能全且救贫。多谢同宗郁成叔，渊源许儿重问津。儿今年逾弱冠时，甫登贤书非甚迟。男儿感恩必图报，况乃恩神无涘涯。茹荼饮檗分当然，儿能成名匪母贤。愿儿终身守母训，胜如袖诰到重泉。

汪氏前诗乃是对才媛作出与其他妇人"死节"不同选择的最好诠释。"死"是一时之勇，"生"是一生之诺。寡母孤子守夫"一室书"，以"有用于世"报答父母君恩，才媛的这一选择堪与勇士比肩，亦令后人扼腕。后诗以其一生遭际为主线，秉持守节的祖训，忍受亲人丧亡的苦痛，把家庭的希望寄托在勉励孩儿读书、获得功名上，表现出一位忠贞守节女子坚如磐石的操守和对孩子深沉的爱。

除为夫守节外，清代女子也多为国殉节者。如直隶丰润顾荃（字芬若，中丞谥文毅马雄镇侧室）随抚广西时，遇到吴三桂叛乱。文毅公不屈身死，而芬若亦偕诸眷及同伴自缢。其《题自画梅竹》[①]云："欲写孤山处士诗，几回握管费寻思。水边篱落真清绝，万个琅玕玉一枝。"诗意清绝，与人格相似。又如盖州刘夫人（侍郎谥忠毅陈启泰室）随夫官福建巡海道时，值耿精忠叛乱，攻城甚急。度不可免，忠毅公偕夫人令妾婢、子女二十一人先就缢。刘夫人题写绝笔，从容殉节。诗云："厄运逢阳九，妖氛起自东。力难除大逆，情愿效孤忠。只为君臣重，还将儿女同。阖门齐死孝，含笑九泉中。"[②]一门皆慷慨殉国，绝笔诗意气怆然。沈善宝评："危迫之中，诗能如此工整，平素学力可想。"[③]

---

① （清）顾荃：《题自画梅竹》//（清）完颜恽珠辑：《国朝闺秀正始集》卷三，清道光十一年（1831）红香馆刻本，第2b页。

② （清）沈善宝：《名媛诗话》卷一//王英志编：《清代闺秀诗话丛刊》，南京：凤凰出版社，2010年版，第361页。

③ （清）沈善宝：《名媛诗话》卷一//王英志编：《清代闺秀诗话丛刊》，南京：凤凰出版社，2010年版，第361页。

7. 远见智识

《随园诗话》记载了女诗人高景芳的事迹："闺秀能文，终竟出于大家。张侯家高太夫人著《红雪轩稿》，七古排律至数十首，盛矣哉！其本朝之曹大家乎？夫宗仁袭封靖逆侯，家资百万，以好客喜施，不二十年，费尽而薨。夫人暗埋三十万金于后园，交其儿谦，始能袭职。其识力如此。"[①]前述松江张梦喈之妻汪氏，名佛珍，能诗而有才干。"梦喈外出，有偷儿入其室。汪佯为不知，喈曰：'今夕赖得某在家相护，可无忧矣。'某者，其戚中之有勇力者也。偷儿闻之潜逃。"[②]汪氏碰到突发情况时能巧妙周旋，足见其智识过人。

三、小结

从宗法礼乐制度生发的女性礼教传统，在历史上表现为绵延不绝的女子传记，以及由女子或由男性为女子而书写的妇德类典籍，显示出社会对于性别伦理的建构过程。在这种体制下，女子就不仅仅是一个被压迫者、被塑造者，甚至也是社会体系再生产的自觉与不自觉的参与者。这种参与、助推和维护功能，在很长的历史时期中是局限在家庭这个社会基本单元内的。"内阃"(在实际意义上要比家庭这个概念更小)成为承载女性道德规范、伦理角色、社会职责的主要乃至唯一的场域。内外这一区分对于女子来说是至关重要的，因为阃内外往往是男子与女子在空间上的分立，同时也是堂与闱的分别，是私与公的分野。

---

① (清)袁枚：《随园诗话》//王英志编：《清代闺秀诗话丛刊》，南京：凤凰出版社，2010年版，第67页。

② (清)袁枚：《随园诗话》//王英志编：《清代闺秀诗话丛刊》，南京：凤凰出版社，2010年版，第72页。

由于这种空间和意识领域区分的存在，由于长期以来女子的角色被阃闱这一领域所限制，再加上同时代儒士的观念与态度，才媛书写往往成为这些女教规范自我呈现的途径。本章集中考察了这些规范的内容及其在才媛诗歌中的表现，德与言的关系在这个过程中可以说一览无余。

当然值得注意的是，推动女子主体意识觉醒的因素，也在历史的变迁中不断地积累和增强。才媛书写赋予了女子通过文学在历史和时代感悟中增强自我肯定的力量，这一点将在后续章节予以进一步探讨。

第二编 才媛诗学

第三章　诗与教：循循雅饬与文辞之变

孔孟之道是传统社会的精神图腾，诗礼之邦是古代中国的重要特征。儒之思想，征诸文献，以六经为本，而《诗》为其一。孔子把《诗》看作道德品质修养的教科书远超将其视作文艺作品，云“诗三百，一言以蔽之，曰：思无邪”。而学诗对修养实为首要，孔子又云：“兴于诗、立于礼、成于乐。”但诗之作用，实又不限于修身，“兴、观、群、怨”，皆其功能。《诗经》涵盖社会生活的方方面面，而其中篇目，不乏美人之思（如《关雎》）、家乡之念（如《采薇》）、室妇之叹（如《东山》），甚至有节女之坚（如《柏舟》）、弃妇之悲（如《氓》《谷风》），由是观之，孔子删诗，不废女性之作。“这种以百姓家居为理想，以温柔抒情为主调的文学精神，事实上成为中国文学后来发展的基础。”①儒者以诗而兴，儒家依诗而传，后世学诗之才媛，自然不可能不受之浸润和陶冶。

自诞生之初，儒家就不把诗文仅仅看成为一种文艺形式，而是从服务政治与教化人心的角度来看待和谈论。孔子论诗，与当时的“称诗”传统直接相关。在孔子的时代，诗是一种“达政”与“专对”的工具，这便决定了诗歌的政教意义。孟子、荀子都对诗的本质、评诗的标准、论诗的方法提出了自己的主张，《诗大序》则对儒家诗论进行了总结。从孔子论《诗》到汉代《毛诗序》的出现，标志着儒家诗学的建立和形成。在儒家看来，诗歌作品要合中庸之道，具中和之美，倡导温柔敦厚的风格，具有“发

---

① 柯庆明：《中国文学的美感》，石家庄：河北教育出版社，2001 年版，第 5 页。

乎情，止乎礼义”的规范。“温柔敦厚”的“诗教”说成为儒家诗学的核心，诗的政治教化作用在这一观念中得以强化。综合来看，儒家的诗教观念对才媛的影响十分深远。

一、儒家诗教观念与清代才媛诗歌功能

自汉至清末，儒家思想一直是中华民族的道德支撑和中华文化精髓的重要组成部分。作为中国诗歌源头的《诗经》是由孔子删述的，因此《诗经》不仅反映了孔子关于诗歌内容特别是功能的观念，也体现了孔子关于何为好诗的主张，可以说是善与美的结合。自孔子始，《诗经》便已被视为文艺创作的范本和君子修养的圭臬。先秦两汉时期，儒家诗学纲领基本确立，并成为中国诗学的正统。

（一）儒门论诗要旨及清代的诗教观念

儒家诗学观既有总纲，也有流变。总纲就是儒家关于诗的本质、功能、功用等方面的基本思想和观点，而流变则是历朝历代的发展过程中，与其他思潮之间交融所产生的新变，以及出现的诗学话语。

1. 孔孟语录与儒家经典的论诗纲目

《诗经》是孔门师生学问授受中提及最多的典籍之一。除征引诗中的表述来说明自己的意图，孔子还对《诗经》及其功能做过单独表述。概言之，**一是谈《诗经》在道德取向上的特点**。《论语·为政》中，子曰：“诗三百，一言以蔽之，曰‘思无邪’。”孔子借《诗经·鲁颂·駉》中“思无邪”，作为对《诗经》的总体评价。《论语集解》引包咸祝说，认为“无邪”属意“归于正”。邢昺《论语注疏》进一步引申为：“诗之为体，论功颂德，止僻防邪，大抵皆归于正，故此一句可以当之也。”据此可推，孔子所称“思无

邪”，是从伦理规范的角度来阐释《诗经》，是对“仁”政、“礼”制的具体化呈现。**二是谈《诗经》在语言风格上的特点**。《论语·述而》记载，“子所雅言，《诗》、《书》、执礼，皆雅言也”。诗经中的诗篇，都是当时的雅言正声，便于阐发本义，传承文化和道德。三**是认为《诗经》是修身次序之始**。《论语·泰伯》中，子曰：“兴于《诗》，立于礼，成于乐。”《论语·季氏》中记载孔子对其子孔鲤读书的教诲，其中亦有“不学《诗》，无以言”的判断。君子接事触景而有所感发，必须要学会《诗经》中的语言；要完成王侯交办的使命，也要通过《诗经》中的语言来表达自己的意图。**四是阐明学《诗》的作用特别是政治教化功能**。《论语·阳货》中，子曰：“小子何莫学夫《诗》？《诗》可以兴，可以观，可以群，可以怨。迩之事父，远之事君，多识于鸟兽草木之名。”学《诗》成为感发志意、观政得失、沟通交流、风刺上政的重要途径，其中的道理近可以侍奉父母、远可以服务君主。对新学者而言，还可以多记诵鸟兽草木的名称，比较全面地揭示了学《诗》的功用。这为后来的诗教观奠定了基础。

孟子的贡献是提出了“以意逆志”和“知人论世”的批评理论。这对后世的文学批评尤其是诗歌批评有很大的影响。孟子云“故说诗者，不以文害辞，不以辞害志。以意逆志，是为得之”，即论诗不能拘泥于个别字句，而应从诗歌内容去推断作诗之志。《孟子·万章下》云，“颂其诗，读其书，不知其人，可乎？是以论其世也。是尚友也”，即颂诗须了解其人其世，了解作者的生平及所处的时代环境。

《礼记》提出了“温柔敦厚”和“诗教”的要求。《礼记·经解》引孔子的话云：

> 入其国，其教可知也。其为人也：温柔敦厚，《诗》教也；疏通知远，《书》教也；广博易良，《乐》教也；洁静精微，《易》教也；恭俭庄敬，《礼》教也；属辞比事，《春秋》教也。故《诗》之失，愚；《书》之失，诬；

> 《乐》之失，奢；《易》之失，贼；《礼》之失，烦；《春秋》之失，乱。其为人也：温柔敦厚而不愚，则深于《诗》者也；疏通知远而不诬，则深于《书》者也；广博易良而不奢，则深于《乐》者也；洁静精微而不贼，则深于《易》者也；恭俭庄敬而不烦，则深于《礼》者也；属辞比事而不乱，则深于《春秋》者也。

孔颖达疏“温柔敦厚”云：“温，谓颜色温润；柔，谓情性和柔。《诗》依违讽谏，不指切事情，故云温柔敦厚，是《诗》教也”[①]；“‘故《诗》之失愚’者，《诗》主敦厚，若不节之，则失在愚”“‘其为人也，温柔敦厚而不愚，则深于《诗》者也’，此一经以《诗》化民，虽用敦厚，能以义节之，欲使民虽敦厚不至于愚，则是在上深达于《诗》之义理，能以《诗》教民也，故云‘深于《诗》者也’”。[②] 可见，“温柔敦厚”包括两个方面：一是献诗讽谏要婉曲，不要过于显露，应节之以礼义，以中和为旨；二是《诗》对人具有教育感染作用，所以“在上者”必须“深达于《诗》之义理”。也就是说，诗歌内容对于政治的“讽谏”“怨刺”要合乎“礼义”的规范，不能言辞过激，即所谓“美刺讽喻”。既要符合“礼义”，又要有“怨刺”精神，也就是既要“温柔敦厚”，但又不失之于“愚”[③]，才符合“诗教”的精神，才可以说是“深于《诗》”。

《礼记·乐记》提出了“反情以和其志”的观念。《礼记·乐记·乐象篇》云：

> 是故君子反情以和其志，广乐以成其教，乐行而民乡方，可以观

---

① (汉)郑玄注，(唐)孔颖达疏，李学勤主编：《十三经注疏·礼记正义》，北京：北京大学出版社，1999 年版，第 1368 页。

② (汉)郑玄注，(唐)孔颖达疏，李学勤主编：《十三经注疏·礼记正义》，北京：北京大学出版社，1999 年版，第 1369 页。

③ 根据朱自清《诗言志辨·诗教》三“温柔敦厚”，这里的“愚”者，“过中”之谓也。

> 德矣。德者性之端也。乐者德之华也。金石丝竹，乐之器也。诗言其志也，歌咏其声也，舞动其容也。三者本于心，然后乐气从之。是故情深而文明，气盛而化神。和顺积中而英华发外，唯乐不可以为伪。

所谓“反情以和其志”，就是提倡君子调和自己的心志，效法好的榜样以成就自己的德行，推广乐教来完成教化，使人民归向仁义之道。《乐记》明确指出了思想情感来源于客观现实，认为诗、乐是作者思想感情真实而自然的流露和体现，对社会起到教化作用，可以说是进一步发展了儒家的诗乐理论。

《诗大序》申述了“发乎情，止乎礼义”和“六义”两个命题。诗大序云：“诗者，志之所之也。在心为志，发言为诗，情动于中而形于言。”情志本为一体，正如孔颖达在《毛诗序正义》中说：“诗者，人志意之所之适也，虽有所适，犹未发口，蕴藏在心，谓之为志；发见于言，乃名为诗。”①但这里的“情”又不是全部的情感，而是在一定外部制约或内在克制之下产生的带有某种趋向性的情感。如《诗大序》言：“至于王道衰，礼义废，政教失，国异政，家殊俗，而‘变风’‘变雅’作矣。国史明乎得失之迹，伤人伦之废，哀刑政之苛，吟咏情性，以风其上，达于事变而怀其旧俗者也。故变风发乎情，止乎礼义。发乎情，民之性也；止乎礼义，先王之泽也。”本质上就是要求情感抒发要保持在儒家“礼义”的范畴内，以礼义对情感加以规范和制约。所谓“六义”，在《周礼・春官》中记为“六诗：曰风，曰赋，曰比，曰兴，曰雅，曰颂”。孔颖达《毛诗正义》卷一：“然则风雅颂者，诗篇之异体；赋比兴者，诗文之异辞耳。大小不同而得并为六义者，赋比

---

① （汉）毛亨传，郑玄笺，（唐）孔颖达疏，李学勤主编：《毛诗正义》，北京：北京大学出版社，1999 年版，第 57 页。

兴是诗之所用，风雅颂是诗之成形，用彼三事，成此三事，是故同称为'义'，非别有篇卷也。"[①]这个解释与《周礼·春官》及郑玄注已不相同，认为风雅颂为体，赋比兴为用。《诗大序》做了进一步发挥："故诗有六义焉：一曰风，二曰赋，三曰比，四曰兴，五曰雅，六曰颂。上以风化下，下以风刺上，主文而谲谏，言之者无罪，闻之者足戒，故曰风。……是以一国之事，系一人之本，谓之风；言天下之事，形四方之风，谓之雅。雅者，正也，言王政之所由废兴也。政有小大，故有小雅焉，有大雅焉。颂者，美盛德之形容，以其成功告于神明者也。是谓四始，诗之至也。"《诗大序》并未对赋比兴作出详细的解释，但是从"上以风化下、下以风刺上"可知，赋比兴的应用必然也表现出某种伦理道德观念，借以显示诗的教化作用。因而它们的特征也必然是含蓄委婉的，而不可能是正面的指斥。[②] 由孔门论诗到两汉诗大序的完成，奠定了儒家的诗学总纲。

2. 清朝儒家诗观的核心主张

正如儒家思想本身在不断变化与发展，其诗学观念自然也处于演进之中。儒家秉承的是温柔敦厚的诗教观，凡诗是"发而皆中节"，《诗经》之中的文字之美与性情之正合为一体；即便变风变雅，也要止乎礼义。两汉设采诗之制，对当时的风谣民意十分重视，采诗观风成为重要的制度设计，与谶纬之学相互强化。刘勰《文心雕龙》专论"风骨"，而在唐代获得推扬。韩愈的"气盛言宜"含有配以道义而志气不馁之义，"不平则鸣"含有激发情志而勃然兴起之义，道德人格与文学风格共同体现于现

---

① (汉)毛亨传，郑玄笺，(唐)孔颖达疏，李学勤主编：《毛诗正义》，北京：北京大学出版社，1999年版，第12—13页。

② 袁行霈、孟二冬、丁放：《中国诗学通论》，合肥：安徽教育出版社，1994年版，第63—65页。

实人生态度。[①] 宋代理学大师朱熹虽称柳宗元“反助释氏之说”[②]和苏轼“到急处便添入佛老”[③]，但他所推崇的韦应物之诗也是重“静中涵养”，这使得清越、温丽的诗歌风格占据主导，儒家“风骨”走向清虚化。逮至元明，由于科举考试按经义取士，诗歌已不再能够带给人以实际利益，习诗被认为是误入歧途。陈维崧在《陈迦陵文集》中曾对此现象作了生动描述。在明朝的大部分时间里，作诗就是文人社交中的应酬工具，而“诗必盛唐”成为核心的主张。

在晚明特别是明清易代之际，诗歌出现了复兴的趋势。张少康认为，中国的文艺批评理论有三个最重要的发展时期，分别是先秦、六朝和明清[④]。尤其是清前中期，出现了学术、文化、文学传统的重建，而诗学传统的整合和重构就是其中最为前沿的工作之一。对于诗歌所应具有的风教、美刺等功能的强调，在晚明以降的文学流派关于诗学的观点中有所重申，也在才媛的诗歌中得到了体现。入清之后，儒家诗教逐步回归传统。

（1）诗本纲常与忧时托志

在明末清初，针对前后七子“雅而不真”和公安派“真而不雅”的流

---

① 韩经太：《中国审美文化焦点问题研究》，北京：人民文学出版社，2015 年版，第 233 页。

② （宋）黎靖德编，王星贤点校：《朱子语类》卷一百二十二，北京：中华书局，1994 年版，第 2953 页。

③ （宋）黎靖德编，王星贤点校：《朱子语类》卷一百二十二，北京：中华书局，1994 年版，第 3276 页。

④ 张少康先生指出：这一时期所出现的一些成就卓著的文学理论批评家，诗学方面有王夫之、叶燮、王士祯、沈德潜、袁枚，小说理论方面有金圣叹、毛宗岗、张竹坡、脂砚斋，散文理论方面有方苞、刘大櫆、姚鼐，以及喜剧理论方面有李渔等，这些人虽有些出生在明末，但主要活动是在清代前期。他们都是各自领域中的代表人物，从各方面总结了文学理论批评发展的历史经验，也提出了很多新的见解，使中国文学理论批评达到了历史上的最高峰，并直接影响到近现代文学理论批评的发展。

弊，陈子龙就诗歌创作的本末关系提出："明其源，审其境，达其情，本也；辨其体，修其辞，次也。"[①]在诗歌的主旨上，反对毫无目的的模仿与标榜，提倡诗歌的经世精神，所谓"诗者，忧时托志之所作也"[②]。陈子龙强调把诗人对社会现实的关注与诗歌的表现与反映联系起来，显示出强烈的忧患意识。明末清初诗坛泰斗、虞山派代表人钱谦益也批评明代七子派只讲求形式之美，忽视了诗学的政教传统："夫诗本以正纲常，扶世运，岂区区雕绘声律剽剥字句云尔乎？"[③]他要求诗人胸中要有"天地之高下，古今之往来，政治之污隆，道术之醇駮"，[④]在诗歌创作的取向上承继以诗存史的追求，强调诗歌与时代政治和社会进程相关，应具有真实性。

（2）留连规讽与广治天下

云间派的代表人物陈子龙"当诸生时，即留意经国。凡缘情赋物，感怀触事，未尝不与朝廷治乱之关，世风升降之际，一篇之中，留连规讽焉，为得作诗之本也"。[⑤] 西泠派的代表理论家毛先舒也强调诗歌对于广化天下的作用，陆圻在《诗辩坻序》中指出，毛先舒辩诗是为了"广诗之治于天下"。[⑥] 虞山派钱谦益认为诗歌应为政治、教化服务，主张诗歌要有广阔的政治和道德内涵："古之为诗者有本焉。国风之好色，小雅之怨悱，离骚之疾痛叫呼，结轖于君臣夫妇朋友之间，而发作于身世逼侧、时命连

---

① （明）陈子龙：《安雅堂》卷二//《续修四库全书》集部第 1387 册，上海：上海古籍出版社，2002 年版，第 689 页。

② （明）陈子龙：《安雅堂》卷三//《续修四库全书》集部第 1387 册，上海：上海古籍出版社，2002 年版，第 697 页。

③ （清）钱谦益：《牧斋有学集》，上海：上海古籍出版社，1994 年版，上海：上海古籍出版社，2002 年版，第 830 页。

④ （清）钱谦益：《牧斋初学集》卷三十三//《续修四库全书》集部第 1390 册，第 568 页。

⑤ （明）陈子龙著，施蛰存、马祖熙标校：《陈子龙诗集》，上海：上海古籍出版社，1983 年版，第 764 页。

⑥ （清）陆圻：《诗辩坻序》//郭绍虞编选、富寿荪校点：《清诗话续编》，上海：上海古籍出版社，2016 年版，第 14 页。

蹇之会，梦而噩，病而吟，春歌而溺笑，皆是物也，故曰有本。”[①]贺贻孙对明代诸诗派进行反思之后也认为，写诗如果是为了悦人和传世，那诗歌创作就落入了下等。诗歌“原本忠孝”[②]，“诗人佳处多是忠孝至性之语”，他对宋遗民诗表达强烈的认同，只要诗歌达到忠孝之本，则“不必问工拙也”。[③]

(3) 天下之器与自鸣不平

黄宗羲要求诗歌中的性情应超越个人一己之悲欢[④]，更多地去表现社会人生，实现个性的共性化。他在《马雪航诗序》中提出了“万古之性情”的概念：“诗以道性情，夫人而能言之，然自古以来，诗之美者多矣，而知性者何？少也。盖有一时之性情，有万古之性情。夫吴歈越唱，怨女逐城，触景感物，言乎其所不得不言，此一时之性情也。孔子删之以合乎兴、观、群、怨、思无邪之旨，此万古之性情也。吾人诵法孔子，苟其言诗，亦必当以孔子之性情为性情。如徒逐逐于怨女逐臣，逮其天机之自露，则一偏一曲，其为性情亦末矣。”[⑤]

黄宗羲也关注诗歌的原本问题，其《董巽子墓志铭》云：“古之诗也，以之从政，天下之器也；今之诗也，自鸣不平，一身之事也。”[⑥]他在《朱人

---

① (清)钱谦益：《牧斋有学集》，上海：上海古籍出版社，1994年版，第766页。

② (清)贺贻孙：《李闻孙诗序》//《水田居文集》卷三//《清代诗文集汇编》第21册，上海：上海古籍出版社，2010年版，第470页。

③ (清)贺贻孙：《诗筏》//(清)吴大受、刘承干辑：《吴兴丛书·诗筏》，吴兴刘氏嘉业堂刊本，第68b页。

④ 黄宗羲称之为“一人之性情”。在他看来，“诗之道甚大，一人之性情，天下之治乱，皆所藏纳”。(明)黄宗羲：《诗历·题辞》//吴光主编：《黄宗羲全集》第11册，杭州：浙江古籍出版社，2012年，第204页。

⑤ (明)黄宗羲：《马雪航诗序》//《续修四库全书》集部第1397册《南雷文定集》四集，上海：上海古籍出版社，2002年版，第528页。

⑥ (明)黄宗羲：《董巽子墓志铭》//吴光主编：《黄宗羲全集》第10册，杭州：浙江古籍出版社，2012年版，第490页。

远墓志铭》中说："夫人生天地之间，天道之显晦，人事之治否，世变之汙隆，物理之盛衰，吾与之推荡磨砺于其中，必有不得其平者。故昌黎言'物不得其平则鸣'，此诗之原本也。"①贺贻孙观点与此类似，他对个人创作道路的自述云："时值国变，三灾并起，百忧咸集，饥寒流离，逼出性灵，方能自立堂奥。"②他认为生命处境对于诗人有极大影响，"使皆履常席厚，乐平壤而践天衢，安能发奋而有出人之志哉？必历尽风波震荡，然后奇人与奇文见焉"。③

（4）导扬盛美与刺讥当时

汉儒论诗就有正变之说，《诗大序》说："至于王道衰，礼义废，政教失，国异政，家殊俗，而变风、变雅作矣。"于是诗歌的风格与王朝的兴衰、国家的强弱联系在一起，所谓"治世之音安以乐""乱世之音怨以怒""亡国之音哀以思"。云间派陈子龙强调诗歌的风刺之用："夫作诗而不足以导扬盛美，刺讥当时，托物连类而见其志，则是风不必列十五国，而雅不必分大小也。虽工而余不好也。"④黄宗羲也指出："夫文章，天地之元气也。元气之在平时，昆仑旁薄，和声顺气，发自廊庙，而鬯浃于幽遐，无所见奇。逮夫厄运危时，天地闭塞，元气鼓荡而出，拥勇郁遏，坌愤激讦，而后至文生焉。"⑤他在《万贞一诗序》中道："然吾观夫子所删，非无《考槃》

① （明）黄宗羲：《朱人远墓志铭》//吴光主编：《黄宗羲全集》第10册，杭州：浙江古籍出版社，2012年版，第483页。

② （清）贺贻孙：《示儿一》//《水田居文集》卷五//《清代诗文集汇编》第21册，上海：上海古籍出版社，2010年版，第554页。

③ （清）贺贻孙著，胡思敬校勘：《激书》，南昌豫章丛书编刻局（1917）刻本，序1页，现藏于北京大学图书馆。

④ （明）陈子龙：《安雅堂》卷三//《续修四库全书》集部第1387册，上海：上海古籍出版社，2002年版，第697页。

⑤ （明）黄宗羲：《谢翱年谱游录注序》//吴光主编：《黄宗羲全集》第10册，杭州：浙江古籍出版社，2012年版，第34页。

《丘中》之什厝乎其间，读之令人低徊而不能去者，必于变风变雅归焉。"[①]他肯定了《诗经》中"诗之令人低徊而不能去者"的"变风变雅"之作，又与儒家主张的"温柔敦厚"联系了起来："盖其疾恶思古，指事陈情，不异薰风之南来、履冰之中骨，怒则掣电流虹，哀则凄楚蕴结，激扬以抵和平，方可谓之温柔敦厚也。"[②]贺贻孙则肯定不平则鸣，指出"风雅诸什，自今诵之，以为和平。若在作者之旨，其初皆不平也。使其平焉，美刺讽诫何由生，而兴、观、群、怨何由起哉？乌以怒而飞，树以怒而生，风水交怒而相鼓荡，不平焉乃平也"。[③]

（5）金声玉振与中和雅正

随着清朝定鼎北京，从顺治到康熙统治逐渐稳固，社会渐趋安定，新的士人群体登上政治舞台，逐渐倡导与开国气象相称的诗风。即便是带有明末遗民身份的诗人，对诗歌功能的认识也在发生变化。如顾炎武在《日知录》中提出"文须有益于天下"，认为"诗言志"是诗之本，"陈诗以观民风"是"诗之用"，"疾今之政以思往者"是"诗之情"，称诗歌是"王者之迹也"。可以说，顾炎武的诗学观点体现了儒家诗教传统的特征，有效地把儒家政治体系与诗歌思想体系统一了起来，其中的温柔敦厚之主张，可谓其核心。随着世替时移，不同时期的诗文也就呈现出不同的气象风格。如施闰章、王士祯的诗歌，都被看成这种变化的反映。钱谦益在《施愚山诗集序》中指出："昔者隆平之世，东风入律，青云干吕，士大夫得斯世太和元气，吹息而为诗。欧阳子称圣俞之诗，哆然似春，凄然似秋，与

① （明）黄宗羲：《万贞一诗序》//吴光主编：《黄宗羲全集》第10册，杭州：浙江古籍出版社，2012年版，第34—35页。

② （明）黄宗羲：《万贞一诗序》//吴光主编：《黄宗羲全集》第10册，杭州：浙江古籍出版社，2012年版，第34—35页。

③ （清）贺贻孙：《水田居文集》卷三//《清代诗文集汇编》第21册，上海：上海古籍出版社，2010年版，第499页。

乐同其苗裔者，此当有宋之初盛，运会使然，而非人之所能为也。兵兴以来，海内之诗弥盛，要皆角声多，宫声寡；阴律多，阳律寡；噍杀恚怒之音多，顺成啴缓之音寡。繁声入破，君子有余忧焉。愚山之诗异是，铿然而金，温然而玉，诎拊搏升，朱弦清汜，求其为衰世之音不可得也。"[①]施闰章自己亦言："诗文之道与治乱相始终。"[②]而清初诗文家汪琬亦自觉以温柔敦厚作为准绳："夫诗固乐之权舆也。观乎诗之正、变，而其时之废兴、治乱、隆污、得丧之数，可得而鉴也。史家所志五行，恒取其变之甚者以为诗妖诗孽、言之不从之征，故圣人必用温柔敦厚为教，岂苟然哉？"[③]甚至对于学习杜诗感时伤乱之作的做法，他也持批评态度："孔子曰：'温柔敦厚，诗教也'。……今之学诗者，每专主唐之杜氏，于是遂以激切为工，以拙直为壮，以指斥时事为爱君忧国。其原虽稍出于雅颂，而风人多设辟喻之意，亦以是而衰矣。世之论《三百篇》者曰：'取彼谗人，投畀豺虎'，不可谓不激切也。……斯说诚然矣。然古之圣贤未尝专以此立教。其所以教人者必在性情之和平，与夫语言感叹之曲折，如孔子所云温柔敦厚是已。……夫作诗至于《三百篇》，言诗者至于孔子可矣，学者舍孔子不法而专主于杜氏，此予不能无感也。"[④]王士禛则对施闰章的诗歌赞叹不已，认为"其温柔敦厚，一唱三叹，有风人之旨"。[⑤] 徐乾学为王士禛《十种唐诗选》作序亦称"诗之为教，主于温柔敦厚，感发性情，

---

① (清)钱谦益：《施愚山诗集序》//钱谦益著、钱仲联标注：《牧斋有学集》卷十七，上海：上海古籍出版社，1996 年版，第 760 页。

② (清)施闰章：《施闰章集》，合肥：黄山书社，1993 年版，第 1 册，第 132—133 页。

③ (清)汪琬：《唐诗正序》//(清)汪婉：《汪尧峰文》，北京：中华书局，1941 年版，第 19 页。

④ (清)汪琬撰辑：《钝翁类稿・钝翁前后类稿》卷二十八，清乾隆三十六年(1771)鸣珂宣纶氏刻本，第 9b 页，现藏于国家图书馆。

⑤ (清)王士禛：《带经堂诗话》，北京：人民文学出版社，1963 年版，第 194 页。

无古今之别也”。[1] 而清初诗人陈维崧在评价王士祯的诗集亦云：“新城王阮亭（士祯）先生性情柔淡，被服典茂。其为诗歌也，温而能丽，娴雅而多则，览其义者，冲融懿美，如在成周极盛之时焉。”[2]

提倡诗风中正和平，强调诗歌温柔敦厚，首重雅正典茂的盛世之音，逐渐成为清前中期诗坛的主流。如李光地《榕村语录》论诗，强调触物感事直关性情：“古来芳藻名篇，岂必篇篇入选？去取之间，要当有一点意思在。若必全说道理，亦不是。有经史在，何取有韵之文？‘性情’二字差近之。触物感事，却关到性情上。”[3]

当然，这种主张更多是通过编纂诗歌选本予以明确传递。沈德潜通过编纂《古诗源》《唐诗别裁集》《明诗别裁集》《清诗别裁集》四部大型的断代诗选，梳理出诗歌史的正统，以上接儒家风雅传统。他通过对性情、格调、神韵三说的综合，而提出从四个层面来评诗：“先审宗旨，继论体裁，继论音节，继论神韵，而一归于中正和平。”[4]沈德潜对于女性诗人及诗作的评价，也是以温柔敦厚为宗。沈德潜《说诗晬语》云：“诗贵性情，亦须论法。”[5]据此，他论诗也将“性情”放在重要位置，对女性文学的态度，他虽不似袁枚那般推崇，但也未曾全盘否定。沈德潜与时任江宁知县的方殿元相交，得以见其女方彩林之诗，称其诗“工比兴，善寄托，于人伦日用，俛仰古今之感，尤惓惓焉……盖以其重良贵，轻人爵，本性情之

---

① （清）徐乾学：《十种唐诗选序》//（清）王士祯编：《十种唐诗选》，清康熙刻本，现藏于辽宁大学图书馆。

② 叶庆炳，吴宏一编：《清代文学批评资料汇编》上，台北：成文出版社，1979年版，第355页。

③ （清）李光地著，陈祖武点校：《榕村语录　榕村续语录》，北京：中华书局，1996年版，第531页。

④ （清）沈归愚评选：《重订唐诗别裁集》，清授受堂藏版，第5页。

⑤ （清）叶燮、沈德潜：《原诗·说诗晬语》，南京：凤凰出版社，2010年版，第83页。

敦厚贞正者发而为诗,宜其诗之切理厌情,不求工于对偶声律间也"[①]。他评柴静仪诗"本乎性情之贞,发乎学术之正,韵语中时带箴铭,不可于风云玉露中求也"[②],在沈德潜看来,"性情"仍是要"发乎情,止于礼"的。沈德潜为女作家宋凌云[③]的《轩渠初集》作序,又因好友董九征得识其母吴永和之诗,评价吴诗"是非寻常诗格,借为吟风雪弄花草之具。节母四十余年苦心,于是见焉。可以风世而厉俗也"[④],并为其《苔窗拾稿》作序。此外,沈德潜还曾为常熟许玉仙《小丁卯集》《茹荼百咏》作序。蒋机秀在《国朝名媛诗绣针》例言中也明确指出:"温柔敦厚,诗教也。秋士多悲,春女善愁,然而'二南'钟鼓,音节平和。不闻桃灼其有花,梅即摽而无实。遇不同,所以贞其遇者无不同,是为无乖风雅。"[⑤]

这一做法甚至得到了清廷最高统治者的肯定。康熙在《御选唐诗序》强调:"孔子曰:'温柔敦厚,诗教也。'是编所取,虽风格不一,而皆以温柔敦厚为宗。其忧思感愤、倩丽纤巧之作,虽工不录。使览者得宣志达情,以范于和平。盖亦用古人以正声感人之义。"[⑥]

(二) 儒家诗观与清代才媛诗风

清人李塨在《论语传注》中对"兴于诗"有过分析:"《诗》之为义,有兴

---

① (清)沈德潜:《沈德潜诗文集》,北京:人民文学出版社,2011年版,第1830页。

② (清)沈德潜:《清诗别裁集》卷三十一,上海:上海古籍出版社,1984年版,第1309页。

③ 宋凌云:字逸仙,吴县人,宋南园女,李博妻,才女李赤虹母。幼喜吟咏,雅擅诗词,著有《轩渠初集》,戏曲有《瑶池宴》。

④ (清)沈德潜:《沈德潜诗文集》,北京:人民文学出版社,2011年版,第1830页。

⑤ 胡文楷:《历代妇女著作考序选》//王英志编:《清代闺秀诗话丛刊》,南京:凤凰出版社,2010年版,第2564页。

⑥ 在这一御选唐诗中,删去了杜甫的"三吏"、"三别",白居易之新乐府等反映民生疾苦的作品,也是排斥变风变雅主张的体现。见:陈伯海主编:《历代唐诗论评选》,保定:河北大学出版社,2003年版,第95页。

而感触焉，有比而肖似，有赋而直陈，有风而曲写人情，有雅而正陈道义，有颂而形容功德，说之故言之，言之不足故长言之，长言之不足故嗟叹之。学之而振奋之心，勉进之行，油然兴矣，是'兴于诗'。"[①]诗以言志，歌以咏言，虽以诗观民风、察民意、讽时事，而本旨则一归于温柔敦厚。朱自清先生说，"温柔敦厚"是"和"，是"亲"，也是"节"，是"敬"，是"适"，也是"中"。儒家重中道，就是继承这种殷周以来的传统思想。这是对"温柔敦厚"最确切的解释。厘清了明清时期诗学对儒家传统复兴的特征后，下文转入对才媛诗歌的考察，分析才媛诗词中相应蕴含的诗教观念。

1. 立德行教化

前文已述，编纂诗歌总集或选本，是传达主导性诗学观念的重要途径之一。在清代才媛诗人特别是才媛诗选的编辑者中，完颜恽珠颇值得关注。她编辑《国朝闺秀正始集》，在同时代的女诗人看来就是"用以微显阐幽，垂为懿范，使妇人女子之学诗者，发乎情，止乎礼义。"（潘素心序）[②]，倡导儒家的诗教观，使才媛在展露诗才的同时，也能谨慎地恪守妇德。《正始集》中，相比对诗歌本身的评论，编者更关注女诗人的德行操守。诗人小传中，多是讲述其与父母、丈夫、舅姑的关系，对节孝行为大加称赞。

完颜恽珠自身具有诗才，文学观念亦较为正统，强调"女子德行"在诗歌品评中的重要性。《国朝闺秀正始集》例言云："……兹特就见闻所及，择雅正者付之梨枣，体制虽殊，要不失敦厚温柔之旨。"[③]这一点，亦

① （清）李塨：《论语传注》之《上论传注》，清康熙雍正年刻颜李丛书本，第50页，现藏于北京大学图书馆。

② （清）潘素心：《国朝闺秀正始集序》//（清）完颜恽珠：《国朝闺秀正始集》，清道光十一年（1831）红香馆刻本，序2a页。

③ （清）完颜恽珠：《国朝闺秀正始集》例言//（清）完颜恽珠：《国朝闺秀正始集》，清道光十一年（1831）红香馆刻本，例言1a页。

可从《正始集》卷一的次序排列中窥见一斑。研究前几首诗歌的顺序和编辑的主旨就可以发现，才华与文学水平不是选诗的第一宗旨，而对于儒家纲常的模范性遵守才是最主要的标准。如第一首是《题自画牡丹》，为宗室县君所作。县君为安郡王岳乐孙女、固山贝子蕴端之女，幼习庭训，工诗擅画。这在恽珠看来，是“尊天潢”。第二首《池上夜坐》，为科德氏作。科德氏为内阁侍读学士完颜和素之妻，也是恽珠夫婿完颜廷璐的高祖姑。恽珠将其诗放在第二位，是为“述祖德”。第三首《题自画菊》，作者恽冰字清於，江苏阳湖人，为恽珠族姑，十三岁即能作画，工花卉翎毛，赋色运笔有南田之风，曾获高宗题诗嘉奖。恽珠以此“重家学”。第四、五首分别是毕著的《纪事》和《村居》毕著，字韬文，安徽歙县人，因其父与流贼作战身死，毕著率领精锐夜袭敌营，手刃仇人，夺父尸还。恽珠以她为报父仇，披甲杀敌的事迹为“标奇孝”。第六首《春日书怀》为大学士伊桑阿的妻子乌云珠所作。乌云珠，字蕊仙，总督伊都立母，诰封一品夫人。天资颖异，浏览经史寓目不忘，有《绚春堂吟草》。恽珠称其诗“音旨和雅，气度雍容”，“属雅正之音”，可树立为“贤淑”的榜样。恽珠也非常认同她对待女性文学的态度：“闺阁能诗，固属美事，但止可承教父兄，赓歌姊妹。若从师结友，岂女子事耶？”[①]第七首《辞襄人建堂作》为李氏之作。李氏，直隶博野人，巡抚尹会一之母，诰赠一品太夫人。每值祈晴祝雨、禳疫驱蝗，李氏焚香默祷，若有响应。百姓欲建贤母堂，为李氏所拒，并以诗为辞，高宗赐诗褒扬。恽珠以此诗为“昭慈范”。第八首《绝命词》的作者林氏，浙江镇海人，顺治三年大兵下浙江，鲁王将领走保台州、李氏为其下所掠，矢志不从，后投崖而死，死前以指血书此词于石壁上。

---

① （清）完颜恽珠辑：《国朝闺秀正始集》卷一，清道光十一年（1831）红香馆刻本，第 3a—3b 页。

恽珠即以此事迹“扬贞烈”。第九、十首《述志》《新年拜墓》，皆为钮祜禄希光所作，她是总督爱必达之女，是大学士永贵从子伊嵩阿室。伊嵩阿病时，希光曾割股以疗，终无疗效。伊嵩阿死，她欲身殉，伊以弟妹幼弱、一女无依相托，后在为弟娶媳和妹妹选夫后焚香自缢，乾隆为其赋诗旌表。恽珠称其诗“彰苦节”。第十一首是沈蕙玉的《自箴》。沈蕙玉[①]性至孝，因丈夫倪学涵母亲病故痛不欲生，想要殉葬，被劝阻而留下心疾。第二年，她的母亲去世，她哀痛而死。《自箴》中包括“慎独”“谨言”“勤劳”“和敬”等篇，恽珠录此“示女箴”。第十二首是李毓清之作，恽珠方评其诗“诗格朴老”，可以“敦诗品”。这些在诗集卷首的诗篇并非诗学佳构，如方苞评价李氏“虽通文史，而不为诗词”[②]，林氏的《绝命词》云“生有命死有命，生兮妾身危，死兮妾心定”[③]，除了表明心迹，文学价值实不算高。恽珠选择这些诗作只因为其作者的一生扮演了孝女、节妇、贤母，能实现诗行教化的目的。

2. 倡温柔敦厚

当时的批评家多以“温柔敦厚”诗教观，作为对才媛诗歌批评的旨归。如江珠品评张允滋诗时以“有风有雅、温柔敦厚”，蔡玉山跋吴秀珠《绛珠阁绣馀草》曰：“虽系初学，未臻大成，而幽闲静一，敦厚和平，不失诗人本旨，非特以才女称也。”[④]席佩兰的丈夫孙原湘为王素卿《问月楼

---

① 沈蕙玉，字畹亭，江南吴江人。贡生倪弁江室。著有《聊一轩诗存》。

② （清）方苞：《尹太夫人李氏墓志铭》//《方苞集》，上海：上海古籍出版社，1983年版，第318页。

③ （清）俞樾：《（光绪）镇海县志》卷二十六《列女传上》//《续修四库全书》史部第706册，上海：上海古籍出版社，2002年版，第526页。

④ 胡晓明、彭国忠主编，赵厚均本册主编：《江南女性别集》二编下册，安徽：黄山书社，2010年版，第1010页。

遗集》作序中评其诗："其情怨，怨而不戾于雅；其音哀，哀而不悖于义。"[①]潘素心评梁德绳的诗"和平温厚，得风人之遗"。[②] 袁镜蓉的诗文也被时人评为"本慈祥之德，抒敦厚之音"[③]"情既本于风人，义不诡乎大雅"[④]。罗本周《月蕖轩诗草序》中论及当时女诗人的诗作时说：

> 他若毕秋帆太夫人之《培远堂集》，彭大司马夫人之《琼楼吟》，铁冶亭夫人之《竹轩稿》类皆以渊穆之衷，达为铿锵之韵，非侈铭椒颂菊之材也；以端庄之度，发为和厚之音，非尚嚼徵咀商之调也。即或遭际偶殊，志趣各判，而宣播德音，总合乎温柔敦厚之旨。[⑤]

这三位闺秀的诗词，之所以受到好评与肯定，深究其因，"总合乎温柔敦厚之旨"。"毕秋帆太夫人"张藻的事迹前已提及，同乡王昶在为其《培远堂诗集》作序中云："今诵其诗，为女贞，为妇顺，为母肃，而和皆可于此见之。……太夫人之诗，不为虚言，于古所云广教化而移风俗者，洵不诬矣。"[⑥]彭绍升评陶善的《琼楼吟稿》"吐属清远，不染尘垢"[⑦]。"铁冶亭夫人"本名莹川，字竹轩，是尚书铁保之妻，著有《如亭诗钞》，法式善评其诗为"神出古异，淡不可收"。[⑧]

除了批评家秉持此标准，许多才媛在诗歌创作时也自觉践行温柔敦

---

① (清)雷瑨、雷瑊辑，张丽华、纪锐利校点：《闺秀诗话》卷八//王英志编：《清代闺秀诗话丛刊》，南京：凤凰出版社，2010 年版，第 1109 页。

② (清)潘素心序，见(清)梁德绳：《古春轩诗钞》，清道光二十九年(1849)刻本，第序 1b 页。

③ (清)俞承德跋，见(清)袁镜蓉：《月蕖轩诗草》，清道光二十八年(1848)刻本，第跋 1b 页。

④ (清)庄敩跋，见(清)袁镜蓉：《月蕖轩诗草》，清道光二十八年(1848)刻本，第 1a 页。

⑤ (清)罗本周，见(清)袁镜蓉：《月蕖轩诗草》，清道光二十八年(1848)刻本，第序 1b—2a 页。

⑥ (清)张藻：《培远堂诗集》，清乾隆间(1736—1795)刻本，第序 1. 1a—1. 1b 页。

⑦ (清)彭绍升：《琼楼吟稿》序//(清)陶善撰：《琼楼吟稿》，清光绪九年(1883)刻本，第 1a—1b 页。

⑧ (清)法式善：《梧门诗话》//王英志编：《清代闺秀诗话丛刊》，南京：凤凰出版社，2010 年版，第 2392 页。

厚的观念。如完颜恽珠及其《国朝闺秀正始集》，其名曰“正始”，即正其始，就是暗指“《周南》《召南》，正始之道，王化之基（《毛诗序》）”。或因其幼年与兄弟一起学习《孝经》《毛诗》《尔雅》诸书，深得儒家教义，在弁言中开篇即说明了编选闺秀诗集的原因，也表达了对才媛诗“浮艳纤佻”偏离了诗教传统的深切担忧：

昔孔子删诗，不废闺房之作。后世乡先生，每谓妇人女子，职司酒浆缝纫而已。不知周礼九嫔，掌妇学之法。妇德之下，继以妇言，固非辞章之谓，要不离乎辞章者近是。则女子学诗，庸何伤乎。独是大雅不作，诗教日漓，或竞浮艳之词，或涉纤佻之习，甚且以风流放诞为高大，失敦厚温柔之旨，则非学诗之过，实不学之过也。①

可见，恽珠秉承“正闺范之始”的初衷，就是选录“合乎兴观群怨之旨，而不失幽闲贞静之德，然后与诗首《关雎》之义相符”的女子诗歌作品。一些才媛也用诗文来为自我行为定规立范，如沈畹亭的《自箴》之四云：

冀妻如宾，孟光举案。夫岂矫情，偷惰斯远。啼眉折腰，邦国之妖。彼昏罔知，反以用骄。幽闲贞静，曰配君子。载色载笑，若佐之史。敬而能和，穆如清风。修身准此，维以令终。②

除才媛自行编选诗歌即本温柔敦厚之旨外，文士选编才媛诗集也不出此一标准。如乾隆三十八年（1773）吴县人陆昶编选《历朝名媛诗词》自序说：“是编也，出以问世，固诗教之一助也。”③道光十四年（1834），毛国姬选《湖南女士诗钞所见初集》，在例言中说该选“登其雅正，虽体制不

---

① （清）完颜恽珠：《国朝闺秀正始集》弁言，清道光十一年（1831）红香馆刻本，第1a页。

② （清）沈善宝：《名媛诗话》卷三//王英志编：《清代闺秀诗话丛刊》，南京：凤凰出版社，2010年版，第388页。

③ （清）陆昶：《历朝名媛诗词》序，清乾隆三十八年（1773）红树楼刻本，第2b页。

一，要以温柔敦厚为宗”[①]。这些诗选、诗抄之目的都在恢复温柔敦厚的诗教，是儒家诗学观在才媛诗学批评上的体现。

3. 重兴观群怨

孔子的“兴观群怨”之说，既与当时“称诗”背景有关，又与孔子以“仁”“礼”为核心的诗教思想密不可分，带有强烈的实用主义色彩，注重通过诗去“感发”个体的“志意”，使个体融入群体、实现个人与社会的统一。“兴”和“怨”侧重于个体心理感触的抒发，而“观”和“群”则侧重于通过感染陶冶所达到的社会层面的效果。[②] 从才媛诗的功能看，也不离这四个方面。

一是“兴”。所谓“兴”，原是从赋诗中领悟出能够沟通双方思想的意图或想法。后由孔安国“引譬连类”、朱熹“感发志意”等注解加以引申，解释为通过个别形象的比喻，使人们联想、领会到普遍道理或意义，类似今日所说的从个别到一般的哲学观念。与之不同的是，这种譬喻融于普遍的道理，通过直观、联想诉诸个体的社会情况，直接作用于人的个性和心理，唤起个体向善的自觉，超过理智算计的作用。就诗的艺术本质来说，“兴”是以“引譬连类”为特征的手法，摒弃单纯抽象的说理教训，依托联想和想象统一情感、理智与客观物象，使之外化为直观的、具体的、艺术的形象，去感染人、教育人。

感时兴思，乘兴起情，诗人敏而多思。对于才媛诗人来说，因外物而泛起内心情感涟漪，形成诗句，尤为自然。如在反映惜别题材的作品中，才媛通过爱情中的分别意象，形成恰切的比兴寄托，如：

---

① 贝京校点：《湖南女士诗钞》，长沙：湖南人民出版社，2010 年版，第 3 页。

② 袁行霈、孟二冬、丁放：《中国诗学通论》，合肥：安徽教育出版社，1994 年版，第 32—33 页。

画帷屏绕鹊香温，恻恻轻寒昼掩门。燕子不来春又暮，满庭红雨落黄昏。（汤淑英《闺意》）[①]

细雨落花江上，风动玉钩帘帐。试问倚阑人，愁锁一天春望。怊怅，怊怅，波畔双鱼轻漾。（徐灿《如梦令·闺思》）[②]

芭蕉深绿映疏窗，高柳鸣蝉昼景长。闷卷珠帘看日影，鸳鸯相并立池塘。（冒德娟《夏日》）[③]

诗文从闺阁举目可见的自然意象起兴，由自然之风物而引起闺中之情思，或婉约缠绵、或幽怨感伤、或悠长含蓄，整体呈现出一种婉曲哀戚之美。

二是**"观"**。所谓"观"，通常释义为"观盛衰、见得失"。如班固说"盖以别贤不肖而观盛衰焉"，郑玄注"观风俗之盛衰"，朱熹注"考见得失"。所谓观盛衰，更有两个层面的涵义，这两层意思既有联系又有区别：第一个层面即"由诗以观志"，班固在《汉书·艺文志》中提出"古者诸侯卿大夫交接邻国，以微言相感，当揖让之时，必称《诗》以谕其志，盖以别贤不肖而观盛衰焉"[④]。这就是政治外交场合的"称诗"，实现了赋诗者"诗以言志"，听诗者由诗"观志"或"知志"的双向功能。这里的"志"既包括志意、情感、愿望、想法，更涵盖了个人的素质、教养、抱负、襟怀等等。通过对称诗的"观志"，可以了解官员作为赋诗者的个人之志，并把握其政治主张，进而窥察该国各个方面的治乱盛衰。第二个层面，即是观察、考察之意。班固说"观风俗，知得失，自考正"，以佐王政。《汉书·食货志》载："孟春之月，群居者将散，行人振木铎徇于路，以采诗，献之大师，比其

---

① （清）完颜恽珠辑：《国朝闺秀正始集》卷四，道光十一年（1831）红香馆刻本，第 19b 页。

② （清）徐灿：《拙政园诗馀》卷上，民国十一年（1922）上海博古斋《拜经楼丛书》刻本，第 40 页。

③ （清）沈善宝：《名媛诗话》卷三//王英志：《清代闺秀诗话丛刊》，南京：凤凰出版社，2010 年版，第 387 页。

④ （汉）班固：《汉书·艺文志》，北京：中华书局，1962 年版，第 1755 页。

音律，以闻于天子。故曰王者不窥牖户而知天下。”[①]《汉书·艺文志》云：“书曰：‘诗言志，歌咏言。’故哀乐之心感，而歌咏之声发。……故古有采诗之官，王者以观风俗，知得失，自考证也。”[②]这个层面的“观”，更是沟通国家内部各阶层、获取信息的调查机制的重要组成部分。

儒家诗观通常认为政治清明与否、社会风俗好坏与否、世道盛衰与否，可以经由诗歌及其体现的人们心理状态及道德精神所反映出来。清代才媛通过诗歌表达她们对于社会民生的关注，可以作为“观”这一功能的具体表现。

清代汉军正红旗诗人高景芳的《输租行》[③]：

> 驴驼口袋牛挽车，天阴防雨宜重遮。农人惜米如珠宝，官府视米如泥沙。不辞淋尖与加耗，早赐收取容归家。顾存升斗买粗布，聊与妻儿补破裤。尽情倾倒实堪怜，羞涩反遭官吏怒。驱牛出城口吻干，无钱沽酒当风寒。辛苦回家夜将半，细嚼筐中草头饭。

这首诗反映官吏对普通百姓的盘剥。所谓“淋尖”是指“淋尖踢斛”，即旧时税吏收税时，为多征米谷，故意用脚踢斛，使斛面堆尖。顾炎武《钱粮论下》：“使改而徵粟米，其无淋尖踢斛，巧取于民之术乎？”该词亦省作“淋踢”[④]。“加耗”是历代王朝在征税定额以外借口弥补损耗而加收的份额，起于五代后唐明宗时，官府规定民间纳米，每石加二升，名“鼠尾耗”；五代汉隐帝时增为每石加二斗，名“省耗”；又有借口量米损失的“升斗耗”，堆放仓库损失的“仓场耗”等。在熔铸银两中，官府为弥补损

---

① （汉）班固：《汉书·食货志上》，北京：中华书局，1962年版，第1123页。

② 袁行霈等：《中国诗学通论》，合肥：安徽教育出版社，1994年版，第29—30页。

③ （清）高景芳：《输租行》//肖亚男主编：《清代闺秀集丛刊》第六册，北京：国家图书馆出版社，2014年版，第288—289页。

④ （清）顾炎武：《亭林文集》六卷《余集》一卷，清光绪三十年（1904）刻本，第17a页，现藏于国家图书馆。

耗而加收的份额，叫“火耗”。这首诗细致描写民间疾苦，场景犹如历历尽在目前。沈善宝评“高夫人写官吏之横暴，马、黄二夫人写小民之流亡，皆不失忠厚之旨”。[①]

再比如河南开封马韫雪的《大梁淫雨吟》[②]：

> 湿云压风风无力，白日茫茫光闭塞。老龙怒吸江水浑，三春霪霖足三月。蛟鼍得志走高堤，涛翻浪涌坠天低。大河南北皆泽国，郊原一望没田畦。梁园改革称贫窭，比户曾无三斗谷。春麦秋禾委巨波，井烟处处闻啼哭。哭之泪尽继以血，有司敲扑还摧裂。忧国惟知督赋租，饿殍谁虑靡遗孑。吁嗟吁嗟真可哀，驱车无计鬻婴孩。一女千钱男五百，逢人便售敢求益。儿女悲号不肯行，阿母含愁佯加责。儿去母孤悲不止，强持儿价籴珠米。无何米尽复思儿，将身潜缢绿杨里。早知儿失母难存，悔不当时一处死。我闻此语心痛酸，监门思得郑公官。救民重绘当前像，多恐君王不忍看。君王仁圣真无极，蠲赋恒逾千万亿。减善徹乐忧思殷，蓬莱殿上无颜色。安得彼苍施高厚，雷电倏易为星斗。阴阳和燮两无乖，永令斯民歌大有。

全诗真实再现了因连天淫雨致颗粒无收、百姓卖儿鬻女以求自活的悲惨情景，又讽刺下层官吏盘剥、不解民生之苦，期盼天公施恩、调和阴阳，顺民之心，再现风调雨顺，足见诗人悲天悯人的情怀。

三是**“群”**。所谓“群”，在“称诗”的意义上来说，是将赋诗看作沟通和交流彼此想法，协调人际关系，促进国内各个阶层、国与国之间团结联合的方法，这是诗可以“群”的基本含义。但孔子对“群”的洞见远不止

---

① (清)沈善宝：《名媛诗话》卷二//王英志编：《清代闺秀诗话丛刊》，南京：凤凰出版社，2010年版，第372页。

② (清)马韫雪：《大梁淫雨吟》//(清)蔡殿齐辑：《国朝闺秀诗钞》第二册，清道光二十四年(1844)刻本，第48b—49a页。

此，他强调“群”是社会伦理关系，是人的生存和发展所深刻依赖的。诗的“群”功能，是对人们进行陶冶，通过诗教促进“仁”的实现，达到和谐团结、凝聚群体的目的，因此，“群”又与“仁”密切联系。值得注意的是，孔子提出君子“群而不党”（《卫灵公》），明确“群”的构建是基于“仁”，而不是少数人由利益结合的“党同伐异”，而诗所有的陶冶情操、劝人担当社会责任的价值与功能，则是促使“群”与“党”分道扬镳的重要因素。

在儒家看来，通过诗带来的交际交往交流，能够很好地调和人与人之间的关系，推动人伦秩序的建立。封建社会女子穷其一生，主要围绕父亲、丈夫、儿子三个主轴转，社交圈子十分狭小。而清代才媛则发展为夫妻亲属与师友社员等两大群体。

许多诗歌表现夫妻二人的生活，如席佩兰的《送外入都》[①]：

打点轻装一月迟，今朝真是送行时。风花有句凭谁赏？寒暖无人要自知。情重料应非久别，名成翻恐误归期。养亲课子君休念，若寄家书只寄诗。

夫妻之别牵人心肠，妻子在为丈夫送别时，除了传达殷殷情意，也不忘嘱咐丈夫莫忘诗笺往来。分别之后，书信成为她们与亲人传递感情的主要方式。

故人千里寄书来。快些开，慢些开，不知书中安否费疑猜。别后炎凉时序改，江南北，动离愁，自徘徊。徘徊，徘徊，渺予怀。

天一涯，水一涯，梦也梦也，梦不见，当日裙钗。谁念西风翘首寸心灰。明岁君归重见我，应不似，别离时，旧形骸。（顾太清《江城梅花

① （清）席佩兰：《长真阁诗集》//肖亚男编：《清代闺秀集丛刊》第十八册，北京：国家图书馆出版社，2014年版，第208—209页。

引·雨中接云姜信》)[1]

好风吹，鸿信至，料得书成、湿透桃花纸。宛转回文无限思，才念完时，却又从头起。　　寄来情，封去泪，待到愁边，已过当时意。认取江南红豆子，粒粒分明，尽是离人渍。(李佩金《鬓云松令·得林风信后作》)[2]

一日三秋况三月，望云几度自徘徊。思君买尽沿河鲤，不见江南尺素来。(顾太清《忆屏山二首》其一)[3]

除了与自己的父母舅姑、兄弟姐妹信书往来，交通与通讯的便利和刻书出版的兴旺，推动了组建诗社、诗歌唱和等文化活动的兴起，带来才媛交往范围的扩大。因此友人聚首别离，也是才媛诗歌的重要题材。

才媛通过诗歌而获得“群”之归属，不仅在于扩大了家内闺秀之间的日常交往，也通过诗歌的唱和、编选、刊刻、交流等，形成了新的交游圈子和社会群体。诗集的编辑出现了分化和专门化的趋势，有的集中收录某一宗族内女子的诗作，如袁枚辑《袁家三妹合稿》、郭润玉辑《湘潭郭氏闺秀集》等；收录结社女诗人的社集唱和诗，如任兆麟辑《吴中十子诗钞》、潘素心等撰《平西唱和集》等；收录若干女诗人关于特定物什的题咏诗，如孔璐华辑《拟元人梅花一百咏》等；此时还出现了专采“女弟子”群体之诗的集子，如袁枚所辑的《随园女弟子诗选》等。诸类荟萃，可谓形成了

---

① (清)顾太清、奕绘、张璋编校：《顾太清奕绘诗词合集》，上海：上海古籍出版社，1998年版，第238页。

② (清)李佩金：《生香馆词》//徐乃昌辑：《小檀栾室汇刻闺秀词》第一集，清光绪二十四年(1898)南陵徐氏刻本，第106页。

③ (清)顾太清、奕绘，张璋编校：《顾太清奕绘诗词合集》，上海：上海古籍出版社版，1998年版，第155页。

一种新颖的文学现象与文化景观。[①] 女子结社大为流行，出现了吴中清溪吟社、杭州蕉园诗社、北京秋红吟社等著名女子诗社。诗歌在其中发挥了联络、沟通、交流的功能，许多才媛的交游酬唱诗写得也很有韵味。

如席佩兰在《闻宛仙亦以弟子礼见随园喜极奉简》中写道："诗教从来通内则，美人兼爱擅才名。何当并立袁门雪，赌咏风前柳絮轻。"[②]而苏州方雪庐在《菊窗杂咏》中云：

> 最爱黄花好，其如病体何。愁怀凭酒遣，佳句到秋多。手倦频抛卷，心闲且放歌。由他尘世事，滚滚眼前过。[③]

而其亲人及诗友唐菊圃在《梦留吟稿》就有《对雪怀雪庐》一诗云：

> 木落秋容老，庭空夜色明。灯残群籁寂，月冷一心清。未践黄花约，难忘白首情。遥知吟望久，诗思定纵横。[④]

两人曾约于中秋月夜相聚，同赏黄菊，但终未成行，只好在诗中传达怅惘之情。

清初至中叶，才媛创作蔚为繁荣，许多才媛诗集面世。在才媛诗集编选的过程中，随着刻书出版业的繁荣，出现了编者亲自征稿的做法。《国朝名媛诗绣针》例言云："金闺才子，倘肯许我知言，而惠以邮筒，其足增光斯集者定多也。"[⑤]周寿昌在《宫闺文选》例言中云："如有佳篇妙制，

---

① 更为详细的分布情况可参见夏勇：《清诗研究总集研究》，浙江大学博士学位论文，2011年，第47—48页。

② （清）席佩兰：《长真阁集》//肖亚男编：《清代闺秀集丛刊》第十八册，北京：国家图书馆出版社，2014年版，第203页。

③ （清）方雪庐：《菊窗杂咏》之四//（清）完颜恽珠辑：《国朝闺秀正始续集》补遗卷，清道光十一年（1831）红香馆刻本，第40b页。

④ （清）唐菊圃：《对月怀雪庐》//（清）完颜恽珠辑：《国朝闺秀正始续集》补遗卷，清道光十一年（1831）红香馆刻本，第38b页。

⑤ 胡文楷：《中国历代妇女著作考》，上海：上海古籍出版社，2008年版，第916页。

不秘琳琅，邮寄湖南省城小蓬莱山馆以广选钞，实为厚幸。”[①]在《撷芳集》的凡例中，汪启淑也向读者发出征稿启事：“子生长江左，交游未广，博访无从，不过就所有书翻阅，或得之一二友朋，更望同志，有所见闻，邮寄指教，当续补刊匡。”[②]与此相关的另一现象是作者向编者的主动投赠。这是《国朝闺秀正始集》及《续集》获取、搜集才媛诗作的方法之一。恽珠在凡例中云：“诸闺友，闻余辑录是集，不吝赐教，多以琼章见贻。”[③]这些诗作可视为才媛群体社交的途径或手段。

四是怨。所谓“怨”，通常是对社会不公正现象的怨悱或怨刺。一般释义即如孔安国注为“刺上政也”，是说通过诗来批评不良政治，也就是发挥批判作用。孔子说：“择其可劳而劳之，又谁怨？”(《尧曰》)，“勿期之而犯之”(《宪问》)，当“事君”的臣子在政治不良的情况下，就应该直言进谏。这些都是孔子“刺上政”思想的体现。但黄宗羲曾云“怨亦不必专指上政”[④]。除了“刺上政”外，正当的“怨”还有两种：一种是对违反“仁”的人的“怨”。孔子说“匿怨而友其人，左丘明耻之，丘亦耻之”(《公冶长》)，意思是不应该隐藏对该“怨”的人的怨恨，而伪装友好。孔子坦言也鼓励“君子亦有恶”(《阳货》)，甚至对于季氏“八佾舞于庭”的僭越行为，怒斥“是可忍也，孰不可忍也”(《八佾》)。第二种则是除了君臣关系外的父子、兄弟、夫妇、朋友等各对关系中，当符合于“仁”的要求无法得到回应，以至于遭受挫折和打击时，“怨”就是合理的；因而通过诗来表现这种

---

① (清)周寿昌辑：《宫闺文选》，道光二十六年(1846)小蓬莱山馆刻本。

② (清)汪启淑辑：《撷芳集》八十卷，清乾隆飞鸿堂刻本，第 2 页，现藏于国家图书馆。

③ (清)完颜恽珠：《国朝闺秀正始集》凡例，清道光十一年(1831)红香馆刻本，第 5b 页。

④ (明)黄宗羲：《汪扶晨诗序》//《续修四库全书》集部第 1397 册《南雷文定集》四集，上海：上海古籍出版社，2002 年版，第 521 页。

“怨”，也就是合理的。[1] 顾炎武《日知录·直言》亦云：“《诗》之为教，虽主于温柔敦厚，然亦有直斥其人而不讳者。”[2]

当然，儒家“怨”的基本原则就是要服从于“仁”的要求和“礼”的规范，否则“怨”就是不合理、不正当的。尤其是对因个人私利得不到满足而产生的“怨”，孔子是反对的。[3] 对于才媛来说，“闺怨”可以说是最为悠远的主题，“怨”似乎已经成为女性诗歌最主要的情绪基调之一。如安徽休宁才媛程淑[4]词：

> 滴滴檐花洒雨，续续炉香腾雾，吹不断春愁，卷起一帘飞絮。谁语、谁语？双燕喃喃如诉。[5]（《如梦令》）

闺怨题材由来已久，因内容普遍相似，风格容易流于纤弱，难见诗人之气量。而儒家诗观之怨，多针对社会现实而言，尤其是现实问题与民间苦难。正如沈善宝所云，“古代闺阁擅场者虽不甚少，而畅论时事恍如目睹者甚难多得”。[6] 遭逢时乱世变，许多才媛也把眼光投射于社会现实之中，记录亲身经历或了解的故事或事实。于是在才媛创作中，出现了一批以诗写事、讽时、警世的作品。

---

① 袁行霈、孟二冬、丁放：《中国诗学通论》，合肥：安徽教育出版社，1994年版，第31—32页。

② （清）顾炎武著，黄汝成集释，栾保群、吕宗力校点：《日知录集释》，石家庄：花山文艺出版社，1990年版，第846页。

③ 孔子甚至认为只要力行仁道，即便身处困窘、贫贱也不需要抱怨，所谓“君子忧道不忧贫”（《卫灵公》）。

④ 程淑，一名文淑，字秀乔、一字绣桥，清休宁人，金鉴女，绩溪汪渊继室。

⑤ （清）程淑：《如梦令》//肖亚男编：《清代闺秀集丛刊》第五十八册，北京：国家图书馆出版社，2014年版，第605页。

⑥ （清）沈善宝：《名媛诗话》卷二//王英志编：《清代闺秀诗话丛刊》，南京：凤凰出版社，2010年版，第371页。

如安徽歙县黄克巽①的《弃儿行》：

昨夜良人死空屋，阿翁今日填深谷。先死犹得饲饥乌，迟死邻家卖子肉。弃儿与君君勿辞，但得儿生死亦足。毒哉遭此凶年苦，皇天杀人不用斧。吁嗟乎，当年得儿如黄金，今日弃儿如粪土。②

吴静自序其诗集云“间有所作不过自适已，事以当痛哭，要皆有为而言，非无病呻吟也”。③“事以当痛哭”与“物不平则鸣”，成为她们触景生情、即事作诗的动力。既是儒家诗教观，自然是可以兴观群怨，但不可怒，不可毁。在这种要求下，许多女性诗人只能在诗中对遭遇的不平与不幸，表示怨诽之意。如张贞兰《十忆词》其一云：“闲情琐琐百忧攒，世上无如作妇难。纵有秦嘉好夫婿，鸟啼姑恶亦心寒。”④袁棠《于归扬州感怀之作》云：“不堪回忆武林春，娇养曾为膝下身。未解姑嫜深意处，偏郎爱作远游人”⑤，“绿杨堤畔行游子，红粉楼中冷裂帷。为问秦淮江上月，今宵照得几人归”⑥。

4. 存变风变雅

唐代孔颖达疏《礼记正义》将孔子的“温柔敦厚，诗教也”，解释为：

---

① 黄克巽，字瑚女，歙县（今属安徽）人，黄曰珊女。幼聪慧，喜为诗，颇勤奋，一字未安，则尽日忘食。嫁郑氏，年二十而卒。其《弃儿行》一首深刻感人。著有《绣余集》，也称《绣余偶草》，杨以牧序。

② 另有版本云：“弃儿不得卖儿金，卖儿不识弃儿心。卖儿母得三日饱，弃儿但望儿得生。去年怜儿不得卖，今年欲卖路无人。昨夜良人死空屋，阿翁今日填深谷。枯树无皮草根尽，儿啼无食母亦哭。弃儿与君君勿辞，但得儿生死亦足。毒哉遭此凶年苦，皇天杀人不用斧。吁嗟乎！当年得儿如黄金，今朝弃儿如粪土。”

③ 施淑仪：《清代闺阁诗人征略》，上海：上海书店，1987 年版，第 203 页。

④（清）完颜恽珠辑：《国朝闺秀正始集》，道光十一年（1831）红香馆刻本，第 6b 页。

⑤ 金燕：《香奁诗话》（闺秀部），上海：广益书局，第 15b—16 页。

⑥（清）袁枚辑：《袁家三妹合稿》//王英志主编：《袁枚全集》册 7，江苏古籍出版社，1993 年版，第 18 页。

"以诗辞美刺、讽喻以教人,是诗教也。温,谓颜色温润;柔,谓性情和柔。诗依违讽谏,不指切事情,故曰温柔敦厚诗教也。"[①]平和温柔,是对人之性情的要求,也是对诗歌的规范。激烈的、极端的词句不被提倡,即使是讽谏,也应节制,以含蓄委婉之语为要。在作品的思想内容上,更要充满忠厚和平之意,端正且不违伦常。清代女性诗歌的一般倾向仍是"抑变崇正",即主张曲折宛转,对于不满之事即便暗含怨悱也要合乎礼仪,不做激切之语。

事实上,在承继"诗言志""正得失"的传统方面,如果我们把"言志"理解为有裨于政教风化,才媛所做的尝试和努力是非常值得关注的。如徐灿在随夫谪居尚阳堡的十二年中,有大量的诗歌回思往事,讽喻、扼腕渗透其中,具有深沉的意味。

如徐灿《秋日漫兴》其二[②]云:

> 帝苑芳春凤吹谐,看花曾遍洛阳街。行吟缓控青丝辔,击节频抽白玉钗。共挽鹿车归旧隐,几浮渔艇散秋怀。霜风扫尽烟霞况,愁见龙城叶满阶。

这首诗表面上是对当年同夫君陈之遴宦居京城岁月的回忆。陈之遴曾仕明清两朝,徐灿也先后两度随夫寓京。诗由箫引丹凤、看遍牡丹典故始,忆从前江南才俊科场扬名,身处帝阙"绣袍紫马"之日。诗中"帝苑""洛阳"代指京都,其中"凤吹"化用秦女弄玉吹箫典故,"看花"句则兼用"一日看遍长安花"(孟郊《登科后》)和"远把龙山千里雪,将来拟并洛阳花"(李商隐《漫成三首》其一)故事,因而并含彼时得意与经年离别之

---

① (汉)郑玄注,(唐)孔颖达疏,李学勤主编:《十三经注疏·礼记正义》,北京:北京大学出版社,1999年版,第1368页。

② (清)徐灿:《拙政园诗集》卷上,民国十一年(1922)上海博古斋《拜经楼丛书》刻本,第38页。现藏北京大学图书馆。

意。颔联“行吟缓控”和“击节频抽”是对夫妻当年政余生活的描述。二人走马郊游、饮晏歌吟，陈之遴《浮云集》中也有回忆此段时光的诗存世。颈联“鹿车旧隐”用鲍宣妻故事，表达诗人暗羡古人共挽鹿车归隐的情怀，期盼与之遴同心敛迹、安贫乐道，共浮渔艇于湖光山色之中。可惜，湖畔偕隐的愿望并未实现，尾联将神思转回边塞，霜风骤紧、烟霞消散，唯剩黄叶满阶、一派萧索，冷对诗人万种愁肠。

再看《秋日漫兴》其四[①]云：

> 昭阳凉月度花梢，玉管齐吹象板敲。夜暗锦帏珠彩发，秋深琪树翠阴交。芙蓉院冷人何在，玳瑁梁空燕不巢。闻道禁庭频授钺，谁令戎马忽生郊。

此首明写汉唐帝宫风物，暗指明朝在处理危机时应对失策，致遭覆亡。首联颈联用“昭阳殿”“芙蓉院”两处皇家宫苑代指汉唐盛世，诗人情思跨越时空，遥想昔日箫管齐鸣，象板频敲，珠彩焕发，琪树流翠，然而一转眼就是院冷人空、梁倾燕去。古时君主颁斧钺以示授以兵权，尾联在“授钺”前加“频”字，则指明末缉盗贼、剿民变、平边塞，战事频仍。“戎马生郊”语出《老子》，亦指战乱不断。尾联由此点出繁华消歇是因天下无道，兵燹火焚。纵观全诗，女诗人从帝王宫苑起笔，描述昭阳殿笙管齐吹歌舞升平之图景，转而以暗夜带出深秋，以“芙蓉苑冷”、“玳瑁梁空”代指世变时移、繁华不再，影射明末四方征战、纷扰不休致政权更迭。前二联色彩富丽、音韵和谐，后二联对比悬殊、笔锋陡转，寓意盛世繁华一瞬抛撇、生灵涂炭遗祸人间，诗意曲折陡回、跌宕不平。

---

① (清)徐灿:《拙政园诗集》卷上，民国十一年(1922)上海博古斋《拜经楼丛书》刻本，第38页。

二、清代才媛对儒家观念的固守、背反与超越

前文探讨了儒家仁孝礼义规训下的才媛教化与诗歌创作情况，但如果仅仅把才媛的历史理解为单向度的约束与服从，而不去考虑在历史背景中个人选择与行为的多样性，将容易导致视野的局限和理解的刻板。事实上，这种短视或忽视以不同的形态存在于过去的研究之中。比如，五四以来的知识界对传统文化进行了无情抨击，其中的重要内容之一，就是把在这个传统笼罩下的女子完全看成是宗法制度的附庸和封建礼教的牺牲品，处于男权主导下的体制性压迫与摧残之中；而当代女权主义者又把中国女性解放看作是与西方文化传统下完全相同的进程，把所有问题都看成性别上的压迫与改造，却看不到即便是相似的性别问题，也因分置于不同的文化背景中而有所差异。要跳脱出这种由主观建构起来的观念积淀和思维惯例，就要“悬隔”这些视野，全面理解清代才媛及其诗歌创作背景的历时性变迁和阶段性特征。更为客观的做法是，既从儒学的思想视角和历史演变来观察女子的角色界定，又分析这一思想约束或引导下的女子社会生活、思想取向、情感体验等方面的多样性。

清代才媛在家庭角色、社会规范上虽然受到传统的约束，但也发生着新的变化。一方面，根源于儒家女性观的伦理规范积累比过去更加厚重，这表现在大量出版的形形色色女教书上，可以说为女子角色的社会化提供了大量范本；另一方面，女子又并未如学者想象那样一直宥限于家庭生活而与公共生活绝缘。尽管女子角色受儒家规范的引导与限制，但对女子的理想状态期望与女子的实际生存状态之间，仍存在不同程度的分离。事实上，许多女子“的确获得了社会的认可而得以越过预设的、

森严的内外界限”[①]。这反而使将“内”与“外”作为男子和女子在个人、社会或政治领域的静态区分变得过时了。正如一些研究者所说，接下来的研究必须“关注差异性，包括对于《礼》之为‘经’的个人化的诠释，实践中人各不同的取向，为此不断致力于搜寻主流论述之外的论述，纵使它们是零星的、片段的，不能用现成的逻辑之线贯穿”[②]。

才媛往往通过诗歌来倡导儒家思想特别是蕴含其中的教化观念，但这仅仅是传统诗歌创作的一个方面。而另一方面才媛诗歌中的作品，既有对于这一传统的恪守乃至殉身，也有对这一传统的背离与超越，而诗词就是这种复杂关联的载体，真实地映射着每一位才媛的态度和境界。

（一）才媛诗词对闺阁规范的固守

即便是雅擅辞藻，才媛仍然受到传统社会对女子的教导和约束，且从某种程度上说，才媛个人或所在家族对遵守规范的要求可能更加严格，置身于这种家族中的才媛也更加自觉。如清初的女诗人徐文琳嫁与陈之遴之子陈子长，而陈子长因其父之遴交结内侍同谪尚阳堡并殁亡，而徐文琳矢志不改嫁。他人劝其再嫁，她对此答道：“富贵而许，患难而背，我不为也。”[③]俟陈家获释回归，徐文琳旋归陈家，孝养以终。她谨遵妇道、感念君恩之心，在诗中也有反映。

相当一部分才媛对儒家妇德规范顺从谨守，丝毫不敢违逆，有的甚

---

① [美]罗莎莉著，丁佳伟、曹秀娟译：《儒学与女性》，南京：江苏人民出版社，2015 年版，第 158 页。

② 赵园：《家人父子——由人伦探访明清之际士大夫的生活世界》，北京：北京大学出版社，2015 年版，第 2 页。

③ (清)完颜恽珠：《徐文琳小传》//《国朝闺秀正始续集》卷一，清道光十一年(1831)红香馆刻本，第 16b 页。

至走向了极端。如清代徽州才媛方掌珍[1]饶有诗才，在育子敬夫、孝奉翁姑方面谨慎履行妇道职责。其人著有《琴言阁诗录》，现存诗共240首[2]。观其诗作内容，多日常生活中教子等描写。如《课子》："即此三余莫放空，青灯窗下课儿童。生书温后重温旧，也抵先生一半功。"[3]安徽通志记载其"读书明大义，两次刲股疗姑"。[4]

才媛钱湘舲，未嫁夫卒，矢志归夫家守贞。翁病危时，刲臂以疗之，翁疾得痊。元和高湘筠作《钱贞女诗》，"数称贞女才，飞絮吟春风。数称贞女孝，剜臂疗而翁。父望重台阁，女仪式女宗。嗟嗟识字忧患始，诗诵柏舟贵彤史"[5]。

这种对于刲股疗病的歌颂，虽然反映了才媛的一片孝心，但也过于悲情乃至于血腥，不仅违背人性，而且显得愚昧，也并非儒家妇德的本意。

（二）才媛诗词对女教观念的背反

典章制度与现实生活会有距离，女子行为也未必与规范教条完全一致。差异往往发生在不同时代、不同阶层、经济发展水平各异的地域之间，当然也与女子个人的性情、教养甚至伦理的取向有关。随着清代经济发展水平的提高，女子角色的扩展和社交空间的扩大，才媛的主体意识在不断增长，对文学参与的认同感不断增强，对时政和社会民生更加

---

① 方掌珍，字伯玉，潘世锦室，安徽歙县人。

② （清）方掌珍：《琴言阁诗钞四卷》，清道光二十年（1840）刻本，第443页。其中，五古12首，七古4首，五律53首，七律43首，五绝12首，七绝116首。

③ 胡在渭编：《徽州女子诗选》，1936年油印本，作者略历附录，第2页。

④ （清）何绍基编：《（光绪）重修安徽通志》，清光绪四年刻本，第332卷，第5720页。

⑤ （清）沈善宝：《名媛诗话》卷五//王英志编：《清代闺秀诗话丛刊》，南京：凤凰出版社，2010年版，第435页。

关注，保存文学作品的自觉意识在普遍生长。在才媛诗歌中，可以看出这种对诗材、空间与主题的重构。

一是敢于踏出闺房之“阃”。《随园诗话》记载了袁枚在杭州召集女弟子游湖的情景。按闺阁之要求，女子是不参与这种社交活动的。但是才媛对文学活动的爱好，使她们敢于走出闺阁，参与诗社活动。如：

> 戊戌春，余在杭州。两姬置酒，招女眷游西湖。瑶英以诗辞云：“呼女窗前看刺凤，课儿灯下学涂鸦。韶光一刻难虚掷，那有闲看湖上花。”既而，遣人劫之，曰：“娘子不来，怕作诗耶？”果飞舆而至，到湖心亭，书二十八字云：“酿花天气雨新晴，一片清光两岸平。最好湖心亭上望，满堤人似水中行。”[①]

二是敢于打破身心束缚。《随园诗话》记载：

> 杭州赵钧台买妾苏州。有李姓女，貌佳而足欠裹。赵曰：“似此风姿，可惜土重。”土重者，杭州谚语：脚大也。媒妪曰：“李女能诗，可以面试。”赵欲戏之，即以《弓鞋》命题。女即书云：“三寸弓鞋自古无，观音大士赤双趺。不知裹足从何起，起自人间贱丈夫！”赵悚然而退。[②]

裹足可以看作是封建时代的女子通过对身体的摧残而满足社会对妇容的要求，过去只有下层的劳动妇女因为要参加生产而不缠足。而诗话中记载的这位李姓女子在面对讥讽时，不仅对自己不缠足之事不以为意，而且才思敏捷、挥毫而就，指出正是由于男性的要求才使得女子对缠足趋之若鹜，可谓一针见血。

---

① （清）袁枚：《随园诗话》条七四//王英志编：《清代闺秀诗话丛刊》，南京：凤凰出版社，2010 年版，第 89 页。

② （清）袁枚：《随园诗话》条二九//王英志编：《清代闺秀诗话丛刊》，南京：凤凰出版社，2010 年版，第 69 页。

三是抨击史传愚孝做法。《随园诗话》载：

姑母嫁沈氏，年三十而寡，守志母家。余幼时，即蒙抚养。凡浣衣盥面，事皆依赖于姑。姑通文史。余读《盘庚》《大诰》，苦聱牙，姑为同读，以助其声。尝论古人，不喜郭巨，有诗责之云："孝子虚传郭巨名，承欢不辨重和轻。无端枉杀娇儿命，有食徒伤老母情。伯道沉宗因缚树，乐羊罢相为尝羹。忍心自古遭严谴，天赐黄金事不平。"余集中有《郭巨埋儿论》，年十四时所作；秉姑训也。[①]

四是探讨国事边备之计。《妇人集》载顾和知子妇丁连璧玉如：

慷慨好大略，尝于酒间与夫论天下大事，以屯田法坏为恨，曰："边屯则患戎马，官屯则患空言、鲜实事。妾与子戮力经营，倘得金钱十二万，便当北阙上书，请淮北闲田垦万亩。好义者出而助之，则粟贱而饷足，兵宿饱矣。然后仍举监策，召商田塞下，则天下可平也。"[②]

五是谨守忠义为国之节。顾炎武《先妣王硕人行状》记载："炎武嗣母王氏闻变，绝食殉国，临终嘱咐炎武，说：'我虽妇人，身受国恩，与国俱亡，义也。汝无为异国臣子，无负世世国恩，无忘先祖遗训，则吾可以瞑于地下。'"[③]因而顾炎武在清廷屡次招抚下，仍坚持"人人可出，而炎武必不可出"，与其嗣母的教导分不开。

《名媛诗话》载商景兰之诗云：

悼亡之作闺中甚多，而山阴商媚生景兰五律一章最为冠冕。媚

---

① (清)袁枚：《随园诗话》条九四//王英志编：《清代闺秀诗话丛刊》，南京：凤凰出版社，2010年版，第100页。

② (清)陈维崧：《妇人集》//王英志编：《清代闺秀诗话丛刊》，南京：凤凰出版社，2010年版，第21页。

③ 王云五主编，唐敬杲选注：《顾炎武文》，上海：商务印书馆，1933年版，第47—55页。

生为明祁忠惠公室。忠惠殉国，故云："公自垂千古，吾尤恋一生。君臣原大义，儿女亦人情。折槛生前事，遗碑死后名。存亡虽异路，贞白本相成。"一气呵成，词旨正大，非后人所能及。然亦有情不可磨灭者。[①]

六是运用变风变雅抒怀。吕采芝《高阳台·平湖秋感》：

败叶凝黄，枯芦减碧，长堤已是秋深。无限凄凉，扁舟独倚纱棂。湖光一片清如画，对愁颜，倍觉销魂，叹年来，瘦骨支离，照影分明。　　寒蛩不用吟衰草，纵哀吟百遍，谁解怜卿？天阔云低，孤鸿共我南征。青衫非是江州湿，掩啼痕、别有伤心。任凭它，冷月澄辉，难证此身。[②]

桐城女子方筠仪嫁左君文全而寡，年二十有六，即守节以终，有《含贞阁集》。其《偶检先夫遗草》云："鹦鹉才高屈数奇，未开箧笥泪先垂。平生映雪囊萤力，不见腾蛟起凤时。狱底龙埋光讵掩，墓门鹤返事难期。九京应悔呕心血，百卷文章代付谁？"[③]此诗流露出作者的变风之怨。

吕采芝词是对平生无人理解的抱怨，方筠仪诗是对丈夫怀才不遇的不平，而方毓昭则表达了夫妻恩爱难以挽回的愤懑。其《怀古》云：

长门赋与白头吟，怨悱凄凉变雅音。毕竟古人恩义重，挽回犹可借文心。[④]

---

① （清）沈善宝：《名媛诗话》卷二//王英志编：《清代闺秀诗话丛刊》，南京：凤凰出版社，2010年版，第396页。

② （清）吕采芝：《高阳台·平湖秋感》，清同治十三年（1874）刻本//肖亚男编：《清代闺秀集丛刊》第四十三册，北京：国家图书馆出版社，2014年版，第214页。

③ （清）袁枚：《随园诗话》条三五//王英志编：《清代闺秀诗话丛刊》，南京：凤凰出版社，2010年版，第72页。

④ （清）徐世昌：《晚晴簃诗汇》卷一百九十一//《续修四库全书》，集部第1633册，上海：上海古籍出版社，2002年版，第569页。

借陈皇后、卓文君故事，指出古代女子尚可通过诗赋来唤起夫君的夫妻恩情，这种哀怨之调都成了雅音。相比之下，今人的绝情，却不能以文心来换回。这种委婉的笔致，写出了作者幽怨的苦痛。

七是自任以诗存史使命。《觚剩》载栖梧阁桐城吴氏，年二十五而寡，以其所居有栖梧阁，世遂称为栖梧阁吴氏。"秉性高洁，好读历代群史，而艳词小说，屏绝弗观。"，"今闻其年六旬有奇，已届梳雪之辰，尚勤操觚之业。著有吟咏，苍古悲凉，无脂粉气，若置之《朱鸟集》中，又为闺阁另开一生面矣"。[①] 吴氏《金陵怀古》诗最佳。其《咏南齐》云："六贵同朝激虎彪，横江勒马下雍州。银灯酒市春双靥，玉屧莲台月半钩。赵鬼西京谙汉赋，阿兄东阁擅通侯。谁知讲武旄头入，芳乐箶声碧麝秋。"[②]《咏南梁》云："同泰一人归佛地，寿阳千骑渡江波。盟成自取金瓯缺，蔬绝空陈鸡子多。五月谁勒君父难，七官先反弟兄戈。江淮废后襄阳促，秋草台城放橐驼。"[③]《咏南陈》云："临春阁上万花妍，宝帐朱帘袅蕙烟。鼙鼓飞冲朱雀路，军书乱压绣床边。嫦娥入月昏银镜，狎客还家碎锦笺。剩有景阳宫畔井，胭脂春水咽残弦。"[④]《咏南唐》云："江南一剑卷秋霜，半壁江山入洛阳。百尺楼空莲叶碎，翠微亭冷鸟声荒。临城凄怆填宫曲，辞庙仓皇听教坊。日夕泪痕谁洗面，锦书封恨报红妆。"[⑤]

---

① (清)钮琇著，南炳文、傅贵久点校：《觚剩》，上海：上海古籍出版社，1986 年版，第 59 页。

② (清)雷瑨、雷瑊辑，张丽华、纪锐利校点：《闺秀诗话》卷四//王英志编：《清代闺秀诗话丛刊》，南京：凤凰出版社，2010 年版，第 1004 页。

③ (清)雷瑨、雷瑊辑，张丽华、纪锐利校点：《闺秀诗话》卷四//王英志编：《清代闺秀诗话丛刊》，南京：凤凰出版社，2010 年版，第 1004 页。

④ (清)雷瑨、雷瑊辑，张丽华、纪锐利校点：《闺秀诗话》卷四//王英志编：《清代闺秀诗话丛刊》，南京：凤凰出版社，2010 年版，第 1004 页。

⑤ (清)雷瑨、雷瑊辑，张丽华、纪锐利校点：《闺秀诗话》卷四//王英志编：《清代闺秀诗话丛刊》，南京：凤凰出版社，2010 年版，第 1004 页。

（三）才媛诗词对儒家诗风的超越

清初才媛笔下关于家族、世变、流寇等的反映多有增加，诗歌题材日渐广泛，可以看到很多对社会积弊、治国方略等问题的议论。身处时代变迁的帝制晚期，她们用诗词记下这些危难时刻，说出自己的政治立场，即使她们无力挽回时局。富有学识的才媛在诗歌中表达出紧迫之感、黍离之悲、亡国之痛、激越之愤等情感，超出了一般对才媛作诗注重温柔敦厚的要求。

1. 身披战火而诉诸诗篇

明清鼎革之际，局势风云变幻，战火所及，社会动荡，家庭破碎，妻离子散。甚至入清之后，因清廷平定三藩，也有许多战事。在此之中，女性的传统生活方式被打破，许多女子或遭遇不幸，或随夫玉碎，或为人掳掠，或辗转流离，或归隐山林。正如蒋机秀在选辑的《国朝名媛诗绣针》的例言中云："青冢琵琶，千秋饮恨。前明社屋之日，间关戎马，香粉流离，邮亭驿壁间，拈毫写怨，所在多有，固不止千金未散，有莫赎之文姬也。今掇其尤者数章，附存卷尾。俾知闺闱稚质，弄粉调铅，得生长太平无事者，真堪庆幸。"[①]许多被掳女子在亭壁间留下了悲愤的诗篇，如钱塘诗人吴芳华被清军裹胁北上，在卫州留下了绝句，其中之一云："广陌黄尘暗鬓鸦，北风吹面落铅华。可怜夜月箜篌引，几度关山作暮笳。"[②]嘉定女子侯怀风（明天启五年进士、南京武选司主事侯峒曾女）在回忆国破家亡的往昔时，也云："居延蔓草索枯骨，太液芙蓉失旧颜。成

① 胡文楷：《历代妇女著作考》//王英志编：《清代闺秀诗话丛刊》，南京：凤凰出版社，2010年版，第2565页。

② 施淑仪：《清代闺阁诗人征略》卷一//王英志编：《清代闺秀诗话丛刊》，南京：凤凰出版社，2010年版，第1757页。

败百年流电疾，苍梧遗恨不堪攀”，[①]被收录到沈德潜所辑的《国朝诗别裁集》中。

也有一些女子超越社会的约束，投身到世变的洪流之中，留下许多可歌可泣的故事。许多文献记录了女子参与抗击清军、农民起义军的活动，如方浚师的《明末佚事诗》，就谈到了明末几位女性临阵杀敌事："秦夫人，堂堂白杆兵。刘夫人，弯弓射贼宁武城。游击将军沈云英，锦袍金甲道州营。宫中夜半刀光横，刺虎谁假徽娖名？呜呼妇人乃若此，视贼区区不如蚁。一声杀贼双娥喜，宝剑轻提莹秋水，桃花万片飞纤指。不闻声嘶股栗危城里，不闻楚囚相对泣弗止。骂贼死，鸩贼死，何况琼枝曼仙两妓耳。呜呼彼丈夫，请看诸女子。"[②]上诗之中，分别讲到了秦良玉、刘夫人和沈云英在军中御敌故事。秦良玉，四川土官秦邦屏妹、石砫宣抚使马千乘妻，曾随丈夫从事征战。马千乘死后，秦良玉带领部队四处征讨，获得战功而受封，被明朝诏封一品夫人，赐诰命，又授为都督佥事，充任总兵官职。良玉还通晓诗词，能武能文。刘夫人，蒙古人，镇守山西兼关门、代州三关总兵官周遇吉妻，崇祯十七年随夫扼守宁武关。在丈夫战死情况下，刘夫人率领数十名妇女用箭矢奋力抵抗李自成农民军，后殉难。沈云英，浙江萧山人，道州守备沈至绪女，荆州督标营中军贾万策妻。当张献忠率农民军由武昌过洞庭湖南下兵围道州，至绪、万策战死，而云英动员乡兵全力死守，使道州城完，已而围解。明朝封云英为游击将军衔，命坐镇道州。不久，清兵南下，云英见国事不可为，辞职携父、夫棺返浙江乡里，隐居终身。这三位女子主要活动在明末清初，为保卫

① 沈德潜云："此感思陵失国时事，降将倒戈，虎臣战没，而君王因之殉社稷矣。忠臣之女，宜有是诗。"

② （清）方浚师，盛冬铃点校：《蕉轩随录·续录》，北京：中华书局，1995年版，第464页。

明代政权出过力，其中秦、沈二人还受过明廷的军职，并一直生活到清初。在明清易代后的很长时间，她们依然是为众人所敬佩的巾帼英雄。如曾在四川担任知县的王培荀，在《听雨楼随笔》中收辑吟咏秦良玉的诗，譬如朱璋的《石柱行》："巴东健儿谈石柱，秦夫人系儒家女。一朝冠带领蛮酋，娘子军容压益部。"又说："绿沉枪舞春星转，花桶裙拖锦带红。昂藏绰有丈夫气，帐下粉黛多雄风[①]。"王培荀还引江苏总督陶澍《寄题秦良玉旧楼》诗云："忠州女子天下奇，父是秀才夫土司。天生智勇不世出，坐令巾帼惭须眉。词翰淹通意娴雅，锦袍艳照桃花马。"[②]王培荀还汇集了咏沈云英事迹诗云："蛇矛入阵万人呼，女子居然胜丈夫。为报父仇安惜死，归来卸甲血模糊。""沧桑一变事难论，卸却铅华叠绣裙。教授里中如博士，当年跃马号将军。"[③]沈云英的事迹不仅在《国朝耆献类征》有传，清代很多名人如毛西河、夏之蓉等也为她作传。直到清朝晚期，还有人对秦、沈这两位有丈夫气概的豪情女子念念不忘。被称为"中华第一女杰"的秋瑾，就专为这两人题过诗。

当然在明末清初，从事军事活动的女子也不止上述三人。南明福王时江北四镇之一的都督刘泽清所收女子冬儿，善南曲、有武艺、具胆略。泽清降清后不久因阴谋叛逆罪被清廷处死，冬儿受到牵连但因非刘氏家人，得以不坐而外嫁。诗人吴梅村曾作长诗，其中称冬儿："羊侃侍儿能走马，李波小妹解弯弓。锦带轻衫娇结束，城南挟弹贪驰逐。"[④]另有扬州知府刘铎女刘淑英和安徽歙县女子毕著，在甲申、乙酉之际，或散家财募士卒成军备战，或率众骑马挥刀入阵杀敌，其事迹均在诗中被记录下

① (清)王培荀：《听雨楼随笔》，成都：巴蜀书社，1987 年版，第 46 页。
② (清)王培荀：《听雨楼随笔》，成都：巴蜀书社，1987 年版，第 46—91 页。
③ (清)王培荀：《听雨楼随笔》，成都：巴蜀书社，1987 年版，第 310 页。
④ (清)谈迁：《北游录》，北京：中华书局，1960 年版，第 110 页。

来。以毕著为例，"歙县毕韬文，著，随父宦游蓟邱，父与流贼战死，尸为贼掳，众议请兵复仇，韬文谓请兵则旷日，贼且知备即，于是夜率精锐，劫贼营，贼正饮酒，兵至骇甚，韬文手刃其渠。……乃与父尸而归，葬于金陵，时韬文年只二十"。[①] 存世的诗作仅有《纪事》《村居》两首。《纪事》是五言叙事诗，主要描述毕著之父在乱时被戮后，她深入敌营抢回父尸归葬南京的故事。

> 吾父矢报国，战死于蓟邱。父马为贼乘，父尸为贼收。父仇不能报，有愧秦女休。乘贼不及防，夜进千貔貅。杀贼血漉漉，手握仇人头。贼众子相杀，尸横满坑沟。父体舆榇归，薄葬荒山陬。相期智勇士，慨焉赋同仇。蛾贼一扫清，国家固金瓯。(《纪事》[②])

这样的作为，恐非寻常女子所能为也。整首诗主体是叙述其报父血仇、抢夺父尸的经历，描写出惊心动魄的短兵相接场景，而在结局仍流露出对明清易代时盗贼蜂起时局动荡的愤恨，以及希望与同道中人一起扫清寰宇，换国家以幸福安稳的愿望。此等胸怀格局，大大不同于一般女子及其在诗词展现的幽怨、缠绵意味，实属难得。入清后，毕著嫁给昆山士人王圣开，共同隐居在苏州。其存世的另一首诗《村居》[③]，可能是她归隐苏州后所写的诗，情性豁达，有林下风：

> 席门闲傍水之涯，夫婿安贫不作家。明日断炊何暇问，且携鸦嘴种梅花。

除了鼎革之时，清前期还有平定三藩的战役，许多女子也参与到军

---

① (清)沈善宝：《名媛诗话》卷一//王英志：《清代闺秀诗话丛刊》，南京：凤凰出版社，2010年版，第350页。

② (清)毕著：《纪事》//(清)完颜恽珠辑：《国朝闺秀正始集》卷一，清道光十一年(1831)红香馆刻本，第2ba页。

③ (清)毕著：《村居》//(清)完颜恽珠辑：《国朝闺秀正始集》卷一，清道光十一年(1831)红香馆刻本，第3a页。

事斗争之中发挥捍城杀敌的作用。如奉天铁岭许氏，镇平将军一等男谥襄毅徐治都室，曾参与了康熙十三年对吴三桂叛乱的阻却，“脱簪珥犒师，晓以大义，沿江剿杀，屡却之，八月，猝犯镇署，夫人中炮殁”。其《马上歌》讲劫营经历云“快马轻刀夜斫营，健儿疾走寂无声。归来金灯齐敲鼓，不让须眉是此行”。沈善宝有评：“侠气豪情，溢于楮墨。”[①]清人赞赏并怀念她们，一方面有感于她们做了男子也难做到的事，为其巾帼气概所折服；再则也是或有或无、或多或少地出于对那个年代、那些人物的吊唁。

2. 历经国破而伤时沉痛

清初才媛徐灿在历经明清之变之后，感慨良深，写下了《满江红・和王昭仪韵》，叹前明杳去，江山易主：“一种姚黄，禁雨后、香寒□色。谁信是、露珠泡影，暂凝瑶阙。双泪不知笳鼓梦，几番流到君王侧。叹狂风、一霎翦鸳鸯，惊魂歇。　　身自在，心先灭。也曾向，天公说。看南枝杜宇，只啼清血。世事不须论覆雨，闲身且共今宵月。便姮娥、也有片时愁，圆还缺。”[②]

3. 跨域性别而一洗故态

女诗人吴藻，虽然没有毕著那样以实际行动承担起男子一样征战的角色，却也呈现出清代才媛的另一面。她的词《洞仙歌・赠吴门青林校书》就体现了这一点：

> 珊珊琐骨，似碧城仙侣。一笑相逢淡忘语。镇拈花，倚竹翠袖生寒，空谷里、想见个侬幽绪。　　兰釭低照影，赌酒评诗，便唱江

① （清）沈善宝：《名媛诗话》卷一//王英志编：《清代闺秀诗话丛刊》，南京：凤凰出版社，2010年版，第358—359页。

② （清）徐灿：《拙政园诗馀》卷下，民国十一年（1922）上海博古斋刻《拜经楼丛书》本，第4页。

南断肠句。一样扫眉才，偏我轻狂，要消受、玉人心许。正漠漠，烟波五湖春，待买个红船，载卿同去。[①]

此外，《金缕曲》也表达了一洗女儿故态的豪情：

生本青莲界。自翻来、几重愁案，替谁交代？愿掬银河三千丈，一洗女儿故态。收拾起、断脂零黛，莫学兰台悲秋语，但大言、打破乾坤隘。拔长剑，倚天外。　　人间不少莺花海。尽饶它，旗亭画壁、双鬟低拜。酒散歌阑仍撒手，万事总归无奈。问昔日、劫灰安在。识得无无真道理，便神仙、也被虚空碍。尘世事，复何怪。[②]

这些诗词可以看出，当时的清代女诗人已经超越了儒家性别角色的藩篱，而指向更大范围的性别与个人的自由。

三、小结

在古典诗学与传统文化的关系中，儒家处在一个极其重要的位置。儒家的社会理想、入世观念、进取精神和独立意志，不仅构成了一种独立的思想体系，也为整个古代社会构建了政治、道德、法律体系的哲学思想基础，成为社会生活方式和伦理关系的主要依据。研究儒学与中国女性关系的汉学家曾谈到，“任何社会中具有象征意义的抽象概念和文化实践必须与它们本身的文化传统相适应”，在这个体认过程中，“哪怕是最为微小的敬意都应该给予代表中国文化精髓的儒学”。[③] 由于后世的提

---

① (清)吴藻：《洞仙歌·赠吴门青林校书》//(清)冒俊编：《林下雅音集》，清光绪十年(1884)刻本，第 14b—15a 页。

② (清)吴藻：《金缕曲》//(清)冒俊编：《林下雅音集》，清光绪十年(1884)刻本，第 11a—11b 页。

③ [美]罗莎莉著，丁佳伟、曹秀娟译：《儒学与女性》，南京：江苏人民出版社，2015 年版，第 4 页。

倡和封建政权的肯定，儒家的思想体系具有历史的正当性。在文学领域，儒家思想自诞生之初，就与诗歌、中国的诗学传统具有千丝万缕的联系。儒家思想背后体现的诗学主张，也具有长时间的稳定性，在后世中被不断以“复古”或“求新”的名义被拈出。体现儒家精神的诗学观念已成为诗学中的重要传统。

当然，从清代前中期才媛诗作亦可发现，才媛对儒学传统不仅有践履、遵循，也有训化、身殉，还存在变通、调整。对于儒学倡导的诗歌风格与功能，既有认同和实施，也有背离和超越。儒学传统同清代才媛创作之间，呈现出多样化的复杂关联，这对我们理解封建社会晚期的女性社会观念和文学观念都具有重要意义。

第四章　安与游：禅家诗境与林下之风

儒者刚健进取，故以入世为用。释者修持参悟，故以证果为功。道者游心太玄，故以逍遥为真。儒释道为文士提供进退出处的信条，三家思想自唐以后开始逐渐融合。迨至明清，三家理论影响日深、范围益广，不特男子，一些才媛亦慕而习之，践而履之。清代的才媛往往奉行闺范以谨身，发乎性情而为文，也参禅修道而得心灵之超升。特别是悦禅慕道，为才媛提供了对抗外在尘世变革与人生苦难的精神空间，使才媛得以从苦厄中获得纾解，在不幸中有所寄托，当然也在尘世中安顿心灵，在悠然中体会对此在的超越。释道逐渐成为才媛体认世界与自身关系的思想资源，也使才媛诗歌渗透新的意蕴。

一、　逃禅修道对才媛创作的影响

在中国，女子崇奉佛教由来有自，南朝梁代的释宝唱撰佛教史上第一部《比丘尼传》。书中收录名尼 65 人，均是“真心亢志，奇操异节”之僧尼。她们或慈悲为怀，或弃物如尘，或献身佛法。最值得注意的是晋朝洛阳竹林寺竺净检尼，她是中国第一位在船上受戒的比丘尼，同时是一位闺塾师。净检俗名仲令仪，父仲诞，武威太守。其人“少好学，早寡，家贫，常为贵族子女教授琴书”①。

---

① （晋）释宝唱，詹诸左、朱良志释译：《比丘尼传》，北京：东方出版社，2018 年版，第 31 页。

明代时，参修之事不仅士夫为之，家中女子行之亦笃，而晚明尤盛。公安派袁宗道在京城为官，家中女眷“俱长素念佛，精勤之甚，辰昏梵呗，宛同兰若”[①]。其女禅那，“通竺典，诵《金刚经》，时有问答，皆出意外”，宗道将其比之为“灵照”[②]。梅国桢之女澹然正式出家，戒律甚严，对佛法颇有心得，“父子书牍往来，颇有问难”[③]。其妹善因在家修行，李贽载其“以一身而综数产，纤悉无遗；以冢妇而养诸姑，昏嫁尽礼。不但各无间言，亦且咸得欢心，非其本性和平，真心孝友，安能如此？我闻其才力其识见大不寻常，而善因固自视若无有也。时时至绣佛精舍，与其妹澹师穷究真乘，必得见佛而后已”[④]。王世贞仲女昙阳子佛道兼修，名噪一时，梅鼎祚称其书“鸟迹龙文，若出造化，其原反终始，必归轨于正经”[⑤]。其得道“升天”之时，当时名士如沈懋学、屠隆、冯梦祯等皆自称“弟子”前来送行。张履祥评此谈禅好道现象云：“近世，士大夫多师事沙门，江南为甚，至帅其妻子妇女，以称弟子于和尚之门。兵饥以来，物力大诎，民不堪生，而修建寺宇，齐僧聚讲，殆无虚日。民间效之，都邑若狂。”[⑥]

入清之后，才媛诗人群体中有相当一部分信奉甚至皈依佛教道教，甚至修道礼佛以终。据统计，这一时期向佛的才媛有方维仪、吴令仪、陈香石、章有湘、李因、刘淑、陆蒨、吴琪、吴藻等人，学道的有徐灿、汪端、王

① (明)袁宗道：《白苏斋类集》卷一六《笺牍类・寄三弟》，上海：上海古籍出版社，1989年版，第230页。

② (明)袁宗道：《白苏斋类集》卷一六《笺牍类・寄三弟》，上海：上海古籍出版社，1989年版，第229页。

③ (明)袁中道：《梅大中丞传》//(明)袁中道著，钱伯城点校：《柯雪斋集》卷十七，上海：上海古籍出版社，1989年版，第711—719页。

④ (明)李贽：《焚书》卷四《豫约》，北京：中华书局，1975年版，第185页。

⑤ (明)梅鼎祚：《鹿裘室集・昙阳子书阴符经跋》//(清)厉鹗：《玉台书史》//《中国香艳全书》五集卷一，第一册，北京：团结出版社，2015年版，第532页。

⑥ (清)张履祥：《杨园先生全集》上册卷二七《愿学记》二，北京：中华书局，2002年版，第748页。

微、周琼、吴绡、顾太清等人。虽然向佛的才媛看似居多,但事实上许多才媛都是佛道兼修,如顾太清、王微、周琼、吴绡、汪端等人。一室之家,既有礼佛修禅者,也有迎仙诵道者,并行不悖。

推其崇佛奉道之由,大体可分为三类情形。其一是家学渊源,即自幼受家庭熏陶,信奉宗教成为家族中重要成员或多数成员的共同选择,如前述袁家女眷的礼佛之举。其二则是受人影响或传授,即因人生机缘而选择有所信仰。其三是因变故而选择,或早寡苦节,或生活坎壈,或疾病缠身,或遭丧亲之痛,或遇国破之变等,不一而足。而参禅慕道对才媛的现实生活和精神状态,亦有十分重要的影响。

(一)提供诗人纾解困窘的精神家园

红粉参禅,翠鬟慕道,大半非才媛主动选择,而是困蹇交加、山穷水尽,有迫使然。综合来看,婚姻上的不幸是才媛皈依佛门的重要原因。清代女诗人吴绡,字素公,一字冰仙,又字片霞,通判吴水苍女,太守常熟许瑶室。王端淑称其"千古聪明绝代佳人也,为吴中女才子第一。"[①]但许瑶中进士后另纳新欢,吴绡被弃故里,只得诵经修行。清代钱塘女诗人包韫珍十四岁时即能诗,经外叔祖朱秋垞指点,诗词愈工。然好景不长,其父包厚庆客死京师,家道倾颓,她以女红刺绣奉养母亲。后其嫁与秀水庄丙照,但琴瑟不谐、夫妇不睦,终归于母家,生活穷困窘迫,作诗多愁苦。她在《净绿轩诗稿》中云:"焚弃笔砚,顶礼空王,发生生世世永不识字之愿。"[②]贺双卿所嫁非偶,受到丈夫的虐待和婆婆的刁难,生活惨然。在《湿罗衣》一词中她写道:"世间难吐只幽情,泪珠咽尽还生。手拈

---

① (清)王端淑:《名媛诗纬初编》卷十三,清康熙六年(1667)清音堂刻本,第13.1a页。

② 施淑仪:《清代闺阁诗人征略》卷八,上海:上海书店出版社,1985年版,第455页。

残花，无言倚屏。镜里相看自惊，瘦亭亭。春容不是，秋容不是，可是双卿？”[①]她在写给舅父的信中说：“昔小青不愿生天，惟思并蒂，儿则愿来世为男子身，参断肠禅，说消魂偈足矣！”[②]诗人沉痛地表达了对生活压抑和所受折磨的不满，以及希望通过参禅说偈而获得心灵的解脱。

除了所嫁非偶，遭受丧夫丧子之痛也是才媛崇佛信道的重要原因。在父、夫与子三者之中，“夫”被人们形象的比喻为女性的“天”。假如丈夫亡故或不贤，其妻室就极易失去生活的信念和希望，从而开始崇信佛、道，作为精神救赎和寄托。汪端嘉庆十五年（1810 年）归陈裴之室，但子嗣绵薄，生子孝如，满月即夭。道光六年（1826 年）陈裴之卒，次子陈葆庸亦惊悸失常，再遭生死离别之痛，汪端对修道更为依恃。其作《寒夜读书感兴》道：“愤激何须成谤史，孤危容易著谗书。从今悟彻浮生累，扫地焚香意有余。”表明汪端想通过焚香忏礼、皈依道教，扫尽人间浮累，在彻悟中获得对现实的超越。

（二）给予交游更加宽阔的自由空间

才媛社会生活的范围通常由女教规范所界定，但崇佛信道有助于在时空范围上打破“内言不出于阃”的限制。才媛与比丘尼的相互交往，较易被社会所接受，能跨越双方之间存在的空间与社会界限。而在学识、佛理特别是诗文造诣上的相通，为双方都提供了更为宽广的精神交集。俗世中的才媛能从比丘尼师脱离家庭的束缚、超越尘世的羁绊中受到启发，方外女诗人也能够与自己投契的俗世友朋分享参悟与诗文上的心得。她们中的一些人在出家前本就属于才媛群体，出家后亦可继续置身

---

① 苏者聪选注：《中国历代妇女作品选》，上海：上海古籍出版社，1987 年版，第 410 页。
② （清）史震林：《西青散记》卷二，清乾隆二年（1737）三馀堂刻本，第 80 页。

于这一文学网络之中。闺阁诗人与佛道修行之人结下的笔墨之谊，突出体现在才媛与比丘尼的唱和上。

清初女诗人商景兰字媚生，是明末殉明诗人祁彪佳之妻。她与比丘尼谷虚[①]交厚，有词记之。其《忆秦娥·雪中别谷虚大师》[②]云：

> 空留恋。杨花袅袅随风战。随风战，弥天道远，流光如箭。冰壶夜月凝光殿，朔风剪碎鹅毛片。鹅毛片，飞翔莫定，何时相见。

“杨花”指春，“鹅毛”喻冬，从春到冬，四季时光流转，而诗人与谷虚大师别后，下一次又不知何日再聚，表达出诗人不尽的惆怅与难舍。另一首词《诉衷情·雪夜怀女僧谷虚》[③]云：

> 无端小立锁窗前，飞絮影连天。蒲团雪深三尺，参透几多禅。花欲绽，鸟犹寒，孰相怜。歌翻白雪，笛弄梅花，两鬓霜添。

诗人立于小窗之前，时为深冬，飞絮连天。遥想谷虚大师参禅处，想必也是素裹银装，雪漫蒲团。春天的脚步将近，虽有文雅之事，但年华又去，鬓发也将飞霜。怀念之情，深而细，幽而远。祁、商二家皆钟鸣鼎食之家，祁彪佳殉明之后，商景兰写下“君自垂千古，吾犹恋一生”，毅然担当起传家持家之重任，而与谷虚等禅师的交往也助于慰抚她的国破家难的锥心之痛。

与谷虚交往的除了商景兰，还有以塾师为业的黄媛介。谷虚曾拜访

① 谷虚，法号静因，明清之际南京人氏，嫁与绍兴商氏为姬妾，因丈夫早亡，而在出家为尼。参见：李贵连：《老大嫁作商人妇，脱却红妆入空门：女尼谷虚生平考述及其与祁氏家族女性交友探析》，《社会科学论坛》2009 年第 5 期(下)，第 171—175 页。

② (清)徐乃昌辑：《小檀栾室汇刻闺秀词》之《锦囊诗余》，清光绪二十二年(1896)南陵徐氏刻本，第 7a 页。

③ (清)徐乃昌辑：《小檀栾室汇刻闺秀词》之《锦囊诗余》，清光绪二十二年(1896)南陵徐氏刻本，第 8a 页。

黄媛介未得而赋诗一首，其《访黄皆令不遇》[①]云：

遥闻嘉客至，双桨度江风。道侣原相结，禅心孰与通。云翻寒袖影，花落小池红。不见孤舟返，愁予暮色中。

除了谷虚与商景兰，王端淑与比丘尼一真的关系也很密切。一真是王端淑的姐姐王静淑，字玉隐，号隐禅子，又号一真道人，王思伍长女，适陈树勷，夫死，生活无以为继，看破红尘，遁入空门。姐妹一直交往，互有唱和赠达王端淑多次作诗慕念其姊。她在《春日真姊过访》中云："花落琴书冷，香吹过鸟鸣。春风鲜寂寞，春竹笑凄清。心抱怀师念，深蒙顾我情。道通应有法，何以破愁城。"[②]读姐妹二人之诗，一在佛门内，一在尘世中，看似不同，实则皆是在追寻超脱生活困顿之法，寻一方心灵净土。

张芬有《秋夜怀寂居禅友》云："楼空秋思回，凭眺独萧森。月镜开灵觉，霜钟警道心。可怜黄叶落，无奈白云深。想得安禅处，天花正满林。"[③]诗中忆参禅之举，又抒发对禅友的怀念之情。从这些诗歌内容可以看出，对于一些才媛而言，寻访寺庙、与比丘尼畅谈佛理、相互交游唱和的确为她们提供了一个带有超越性、会带来安顿感的内心空间。而在另一些才媛看来，修读佛经道卷并不会动摇她们对于女教的忠诚信奉，反而是对她们践行妇道的丰富和补充，有的还从对佛教的参证和道家的妙悟中获得精神上的舒展和升华。这也进一步强化了清代才媛对于儒释道三家的研习与奉行。

顾太清和其夫奕绘经历家族变故、宦海沉浮，看透世事，信奉道教，

---

① (清)静音，女尼，号谷虚，江宁人(今江苏南京)，此首诗见王端淑辑：《名媛诗纬初编》卷二十六，康熙六年(1667)清音堂刻本，第11b页。

② (清)王端淑：《吟红集》，清刻本，第9b页，现藏于湖南图书馆。

③ (清)张芳：《两面楼诗稿》//(清)任兆麟辑，张滋兰选：《吴中女士诗钞》，清乾隆五十四年(1789)刻本，第7a—7b页。

悠游林下，在山林泉石中流连。许多诗歌都反映了其参悟的心境与超脱的境界，如《次夫子天游阁见示韵四首》[①]：

百事无成诚惜哉，几番花落又花开。青春促促擦眼过，白发星星点鬓来。进退静观天下妙，诗书彻见古人才。临深履薄惊人语，大道权同启蛰雷。（其一）

那能得句似春雷，女子惭无济世才。两赋蓼莪感明发，五枝棠棣忆悲来。事君尽礼原非谄，入道身心喜渐开。三十六年如梦过，观生观化实悠哉。（其二）

花谢花开、岁月暗换，转眼间韶华已逝，人生已步入暮年。而随着“事君尽礼原非谄，入道身心喜渐开”，修道对他们的身心带来了改变。正因有了“三十六年如梦过，观生观化实悠哉”的渐悟，他们才获得静观自得的悠然之态。

（三）赋予诗歌更加多样的艺术风格

信仰释道带来心灵的安顿和精神上的平静，不仅为才媛诗人增加了创作的灵感，带来更丰富的题材，也推动了诗词风格多样化的发展。

前文所述满族女诗人顾太清，早年生活颠沛，嫁给丈夫奕绘后，由于奕绘信仰道教全真派，她也渐受其染。夫妻二人不仅与道士交往，而且多次前往道观参观，并作诗记之。太清的《自题道装像》[②]云：

双峰丫髻道家装，回首云山去路长。莫道神仙颜可驻，麻姑两鬓已成霜（其一）。

---

① （清）顾太清、奕绘著，张璋编校：《顾太清奕绘诗词合集》，上海：上海古籍出版社，1998年版，第37页。

② （清）顾太清、奕绘著，张璋编校：《顾太清奕绘诗词合集》，上海：上海古籍出版社，1998年版，第42—43页。

吾不知其果是谁，天风吹动鬓边丝。人间未了残棋局，且住人间看弈棋。（其二）

诗人对镜，两鬓微霜，感慨世事变化，而所余时岁，如残破棋局般难以把握，心中茫茫。奕绘作《江城子·题黄谷云道士画太清道装像》[①]词云：

荣华儿女眼前欢，暂相宽，无百年。不及芒鞋，踏破万山巅。野鹤闲云无挂碍，生与死，不相干。

该作既肯定了当下的“暂宽”之时，也肯定潜心学道对于超脱闲情、了无挂碍、度脱生死的状态。

综合起来看，皈依佛道作为一种女子对自我进行心理调节、寻求精神救赎的主动施为，对文学书写有着很深刻的影响。女子通过浸心于宗教信仰而使不幸遭遇带来的精神苦闷得以缓解，佛道的修持无疑极大地扩充了诗词的选材和境界，引发隽永天然的诗思和韵致深远的诗味。但同时，由于佛道自身对语言文字有一定程度的拒斥，宗教信仰程度加深的同时也销蚀着她们的文学创作热情。

二、释言、禅理与清代才媛的诗材诗境

佛教自汉明帝时由印度传入中国后，经历了一个本土化的阐释和转化过程，对我国的文艺理论特别是诗歌创作理论产生了重要影响。一方面，佛经中的“言语路绝，心行处灭”“言外之旨”“象外之谈”思想，进一步深化了老庄和玄学中对言意关系的讨论；另一方面，佛教重神轻

① （清）顾太清、奕绘著，张璋编校：《顾太清奕绘诗词合集》，上海：上海古籍出版社，1998年版，第659页。

形，主张“神道无方，触象而寄”，对六朝佛像雕塑、绘画等艺术创作产生了直接的影响。此外，佛教中对译经“文与质”“繁与约”的讨论，用故事阐明佛理的隐喻，以及包含着哲理的短小诗句“偈语”，对音韵的认识与四声之发现等，与文学技巧、艺术构思、研究方法等都有很密切的关联。

随着唐时禅宗等本土佛教流派的兴起，禅宗这一结合了中国道家学说和印度大乘佛学形成的新型佛学派别，对中国已有的审美规范和艺术观念产生了极大的冲击。大乘空宗秉持般若性空的思想，以不立文字为根本，以不二法门为最高境界，不承认涅槃而强调绝对的自主性，不认识、追求、实践外在的佛性，而是“明心见性”去发现本来清净的自性，以心灵当下一悟作为成佛的基本途径。“禅宗带来了中国哲学的一场深刻的革命，这对中国美学与艺术产生了深远的影响。在一定程度上可以说，正是南宗禅法的流行，改变了中国美学与艺术发展的方向。”①诗人杨巨源在分析禅与唐代诗人王维、杜甫的诗歌创造关系的诗就明确指出：“扣寂由来在渊思，搜奇本自通禅智。王维证时符水月，杜甫狂处遗天地。”②宋代起，许多文人开始用禅宗的“话头”来论诗或评诗，最为典型的是严羽的《沧浪诗话》。

但佛教对于女子的影响，长期以来主要集中于个人或其家庭的信仰与修行，如吃斋与礼佛等。到明清时期，佛禅思想向才媛诗文创作、品评、鉴赏的传导、延伸和渗透逐渐显现出来。王端淑在《名媛诗纬》中收录其姐王静淑的词条中就指出：“古有以禅为诗者，摩诘、香山、东坡是

---

① 朱良志：《中国美学十五讲》，北京：北京大学出版社，2006 年版，第 31 页。

② （唐）杨巨源：《赠从弟茂卿》//周振甫主编《唐诗宋词元曲全集》，《全唐诗》第六册，合肥：黄山书社，第 2445 页。

也，蔡、班、左、鲍仅以诗名。女而诗世或难之，女而禅且诗不更难乎？”[①]才媛工诗已是难得，以诗记禅、论禅的情况就更少。释言与禅理或体现在诗的字里行间，或流响在文辞之外，或寄寓于境界之中，为才媛诗歌增添了深度与韵味。

（一）释言与诗词的互借：禅事入诗

清代才媛与佛门中人交接的情形已较为常见，才媛以诗来描绘持修参悟的作品也逐步增多，有的是记录佛事禅修的过程，有的是传达佛禅的思维方式和精神旨归。在这一过程中，由于修行方式与领悟能力的不同，诗歌作品之表现内容亦不尽相同，但总的看都可以称作“禅理入诗”，或可谓之文字禅。以禅理入诗，主要包括以下几种情形。

一是诗咏禅事。如归淑芬与女诗人申蕙、女禅师一揆超琛等相互交游。归淑芬为一揆禅师兴建浙江嘉兴参同庵的大悲楼填词记事，其《绕佛阁·喜参同庵新建大悲楼》[②]词云：

> 法云普覆，双溪水绕，新筑璀璨。高阁孤耸，一灯远映，梵音到花畔。桂香又遍。招隐作伴，深坞幽境，时卧游玩。梦魂缭绕，鸿飞少芳翰。　　病客最疏懒，暮唤莲莲涤古砚。还是检书，咿唔常目眩。待腊尽春来，重赴禅院。此时登殿，缓步女丛林，积怀颇展。绿荫堪、听黄莺啭。

新楼落成，料想必定慈云环绕，环境十分清幽。虽不能亲自前往拜谒参禅，作者仍寄希望于梦境和卧游，通过诗文表达心意。在这首词中，

---

① （清）王端淑辑：《名媛诗纬初编》卷十五，清康熙六年（1667）清音堂刻本，第 5b—6a 页。

② （清）归淑芬：《绕佛阁》//（清）徐乃昌辑：《闺秀诗钞》卷四，清宣统元年（1909）小檀栾室刻本，第 5a—5b 页。

作者始终怀有钦佩、怀念之意，追忆当初"庵中惟六七人，实得林下之乐。白云封户，闲寂无人"的情景。[①]

王端淑的姐姐王静淑号隐禅子，"慧根超悟，栖倚空王，喜居名山水间，于一切声华澹如也"，"作小诗不求工肖，物情落落，寄兴而已"[②]。一真禅师的小诗通常也言禅事，如《山居落叶》[③]：

林疏半已出秋征，历乱飘零绕竹扉。岚气逼人寒薄骨，聊将落叶制禅衣。

绍兴女诗人胡紫霞（号浮翠主人）在贺一真禅师四十岁生日时赋诗云：

四十年来女士规，名章彤管著风诗。朱颜绀发同仙侣，白袷黄冠作导师。优钵特将青石供，桃花正是小春期。长斋绣佛知眉寿，无藉青精已疗饥。[④]

诗中也讲到王静淑终日斋戒茹素，刺绣佛像，表现出礼佛的虔诚行为。而女诗人王端淑对于姐姐归入佛门的选择有理解、有尊重，对其苦修之途嗟叹良多。其《忆真姊》[⑤]云：

证法扁舟去，幽村古寺寒。风吹旛影乱，月落钵中残。美色优昙放，娱情山水湌。师超三界外，嗟逐混诗坛。

第二，诗道禅语。从历史上看，即便是那些杰出的文士，也往往会不

---

① 一揆超琛：《自叙行略训徒》//《参同一揆禅师语录》//《明版嘉兴大藏经》第三十九卷，台北：新文丰出版公司，1987 年版，第 18a 页。

② （清）王端淑：《名媛诗纬初编》卷十五，康熙六年（1667）清音堂刻本，第 5b 页。

③ （清）王静淑：《山居落叶》//（清）王端淑辑：《名媛诗纬初编》卷十五，康熙六年（1667）清音堂刻本，第 6b 页。

④ （清）胡紫霞：《寿一真师四十》//清王端淑辑：《名媛诗纬初编》卷十二，康熙六年（1667）清音堂刻本，第 5a 页。

⑤ （清）王端淑：《映然子吟红集》//《清代诗文集汇编》编纂委员会编：《清代诗文集汇编》第 82 册，上海：上海古籍出版社，2010 年，第 31 页。

由自主地引入佛教故实或禅宗话头。如杜甫《谒文公上方》诗中称赞文公“大珠脱真翳，白月当虚空”[①]，其中的大珠、明月都是禅宗常用的比喻；《望牛头寺》云：“休作狂歌老，回看不住心。”“回看不住心”即是出自南宗所重经典《金刚经》“应无所住而生其心”。

顾贞立的词中也多用佛家习语：

> 弱絮轻尘，空花幻影，分明身世虚舟。笑孤云野鹤，何事淹留。回忆从前似梦，无端别业，海市蜃楼。如今似，槿花临暮，燕子清秋。
>
> 休休。韶华去也，便琼花难奈，风散云流。多少朱颜绿鬓，空耽误，粉怨脂愁。何须问，唐宫汉苑，总属沉浮。（顾贞立《满庭芳》）[②]

此词言人生如飞絮飘蓬，叹时光易逝，觉昨日皆非，世事总沉浮。而其中的“空花幻影”“无端别业”都是佛禅中的常见话语，形容此世的虚妄与不真实，增加了诗中沉叹的深意。

吴藻也将佛道用语引入词中，形成了新的表达方式。如“浮沤幻泡都参透，万缘空、坚持半偈，悬崖撒手”[③]，以及“静夜向、金仙忏悔。却怪火中莲不死，上乘禅、悟到虚空碎。戒生定，定生慧”[④]等。这些词直以佛教典故入词，与前述禅言诗类似，多涉及道教经义，然而直白、生涩，于词境上亦稍浅。

第三，诗言禅观。女诗人徐灿被流放到尚阳堡之后，生存困顿、境地

---

① 此诗是杜甫往牛头山拜访鹤林禅师后，下山回望的记述。鹤林玄素禅师（公元 668 年—752 年），俗姓马，润州延陵人（今江苏省丹阳市），又被称为马素、马祖，谥大津禅师，唐代禅宗大师，为牛头宗代表人物之一。

② （清）顾贞立：《栖香阁词》卷下//徐乃昌辑：《小檀栾室汇刻闺秀词》第三集，清光绪二十四年（1897）南陵徐氏刻本，第 7b—8a 页。

③ （清）吴藻：《金缕曲 · 送秋舲入都谒选》//（清）徐乃昌辑：《小檀栾室汇刻闺秀词》之《香南雪北集》一卷，清光绪二十二年（1896）南陵徐氏刻本，第 30a—30b 页。

④ （清）吴藻：《金缕曲 · 滋伯以五言古诗见赠倚声奉酬》//（清）徐乃昌辑：《小檀栾室汇刻闺秀词》之《香南雪北集》一卷，清光绪二十二年（1896）南陵徐氏刻本，第 30b—31a 页。

迴绝之时，和丈夫陈之遴一起参读佛经。其《和素庵写金刚经作》云："朝朝探般若，尘念醒心头。渐解经中义，浑忘塞上秋"。[①]，《金刚经》中有句云："一切有为法，如梦幻泡影，如露亦如电，应作如是观。"徐灿与陈之遴也是通过参习佛经，来纾解精神与现实的双重困顿。

海宁陈闲轩的《与圆明女冠谈禅》云："不落机锋岂钝根，茶瓜留客话桑门。蓬壶色相依然在，龙鬣经函且共论。几杵霜钟消白昼，半龛灯火定黄昏。繁华堪破真生受，我亦生平拜佛恩。"[②]虽大多都是写实，而且多用佛言佛语，但是"几杵霜钟消白昼，半龛灯火定黄昏"仍传达了女诗人看破繁华的清醒与独照之明。

季娴的《晚禅》，写出了参禅悟道的境界："黄梅细雨落花天，燕子呢喃绣幕前。禅定不知朝与暮，石床明月草芊芊。"[③]虽明言禅定，但又比单纯的佛禅语言的引用或转述更进一层。黄梅细雨、燕子呢喃本是暮春晚景，恼人心绪，但禅悟之后，则是"石床明月草芊芊"，万物自在兴现、生动活泼。全诗明白如话，但比一般的禅言诗更有意境。

可以说，诗人以禅言禅语入诗，以诗来体现佛教思想，以禅语来表达诗情，较大地扩充了诗的内容，丰富了诗的语言、表达方式与表现形式。当然，如一味引用故事，亦非佳篇。

（二）禅悟与创作的比拟：禅理论诗

用禅悟来比拟学诗特别是诗歌创作的过程，在诗学史上颇有赓续。

---

① （清）徐灿：《拙政园诗集》卷上，民国十一年（1922）上海博古斋刻《拜经楼丛书》本，第 12 页。

② （清）完颜恽珠辑：《国朝闺秀正始集》卷二，清道光十六年（1836）红香馆刻本，第 3b—4a 页。

③ （清）季娴：《雨泉龛合刻》，清顺治刻本，第 14a 页。

宋初便开始有诗人用禅家话语来表达其诗歌创作的观念，如“悟”“参”等。李之仪《兼江祥瑛上人能书自以为未工又能诗而求予诗甚勤予以为非所当病也为赋一首勉之使进于道云》写诗云：“得句如得仙，悟笔如悟禅。”[①]吴可的《学诗》组诗中，其一为：“学诗浑若学参禅，竹榻蒲团不计年。直待自家都了得，等闲拈出便超然。”严羽在《沧浪诗话》中，阐发得较为明确和充分。比如，他倡导“不涉理路，不落言筌”，认为诗之妙处透彻玲珑不可凑泊，如“空中之音、相中之色、水中之月、镜中之像”。这种诗道妙悟的理论遂成为关于诗歌的新观念，这种观念是“对巨大的理学时代潮流的反动，作为一股逆流，或者更准确地说，作为一种掩盖在理学倾向下的强有力的潜流，而带上了神秘主义的色彩”。[②]

清代才媛其创作的论诗诗中，也渗透出以禅论诗的倾向。如方芳佩在《吴好山先生贻论诗五则赋谢》[③]其二云：

> 少年诗格苦支离，几度推敲得句迟。举示无声弦指妙，安排或已胜当时。

少时作诗苦苦吟哦推敲，文思不畅，而无声静默、拈花弹指之时，偶然兴会之际，自已有良词佳句，此种“妙悟”实可遇不可求。

山阴王倩在《论诗四首》中，也强调作诗中的“灵机妙悟”性质。其一[④]云：

> 春山如笑，秋山疑颦。宇宙皆诗，本乎天真。灵机妙悟，无陈非

---

① （宋）李之仪：《姑溪居士全集》第五册，上海：商务印书馆，1935 年版，第 6 页。

② 陈世骧：《中国诗学与禅学》//陈世骧：《中国文学的抒情传统——陈世骧古典文学论集》，北京：生活读书新知三联书店，2015 年版，第 249 页。

③ （清）方芳佩：《吴好山先生贻论诗五则赋谢》//肖亚男编：《清代闺秀集丛刊》第十册，北京：国家图书馆出版社，2014 年版，第 367 页。

④ （清）王倩：《寄梅馆诗钞》//（清）蔡殿齐辑：《国朝闺阁诗钞》，清道光二十四年（1844）刻本，第 7.42a 页。

新。不物于物，斯能感人。

倪瑞璿，字玉英，有《论诗四首》[①]，以参禅来解证作诗。其一云：

言言创获始生香，屈宋曹刘莫借粮。不袭前人词半字，天将为我换肝肠。

其四云：

自古诗禅总一灯，参过曹溪上乘登。心思正在无思处，思是工夫后一层。

她既反对剽窃古人、因袭成句，又指出诗的构思与参禅的过程与工夫有所相似，灵机当在思虑之外。

"诗冠本朝"的席佩兰，也曾作《论诗绝句》[②]，阐述自己的作诗心得。这其中也不乏用"顿悟""直寻"等来比附佳篇的创作过程。如《论诗绝句》之二云：

沉思冥索苦吟哦，忽听儿童踏臂歌。字字入人心坎里，原来好景眼前多。

作者指出，在经历一番苦思冥想之后，对照眼前实境就能自然拈出诗句。费尽心力，而佳句出自偶然，这也体现了"顿渐"之转换。

（三）佛界与诗境的回响：禅境融诗

所谓融，就是把禅中的"明心见性"等观念有机融入诗的情境之中，表现出物我一体的境界。虽不涉禅言佛语，但却体现出以心性收摄一切万物的境界。《坛经》云："性含万法是大，万法尽是自性见。一切人及非

① （清）倪瑞璿：《箧存诗稿》卷三，清道光十一年（1831）宿迁曹嘉刻本，第 3. 22a—3. 22b 页。

② （清）席佩兰：《论诗绝句》//肖亚男编：《清代闺秀集丛刊》第十八册，北京：国家图书馆出版社，2014 年版，第 241—242 页。

人，恶之于善，恶法善法，尽皆不舍，不可染著，由如虚空，名之为大，此是摩诃。”[①]因此清净乃是绝对，也是万物的本性。

蔡琬的《九峰寺有感家大人》[②]，写出了对其父经历大起大落后落发空门的感慨：“萝壁松门一径深，题名犹记旧铺金。苔生尘鼎无香火，经蚀僧厨有蠹蟫。赤手屠鲸千载事，白头归佛一生心。征南部曲今谁是，剩有枯禅守故林。”此诗既有悲歌感慨，又有空悠之境。

张芬的《丁未晚春味禅杂咏》[③]其三云：

> 浮生似茧脱无期，一刻青春万缕丝。二十余年愁里掷，人间留得感怀诗。

参禅之心澄彻了世间之事，而味禅之诗又留下证悟之心中，禅诗一味。

阮恩滦[④]，著有《慈晖阁诗钞》，诗多清秀，亦有感伤情绪，又时以佛理入诗，抑或从琴理中悟出禅机。如其五绝《和宋白玉蟾弹琴诗韵三首偶作》[⑤]之二云：

> 黯黯秋云里，森森修竹间。化机人不识，飞雁落空山。

才媛诗人的这些诗歌，庶几近禅味。“飞燕落空山”对看杜甫的《江亭》“水流心不竞，云在意俱迟”，隐隐有同心相印之音。

---

① 赖永海主编，尚荣译注：《坛经》，北京：中华书局，2010年版，第40页。

② （清）蔡琬：《九峰寺有感家大人》//清蔡殿奇辑：《国朝闺阁诗钞》卷五，清道光二十四年（1844）刻本，第1b—2a页。

③ （清）张芬：《两面楼诗稿》//（清）任兆麟辑，张滋兰选：《吴中女士诗钞》，清乾隆五十四年（1789）刻本，第8a页。

④ 阮恩滦，字媚川，仪征人。阮元孙女，阮常生女，生员沈麟元妻。幼从母亲刘氏受教。能画。尤擅琴，阮元呼为“琴女”。婚后三年即遭战乱，患咯血之疾，又思念母亲，遂惊惧而卒于杭州。

⑤ （清）阮恩滦：《慈晖馆诗词草》，清光绪元年（1875）据咸丰四年（1854）武林沈氏刻本补刻，第1a页。

（四）度脱与执着的共存：禅心息诗

由于修持佛禅的目的是超脱世俗、明心见性而获得佛性，因此必定意味着要度化执念，放弃各种前业。王维《叹白发》云“一生几许伤心事，不向空门何处销”，对人生不得志的际遇，只好向空门寻求寄托。这些通过空门禅悟而产生的对俗世加以摒弃的观念，乃至浇灭出仕进取的心灵火焰，被历史传承下来，在才媛诗词中也有所反映。关锳在《梦影楼词》自序中云：

> 余学道十年，绮语之戒誓不堕入。于归后为霭卿擘率，卒蹈故辙。然闺房唱酬，得亦旋弃。自交沈湘佩湘涛诸君，椾筒往来，人始有知余词者。迩来篇章较多，霭卿为存数十首梓行之，尘世间于是知有《梦影楼词》矣。噫！一念之妄，堕身文海，《梦影楼词》岂久住五浊恶世间者。譬如鸣蜩嘒嘒，槐柳秋霜，既零遗蜕，岂惜白云溶溶，余其去缑山笙鹤间乎？文字，赘疣耳。霭卿盍亦弃此而从我游也？[①]

关锳与丈夫蒋坦诗词倡和，琴瑟相谐，但学道之后则自言自悔，认为绮语是修行之戒，文字乃赘疣之物。浊世不堪留念，文海犹当弃之，不如效白云笙鹤，自在遨游。这种遁入空门即将过往文字一概焚却的态度，以及通过消除“文字孽障”来寻求解脱的做法，在女诗人中比较常见。黄克巽诗云：“选佛场中旧学人，今朝公案又重新。直需烧却闲文字，撒手悬案始见真。”[②]武懿负绝世才华，而“早赋离鸾，饮冰茹蘗”，“晚年忏除

---

① （清）关锳：《梦影楼词序》//（清）徐乃昌辑：《小檀栾室汇刻闺秀词》之《梦影楼词》，清光绪二十二年（1896）南陵徐氏刻本，第序 1a 页。

② （清）汪启淑选辑：《撷芳集》卷二十五，清乾隆五十年（1785）古歙汪氏飞鸿堂刻本，第 16a 页，现藏于北京大学图书馆。

绮语，皈依佛教，不复吟咏”[①]。吴藻晚年归佛后，也自称“从今以往，扫除文字，潜心奉道。香山南、雪山北，皈依净土”[②]。最为极端的是包韫珍，发出“生生世世永不识字之愿”[③]。

奉佛则需消除宿业，而诗人的目的总在寻找文字和意象及其组合，表达心中的情感、理念等主观情志，甚至为了觅得佳句而苦苦吟哦，这就造成了一种矛盾。禅宗对此的解决办法是，不立文字而又不离文字。这种独立而超然态度亦见于才媛中。如诗人兼女主持元端玉符，原是江苏嘉定人，12 岁即入佛门，后成为临济宗禅师山晓本晰传人，曾任杭州明因庵和伏狮庵女主持。她在《书斋偶咏》描述庵堂生活云：

> 塌寄闲窗下，相携话昔游。烹茶成雅集，开卷足清幽。宿雨花生润，微风鸟自讴。留将残照影，静拂素丝幽。[④]

“宿雨花生润，微风鸟自讴”，一派自在景象。元端玉符虽事禅修，但不废吟咏。僧人震华编撰的《续比丘尼传》中，为之写了小传，评其“禅诗多佳作”。由是观之，则禅与诗亦可并行不悖、相得益彰。

三、道家、道教与清代才媛的诗思诗味

“道”所用极广，但以思想与信仰言之，一为哲学意义上的道家，一为宗教意义上的道教。道家以老庄哲学为代表，尚虚无、贵妙悟，而道教重

① （清）沈善宝：《名媛诗话》卷十一//王英志编：《清代闺秀诗话丛刊》，南京：凤凰出版社，2010 年版，第 534 页。

② （清）吴藻：《香南雪北集自记》//（清）徐乃昌辑：《小檀栾室汇刻闺秀词》之《香南雪北集》一卷，清光绪二十二年（1896）南陵徐氏刻本，第序 1a 页。

③ 施淑仪：《清代闺阁诗人征略》卷八，上海：上海书店出版社，1985 年版，第 455 页。

④ 参见：震华编：《续比丘尼传》，卷五，第 89 页。另见徐世昌编：《晚晴簃诗汇》，北京：北京出版社，1996 年版，第 3360 页。

此身、尚升仙,深刻塑造了后世思想和信仰。道在文艺领域的影响也极为深远。道家作为同儒家、法家、阴阳家等并称的古老思想流派,因对道的阐释和尊崇获得认识上的地位,也因为高洁清妙、意旨宏远的境界追求而塑造了独具特色的美学趣味。道教是我国的本土宗教,宣扬通过清修而从此世拔升,通过摆脱躯体束缚而羽化成仙,既为化解世俗生活带来的负面影响而提供灵魂暂时解脱之一途,也为诗文创作提供了丰富的题材和灿烂的想象。道家、道教的思想、观念,也为才媛拓展精神空间、廓大思维格局、形成诗歌特色提供了启示。

(一)逍遥适心:对困窘蹇塞的超脱

从诗歌的意蕴看,主要有以下情形。

1. 潜心参经礼忏

汪端早期品性超逸,不喜释道诸家,"几欲如俗儒之谤且辟者",但中年之后,"夫死子疾,茹荼饮蘖,稍稍为之",后拜陈羲为师,属龙门派第十三代弟子,法名来涵。① 她奉道甚勤、日课礼诵,除刘宇亮的《神仙通鉴》,吕洞宾的《金华宗旨》《三尼医世》《说述管窥功诀》,张三丰的《元潭集》,尹真人的《皇极开辟仙经》等道教典籍外,还参究《女修正宗》《女宗双修宝筏》等女子修道书籍,以期获得正果。

吴藻"工诗,善音律,嗜倚声",其"父夫并业贾,既非源于家学,又无琢磨之功,其词如此,亦天赋之才"②。其早年诗词颇有豪俊之气,对婚姻不偶有"天壤王郎"之叹,她在《金缕曲·生本青莲界》中发出过打破乾坤隘的强音。但世事无常,随着梦想幻灭,山河烽烟四起,加之丈夫去

① 胡晓明、彭国忠主编:《江南女性别集》二编,合肥:黄山书社,2010年版,第306页。

② (清)陈廷焯著,屈兴国校注:《白雨斋词话足本校注》,济南:齐鲁书社,1983年版,第556页。

世，经济陷入困顿，她的意志逐渐消沉，而期盼逃逸出世。陈文述在其《花帘词》序中云“聪明才也，悲欢境也，仙家眷属，智果先栽；佛海因缘，尘根许忏。与寄埋愁之地，何如证离恨之天；与开薄命之花，何如种长生之药。诵四句金刚之偈，悟三生玉女之禅；餐两峰丹灶之云，饮三涧玉炉之雪。则花影尘空，空波水逝，何妨与三藏珠林，七鉴云笈同观耶”①，劝其参禅修道。其后她尽废吟事，潜心奉道，也加入了道教龙门派。

汪、吴二人曾相约到虚白楼礼忏，汪端作《蘋香姊移居南湖，宋张功甫玉照堂遗址也，修竹古梅，清旷殊绝。近乃潜心玄学，礼诵精勤，余旋里过，论道甚契，值吕祖诞辰，相与礼忏于虚白楼，赋诗纪事》两首纪其事。其一云：

> 玉照堂前玉女家，读骚饮酒旧生涯。导师高隐林和靖，真侣飞仙曹绿华。黄鹤招来天外月，紫莺啸破东海霞。与君间苑曾相识，共约春山扫落花。②

二人在清修中涤除俗念，在贫窘中处之泰然，无喜亦无惧。

2. 礼颂道教经义

才媛在诗词之中融入了道教经义、典故和术语，并在同道之间唱和。汪端奉道之后，在阅读道教典籍过程中，也多次赋诗填词。其师陈羲到访陈家，与汪端等人谈玄论道时，她作《山阴陈兰云夫人羲见访碧城仙馆，元谈永日，披豁尘衷，赋呈二诗》③云：

> 星辰缀被韡云翘，绛节何年下紫宵。仙子玉颜鱼道远（秦时女

① （清）冒俊辑：《林下雅音集》，清光绪十年（1884）刻本，第序 3a 页。

② （清）汪端：《自然好学斋诗钞》//（清）冒俊辑：《林下雅音集》，清光绪十年（1884）刻本，卷十，第 7 页。

③ （清）汪端：《自然好学斋诗钞》//（清）冒俊编：《林下雅音集》，清光绪十年（1884）刻本，卷八，第 21 页。

> 仙),女官翠篆戚逍遥(东汉戚逍遥为须弥翠篆女官,见《神仙通鉴》)。瑶潭流水鸾停驭(夫人营瑶潭精舍于盘溪,奉吕祖及诸大弟子像,水木清华,迥殊凡境),金盖名山鹤驾桥(受宝篆于金盖山)。仿佛华阳双姊妹,松风庭院妙香飘(夫人女弟爽卿亦志道精诚,故以钱妙真姊妹拟之)。
>
> 翠水琼楼我未登,愍孙痴弱病愁增。明来性月三关透,开到心华万景澄。苦海波平仙渡筏,慧珠光吐佛传灯。谈元玉尘谁为侣,神契吾家管道升(谓静初夫人)。

诗中充满了对道教宫阙、人物、故实等的描绘和对仙风胜境的瑰丽想象,也表达出作者的倾慕之意。

3. 坦然面对困顿

经历了理想与现实的碰撞,经历了欢愉与苦厄的交替,崇道带来的消极避世反而使才媛的诗词变得沉静,有的甚至是空寂。吴藻的《浪淘沙·冬日法华寺归途有感》①,就表现出深沉的悲慨。

> 一路看山归,路转山回。薄阴阁雨黯斜晖。白了芦花三两处,猎猎风吹。　　千古冢累累,何限残碑。几人埋骨几人悲。雪点红炉炉又冷,历劫成灰。

时值暮年,豪情已然褪去,梦境归于泡影。吴藻的这一词作,充满了对于生命易逝的幻灭之感。

但受道家思想的影响,吴藻的诗歌特别是晚年的诗,则另有风格。流传下来的吴诗基本不写愁情,反而通达开阔,比其词少了许多沉重之感。大抵诗人看透了世间沉浮,又从奉道中逐渐高蹈出尘,在禅悦中收

---

① (清)吴藻:《浪淘沙》//(清)冒俊辑:《林下雅音集》五种之《香南雪北词》,清光绪十年(1884)刻本,第21b页。

获了定力与淡泊，诗词反而又重归坦然，无忧无惧。特别是吴藻晚年因丈夫去世、家境衰落而生活困顿，但从诗歌来来看，她坦然以对，不为贫困而忧。如其《除夕贫甚戏成》[①]：

风雪残年尽，神仙小劫过。无灵笑如愿，有客自高歌。瓷斗花舒玉，金尊酒泛波。阮囊钱罄矣，奈此岁除何？

“瓷斗花舒玉，金尊酒泛波”是对过去生活的描述，暗有悔意；“笑”“高歌”则泰然自若，明写当下的生活态度与精神状态，通达疏阔。诗人在“神仙小劫过”后自注“岁暮穷愁，余目为神仙小劫”，诗中“阮囊”还用了西晋阮孚[②]的典故。穷愁无计逃避，而态度达观坦然，戏谑调侃，跃然纸上。

4. 梦想归去仙境

熊琏的《游仙词和朱砚农先生》四首[③]云：

鹤帔飘扬两袖风，步虚来往碧云中。蓬壶别有闲天地，懒问蟠桃几度红。

炼药空山欲济时，也应难疗世情痴。苍崖翠壁无人处，自把药篮摘紫芝。

转眼兴亡事已赊，忘机独自醉流霞。吴宫汉苑寻陈迹，只有春风岁岁花。

一个葫芦一卷经，踏歌归去乱山青。玉箫吹彻沧江月，多少浮

---

① （清）吴藻：《除夕贫甚戏成》//（清）冒俊辑：《林下雅音集》五种之《香南雪北词》，清光绪十年（1884）刻本，第 10b 页。

② 阮孚，字遥集，阮咸之子。西晋陈留尉氏（今属河南）人，饮酒史上“兖州八伯”之一，阮孚为“诞伯”。宋代阴时夫《韵正群玉 · 阳韵 · 一钱囊》：“阮孚持一皂囊，游会稽。客问：‘囊中何物？’曰：‘但有一钱看囊，恐其羞涩。’”

③ （清）熊琏：《澹仙诗钞》卷一//肖亚男编：《清代闺秀集丛刊》第十七册，2014 年版，第 453—454 页。

生梦未醒。

在这组诗中，一些道教中的代表性物象如仙鹤、蟠桃，经典地名如海外三仙山，修炼行为如采药、炼丹等，也进入到诗歌之中。熊琏把游仙的举止与对时代兴亡的变迁艺术性地编织在诗句之中，超越了普通游仙诗自我述怀的单一性，具有了复调的回响。

对出现在道教文章中的幽域仙邦，才媛也充满无限向往。许诵珠《如梦令·口占》[①]，表达了苦海回头别有蓬莱仙境的感悟：

世事如棋如影，阅尽繁华心冷。苦海猛回头，别有蓬莱仙境。清静，清静，帘外一声山磬。

（二）幽独清供：对林下之风的塑造

考察道的思想对诗文创作之影响，引用截取是一种表达方式，但中国古典诗歌中更多还是以非引用、非直陈的方式，通过自然山水来酝酿出一种独特的境界，传达清幽渺远的意味。如王维虽本身受禅道的影响，但其《酬张少府》写山水之幽，《山居秋暝》写隐逸之兴，《渭川田家》写田园景致，《汉江临泛》写荆江风景，其所塑之景、所造之境，往往是他多种心灵感受的观照，是那种空寂清净的心性在外物上的投射。这种闲适、寂静、空灵、自如的心境，使得诗歌往往具有独特的境界。借物来抒发胸中丘壑，用景来印证自性自为，这是道与文学的沟通之处，虚静之心与对风吟赏、只与天游的仙风道骨相映成趣。

绵亘在文学传统中的萧淡闲适之观念，在才媛中则以“清心玉映，林下之风”为回响。清代才媛杨凤姝的《南轩赏菊》云：“小轩暮色幽，棐几

---

① （清）许诵珠：《雯窗瘦影词》//徐乃昌辑：《小檀栾室汇刻闺秀词》第八集，清光绪二十二年（1896）南陵徐氏刻本，第5页。

列明烛。茶烹紫牙开，酒酿黄花熟。黄花时正放，数朵香满屋。酒味宛如花，茶淡甚于菊。赏玩忘宵分，花影卧苔绿。”法式善认为此诗“思致清婉，有林下风。”[①]品酒、烹茶、赏花，情调雅致，意境清幽。玩味诗句，虽淡而实腴。

陆蓉佩的《水调歌头·寒夜不寐起坐对月口占》[②]云：

> 人生如寄耳，感慨亦徒然。起来且对明月，能有几回圆。莫忆江南旧梦，且抱眼前真乐，无事即神仙。流水识人意，向我自涓涓。兴亡事，今古恨，付云烟。三间五架茅屋，别有小壶天。要种桑麻千树，变作桃源深杳，不与世人传。多少尘寰事，一笑向婵娟。

人生如白驹过隙，俗务缠绕，何时得休？与其眷念旧时梦，不若静对涓涓流水，架起三间茅屋，围种桑麻，把浮世俗事一齐抛尽。坐看冷月，尘寰远去，此地就是世外桃源，足以在流水明月中逍遥自适。

在经历世变、洞察世事后，一些才媛摒弃俗世追求，珍惜当下。如顾贞立的《沁园春》[③]：

> 掠鬓梳鬟，弓鞋窄袖，不惯从来。但经营理料，茶铛茗盏，亲供洒扫，职分当该。还谢天公深有意，便生就、粗疏丘壑才。将衰矣，斜阳日影，短景频催。　　闲身不妨多病，且凭他位置、废苑荒台。伴香浓琴静，百城南面，青编满架，湘轴成堆。一缕茶烟和字煮，只数点、秋花手自栽。都休也，蝇头蜗角，于我何哉！

有了香浓琴静、青编满架的生活，作者便觉得满足，回想则觉得过去

---

① 杨凤姝诗及法式善评见：《梧门诗话》卷十五条十三//王英志编：《清代闺秀诗话丛刊》，南京：凤凰出版社，2010年版，第2387页。

② （清）陆蓉佩：《光霁楼词》//徐乃昌辑：《小檀栾室汇刻闺秀词》第五集，清光绪二十二年（1896）南陵徐氏刻本，第3a页。

③ （清）顾贞立：《栖香阁词》卷上//徐乃昌辑：《小檀架室汇刻闺秀词》第三集，清光绪二十二年（1896）南陵徐氏刊本，第8页。

的许多事都是“蝇头蜗角”，与己无关，只愿远离。

徐灿的《水龙吟·次素庵韵感旧》[①]则借花事劝喻丈夫陈之遴（素庵）放下宦途，双双归隐，把酒言诗，剪烛看花。

> 合欢花下留连，当时曾向君家道，悲欢转眼、花还如梦，哪能常好。真个而今，台空花尽、乱烟荒草。算一番风月、一番花柳，各自斗、春风巧。　　休叹花神去杳，有题花、锦笺香稿。红阴舒卷，绿阴浓淡，对人犹笑。把酒微吟，譬如旧侣，梦中重到。请从而今，秉烛看花，且莫待、花枝老。

花开令人流连，但是人生犹如花期一般，岂能常好？与其“各自斗、春风巧”，感慨花神不再眷顾，还不如从今“秉烛看花”，莫待花枝空老。这是劝慰丈夫莫汲汲于富贵功名，而是要回到“把酒微吟”的疏逸往昔，更堪记取。

左锡璇《西江月·感怀寄外子》[②]也有浮名误人、宦海波涛“同调”：

> 皎月每教云掩，好花都为香消。何须学共斗山高，反被浮名误了。天气阴晴不定，世情翻覆堪嘲。茫茫宦海足波涛，毕竟知音人少。

（三）懿性贵真：对直抒性灵的引导

修行摆脱对了对外物的执着，超越了得失悲喜，引导才媛返归生命

① （清）徐灿：《拙政园诗馀》卷下，民国十一年（1922）上海博古斋刻《拜经楼丛书》本，第10页。

② （清）左锡璇：《西江月·感怀寄外子》//（清）徐乃昌辑：《小檀栾室汇刻闺秀词》之《碧梧红蕉馆词》一卷，清光绪二十二年（1896）南陵徐氏刻本，第12a页。

的本真，收获自由的欣喜。张藻在《戏作论诗六首》[①]中，也详细阐述了自己的诗学观点。如《戏作论诗六首》之二云：

绮罗金粉数南朝，不落言筌理最超。谁遣凌云多意思，黄娥歌与白云谣。

张藻认为南朝的诗歌错彩镂金、雕馈满眼，绮丽罗织，但最高明的还是"不落言筌"。

吴凤仪《无婢》[②]写出了任性灵自由舒展的自适意味：

门巷凄清绝俗哗，蠹鱼窠里寄生涯。不堪三径将芜后，常自抛书扫落花。

熊琏的《渔夫词》[③]写出了隐逸者的潇淡与适意：

垂钓本无心，得鱼亦不喜。随意换村醪，归来月满水。独酌听秋声，小艇芦花里。

方云卿的《茅屋》[④]亦有一种开悟者的自在闲逸：

高人幽致似山家，松火新烹雨后茶。门在小桥流水外，庭前一树石楠花。

顾太清与其丈夫奕绘同受道家全真派影响，太清（奕绘号曰太素）均属道家名。尤其是顾太清，既享受过繁华富贵，也历经贫困潦倒、家族倾颓，看透生死虚荣，对丘处机所谓"生死朝暮事一般，幻泡出没水长闲"有深刻理解。因此，奕绘有"渺焉生死寻常事，物我乾坤万古春"[⑤]"眼前富

---

① （清）张藻：《戏作论诗六首》//《培远堂诗集》卷二，清乾隆刻本，第13b—14a页。

② （清）完颜恽珠辑：《国朝闺秀正始集》卷六，清道光十一年（1831）红香馆刻本，第16b页。

③ （清）完颜恽珠辑：《国朝闺秀正始集》卷十三，清道光十一年（1831）红香馆刻本，第6a页。

④ 光铁夫编：《安徽名媛诗词征略》，合肥：黄山书社，1986年版，第64页。

⑤ （清）顾太清、奕绘著，张璋编校：《顾太清奕绘诗词合集》，上海：上海古籍出版社，1998年版，第682页。

贵虚浮影、腹里诗书浩荡春”[1]等诗句，而顾太清的《冉冉云·雨中张坤鹤过访》[2]，也透露着无为而养生、心阔而忘世的高逸：

> 秋雨潇潇意难畅，忽敲门，道人来访。玄都客、谈论海天方丈。全不管、世间得丧。　惟有真知最高尚。一任他、你争我让。把身心、且自忘忧颐养。阅尽古今花样。

（四）纯粹直朴：对清词秀句的循诱

修道尚真，故而在句法上不求雕琢，不事营求。席佩兰《论诗绝句》之三云：“风吹铁马响轻圆，听去宫商协自然。有意敲来浑不似，始知人籁不如天。”[3]诗句的内容、节奏都应清新、自然，如“风吹铁马”自然生响，既不违和，亦无乖离；如有意为之、着急推敲，反而失却天籁，堕为凡音。江峰青《纪梦》[4]虽是写记梦游仙，但是诗句却明白直快，清新可诵。如：

> 添香永昼小游仙，路入蓬壶别有天。洞口云深无犬吠，山头鹤懒伴松眠。棋闲静对馀花落，果熟新偷异味鲜。留得清香鸾啸在，一回吟赏一迴然。

其中的“棋闲静对余花落，果熟新偷异味鲜”一句，化用前人诗意已近无痕，对仗工整，用词直接，而意趣清新。

---

① （清）顾太清、奕绘著，张璋编校：《顾太清奕绘诗词合集》，上海：上海古籍出版社，1998年版，第616页。

② （清）顾太清、奕绘著，张璋编校：《顾太清奕绘诗词合集》，上海：上海古籍出版社，1998年版，第212页。

③ （清）席佩兰：《论诗绝句》//肖亚男编：《清代闺秀集丛刊》第十八册，北京：国家图书馆出版社，2014年版，第241—242页。

④ （清）完颜恽珠辑：《国朝闺秀正始集》，清道光十一年（1831）红香馆刻本，卷十三，第11a页。

汪璀[①]的《从苕返德清》[②]云：

> 秋思入寒砧，帆飞度远林。溪分前路合，桑密晚烟深。白发慈帏梦，青年昧旦心。孤城遥在望，鸟外见云岑。

首联写秋日自外归家，颔联写归途景致，用字精密，而又自然若直寻，颈联写心中牵恋，尾联则将景与情都化归于悠远之境。

俞守贞[③]的《山居过雨》[④]云：

> 空山雨欲来，凉风先入户。远树迷空烟，遥山似沉雾。天低水气寒，日阴云影护。山泉忽乱流，林杪飞瀑布。蟋蟀止复鸣，流萤湿不度。

全诗写山居中风起雨骤之景象，自风迷远树，山雾氤氲，至雨过泉流，飞瀑横空，无一不写实，无一不白描，而全句皆工。法式善评云"王、孟绝调也"[⑤]，可谓中允。王子一《独坐》云："闲看高鸟归，静爱幽花吐。傍夕觉微寒，入夜响疏雨。"子庄《春晚》云："修篁抱幽谷，雨过流空清。坐惜春光去，落花知此心。"法式善评云："此种五绝，是津逮于王、孟者。"[⑥]亦是的评。

四、小结

朱光潜先生在论及中国诗人"在爱情中只见到爱情，在自然中只见

---

① （清）汪璀，字催弟，浙江乌程人。诸生徐以坤室。有《修竹吾庐诗草》。

② （清）汪璀：《从苕返德清》//胡晓明主编：《历代女性诗词鉴赏辞典》，上海：上海辞书出版社，2016年版，第722页。

③ 俞守贞，字淑贞，号兰谷，又号冰壶女史，嘉定人，严时简室，著有《漪园草》。

④ 王英志编：《清代闺秀诗话丛刊》，南京：凤凰出版社，2010年版，第2385—2386页。

⑤ 王英志编：《清代闺秀诗话丛刊》，南京：凤凰出版社，2010年版，第2385页。

⑥ 王英志编：《清代闺秀诗话丛刊》，南京：凤凰出版社，2010年版，第2424页。

到自然，而不能有深一层的彻悟”，指出“这不能不归咎于哲学思想的平易和宗教情操的淡薄了”。[①] 中国诗歌的艺术表现和审美批评本身，就似乎不太赞赏通过诗这种体裁（无论是古体诗还是近体诗）来直接呈现或深刻展现哲学思辨或宗教认知的可能性，尽管唐代有许多诗人做过尝试而且取得了很好的效果，但根本的是回避对宗教话语的直接征引，禅宗更是把这种关联彻底打消。对于中国的诗人而言，展现哲学思想的精深论证与宗教情操的深入骨髓，如果通过诗歌，就需要与诗歌的体式特征与艺术范式充分协调才能实现。

佛道思想对清代才媛生活和诗歌创作的影响是深远的，同时又是多面而复杂的。一方面，佛禅本身蕴含对现实功业的消解和否定作用，道家道教对于现实生活和俗物有跳脱和超越的要求，这些观念与要求往往对才媛的创作激情有所折损，使她们中的少数人走上拒斥乃是否定文字书写的道路。另一方面，在生活层面上，崇佛奉道使那些内心悲苦、失去了生活信念的女诗人获得了精神支柱，增添了继续生存下去的勇气，出现了信仰、性格、处事态度和精神境界的变化；在诗歌层面上，佛、道的思想和语汇不仅拓展了才媛的诗歌表达，丰富了诗才诗思；其中的禅定、静思等活动又拓展了诗人的心胸，丰富了诗境诗味。前者为安，谓之心安；后者为游，谓之神游。安而能定，游而能化，超越技巧，去除遮蔽，归复真性，扩大了心灵的气象和格局，创造才媛诗新的美学价值。

---

① 朱光潜：《诗论》，北京：北京出版社，2009 年版。

第五章 情之为文：深而不悔、清而不杂

所谓情者，“喜、怒、哀、惧、爱、恶、欲七者，不学而能。”[①]中国诗歌发展史或者说古典文学史上，隐伏着一个悠久的抒情传统。从《楚辞·九章·惜诵》中的“惜诵以致愍兮，发愤以抒情”，到陆机在《叹逝赋》中的“乐心如其忘，哀缘情而来宅”，都强调了情在诗赋创作中的重要性。鲁迅先生在《文化偏至论》中指出，“骛外者渐转而趣内，渊思冥想之风作，自省抒情之意苏，去现实物质与自然之樊，以就其本有心灵之域”[②]，强调了“自省抒情”的趋势。情之于文的重要性，在《古文观止》评韩愈《祭十二郎文》中得以说明：“情之至者，自然流为至文。”中国古典诗歌很早就生发出的抒情传统，千百年延续下来，虽亦有杰出才媛参与其中，但毕竟只是少数。只是到了明末及入清之后，随着对复古主义的反思，文士对才媛表达真性情的诗文才有了空前的重视。

而士人与才媛之钟情，各有不同。钱锺书在《管锥篇》中谈道：“夫情之所钟，古之‘士’则登山临水，恣其汗漫，争利求名，得以排遣；乱思遗爱，事尚非艰。古之‘女’闺房窈窕，不能游目骋怀。薪米丛脞，未足忘情摄志。心乎爱矣，独居深念，思蹇产而勿释，魂屏营若有亡，理丝愈纷，解带反结，‘耽不可说’，殆亦此之谓欤？”[③]士志于道，故诗以言志；而女子

① (汉)郑玄注，(唐)孔颖达疏，李学勤主编：《十三经注疏·礼记正义》，北京：北京大学出版社，1999 年版，第 689 页。

② 鲁迅：《文化偏至论》，《鲁迅全集》第一卷，北京：人民文学出版社，1961 年版，第 190 页。

③ 钱锺书：《管锥篇》第一册，北京：生活·读书·新知三联书店，2007 年版，第 163 页。

根于性，故诗以达情。才媛多情而善感，无门户派别之见，无西皮二黄之别，执笔而书，反而能不落俗套，直抒胸臆、直抵性灵。在中国古典的抒情传统中，可以说没有任何作家能够比才媛更能洞悉情的本质，体现情之为文的自然与率真。因情而生思，因思而寻辞，因辞而成章，从情思以至辞章，才媛书写最本质的特征是情的书写，才媛诗的本体即是情文学。

一、 情之本体与才媛的诗意表达

历史地看，一般诗词文曲所叙之情，大体是两类：一是个体小我之"情"，即指向纯粹的个体才情性灵；二是时代大我之"情"，即诗歌承载的超越个人层面，交织着人伦观念和社会秩序，充满历史使命或理想抱负的情感。长期以来，才媛诗文的表情达意主要是第一类，许多名作分布其中。但清朝的才媛诗歌不仅涉及的情感范围广，在表情达意上有了许多新的探索。

（一）闺情

闺阁是一个独特的处所。位置和处境的封闭性，反而进一步激发了女子的易感与多情。外部的微弱动静，时节的细小变化，景物的些微波动，都能引起她们内心敏感细腻的情绪。谈迁的《枣林杂俎》记载江南诗人秦昭奴"虽爱有所钟，而分制于嫡系。每当春灯秋月，独宿多愁，常常夜深滴泪，和墨成吟"[①]。闺阁是才媛的"居室"，也是其精神的"心室"。深院小楼，环境清幽，女子在这空间中，看四时云卷，莺回燕去，闲拨琴

① （清）谈迁：《义集彤管》//《枣林杂俎》，北京：中华书局，2006年版，第280页。

弦，诵咏诗书，西窗听雨，细数落花，春愁秋怨，诗思频涌，而多有所作。闺中之情可谓才媛诗歌中题咏最多的题材，为世人打开了一个纤柔、悱恻、婉美的世界。

1. 闺中人：小立台阶数落花

心理的敏感与情感的丰富，是闺中人最普遍的特征，也是她们最独特之处。“清露晨流，新桐初引，多少游春意”[①]，春晨美景总激起她们的游园之意；“感时花溅泪，恨别鸟惊心”，人事的变动又引起她们在心灵和情感上的震动；“欲将郁结心头事，付与黄鹂叫几声”（朱淑真《愁怀》其二），她们也将心事和情感投射到外部的世界上，在与自然的对话中坦露心声。闺中人的形象是多情善感的，是敏感脆弱的，但也是纤柔优美的。在吴琼仙的笔下，闺中女子既惜时叹逝，但又泠然独立，静看物迁。她的七绝《小立》[②]云：

宝鸭香添绿篆斜，子规声里惜年华。雨风草草催春去，小立台阶数落花。

黄媛贞的七言古诗《春闺咏》[③]，写闺中人的愁与思，细致入微。

云飞月落天将明，新莺娇啭前窗声。琴书相向两无赖，无端独自愁盈盈。娥娥红粉帘拢里，闲花满瓶插香水。流苏轻揭晓光寒，强自添衣情已矣。春风吹人人更愁，红日未满栏干头。如何如何梦不在，鹧鸪啼上花间楼。

黄媛贞，字皆德，秀水人，朱茂时室，才媛黄媛介之妹。虽生长于儒士之家，但身逢末世，常年幽处闺中，后远嫁。这首咏春闺的诗，写天将

① （宋）李清照著，黄墨谷辑校：《重辑李清照集》，北京：中华书局，2009 年版，第 22 页。

② （清）吴琼仙：《写韵楼诗集》，清道光 12 年（1932）刻本，卷二页 1 下。

③ （清）黄媛贞：《春闺咏》//胡晓明主编：《历代女性诗词鉴赏辞典》，上海：上海辞书出版社，2016 年版，第 327 页。

明而人不寐，莺声起而琴书疏，晓光寒而罗衾薄，梦未成而鹧鸪啼，正是花香不解闺人愁，盈盈粉泪暗自流，身世之感与季节之悲和在一起，使全诗都笼罩在忧愁氛围之中。

王端淑的《浣溪沙·春闺》[①]又写出了另一种闺中人：

淡绿轻红掩画楼，珠帘尽日下金钩。玉人鸾镜倦梳头。　　春老梦寻芳草路，消魂人在木兰舟。月明何处弄箜篌。

自闺阁外起笔，先勾勒闺房所处的清幽环境，再过渡到闺阁之内帘钩未卷，暗示闺中女子迟卧未起。词的上片时光几近停滞，倦于梳头表达了一种慵懒而无依的心境。下片则由静及动，写闺中人终于迈出阁楼，似乎是试图胜日寻芳，但春至暮节，芳草萋萋，花叶凋萎，时已流逝。身坐兰舟，本是希望消散春愁，但舟不能载愁，人更销魂。只好在月下，把一腔心思付与箜篌。这是玉人幽吐的惜春之情，营造出清淡婉约的美感。

词体最宜表达曲折的心情，配以春愁秋萧，兼以女子吟咏，更加愁肠百结。无锡女诗人顾贞立，原名文婉，字碧汾，自号避秦人，清初词人顾贞观姊。其《浣溪沙》其一[②]云：

风雨妨春苦不宽。开帘怕见嫩红残。锦屏深护早春寒。新懒一身扶不起，愁痕万点镜慵看。空拈斑管写长叹。

早春寒重，风雨时至。帘幕不起，锦屏深护。诗人愁眉深锁，只能向诗篇中排解。顾贞立为东林党领袖顾宪成的曾孙女，幼秉庭训，素有才名。但所嫁非偶，词作多凄凉哀婉。

---

① (清)王端淑：《浣溪沙·春闺》//徐乃昌辑：《闺秀词钞》，清宣统元年(1909)小檀栾室刻本，第23a页，现藏于北京大学图书馆。

② (清)沈善宝：《名媛诗话》卷一//王英志编：《清代闺秀诗话丛刊》，南京：凤凰出版社，2010年版，第363页。

徐灿词中的小令亦有值得玩味者，如《卜算子·春愁》[①]云：

小雨做春愁，愁到眉边住。道是愁心春带来，春又来何处。屈指算花期，转眼花归去。也拟花前学惜春，春去花无据。

此词化用黄庭坚《清平乐·春归何处》的词境，在构思上以词人自观、自问、自吃为主线，在选词上则多用"住""算""惜"等动词以及"道是""也拟"等虚词，把黄词的刚健风流之气转化为闺秀的流连婉转之味。全词44个字，"春""花""愁"等字分别用了5次、4次和3次，使全词音韵连绵回环，错落有致，而怨春、问春、惜春、叹春的意味吐属相叠，涵义深永，婉约蕴藉。其锦心绣口，也让《妇人集》的作者、清初诗人陈维崧深为赞赏。陈维崧评云："缠绵辛苦，兼撮屯田淮海诸胜。"[②]

2. 闺中事：家家楼阁试新妆

闺中生活并非只是寂寥与惆怅。不少女性诗人也关注闺中乐事与平日生活所思所见，抑或女儿生活情态的诗歌，感情真实亲切。如：

妆阁开清晓，晨光上画栏。未曾梳宝髻，不敢问亲安。妥帖加钗凤，低徊插佩兰。隔帘呼侍婢，背后与重看。（高景芳《晨妆》）[③]

该诗写清晨女儿梳妆并与侍婢互动的情态，真实生动，如在目前。而以下讲女子自足于闺中生活，情调可与宋词中的小令同观。

虚堂人静淡于秋，敲罢残棋局未收。槐阴一庭帘不卷，日长闲

---

① （清）徐灿：《拙政园诗馀》卷上，民国十一年（1922）上海博古斋刻《拜经楼丛书》本，第3页。

② （清）陈维崧：《妇人集》//王英志编：《清代闺秀诗话丛刊》，南京：凤凰出版社，2010年版，第13页。

③ （清）高景芳：《红雪轩稿》卷四//肖亚男编：《清代闺秀集丛刊》第六册，北京：国家图书馆出版社，2014年版，第399—340页。

煞小银钩。(陈长生《夏日》)[①]

薛琼的《小重山·晓过山塘》[②],则写出了闺阁子女着花斗彩试新妆的神态,极富生活气息:

晓风吹我过山塘。山藏烟霭里、影微茫。红阑翠幕白堤长。轻舟动、人在画中行。　　满路斗芬芳。携筐争早市、卖花忙。家家楼阁试新妆。拈鲜朵、点缀鬓云香。

3. 闺中态:独倚银屏避晓寒

席佩兰《美人对鉴图》:"细扫双蛾翠一丸,宜深宜浅入时难。深闺妆罢无人问,鸾镜重开只自看。"[③]乌梁海熙春《春晓》:"晓气漾帘波,微风淡荡过。妆成无一事,低语教鹦哥。"[④]无论是美人妆成对镜独照还是春日微风帘波中精心梳妆,如无良人欣赏总是一件伤心之事。诗人将女子闺阁生活写在明,而女儿娇羞期盼的心态却言在外。

金沙女诗人王朗的《浪淘沙·闺情》[⑤]云:

几日病淹煎。昨夜迟眠,强移心绪镜台前。双鬓淡烟低髻滑,也自生怜。不贴翠花钿,懒易衣鲜,碧紬衫子褪红边。为怯游人如蚁拥,故拣阴天。

词名虽为闺情,却着重写久病初愈之态。对镜自顾,发髻滑落,似喻

---

① (清)袁枚:《随园女弟子诗选》//王英志主编:《袁枚全集》第七册,南京:江苏古籍出版社 1993 年版,第 89 页。

② (清)薛琼:《绛雪词》//(清)徐乃昌辑:《小檀栾室汇刻闺秀词》第三集,清光绪二十二年(1896)南陵徐氏刻本,第 1b 页。

③ (清)席佩兰:《长真阁集》卷四//胡晓明、彭国忠主编:《江南女性别集》初编上册,合肥:黄山书社,2008 年版,第 489 页。

④ (清)乌梁海熙春:《友莲堂合璧诗存》//(清)完颜恽珠辑:《国朝闺秀正始集》卷七,道光十一年(1831)红香馆刻本,第 2a 页。

⑤ (清)王朗:《浪淘沙·闺情》//(清)徐乃昌辑:《闺秀词钞》卷十,清宣统元年(1909)小檀栾室刻本,第 7b—8a 页,现藏于北京大学图书馆。

病瘦，不禁自生怜惜。即便新愈后拟外出漫步，也要选阴天避开游人。闺中女子颦蹙之态，逡巡犹疑之意，跃然纸上。王朗亦有“学绣青衣闲刺凤，自把金针，代补翎毛空”之句，也是缠绵妍丽。

吴藻《卜算子》[①]把春愁难消的情态展现得淋漓尽致：

时节未清明，小雨刚刚歇。独倚银屏避晓寒，只把罗衣熨。一阵海棠风，几点梅花雪。打叠春愁不下帘，待燕归来说。

诗人春愁难去，还要留待与归燕诉说，虽是咏愁，但仍让人觉得春意盎然，生机无限。

4. 闺中物：湘帘风细荡银钩

吴藻在少女时代，对生活无忧无虑、情趣满溢，幻想未来、追求美好。这一时期她的《如梦令・咏燕》[②]一词，颇得闺中女儿真实情态，在当时传诵较广：

燕子未随春去，飞入绣帘深处。软语话多时，莫是和侬同住。延伫、延伫，含笑回他不许。

燕子是暮春十分活跃的动物，也是诗人笔下描摹最多的物象之一。《红楼梦》中有一段描写林黛玉在潇湘馆问燕子是否回来了，让婢女放下帘子喂燕子一段，生动刻画了闺阁中生活之精致与细腻。与传统女性诗歌中对“双燕”等具有两性情感暗示的意义不同，这首词从观察燕子飞入绣帘的行为描起，把燕子作为对话的对象，在一问一答中表现了作者的欢欣和俏皮，在巧妙的拟人化中流露出词人与自然的和谐。时人皆认为此词灵动跳脱，堪与李清照的《如梦令・昨夜雨疏风骤》“试问卷帘人”相

① （清）吴藻：《花帘词》//（清）冒俊辑：《林下雅音集》，清光绪十年（1884）刻本，第11b—12a页。

② （清）吴藻：《如梦令・燕子》//（清）冒俊辑：《林下雅音集》五种之《花帘词（一卷）》，清光绪十年（1884）刻本，第5a页。

媲美。

顾文婉的另一首《浣溪沙》[①]，铺陈闺阁物态，亦为精致：

晓日凝妆上翠楼，恼人春色遍枝头。湘帘风细荡银钩。燕子未归寒恻恻，梅花初落恨悠悠。重门深锁一天愁。

晓日登楼，春色渐浓。湘帘轻卷，银钩飘荡，重门深锁，都是闺中物态的白描。“燕子未归寒恻恻，梅花初落恨悠悠”则声、态俱备，情感细腻入微，虽是写物，亦为传情。此词未归的燕子，与上词飞入绣帘深处的燕子，形成了有趣的对比。

除了闺中，举目所及，花、柳、雁、絮都是才媛笔下的吟咏之物。如陆恒写落花，亦是自叹。

苦被莺催，频招燕妒，乃许消停。伶俜瘦损，耐得到春深。挨遍风风雨雨，飘零处、有泪无声。凭谁问，东皇去后，冷落重门。

清露乞慈云，已负了、今生任委轻尘。断肠草色，凄入一痕青。狼藉残红零乱，鹃声里、偏又黄昏。伤心地，埋愁难觅，填恨难平。（陆恒《东风齐着力·落花》）[②]

花褪残红，是春尽的象征，也往往是才媛情愫无以寄托、命运难以把握的标志。生命的悲剧情绪在这些咏物诗中弥漫厚重。

5. 闺中戏：画屏侧坐听南词

吴藻的另一些诗作也充满了闺中女儿之乐趣。在吴藻留下的75首诗歌中，反映闺中生活的《乞巧词》和《消夏词》，十分有特色，也有生活之趣。如《乞巧词》：“坐傍疏窗一幙纱，金刀细镂绿沉瓜。分明夺得天孙

---

① （清）沈善宝：《名媛诗话》卷一//王英志编：《清代闺秀诗话丛刊》，南京：凤凰出版社，2010年版，第363页。

② 徐乃昌辑：《闺秀词钞》卷十三，清宣统元年（1909）小檀栾室刊本，第13.2b页。

巧，素手能开顷刻花。"[①]该诗描写七夕时围坐切分西瓜的场景，把剖开的瓜写成绽放的花朵，极为生动。作者笑夸自己甚至比织女还手巧，顷刻就能织出绿衣红瓤之花，想象独特而新颖。亦有"兰清菊秀海榴妍，料理宵来乞巧筵""笑把定瓷圆盒子，晚凉花下捉蜘蛛""七孔金针穿未得，怪他弦月早西斜"，分别描绘了乞巧节当天的一些活动与风俗，生动有趣。[②]。《消夏词》更是生活气息浓郁，如第三首"喜得朝来女伴添，曲房深下水晶帘。呼卢喧杂围棋静，爱把南唐叶子拈"[③]"三弦弹唱近风诗，半似杨枝半竹枝。体贴家常儿女话，画屏侧坐听南词"[④]"桃符前度缀瑶钗，共说针神有好坏。梅朵冰纹金缕线，为郎亲手制凉鞋"[⑤]，分别描写闺中女子博戏、下棋、谈心、听戏、女红的场景，一派其乐融融的气氛，而作者自得其乐。沈善宝《名媛诗话》卷六称赞"蘋香《消夏词》十章，颇能描摹真景"，又说"吴蘋香最工倚声，著有《花帘词稿》行世。诗不多作，偶一吟咏，超妙绝尘"。[⑥]

（二）爱情

传统社会中，夫者，妻之所天也。女性把整个生命投入到夫妻和家

---

① (清)吴藻：《香南雪北庐集》//肖亚男编：《清代闺秀集丛刊》第三十三册，北京：国家图书馆出版社，2014年版，第7页。

② (清)吴藻：《香南雪北庐集》//肖亚男编：《清代闺秀集丛刊》第三十三册，北京：国家图书馆出版社，2014年版，第15—16页。

③ (清)吴藻：《香南雪北庐集》//肖亚男编：《清代闺秀集丛刊》第三十三册，北京：国家图书馆出版社，2014年版，第15页。

④ (清)吴藻：《香南雪北庐集》//肖亚男编：《清代闺秀集丛刊》第三十三册，北京：国家图书馆出版社，2014年版，第15页。

⑤ (清)吴藻：《香南雪北庐集》//肖亚男编：《清代闺秀集丛刊》第三十三册，北京：国家图书馆出版社，2014年版，第15页。

⑥ (清)沈善宝：《名媛诗话》卷六//王英志编：《清代闺秀诗话丛刊》，南京：凤凰出版社，2010年版，第443页。

庭的营造之中，以生命的热情倾听与等待丈夫的音讯，感情上具有极大的依赖性、专一性。才媛比一般女子多了诗、辞、文、赋、书、画等表情达意之载体。因此，才媛对于爱情的体悟，籍由这些载体而积淀下来，神味渊永。

1. 恩爱：忆郎同泛木兰舟

顾若璞与黄东生夫妻结发后，吟诗唱和，徜徉西湖山水之间。她在《同夫子坐浮梅槛并序》[①]中言："家学宽公用竹筏施阑，暮浮湖中，仿古梅湖以梅为筏故事，题曰浮梅槛。"用梅枝扎成的筏子，漂浮在湖面上，所经之处留下梅花朵朵，令人驻足。其《同夫子坐浮梅槛》[②]云：

> 榜人遥泛绿，木叶乱飞黄。缚竹为新槛，逢渔认野航。树摇山合影，波动月分光。闻说西施面，梅花不倩妆。

顾若璞所作《新春和夫子韵》云"浅绿深黄映远岑，乍晴乍雨柳垂荫。闺人未识春如许，犹折梅花不忍簪"[③]，在与夫君的唱和中表达闺中情思。再如"春日迟迟懒下楼，忆郎同泛木兰舟。深情不肯从郎道，争怕郎心似妾愁"[④]"朔雪吹花满竹扉，忆郎絮薄要添衣。只缘宜称无因问，拨乱残丝不上机"[⑤]，也充满着对丈夫的关心和爱护。

卢元素的《中秋对月寄外》[⑥]云：

> 夜涌一轮月，秋横万里天。浮云扫空碧，清露浴婵娟。知否霓

---

① (清)顾若璞：《卧月轩稿》，清光绪二十三年(1897)钱塘丁氏嘉惠堂刻本，第1a页。

② (清)顾若璞：《卧月轩稿》，清光绪二十三年(1897)钱塘丁氏嘉惠堂刻本，第1a页。

③ (清)顾若璞：《卧月轩稿》，清光绪二十三年(1897)钱塘丁氏嘉惠堂刻本，第4a页。

④ (清)顾若璞：《竹之词》之一//《卧月轩稿》，清光绪二十三年(1897)钱塘丁氏嘉惠堂刻本，第6b页。

⑤ (清)顾若璞：《竹之词》之三//《卧月轩稿》，清光绪二十三年(1897)钱塘丁氏嘉惠堂刻本，第6b—7a页。

⑥ (清)卢元素：《中秋对月寄外》//(清)袁枚：《随园女弟子诗选》卷五，嘉庆道光年间坊刻巾箱本，第11b页，现藏于华东师范大学图书馆。

裳序，遥将玉宇传。美人渺天末，桂影共团圞。

卢元素，号净香居士，小字淑莲，祖先为汉军镶黄旗人，世授武职，驻防闽海，后为钱塘钱东继室，诗书画绣俱佳，与勾容骆佩香齐名，时人号为"卢骆"。钱东常年游宦在外，将家中事务一应交与元素，元素亦苦力维持。中秋月夜，望夫情切，而于浮玉当空之际，临风盼信，遥寄相思，千里婵娟。全诗语句清丽，情感自然，心态刻画深刻细腻，读之感人。

徐灿与陈之遴结缡后，陈之遴历仕两朝，经多次废黜、升迁，后谪戍辽东而殁，一生跌宕，徐灿共之。在徐灿《拙政园诗集》《拙政园诗馀》和陈之遴《浮云集》中，有许多唱和之作。陈之遴在《拙政园诗馀序》中云："湘蘋爱余诗愈于长短句，余爱湘蘋长短句愈于诗，岂非各工其所好耶?"[①]徐灿也常在词中寄予对之遴的情意，如《蝶恋花·每寄书素庵不到有感》[②]云：

频寄锦书鸿不去。怕近黄昏，帘幕深深处。一寸横波愁几许。啼痕点点成红雨。　　倚遍阑干无意绪。闲理馀香，独自谁为语。尽日恹恹如梦里。斜阳一瞬人千里。

入清后，之遴以前朝翰林院编修身份入仕清朝，先行北上面君。徐灿此词或即写于之遴离开浙江海宁前往京城的途中。九州兵燹之后，锦书难通，信函未复，徐灿一腔愁绪无从表达，只能在闺中倚遍阑干，北望盼讯。"斜阳一瞬人千里"，是空间上的距离，更是心理上的冲击。经历国破家亡的锥心之痛和颠沛流离的生活奔波，现在又饱尝满清新立、前途未卜的惶惑，给此词的思夫之意添加了复杂与幽深的情绪。

---

① (清)陈之遴：《拙政园诗馀序》，民国十一年(1922)上海博古斋刻《拜经楼丛书》本，第序1a页。

② (清)徐灿：《拙政园诗馀》卷中，民国十一年(1922)上海博古斋刻《拜经楼丛书》本，第3—4页。

2. 失偶：我亦人间沦落者

袁枚在《随园诗话补遗》卷四中云："近日闺秀能诗者，往往嫁无佳偶，有天壤王郎之叹。"①所嫁非偶，成了才媛生活失意的主要原因。吴藻生于商贾之家，无饥贫之忧，所适黄某，亦家财万贯。但因其不通诗文，难以在精神上与之偕齐，当是吴藻心中憾事。婚姻不偶与才华难抒，成了其词作中暗含的情感线索。如《行香子》②云：

长夜迢迢，落叶萧萧。纸窗儿、不住风敲。茶温烟冷，炉暗香消。　　愁也难抛，梦也难招。拥寒衾、睡也无聊。凄凉景况，齐作今宵。有漏声沉，铃声苦，雁声高。

贺双卿所适非人，愁苦哀情，常在词中萦绕。

寸寸微云，丝丝残照，有无明灭难消。正断魂魂断，闪闪摇摇。望望山山水水，人去去，隐隐迢迢。从今后，酸酸楚楚，只似今宵。　　春遥，问天不应，看小小双卿，袅袅无聊。更见谁谁见，谁痛花娇。谁望欢欢喜喜，偷素粉，写写描描。谁还管，生生世世，夜夜朝朝。（贺双卿《凤凰台上忆吹箫》③，此为送别邻女韩西所作）

此词为送别之作，上片写人，下片写己；上片写景，下片写情；上片描述当下苦楚，下片写尽未来期盼。《白雨斋词话》卷七评贺双卿此词曰："其情哀，其词苦，用双字至二十余叠，亦可谓广大神通矣。易安见之，亦当避席。"④

① （清）袁枚：《随园诗话补遗》卷四//王英志主编：《袁枚全集》册3，南京：江苏古籍出版社，1993年版，第647页。

② （清）吴藻：《花帘词》//（清）冒俊辑：《林下雅音集》，清光绪十年（1884）刻本，第1b页。

③ （清）贺双卿：《雪压轩词》//（清）徐乃昌辑：《小檀栾室汇刻闺秀词》第十集，清光绪二十二年（1896）南陵徐氏刻本，第1.4a页。

④ （清）陈廷焯：《白雨斋词话》卷七，上海：上海古籍出版社，2009年版，第166页。

3. 励志：愿君知此意，奋志起飞扬

丈夫功名未取，意志消沉。许多才媛倾心宽解，赋诗劝夫励志再博。顾若璞丈夫黄东生，毕生驰骛科场举业，但屡屡失利，以至郁郁而终。第一次落榜，顾若璞引三国时期名士祢衡故事，劝慰落榜的丈夫："不让当年祢正平，惊才绝艳驾东京。凌霄翻作雕笼玩，慧舌何如暗不鸣。"（《读夫子鹦鹉赋》）①黄东生第二次科考不售，顾若璞在《慰夫子副榜》序中云："夫子盖两战棘闱矣。万历壬子大为分较所赏，得而复失，不免作牛衣中人也，乃强起酌卮酒，歌一解以劳之。"②

席佩兰对丈夫孙原湘参加科举考试亦十分支持。孙原湘初次落第，席佩兰作《夫子报罢归，诗以慰之》③一诗鼓励：

> 君不见杜陵野老诗中豪，谪仙才子声价高。能为骚坛千古推巨手，不得制科一代名为标。夫子学诗杜与李，不雄即超无绮靡。高唱时时破碧云，深情渺渺如春水。有时放笔悲愤生，腕下疑有工部鬼。或逕挥毫逸兴飞，太白至今犹未死。……人间试官不敢收，让与李杜为弟子。有唐重诗遗二公，况今不以诗取士。作君之诗守君学，有才如此足传矣。闺中虽无卓识存，颇知乞怜为可耻。功名最足累学业，当时则荣殁则已，君不见古来圣贤贫贱起。

诗歌起句豪迈，气象不俗，以历史上的诗歌巨匠作为榜样，勉励孙原湘不为举业所累，坚定对自己卓异才华的信心。相似的作品还有《丙午报罢慰夫子》④一诗云："戚戚诚何勉，难堪久病身。文章原有厄，贫贱岂

---

① （清）顾若璞：《卧月轩稿》，清光绪二十三年（1897）钱塘丁氏嘉惠堂刻本，第1b页。

② （清）顾若璞：《卧月轩稿》，清光绪二十三年（1897）钱塘丁氏嘉惠堂刻本，第1b—2a页。

③ （清）席佩兰：《长真阁集》//肖亚男编：《清代闺秀集丛刊》第十八册，北京：国家图书馆出版社，2014年版，第154页。

④ （清）席佩兰：《长真阁集》//肖亚男编：《清代闺秀集丛刊》第十八册，北京：国家图书馆出版社，2014年版，第173页。

无人。剑气终腾上,诗才况绝伦。加餐须努力,尚有白头亲。”[①]诗作既展示了作者的见识与才华,又表达了对丈夫屡试不第的宽慰和继续努力的勉励,浓浓情意跃然纸上。嘉庆十年(1805),孙原湘得中榜眼,为翰林院庶吉士、武英殿协修官,时年已四十六岁。

孔继坤送别丈夫北上求功名的诗,却不像一般的离别诗凄风楚雨,而是以豪言鼓励,以家庭自任,免除夫君的后顾之忧。她的《送外北上》[②]云:

珍重复珍重,别绪何茫茫。临风理素箧,游子理行装。八茧乏吴绵,五紽愧羔羊。春风吹客衣,雨雪霏道旁。出门几回首,一步一彷徨。男儿多意气,安用恋故乡。黾勉事行役,弗萦儿女肠。何以解我忧,诗酒恣徜徉。何以慰我心,德音频寄将。白头有老母,黄口多儿郎。君职我当代,我言君莫忘。穷冬气萧索,万象寒无光。岂无三春时,灿灿桃李芳。愿君知此意,奋志期飞扬。不见黄鹄举,千里任翱翔。

诗人对丈夫外出求取功名不仅鼎力支持,而且对夫妇不免分离的苦痛悉心宽慰,激励丈夫熬过寒冬萧索,收得三春桃李,力遂平生志向,光耀门楣。对丈夫功名事业的支持,也相对减少了夫妻间的离怀别绪。

4. 离别:燕台梦隔三千里

在反映夫妻分别这一传统闺怨题材的作品中,有一些非常经典的意象,比如燕、雁、鸳鸯等。相关诗作有:

---

① 胡晓明、彭国忠编:《江南女性别集》初编,合肥:黄山书社,2008年版,第457页。

② (清)孔继坤:《送外北上》//(清)完颜恽珠辑:《国朝闺秀正始集》卷四,清道光十一年(1831)红香馆刻本,第18b页。

画帷屏绕鹊香温，恻恻轻寒昼掩门。燕子不来春又暮，满庭红雨落黄昏。（汤淑英《闺意》）①

芭蕉深绿映疏窗，高柳鸣蝉昼景长。闷卷珠帘看日影，鸳鸯相并立池塘。（冒德娟《夏日》）②

许多女诗人或因丧夫而失去经济来源，或因出于农家，加上病患不断，因而陷入窘境，不得不自持其家。如浙江秀水黄媛介，《妇人集》载其"诗名躁甚，恒以轻航载笔格诣吴越间。余尝见其居西泠段桥头，凭一小阁，卖诗画自活。稍给，便不肯作"③。故而她的一些诗中充满了流徙不居的忧虑。她的《湖上秋日》④云：

忧危只有客心微，赢得湖光蔽竹扉。囊有千诗聊寄赏，家无四壁亦怀归。青山断处饶红叶，黄菊开时少白衣。近水阴晴容易变，忽惊风雨打窗飞。

除了写自己孤处深阁之态，也有诗人挂念丈夫远行，关心旅途冷暖，表达思念之意。如陈敬《远行》："大风忽起如拔木，中宵不寐起然烛。亦知风雨事寻常，无奈愁人萦心曲。狂风吹妾妾忧君，今夜扁舟何处宿。"⑤席佩兰《寄衣曲》："欲制寒衣下剪难，几回冰泪洒霜纨。去时宽窄

① （清）完颜恽珠辑：《国朝闺秀正始集》卷四，清道光十一年（1831）红香馆刻本，第19b页。

② （清）沈善宝：《名媛诗话》卷三//王英志编：《清代闺秀诗话丛刊》，南京：凤凰出版社，2010年版，第387页。

③ （清）陈维崧：《妇人集》//王英志编：《清代闺秀诗话丛刊》，南京：凤凰出版社，2010年版，第25—26页。

④ （清）黄媛介：《湖上秋日》//（清）完颜恽珠辑：《国朝闺秀正始集》卷一，清道光十一年（1831）红香馆刻本，第17b页。

⑤ （清）完颜恽珠辑：《国朝闺秀正始集》卷八，清道光十一年（1831）红香馆刻本，第10b页。

难凭准，梦里寻君作样看。”[①]身为人妻的诗人举起针线待要给远行在外的丈夫制作过冬的衣物，但因相离日久，连丈夫的胖瘦都已模糊，因此衣服宽窄难以确定，只好向梦里相寻觅。

相思怀君而锦书难寄，无人倾诉。加上归期无计，又增加了对夫君羁旅在外情景的猜测和狐疑。如：

篱菊初黄，匆匆分手秋将暮。别情几度，怅望京华路。　又恐成名，翻把归期误。愁无数，花阴闲步，密向姮娥诉。（朱玙《点绛唇·寄外》）[②]

月色明如许。助秋心，流萤焰冷，晚蝉吟苦。百种凄凉千种恨。诉与嫦娥不语。但寂寂、清光来去。空外一绳云雁影。似传情、代把衷音谱。虫韵急，乱如雨。　鸾漂凤泊关河阻。想见那、残书蠹蚀，敝裘貂补。文字无灵金欲尽，可是红颜误汝。失十里、看花归路，愿乞天孙书姓氏，锦还时、重赋团圞句。天听近，定怜取。（许诵珠《金缕曲·对月有感却寄外子京师》）[③]

而汪嫈的寄外送别诗，则中正平和。其《丙寅春送夫子之光州》云：

所涉无艰险，心平世路宽。长才谋食易，远道寄书难。桃李河阳树，烟波洛水澜。从今离别意，都向月中看。

阮元评“其诗五言古近体，风格大抵与有唐初唐为近，辞气温厚和

---

① （清）袁枚：《随园女弟子诗选》//王英志主编：《袁枚全集》册7，南京：江苏古籍出版社，1993年版，第2页。

② （清）朱玙：《金粟词》//徐乃昌辑：《小檀栾室汇刻闺秀词》第六集，清光绪二十二年（1896）南陵徐氏刻本，第2b页。

③ （清）许诵珠：《雯窗瘦影词》//徐乃昌辑：《小檀栾室汇刻闺秀词》第八集，清光绪二十二年（1896）南陵徐氏刻本，第5a页。

平，质而不陋，清而不纤，粹然几于儒者之言”[①]。

5. 悼亡：风吹临墓纸钱飞

夫妻失和、相聚无多是为憾事，而痛失所天则更为伤心事。方维仪年十七嫁与同乡姚孙棨为妻，但姚早患绝症。姚家曾劝退婚约，但方维仪决意归之，照顾其饮食起居。越半载，孙棨病逝，方氏拟以死殉夫，但因遗腹存身，未敢殉死。后来方氏生下一女，不足一岁又殇殂。后夫家翁死姑逝，依母守节。她在《未亡人微生述》中曾写道："余年十七归夫子，夫子善病已六年……明年五月，夫子疾发……至九月大渐，伤痛呼天……遗腹存身，未敢殉死；不意生女，抚九月而又殂。天乎！天乎！一脉不留，形单何倚？"[②]这种伤痛欲绝，在《死别离》[③]中表达得淋漓尽致：

> 昔闻生别离，不言死别离。无论生与死，我独身当之。北风吹枯桑，日夜为我悲。上视沧浪天，下无黄口儿。人生不如死，父母泣相持。黄鸟各东西，秋草亦参差。余生何所为，余死何所为。白日有如此，我心自当知。

生别离已属难过，而死别离更加痛苦，无所祈求，亦无所希冀。在诗中慨叹人生之不幸，这首诗可谓诗人心态和情感的真实记录。读其诗，知其人，亦能感其悲。

熊琏早失所怙，一生孤苦。黄洙在《澹仙诗文词赋钞跋》云"澹仙少失怙，事母至孝，弱龄受书，能文章，胜男子。既长，学益进"，然"早许字同里陈遵，未几，遵得废疾，遵父请毁婚至再，商珍坚不可，卒归陈，里党

---

① （清）阮元：《雅安书屋诗集·序》。转引自许承尧撰，李明回等校点：《歙事闲谈》，合肥：黄山书社，2001 年版，第 364 页。

② （清）方维仪：《未亡人微生述》//王秀琴编、胡文楷选订：《历代名媛文苑简编》，上海：商务印书馆，1947 年版，第 113—114 页。

③ （清）方维仪：《死别离》//（清）王端淑辑：《名媛诗纬初编》卷十二，清康熙六年（1667）清音堂刻本，第 6b—7a 页。

称其贤”[①]。陈遵逝后，熊琏家贫不能自给，后为闺塾师，依母弟居。雷瑨、雷瑊在《闺秀诗话》中称熊琏“志操高尚，襟怀朗洁，读其诗可相见矣。虽所适非偶，至夫家自愿毁婚，而坚持从一，大节凛然，尤足昭垂千古也”[②]，县令曹龙树在《澹仙诗文词赋钞序》中亦赞：“男女之情，人孰无之。当日使贾大夫不武，其妻将终憎之，况废疾耶？”[③]但守节一生，也给她带来了苦痛和悲凉。《仙姑忌日追恸有二首》[④]云：

阴风飒飒雪霏霏，曾记昏灯冷穗帷。久已故庐非我有，难将樽酒待魂归。分光破镜分相守，失足孤鸿失所依。寒食年来无挂扫，风吹临墓纸钱飞。

茕茕子媳弱难支，杂沓群嚣占一枝。罗网自离缘避恶，螟蛉虽续等无儿。余生枉费辛勤力，旧业深惭黾勉时。若使有情都下泪，猿声幽咽不胜悲。

寒食节至，欲去祭吊，但故园已非所有，自己贫不能存，如空中孤鸿孑然无所依。“寒食年来无挂扫，风吹临墓纸钱飞”，堪与苏轼《寒食雨》“那知是寒食，但见乌衔纸。君门深九重，坟墓在万里。也拟哭途穷，死灰吹不起”比拟，古今虽异，所感则同。第二首诗反用《诗经·小雅·小宛》的“螟蛉有子，蜾蠃负之”[⑤]一句，表达了嫁后并无子嗣，未能为夫家

① (清)况周颐：《玉栖述雅·熊商珍词》//唐圭璋：《词话丛编》，北京：中华书局，1986年版，第4615页。

② 雷瑨、雷瑊：《闺秀诗话》卷八//王英志编：《清代闺秀诗话丛刊》，南京：凤凰出版社，2010年版，第1105页。

③ (清)曹龙树：《澹仙诗文词赋钞序》//肖亚男编：《清代闺秀集丛刊》第十七册，北京：国家图书馆出版社，2014年，第428页。

④ (清)熊琏：《澹仙诗钞》卷四//肖亚男编：《清代闺秀集丛刊》第十七册，北京：国家图书馆出版社，2014年，第501—502页。

⑤ 周振甫译注：《诗经译注》，北京：中华书局，2002年版，第311页。

延续后代的苦恨。[①] 两诗回顾了苦节生活的清冷，失去怙恃的感叹以及难以排遣的悲哀。

顾若璞的四言诗《忆夫子》[②]，简单平淡的语句中寄托着对丈夫的悼念之悲。

> 感君万化，千龄恨生。回肠百结，雪涕盈盈。转辗靡附，神已九升。游思无方，悲来填膺。愿言共穴，相叙生平。谆谆慈命，言念孤婴。抚之鞠之，付托遗经。戒承芳躅，勿替过庭。岁月逾迈，杳矣令音。哀从礼降，思以情深。

顾若璞的其他诗作如《对月》："一自天倾敛翠蛾，数将心事问嫦娥。书成两个相思字，欲向泉台寄得么。"[③]《坐卧月轩》其二："昔年卧月月生辉，今夕清辉冷翠帷。珍重嫦峨多着意，几时还照玉人归。"[④]其中也饱含着对夫君的怀念，以及未亡人的凄凉与寂寞。

6. 坚贞：一与之齐终身不改

明清时期，女子名节观念强化，以身殉夫之事屡有发生，但更多的则是寡居守节，牺牲自我，承担奉养、立嗣、课子、持家之职。在岁月的磨砺之中，才媛们既以课子教女持家增添生之勇气，也诉诸笔墨来排遣生之哀愁。

方维仪留存至今的诗歌有百余首[⑤]，其中苦节感伤诗为数较多。

---

① 黄洙在《澹仙诗文词赋钞跋》中写道："伤其苿苢，兼业中落，舅既下世，乃尝归依其母，晨夕侍养如未出室。"伤其苿苢，也点出了熊琏无子之痛。见肖亚男编：《清代闺秀集丛刊》第十七册，北京：国家图书馆出版社，2014 年版，第 615—617 页。

② （清）顾若璞：《卧月轩稿》卷二，清光绪二十三年（1897）钱塘丁氏嘉惠堂刻本，第 1a 页。

③ （清）顾若璞：《卧月轩稿》卷二，清光绪二十三年（1897）钱塘丁氏嘉惠堂刻本，第 1b 页。

④ （清）顾若璞：《卧月轩稿》卷二，清光绪二十三年（1897）钱塘丁氏嘉惠堂刻本，第 3a 页。

⑤ 方维仪著有《清芬阁集》七卷，载于《明史・艺文志》。胡文楷于《历代妇女著作考》书中考证方维仪著作尚有多种，除《清芬阁集》七卷外，还有《楚江吟》一卷、《闺范》、《宫闺诗史》、《宫闺文史》、《宫闺诗评》一卷、《尼说七惑》一卷、《归来叹》、《清芬阁集未刻稿》等书，可惜遗佚不存。

《独归故阁思母太恭人》[①]云：

> 故里何须问，干戈扰未休。家贫空作计，赋重更添愁。远树苍山古，荒田白水秋。萧条离膝下，欲望泪先流。

亲人逝世与战事频仍同时发生，不仅家计无望，乡土更是一片荒芜。诗里既有于家之悲伤，更有对世事的凄怆之感。

顾若璞嫁入黄家，守节前后达六十年。她在寡居第五年创作的长诗《感怀》[②]中，即表达对亡者的追思，也充满苦节的感喟。

> 青阳丽节，太簇司辰，千枝擢秀，万木飞馨。物换运流，悲思辄生。嗟嗟乎我生之不辰，我不负天兮天胡降灾，我不忍亲兮亲独使我无依。欲陟屺兮步迟迟，愿化石兮不能奋飞。肝肠寸裂兮忧弥结，心忽忽兮愁切切。北堂寂兮萱草折，玉楼成兮兰蕙灭。流莺百啭毒柔肠，关关百劳心益伤。伤心搔首对苍苍，云路茫茫思也狂。何时重舞彩衣裳，团团新月照高堂。堂前对月暂相将，调琴弄瑟娱兰房。萧萧风木生凄凉，鸾胶异域至无方。斑斑血泪染空床，愿托嘉梦依神光。梦不成兮思渺茫，无方之思摧肝肠。

诗前有序曰："岁次甲子仲春既望，夫子弃世五周。季春月朔，又慈亲弃世弥岁。感物增悲，不知所向，走笔以赋，冀诉九泉。"[③]全诗情感浓烈、愁深悲切，深沉地诉述她孤守家阁的凄凉感伤、对逝去伴侣的无限思念和对世事变幻的无限感慨。

在《感怀》《忆夫子》《坐卧月轩》等诗歌中，顾若璞对丈夫去世、慈亲

---

① (清)方维仪：《独归故阁思母太恭人》//(清)周寿昌编：《宫闺文选》卷十九，清道光二十六年(1846)小蓬莱山馆刻本，第9a页。

② (清)顾若璞：《卧月轩稿》卷二，清光绪二十三年(1897)钱塘丁氏嘉惠堂刻本，第5a—5b页。

③ (清)顾若璞：《卧月轩稿》卷二，清光绪二十三年(1897)钱塘丁氏嘉惠堂刻本，第5b页。

病逝的浓苦之悲，早已化为年岁之忧、暮春之愁，甚至感慨自己弱小的身躯之内如何能载得动如此多的创伤。

不堪愁病强搔头，二十三年感百忧。却也不知方寸内，如何容得许多愁。（《感怀》）①

日长春尽草芊芊，兰砌香生欲暮天。千结离愁无地语，支颐漫自记当年。（《忆夫子》）②

卧月人何在，明珠界玉痕。一从笃镜破，无复对清尊。（《坐卧月轩》其一）③

这三首诗歌的内容，主要是贞节孀妇清冷的情感世界与孤独的现实生活，在“忆当年”“何在”“无复”等诗句之中，又渗透着对过去曾有岁月的怀念。痛苦愁怨的自我告白，幽咽而深沉。

7. 殉情：九泉寄语须相待

在丈夫因罹遭战乱、疾病等天灾人祸而去世之后，许多女子痛失生命的意义，感到生活变得空洞，个人缺乏独立存世的价值。清朝贞节观念深入，有些女性甚至不惜身死以殉节。据统计，《清史稿・列女传》所载 559 名女性，其中 294 名采用自杀方式维护自己的贞节④。许多才媛

① （清）顾若璞：《卧月轩稿》卷二，清光绪二十三年（1897）钱塘丁氏嘉惠堂刻本，第 4b 页。

② （清）顾若璞：《卧月轩稿》卷二，清光绪二十三年（1897）钱塘丁氏嘉惠堂刻本，第 1a 页。

③ （清）顾若璞：《卧月轩稿》卷二，清光绪二十三年（1897）钱塘丁氏嘉惠堂刻本，第 2b—3a 页。

④ 这些自杀案例中，或因夫妻情深以致夫死不愿独存者，如康熙三十七年，镇宁州曹邦杰的妻子张氏与丈夫“如宾如友，同心而同德”，在丈夫死后三日，殉夫自杀；或因夫死贫苦无依而自杀者，如昆山黄敬升室王氏，夫死贫不能自养，服毒自杀，遗书道“贫不能敛其夫，食制药红砒以殉，冀有恻隐者，敛夫育儿，身填沟壑不恨”；或在敛夫、奉姑、扶孤责任完成之后殉夫者，如长乐陈淑定，夫死欲殉，为父亲劝止，以纺织为生，在完成了营葬、奉养、立嗣之职的十二年后殉夫自杀；或在完婚之前因夫死而毅然赴死者，如乾隆年间同安闺秀洪汝敬，小字许娘，七岁许字东宁褐石总戎林黄彩子世芳为妻，世芳未婚而卒，许娘闻讣勺饮不入，五日而卒。

留下了绝命诗词。

满族女诗人钮祜禄・希光，满洲正白旗人，总督爱必达之女，镶黄旗员外郎伊嵩阿室，大学士永贵儿媳。夫病，割股为其疗疾；夫死，为完成遗命守节。十年后，待完成夫弟、妹及两个女儿的嫁娶等事宜后慷慨赴死，为夫殉节。临终前写下了《述志》[①]一诗：

> 茑萝松柏为婚姻，峥嵘夫婿超凡伦。盈门不须夸百两，入座却喜惊千人。三周御后谐红烛，华屋金堂伴珠玉。春风秋月见情怀，得事秦嘉愿已足。一从清馆理瑶琴，恩礼殷勤契合深。白璧寒冰知妾志，高山流水识君心。如宾如友意方遂，谁知运厄龙蛇岁。得疾三旬尚未痊，驰驱千里随朝贵。病中作客病弥增，书报平安那足凭。去后妾惟心戚戚，归来夫已骨棱棱。倚枕缠绵势愈重，膏肓二竖谁能送。一时和缓总虚声，百剂参苓皆浪用。眼看一局欲全输，百计维图拯我夫。闻说通灵惟割股，此时那惜肌肤苦。白刃如霜忍痛剜，一脔偷持和羹煮。愚孝愚忠一寸忱，皇天后土鉴应真。今日瘢痕在弱体，当时血迹满罗巾。人定胜天竟虚语，精神耿耿浑无补。瑶琴锦瑟叹凄凉，可怜一旦成千古。伤心万事尽凋零，弟妹多人尚弱龄。伯道无儿悲似续，中郎有女痛零丁。妾亦何心立人世，泉壤同归蚤决计。馀生尚在非贪生，强持妾意从夫意。临危执手语谆谆，嫁娶经营委妾身。泣言身了事未了，惟恃卿存即我存。我夫托我深知我，我不报君乌乎可。一死从夫妾不难，前言不践死何安。九原会有相逢日，迟速须知事一般。向平嫁事今已竟，十载要盟此日应。夜台衔命报夫君，嚼檗肝肠差可证。

① (清)钮祜禄：《述志》//(清)完颜恽珠辑：《国朝闺秀正始集》卷一，清道光十一年(1831)红香馆刻本，第 4b—6b 页。

这首绝命诗是叙钮祜禄氏生平的叙事诗，也是她死节的盟誓诗。尽管从后来者看这些行为都是愚忠愚孝的举动，但令人动容的是，钮祜禄氏的确把整个的生命和情感都献给了丈夫，这种热烈忘我的热忱达到了极致。永贵以殉妻事拟疏奏闻，乾隆赋诗纪之，并旌表其节。

昭文女诗人吴静，年十八嫁与项肇基，三十而寡，本欲自杀，因姑劝而止。两年之后，姑离世，吴静绝食七日后自经，虽获救而卒。临殁时集其所诗《饮冰集》，集后自题云："四载孤灯惨复凄，惊心怯胆命如鸡。从今绝笔无留恋，不做人间乌夜啼。"[①]其句可怜，其心可悲，而其志可叹。

事实上，如果人们还固执地认为女性守节带有功利性目的如给家族和后人带来名誉等的话，清代一些殉夫的才媛就明确反对世人以节烈来看待她们。康熙间杭州才媛曾如兰，为林邦基妻。据《随园诗话》记载："邦基死，招之相从。曾矢之曰：'有如皎日。'后立其兄子光节，葬毕舅姑，吞金而亡。吟诗曰：'镜里菱花冷，三年泪未干。已终姑舅老，复咽雪霜寒。我自归家去，人休作烈看。西陵松柏古，夫子共盘桓。'一时和者数百人。未死前十日，先具牒钱塘令周公。周加批，用骈语慰留之，竟不从而死。可谓从容之至矣！"[②]曾如兰为夫守节三年，将家事料理完毕，兑现对夫君的誓言，不听劝喻，从容赴死，这恐难以看作名利之求。临终前，她亦题诗自明心志。如果仅仅以封建节烈衡量这些才媛的绝命诗辞，甚至据而轻视之，恐怕低估了它们的价值。这种慨然、这种持久，这种从容不迫，"使列女的临终文学关怀获得生命的超越和升华"。[③]

---

① （清）吴静：《舍弟录予诗集成自题四绝句》其三//肖亚男主编：《清代闺秀集从刊》第十五册，北京：国家图书馆出版社，2014 年版，第 749 页。

② （清）袁枚：《随园诗话》卷六//郭绍虞、罗根泽编：《中国古典文学理论批评专著选辑》，北京：人民文学出版社，1982 年版，第 196 页。

③ 彭国忠：《试论清代列女的文学世界——以〈清史稿·列女传〉为论》，《北京大学学报（哲学社会科学版）》，2015 年第 1 期，第 112 页。

（三）亲情

才媛所念亲情者，主则系于父母、舅姑，次则在乎兄长、姊妹之间，此外亦眷念堂表亲属。

1. 念亲：无复高堂唤女声

清代才媛多出自缙绅之家，长在深闺。闺中重门深锁，才媛对外知之甚少，在小庭深院之中，易生寂寥之感，多有无常之叹。出嫁之妇女归宁，当是喜悦时刻，但在女诗人笔下，仍然是悲欣交集。郝秋岩《归宁》云："女行远慈帏，一岁一归宁。兄弟喜相问，姊妹欢相迎。相将入旧室，环坐话离情。阿母把手问，缘何太瘦生。忆昨去膝下，母疾体未平。瘦生动母怜，欲泣还复停。母安儿自安，且勿伤零丁。区区饥与寒，那敢陈母听。"[①]诗歌将一种相互顾念、欲言未言的心情刻画得细致入微。

熊琏恪守贞节，丈夫与婆婆陆续谢世后，回到母亲家，与母亲、弟弟相依为命，走完了异常坎坷而令人唏嘘的一生。前引黄洙《澹仙诗文词赋钞跋》中云："伤其茕苣，兼以业中落，舅姑既下世，乃常归依其母，晨夕侍养，如未出室。"[②]由于失去所恃，对美好生活的憧憬演变为难以言尽的孤独与寂寞。在熊琏的诗词中常常满含来无所踪、去无所依的虚空之感，如"微茫身世，谁问茫茫天道"[③]"身后事，何暇卜"[④]"身后不知谁吊

---

① （清）完颜恽珠辑：《国朝闺秀正始集》卷十六，清道光十一年（1831）红香馆刻本，第19页。

② （清）黄洙：《澹仙诗文词赋钞跋》//肖亚男编：《清代闺秀集丛刊》第十七册，北京：国家图书馆出版社，2014年版，第615—616页。

③ （清）熊琏：《鹊桥仙·读文通恨赋》//肖亚男编：《清代闺秀集丛刊》第十七册，北京：国家图书馆出版社，2014年版，第542页。

④ （清）熊琏：《感怀》//肖亚男编：《清代闺秀集丛刊》第十七册，北京：国家图书馆出版社，2014年版，第521页。

我"[①]等语，读来极为悲怆。回到母亲身边，家人对她的接纳和照顾，使她感动。《病中有感》一诗虽然仍然是慨叹人老病笃，但亲人相问，诗人在感慨中亦有所安慰：

> 一掬清泉四壁尘，卧闻歌笑出东邻。多情只有天边月，偏照寒窗抱病人。
>
> 老亲头上白如霜，自顾微躯益自伤。未及慈鸦能反哺，转将汤药累高堂。[②]

想到自己一生苦悲，未能报答亲恩，熊琏在诗词中常常表达对母亲的愧疚之情。《百字令・忆母》"惊心触目，记去年此际，高堂痛苦。别后凄惶多少事，更与何人细数"[③]等语句中，蕴含着诗人内心的懊悔、自责和遗憾。而母亲的离世也成为对熊琏更大的打击，黄洙在跋中道："母卒，澹仙述母生平，为挽词十首，其至性过人远矣。"[④]词作如《金缕曲・感怀》《生查子・陇首瞻云》《鹧鸪天・机窗课织》《点绛唇・秀水亲迎》《百字令・夜坐》《更漏子・篝镫哭母》等，"字字深情，声声哽咽，让人读来哀婉动人，撼人心魄"，而诗作亦有《近况》《见月》《哭母》等。诗人深深怀念其母，哀叹失去了人世间最重要的精神寄托。

> 思亲梦不到重泉，夜坐焚香倍惨然。别后水轮依旧满，伤心一月一回圆。闷掩空斋拭泪痕，宵深剪纸为招魂。凄凉料得窗前月，

---

① （清）熊琏：《浪淘沙・寒食感怀》//肖亚男编：《清代闺秀集丛刊》第十七册，北京：国家图书馆出版社，2014年版，第593页。

② （清）熊琏：《澹仙诗钞》卷四//肖亚男编：《清代闺秀集丛刊》第十七册，北京：国家图书馆出版社，2014年版，第469页。

③ （清）熊琏：《百字令・忆母》//肖亚男编：《清代闺秀集丛刊》第十七册，北京：国家图书馆出版社，2014年版，第575页。

④ （清）况周颐：《玉栖述雅・熊商珍词》//唐圭璋：《词话丛编》，北京：中华书局，1986年版，第4615页。

一样清辉照墓门。(《见月》)[①]

在深夜里想念自己的母亲,诗人暗暗垂泪,月虽圆而人已难圆。在茕茕孑立之中,诗人在空斋里剪纸,为已故的母亲招魂,转念又想起远处母亲的坟头,一样同沐在月亮的清辉之中。即便"亲魂招不返,脉脉望烟萝"(《近况》)[②],有流月相照、心中暗思,反复将内心的亲恩唤起。在这首诗中,所有情景都蒙上了一层清冷的色彩。

蕙帐灯前半灭明,萧然蓬户益凄清。从今独卧惊凉怯,无复高堂唤女声。风动灵幡雨乍停,家贫四壁冷如冰。纸灰飞起香烟袅,一篮黄韭一盏灯。(《哭母》)[③]

而《哭母》则是将作者内心深沉巨大的悲痛完全呈现出来,把失去母亲后的家内物态写得凄凉冰冷。"从今独卧"与过去的"高堂唤女"形成了鲜明的对比,更加衬托出母亲离世后人事的凋零与家内的冷清。诗歌将情寓于回忆之中,将凄凉附于物象之上,读之令人怆然。

2. 思手足:无言但劝归期速

才媛遇家变、逢乱世,亲人可以说是最后的安慰。方琬的《戊子避乱舟中寄弟》[④]云:

野树鸣蝉咽未休,蓼花萍叶晚来秋。干戈满眼惊残梦,风雨伤心逐去舟。丧乱相依吾弟在,艰危无奈老亲忧。更怜宿草青青冢,

---

① (清)熊琏:《澹仙诗钞》卷一//肖亚男编:《清代闺秀集丛刊》第十七册,北京:国家图书馆出版社,2014 年版,第 507—508 页。

② (清)熊琏:《澹仙诗钞》卷一//肖亚男编:《清代闺秀集丛刊》第十七册,北京:国家图书馆出版社,2014 年版,第 493—494 页。

③ (清)熊琏:《澹仙诗钞》卷一//肖亚男编:《清代闺秀集丛刊》第十七册,北京:国家图书馆出版社,2014 年版,第 506—507 页。

④ (明)方琬:《戊子避乱舟中寄弟》//胡晓明编:《历代女性诗词鉴赏辞典》,上海:上海辞书出版社,2016 年版,第 402 页。

寒食新烟望里愁。

方琬，字宛玉，莆田人，林树生室。梁章钜《闽川闺秀诗话》卷一载"（方琬）早寡，抚孤守节以终"，大抵此时已失偶，靠父母和胞弟扶持。戊子为1648年即顺治五年，清军与南明政权战于兴化（今莆田），诗人不得不避居外地。此诗当是舟行之中回望故乡所作，色彩沉郁，感情悲凉。时至傍晚，鸣蝉呜咽，一派秋来景象。蓼花飘飞，既喻乱离，也指代漂泊。金戈铁马，干戈满地，风雨如晦，丧乱不已。身处羁旅，万种伤心，只有老亲和胞弟的挂念与心忧，能够带给诗人一丝安慰。方舟之上，兵燹过后，河岸青冢孤立，挽吊不绝；新烟起处，又添亡骨。身逢乱时，生死无常，时光易逝，无力回转，只有一片同情与悲悯。伤时与思亲，为全诗奠定了悲凉的情感基调。

女性情感细腻，对于离别与重逢感触更深，在诗中的表现也更加浓郁而婉转，如廖云锦《喜高平表妹至》云：

尔我襟期喜共知，笑言频到漏残时。开奁会看将完绣，剪烛闲敲未定诗。金鸭灰深香篆细，晶帘风定落花迟。晚来又恐轻言别，月底灯前系梦思。[①]

相聚时已经想着不久就要分别，心里潜藏难舍。而长时间不能再度晤面的惋惜，可能比单纯的别离本身更让人难过。吴藻《浪涛沙·吴门返棹云裳妹欲送不果寄此留别》云：

双浆打横塘，何限江乡。绿波争似别愁长。最忆前宵曾剪烛，同话西窗。　　无计共离觞，踠地垂杨。数声风笛断人肠。从此天涯明月夜，各自凄凉。[②]

---

① （清）完颜恽珠辑：《国朝闺秀正始集》卷十一，清道光十一年（1831）红香馆刻本，第19页。

② （清）吴藻：《花帘词》//徐乃昌辑：《小檀栾室汇刻闺秀词》第五集，清光绪二十四年（1897）南陵徐氏刻本，第23a页。

袁杼在《寄怀简斋大兄》[①]中，表达了妹妹对于兄长的关心和问候。全诗云：

长路迢迢江水寒，萧萧梅雨客身单。无言但劝归期速，有泪多从别后弹。新暑乍来应保重，高堂虽老幸平安。青山寂寞烟云里，偶倚阑干忍独看。

袁杼的这首《寄怀简斋大兄》，宛如静水深流，看似平平淡淡，却字字精心，结撰出款款浓情。题中，简斋即为袁枚，袁杼为其四妹。当时，袁枚身在苏州。因心忧出门在外的兄长，袁杼写下这首诗，将一片挂念化为浓浓诗情，寄与兄长。袁枚在《随园诗话》卷一中载："余读之凄然，当即买舟还山。"[②]可见此诗情真意切，打动人心。

再如鲍之蕙的《舟中月夜寄怀玉亭嫂》："清光如水浸窗纱，回首长安路已赊。别后乍逢今夜月，知君思我亦思家。"[③]王倩[④]的《月夜忆弟妇董九妹却寄》："露滑香阶碧藓滋，湘帘初卷绣停迟。一庭明月娟娟影，想见临风玉立时。""相逢只隔水云重，锦字殷勤月数封。倘遇秋风苏薄病，与卿江上采芙蓉。"[⑤]卢元素[⑥]的《十六夜对月用前韵寄玉鱼主人于吴门》："为怜庭外月，绕柱几周巡。眼带三分白，心无一点尘。良宵宁负我，清

---

① (清)袁杼：《楼居小草》//肖亚男编：《清代闺秀集丛刊》第九册，北京：国家图书馆出版社，2014年版，第464页。

② (清)袁枚著，顾学颉点校：《随园诗话》，北京：人民文学出版社，1982年版，第344页。

③ (清)鲍之蕙：《舟中月夜寄怀玉亭嫂》//(清)袁枚：《随园女弟子诗选》卷四，清嘉庆道光年间(1796—1850)坊刻巾箱本，第4、21a页，现藏于北京大学图书馆。

④ 王倩，清乾隆嘉庆时诗人，字雅三，又名梅卿，山阴人(今浙江绍兴)。

⑤ (清)王倩：《月夜忆弟妇董九妹却寄》//(清)袁枚：《随园女弟子诗选》卷五，清嘉庆道光年间(1796—1850)坊刻巾箱本，第5、10b页。

⑥ 卢元素，清乾隆嘉庆人，字净香，又名鹤云、淑莲，江都人(今江苏扬州)。著有《静香诗钞》。

兴不同人。更有谁相对，推敲自话论。”[①]这些诗都表达了对亲朋的慰问与惦念。

3. 教子：古来圣贤能贫贱

女子出嫁之后，课儿教女就成为婚后生活的重要内容之一，因此教育引导儿女读书向上，亦为女诗人乐于表现的主题。如陈淑兰《绣馀吟》：“绣馀静坐发清思，煮茗添香事事宜。招得阶前小儿女，教拈针线教吟诗。”[②]顾太清《夏日听道初两儿读书》：“翛然花木荫茅庵，一灶炉烟经半函。闲向窗前课儿女，微风晴日诵周南。”[③]

有些诗歌传达出生儿、育儿的浓厚母爱和复杂心态，情真文质。如柯能织的《举子》：“青云眉发雪肌肤，语待人猜立待扶。短枕寝眠双臂与，长年寒暖一心俱。”[④]而朱柔则的诗不仅表现了爱儿出生时的欣喜、对儿女未来光大门楣的期望，还由己思亲，转想起自己父母的养育之恩，情深意重。如朱柔则《举第五子》：

> 四男二女如相引，复举斯儿真可哂。辗转常怀离里亲，欲与邻人仍不忍。读书还拟大吾门，未许痴顽类犬豚。自怜乳哺多辛苦，转忆吾亲罔极恩。[⑤]

柴静仪长子沈用济，字方舟，号芳洲，少有诗名，有用世之志，但科举多不售。柴静仪一直非常支持沈用济，多次写诗安慰他。《长子用济归

---

① （清）卢元素：《十六夜对月用前韵寄玉鱼主人于昊门》//（清）袁枚：《随园女弟子诗选》卷五，清嘉庆道光年间（1796—1850）坊刻巾箱本，第5、11b页。

② （清）陈淑兰《绣馀吟》//（清）袁枚：《随园女弟子诗选》卷四，清嘉庆道光年间（1796—1850）坊刻巾箱本，第4、10b页。

③ （清）顾太清、奕绘著，张璋编校：《顾太清奕绘诗词合集》，上海：上海古籍出版社，1998年版，第139页。

④ （清）光铁夫编：《安徽名媛诗词征略》，合肥：黄山书社，1986年版，第219页。

⑤ （清）许夔臣辑：《香咳集选存四》//《香艳丛书》册5集9卷四，上海：上海书店，1991年版，第215页。

自都中诗以慰之》[①]云：

> 君不见侯家夜夜朱筵开，残杯冷炙谁怜才。长安三上不得意，蓬头黧面仍归来。呜呼世情日千变，驾车食肉有人羡。读书弹琴聊自娱，古来圣贤能贫贱。

柴静仪是才媛之儒者，在《与冢妇朱柔则》中也对儿媳朱柔则谆谆教导。对于沈用济的怀才不遇，柴静仪也多番宽勉。在此诗中，她对儿子的支持仍然不变。尽管身为寒士未能一遂壮志，蓬头垢面归乡，但对侯门笙歌、人情冷暖、世间变化仍要看透，在精神上继续保持高洁，所谓"自古圣贤尽贫贱，何况我辈孤且直"；而对"三上京师"仍不得志，她教导儿子亦要以平常心待之，"读书弹琴聊自娱"，从精神上加以安慰与疏导。这首诗流露出一个母亲对儿子怀才不遇的怜惜，以及对儿子不能随波追流、追随世情的告诫，可谓正直而积极。沈德潜曾称柴静仪诗文"本乎性情之贞，发乎学术之正，韵语时带箴铭，不可于风云月露中求也"[②]，此之谓乎。

（四）友情

过去女子的交往范围极小，清代时则有所扩大，不仅有业师、闺友，亦有诗社成员、诗词同道，因家庭或个人宗教信仰，才媛亦与女冠女尼交接，而其诗歌对此亦有反映。

1. 与女冠女尼：相逢此夕岂徒然

尤澹仙性格超逸，常有脱尘之想，与比丘尼多有往来。其《春夜喜山

---

① （清）柴静仪：《长子用济归自都中诗以慰之》//（清）胡孝思辑：《本朝名媛诗钞》卷二，清康熙五十五年（1716）凌云阁刻本，第4b—5a页，现藏于北京大学图书馆。

② （清）沈德潜：《清诗别裁集》卷三十一，上海：上海古籍出版社，1984年版，第1309页。

人送梅》[1]云：

寒林漠漠春无影，款扉有客来铜井。折得梅花远寄将，一枝犹带溪云冷。我亦罗浮谪下仙，相逢此夕岂徒然。狂呼明月伴我饮，世人那识三婵娟。

澹仙，字素兰，长洲人，吴中十子之一，"清溪诗社"的成员，有《晓春阁诗集》，此诗当是她的代表作之一。春寒料峭，原本静坐焚香的诗人，因铜井山人差人送来的一枝春而欣喜。梅花经历了这么远的路途，仍然带着山间的清溪水韵与雾岚冷意。由这送来春信的寒梅，作者又把自己想象成了罗浮山上谪下凡尘的梅仙，似乎今日与梅的相遇是早已注定。于是夜对梅花，狂呼明月，同饮一醉，直到脱略形迹，驾云同去。此诗以铜井山人春夜所送梅花为题，把梅花为作者带来的喜悦之感，幻化为月下对饮之举，渗透诗人的飞仙之愿。任兆麟在为其诗集作序时说"寄湘性尤超旷，常有出尘想，直是飞琼、方明侪偶"[2]，信不诬焉。

2. 与闺阁塾师：古道河梁别思生

清代时有不少才媛作闺塾师，以教授女童为业。黄媛介，字皆令，秀水人，她"倚马自命，落纸如烟，摘其佳篇，苍然劲秀"[3]，才思敏捷，诗书画均有时誉。黄媛介与山阴祁诗家族的女诗人如祁彪佳夫人商景兰及其女儿等往来。商景兰有《赠闺塾师黄媛介》[4]云：

门锁蓬莱十载居，何期千里觏云裾。才华直接班姬后，风雅平欺左氏余。八体临池争幼妇，千言作赋拟相如。今朝把臂怜同调，

---

① (清)完颜恽珠辑：《国朝闺秀正始集》卷十六，清道光十一年(1831)红香馆刻本，第 8b 页。

② (清)尤澹仙：《晓春阁诗稿》，清乾隆五十四年刻本，第 1b—2a 页。

③ (清)王端淑辑：《名媛诗纬初编》卷九，清顺治清音堂刻本，第 19b 页。

④ (明)商景兰：《赠闺塾师黄媛介》//(明)祁彪佳：《祁彪佳集》附编之《商夫人锦囊集》，北京：中华书局，1960 年版，第 274 页。

始信当年女校书。

商景兰对黄媛介的文才极尽推崇，把她比作当年的班超、左棻，以其才华横溢，风雅异常，书法既妙，诗赋亦佳，大有相见恨晚之感。

商景兰长女祁德渊，亦有赠诗《送黄皆令》[①]：

西风江上雁初鸣，水落寒塘一棹轻。绕径黄花归故里，满堤红叶送秋声。片帆南浦离愁结，古道河梁别思生。此去长涂霜露肃，何时双鲤报柴荆。

全诗写秋日送别黄皆令的情景，写景与用典结合，渲染了忧伤的气氛，表达了诗人的依依惜别之情。西风雁鸣，寒塘舟棹，皆令踏上归途。江边黄花丛丛，红叶片片，秋声浓烈，色彩浓郁，而离情凄凄。"子交手兮东行，送美人兮南浦"，南浦是送别之地；"携手河梁上，游子暮何之"，河梁也是惜别之所，人未行远，别思已生。"客从远方来，遗我双鲤鱼。呼儿烹鲤鱼，中有尺素书。""双鲤"代指书信，指盼望离别后仍能够书函往来，以慰平生。诗中运用了大量典故和意象，传达出作者的浓浓别意，也表现出深厚的友谊。

3. 与闺中密友：茱萸遍插菊花开

孙云凤的《登高示兰友及诸弟妹》[②]云：

九日同登百尺台，茱萸遍插菊花开。渚清沙白孤帆远，露冷江空一雁来。人事独悲秋渐老，少年须惜水难回。山川信美非吾土，欲赋登楼愧少才。

重九登高，遍插茱萸，慨然赋诗，古今雅士。才媛在百尺高台之上，

---

① (清)祁德渊：《送别黄皆令》//(清)周寿昌辑：《宫闺文选》卷二十，清道光二十六年(1846)，小蓬莱山馆刻本，第9a—9b页。

② (清)孙云凤：《登高示兰友及诸弟妹》//(清)袁枚：《随园女弟子诗选》卷一，清嘉庆道光年间(1796—1850)坊刻巾箱本，第21a页。

看宇宙寥廓，天空高远；视渚清沙白，落雁归群，自然百感交集。异乡登高，初则豪迈，次则思乡，再则思人。孙玉凤的这首登高诗，就是在这样的思绪飘移中完成的。重九日佩戴茱萸，菊花盛开，但登高处孑然一人，无好友陪伴，无亲朋在身边，加之人事凋零，秋意渐老，不得不悲时光之流逝，岁月之沧桑。所见江山风景虽美，但不如江南岸芷汀兰，水静帆平。想把思乡怀友之情，在辞赋中一吐为快，却又缺少王粲的才情。全诗多处借用王维、杜甫、苏轼、王粲的诗赋佳句，但又贴合作者的处境，同时表达对密友与姐妹的思念之情，还对未能达致古人之风采而自感遗憾，可谓化用密而略无痕迹，情思多而流动不居、线索分明。

孙云凤，字碧梧，仁和人，诸生程庭懋室，诗人袁枚最知名的女弟子之一。袁枚《二闺秀诗》云："扫眉才子少，吾得二贤难。鹫岭孙云凤，虞山席佩兰。"[①]其与夫不谐，后归母家，此诗恐亦有箴诫之意。

除闺友之外，许多诗人对仆婢等也是关爱有加。如顾太清对于自己的一位名叫石榴的婢女就十分疼爱，对她的去世也十分悲伤，作《哭石榴婢》[②]一诗缅怀祭奠：

> 哀哉石榴婢，相随仅七年。十三初识面，问答两投缘。慧性深知我，痴心望学仙。略能探妙徼，亦解诵诗篇。才见优昙现，旋罹恶疾缠。游魂返寥廓，湛露散风烟。切切怜新鬼，茫茫葬薄田。赐衣同挂剑，送汝镇长眠。

悼亡诗中饱含顾太清对婢女的喜爱、珍视，以及对其逝去的惋惜与

---

① （清）袁枚：《二闺秀诗》//（清）袁枚著，王英志点校：《袁枚全集》第一册，南京：江苏古籍出版社，1993 年版，第 847 页。

② （清）顾太清、奕绘著，张璋辑：《顾太清奕绘诗词合集》，上海：上海古籍出版社，1998 年版，第 39 页。

不舍。她还曾在《鹊桥仙·梦石榴婢》中，感叹“一年死别，千年幽恨”“空堕伤心之泪”，表达对这一婢女的思念。[1]

4. 与诗社成员：却凭青鸟寄相思

同里钱云仪[2]在《秋日简亚清》[3]中云：

> 城闉咫尺即天涯，惆怅离群两不知。日暮凉风棋散后，夜深微雨雁归时。窗前橘柚随多少，槛外芙蓉发几枝。同入清秋不同赏，却凭青鸟寄相思。

林亚清为钱云仪弟媳，也是蕉园七子成员之一，二人多有唱和。此一赠别之诗，涵意隽永。

顾姒同为蕉园诗社成员，从夫鄂曾至京师，柴静仪、钱凤纶皆有诗相赠。如柴静仪的《送顾启姬北上》[4]云：

> 一片桃花水，盈盈送客舟。春来万杨柳，叶叶是离愁。顾我穷途者，逢君意气投。烟虹时染翰，风月几登楼。只合熏香坐，谁堪鼓枻游。燕台一回首，云白古杭州。

顾启姬才气横溢，声遍文客。王士禛《池北偶谈》云：“顾姒字启姬，杭州人，适鄂生某。康熙庚申，从其夫至京师。尝见所著《静御堂集》，小赋诗词颇婉丽。九日，予与同人饮宋子昭工部小园，限蟹字韵。翌日鄂诗先就，顾代作也。其末云：‘予本澹荡人，读书不求解，尔雅读不熟，蟛蜞误为蟹’。予惊叹。顾善歌，所制词曲有‘一轮月照一双人面’之句。

---

① (清)顾太清、奕绘著，张璋辑：《顾太清奕绘诗词合集》，上海：上海古籍出版社，1998 年版，第 189 页。

② 钱云仪，字凤纶，侍御钱肇修姊，贡生黄式序室。著有《古香楼集》《散花滩集》。

③ (清)钱云仪：《古香楼诗集》//(清)蔡殿齐辑：《国朝闺阁诗钞》(二)，清道光二十四年(1844)刻本，第 20b 页。

④ (清)柴静仪：《送顾启姬北上》//(清)胡孝思辑：《本朝名媛诗钞》卷一，清康熙五十五年(1716)凌云阁刻本，第 4b 页。

予最赏之。”[①]顾启姬此次离杭，乃是随夫到京，柴静仪“北上”即指此。

蕉园诗社雅集较多，成员情谊深厚。此诗言送客至桃花潭水，轻舟盈盈；折却杨柳枝条，叶叶离愁。诗社数载，两人穷途相遇，意气相投，惺惺相惜。相知本是难得，更何况同拟佳句，共登层楼。这些结社吟咏、登楼临赏的活动，于分别之际一一浮现眼前，不由人不心生感动。如今启姬鼓枻而去，南北遥隔千里，想佳时难再，更不舍往日情意。只盼今后燕台高望，仍念杭州。全诗语言轻快，明白如话，而别意悠悠。

钱凤纶亦有《换巢鸾凤·送顾启姬之燕京》[②]云：

> 日暖春秾。羡双飞彩凤，上国遨游。金尊斟别酒，玉版写新愁。骊歌未唱泪先流。忽轻说乘扁舟去休，也曾念、共绣阁、论文人否。
>
> 携手。何日又。翦烛窗前，絮语黄昏候。吴岫云停，蓟门月落，两地应知眉皱。韵事千秋遍传闻，题桥添个文君友。钿车宝马，上林看遍花柳。

别意虽同，而别后期许不同，可与上诗对看。

5. 与诗词同道：碧桃花下共吟诗

才媛之间，相识难，相知亦难，能相互参详而知诗者尤难。江碧岑与沈蕙孙同为吴中清溪吟社成员，两者腹笥均富，而相知甚深。江碧岑评沈蕙孙诗云：“其艳也，媚不伤骨；其淡也，简有余味。”张滋兰评二者诗云：“羡煞苏台两博士，碧桃花下共吟诗。”[③]

才媛编书，难度大大超过文士。才媛深知女子从事创作之艰辛与不

---

① (清)王士禛：《池北偶谈》，北京：中华书局，1982年版，第381页。

② (清)钱凤纶：《古香楼词》//徐乃昌辑：《小檀栾室汇刻闺秀词》，清光绪二十二年(1896)南陵徐氏刻本，第6a页。

③ (清)法式善：《梧门诗话》卷十五条二十六//王英志编：《清代闺秀诗话丛刊》，南京：凤凰出版社，2010年版，第2391页。

易，故而产生同理心，彼此惺惺相惜。辑录者不忍同辈诗词湮没无闻，故而详加搜罗，恐遗片纸；投赠者则极力支持，共襄盛举。如王端淑在汇编《名媛诗纬》时序[①]言：

> 端淑曰："余选诗纬而汇遗集姓氏，何耶？盖不忍其能诗名媛无传故耳。"或曰："既知其能诗文，知其姓氏，何为而不传其诗也？"曰："淹没无稽，故不得已而止传其姓氏也。且女子深处闺阁，惟女红酒食为事。内言不达于外间。有二三歌咏秘藏笥箧，外人何能窥其元奥？故有失于丧乱者，有焚于祖龙者，有碍于腐板父兄者，有毁于不肖子孙者。种种孽境，不堪枚举，遂使谢庭佳话变为衰草寒烟，可不增人叹惋乎？于是汇遗集姓氏，以襄大观。"

因编选诗集而结下深厚友谊但终生未得相见的事例，在才媛之中并不少见。完颜恽珠的孙女完颜妙莲保在《国朝闺秀正始集续集》小引中云："刊行《正始集》后，四方女士闻风投赠"，恽珠去世后，"知者寄诗吊挽，不知者仍录诗就正，俱汇而藏诸箧中"。[②]

（五）共情

共情者，共普天之下公有之情也。家族之盛衰，故乡之荣凋，国土之残整，天下之兴亡，才媛有所经历，诗中亦有所抒发。

1. 隐逸之想：板桥流水几人家

明末清初的女诗人毕著，曾率军夜袭军营抢回父亲遗体，受到沈德潜盛赞。毕著嫁与昆山布衣王圣开并归隐苏州。其存诗有《村居》[③]一

---

① （清）王端淑辑：《名媛诗纬初编》卷三十二，清康熙清音堂刻本，第1a—1b页。

② （清）完颜恽珠辑：《国朝闺秀正始集》小引，清道光十一年（1831）红香馆刻本，第1a页。

③ （清）毕著：《村居》//（清）完颜恽珠辑：《国朝闺秀正始集》卷一，清道光十一年（1831）红香馆刻本，第3a页。

首云：

> 席门闲傍水之涯，夫婿安贫不作家。明日断炊何暇问，且携鸦嘴种梅花。

毕著胆识武功已是不凡，又能抛开俗世，甘于贫困与饥寒交迫的隐逸生活，并具有后人难以企及的豁达与淡泊。沈来远赞其"室中椎髻，何殊孺仲之妻；陇上携锄，可并庞公之偶""孝女奇才真不可测"。[①]

与此相似的还有薛琼。其夫李崧，号芥轩，亦是清初矢志不再出仕的文人。两人携手隐居，有梁孟之风。而薛琼亦有咏乡居的词作《沁园春·同芥轩赋》[②]：

> 利锁名缰，蝇头蜗角，且自由他。幸瓶中鼠窃，尚余菽粟；畦边虫啮，还剩蔬瓜。随意盘餐，寻常荆布，无愧风流处士家。齐眉案，看鬓霜髭雪，渐老年华。　何妨啸傲烟霞。喜到处、徜徉景物赊。且篮舆同眺，青山红树；蓬窗共泛，白露苍葭；出不侵晨，归常抵暮，稍有囊钱便买花。随儿女，各经营耕织，检点桑麻。

虽李崧此后经商致富，薛琼已不再是清苦隐士，但上词对隐居生活的写实性记述，仍然显得豁然通达，尤似对其夫李崧的劝慰与称许。

大多山水田园诗描写自然风光、农村景物以及安逸恬淡的隐居生活，大多诗境隽永优美，风格恬静淡雅，语言清丽洗练。才媛诗中也有对山水农家的描写。如顾太清《南柯子·中元由金顶山回南谷山中书所见》：

> 絺绤生凉意，肩舆缓缓游。连林梨枣缀枝头。几处背阴篱落、挂牵牛。　远岫云初敛，斜阳雨乍收。羊踪樵径细寻求。昨夜骤

① （清）沈德潜编：《清诗别裁集》，上海：上海古籍出版社，2008年版，第1306页。

② （清）薛琼：《绛雪词》//（清）徐乃昌辑：《小檀栾室汇刻闺秀词》，清光绪二十二年（1896）南陵徐氏刻本，第2a—2b页。

添溪水、绕村流。①

又如许秀贞《山行》云：

板桥流水几人家，土屋茅檐一径斜。隔岸香风吹不断，山中开满蒺藜花。②

同类诗作中，庄盘珠的小令颇具韵致，语言清新洗练、质朴自然。如：

月痕才上，暝色和烟漾。扑簌沙鸥惊打浆，趁溜乌蓬刚放。溪流曲曲斜斜，转过蓼叶芦花。一点红灯渐近，小桥竹屋人家。（庄盘珠《清平乐·暮归》）③

庄盘珠的这首词描写暮归时所见的溪景。“月痕才上，暝色和烟漾”表明夜幕初降，淡月初升，乌篷船沿着溪流曲折前行，惊起了沙鸥，生动自然。而“一点红灯渐近，小桥竹屋人家”写出了家的温馨和暮归的喜悦，词句清淡，诗意温馨。

2. 乡关之思：梦里乡关云满路

除一般儿女之情，一些女性诗人随着丈夫仕途变化而在异地盘桓，因而笔下也充满思乡之情。顾贞立的词集中，表现“羁旅乡思”的词作也很多。顾贞立自称胸有“十载羁愁”（《雨中花·晓起》）④，诗中忧国怀乡之情十分浓郁，如其《满江红·中秋旅泊》⑤：

为问嫦娥，何事便、一生担搁。也曾来，百子池边、长生殿角。

① (清)顾太清、奕绘著，张璋编校：《顾太清奕绘诗词合集》，上海：上海古籍出版社，1998年版，第276页。

② 梁乙真：《清代妇女文学史》，上海：中华书局，1932年版，第306页。

③ (清)庄盘珠：《秋水轩集》//胡晓明、彭国忠主编：《江南女性别集》三编下册，合肥：黄山书社，2008年版，第1155页。

④ (清)顾贞立：《栖香阁词》卷上//徐乃昌辑：《小檀栾室汇刻闺秀词》第三集，清光绪二十二年(1896)南陵徐氏刻本，第3a页。

⑤ (清)顾贞立：《栖香阁词》卷上//徐乃昌辑：《小檀栾室汇刻闺秀词》第三集，清光绪二十二年(1896)南陵徐氏刻本，第15a页。

伴我绮窗朱户影，辜他碧海青天约。倩回风、迢递寄愁心，随飘泊。

五色管，今闲却。千石酒，谁斟酌。想天涯羁旅，鬓丝零落。别梦匆匆偏易醒，远书草草浑难托。判长暝、憔悴过三秋，人如削。

徐灿在清初随丈夫陈之遴前往北京，虽对陈之遴而言可谓春风得意，但重权高位却无法消解徐灿对南方家乡山水的思念之情。在其《一斛珠・有怀故园》①中写道：

恁般便过，元宵了，踏歌声杳。二月燕台犹白草。风雨寒闺，何处邀春好。吴侬只合江南老，雪里枝枝红意早。窗俯碧河云半袅。绣幕才揽（《拙政园诗馀》作"牵"），一枕梅香绕。

一句"二月燕台犹白草"可以说起到双重作用：一方面是感慨已经二月天气了，北国仍然衰草连天，尤以北国的春迟对比江南的春光正丽，另一方面也提醒作词人此时正身在北方，无计还乡，无法邀春住。下阕写魂绕梦牵的江南故乡，此刻已定是"枝枝红意早"了。对故园的感怀和渴望难以实现，只能通过对江南的风景加以想象而得到慰藉。可以说，上下阕形成了十分鲜明的对比，深深表达出诗人身在北方、心系故园的愁思。

清代文士为追求名利，或常年赴外应考，或辗转各地任官。少数才媛随行，羁留在外，常常涌起乡关之思。吕采芝的《临江仙》②云：

帘外一庭芳草，墙头几树桃花。碧波低映小桥斜。韶光明媚甚，春色十分赊。知否玉关消息，依然烽火黄沙。故乡欲去恨无家。红楼残梦醒，情思滞天涯。

---

① （清）徐灿：《拙政园诗馀》卷上，民国十一年（1922）上海博古斋刻《拜经楼丛书》本，第9页。

② （清）吕采芝：《秋笳词》//（清）徐乃昌辑：《小檀栾室汇刻闺秀词》第五集，清光绪二十二年（1896）南陵徐氏刻本，第8b页。

3. 兴亡之叹：闺中漫洒神州泪

清代才媛尤其是经历过清初政权更迭、舆图换稿的诗人，在传统的个人之情、思乡之情外，其诗歌中还笼罩了浓浓的哀时之慨。如上文所叙之薛琼，除隐逸之志外，其诗词中也充满对故国远去的喟叹。其《江城子·乙酉同婶氏游吴门诸山，忆旧昔志慨》[①]云：

> 昔年握别记匆匆。柳阴中，一帆风，两岸青山、相映淡眉峰。往返难忘芳草路，归去也，夕阳红。　　哪堪今日倚楼东，与谁同，暮云空。怊怅姮娥、独赴广寒宫。梦到家山山更远，寻不出，旧游踪。

顾贞立的故国之情，也是激荡翻涌。其《满江红·题楚黄署中闻警》[②]云：

> 仆本恨人，那禁得、悲哉秋气。恰又是，将归送别，登山临水。一片角声烟霭外，数行雁字波光里。试凭高、觅取旧妆楼，谁同倚。
>
> 乡梦远，书迢递。人半载，辞家矣。叹吴头楚尾，翛然孤寄。江上空怜商女曲，闺中漫洒神州泪。算缟綦、何必让男儿，天应忌。

郭麐《灵芬馆词话》卷二称此词："语带风云，气含骚雅。"[③]

徐灿为明代官宦之女，嫁与陈之遴后，经国破家变，其诗词亦含有浓浓的黍离之悲。其小令《少年游·有感》[④]云：

---

① (清)薛琼：《绛雪词》//(清)徐乃昌辑：《小檀栾室汇刻闺秀词》第六集，清光绪二十二年(1896)南陵徐氏刻本，第3a—3b页。

② (清)顾贞立：《栖香阁词》卷上//(清)徐乃昌辑《小檀栾室汇刻闺秀词》第三集，清光绪二十二年(1896)南陵徐氏刻本，第7a页。

③ (清)郭麐：《灵芬馆词话》//《续修四库全书》第1733册，上海：上海古籍出版社，1995年版，第396页。

④ (清)徐灿：《拙政园诗馀》卷上，民国十一年(1922)上海博古斋刻《拜经楼丛书》本，第8页。

衰杨霜遍灞陵桥，何物似前朝。夜来明月、依然相照，还认楚宫腰。 全尊半掩琵琶恨，旧諳为谁调。翡翠楼前、胭脂井畔，魂与落花飘。

上片所谓“灞陵桥”，相传为三国名将关羽辞别曹操挑袍之处，“衰杨”“霜遍”则喻旧朝已去，江山易主。夜月无心，徒来相照，不解旧人黯淡心境，正是《世说新语》所谓“风景不殊，正自有山河之异”；而“还认楚宫腰”，似又传达出“隔江犹唱后庭花”的叹息之意。下片接续化用杜甫“千载琵琶作胡语，分明怨恨曲中论”诗意，“绿珠坠楼”和“隋灭陈时后主与张丽华、孔贵嫔藏匿胭脂井”的典故，隐喻人被放逐、国遭覆灭的景况。词中景物与典故穿插，遗恨潜藏，绵延不止，但却“凝而不发，藏而不露”，且“用语极尽艳丽，使人一读之下，徒生无穷哀感”①。

二、抒情传统与才媛的诗艺探索

中国诗歌理论在对诗歌本体论、功能论的界定中，并立了诗歌“言志”和“抒情”的相互关系。《诗大序》云：“诗者，志之所之也。在心为志，发言为诗，情动于中而形于言。”对诗中的“变风”一体，《诗大序》又强调发乎情、止乎礼义：“发乎情，民之性也；止乎礼义，先王之泽也。”刘勰继之，在《文心雕龙·明诗》中谓“诗者，持也，持人情性”，终归是主张为诗当在礼义的约束和导引下进行。孔颖达《左传》“昭公二十五年”《正义》中说：“在己为情，情动为志，情志一也。”情志为一，当同为诗歌所表现或抒发，但这也使概念内涵较为混乱，以致朱自清先生不得不重新对诗“言

① 程郁缀：《徐灿词新释辑评》，北京：中国书店，2003年版，第45—46页。

志”与“抒情”的含义及演变形态作出区分。[1]

从历史上看，抒情传统是沿着两个进路在发展。**其一是发愤抒情一路**。楚国屈原在《九章·惜诵》中言：“惜诵以致愍兮，发愤以抒情。所非忠而言之兮，指苍天以为正。”其《九章》《离骚》，以满怀忧思愁绪的哀怨和强烈的愤怒发而为诗，体现了“结微情以陈词”“陈情以白行”等特点。西汉司马迁在《史记·太史公自序》云：“《诗》三百篇，大抵圣贤发愤之所为作也。此人皆意有所郁结，不得通其道也，故述往事，思来者。”在遭受极度不幸后，司马迁在《报任安书》中云：“退而论书策，以舒其愤，思垂空文以自见。”屈原、司马迁把人生遭际特别是个人抱负与现实政治之间的冲突加以艺术性、文学性的表现或转化，把文学和历史书写作为个体独立抒发情感的产物，对儒家传统强调的“止于礼义”的规范作了新的阐发。此后，持“发愤”说者代不乏人。东汉桓谭评价贾谊“不左迁失志，则文采不发”[2]；南朝梁刘勰在《文心雕龙·情采篇》云“志思蓄愤，而吟咏情性”；唐代韩愈云“不平而鸣”（《送孟东野序》），“和平之音淡薄，而愁思之声要妙；欢愉之辞难工，而穷愁之言易好”（《荆潭唱和诗序》）；白居易尝言“诗人多蹇”《与元九书》，“诗人尤薄命”（《序洛诗》）；宋代欧阳修说“非诗之能穷人，殆穷者而后工也”（《梅圣俞诗集序》）；苏轼说“诗人例穷苦”（《次韵张安道读杜诗》）；陆游说“盖人之情，悲愤积于中而无言，始发

① 朱自清著，刘晶雯整理：《朱自清中国文学批评研究讲义》，天津：天津文学出版社，2004年版，第8页。朱自清先生指出，在中国文学史上很长时期“志”与“情”被长期混用，由于志既表示“志向”“抱负”，也可表示“想象、情感”。随着阮籍以后，诗文中个人吟咏性情的比重增加，“言志”的语义更加含混。到“五四”时期，一些作者如周作人等提出言志与政教无关，于是诗也就完全成为个人的事情了。因此，“诗言志”中个人抒情色彩的加重，也是社会环境特别是语言变化、认知变化的结果。

② （汉）桓谭：《本造篇》//（汉）桓谭撰，朱谦之校辑：《新辑本桓谭新论》，北京：中华书局，2009年版，第2页。

为诗，不然无诗矣”（《次韵徐仲车》）。明清时期的归庄、李贽、焦竑等人，对此亦有所论述。

另一是缘情绮靡一路。汉末儒学的统治地位动摇之后，挣脱于儒家礼法束缚的人，在诗歌创作中首先找到了自由和性情的位置。真切、自然地抒发一己之情，成了自《古诗十九首》至建安、正始文学的显著特征之一。刘勰在《文心雕龙·明诗篇》评古诗十九首“直而不野，婉转附物，怊怅切情，实五言之冠冕”，备受后人推崇。“三曹”“以情纬文，以文被质”，骨气刚健、文思朴实。陆机将这一时期重情感与贵绮靡的风尚融为一体，提出了新的诗歌主张，即“诗缘情而绮靡”。朱自清先生曾评曰：“即如诗本是‘言志’的，陆机却说‘诗缘情而绮靡’。‘言志’其实就是‘载道’，与‘缘情’大不相同。陆机实在是用了新的尺度。”[①]诗歌由此开始“迈向了情感的、审美的世界”。[②] 对情与气的倡导，逐渐滥觞为两晋时期的任情、纵情。刘勰思以救弊，在《文心雕龙·情采篇》提出了“情者文之经，辞者理之纬”，要求志、情、辞并行不废。如此则“缀文者情动而辞发，观文者披文以入情，沿波讨源，虽幽必显。”（《文心雕龙·风骨篇》）此后，唐之李、杜、韦、温、李，明诗之公安、竟陵、戏曲之汤。清代之性灵一脉，对此均有发挥。两路之间，前者强调“志之所之”、歌诗发之，情亦偏重于客观之思想内容；后者强调根于性、发于情，情亦偏于个体性情之书写。两路既有所交叉，但又相对独立延续而下，形成了中国诗歌抒情传统的源流。

在这之中，由才媛创作的诗歌，以及以女子为吟咏对象的诗歌，对抒情传统的延续、抒情视角的创新、抒情内容的丰富起到了重要作用。汉

① 朱自清：《朱自清古典文学论文集》，上海：上海古籍出版社，2009 年版，第 6 页。
② 袁行霈、孟二冬、丁放：《中国诗学通论》，合肥：安徽教育出版社，1994 年版，第 228 页。

代的乐府中不乏女子创作或描写女子的作品，几乎都成为后世反复摹拟的经典。东汉徐淑答其夫秦嘉的《答诗》，被钟嵘评为上等。建安时期著名女诗人蔡琰以自身遭遇写出的《悲愤诗》，也对军事征伐造成的百姓生灵涂炭和个人家庭创伤，充满深沉的悲愤之情。此后唐之武则天、鱼玄机、薛涛，宋之李清照、朱淑真等，在发展文学理论、丰富文学创作上都发挥了重要作用。而本研究所集中关注的清代才媛诗歌，更体现出独特的情感书写特征，为这一抒情传统的传承与丰富致功尤多。

清朝才媛受教育程度很高，富有才情、博通经史，身后刊刻多种诗文集。但是稽考这些才媛的生活，虽有幸福欢娱之时，但失意蹇塞之时亦多。有的才媛年纪轻轻即负盛名，但花枝初绽便早夭；有的所嫁非偶，婚姻不幸，陷入长期的痛苦之中；有的虽短暂享受家庭生活之完整或夫妻偕唱之欢乐，但命运多舛，不久便沦入挫折之中；有的因丈夫早逝而长期孀居守寡；有的因无子嗣而抱憾终身；有的因夫妻离心而见弃；有的因家贫而困窘；有的因战乱而流离；有的因变故而弃世；有的则独卧青灯古佛了却残生。生命之际遇充满苦厄，她们只得以彤管写丹心，以笔墨诉衷情，以文字慰平生，创作出一批表现欢欣、苦厄、忧愁、困顿等情感的作品。在才媛对诗词的谋篇布局中，已经能看到不同的抒情模式和诗艺探索。

（一）感时起情

自然物候的迁移引起诗人情绪感受的变化，对生命的体悟与情思之交感，便引发美的遐思。正是由于四时的变化，才媛对特定物候与自身所处的特定阶段、独特遭遇、人生阅历等产生了一体化的美感体认，触发了诗思。这其中，又以春日和秋季为盛。《毛诗正义》评《豳风·七月》云："春，则女悲，秋，则士悲，感其万物之化，故所以悲也。"事实上，因时而感，感时起情，实不分男女。屈原在《招魂》咏："目极千里兮伤春心，魂兮归来哀江南。”湛方生之《怀春赋》云：“夫荣凋之感人，犹色象之在镜。……虽四时之平分，何阳节之清淑？”[①]李清照则有“醉里插花花莫笑，可怜春似人将老”[②]，宋代女子钱氏《有感》更云：“士悲秋色女怀春，此语由来未是真。倘若有情相眷恋，四时天气总愁人。”[③]所谓“节物相催各自新”，时节变化易为女子带来忧愁郁结，导致心理波澜，引起情感体验。从时令的变化而过渡到对年华、青春之易逝的惆怅与悲慨，流露于才媛感怀诗的笔端。

顾若璞早期的一些诗篇充满了春花秋月、四季变换的吟咏，从内容上看或写闺阁生活，或写园林山水，表现出恬淡与安宁[④]。如《宫辞》其十：“新春偷出御园游，争打黄莺蹴彩毬。乱入花丛人不觉，一声笑语过红楼。”[⑤]欢快情绪是诗中的主调。但也有不少诗作流露出浓厚的伤春情绪，叹年华易逝、美人迟暮。如《宫辞》云：“金风拂槛舞衣凉，露湿芙蓉宫漏长。纨扇只疑秋再热，栏杆倚遍忆朝阳。”[⑥]秋深之后纨扇藏，纨扇

---

① (东晋)湛方生：《怀春赋》//陈延嘉等主编《全上古三代秦汉三国六朝文》，石家庄：河北教育出版社，1997年版，第1457页。

② (宋)李清照著，黄墨谷辑校：《重辑李清照集》，北京：中华书局，2009年版，第32页。

③ 钱氏：《绝句》//(清)厉鹗辑撰：《宋诗纪事》卷八十七，上海：上海古籍出版社，2008年版，第2087页。

④ 顾若璞在四十一岁所作的《分析小引》中，对自己以往生活的回忆道：“予自万历丙午归汝父，遂涉历家事，廿有六年。中间辛苦备尝，风波遍历。予帷是兢兢业业，早作夜思，无敢失坠，以无误祖宗立法，以无贻父母忧者，岂好为是劳哉。”她初嫁黄东生时，由于黄东生游学、赴考，并不完全闲赋在家。顾若璞以“主内”的身份留待家中，把大部分精力投注在管理家务上。这一时期顾若璞的作品从数量上来看，仅39首诗词，在《黄夫人卧月轩稿》六卷本中所占份额较少。从作品的内容上看，也较为单一。参见：(清)顾若璞：《分析小引》//《卧月轩稿》卷五，清顺治八年(1651)刻本。

⑤ (清)顾若璞：《宫辞》//肖亚男编：《清代闺秀集丛刊》第十七册，北京：国家图书馆出版社，2014年版，第435页。

⑥ (清)顾若璞：《宫辞》//肖亚男编：《清代闺秀集丛刊》第一册，北京：国家图书馆出版社，2014年版，第438页。

成为女子见弃的象征。而顾诗却言只盼朝阳出、天再热，倚遍栏杆，藉此可动君怀。诗人在原意的基础上运用了比兴手法，又翻出新意。

尤澹仙在《春暮》[①]写道：

春别江南欲暮时，梨花如雪柳如丝。近来无限伤春意，并恐东风亦未知。

梨花盛开与柳丝修长是春日盛极转衰的标志性物态。年增岁长，诗人的伤春之心更加浓郁，连曾经带走哀愁的春风都已不解，表达了深厚的惆怅与无奈。

熊琏早失所天，终身守节。每至春深，则孤独悲伤自发，难于排遣。这为她的一系列诗歌注入了清苦的色彩，如"客里伤情叫鹃血，愁中把酒当月筵。红牙拍彻离歌歇，孤负韶华又一年"[②]（《送春》），"疏疏篱影漾轻萝，一缕清丝一曲歌。深院无人春似水，梨花枝上月明多"[③]（《春夜》），"韶光九十等闲过，如此催人白鬓何。惆怅花开又花落，年年风雨一春多"[④]（《惜春》），"轻衫典惯不知贫，麦秀风寒雁语频。料得朱门春欲老，扶栏愁杀看花人"[⑤]（《偶成》）。暮春之时，诸多情绪一并袭来，有韶华已去的悲叹，有深院无人的孤寂，有花开花落的惋惜，也有岁月催人老的喟叹，季节暗换带来的忧伤，已经深深嵌入诗人的悲剧命运

① （清）尤澹仙：《春暮》//（清）张允滋等撰，任兆麟编：《吴中女士诗钞》，清乾隆五十六年（1793）林屋吟榭刻本，第 112 页。

② （清）熊琏：《澹仙诗钞》//肖亚男编：《清代闺秀集丛刊》第十七册，北京：国家图书馆出版社，2014 年版，第 473 页。

③ （清）熊琏：《澹仙诗钞》//肖亚男编：《清代闺秀集丛刊》第十七册，北京：国家图书馆出版社，2014 年版，第 471 页。

④ （清）熊琏：《澹仙诗钞》//肖亚男编：《清代闺秀集丛刊》第十七册，北京：国家图书馆出版社，2014 年版，第 498 页。

⑤ （清）熊琏：《澹仙诗钞》//肖亚男编：《清代闺秀集丛刊》第十七册，北京：国家图书馆出版社，2014 年版，第 508 页。

之中。

（二）触景生情

情景关系被认为是诗歌创作中要处理的核心关系，才媛在诗词中又创造了多种呈现方式。如以景叙情，即通过景色的描写与转换而将情意渗透其中。如吴藻的《浪淘沙》五首之一[①]：

莲漏正迢迢，凉馆灯挑。画屏秋冷一枝箫。真个曲终人不见，月转弯梢。　　何处暮钟敲，黯黯魂销。断肠诗句可怜宵。莫向枕根寻旧梦，梦亦无聊。

又如以情带景，即将主观的情感意志投射、映照到客观的、外在的景物上，使"物着我之色"。如吴藻的《酷相思》[②]云：

炙了银灯刚一会，独自把，沙屏背。怎几个、黄昏偏不寐。心上也，愁难讳。眉上也，愁难讳。　　薄纸窗儿寒似水。一阵阵，风敲碎。已坐到、纤纤残月坠。有苦也，应该睡。无梦也，应该睡。

现实的问题得不到改变，诗人往往通过对往昔或远方的回忆，来寄托心中的愁情。顾若璞的拟古诗《织女》[③]：

对月停机杼，凌风驻七襄。飞蓬经岁理，宝髻暂时妆。欲向星河渡，先劳鹊驾张。汤汤银汉水，何事断人肠。

诗人以织女自况，暗指牛郎织女虽远离彼此，但每年七夕尚有相聚之期，而诗人与丈夫已是阴阳永隔，浩瀚银汉之水尚能暗渡，自己却无法

---

① （清）吴藻：《浪淘沙》五首之一//（清）冒俊辑：《林下雅音集》，清光绪十年（1884）刻本，1a 页。

② （清）吴藻：《酷相思》五首之一//（清）冒俊辑：《林下雅音集》，清光绪十年（1884）刻本，第 11b 页。

③ （清）顾若璞：《织女》//肖亚男编：《清代闺秀集丛刊》第一册，北京：国家图书馆出版社，2014 年版，第 459 页。

与夫君相约，岂不更令人肠断魂消？

方维仪守节多年，其写孀居之诗，风景、物类自然写实，而以心绪、情感渗透其间，往往虚实交杂，悲苦孤寂之色浓厚。其《晨晦》[1]一诗：

终朝无所见，茫茫烟雾侵。白日不相照，何况他人心。

枯梅依古壁，寒鸟度高岑。静坐孤窗中，幽乡成哀吟。

春水一已平，杨柳一已深。故物无遗迹，萧条风入林。

“终朝茫茫”“枯梅古壁”“孤窗幽乡”写景物萧条冰冷，而“白日不相照，何况他人心”又表现出深彻的孤独感、悲寒感，诚为孟郊“寒峭”“苦吟”之嗣响。清初诗人朱彝尊称“其辞之近乎孟贞曜也”[2]，可谓确见。

（三）借物传情

以物代诗人之情志，是咏物诗的重要特点之一，既有体物肖形、传神写意，亦有托物言志、借物抒情，寄托着深沉的情感。除了对日常交际场景的书写，徐灿的咏物抒情之作也颇有意味。如其《咏梅》[3]曰：

故园梅信久迟迟，忽向龙沙见一枝。素蕊岂争桃李色，异香偏负雪霜姿。瑶琴梦里犹堪奏，玉笛愁中不忍吹。知尔也应思庾岭，小庭清夜月斜时。

诗中既通过戍所之梅花以表达乡愁，又兼有自况之意，借梅花的“岂争桃李色”“偏负雪霜姿”自勉自勖。

诗中所借之物，除了花朵等物什之外，居室、庭院等环境亦是寄托情

① (清)方维仪：《晨晦》//(清)王端淑辑：《名媛诗纬初编》卷十二，清康熙六年(1667)清音堂刻本，第7b页。

② (清)朱彝尊编：《明诗综》卷八十五，上海：上海古籍出版社，1993年版，第1535页。

③ (清)徐灿：《拙政园诗集》卷上，民国十一年(1922)上海博古斋刻《拜经楼丛书》本，第42页。

思的载体。徐灿在《浪淘沙・庭树》[①]就表达了一种秋季庭树惹乡思的情绪：

庭树又秋花，做弄年华。满城霜气湿青笳。眼底眉头愁未了，去数归鸦。残月霭窗纱，莫便西斜。雁声和梦落天涯。渺渺蒙蒙云一缕，可是还家。

其夫陈之遴曾就此词和过一首《浪淘沙・感兴，和湘蘋韵》："几载似飞花，飘坠京华。持杯和泪听宵笳。犹带故宫明月色，不及寒鸦。乌帽试青纱，锦带红斜。当年游戏玉河涯。云里帝城双凤闻，好个天家。"[②]后一首是陈之遴步韵而作，但两词在情感色彩上可谓迥然而异。一个是盼归去，庭绕愁思，梦落天涯；另一个则是忆过往，对锦帽貂裘的昔日念念不忘。两相对照，可以从中看出两人虽是恩爱夫妻，各自的情志追求却不甚相同。

熊琏在新收获的粮食烹熟时，又想起家里的亲人。《食新》[③]诗云：

亲魂日杳梦难真，熟到黄粱又一春。此日馨香含泪荐，伤心不见去年人。

按民俗，小暑之后尝新米。新收成的稻谷舂米后，先用于祭祀五谷之神和祖先，再由人食用或用于酿酒。《食新》可谓触物感怀，今昔对比，发出了物是人非的深叹。可见思亲之时，触目皆是生情之物。

（四）以事寄情

叙事为抒情，往往由经历而感发，因遭遇而生思，缘故实而写意，借

① （清）徐灿：《拙政园诗馀》卷上，民国十一年(1922)上海博古斋刻《拜经楼丛书》本，第12页。
② （清）徐灿著，程郁缀编著：《徐灿词新释辑评》，北京：中国书店，2003年版，第167—168页。
③ （清）熊琏：《食新》//肖亚男编：《清代闺秀集丛刊》第十七册，北京：国家图书馆出版社，2014年版，第508—509页。

物事而寄情。而所谓事者，可指日常生产生活，包括寻常百态，亦可含史上故实或文学典故。顾若璞的《湖上缫丝曲》[①]云：

桃花花繁杨柳垂，纤腰嫩脸香风吹。莺儿调声声正滑，堂上丝车鸣轧轧。少年骑马挟金弹，青幕朱舷纷夹岸。缫丝终日不忍看，寒蛰早晚啼秋慢。

将缫丝女儿的劳作情景与纨绔子弟的生活相对比，巧妙地写出了她们忧心秋日脚步慢的心态，具有一定的讽世意味。

再如女诗人程淑的《采莲曲》[②]，以采莲事为喻，表达女子内心的婉转辛苦。

采莲莫采花，花如侬貌好。侬见花犹羞，多谢郎称道。

采莲莫采叶，叶动露珠坠。凭侬好护持，留盖鸳鸯睡。

采莲莫采藕，藕断丝不禁。一丝成一结，百结似侬心。

采莲莫采房，房房子无数。剖开子中心，可识侬心苦。

此组诗歌从莲花、莲叶写到莲藕、莲房，从具体而至抽象，从物质而入精神，既层层深入，又与女子的容貌、情思相比附，妥帖而清丽感人。

随园女诗人席佩兰常用仙缘典故，与丈夫孙原湘唱和。乾隆六十年，孙原湘在江南乡试中因宜兴知县阮升基力荐而秋闱高中，而当时座主为刘云房。席佩兰作诗曰：

尽说兴公最擅场，天台一赋响铿锵。疑君身是仙桃树，恰属刘郎与阮郎。[③]

---

① （清）顾若璞：《湖上缫丝曲》//（清）王端淑辑：《名媛诗纬初编》，清康熙六年（1667）清音堂刻本，第 10.13b 页。

② （清）程淑：《采莲曲》//肖亚男编：《清代闺秀集丛刊》第五十七册，北京：国家图书馆出版社，2014 年版，第 579 页。

③ （清）席佩兰：《戏之一诗》//肖亚男编：《清代闺秀集丛刊》第十八册，北京：国家图书馆出版社，2014 年版，第 224 页。

诗中的兴公指东晋诗人孙绰，其所作《天台山赋》，曾向人夸曰："卿试掷地，当作金石声也。"而"刘郎与阮郎"原是指误入仙源的刘晨、阮肇，这里则暗指对丈夫高中极有助力的刘云房与阮升。此诗化用典故，又一语双关，把对孙原湘才华的信心、对两位主考提点帮助的感激之情，巧妙地表达了出来，足见诗人心思之密、匠心之运。

汪端颇好元明时期的历史，特别是对于朱元璋和张士诚在吴地军事对抗的历史研究颇深，对张吴战败多有同情。汪端对于张吴阵营中投降的将士讽刺言语犀利，不留情面。在《张吴纪事诗》[①]中咏吕珍、莫天祐之诗：

> 将略娄楼恐未如，虎侯慓捷不知书。生降可惜吴明彻，远举应惭李左车。壁垒龙山残月在，旌旗乌镇劫灰余。黥彭归汉终遭戮，不殉重瞳壮志虚。

吕珍，字国宝；莫天祐，字惟吉，跟随张士诚起义，均为骁将，曾守绍兴，又与明兵战于太湖，擒廖永安、败俞通海、取安丰，杀刘福通，后援湖州时为常遇春所败，被执；天祐号"莫老虎"，曾被张士诚表为"同佥枢密院事"，累立战功，姑苏被围，仍独守无锡，后士诚就执，被胡美急攻乃降。朱元璋因莫天祐多伤明兵仍诛之，吕珍后亦见杀。汪端以这二降臣为吟咏对象，意在说明背主弃义并不可取。诗歌在嘲笑二人不学无术之外，还以古今降臣如吴明彻、李左车、英布、彭越等来加大对其失节的讥讽力度。

（五）感同他情

才媛情感丰富，对同辈的相似经历、境遇十分同情。方维仪与妹妹

---

① （清）汪端：《张吴纪事诗》//（清）冒俊辑：《林下雅音集》，清光绪十年（1884）刻本，第 6、10b—6、11a 页。

方维则同为节妇，也与其他守节女诗人以诗歌相往来，彼此酬和赠答，既相互安慰，也相互磨砺，在文学生活中找到安心之所。方维仪的《楚江怀节妇吴妹茂松阁二首》[①]其二：

薄命同罹骨肉哀，天涯书信远难来。

愁心不似归鸿影，能逐湘江夜月回。

经历丧夫之痛的苦厄命运使她们对相互交流更加期盼。收不到来信，更希望把愁心寄与明月，随湘水奔流而回。

她的《思林节妇》[②]一诗，对林节妇精心学道、朝夕苦吟的共同生活作了描绘。

知君太息亦如吾，清静焚香坐学趺。夜见枯桑还再拜，朝吟苦竹复长吁。山溪乱后花犹发，道路人稀雁到无。病眼莫伤流寓老，且从闺阁赋南都。

《赠新安吴节妇》[③]一诗表达了共渡艰辛孀居生涯的愿望，同时充满了对时移世易时难以把握的无助感和飘零感：

嗟君凛峻节，听我吟悲歌。霜门久寂寞，荒阶秋色多。孤松列寒岭，归雁渡长河。皎洁独自持，甘心矢靡他。闻之一何苦，叹息泪滂沱。金石亦云坚，乃能当折磨。感遇从佳召，惠顾得相过。置酒望明月，集衣搴薜萝。幽窗芬黄菊，白露下庭柯。坎坷同苦辛，薄命更蹉跎。白头逢世乱，飘泊涉风波。老大不足惜，乱离将奈何。

诗人既为吴节妇凛峻的贞节意识深感钦佩，也对孀门寂寞的生活表

① (清)周寿昌辑订：《宫闺文选》卷二十三，清道光二十六年(1846)小蓬莱山馆刻本，第20b页。

② (清)潘江辑，彭君华主编：《龙眠风雅全编》第二册，合肥：黄山书社，2013年版，第552页。

③ (清)潘江辑，彭君华主编：《龙眠风雅全编》第二册，合肥：黄山书社，2013年版，第540页。

示酸楚，对“薄命蹉跎”“风波漂泊”而同感悲辛。

在东北流放期间，徐灿的《送方太夫人西还》与《怀德容张夫人》等诗，又从一个典型的侧面，展现了清初东北戍所女诗人之间的交往与情意。如《怀德容张夫人》五律二首[①]：

紫塞群花发，恹恹总不知。玉窗清昼掩，宝镜倦容窥。远俗恒持诵，耽空欲废诗。有怀成契阔，况是暮春时。

咫尺银州路，知交把晤难。病多尝药遍，缘静问心安。仙梵流松迳，瑶芳想石坛。何时见颜色，贝叶得同看。

另有《寄德容张夫人》[②]：

秋风一夕度玉关，旅况萧条紫塞间。幸有故人怀夙谊，几劳芳讯慰愁颜。汀州露冷鸿初到，庭院霜浓菊渐斑。闻道金鸡前日下，轩车旦晚好西还。

《怀德容张夫人》[③]七律二首：

鱼轩秋晚旧京来，握手相逢旅况开。长向瑶笺看好句，信知香阁有奇才。三年多病人同老，万事伤心话转哀。梵呗终期归白发，莲花池上长金台。

银州归驭惜匆匆，几夜愁怀话未终。清泪长流分别后，玉颜时接梦魂中。共怜塞雪征衣薄，好倩霜鸿锦字通。屈指明年春色早，紫泥应下玉关东。

---

① （清）徐灿：《拙政园诗集》卷上，民国十一年（1922）上海博古斋刻《拜经楼丛书》本，第12—13页。

② （清）徐灿：《拙政园诗集》卷上，民国十一年（1922）上海博古斋刻《拜经楼丛书》本，第36页。

③ （清）徐灿：《拙政园诗集》卷上，民国十一年（1922）上海博古斋刻《拜经楼丛书》本，第33页。此中银州即指现在的铁岭，清代称银州。从诗集看，徐灿随夫谪戍沈阳，而张夫人（朱又贞）的戍所则在今辽宁省铁岭市。

两首诗对于女诗人之间的情谊表达妥帖，展现了才媛特有的温柔关切之情。诗中描绘他乡得见故知的喜悦，字里行间又带有同病相怜的人生感慨，见少别多的离愁别绪，感情细腻深刻，带有女子特有的情感体会，殊为动人。从中也可以看出清代不同戍所之间流人群体的日常交往。关于这方面的描写，又如其《送方太夫人西还》中写到的“三载同淹紫塞尘”“多经坎坷增交谊”[①]，可见女诗人之间的友谊，也在戍所的流放生活中不断加深。

女诗人熊琏有感悼词数十首，集曰长恨编类，皆为闺中薄命之事而作。《金缕曲》[②]一词云：

> 薄命千般苦，极堪哀、生生死死，情痴何补。多少幽贞人未识，兰蕙香消荒圃，埋不了、茫茫黄土。花落鹃啼凄欲绝，剪轻绡、那是招魂处，静里把、芳名数。　　同声一哭三生误，恁无端聪明磨折，无分今古。怜色怜才凭吊里，望断天风海雾，未全入、江郎恨赋。我为红颜频吐气，拂霜毫、填尽凄凉谱。闺中怨，从谁诉。

才媛命运多舛，笔下往往牵愁挂恨。而此词则是为男女一调同悲之事而哭，即“无端聪明磨折”，把女子“色”衰与男子“才”误等量而观，更强调“闺怨”难诉，期待能为“红颜频吐气”，展示出超越性的气量胸怀。

---

① (清)徐灿：《拙政园诗集》卷上，民国十一年(1922)上海博古斋刻《拜经楼丛书》本，第43—44页。

② (清)熊琏《金缕曲·长恨编题词》//胡晓明、彭国忠编：《江南女性别集五编》上，合肥：黄山书社，2008年版，第758页。

第三编 才媛美学

第六章　美之意象

醇美的作品可以让人暂时忘却生命中的苦痛与种种不美好，它提供的是一种让人回味无穷荡气回肠的境界，让人深深沉醉其中而不可自拔。即使身处困境，总有一种美好值得期许，这就是美学。

诗是才媛情志的表达，是精神世界的书写，而诗中的意象更是才媛心中美的凝定。诗透过宇宙沧桑、万千世界来传递才媛的情愫、哲思与幽绪，而意象则展示出才媛们让人瞩目、发人深思、令人敬畏的壮美、优美、静美。这是外部世界与才媛心灵熠熠交映、灿然成辉的悟性佳构，是现实与理想、经历与体悟、凡俗与静谧共同提炼的人文精华，是绵延于后世、能够荡漾起情感涟漪、精神波动和思想共鸣的文艺境域。才媛在诗中构建的意象世界宛然自足，超越浩浩天宇，跨过莽莽太古，独立于时空之中，如静水流深，山高水远。即便染上岁月的尘埃，长满年轮铺下的青苔，也熠熠而有光，高迥而不凡。在明月清照之下，古调重谈之时，这个自足的精神之境会徐徐展开，绽放出才媛生命的喜与悲、愁与苦、淡与真。因此，一首诗词就是一方心灵的境界，一个意象就能照出才媛的魂灵。一个诗中的意象，就是一个导入意蕴丰富的内在世界的引子。通过才媛诗中意象的观察与体味，可以走到诗文的背后，去揣摩深藏其中的才媛心灵之幽微，去共感文字传达的才媛生命之体验，去体会才媛的心中之美。

诗人将情思化为诗的意象，意象与诗语融合而为意境，意境就是情境，亦是诗境。细数历史，由才媛创作出的诗歌意象与境界佳构不胜枚举。如班婕妤的《团扇诗》:“新裂齐纨素,鲜洁如霜雪。裁为合欢扇,团团似明月。出入君怀袖,动摇微风发。常恐秋节至,凉飙夺炎热。弃捐箧笥中,恩情中道绝。”①作者以纨扇被弃暗写女性的遭遇、叹世态炎凉。但团扇的行藏,已经不仅仅是班婕妤自身生命历程的写照,更是深刻揭示出传统社会中女子难以逃脱的悲剧命运,可谓具体而深刻。《诗品》指其“辞旨清捷,怨深文绮”,将之列为上品;骆宾王认为此诗“霜雪之句,发越清迥”;沈德潜在《古诗源》中评“用意微婉,音韵和平”②。“团扇弃捐”不仅是美人失宠、红颜冷落的经典意象,也成为借指君子遭妒、时不我与的士人心境,可以说跨越性别、穿越历史,千古同悲。唐寅在其《秋风纨扇图》上题诗云“秋来纨扇合收藏,何事佳人重感伤。请把世情详细看,大都谁不逐炎凉”③,已是彻头彻尾的失望与悲伤。又如东晋谢道韫,一句“未若柳絮因风起”,羞惭多少士人才子,“咏絮之才”成为传统社会形容女性文采的至高褒奖;其“天壤王郎”之叹,也成为后世无数才媛慨叹自身不幸命运的话头。

逮至清代,女性情采也在铢累寸积的意象营构中不断生发,并获得新的内涵。以下择其最能代表清代才媛美学精神的意象概论之。

一、 一庭烟雨

卧立闺中,雨为才媛日常之景;望之品之,又渗透着美的况味。无论晨明、午后抑或夜晚,霖降而万物发,雨落而时序移,烟笼而世界隔。自闺阁而下,对霏霏细雨抑或连绵烟雨,或放眼看之,或倾耳听之,或举手

---

① (明)钟惺、谭元春选评:《诗归》,武汉:湖北人民出版社,1985 年版,第 53 页。
② (清)沈德潜辑:《古诗源》,北京:中华书局,1963 年版,第 52 页。
③ (明)唐寅:《秋风纨扇图》纸本水墨(77.1×39.3 cm),上海博物馆藏。

触之，总惹起才媛无数思绪。**有春雨怀思**，如明末清初的纪映淮所作的《春日幽居》[①]云：

细竹深阴覆碧纱，石床书帙尽抛斜。半帘细润侵寒雨，一衲孤馨染落花。流水穿林寻野鹤，夕阳归树护栖鸦。春山淡漠无人共，遥倩诗囊贮乱霞。

此诗本是怀念其父纪青之作，但是却写出了雨与人的意态。春寒未褪之时，细雨飘下，为纱窗染遍寒意，也无声濡湿了半垂的帘幕。遥想中的父亲在孤寂中“与时消息”，僧衣沾上了雨丝风片送来的枝头落花。一个“孤”字勾勒出遗世高洁、孤往不群的隐者形象，又寄寓着诗人对父亲不与世俗同流合污的钦赏。清流蜿蜒、野鹤闲放，春山在雨中若隐若现，即便无人与共，但隐者是淡漠超然的，自在地把夕阳落霞、老树栖鸦付诸笔端、诉诸诗文。

有夜雨愁苦，如陈璘之《剔银灯·夜雨》[②]：

夜半空阶细雨，牵引出、千丝万虑。尘满空厨，烟虚瘦突，巧妇难将字煮。几声蛩语，如向我、愁人悲诉。　　庭竹飕飕碧聚，幽草助愁难去。未补敝裘，穿残破絮，还在子钱家住。萍踪何处，恨不向、西风化羽。

陈璘，瞿玄锡室，明朝抗清首领之一瞿式耜子妇。瞿式耜为南明大臣，驻守桂林与清军作战，城破被捕，1650年以身殉国。瞿家转入荒村，流离失所，生计艰难。词上片由夜雨潇潇引入万千思虑，落在漂泊流离、穷困潦倒的日常生活上。雨声蛩声，悲鸣交加，无边的黑夜激起了愁思，

① (清)纪映淮：《春日幽居》//(清)王端淑辑：《名媛诗纬初编》，清康熙六年(1667)清音堂刻本，第26b页，现藏于北京大学图书馆。

② (清)陈璘：《剔银灯·夜雨》//(清)徐乃昌辑：《闺秀词钞》卷六，清宣统元年(1909)小檀栾室刻本，第5a页。

缠绵的雨丝更凸显无奈的凄凉和愁苦。夜雨中的庭竹与幽草笼住了愁情，破衣弊裘已是奢侈，想起这些年辗转漂泊、行踪无定，生活之窘迫、境况之凄凉更因连夜细雨而愈加浓烈。欲得化解，只有借助西风羽化登仙，以飞升脱离困顿之途、俗世之累。在天为雨，在人为泪，烟雨之外，故地远去。雨助愁情，愁添雨悲，潇潇夜雨、蟋蟀凄鸣进一步增添了全词的压抑感和无奈感。

有喜雨之情，如方芳佩《雨中看山》[①]：

> 连朝掩扉卧，襟怀殊怏怏。重阴昼亦昏，远色润书幌。忽闻山雨飞，檐溜送清响。开帘得奇观，林木何苍莽。岂徒眼界清，足使神情爽。拥鼻一微吟，挥毫技复痒。横斜字半欹，聊以志幽赏。绝爱群鸦雏，冲烟自来往。

雨中之境，迷离惝恍，使人恍觉似身处世外，与现实隔绝，忘却营营，忘却流年。方芳佩的这首诗，就写出了在雨的润泽、气的清新中，诗人提笔赋诗的畅然之感。起笔四联平稳寂静，而山雨一来，宁静与沉闷忽然被打破，大雨飞至，席天幕地，檐际流响，林木顿入苍莽。不仅令人放开眼界，精神亦觉畅爽。诗句既摹绘物候的游移，跟着自然的韵律，又洋溢着作者的意兴盎然，从高卧斋中、襟怀怏怏，到遽然而起、挥毫而书，又回归到群鸦穿帘度幕，自由往来。雨是自然变幻的产物，更是率性而为的媒介。作者的诗是写雨，更是写情；是写爱雨，更是写钟爱这份难得的自适。王鸣盛在《在璞堂吟稿序》中如此评论方芳佩："剪刻明净，欲以幽好避群；言志之篇，宛转而缠绵；体物之作，秀发而浏亮。譬如秋兰丛菊，嫣

---

① （清）方芳佩：《雨中看山》//肖亚男编：《清代闺秀集丛刊》第十册，北京：国家图书馆出版社，2014年版，第297—298页。

然风露之外。”[①]

可见，无论才媛或神采飞扬，或孤独凄苦，或静坐怀思，或悠然有悟，一帘烟雨都构筑起朦胧迷离的氛围，给了她们静对己心的环境，让她们回思往事，面对现实。雨化作泪，忧愁更加浓郁；但雨慰平生，期冀也得到激发。潇潇夜雨是愁闷和哀怨，同时也是宣泄和期待。经过多少云水雨风，才媛这一生终将随暮云朝雨舒卷，而化作流水的回旋，向生命的故乡归去。

二、西窗重帘

《太平广记》所引王子年《拾遗记》[②]记载：

越谋灭吴，蓄天下奇宝美人异味以进于吴，得阴峰之瑶、古皇之骥、湘沅之鳝，又有美女二人，一名夷光、一名修明，即西施、郑旦之别名，以贡于吴。吴处以椒华之房，贯细珠为帘幌，朝下以蔽景，夕卷以待月。二人当轩并坐，理镜靓妆于珠幌之内，窃窥者莫不动心惊魄，谓之神人。吴王夫差目之，若双鸾之在轻雾，沚水之漾秋蕖。妖惑既深，怠于国政。

《绿窗新话》引《古今词话》关于北宋名妓聂胜琼的记载[③]云：

聂胜琼，北宋都下名妓，生卒年不详。聂胜琼，资性慧黠。李之问诣京师，见而悦之，遂与结好。及将行，胜琼饯别于莲花楼。别旬日，作《鹧鸪天》词寄之。词云：

---

① （清）王鸣盛：《在璞堂吟稿》序二//肖亚男编：《清代闺秀集丛刊》第十册，北京：国家图书馆出版社，2014年版，第166页。

② （晋）王嘉：《拾遗记》，北京：中华书局，1981年版，第87页。

③ 唐圭璋编著：《宋词纪事》，上海：上海古籍出版社，1982年版，第234页。

玉惨花愁出凤城，莲花楼下柳青青。尊前一唱阳关曲，别个人人第五程。寻好梦，梦难成。况谁知我此时情？枕前泪共帘前雨，隔个窗儿滴到明。

李以置箧中，抵家，为其妻所得。问之，具以实告。妻爱其词，遂出妆资，为夫娶归。琼至，损其妆饰，委曲奉事主母，终身和好，无间隙焉。

以上两段文献中关于珠帘与轩窗的记载，让人动容。宫帏闺阁之中，珠帘与轩窗实为必不可少之物。自涵义言之，二者皆实有"隔"与"自由开合"的双重意义，"因窗之漏，一墙之隔的不同景区篱落互为勾通，一窗乃一洞观之研，使隔帘风月、墙外风烟纷至沓来，牖开春流到泽，轩动淑气贯融"[①]。珠帘的开与合也具有此种含义，推开一扇窗，卷起一幅帘，便是打开一个闺阁的世界；反之，便是退守其中，悠然高卧，静待花开。

才媛在闺阁中长成，珠帘与轩窗是内外世界的连结，也是精神与自然的对话。"试问卷帘人，却道海棠依旧"，珠帘隔断了闺中女子的视野，却无法抹去她对花期的关心；"帘卷西风，人比黄花瘦"，则又道出了才媛的自怜自艾。而清代才媛对珠帘的情意，除了对自身的叹惋，还有对诗社同道的思念。如张芬的《疏帘淡月·春夜怀诸姊》[②]：

春归何处，见草长青烟，花飞红雨。杜宇声声，更胜秋光凄楚。谢庭昔日东风暮。卷珠帘，画楼同倚。香侵罗袂，月争鸾镜，笑谈诗思。　叹凋零、旧时亭榭。望泉台魂杳，天涯人去。箧里云笺，题遍断肠诗句。从今了却寻芳意。任蜂蝶、纷纷多事。千行血泪，几

---

① 朱良志：《中国艺术的生命精神》，合肥：安徽教育出版社，1995年版，第264页。

② （清）张芬：《疏帘淡月·春夜怀诸姊》//（清）张滋兰选：《吴中女士诗钞》，清乾隆五十四年（1789）刻本，第20a页，现藏于北京大学图书馆。

声长笛，一庭疏树。

张芬，字子蘩，号月楼，江苏吴县人，同知夏清和室。据《吴中女士诗钞》记载："张芬夙秉慧业，常从常熟许冰壶夫人游赏。冰壶门徒众多，张芬与其姊桂森所最契赏。自清溪结诗社，月楼以诗相质，每分题联咏，侪辈咸推服。"[①]这首词当是张芬回忆当年情景，表达联咏契赏之乐，而慨叹人事凋零之作。庭院画楼之内，最知春之消长者，当是帘窗。想昨日，珠帘高卷，见草长花飞，杜宇啼红，趁东风日暮，月上层楼，拈韵赋诗，何等惬意欢畅，有若当年的乌衣之游、谢庭之集。而对比当下，同辈或魂归泉台，或人在天涯，零落略尽。箧中所留，断言残简，皆是断肠诗句。疏帘淡月，亭榭倾颓，烟树茫茫，一片萧疏寂寞，凝重感伤。一帘清致，本应是曼妙无边的雅集时光，但人世变幻，寻芳意绪漫然消逝，迭失挚友，更加哀痛。垂帘听雨，相思不已。帘幕和轩窗开合的相似情景，反而加剧了今昔对比下诗人心中的忧伤与沉痛。

顾若璞的《漫题》[②]，也以轻帘不挂钩，来锁住满心愁情：

贝叶闲翻夕倚楼，不争万斛上心愁。春来怕蹩阶前草，尽日帘纹不控钩。

与之相对，在女诗人商可笔下，珠帘则隔开了一个孤远清幽而又高度自足的内在世界。其《垂帘》[③]一诗云：

柔绿阴无际，垂帘昼似年。莺声催午课，花气拥春眠。向母寻眉谱，随兄治砚田。潜心看内则，钞得两三篇。

---

① （清）任兆麟：《两面楼诗稿叙》//（清）张滋兰选：《吴中女士诗钞》，清乾隆五十四年（1789）刻本，第序1a页，现藏于北京大学图书馆。

② （清）顾若璞：《卧月轩稿》卷二，清光绪二十三年（1897）钱塘丁氏嘉惠堂刻本，第1b页。

③ （清）商可：《垂帘》//胡晓明主编：《历代女性诗词鉴赏辞典》，上海：上海辞书出版社，2016年版，第736页。

在绿荫如覆的和春之日，垂下的珠帘为诗人营造了花气袭人慵懒自处的氛围。在这悠然自得的闺阁之中，诗人梳妆打扮，整理砚台，自行午课，学习内则，一个待字闺中的少女在午后读书写字的情形跃然纸上。陆游“重帘不卷留香久，古砚微凹聚墨多”的隽永趣味，与商可“昨宵疑有雨，深院断无人”的简洁平淡，都在重帘处自由卷舒。

三、寒梅霜竹

君子寄于梅，才媛喻于梅。梅花数朵，寄喻宏深。在中国传统美学中，梅花意象被赋予卓然不群、素雅冲淡的精神内核，而又与重视当下直寻的审美体验如合符契，与文人才媛对简约纯净之美的推崇高度一致。寻梅赏梅、寄梅赠梅堪称雅事，也成为无数文人墨客喜爱的诗画主题。南朝宋盛弘之《荆州记》载：“陆凯与范晔相善，自江南寄梅花一枝，诣长安与晔，赠诗曰：‘折梅逢驿使，寄与陇头人。江南无所有，聊赠一枝春。’”[①]李白的“独立天地间，春风洒兰雪”，高标清韵，雅洁脱俗；王维的“昨日绮窗前，寒梅着花未”，清空如话，闲淡隽永，均为咏梅佳篇。梅花的避世高蹈、娴静优雅，与遗世独立的隐士精神共通，宋代林逋在杭州西湖孤山隐居，在居室周围种梅养鹤，人称“梅妻鹤子”。其《山园小梅》云：“众芳摇落独暄妍，占尽风情向小园。疏影横斜水清浅，暗香浮动月黄昏。霜禽欲下先偷眼，粉蝶如知合断魂。幸有微吟可相狎，不须檀板共金樽。”梅的清贞之姿与林逋的幽雅脱俗相得益彰，使后世文人雅士无不醉心于追赏梅花的风韵神姿。

---

① (宋)李昉编纂，夏剑钦校点：《太平御览》卷八百七十，石家庄：河北教育出版社，1994年版，第772页。

于才媛而言，梅花还有更深刻的寓意。梅生性不惧严寒，孕花蕾于隆冬寒风中；梅枝桠嶙峋，斜横疏瘦，有幽独娴静之美；梅花开五瓣，花姿秀雅，花香幽微可人，浓而不艳，冷而不淡。这种一枝独领天下春的气象，孤瘦更添霜雪姿的劲节，足以成为传统女子玉洁冰清、耿介清直、忠贞不渝的象征。顾文彬《怡园杂咏·南雪亭》中有“梅心似葵藿，珍重向南枝”之句，梅花兼具松柏之质与兰竹之姿，植梅种梅被才媛看作陶情励操之举、坚韧守志之行，因而歌咏不辍，成为才媛美的重要寄托。

卞梦珏的《落梅》[①]诗云：

> 静夜新雷雨欲滋，无端愁为落梅支。因追灞上初春日，转念孤山二月时。香雪易飘风细细，飞琼难挽柳丝丝。问梅那得情如我，只恐桃花笑也痴。

卞梦珏，字玄文，号篆生，江宁人，孝廉刘师俊室。初春雨至，打落枝头的梅花，惜梅的愁绪逐渐蔓延。想起长安灞上的柳枝开始滋长，孤山二月的梅花正在盛放。在细细的春风中，西溪的香雪之梅一定是随风悠远，飘向远方了吧，但即便是遍地的飞花，也必定挽不住柳丝的轻柔摇摆。何况梅花谢后，桃李登场，自是初春渐淡，繁英盛开，已是另一种境地，只有诗人还深深眷恋着梅花。听雨而愁梅，忆梅而思梅，带有涵淡而隽永的思绪。语言细腻，笔调轻柔，诗人的思绪灵动而笔触细腻，无香奁之气，有林下之风。

梅花更是才媛诗社吟咏的高频题材之一。如以袁枚为中心的众多随园女诗人就经常举办诗社，分韵题咏，袁枚编纂了六卷本的《随园女弟

---

① (清)卞梦珏：《落梅》//胡晓明主编：《历代女性诗词鉴赏辞典》，上海：上海辞书出版社，2016 年版，第 421 页。

子诗》,记录诗会中各位女弟子的唱和作品。在这次诗会中,依韵咏梅就是作诗的主题。不少女弟子现场作出了佳句。如钱孟钿连作两首,《忆梅和韵》其一[①]云:

淡烟漠漠护重阴,思入罗浮梦已深。对月应怜清夜影,怀人空寄岁寒心。云横渭北家千里,春到江南雪一林。谁向天涯问消息,好从孤管写余音。

《忆梅和韵》其二[②]云:

寒山无恙隔层阴,一缕相思为尔深。梦后何人同载酒,花时有客独关心。飞来晴雪春留影,相送前溪月在林。官阁吟成应寄兴,不教空谷误跫音。

该诗以梅为依托,寄寓对人的思念,表达人情的温暖,同时也联系了诗社成员的相互依念。

毕沅之女毕慧[③]的《忆梅和韵》诗云:

记得孤山竹外阴,横斜水畔径深深。南枝梦断空明月,东阁诗成见素心。腊雪乍添新艳采,春风仍到故园林。冷香得句愁难和,合付金徽托远音。

该诗以林逋孤山种梅起句,过渡到梅花的形态和传达的精神。明月瑞雪之下,清梅乍开之时,已有春风拂过,故径深深。全诗格调清高,迥异孤远,有知音难觅之感。

---

① (清)钱孟钿:《忆梅和韵》//肖亚男编:《清代闺秀集丛刊》第十二册,北京:国家图书馆出版社,2014年版,第538页。

② (清)钱孟钿:《忆梅和韵》//肖亚男编:《清代闺秀集丛刊》第十二册,北京:国家图书馆出版社,2014年版,第538—539页。

③ (清)毕慧:《忆梅和韵》//胡晓明主编:《历代女性诗词鉴赏辞典》,上海:上海辞书出版社,2016年版,第612页。

周月尊的和作《忆梅和韵》[①]云：

> 迢递南枝怅水阴，每逢春到寄情深。月牵畹晚三更梦，玉斫玲珑一串心。雪海香留应作国，云衔手植定成林。他年绣佛皈清梵，藉尔孤芳伴净音。

周月尊，字漪香，长洲人，毕沅侧室，为随园女弟子之一，最得随园赏识。首联写诗社成员之间通过梅花寄春赠友之情，一见梅花就能惹起故人之思。颔联写月夜下的梅花牵动作者的心魄，那一串串花蕊好似片玉，玲珑剔透，晶莹多巧，就像才媛的婉转情思。传情入物，物态应人，人与梅可谓灵犀相通、心心相印。颈联则由身边的一枝春转为云间的花成林，在祥云缭绕的天宇之中，这些梅花必定已经林木葱郁，成为一个令人流连的香国。尾联以皈依梵王作结，以折梅供佛收束，以清音为伴，存出尘之想，寄托清心寡淡的情志。

又如清代梁瑛，酷爱梅花，将居室命名为“梅花诗屋”，室内题写古今诗人咏梅诗词千余首；房前屋后遍种梅花，赏其高洁。她将古人咏梅佳句编为《字字香集》，多次运用集句这种形式来表达对梅花的喜爱。如《梅花集句用诗字韵》其二云：“莫教门外俗人知（曾子固），直似遗贤遁迹时（申峰），欲识此花奇绝处（陈与义），此花之外更无诗（张宝斋）。”[②]

梁瑛，字英玉，号梅君，浙江钱塘人，望族之后黄树谷室。黄树谷刚逾五十便不幸病逝，梁瑛开始肩负起持家课子的重任，将其子黄易、黄童抚育成人。黄易后经举荐入仕，官至运河同知、护运河道，同时也成为乾嘉时期著名的金石学家、书画篆刻家。梁瑛在相夫教子之余，仍然专研

---

① （清）周月尊：《忆梅和韵》//胡晓明主编：《历代女性诗词鉴赏辞典》，上海：上海辞书出版社，2016 年版，第 612 页。

② （清）梁瑛：《梅花集句用诗字韵》//（清）完颜恽珠辑：《国朝闺秀正始集》卷十二，清道光十一年（1831）红香馆刻本，第 16b 页。

诗文、笔耕不辍，写出了许多动人篇章。她爱梅如痴，性情孤高，甘贫守素，淡泊名利，人格与林逋相似，被世人唤作“女逋仙”。

梅故高洁，而竹有劲节。才媛以竹自喻，亦以清节自勉，历寒弥坚。顺德女诗人陈静斋《自题画竹》云：“风风雨雨任离批，直节凌云总不移。一幅潇湘写秋影，月明曾过女英祠。”[①]雅言坦荡，音节铿锵，诗以知人。

徐灿的《南乡子·秋雨》[②]云：

> 秋风试寒初，一片乡心点滴闲。滴到湘江多是泪，珊珊。染得无情竹也斑。　　百合夜烧残，唤起征鸿行路难。梦里江南秋尚好，般般。皎月黄花次第看。

这首词虽题为《秋雨》，但并非把笔墨用于对秋雨的描写，而是抒发秋雨之夜的落寞心境。上片写秋日雨景，自愁眼望去，寒雨点滴，笼着一片乡关之思。斑竹瑟瑟，潇湘夜雨，都是离人心曲。下片绘梦里江南，征鸿虽不起，梦境却皎然，归去处，犹有黄花开遍，晓月垂边。全词用泪洒斑竹的典故，既含情又婉转，写出了词人怀乡兼盼归的情愫。

四、南浦扁舟

孔子云：“道不行，乘桴浮于海。”庄子《大宗师》中有载：“夫藏舟于壑，藏山于泽，谓之固矣。然而夜半有力者负之而走，昧者不知也。藏小大有宜，犹有所遁。若夫藏天下于天下而不得所遁，是恒物之大情也。”六祖惠能接受弘忍的衣钵，离开东山到达九江渡口时，惠能欲划船，而弘

---

① （清）法式善：《梧门诗话》卷十五条四十七//王英志编：《清代闺秀诗话丛刊》，南京：凤凰出版社，2010年版，第2401页。

② （清）徐灿：《拙政园诗馀》卷上，民国十一年（1922）上海博古斋刻《拜经楼丛书》本，第5页。

忍言:“还是我来渡你吧。”张孝祥云:“洞庭青草,近中秋,更无一点风色。玉鉴琼田三万顷,著我扁舟一叶。素月分辉,明月共影,表里俱澄澈。悠然心会,妙处难与君说。”①在中国的儒、道、禅和文学传统中,或“浮”或“藏”,或“度”或“著”,都借舟之力,与舟同行,以舟为伴。“舟”者,寄寓着自由、解脱、安顿、逍遥等诸多涵义。

之所以把归舟作为审美的重要一维提出,与清代才媛的生存空间与精神状态相关。一则是,明清时期士人游宦,家属多有随行者,于是诸多女子能够离开闺帷、故土跟随父亲或夫君在多地往来,舟便成为十分重要的交通工具。扁舟一叶,就意味着漂泊暂时或彻底地结束,就有了归的希望。二则是,清代虽社会发展水平较高,但女性生存状况的改善仍然有限。面对忠贞守节的孤独,悲欢离合的痛楚,生老病死的考验,才媛对于渡过此岸之苦厄的愿望也是浓烈的。扁舟一叶,就给予了才媛渡的希望。三则是,具有学养学识和相对独立思想的才媛,盼望才华得到承认、个性受到尊重以及价值获得认可,扁舟一叶,就给予了才媛游的希望,可以任诗意的精神,在神山灵水中自由流淌。

钱敬淑的《泊浦子口》②一诗,就蕴含着漂泊而思归、国丧而盼复的复杂心境。全诗云:

残年泊归棹,问酒郭西亭。雪圃芹芽白,江醪竹叶青。夕阳新别路,衰草古离情。隔岸寒山色,含凄望旧京。

钱敬淑,字师令,江宁人,镇江谈允谦室。明清易代之后,谈允谦舟楫往来于江浙湖广之间,谋求复兴明朝。钱敬淑感其颠沛流离,自己亦

① (宋)张孝祥:《念奴娇·过洞庭》//唐圭璋编纂,王仲闻参订:《全宋词》,北京:中华书局,2018年版,第2185页。

② (清)钱敬淑:《泊浦子口》//(清)周寿昌辑:《姓氏小录》一卷//《宫闺文选》卷十九,道光二十六年(1846)刻本,第10a页。

怀念故国，写下此诗。“残”既指年关将近，也暗含易代之悲。浦子口新雪初霁，停船小亭沽酒。大地上的雪片犹如洁白的芹芽，所沽酒醪是晶莹的竹叶青。两者又指代酒亭周边的景致，状写浦子口白绿交汇，一副清新自然的画卷跃然纸上。然而，后两联转而往下，从离别而陷入淡淡的伤悲。寒山冷对，旧京在望，而江山易主，岂不伤乎？盼归而不得归，岂不悲乎？此诗感情真挚而哀婉，用语清丽澄净，归舟意象融合了去国怀乡等意涵，诗人的所归与所待，都在夕阳衰草和凄寒山色中静默。

五、 阑干倚遍

“阑干”二字，意义颇多。曹植《善哉行》中有“月没参横，北斗阑干”之句，岑参《白雪歌送武判官归京》有二句为“瀚海阑干百丈冰，愁云黪淡万里凝”，“阑干”均是形容横斜或交错之貌；而李白《清平调》之三“解释春风无限恨，沉香亭北倚阑干”。“阑干”则是通“栏杆”，即设置在亭台舞榭楼阁或河湖路边作遮拦之用的建筑物，多用砖、石、竹砌成，有的甚至以汉白玉以及金属构筑而成。在白居易《琵琶行·并序》中的“夜深忽梦少年事，梦啼妆泪红阑干”，“阑干”则又指眼眶。在诗词之中，“凭阑”多是男性诗人词人的标志性举动，或是“凭阑处，潇潇雨歇”的壮怀激烈，或是“把吴钩看了、阑干拍遍，无人会登临意”的扼腕叹息，或是“独自莫凭栏，无限江山，别时容易见时难”的遗憾追悔，令人动容。

阑干虽是相对而言较小的意象，但因其意涵较多，联想丰富，在清代才媛诗词中也多被使用。但同以栏杆为意象，才媛的用法则更加幽曲有致。如商景徽之女徐昭华，《冷庐杂识》中记载其请业于毛西河时，毛命作六朝体诗，徐昭华即赋《拟刘孝标妹赠夫》云“流苏锦帐夜生寒，愁看残月上栏杆。漏声应有尽，双泪何时干？”，深得西河赏识。陆蒨的《蝶恋花》云“卸了莺钗双碧玉。叠了鸳衾，薰了芙蓉褥。瘦到黄花腰一束。秋风断梦何由续，重卷潇湘帘半幅。依旧栏杆，几折猩红曲。闲倚梧桐吹凤竹，月明天远山微绿”[1]，亦有栏杆之语。前写动而后写静，前写人而后写景，都是幽怨情绪的凝结，表意含蓄而婉曲。

但除了幽思，“阑干”之意则可能更为复杂深刻。比如徐灿的小令《西江月·感怀》[2]就写道：

又是春光将尽，东风愁煞梨花。春魂不化蝶回家，绕遍玉阑干下。　　燕子呢喃未了，一庭蕉雨交加。凄声细雨奈何它，记得前春曾怕。

题名“感怀”就表明此非一般描写春逝的小词，而是因春而起、带有回思前事的性质。上片言时值暮春，东风不解愁滋味，梨花霎时成为“怨香零粉”。可春日的花魂仍然对这个世界无限眷恋，不仅没有如蛱蝶一般飘然而去，反而在玉阑干下盘桓流连。卷帘东风“风意恶”，爱惜河山“春魂绕”，实际渗透着诗人对化作风烟的明王朝的眷念。“玉阑干”当是李后主“雕栏玉砌应犹在”的化用，一个“遍”字藏着多少辛苦。下片隐喻“旧时王谢、堂前燕子，飞向谁家”（《人月圆·宴北人张侍御家有感》）的巨变沧桑，又暗含“无情燕子，怕春寒、轻失花期”（《汉宫春·梅》）的怨意。燕子呢喃未了，似喻诗人对其夫陈之遴改仕新朝的不满。燕子欲上庭院却又碰上“蕉雨交加”。“凄声细雨”意味着贰臣既难以避开宦海又难以融入清廷的无奈。结句更是双关，既言当下情感，又点出甲申之变的时节，一个“怕”字道出了今昔感怀下的真实心境。可见小词之中，仍

① （清）陆蒨：《倩影楼遗词》//《小檀栾室汇刻闺秀词》第四集，清光绪二十二年（1896）南陵徐氏刻本，第9a—9b页。

② （清）徐灿：《拙政园诗馀》卷上，民国十一年（1922）上海博古斋刻《拜经楼丛书》本，第2页。

有曲折幽回、层见错出的情感，交织着无法释怀的故国怀思。

因此，尽管才媛惯作节令之词，但徐灿的这首小令，恐怕不能看作“从女性视角、写女性心曲的，由词语到到词情都不失婉约本色的篇什”[①]。从“绕遍阑干”的解读就可以发现，这一小令灌注着作者的无限深意。

阑干寄寓国思，也寄托哀愁。吴县女史金逸，是随园女弟子之一，归陈竹士秀才，年二十五病殁。生前与苏州周湘花女史等唱和，曾为周湘花所绣“兰雪夫妇石溪看花诗”题咏六首。法式善记其一诗录于吴兰雪扇头，诗云：“积水一庭白，梨花寒不寒。东风扶病起，绕遍雕阑干。烟明苔渍晕，露重林生澜。罗袂薄如此，抚琴还一叹。”[②]小庭春立，瘦身倩影，愁病交锁，不胜春寒。东风绕遍雕阑干，流连不愿去者，是春魂更是诗魂。

六、古迹咏怀

淹贯经史、随宦四方，使才媛得以览过去之遗存，叹四时之变化，论古今之得失，发思古之幽情。由古迹而回望，体会“前不见古人、后不见来者”的凄怆孤独；由历史而烛照当今，惜逝者之如斯，沧海之变桑田；叹此间之不可留，而盼释尽尘世之求取，高蹈生命的性灵之歌。怀古之时，愤懑不平和狷介狂放之气可能被唤起，但终将被苍茫的宇宙所平复；咏古之际，平生的痛苦和愁闷可能被放大，但终被心灵的静穆所消解。阅

① 陈邦炎：《评介女词人徐灿及其拙政园词》//程郁缀：《徐灿词新释辑评》(前言)，北京：中国书店，2003年版，第22页。

② (清)法式善：《梧门诗话》卷十六条六//王英志编：《清代闺秀诗话丛刊》，南京：凤凰出版社，2010年版，第240b页。

世千年如同一日，吊古怀古，扩展了才媛的时空视野，提升了她们的境界，又将她们与现实悬隔，给她们以深刻的启迪。

王韫微的《荆州道中怀古》①云：

> 群山高拱大江流，形胜相传列九州。千古词章开屈宋，三分事业创孙刘。猿啼巴峡通云栈，雁度衡阳近荻洲。欲吊二妃何处所，潇湘咫尺洞庭秋。

此诗视野宏阔、气力酣畅，襟度不凡。作者从群山巍峨、江流奔涌开篇，写出了荆州地势雄峻、气势豪迈，地理形胜，位置险要。这片土地有深厚的人文传统和历史遗存，屈原、宋玉的骚赋文章流传千古，金戈铁马、战船舟楫曾在江流上争锋，孙刘联合破曹，开创了三分天下的局面。而今抚昔，辉煌事业已成过往，赫赫战功转眼消散，唯有猿声不断、雁过天际，山河依旧在，是非转头空。“人世几回伤往事，山形依旧枕寒流”，曾经感动世人的娥皇、女英身殉舜帝故事已无处追索，唯有点点斑竹还将讲述过往的传说。洞庭潇湘的秋意一片萧瑟苍茫，正是“欲问孤鸿向何处，不知身世自悠悠”。在才媛的笔下，人生流转见蹉跎，万事飘蓬成古今，“千古转头归灭亡，功，也不久长；过，也不久长”。一切的追求都是似有似无，雪泥鸿爪成为人的宿命。只有潇湘的情韵是诗意的、野逸的、凄迷的，二妃跃江的传说、美人香草的比喻、三国争雄的历史，赋予了这块土地神秘而久远的审美情趣，既空灵淡远，又曲折幽深，正是无数才媛梦里的归处。

除潇湘洞庭，金陵、苏杭亦是才媛咏怀的对象。徐灿的《秋日漫兴》之五②云：

---

① (清)王蕴徽：《荆州道中怀古》//(清)完颜恽珠辑：《国朝闺秀正始集》卷十八，清道光十一年(1831)红香馆刻本，第6a页。

② (清)徐灿：《拙政园诗集》卷上，民国十一年(1922)上海博古斋刻《拜经楼丛书》本，第38页。

湖流西去接吴兴，山势东回控秣陵。泾上锦帆风荡漾，石间宝剑气凭陵。三秋急管催邀月，几处清歌怨采菱。曾向百花洲畔住，小楼深拥白云层。

此首合述南京与苏州，以苏州为主。首联大开大合写势，其中“湖流”分指太湖与苕溪之流，吴兴位于苕溪下游，滨临太湖；山指“钟山”，钟山虎踞秣陵。颔联引据典故写史，“泾上锦帆”藉吴王“锦帆以游”故事，“石间宝剑”藉虎丘铸剑故事，表现作者对姑苏人文历史的熟稔。颈联笔触灵动写景，以急管繁弦、带有轻愁的乐府清歌，描绘姑苏季秋夜色怡人。尾联还思己身写情，将诗思凝结在诗人曾居住的百花洲畔，将年少的乡居时光遥寄于白云深处的闺中小楼里。前二联写江南形胜，气概宏阔；后二联忆苏州生活，气韵悠然，由民生之怡然暗扣山川之险固，使全首诗的吊古怀古之韵更见悠长。

《秋日漫兴》其六[①]云：

江上青山夕照含，宋家陵阙见烟岚。圣湖月冷春桥六，佛土云迷竺国三。累代金缯输塞北，往时花石运江南。金陵自昔龙蟠地，控引中原势尚堪。

其六合述杭州与南京，进一步抒发怀古之高致和吊古之幽思。首联写江峰尚青，笼在余晖之中，而南宋帝后诸陵已销蚀殆尽，只剩云雾缭绕、烟岚远出，起笔便有太白“西风残照、汉家陵阙”之意。颔联多为实写，“圣湖”亦称明圣湖，即杭州西湖；“春桥六”是横跨西湖苏堤的映波、锁澜、望山、压堤、东浦、跨虹六桥，为苏轼所建[②]；“竺国三”即灵隐寺飞

① (清)徐灿：《拙政园诗集》卷上，民国十一年(1922)上海博古斋刻《拜经楼丛书》本，第39页。

② 苏轼《轼在颍州与赵德麟同治西湖湖成德麟有诗见怀次韵》：“六桥横绝天汉上，北山始与南屏通。”

来峰东南天竺山的上天竺、中天竺、下天竺三座寺院的合称[1]，诗句运用倒装遣字法来寄托深意。颈联中“金缯”即黄金和丝织品，泛指金银财物；“花石”则泛指江南湖中之石，以“透、漏、瘦、皱”而得时人青睐（宋徽宗艮岳中的花石出自江南），此句点出当年江南繁盛，物资富饶，使得宋可用岁币来维系和平。尾联化用李白《永王东巡歌十一首》其四“龙蟠虎踞帝王州，帝子金陵访古丘”之句，点出江南地势、财赋足以维系国祚的战略地位。全诗分际甚明，前二联写遥想中的西湖晚景，青峰夕照、烟岚散尽之后，月上中天、六桥孤矗，佛音尚在三竺禅寺中缭绕。后二联则引史微吟，指金陵乃虎踞龙蟠之地、帝王兴业之所，如能善用善守，本应仍有足够力量统率中原，暗含明朝未充分利用江南的叹惋之意。由此见之，此诗既是怀古，又是喻今。

联立起来看，这两首诗扩展了诗人对古今盛衰的回顾与追索。其五写秣陵山阜地势险要，古来姑苏崇文尚武，更是晋、宋“衣冠南渡”得以延祚的凭据。其六明写宋史，暗喻杭州、金陵等江南虎踞龙盘本可再作控引中原之地，但明末统治腐朽，宦官专权，明思宗临难自缢，轻送了大好江山。在这里，怀古与咏史交叠，历史携才媛诗人的主体情性，而有了超越历史的意义和深度；而才媛慨然思古之豪杰，发得失之议论，怀古之嗟叹为诗歌蒙上了悲凉慷慨的色彩。与上首诗歌不同，徐灿在这一组诗歌中，不仅追忆故国亡君、旧朝胜址，回忆前代名贤、逝去往事，更是不可避免地对过往加以检择，在对故人故事故址寄予温馨情感的同时，渗入对现世的思考，托兴高远，借史咏怀，而不落入叹空之悲旨。

---

① 历代咏三竺的诗也较多，如宋林景熙《西湖》诗：“断猿三竺晓，残柳六桥春。”元方回的《涌金城门望》诗：“三竺禅窗猿已化，八梅吟冢鹤应悲。”明陈汝元《金莲记·郊遇》：“我且寄踪三竺，还期执手西湖。”

七、浮生一梦

才媛善写梦境，往往通过梦境而有所回忆、有所寄托、有所抚慰。梦之于才媛，与文士有同有异。庄生梦蝶，记录的是对现实命运的哲思，物化一途消除了主客对立，从有待之困而游心于无待之适。“我欲因之梦吴越，一夜飞渡镜湖月”，李白在吴山越水之间的梦游，挣脱了权力笼罩下的阴霾。李煜的“多少恨，昨夜梦魂中，还似旧时游上苑，车如流水马如龙”，是对江山易主的梦呓；幼安的“醉里挑灯看剑，梦回吹角连营”，是山河未复、雄心不已的写照；更不用说“黄粱一梦”“南柯一梦”，大抵皆是对权力欲望无法满足的幻化或变形。

而才媛之梦，是一颗愁心的延展，一腔愁绪的伸长。顾若璞的《观梅月下忆夫或乘云而来》，把对丈夫的思念揉在了梦里。其一云：“绿英媚月更芳妍，暗暗离人夜不眠。独把羽觞歌白雪，素琴邀月待梅仙。”[①]诗人在月下观梅，绿叶和清月衬托下的梅花更加芳香妍丽。想象着日夜思念的丈夫或将翩然而至，在花下略酌清酒，摆下素琴，静候约期，全诗写出了一种隽永而静美的等待。徐灿《如梦令·和韵》云：“昨夜雨添春重，滴到眉端愁动。剪剪海棠风，一点残灯红弄。如梦，如梦，梦里心儿还捧。”江南春暮，雨入寒梦添愁。愁在梦里仍化不开，让诗人犹自捧心含颦。

才媛之梦，是对景的抒怀。庄盘珠的《一剪梅·向山草堂听雨》[②]

---

① (清)顾若璞：《观梅月下忆夫或乘云而来》//《卧月轩稿》卷二，清光绪二十三年(1897)钱塘丁氏嘉惠堂刻本，第3a页。

② (清)庄盘珠：《盘珠词》//(清)虫天子辑：《香艳丛书》第3册，上海：上海书店，1991年版，第534页。

云:“侬欲留花不肯停,早也飘零,晚也飘零。衔泥燕子过空城,草忒青青,树忒青青。　　辗转罗衾梦未成,今夜三更,昨夜三更。残春不耐雨声声,春也无情,雨也无情。”上片写暮春时的景致,随着岁月去远,花落飘零,难以挽回;燕子衔泥,初夏临近,大地已回归单一的绿色。下片写草堂听雨,辗转反侧难以入眠,都隐着窗外雨声不解人意的无情,以及诗人对春日易逝之憾。词人有意识地重复使用“飘零”“青青”“三更”“无情”,增强了诗词的音乐性,一咏三叹,回环往复,更叹美梦难成,可谓曲尽幽情。

才媛之梦,是对现实的反拨。张纶英是常州张氏四姐妹之一,经清中后期王朝动荡,对现实有感而形诸笔端。其两首记梦诗,之一为:“忽传羽檄事遄征,宝勒花骢拥翠旌。浩荡军威惊海屿,手挥长剑斩蛟鲸。”之二为:“木兰红线尽从军,凤舞莺回结阵云。十万楼船齐破浪,海天如镜净无氛。”[①]梦中所系,一是军威大振扫清妖氛,一是化身木兰慨然从军,其救时之愿、匡时之志,虽曰记梦,而尤为壮阔。

才媛之梦,是命运的谶示。张学雅“幼不食荤血,聪慧过人,嗜读书。十余岁能属文作月赋,尤工诗。予多难,流离播迁,家贫窭甚,至纸窗破损不能补。学雅每端坐一室,了无介意,摊书籍满床,凡吟咏,往往彻夜。当卧病,犹持黄庭经准提咒,强起洗砚,濡毫赋诗,尚日有一二十首。一日,其母又梦前道人来曰:‘玉女谪限满矣。’果于是日正午,端坐而逝,逝之日,手未尝释卷也”[②]。金纤纤诗才,为世所称,其人系袁枚所称“闺中三大知己之一”。然其一生短暂,似梦中来,亦梦中去。《晓起》写梦中早醒:“风铃寂寂曙光新,好梦惊回一度春。何处卖花声太早,晓妆催起画

① (清)张纶英:《绿槐书屋诗稿》,清道光二十五年(1845)宛邻书屋刻本,第7b页。

② (清)施淑仪:《清代闺阁诗人征略》卷二//王英志编:《清代闺秀诗话丛刊》,南京:凤凰出版社,2010年版,第1766页。

楼人。”[1]《记梦》道梦中滋味:“膏残灯尽夜凄凄,梦淡如烟去往迟。斜月半帘人不见,忍寒小立板桥西。”[2]两首诗都是因梦成诵,诗意凄婉。《梧门诗话》载,金纤纤与陈竹士曾同梦至一所,秋碧如画,楼台隐烟,仿佛有人曰:“此秋水渡也。”二人梦中联句,醒来则记其中一句为“秋水楼台碧近天”,不解其意。俟后再复梦至前境,阅十日而纤纤卒。[3] 点梦成诗,又随梦而去,只有她身前挚爱的梅花,笼在烟雨之中。其《病甚题兰雪拜梅图》诗云:“埋骨青山后望奢,种梅千树当生涯。孤坟三尺能来否,记取诗魂是此花。”[4]句句凄绝,足当诗谶。

才媛之梦,是魂归的轻吟。《梧门诗话》载,梁溪女子余碧年方十八,因苦吟吐血而卒,其父将其箧中所藏诗稿一焚而尽,仅留下若干残篇。《山塘雨霁》云:“梦里绿荫幽草,镜中春水人家。一夜江南丝雨,满城开遍桃花。”[5]六言诗本非唐宋后主流,但诗人擅之。此句瑰奇幽绝,虽为生前所作,犹似写亡魂悠悠,不舍江南,心心念念的是春江丝雨、满城桃花。虽化用前人诗意,但了无痕迹,意象之组合如梦似幻,法式善评曰“非鬼非仙”[6],真魂归梦吟之语。

---

① 胡晓明、彭国忠主编:《江南女性别集》五编下册,合肥:黄山书社,2019 年版,第 949 页。

② 胡晓明、彭国忠主编:《江南女性别集》五编下册,合肥:黄山书社,2019 年版,第 966 页。

③ (清)法式善:《梧门诗话》卷十六条九//王英志编:《清代闺秀诗话丛刊》,南京:凤凰出版社,2010 年版,第 2407 页。

④ 胡晓明、彭国忠主编:《江南女性别集》五编下册,合肥:黄山书社,2019 年版,第 979 页。

⑤ (清)法式善:《梧门诗话》卷十五条四//王英志编:《清代闺秀诗话丛刊》,南京:凤凰出版社,2010 年版,第 2383 页。

⑥ (清)法式善:《梧门诗话》卷十五条四//王英志编:《清代闺秀诗话丛刊》,南京:凤凰出版社,2010 年版,第 2383 页。

第七章　镕裁定势

诗人敏感而多思。触景生情，观物兴思，生活万象投入心田，引起了才媛的所思、所感。在灵府与脑海思虑千遍的是才媛思，述诸笔端、诉诸楮墨的是才媛诗。在将才媛之思通过辞句、诗法、意象转化为才媛之诗的过程中，她们的所思、所感、所忧、所悟便被一一赋予了诗性、诗味，有如画卷，有如声歌。才媛诗与才媛思可谓才媛性灵之一体两面。

一、新题材的尝试与开拓

朝代鼎革之时，山河为之变色，国破家亡，流亡颠沛，女子之殇不可估量。形诸诗篇，则有思乡忧国、题壁悲歌、征战叹亡等，不一而足，诗情激荡，风格参差。入清之后，中央集权更加强化，社会结构日趋稳定，诗文流布亦繁荣于前代。随着清政权的逐步稳固，才媛创作关注的范围更广，题材也更加多样。对才媛而言，随父随夫宦游，与塾师闺友往还，种种新题材，如山水游历、题画题壁、咏史怀古、边塞悲歌等皆入才媛吟咏之范围。这些因素使才媛眼界渐宽，极大变革了诗文创作的内容，拓宽了诗歌吟咏的领域。

（一）题画赠咏：心共山闲水闲

题画诗在唐宋时期已较为多见，宋代书法与文人画上的题咏更是蔚为大观。清代作画藏画之风尤盛，自乾隆年间始，文人墨客更推崇将尘世中人难臻之境画成图卷，并以此寄托胸中之理想或表达心仪之情事。[①] 清代也是女画家人数迅速增加的时期，一些杰出的才媛如方维仪、徐灿、骆绮兰等既是雅擅辞藻的诗人词人，同时也是工于丹青的画师。加之才媛受礼教约束难以走出深闺，借观赏画作以卧游，聊补不能涉足阃外之憾。才媛之间往往也以画作遍征题咏，题画诗与赠别诗、唱和诗一样成为诗人之间交流的重要途径，故而题画赠咏大为风行。

柴贞仪的《题烟江叠嶂图》"谁将素练染霜毫，幻作空蒙万里涛。一片孤帆何处落，千峰雨色暗江皋。"[②]前二句化用谢朓名句"澄江静如练"，把江河染烟雾比作素练着霜，以静写动；后二句点明画面之物，数点船帆掩映在江皋之后，一派江上风雨欲来之景。而汪宜秋《题郭频伽水村第四图》云"深闺未识诗人宅，昨夜分明梦水邨。却与图中浑不似，万梅花拥一柴门"[③]，借题画之诗与作画人对话，用"似与不似"之关系，想象作画人应在万朵梅花簇拥的柴门内恬然自居，衬托、赞美作画人性情高致。

高景芳的题画诗中，值得称道的是《题米海岳山水》[④]和《题董文敏画卷》[⑤]，两首分别云：

乱峰高下拥云鬟，烟树迷离水郭间。记得舟从京口过，雨中细认米家山。

青山叠叠水溶溶，远树微茫近树浓。曾在东余山下见，并刀亲

① 严迪昌：《清词史》，南京：江苏古籍出版社，1990 年版，第 369 页。

② （清）柴贞仪：《题烟江叠嶂图》//（清）王端淑辑：《名媛诗纬初编》卷十二，清康熙六年（1667）清音堂刻本，第 24a 页。

③ （清）席佩兰：《汪宜秋女史题郭频伽秀才水邨图云深闺未识诗人宅昨夜分明梦水邨却与图中浑不似万梅花拥一柴门秀才因复作万梅花拥一柴门图》（三首）//胡晓明、彭国忠主编：《江南女性别集》初编，合肥：黄山书社，2008 年版，第 509 页。

④ （清）高景芳：《红雪轩稿》卷五//肖亚男编：《清代闺秀集丛刊》第六册，北京：国家图书馆出版社，2014 年版，第 538 页。

⑤ （清）高景芳：《红雪轩稿》卷五//肖亚男编：《清代闺秀集丛刊》第六册，北京：国家图书馆出版社，2014 年版，第 533—534 页。

手翦吴淞。

米海岳是米芾，董文敏是董其昌，二人皆是名家。高景芳的题诗显示了女诗人对文人山水的鉴赏水平，第一首写米芾的山水之境，第二首是写董其昌的画与现实的交相辉映。前诗由画境而忆实景，后者由画境而生比喻，在观感与回忆中切换，表达了对画作传神妙笔的赞叹。

顾太清有《醉翁操・题云林〈胡月沁琴图〉》[①]，描写月下湖中仕女操琴的景象：

> 悠然。长天。澄渊，渺湖烟。清辉灿灿兮婵娟，有美人兮飞仙。悄无言，攘袖促鸣弦。照垂杨、素蟾影偏。羡君志在，流水高山。问君此际，心共山闲水闲。云自行而天宽，月自明而露漙。新声和且圆，清徽徐徐弹。法曲散人间，月明风静秋夜寒。

既有清凉之景，亦有清逸之志。琴本性情高洁之象征，而湖月下弹琴更添优游不迫之意味，诗画交映，可谓一体。

彭若梅的《浣溪沙・题琴操参禅图》[②]，谈北宋琴操参悟往事，又暗提了其与东坡的交谊。词云：

> 词令聪华契佛因，色相参透一微尘，笑看明月悟前身。薤叶空承仙掌露，优坛难驻紗鬘云。酒阑镫炧辄思君。

题画诗亦有寄怀之作。如两首题墨色牡丹诗，山东董氏《题水墨牡丹》诗云："魏紫姚黄锦样般，春风一夜玉楼寒。何如尺幅藤溪上，富贵常从淡处看。"[③]顾太清《苍梧谣・正月三日自题墨牡丹扇》词云："侬，澹扫

---

① （清）顾太清：《东海渔歌》补遗卷，1913 年印本，第 2a—2b 页。

② （清）彭若梅：《妙香阁》一卷，附诗馀，清光绪三十三年（1907）避垢庐刻本，诗馀第 7b 页，现藏于国家图书馆。

③ （清）董氏：《题水墨牡丹》//（清）完颜恽珠辑：《国朝闺秀正始集》卷五，道光十一年（1831）红香馆刻本，第 5a 页。

花枝待好风。瑶台种，不作可怜红。"[①]牡丹天香国色，红牡丹更受世人追捧。但前诗以尺幅之绘，寄简淡宁静之意；后词则以对语之态，表不与俗同之声。对于瑶台仙种，既欣之赏之，又遗其富贵之态，宁守淡雅之姿，可谓不凡。

又有许俨琼的《题长江万里图》[②]云：

画图披拂谁执笔，云涛写作长江色。放眼寥阔天宇高，包笼泓量河汩汩。岷山之源导百川，青衣汶洛涪汉连。白澧沅湘沔水合，浔阳九派波滔天。（黄氏《今水经注》：资江亦名中江，源出汶山，自洛口分支，入简州资县界）六川四渎同宗海，纳龟吐贝无不采。众流总括坤灵首，波旬孰见桑田改。忽尔鼓怒烟雾横，崩沛滈汗冯夷惊。有时潋滟净如沐，波光一鉴轻舟行。名牵利涉自今古，飞樯矗矗谁能数。荒汀双堠人迹稀，老树槎枒白云吐。我闻宗悫乘长风，子安曾借神帆通。仙查便可傍牛斗，挥桡直去沧溟东。

虽是题画，亦足见女诗人对于万里长江之全域了然于胸，对历史典故十分熟悉，写江流之走势大气磅礴，写烟涛之浩淼格局恢宏。结句则又宕开一笔，写题画之人与才媛自身的胸怀，不特高逸，亦且阔远。

（二）叹病悼亡：九泉寄语须相待

文学史上以"悼亡"留名的多是悼妻诗，以西晋潘岳《悼亡诗》《悼亡赋》为早，名作有苏轼《江城子》"十年生死两茫茫"和贺铸《鹧鸪天》"重过阊门万事非"。明清以降，纳兰容若更是创作了大量的词悼念亡妻。而

---

① （清）顾太清、奕绘著，张璋编校：《顾太清奕绘诗词合集》，上海：上海古籍出版社，1998年版，第209页。

② （清）沈善宝：《名媛诗话》，卷三//王英志编：《清代闺秀诗话丛刊》，南京：凤凰出版社，2010年版，第385页。

清代才媛诗歌中出现了许多叹病和哭挽夫君之作。但诗中所涉之“病”及作者对“病”的态度,又有多种类型。

其一,贫病之叹。嘉定侯俪南,字蓁宜,侯岐曾女,诸生龚元侃室,“家贫,躬自操作,不废吟咏”[①],其《病中述怀》云:“秋风策策雁来迟,病况缠绵强自支。有药难医贫到骨,无钱可买命如丝。燕台梦隔三千里,槐枕肠回十二时。儿女情关谁判遣,聊凭一纸寄君知。”[②]病体难支,困穷之甚,无人可诉,只能借片纸抒怀,“有药难医贫到骨,无钱可买命如丝”写出了贫病交加的无可消除、无法逃避,尤其令人沉痛和感泣。

其二,久病之感。孙秋容的《病起》云:“消磨岁月药炉中,绣幕慵开怯晚风。病起不知春已去,下阶细数落花红。”[③]诗人长时间缠绵病榻,早已忘了季节的变换。待到病起之时,春已逝,花亦残,只有阶下的落花还残留些许春的讯息。不胜病愁,但诗意清婉。

其三,病中之安。病固然给人带来痛苦,但也为才媛提供了喘息的机会和读书的时间。李丽媖云:“不为读书耽雅趣,那能与病结清欢。”[④]诗人俨然把生病作为好事,脱离了繁冗的家庭事务,得以从事闺阁吟赏之乐事。女诗人史湘霞的《病中述怀》诗云:“病为愁侵无计舒,那堪一卧两旬余。自来自去窗前月,相近相亲架上书。奢望肯随梅冷淡,病躯却似竹空虚。倩人扶起临青镜,旧日形容竟不如。”[⑤]其中,“自来自去窗前

---

① (清)王豫:《江苏诗徵》引《练音集》,转引自钱仲联:《清诗纪事》第22册“列女卷”,南京:江苏古籍出版社,1989年版,第15621页。

② (清)沈善宝:《名媛诗话》,卷一//王英志编:《清代闺秀诗话丛刊》,南京:凤凰出版社,2010年版,第352—353页。

③ (清)孙秋容:《病起》//施淑仪辑:《清代闺阁诗人征略》,上海:上海书店,1987年版,第490页。

④ 徐世昌辑:《晚晴簃诗汇》卷四,北京:中国书店,1988年版,第640页。

⑤ (清)史湘霞:《病中述怀》//王延梯辑:《中国古代女作家集》,济南:山东大学出版社,1999年版,第817页。

月，相近相亲架上书”一联，化用前人之作而别有意境，于病中述怀尤合。

悼亡之作，更见深情。依悼念之对象，**又有悼手足之诗**，如袁棠怀念已过世的弟弟，《寄焚五弟周忌灵儿》云：“回想当年同夜课，弟吟我绣共灯清。沉思执卷工须静，着意轻轻放剪声。”[①]张昂的《悼姊槎云》云：“憔悴与心伤，无言只断肠。泪从今夜尽，别是此番长。沧海浑难问，泉台不可将。芳魂心杳杳，何日更同行。”[②]张学典《感亡姊旧居》云：“绣网蛛丝镜满尘，闲花狼藉不知春。添愁怕见梁间燕，犹是呢喃觅主人。”[③]这些诗都是表达对逝去兄弟姊妹的忧伤，前诗直陈思念，而后者则借旧居景物抒发哀思，令人动容。

有悼亡夫之诗，如女诗人顾若璞怀念已故的丈夫，经年赋诗哀悼。其中就有《秋日过偕隐园二首》[④]，其一云：“自分穷愁合避喧，便携竹杖到西园。萧萧三径人踪绝，寂寂双扉树影繁。舒卷无心云出岫，升沉莫问月临轩。纸窗闲静无些事，写幅幽芳寄九原。”其二云“地僻曾无车马喧，个中结个小淇园。独开一径松筠老，肯让三春桃李繁。倩我羽觞骄弄月，任他飞盖傲乘轩。凭谁说与幽棲事，浩浩泉声到夕原”，用园之萧瑟静寂，烘托女诗人对丈夫的浓浓思念。张令仪《满江红・清明悼夫子》

---

① （清）袁枚：《袁家三妹合稿》//王英志主编：《袁枚全集》册7，南京：江苏古籍出版社，1993年版，第230页。

② （清）张昂：《悼姊槎云》//（清）完颜恽珠辑：《国朝闺秀正始集》卷四，清道光十一年（1931）红香馆刻本，第8页。

③ （清）张学典：《感亡姊旧居》//（清）完颜恽珠辑：《国朝闺秀正始集》卷五，清道光十一年（1831）红香馆刻本，第5.9b页。

④ （清）顾若璞：《卧月轩诗稿》//肖亚男编：《清代闺秀集丛刊》第一册，北京：国家图书馆出版社，2014年版，第521页。

有句云："任杜宇千行血，唤不醒，长瞑客。"[1]顾太清《庚子生日哭先夫子》云："九泉寄语须相待，独坐挑灯泪满巾。"[2]这些诗句都表现了她们深切的悲痛之情。

有悼父母之诗，如熊琏悼念母亲的诗《忆家》云："日长无力倚书帏，蓬鬓慵梳泪暗垂。弱弟经年形影只，老亲彻夜梦魂随。艰危不复同身受，辛苦还应异地知。叠叠柔肠多少恨，绿杨烟际锁颦眉。"[3]在这首诗中，"弱弟与老亲""本阁与异地""现实与梦境"等形成了对比，衬托了诗人对逝者的思念。

有悼子女之诗，如袁杼《哭儿》[4]其序云："儿名执玉，九岁能诗，十二岁入学。十五岁秋试毕，病。病危，目且瞑矣，忽强视问：'《唐诗》举头望明月，下句若何？'余曰：'低头思故乡。'曰：'是也。'一笑而逝。"诗云：

> 容易芝兰膝下生，一朝缘尽夜三更。阿娘知汝离骚熟，苦诵招魂坐到明。顷刻书堂变影堂，举头明月望如霜。伤心拟拍灵床问：儿往何乡是故乡？

袁杼子自幼聪颖，奈何天命不久，给诗人留下了深深的创伤。往日幼子读唐诗之景历历在目，现在物是人非，只剩下诗人"魂兮归来"的痛楚。

---

① （清）张令仪：《蠹窗诗馀》//（清）徐乃昌辑：《小檀栾室汇刻闺秀词》第三集，清光绪二十二年（1896）南陵徐氏刻本，第17b页。

② （清）顾太清、奕绘著，张璋编校：《顾太清奕绘诗词合集》，上海：上海古籍出版社，1998年版，第112页。

③ （清）熊琏：《澹仙诗话》卷一//肖亚男编：《清代闺秀集丛刊》第十七册，北京：国家图书馆出版社，2014年版，第451—452页。

④ （清）袁枚：《袁家三妹合稿》//王英志编：《袁枚全集》第七册，南京：江苏古籍出版社，1993年版，第42—43页。

（三）生民之忧：杼寒梭冷倚空机

传统社会中女子的活动范围多在家庭或家族之内，社会交往和外出游历机会有限，即所谓“草草深闺度岁华，生平不解问桑麻”[①]，对现实社会接触较少。但时至清朝，女性社会活动空间扩大；才媛可以走出闺门、接触现实，因而也就比过去的女性更加关注民生特别是下层民众的生活及苦难。

明清时期刺绣业十分兴旺，穷苦人家的绣女们一年到头都在不停劳作。李含章《刺绣》云：“朝绣长短桥，暮绣东西岭。生不识西湖，道是西湖景。罗稀不受针，缣密不容线。绣好有人识，绣苦无人见。”[②]那些常年绣织的女子，生平未去西湖游，强说绣织西湖景，绣织之苦亦难为人道。吴琼仙的《田家饲蚕曲》反映蚕农生活的辛苦：“将米易蚕叶，蚕饱妾苦饥。妾苦饥犹可支，蚕苦饥那有丝。”[③]这首诗描述了养蚕抽丝以养家的蚕农生活，简直可以看作是蚕妇的内心独白。即便自己忍饥挨饿，也要避免蚕饥而不吐丝，这种叙事手法，让人想起白居易《卖炭翁》中的名句“可怜身上衣正单，心忧炭贱愿天寒”。周淑履《述怀》其四“轧轧机杼声，漠漠空天雪。操作入中宵，十指皆效裂。积丝匹难成，不忍中道绝。著此缟素衣，怡然归同穴”[④]主要描写孀居之凄苦的心境，但也写出了家庭劳作的艰辛。方维仪的《田家行》“桑妇辛勤二月天，星河未曙视蚕眠。堂前姑老贫无养，织就新丝直几钱”[⑤]，揭示了桑妇终年劳苦仍贫困不能自存的现象，发人深思。贺双卿的《岁旱和梦觇》云“风吹细雨湿柴扉，十

---

① 梁乙真：《清代妇女文学史》，北京：中华书局，1932 年版，第 25 页。

② 苏者聪选注：《中国历代妇女作品选》，上海：上海古籍出版社，1987 年版，第 396 页。

③ （清）吴琼仙：《写韵楼诗集》卷一，清道光十二年（1832）刻本，第 1a 页。

④ （清）完颜恽珠辑：《国朝闺秀正始集》卷六，道光红香馆刻本，第 6b 页。

⑤ （清）潘江辑，彭君华主编：《龙眠风雅全编》第二册，合肥：黄山书社，2013 年版，第 557 页。

亩溪田事业微。岁旱木棉花未发，杼寒梭冷倚空机”[①]，以及《浣溪沙》“暖雨无情漏几丝，牧童斜插嫩花枝。小田新麦上场时。　　汲水种瓜偏怒早，忍烟炊黍又嗔迟，日长酸透软腰肢”[②]。前诗描述了农家稼穑耕织辛苦却仍难以维持贫困之家，后词描写了农事的繁重和农人身心的劳累，可以说是对农妇生活的真实写照。

常熟钱云辉的《买针叹》，也是一首感慨绣女生活艰辛的叙事诗。诗云[③]：

君不见，蓬门女儿绝可怜，疏窗压绣年复年。鸳鸯绣出细且致，工多晷短线屡添。工资苦廉物苦贵，十指欲折饥肠煎。一针纤屑素不计，而今一针值十钱。吁嗟乎！一针之微尚如此，薪桂米珠可知矣。

诗歌起句就指出，蓬门疏窗下积压着绣女们年复一年绣成的绣品，绣品精美细致，但绣女们付出的辛劳，明显与她们的所得不成比例。收入十分微薄，绣女们不得不忍饥挨饿；绣好一针对完成绣作是微小的，但是买针的价格飞涨，绣女购买柴米油盐这些生活必需品就更加艰难了。全诗充满了对于普通劳苦人民的深厚同情。

毛秀惠《戽水谣》，写实性地再现了农民引水灌溉干旱田地的劳动场景：

绿杨深沉塘水浅，轣辘车声满疆畎。倒挽河流上陇飞，渴乌衔尾回环转。今夏旱久农心劳，西风刮地黄尘高。原田迸裂龟兆坼，引水灌之如沃焦。男妇足茧更流血，鞭牛日夜牛蹄脱。田中黄秧料

---

① （清）史震林：《西青散记》，清乾隆二年(1737)三馀堂刻本，第10b页。

② （清）史震林：《西青散记》，清乾隆二年(1737)三馀堂刻本，第10b页。

③ （清）钱云辉：《买针叹》//（清）单士厘辑：《清闺秀正始再续集》卷三，民国补归安钱氏铅印本，第47页。

难活，村村尽呼力已竭。[①]

这首作品围绕戽水这一集体劳作，把久旱时农夫的焦虑心情、引水灌溉的艰辛劳苦表现得淋漓尽致。看到农夫付出大量努力也难以缓解干旱造成的秧苗死亡，诗人也一样忧心忡忡，饱含着对农户的深刻同情。

除了蚕女、织女等群体，才媛诗歌也反映自然灾害对百姓生活的影响，如庄盘珠的《苦雨吟》、马韫雪的《大梁霪雨吟》、杨素书的《十一月五日纪灾》等。在诗作中，她们对现实的观察细致入微，对底层民众有着悲天悯人的情怀，用诗歌道出了百姓的疾苦。

（四）忧国伤时：采莲歌杳啼鹃血

清代以前才媛诗歌中表现政权更替、民族斗争、国家危亡的作品较少，佳作广为流传者，以李清照为最。李清照反对南宋与金议和的断句"南渡衣冠少王导，北来消息欠刘琨"[②]，《夏日绝句》中的"生当作人杰，死亦为鬼雄"[③]，慷慨激昂。而其表达易代之悲的词则含蓄蕴藉，并不直写沦亡，而是通过个人生活的变化来隐射国变后的悲苦。其流寓临安所作《永遇乐》有"如今憔悴，风鬟霜鬓，怕见夜间出去。不如向，帘儿底下，听人笑语"，[④]《南歌子·天上星河转》有"旧时天气旧时衣，只有情怀、不

---

① （清）毛秀惠：《戽水谣》//（清）完颜恽珠辑：《国朝闺秀正始集》卷七，道光十一年（1831）红香馆刻本，第28页。

② （宋）李清照：《断句》//黄墨谷辑：《重辑李清照集》卷五，北京：中华书局，2009年版，第102页。

③ （宋）李清照：《夏日绝句》//黄墨谷辑：《重辑李清照集》卷五，北京：中华书局，2009年版，第87页。

④ （宋）李清照：《漱玉词》之三//黄墨谷辑：《重辑李清照集》卷三，北京：中华书局，2009年版，第43页。

似旧家时"[①]等,抚今追昔,丽景哀情,构成鲜明对比。

但才媛的忧国伤时之作,在清代大量涌现。清前期主要的代表人物有方维仪、王端淑、顾贞立、徐灿、龚静照等,清中期则有顾太清、左锡璇与左锡嘉等人。无锡龚静照的《己丑岁暮雪窗感成》[②]诗,从回忆幼承庭训而思其父身殉前明,含意深沉:

> 谢庭咏絮记承欢,极目沉香付逝湍。去国事存翻野史,孤臣魂断返遥滩。摊书读映晴光异,煮茗尝嫌水味寒。高卧未妨衾独拥,小鬟惊报雪漫漫。

徐灿抒发亡国之痛的词作更多,风格也更加悲咽跌宕。其《永遇乐·舟中感旧》[③]云:

> 无恙桃花,依然燕子,春景多别。前度刘郎,重来江令,往事何堪说。逝水残阳,龙归剑杳,多少英雄泪血。千古恨、河山如许,豪华一瞬抛撇。　白玉楼前,黄金台畔,夜夜只留明月。休笑垂杨,而今金尽,秾李还消歇。世事流云,人生飞絮,都付断猿悲咽。西山在、愁容惨黛,如共人凄切。

由桃花、燕子写暮春之景,再以刘禹锡、江总典故把景与史勾连起来,同时也暗示此番是从南方返回京都。作者回思往事,英雄剑化,功败垂成,山河拱手于他人,豪华抛撇于身后,留下了千古遗恨。全词思力深厚、笔力如椽,"千古""一瞬"给人以强烈冲击,抒发出浓厚的兴亡之感,而结句又以景物宕开,世事如流云飞絮,倒不如西山能解人意,与人同

---

① (宋)李清照:《漱玉词》之三//黄墨谷辑:《重辑李清照集》卷三,北京:中华书局,2009年版,第39页。

② (清)龚静照:《己丑岁暮雪窗感成》//(清)完颜恽珠辑:《国朝闺秀正始集》卷一,清道光十六年(1836)红香馆刻本,第13a页。

③ (清)徐灿:《拙政园诗馀》卷下,民国十一年(1922)上海博古斋刻《拜经楼丛书》本,第8页。

悲、共人凄切。强烈的亡国之痛，不仅存在于作者，也感染了山川，充盈于天地。谭献在《箧中词》卷五中也说其“外似悲壮，中实悲咽，欲言未言”。[①] 与李清照的词相比，李词在情绪游移中以近况心语来留白，徐词在时空变换中用拟人情态来作结；李词以小见大、感人肺腑，而徐词则由大至深、摧折心胆。

除追挽亡明之诗，徐灿对时局的认识也通过其诗传递出来。徐灿之夫陈之遴在明亡后再度入京任满清弘文院大学士，成为短短几年内跻身高位的贰臣之一。随着在京旅居的时间增长，诗人对故国的兴亡之感已逐渐变为对丈夫仕宦生涯的担忧、惊惶与失望。作于1646年至1656年这十年间的诗篇中，诗人频频流露出盼望陈之遴激流隐退、夫妻归隐之意。如《岁暮思归和素庵韵》[②]云：

> 一片西山没乱烟，六花寒逼玉楼前。伤心以日长为岁，久客逢春不当年。花绕江城劳梦去，尘深燕市贱诗传。时艰且敛调羹手，舟楫纷纷自济川。

久客京华，寒气渐重，伤心蔓长，度日如年，连春节都已不当作年来过。丈夫虽声名在外，但诗人清醒地意识到官场暗流涌动。“时艰且敛调羹手”，意指清廷初建，皇权与满臣之争、汉臣南北之争日益激烈，陈之遴位高权重，正处风口浪尖。女诗人深感如履薄冰，暗劝陈之遴且息争权之心。“舟楫纷纷自济川”似有双关之意，既是告诫，嘱之遴勿贻口实于官场对手；亦是期盼，盼与之遴轻舟南下，同归田里。

作于顺治九年冬的《寒夜和素庵韵》，透露出诗人对宦途凶险感受日

---

① (清)谭献：《箧中词》卷五//《续修四库全书·集部·词类》第1733册，上海：上海古籍出版社，2000年版，第696页。

② (清)徐灿：《拙政园诗集》卷上，民国十一年(1922)上海博古斋刻《拜经楼丛书》本，第27页。

深，在去留之间饱受煎熬。

《寒夜和素庵韵》[①]云：

> 去住踌躇逼岁寒，此心应乞梵王安。愁中客岭黄千树，梦里芳湖碧半竿。罗雀门从当日冷，批鳞书比昨年难。浮沉久识虚名误，霄汉无劳彩笔干。

去留不能自主，只能从勤礼梵王中获得些许解脱。而“罗雀门从当日冷，批鳞书比昨年难”一联，似指朝中党争尖锐。从顺治八年始，陈之遴屡屡遭人题参、处境日艰，向皇帝奏对更加困难。“浮沉久识虚名误，霄汉无劳彩笔干”一联则反用杜甫“彩笔昔曾干气象”之意，规劝之遴识破虚名，远离帝侧。徐灿对时局认识之深刻，令人叹服。而陈之遴未解其意，继续在宦海沉浮，终至全家远徙。

顾太清敏锐感觉到天崩地裂之巨变的到来，屡作感时之作。其《咸丰庚申重九，有感湘佩书来借居避乱，数日未到，又传闻健锐营被夷匪烧毁，家霞仙不知下落，命人寻访数日未得消息，是以廿八字记之》云：“几林枫叶染新霜，山色依然未改常。欲插茱萸人不见，满城兵火过重阳。”[②]这显示出女诗人对国事的关注和对时局的忧心。

（五）咏史怀古：美人俊骨英雄志

咏史与怀古，对象不同，而情怀多有相似。咏史以历史为题材，在对过往人物功过、事件成败、朝代兴衰的言说中，或感怀身世，或独抒己见，或借古讽今。怀古诗则是面对古代之遗存，或缅怀古人的功绩，或抒发

① （清）徐灿：《拙政园诗集》卷上，民国十一年（1922）上海博古斋刻《拜经楼丛书》本，第28页。

② （清）顾太清、奕绘著，张璋编校：《顾太清奕绘诗词合集》，上海：上海古籍出版社，1998年版，第168页。

建功立业的雄心，或流露对现实的不满，或表达盛衰无常的慨叹，有的充满了“前不见古人”的怆然，有的则表达今定胜昔的豪迈。两种体裁的诗歌都在凭古吊今、怀古伤今中，在今人的登临和过往的返场中，织就一个超越性的时空。这种时间的绵亘与空间的定格，对诗人的情感与认知产生巨大影响。

咏史怀古诗过去并非女诗人擅长的创作领域，但时至清朝，接受经史教育的才媛增多，许多人阅读经史典籍。观书是与前人神交，研经是与圣人为徒，读史是与前代对话。不少才媛以读经为乐，亦以咏史见长。清代孟坤元著有《纪游集》，李承基之女李端临[①]著有《女艺文志》《小名录》，李晚芳[②]著有《玄学言行纂》三卷、《读史管见》三卷，丁佩[③]著有《绣谱》三卷等，足见清代才媛对于诸多经史问题之关心。梁小玉[④]在《古今咏史录序》中云：“余最爱阅史，以为罗万象于胸中，玩千古于掌上，无如是书；有可喜可愕可怖可怜之事，辄长歌以咏之。借纸上之雌黄，写心窝之玄白；寒奸谈之朽骨，招忠正之贞魂。”[⑤]王璊[⑥]称自己“足不逾闺闱，身未历尘俗。茫茫大块中，见闻苦拘束。少小依膝下，识字无专督。信口诵诗书，义解不求足。但当趋庭时，谈古意相属”，因此喜欢读史，“风雨恣搜罗，得意必抄录。自笑女子身，乃如书生笃。学问百无能，探讨性所

① 李端临，号更生，浙江乌程人，李承基女，德清傅云龙妻。著有《女艺文志》《小名录》。《晚晴簃诗汇》著录。

② 李晚芳，号菉猗，广东顺德人，李心月女，碧江梁永妻，所居园为菉猗，晚号菉猗老人。《广东通志》著录。

③ 丁佩，字步珊，江苏娄县人，道光壬辰进士梅毓梱妻。

④ 梁小玉，字玉姬，号琅嬛女史，钱塘人。著有《琅环集二卷》《千家记事珠三百卷》《咏史录十卷》《诸史百卷》《古今女史》《古诗集句》《乐府骊龙珠》《合元记传奇》等。

⑤ （明）梁小玉：《古今女史序》//（明）赵世杰辑：《古今女史》卷三，明崇祯问奇阁刻本，第25a页。

⑥ 王璊，字湘梅，湖南湘潭人，著有《印月楼》诗剩一卷、词剩一卷。

欲”。[①] 除了读历代史书，一些才媛还研读朝代史，对某一朝的掌故极为熟悉。如才媛汪端就专门研习元明史，并撰有《元明逸史》一书。

除了读史，许多才媛还将对历史人物、政治事件等的判断、认识、点评、褒贬等寓于诗歌之中。如倪瑞璇《阅明史马士英传》云：“王师问罪近江濆，宰相中书醉未闻。复社怨深谋汲汲，扬州表到血纷纷。金墉旧险崇朝弃，郿坞多藏一炬焚。卖国仍将自身卖，奸雄两字惜称君。”[②]沈德潜在《清诗别裁》中评价倪瑞璇的诗云：“独能发潜阐幽，诛奸斥佞，巾帼中易有其人耶？每一披读，悚然起敬。”[③]

清代才媛中作咏史诗可成一家的，当属汪端。她熟读历朝史实，曾作《元明逸史》八十卷、《明三十诗选》。汪端一共创作史论诗 225 首，擅长以诗论史，其诗蕴含其历史观。典型的如《论古偶存五首》[④]，其一讨论孙刘联盟破裂、汉业复兴受阻的原因：

> 一失荆州汉业休，曹刘兵劫换孙刘。本来借地缘婚媾，何事寒盟启敌仇。鱼浦只今遗石在，蟂矶终古暮潮愁。负心毕竟君王误，莫以疏虞议武侯。

《两浙輶轩续录》亦曾引清人孙得祖的评论云：“小韫宜人论古之作，持论一轨于正，多足以维持名教。千秋诗史乃属红闺，足令须眉愧死。”[⑤]

毛秀惠《钱塘怀古》云：“京洛烟尘弃不收，西湖台阁作金瓯。流连秋

---

① （清）王璊：《读史》//梁乙真：《清代妇女文学史》，北京：中华书局，1932 年版，第 273 页。

② 苏者聪选注：《中国历代妇女作品选》，上海：上海古籍出版社，1987 年版，第 401 页。

③ 苏者聪选注：《中国历代妇女作品选》，上海：上海古籍出版社，1987 年版，第 400 页。

④ （清）汪端：《自然好学斋诗钞》卷十//（清）冒俊辑：《林下雅音集》，清光绪十年（1884）刻本，第 17b—18a 页。

⑤ （清）潘衍桐辑：《两浙輶轩续录》卷五十四//《续修四库全书》第 1687 册，上海：上海古籍出版社，2002 年版，第 207 页。

色还春色，歌咏杭州胜汴州。自愿苟安增币帛，谁摅孤愤报仇雠。栖霞岭畔将军墓，只有南枝记旧丘。"[①]该诗借抗金英雄岳飞北定中原无望而受奸谗陷害的史实，表达对当时南宋小朝廷偏安一隅的针砭和讽刺。钱孟钿《华清宫怀古》云："霓裳歌吹动华清，小辇曾催花底行。池上鸳鸯怜并宿，天边牛女笑长生。空悲此日金钗擘，何事当时白练轻？一曲淋铃传夜雨，寿王宫内月同明。"[②]诗中"空悲此日金钗擘，何事当时白练轻"句，既有悲悯，亦有讽刺。嘉定侯怀风有《感昔》一诗云："黄河流水响潺潺，当日腥风战血殷。大地尽抛金锁甲，长星乱落玉门关。居延蔓草萦枯骨，太液芙蓉失旧颜。成败百年流雷疾，苍梧遗恨不堪攀。"[③]沈善宝评云："感慨沉雄，各极其妙。"[④]此外，徐灿《青玉案・吊古》、吴藻《满江红・谢叠山遗琴二首》和左锡嘉《满江红・浣花草堂》也是壮怀凄切，读之令人扼腕。

（六）叙事讽喻：小兵知有死，贪吏尚求钱

叙事诗通常记叙的是特定人物的生活与遭遇，其中穿插着事件、人物、情感、经历与认知，但又不同于一般的抒情作品。在诗经中，《卫风・氓》就是代表作之一。乐府诗中也有大量的叙事诗，如最为知名的长篇叙事诗《古诗为焦仲卿妻作》（又名《孔雀东南飞》）。历史上看，单纯的叙事诗在女性诗歌中较为少见，但到清代，才媛诗中的叙事诗逐渐增加。

---

① 苏者聪选注：《中国历代妇女作品选》，上海：上海古籍出版社，1987 年版，第 418 页。

② （清）钱孟钿：《华清宫怀古》//（清）完颜恽珠辑：《国朝闺秀正始集》卷十一，清道光十一年（1831）红香馆刻本，第 2b 页。

③ （清）沈善宝：《名媛诗话》，卷一//王英志编：《清代闺秀诗话丛刊》，南京：凤凰出版社，2010 年版，第 353 页。

④ （清）沈善宝：《名媛诗话》卷一//王英志编：《清代闺秀诗话丛刊》，南京：凤凰出版社，2010 年版，第 353 页。

方维仪擅长律诗，又以五言叙事诗成就最高。其《三叹诗》[①]讲述了方氏家族世祖方法在燕王朱棣通过“内战”夺取皇位后，面对各地藩王及臣僚上表奏贺的局面，始终坚持不服从新君、不谄媚新主、不出仕新政权，并最终“沉江”自尽、身亡殉忠之事。全诗还讲述了方法之妻郑氏为之守节四十余年，为忠臣抚育后代并教导子女成人的艰辛，以及其女亦守节至死的事迹。

嗟公当靖难，不肯署降名。逮诏由巴蜀，沉江近皖城。招魂空自弟，剖腹向谁倾。惟有秋潭月，年年照水明。两都歆俎豆，断事岂堪嗟。黼黻存新泪，衣冠肇旧家。生前臣节苦，死后主恩赊。今日绳绳者，遗风连理华。当初归皖邑，肠断不堪闻。抱发悲昏日，看江思故君。家门宁寂寞，儿女共辛勤。母教风声远，千秋皎白云。涕泣分江口，伤情入故林。小臣为碧血，女子亦丹心。孤幙风霜重，荒田雨雪深。门前坟墓在，松柏至於今。忠臣配节妇，生女亦奇人。未嫁歌黄鹄，终年守赤贫。雨风常暴变，组练自灰尘。誓死庭前柏，相看八十春。时抱亡臣泪，能缝老母裳。人生谁不死，苦节倍堪伤。临殁犹端坐，中庭闻异香。一门有如此，诚可对先王。

这是一首叙事详尽、篇幅较长的五言排律。诗人以“惟有秋潭月，年年照水明”歌颂方法尽忠的高风亮节，用“孤幕风霜重，荒田雨雪深”道尽了孀居苦节之艰辛，用“未嫁歌黄鹄，终年守赤贫”表现方法夫妇之女亦为夫守节至死的往事。全诗共二十四联，叙述方法一门尽忠守孝节义的感人事迹，既为其悲苦一生而发出“苦节倍堪伤”的感叹，也对三位忠臣、节妇、奇女而称赞不已。

---

① (清)潘江辑，彭君华主编：《龙眠风雅全编》第二册，合肥：黄山书社，2013年版，第546页。

讽喻诗多是对社会现实的美刺，通常“首句标其目，卒章显其志。其辞质而径，欲见之者易谕也；其言直而切，欲闻之者深诫也；其事核而实，使采之者传信也；其体顺而肆，可以播于乐章歌曲也。总而言之，为君、为臣、为民、为物、为事而作，不为文而作也。”①清代才媛的讽喻诗较少，比较出色的是方维仪之作。《出塞》②一诗，对明末政权衰落、宦官专权、吏治腐败的社会现实，进行了直接的揭露和讽刺。

辞家万里戍，关路隔风烟。赋重无馀饷，边荒不种田。小兵知有死，贪吏尚求钱。全赖君王福，何时唱凯旋。

诗中记叙征人辞却家乡，远赴万里之遥的边塞戍所，一路风尘仆仆，关山阻隔。但他们面临的社会现实则是：税赋沉重而兵无余饷，边境荒芜，田地废弃。在这种情况下，军士不惜一死，而官吏却贪求钱财。作者反问，何时能平定边患，凯旋而归呢？结局既有希望，又暗含反讽，耐人寻味。

而席佩兰的《织女叹》③，则是一首兼含叙事与讽喻的古风。全诗不仅对处于社会下层的绣女的生活作了写实性描述，更对造成这种贫困的根源进行了揭露，因而在诗歌境界上更高一层。诗云：

秋月已如雪，秋风已如铁。孤灯耿寒光，有女当窗织。废我一宵瞑，看丝乍盈尺。废我两宵瞑，看丝不成匹。岂不畏龟手，此心凛无逸。昨日入城提蟹筐，东邻嫁女耀丰妆。彩币千百束，绮罗十二箱。龙章象服何煌煌，平生不识蚕与桑。归来泣对机中锦，知与谁

① （唐）白居易：《新乐府并序》//（唐）白居易著，朱金城笺校：《白居易集笺校》第一册，上海：上海古籍出版社，1988年版，第136页。

② （清）王端淑辑：《名媛诗纬初编》卷十二，清康熙六年（1667）清音堂刻本，第9a—9b页。

③ （清）席佩兰：《长真阁集》//肖亚男编：《清代闺秀集丛刊》第十八册，北京：国家图书馆出版社，2014年版，第169页。

人作嫁裳。抽刀断机不如寝，又听络纬啼金井。

这是一首叙事带讽喻性质的诗歌。秋风表明了时节，而秋月点明时值夜晚，织女在寒灯下继续当窗纺织。从第五句开始，就改用绣女的口吻，计算着要耗费多少夜晚，才能把丝织成作为成品的布匹。在纺织过程中，绣女也担心寒冷会让双手皲裂，但是想着能够明早在市场换回生活必需品，内心就坚定起来。"东邻嫁女耀丰妆""彩币百千束，绮罗十二箱"，与富家女满身绫罗却不识桑蚕相对比，织女每晚的辛苦劳作，也只是为他人作嫁衣而已。这种社会的不公，是导致织女悲惨生活的根源。"龙章象服何煌煌，平生不识蚕与桑。归来泣对机中锦，知与谁人作嫁裳？"四句，尤见诗人对社会现实的深刻洞察，具有现实主义的悲悯情怀，也使全诗的思想性胜于其他诗人的叙事诗。可以说，这种对民生疾苦的深情关怀，在女诗人中是极为可贵的。

（七）边塞征战：但有汉忠臣，谁怜苏氏妇

边塞征战诗自先秦就发展起来，在唐代时达到鼎盛。当时志士参加边关征战觅取封侯，也通过边塞诗歌展现奇丽的风光和战争的场面等，为盛唐气象增添了重要内容。唐代边塞诗代表诗人是高适、岑参和王昌龄等。边塞诗中，有的描写壮丽的边塞风光、边疆地理，如王维的《使至塞上》；有的描写戍边将士的军旅生活，抒发他们乐观豪迈的战斗情感，风格悲壮宏浑，笔势豪放，如李白的《塞下曲》。由于边塞征战多离乡背井，许多诗歌也表现出环境的恶劣、塞外生活的艰辛、连年征战的痛苦、思念亲人的悲伤、征士的乡愁和家中妻子的离恨，如沈佺期的《杂诗》、李益《夜上受降城闻笛》和陈陶的《陇西行》四首其二等。有的诗词表达出激越的爱国主义情感和报国无门的愤懑，如范仲淹的《渔家傲》、陆游的《书愤》等。

明清鼎革之际，战火遍地。才媛书写边塞征战的诗篇不仅数量大大增加，写作方法也丰富多样，既有直陈，也有曲笔。诗歌描写的对象，亦有不同情形。**其一是征夫诗**。方维仪的《老将行》云："绝漠烽烟起戍楼，胡笳吹彻海风秋。关西老将行无力，驻马闻之掩泪流。"[①]《塞上曲》云："马上干戈常苦饥，边城秋月照寒衣。风吹草木连山动，霜落旌旗带雪飞。永夜厉兵传五鼓，平明挥剑解重围。功成虽有封侯日，老将沙场安得归。"[②]此二诗即描写边塞风物，衬托出沙场老将在常年戍边中的复杂心境。前诗中守关之将已老，恰闻胡笳在边角吹响，远望绝漠，感念秋风萧瑟，不由得落下泪来。后一首讲老将带兵有方，英勇杀敌，虽功成封侯可期，但戎马倥偬、年岁渐高，不知是否有还归之日。两首诗写尽边塞征战对将士身心的影响，充满了萧瑟悲凉的气氛。这应是明末国运衰颓、国力孱弱的时代气息在诗音上的折射。

其二是思妇诗。方维仪的《读苏武传》云："从军老大还，白发生已久。但有汉忠臣，谁怜苏氏妇。"[③]苏武出使匈奴，被扣留十九年，但仍然手持汉朝符节，牧羊为生。后世诗人多称赞苏武十九年不变节，而方维仪则从女子的视角，指出苏武实可歌、苏妻十九年苦等亦可怜。诗句虽短，但发人深思。徐昭华的《塞上曲》，则从另一个角度描写了边塞征战、良人远隔之情思。其二云："长云衰草雁行平，沙碛征人向月明。思妇不知秋夜冷，寒衣还未寄边城。"[④]《冷庐杂识》评其"感慨豪宕，出自闺阁，

---

① (清)潘江辑，彭君华主编：《龙眠风雅全编》第二册，合肥：黄山书社，2013年版，第557页。

② (清)潘江辑，彭君华主编：《龙眠风雅全编》第二册，合肥：黄山书社，2013年版，第548—549页。

③ (清)方维仪：《读苏武传》//(清)王端淑辑：《名媛诗纬初编》卷十二，清康熙六年(1667)清音堂刻本，第8b页。

④ (清)徐昭华：《浣香阁遗稿》//肖亚男编：《清代闺秀集丛刊》第五册，北京：国家图书馆出版社，2014年版，第63页。

洵非易及”。[1]

其三是征战诗。烽火四起时，也有才媛投身战场指挥或参与战事，表现出男儿般的英雄气概，最有名的是女诗人毕著。其《纪事》诗云：“吾父矢报国，战死于蓟丘。父马为贼乘，父尸为贼收。父仇不能报，有愧秦女休。乘贼不及防，夜进千貔貅。杀贼血漉漉，手握仇人头。贼众自相杀，尸横满坑沟。父体舆榇归，薄葬荒山陬。相期智勇士，慨焉赋同仇。”[2]全诗叙事，简而有力。

面对清道咸之后烽烟四起、国家危亡，许多才媛也慨然赋诗填词。虽非实境，但亦襟怀激荡。“凌云有志限蛾眉”的沈善宝在《满江红·渡扬子江感成》[3]中云：“滚滚银涛，泻不尽、心头热血。问当年、金山战鼓，红颜勋业。肘后难悬苏季印，囊中剩有江淹笔。算古来、巾帼几英雄，愁难说。　望北固，秋烟碧；指浮玉，秋阳赤。把篷窗倚遍，唾壶击缺。游子征衫搀泪雨，高堂短鬓飞霜雪。问苍苍，生我欲何为、空磨折。”诗人借用当年梁红玉擂鼓助战故事，抒发自己作为一介女流难以在沙场征战，不能做巾帼英雄的感愤。左锡嘉《点绛唇·梦返江南》二首其二[4]云：“城郭全非，劫灰未烬虫沙泣。断垣颓壁，野火燐燐碧。安得欃枪，扫尽中原贼。江南北，几行残柳，都是伤心色。”左锡璇《水调歌头·小除夕》[5]云：“离合自今古，斩不断情关。东流流水不尽，何日复西还？欲借

① (清)陆以湉撰，崔凡芝点校：《冷庐杂识》卷五，北京：中华书局，1984年版，第252页。

② (清)毕著：《纪事》//(清)完颜恽珠辑：《国朝闺秀正始集》卷一，清道光十一年(1831)红香馆刻本，第2b—3a页。

③ (清)沈善宝：《鸿雪楼词》//(清)徐乃昌辑：《小檀栾室汇刻闺秀词》，清光绪二十二年(1896)南陵徐氏刻本，第7b页。

④ (清)左锡嘉：《冷吟仙馆诗馀》//(清)徐乃昌辑：《小檀栾室汇刻闺秀词》第七集，清光绪二十二年(1896)南陵徐氏刻本，第6a页。

⑤ (清)左锡璇：《碧梧红蕉馆词》//(清)徐乃昌辑：《小檀栾室汇刻闺秀词》第七集，清光绪二十二年(1896)南陵徐氏刻本，第1a页。

吴钩三尺，扫净边尘万里，巾帼事征鞍。多少心头恨，清泪不胜弹。酒尊闲，人影瘦，夜灯寒。不知今夕何夕，独醉不成欢。人世悲欢不定，岁月一年已尽，无语倚栏杆。风雨荒村夜，归梦到长安。”两词都表达了为平刀兵而亲上战场的愿望。

二、自述体的延续与更革[①]

历史地看，女子以诗抒情言志，最早可追溯到《诗经》。袁枚在《随园诗话》中云：“《三百篇》半是劳人思妇率意言情之事。”[②]钟嵘《诗品》评百二十家诗，女诗人中就有班婕妤被列为上品，东汉徐淑为中品。此后亦有武则天、鱼玄机、薛涛、朱淑真、李清照等优秀诗人、词人。由于历史原因，虽传世作品有限，但才媛在参与文学作品创作、丰富文学实践活动、发展抒情模式等方面都发挥了积极影响。

长久以来，描写女子或以女性视角来创作的诗歌，或是由女子自身来创作，或是由男子以女性笔调来创作，但都是以女子为书写对象、表达女子情感心声的作品。因此，从创作者与诗歌所咏客体的关系而言，可将描写女子的诗歌从广义上分为自述体与代言体。文士代言女子书写并不鲜见，大体可分四类情形，首先是书写其想象中的女子；其次是把笔下的女子物化，如同描写美好事物；复次是拟用女子之情、态、意，婉转低徊地抒发自己胸中愤懑不平之意；最后则是书写其心目中完美的女子。

但本书认为，这种文士代言体笔下的“文学女性”，与在现实生活中

---

① 本节的部分内容，已以《主体性的凸显：从清代才媛诗看抒情传统的承继与嬗变》为名，发表在《南昌大学学报（人文社会科学版）》，2017年第6期，第126—132页。

② （清）袁枚：《随园诗话》卷一//王英志编：《清代闺秀诗话丛刊》，南京：凤凰出版社，2010年版，第57页。

真实感受喜怒哀乐、生老病死、爱恨情仇之女子的"我手写我心"，是两种书写，存在很大差距。随着明清时才媛创作的诗歌作品数量迅速增长，诗文集刊刻情况的不断涌现，才媛直抒胸臆、自主叙述的作品成为抒情诗歌中的重要组成部分。从传世的诗作来看，才媛诗词创作呈现出抒情视角独特、抒情方式多样、抒情题材丰富等特点，在情感真实性、情感炽烈度、物我及主客体情感关系、诗词中塑造形象差异性和语言运用等方面形成了独有的风格。

（一）诗歌所咏之情感：真实自然与矫揉伪饰

明清时期诗坛流派众多，云间、西泠、虞山肇其始，神韵、肌理、格调、性灵继起，又有浙西、常州等词派杂其中，可谓派别林立，令人目不暇接。自明末开始，一些文人认为才媛诗人无流派之见、少门户之别，根于性、发于情，体现性灵本色，故而专门编选女性诗集。钟惺、谭元春选诗多取天然清幽之作，辑收才媛诗词的况周颐亦认为"轻灵为闺秀词本色"①。

女子性温婉而易感，"女子善怀，其缠绵悱恻，如不胜情之致，于感人为易入"。② 于是，表达女子遭遇及其情感就成了代言体诗歌中的重要内容。但代言体中的文士只能通过具有女性特点的情、意、态等，去侧面揣摩并表现女子的思绪与情感。因此文士笔下的诗作，首先是充斥着以曲折笔法刻画的柔姿弱质女子形象，以及较多的消极心绪。其次，既是"代言"，诗中就也不能避免通过描写女子，来传达文士在现实生活中的郁郁不得志，从而使这种以"闺怨"为主题、以愁怨为情感底色的作品，成

---

① （清）况周颐：《玉栖雅述》卷五//唐圭璋辑：《词话丛编》，北京：中华书局，1986 年版，第 4609 页。

② （清）王鹏运：《小檀栾室汇刻百家闺秀词序》//胡文楷：《历代妇女著作考》，上海：商务印书馆，1985 年版，第 340 页。

为女性诗词题材上悠久而冗长的主题，成为文学审美上的“刻板印象”。正如明末清初的文人叶绍袁所描述：“睹飞花之辞树，对芳草之成茵，听一叶之惊秋，照半床之落月，叹春风之入户，呛夜雨之敲灯，悲塞雁之南书，凄霜砧之北梦，怯芙蓉之堕露，怨杨柳之啼莺，怅金炉之夕暖，泣锦字之晨题，愁止一端，感生万族。”①

但是，才媛重“情”，犹如文士视“志”。作为自述主体的才媛，在书写时时刻以诉真情为起点，以表真意为旨归，从古至今，无一例外。从明清以来才媛诗人在诗词中所表达的情感特征看，这一时期的才媛创作善于吸收传统诗文养分，学习古典诗文技巧与书写意象，但在情志表达上与文士书写却有很大不同。作为书写主体与客体相一致的自叙体诗歌，比那些文士以女子口吻写的诗歌如宫体诗、艳体诗词，更加真实，更为自然。略举数个主题如下。

其一，相思主题。顾太清的《忆屏山二首》其一云：“一日三秋况三月，望云几度自徘徊。思君买尽沿河鲤，不见江南尺素来。”②虽化用《古诗十九首》的典故，但直描女子的动作及心理，不见隔阂。顾太清善从细微处落笔，表达婉转而又幽深。

其二，生活意趣。如山阴商景徽的《子夜四时歌》云：“弄水恐湔裙，采莲畏伤手。花敲半面妆，愿得花间藕。”“五彩织薰笼，炉灰皎如雪。不弃爇残香，为爱心中热。”③虽短小，但绝无文士笔下的“香艳”之感，沈善宝评“深得乐府体裁”。

---

① (明)叶绍袁：《愁言序》//王云五主编：《丛书集成续编》第121册，上海：上海书店，1994年版，第775页。

② (清)顾太清、奕绘著，张璋编校：《顾太清奕绘诗词合集》，上海：上海古籍出版社，1998年版，第155页。

③ (清)商景徽：《子夜四时歌》//胡晓明主编：《历代女性诗词鉴赏辞典》，上海：上海辞书出版社，2016年版，第304页。

其三,咏史主题。如张文珊《王嫱》云:“雁门关冷月明中,环佩翩然气自雄。绝塞琵琶新乐府,长门团扇旧秋风。但将辛苦酬天子,敢为飘零怨画工。家国安危儿女泪,汉庭奇策是和戎。”[①]虽同写昭君出塞一事,但却没有去国怀乡、怀愁觅恨之故态,相反充满了对汉时宫廷边政的嘲讽。

其四,游历主题。如席佩兰之《渡江》,词句铿锵,节律雄壮,显示出巾帼气魄:“顿觉舟如叶,飘然万顷中。混茫连上下,空阔失西东。渡口沈云白,波心浴日红。深闺曾未见,放眼胆俱雄。”[②]

男子之写相思,虽缠绵悱恻,却只是偶尔为之;女子长居闺门,相思在心中,避无可避又难以宣之于口。文士写相思大胆露骨,华丽恣肆,有时思而不得,辗转反侧;女子写相思,是惊是苦,是忧是愁绪的混杂,用笔时多了顾虑与矜持,所以质朴而婉转。男子写意趣,雅俗皆可入诗;女子写意趣,不雅便不肯入诗。文士咏史多为家国视野,充满朝代鼎革、风云变幻之叹;女子咏史亦怀易代之悲,但视角却更为细致,情怀更为悲悯。男子写游历可大开大合,天上宫阙,海上仙山,大至琼宇,小至拳石,全凭个人眼界;才媛游历步履受限,气势可能不及文士恢宏,但一旦取境,情感体认却又过之。

在这些诗词作品中,才媛的笔触直接、率真、没有隔断,无需代言体诗词那种基于性别转换的想象、依托于女子闺阁中物的叙述和模式化的情感表达。进而言之,才媛自我书写的诗词,既不会像男性代言诗作中潜藏一个下位、卑弱的视角,也较少有因政治上不得志而附之以美人香

① (清)沈善宝:《名媛诗话》卷四//王英志编:《清代闺秀诗话丛刊》,南京:凤凰出版社,2010 年版,第 419 页。

② (清)席佩兰:《长真阁集》卷一//肖亚男编:《清代闺秀集丛刊》第十八册,北京:国家图书馆出版社,2014 年版,第 147 页。

草自喻的风气。对于诗歌创作完全不带有功利性的期待，使得明清才媛的笔触通常能比较真实地描述生活、叙述景象、表达情感。袁枚云“人必先有芬芳悱恻之怀，而后有沉郁顿挫之作”“笔性灵，则写忠孝节义，俱有生气；笔性笨，虽咏闺房儿女，亦少风情”[①]。由于才媛生具性灵，比文士转换角度、置身女子位置而思考女性之情感意态更为真切自然，在诗词作品中也就显示出同代言体在风格上的分野。

（二）情感传递之烈度：浓炽决绝与凄恻婉曲

情感及其强烈程度的表达方式，可能已成为诗词在不同时代乃至风格区分的重要标志之一。受时代环境、社会结构和主流价值的影响，诗歌抒情的烈度往往发生明显的变化。即便是作为诗词典范的唐诗，也可以感受到初盛唐与中晚唐之间在抒情方式特别是情感强度上的反差。自宋元经明朝向清延伸，由于理学对社会角色的规范日益固化，诗学出现了向儒家倡导的温厚平和诗学观的倾斜。对于诗词一般强调雅正和平，即便有怨，下笔成诗时总强调有节。因此，代言的作品则多为凄恻婉转、曲折低回，情感表达多是含蓄蕴藉的。

清代前中期特别是明清之交才媛诗人的作品，则显现出抒情方式的多样性，既有幽怨低语、欲说还休的矜持，也有充盈、强烈的表达，甚至有直接、炽热的指斥。那些生活在清初鼎革之际的才媛诗人，其创作不仅在诗词题材上超出了一般女性诗作的关注点，而且在情感的表达上更加凄婉哀绝。如清初桐城女诗人方维仪的《征妇怨》[②]云：

---

① （清）袁枚：《随园诗话》卷一//王英志编：《清代闺秀诗话丛刊》，南京：凤凰出版社，2010年版，第67页。

② （清）潘江辑，彭君华主编：《龙眠风雅全编》第二册，合肥：黄山书社，2013年版，第557页。

霜冻固河风暮号，征人蓟北枕金刀。从来皆识沙场苦，谁惜春闺梦里劳。

此诗对征战史事作了回顾，表达的不是边塞征战之劳苦，而是感慨每一场征战背后女子所作的牺牲，体现出对女性命运的同情与悲悯，以及对男子主导历史话语的拒斥。

徐灿因其夫陈之遴结联中贵而被流放东北尚阳堡，家族飘零沦落。徐灿对往昔金戈满地、斧钺横空，以及后来繁华不再、富贵东流有着最深刻的体悟。她遭受的生活的残酷、现实的冷峻，与仅仅在闺阁中读史所得或触景而生的感伤，是不可同日而语的。其《满江红·感事》[①]曰：

过眼韶华，凄凄又、凉秋时节。听是处，捣衣声急，阵鸿凄切。往事堪悲闻玉树，采莲歌杳啼鹃血。叹当年，富贵已东流，金瓯缺。

风共雨，何曾歇；翘首望，乡关月。看金戈满地，万山云叠。斧钺行边遗恨在，楼船横海随波灭。到而今，空有断肠碑，英雄业。

对于那些遭受战火蹂躏、不得不四下流离的女诗人来说，她们对家园破碎、世事陆离的感受更为深沉和悲痛。如左锡嘉的《满江红·感怀》[②]云：

梦里江南，问花事、可还依旧。恐惆怅、东风如扫，绿稀红瘦。满地烽烟猿鹤警，掀天波浪蛟鼍吼。恁匆匆、岁月去如流，空回首。

春去也，花知否。人去也，家何有。听子规啼血，泪盈衫袖。浩劫苍茫天莫问，浮生漂泊诗同瘦。但一灯、和影说相思，黄昏候。

才媛既关注史事史识，也特别关注史上留名或发挥过重要作用的女

① (清)徐灿：《拙政园诗馀》卷下，民国十一年(1922)上海博古斋刻《拜经楼丛书》本，第5页。

② (清)左锡嘉：《冷吟仙馆诗馀》//(清)徐乃昌辑：《小檀栾室汇刻闺秀词》第七集，清光绪二十二年(1896)南陵徐氏刻本，第2b页。

子，经常通过诗词来歌咏，但表达的情感及其烈度就与士人有很大差异。吴永和[①]《虞姬》就云："大王真英雄，姬亦奇女子。惜哉太史公，不纪美人死。"[②]该诗寄托了对于君王名将背后女子命运和遭遇的同情。郝䕒[③]《读史》中"邺架牙签信手开，英雄竹帛半尘埃。时来屠狗亦王佐，事去卧龙非将才。金马功名托谐谑，长沙心力寄悲哀。悠悠得失休重论，千古昆明有劫灰"[④]，表达了她对历史机遇的感慨。沈善宝《红拂》云"不畏深宵风露凉，紫衣乌帽易红妆。天教慧眼偕鸳侣，心有灵机认雁行。一自美人归卫国，遂令公子绍唐皇。功成图画凌烟阁，独惜蛾眉姓未扬"[⑤]，抒发了对红拂女虽有功于唐朝政权建立但声名不显的不平之感。对于汉朝遣昭君出塞和亲的做法，才媛诗歌也多有讽喻，如张文珊《王嫱》云："雁门关冷月明中，环佩翩然气自雄。绝塞琵琶新乐府，长门团扇旧秋风。但将辛苦酬天子，敢为飘零怨画工。家国安危儿女泪，汉庭奇策是和戎。"[⑥]顾韶《昭君》云："紫台人去最销魂，冷抱琵琶出玉门。太息麒麟高阁上，汉家诸将也承恩。"[⑦]而对昭君的"边功"则多有称赞，如徐德音《出塞》云："六奇枉说汉谋臣，后此和戎是妇人。若使边庭无牧马，

---

① (清)吴永和，字文璧，元和人(今江苏苏州)，著有《苔窗拾稿》一卷。《苏州府志》《江苏诗征》《闺秀词钞》《国朝闺秀正始集》《小黛轩论诗诗》有著录。

② (清)吴永和：《虞姬》//(清)完颜恽珠辑：《国朝闺秀正始集》卷三，清道光十一年(1831)红香馆刻本，第17a页。

③ 郝䕒，字秋岩，山东齐河人，著有《秋岩诗集三卷》《碧梧窗小草》《蕴香阁诗钞》。《山东通志》《济南府志》《郝氏四子诗钞》《国朝闺秀正始集》《小黛轩论诗诗》有著录。

④ (清)沈善宝：《名媛诗话》卷三//王英志编：《清代闺秀诗话丛刊》，南京：凤凰出版社，2010年版，第399页。

⑤ (清)沈善宝：《鸿雪楼诗选初集》，清道光十六年(1836)刻本，第2页。

⑥ (清)沈善宝：《名媛诗话》卷四//王英志编：《清代闺秀诗话丛刊》，南京：凤凰出版社，2010年版，第419页。

⑦ (清)沈善宝：《名媛诗话》卷四//王英志编：《清代闺秀诗话丛刊》，南京：凤凰出版社，2010年版，第417页。

蛾眉也合画麒麟。”[①]郭润玉《明妃》云：“漫道黄金误此身，朔风吹散马头尘。琵琶一曲干戈靖，论到边功是美人。”[②]顾太清对比了王昭君和花木兰，更欣赏花木兰的英雄之举、豪壮之气，其《孝烈将军记》十二章之五云：“何用琵琶寄恨余，和亲故事自应除。美人俊骨英雄志，誓斩单于报捷书。”[③]《名媛诗话》称“文人笔墨皆喜回护同类，亦自占身份，闺阁亦然”[④]，颇见惺惺相惜之意。可见，以才媛为创作主体的作品，在情感抒发的强度上具有很大的变动性。

（三）诗人与抒情对象之关系：主体化与拟物化

代言体的诗作，由于需要身份的调转和视角的切换，为表现曲折幽深的意味，多把诗中的女子作为对象化的客体，也就是女子的“拟物化”。这类诗词给读者的印象，是诗中塑造出了一个“她者”。因此诗人与抒情对象之间，读者与诗词之间，总有“隔”。才媛自我书写的诗词更多是直接表达、直抒胸臆，无需性别位移或角色转换，诗人自身就是审美的主体，也就是女子的“主体化”。这类诗词更偏向个体自叙，诗人与抒情关注的对象之间，读者与诗词之间，只有“我”在，皆可直观。

这种他者性与主体性的冲突，突出体现在《忆夫诗》《悼亡诗》这类诗作上。虽然古代才女不少，但用《悼亡》作诗题的寥若晨星。许多优秀的

---

① （清）徐德音：《出塞》//（清）完颜恽珠辑：《国朝闺秀正始集》卷六，清道光十一年（1831）红香馆刻本，第4b页。

② （清）郭润玉：《簪花阁诗抄》//肖亚男编：《清代闺秀集丛刊》第三十二册，北京：国家图书馆出版社，2014年版，第445页。

③ （清）顾太清、奕绘著，张璋编校：《顾太清奕绘诗词合集》，上海：上海古籍出版社，1998年版，第127页。

④ （清）沈善宝：《名媛诗话》卷四//王英志编：《清代闺秀诗话丛刊》，南京：凤凰出版社，2010年版，第417页。

悼亡诗，都是由男性诗人创作的。明清时期的许多才媛诗人却创作了诸多此类作品，如顾若璞的《卧月轩稿》卷二至卷四，仅以《忆夫子》和《悼亡诗》为名的诗歌就达9首，并多以组诗的形式出现。如其《悼亡诗》其二："日日山头望眼穿，凌霄何处觅神仙。不知郎在仙源里，忘却来时一叶船。"①其三："廿年书剑网蛛尘，种得庭前玉树新。写出仪容浑似旧，低低说向卷中人。"②其五："积雪层冰不可披，归来湖水正涟漪。碧弦清韵还依旧，不减风光待故知。"③诗歌色彩凄迷悲怆，言哀有尽，含恨无穷。

除诗歌之外，悼亡的词作也堪回味。如袁嘉的《金缕曲·悼亡》④云：

> 泪洒秋风里，化连枝，他生未卜，此生已矣。怨海难填天莫补，造物弄人何意，问可是、才遭天忌，劚使钗分怜薄命，叹伶仃、儿女今谁恃？家四壁，食烦指。　　凄凉事怕从头记，任销残、花红钿翠，脂薌粉腻。一自镜鸾悲独舞，云鬓飞蓬慵理，只赢得、朱颜憔悴。锦瑟年华随逝水，剩青灯、壁月孤帷倚。金石矢，柏舟誓。

全词情深意切，表现了丈夫离逝后的孤苦无依和家庭生活的困苦。"锦瑟年华随逝水，剩青灯壁月孤帷倚"，尤其映衬出作者的枯槁心境和孤寂处境。

当然有一些女诗人的抒情诗，也体现出对于文士代言体中因性别转换而发展出的独特表现手法的借鉴。比如，文士的悼妻作中，就有一种"双重主体的抒情模式"，经典之作是苏轼的"十年生死两茫茫"。而清代才媛诗人在悼亡、赠别诗中，也借用了这样的手法，如袁枚的妹妹袁杼

---

① （清）顾若璞：《卧月轩稿》卷三，清光绪二十三年（1897）钱塘丁氏嘉惠堂刻本，第10页。
② （清）顾若璞：《卧月轩稿》卷三，清光绪二十三年（1897）钱塘丁氏嘉惠堂刻本，第10页。
③ （清）顾若璞：《卧月轩稿》卷三，清光绪二十三年（1897）钱塘丁氏嘉惠堂刻本，第11页。
④ （清）徐乃昌辑：《闺秀词钞》卷十，清宣统元年（1909）小檀栾室刊本，第25b页。

《悼亡》追念亡夫有句云："欲图梦里模糊见，惨见凄雨梦不成。"[①]葛宜的《送日观游越》云："江花江草映江明，孤客孤舟江上行。不断乡心吴苑隔，无边妾梦越潮平。拂衣几卧千岩月，把酒还寻万树莺。傥到镜湖凭远望，绿蘋处处是归程。"[②]后两联就同时表达了作为主体的诗人和作为怀想对象的离人对对方的牵念，而诗中离人的牵念则是由诗人本身的情绪所投射出来的。

范洛仙的《闻蟋蟀》[③]云：

秋声听不得，况尔发哀吟。游子他乡泪，深闺此夜心。已怜妆阁静，还虑塞垣深。萧瑟西风紧，行看霜雪侵。

沈善宝评此诗"颇警策"，但诗中感情绵延，亦是双重主体，即诗人及其想象中在外奔波的丈夫。

（四）诗歌塑造之形象：多面性与单一性

代言体中文士对于女子形象的塑造，通常是高度趋同而单一的。在那些宫体或艳体诗中，女子含怨衔愁、柔弱甚至是受害者的形象千篇一律。但在才媛诗人笔下，女子形象不仅类型更为多样，而且情感更为丰满甚至是立体式的。如清初诗人方维仪的一首自叙身世、感叹个人命运遭遇的代表作《死别离》，有"北风吹枯桑，日夜为我悲"的凄惨，有"人生不如死，父母泣相持"的苦痛，有"黄鸟各东西，秋草亦参差"的枯淡，也有

---

① （清）袁枚：《袁家三妹合稿》//王英志主编：《袁枚全集》第七册，南京：江苏古籍出版社1993年版，第43页。

② （清）葛宜：《送日观游越》//王英志主编：《袁枚全集》第七册，南京：江苏古籍出版社，1993年版，第407页。

③ （清）范姝：《闻蟋蟀有感》//（清）完颜恽珠辑：《国朝闺秀正始集》卷二，清道光十一年（1831）红香馆刻本，第8b页。

“无论生与死，我独身当之”的坦然。[①] 一诗之中，情绪流转不居，而情感内容则丰富、充沛。

她的《拟古》[②]一诗，也是悲悼流于文字之外，但多种情感萦绕其里。虽言“与君别后独徬徨，万事寥落悲断肠”，但常常劝告自己“人生寿考安得常，何为结束怀忧伤”，甚至有时“援琴慷慨不能忘”，也能直面人生之悲痛，“一心耿耿向空房”。诗人在忧伤中坚持生活、肯定自我，奠定了全诗的复调特征和情感基色。

更重要的是，一些诗词中蕴涵着多种线索、多重层次的情感，超越了一般的家庭、性别的局限，达到了一种直指人性本质的高度。比如，吴藻《金缕曲》[③]中的“英雄儿女原无别。叹千秋、收场一例，泪皆成血”等句，也是这一悲天悯人情怀的体现。词云：

> 闷欲呼天说。问苍苍、生人在世，忍偏磨灭。从古难消豪士气，也只书、空咄咄。正自检、断肠诗阅。看到伤心翻失笑，笑公然、愁是吾家物。都并入，笔端结。　英雄儿女原无别。叹千秋、收场一例，泪皆成血。待把柔情轻放下，不唱柳边风月。且整顿、铜琶铁拨。读罢《离骚》还酌酒，向大江东去歌残阕。声早遏，碧云裂。

词中充满她对世间愁情的深刻体会，但又不是仅仅局限于自己的苦闷、忧愁。才媛面对的纲常压力远较男性更为严苛，而自醒自强意识愈是浓厚的女子受到的精神制约愈严重；愈是敏感的人，也就愈沉痛。无力反抗现实之悲，以及“英雄儿女原无别”“感斯意，即同调”的古今才人同

---

① （清）方维仪：《死别离》//（清）周寿昌辑：《宫闺文选》卷十五，清道光二十六年（1846）刻本，第10a页。

② （清）潘江辑，彭君华主编：《龙眠风雅全编》第二册，合肥：黄山书社，2013年版，第541页。

③ （清）吴藻：《花帘词》//（清）徐乃昌辑：《小檀栾室汇刻闺秀词》第五集，清光绪二十二年（1896）南陵徐氏刻本，第4页。

悲之慨，击穿古今、响彻千古，足见其超越性别的历史胸怀和人生感悟。

（五）语言艺术之特色：素雅质朴与华丽雕饰

代言之作往往通过对女子的情意态等描写来曲折表达情感，多数情况下还要借助读者的揣摩和想象，典型的如曹丕《代刘勋出妻王氏》诗云："翩翩床前帐，张以蔽光辉。昔将尔同去，今将尔共归。缄藏箧笥里，当复何时披？"[①]李商隐的《无题》："八岁偷照镜，长眉已能画。十岁去踏青，芙蓉作裙衩。十二学弹筝，银甲不曾卸。十四藏六亲，悬知犹未嫁。十五泣春风，背面秋千下"。[②] 才媛的抒情诗作，因不加特别的雕饰，故而一般清澈自然，素朴质直。如程淑摹拟乐府所作的系列组诗《自君之出矣》[③]：

自君之出矣，思君如明月。一昔影如环，昔昔都成玦。

虽是利用古诗的诗体，但这首诗在表达对旅宦在外丈夫的思念时，却通过才媛的巧思，来表现强烈的感情。影环与玉玦的比喻，既新颖、奇巧、不落俗套，又贴切、直接、自然。许多才媛诗人对自身与夫家关系的描述，也是用别出心裁的比喻或借喻，来表达真实的感情。王纫佩《别离词》"郎踪如浮萍，妾心如澄泥。浮萍不沾泥，飘飘东复西"[④]，用浮萍、澄泥感慨夫妻之离合；方掌珍《清和》的"蕉心常卷荷心苦，比似侬心孰较多"[⑤]，以及汪韫玉《采莲曲》中的"泪珠不共露珠晞，侬心较似莲心苦"[⑥]，以"荷

---

① 张可礼等编选：《曹操曹丕曹植集》，南京：凤凰出版社，2014 年版，第 73 页。
② 刘学锴、余恕诚：《李商隐诗歌集解》第一册，北京：中华书局，2004 年版，第 23 页。
③ （清）程淑：《绣桥诗词存二卷》//肖亚男编：《清代闺秀集丛刊》第五十八册，北京：国家图书馆出版社，2014 年版，第 563 页。
④ （清）王纫佩：《佩珊珊室诗存》第一卷，清光绪十九年（1893）刻本，第 5 页。
⑤ （清）方掌珍：《琴言阁诗录》，清光绪二十年（1894）潘静俭堂刊本，第 30 页。
⑥ （清）黄秩模：《国朝闺秀诗柳絮集校补》，北京：人民文学出版社，2011 年版，第 1337 页。

心”“莲心”喻内心之苦楚，更有切肤之感、同苦之悲。

除了巧思、新喻，表达上的直抒胸臆、不事雕琢，也是才媛诗人遣词造句的突出特点。如清初女诗人方维仪和熊琏对其寡居生活的描写和情感表达即是很好的例子。方维仪《独坐》一诗云“僻境无人至，清芬阁独居。梁间新燕去，墙外老槐疏。风韵笛声远，花残月影余。编摩情未厌，坐卧一床书”[①]，对寡居时的环境、景物以及诗人心态的描写，冲淡平和。熊琏在题画词中的语句也是直白、庄肃而清远的，如《望江南·题黄楚桥先生独立图》[②]一词云：

> 斜阳馆，雁断不成行。今古才人都冷落，一腔歌哭付文章，把卷立苍茫。

全词超越了狭隘的性别视野，把俊士、才媛“今古才人都冷落”的共同遭遇形象化，生生立在读者眼前；同时，“这也是一种审美性的感悟，是把沉痛的命运和共同的意识上升为一种被欣赏、被理解的感悟”[③]，诗意地呈现在作者和读者的面前。这些诗词用字“皆由直寻”，虽明白如话，但情感尤深。

三、小结

才媛天性细腻易感，未受世俗痼习之浸染，又不落陈词滥调之俗套，必然在直写胸臆、状写情性、抒发性灵上独见机杼。所谓“有此心方才有

---

① (清)潘江：《龙眠风雅》//四库禁毁书丛刊编纂委员会编：《四库禁毁丛刊》集部98册，第4页。

② (清)熊琏：《澹仙词》卷二//(清)徐乃昌辑：《小檀栾室汇刻闺秀词》第六集，清光绪二十二年(1896)南陵徐氏刻本，第6a页。

③ [美]孙康宜：《走向“男女双性”的理想——女性诗人在明清文人中的地位》//叶舒宪主编：《性别诗学》，北京：社科文献出版社，1999年版，第12页。

此文”，人心是以生活做根基，过此生活便有此心。才媛之诗、才媛之文，其思想与生活紧紧缠绕，思想上有了波折顿挫，诗文自然随心而动。从本章来看，清代的才媛不仅对诗词这一文学载体所表达的内容进行了扩展，也在体式、诗法和技巧上展开新的探索，并表现出更强的活力和感染力。面对长期以来男性代言体所塑造的抒情模式，才媛在承继的基础上不断发挥主体性，努力创作体现特质、显现本色、描摹真性真情的诗词。这些作品在情感表达上更加真实，更加合乎情理，在情感浓烈度上也更加深切，主客体的情感关系更加清晰，塑造的形象更为丰满，运用的语言强调“直寻”“自出新机”“不与人同”。以方维仪、熊琏、顾若璞、徐灿、吴藻等为代表的才媛诗人，既维护和延续了中国古典诗歌的传统，也改变了过去女性诗词的题材单一性和抒情程式化；既扭转了代言体诗歌的情感颓靡倾向，也在抒情的技法上有所继承、有所创新，可以说形成了迥异于男性代言体的抒情模式。

在这一承继与嬗变的过程中，才媛创作的主体性贯穿其中，是最为值得关注的能动因素。才媛的自我书写展现出了不同于过去文士主导传统下的表达方式与情感特征，特别是改变了那种通过想象、移形换位而塑造“他者”的表现路径。才媛在诗词创作中的主体性及其凸显，不仅改变了传统诗歌的性别格局，也使得中国文学的抒情视域大为拓展，为后人理解古典传统提供了更加丰富的维度。

第八章　美学境界

诗离不开人生。春花秋月，欢喜悲愁，诗是日常生活的升华与美化；风霜霰雪，杨柳依依，诗是温柔低徊的倾吐与吟唱；感时伤逝，恨别惊心，诗是主体情志的感兴与抒发。韶华易逝，美人迟暮，诗更是才媛感性生命的艺术表达。在才媛看来，诗就是为表达感悟、再现情景、抒发自我、升华生命而选择的最清雅、精微的一种艺术形式。

诗亦离不开语言。诗是雅言，是语言的艺术。诗歌通过格律建构乐感，通过字句扩展意义，通过意境传递精神，通过风格塑造美典。文士与才媛对生命与生活的感受力不同，诗亦不同。灵府有悟，诗思必不迟困；无所体悟，诗必苦困，故无感自无诗。才媛的诗情深而不涩，浓而不癫，美而不醉，蓄美感于方寸之内，点深情于毫厘之中。但要理解才媛在诗歌中蕴藏的情志、感悟和无限的生命力，就必须对其吟咏的内容，对其所使用的语言及其效果作深入的分析。

一、语义论

诗歌是语言的艺术，因此分析诗歌需从语言即古代诗人所讲的“辞”入手。刘勰在《文心雕龙·隐秀篇》中说“隐以复意为工”，又说“隐也者，文外之重旨也”。朱自清写过关于《诗多义举例》的文章，利用英国学者恩普逊的方法评析古代诗歌。袁行霈对传统诗歌语言进行语义分析，认为传统诗歌的语言既有宣示义也有启示义，所谓的宣示义就是诗歌借助语言明确传达给读者的意义,启示义则是诗歌以它的语言和意象启示给读者的意义。启示义按照类型,又可分为双关义、情韵义、象征义、深层义和言外义[①]。

(一) 双关义

才媛多在诗歌中采用一些代表女子情感、生活与美感特质的词,通过同音和引申来形成不同的意义。比如熊琏的《咏藕词》[②]就是诗人语词中双关义的例证。

红衣落,皎洁出污泥。冰玉肌肤浑不染,玲珑新孔却多丝,缕缕系相思。(《望江南·咏藕》)

雅诵莲花的诗文极多,多不出"出淤泥不染"之况味。但熊琏此词既继承高洁古意,又以莲藕多孔、多丝,而与女子富于情思的特点相连,比喻妥帖而极富韵致。这里的"丝"既是莲藕的物质形态,也与"思"相通,后一句则明点"相思"之意。

歙县黄克巽的《竹帘》[③]一诗,以竹帘为吟咏对象,表面讲竹帘的形态和特点,实际上暗喻节妇的命运。

舒卷由人力,飘飘老此生。堂深香欲尽,风静碧无声。薄质破难合,柔丝缩易成。回看湘水上,直节自峥峥。

竹帘被挂在闺门之外,风起时随风飘舞,风落时澄碧无声。一支竹片是薄而脆的,竹帘的制成要靠丝线加以缩合。但经历了时间的流逝和

---

① 袁行霈、孟二冬、丁放:《中国诗学通论》,合肥:安徽教育出版社,1996 年版,第 7 页。

② (清)熊琏:《澹仙词钞》卷二//(清)肖亚男编:《清代闺秀集丛刊》第十七册,北京:国家图书馆出版社,2014 年版,第 541 页。

③ (清)黄克巽《竹帘》//(清)完颜恽珠辑:《国朝闺秀正始续集》卷六,清道光十一年(1831)红香馆刻本,第 22b 页。

风雨的洗礼，珠帘依旧挺立，仍旧保留着最初立于湘水之滨的坚定和劲节。名义上写竹帘，实际上是诗人以竹自况，喻坚贞之意。

（二）情韵义

在诗歌中，才媛往往通过一些特定的语词，在词语的表面意义之外，寄寓不同的感情和韵味。比如，在女诗人中经常使用的词语“蛱蝶”。蛱蝶是中大型的蝴蝶，其羽翼正面亮丽而腹面黯淡。“庄周梦蝶”使得蝴蝶本身就具有诗性的意味，而蛱蝶亮丽与枯淡并存的色彩则给予诗人以丰富的吟咏空间。在才媛笔下，蛱蝶在花间穿梭的优美姿态透露着某种轻淡而自适的意味，但以终日无人为衬托，又带出某种闲愁甚至寂寞。张绚霄的《剪秋罗》诗云：“半晌无言倚竹扉，绕丛蛱蝶故飞飞。秋来也有风如剪，裁出香云作舞衣。”该诗被袁枚称赞“藻思芊绵，皆不愧大家风范。”[①]此诗与宋代范成大《四时田园杂兴・其二》中的“日长篱落无人过，惟有蜻蜓蛱蝶飞”情韵颇为一致。严蕊珠《春日杂诗》云：“如烟小雨润苔衣，花坞风酣蛱蝶飞。最是无情堤畔柳，绾将春至放春归。”[②]烟雨青苔、蛱蝶飘飞，既有一种悠然物外的闲适之趣，也带着惜时叹逝的闲愁意味。

（三）象征义

才媛往往运用某些词语来表达字面之外的含义，特别是从词语所指称的现实物体或形象中派生出的意义，这种象征义往往也是诗歌的主旨

---

① （清）袁枚：《随园诗话》卷二//王英志编：《清代闺秀诗话丛刊》，南京：凤凰出版社，2010 年版，第 139 页。

② （清）严蕊珠：《春日杂诗》//（清）完颜恽珠辑：《国朝闺秀正始集》卷十五，清道光十一年（1831）红香馆刻本，第 15a 页。

所在。一个典型的例子是才媛诗中经常出现的“秋扇”或“团扇”。班婕妤在《怨歌行》中以秋节到后的“合欢扇”自比，表达不被宠幸的哀怨之意，“秋扇”在后世即成为闺怨的经典意象。钟嵘在《诗品》中将此诗置为上品，并说：“婕妤诗其源出于李陵，团扇短章，辞旨清捷，怨深文绮，得匹妇之致。”[①]骆宾王在《和学士闺情启》中评此诗：“班婕妤霜雪之句，发越清迥。”[②]沈德潜在《古诗源》卷二中也说此诗“用意微婉，音韵和平”。[③] 以秋扇见捐喻被弃之况，“秋扇”“纨扇”“团扇”就成为不被宠爱、终遭遗弃的象征，为后世的才媛们反复使用。可以说，这一象征的意义已经超越班婕妤个人遭际的具体事实和她所处的时代，而成为笼罩在男权至上的传统中的女子悲剧命运的普遍心理图式。在清代才媛诗歌，也多以秋扇来承继此意。如：

浪说花开并蒂，写入轻罗扇里。未到晚凉天，已做秋风捐弃。何意、何意，一语问君遥寄。（许诵珠《如梦令·寄外》）[④]

残暑全消已半秋，亭皋木脱景逾幽。凉飚又妒夫人扇，皎月徒添思妇愁。几度听蛩临碧砌，多时盼雁倚红楼。近来也似黄花瘦，莫笑安仁易白头。（吴瑛《秋思》）[⑤]

诗人们借用班婕妤《团扇歌》的典故，暗指时空远隔，难以相见。前词以秋扇自喻，良人问候不至，内心暗自揣测；后诗则反用团扇之意，把

① （南朝梁）钟嵘著，王叔岷校：《诗品》，北京：中华书局，2007 年版，第 145 页。

② （唐）骆宾王：《和学士闺情启》//（清）董诰等撰：《全唐文》卷一百九十七，上海：上海古籍出版社，1990 年版，第 882—883 页。

③ （清）沈德潜：《古诗源》上，北京：华夏出版社，1998 年版，第 83 页。

④ （清）许诵珠：《雯窗瘦影词》//徐乃昌辑：《小檀栾室汇刻闺秀词》第八集，清光绪二十二年（1896）南陵徐氏刻本，第 3a 页。

⑤ 吴瑛，字雪嵋，长洲人（今江苏苏州）。著有《玉壶集》。《苏州府志》、《撷芳集》、《国朝闺秀正始续集》有著录。《秋思》参见《国朝闺秀正始续集》卷五，第 10 页。

凉飕拟人化，同时也化用李清照“人比黄花瘦”和潘岳典故，表达对寂寞无主的惆怅与时光易逝的无奈。

（四）深层义

深层义通常是蕴藏在诗歌的表面意义之下，通过仔细剖析和解读才能发掘出的内在意义。徐灿的《踏莎行・初春》[①]云：

> 芳草才芽，梨花未雨，春魂已作天涯絮。晶帘宛转为谁垂。金衣飞上樱桃树。　　故国茫茫，扁舟何许。夕阳一片江流去。碧云犹叠旧河山，月痕休到深深处。

从全词来看，这似乎是初春之际登楼远望之作。词名和“芳草才芽，梨花未雨”，意味着此一时节当是万物生发、欣欣向荣之际。但一句“春魂已作天涯絮”，把前两句勾起的生生之意荡涤而尽，却把随风而起飘忽不定的柳絮当作春之英魂，流露出深深的失落之感。接下来两句视界一换，先说晶帘宛转，而黄莺（金衣）飞上了樱桃树，似乎有所寓意，暗指其夫陈之遴受清廷重用。但女诗人心中仍然牵念故国不肯忘怀，面对夕阳西下时的滚滚江流，茫然不知凭借哪叶扁舟可去。扁舟之语，与李商隐《安定城楼》中“永忆江湖归白发，欲回天地入扁舟”二句意思暗扣，似乎暗示诗人期待与陈之遴归隐不事新朝。但归去无计，正彷徨间，已看到碧云依旧笼罩千里山河，只是改朝换代，江山易主。一个“旧”，与前文“故国”相呼应，当是明指明清鼎革。世事变幻，对诗人来说，挽回旧朝已不可期待，只能将心中的眷恋和破碎的忧伤深藏，甚至害怕月亮洒下的清辉会照到心灵的深处，触动心头痛处。细细品来，作者这一登楼远望

① （清）徐灿：《拙政园诗馀》卷上，民国十一年（1922）上海博古斋刻《拜经楼丛书》本，第13页。

怀念故国的举动，与赵宋遗民张炎在《甘州》中“空怀感，有斜阳处，却怕登楼”等的凄恻情感若合符节。

这首词上阕以景带情，下阕情中伤景，愁绪满怀，心境忧郁沉痛，但又章法井然，笔致蕴藉，怨而不怒，传达出悲凉沉郁的故国之思、易代之感。词中所蕴含“富贵已东流”“豪华一瞬抛撇”的虚无之叹，“金衣飞上樱桃树”的得失之感，“故国茫茫，扁舟何许”的黍离之悲，展示出词人面对时代变迁的复杂心态，凸现了徐灿词作中浓烈、沉郁而难以排遣的忧思。《踏莎行・初春》被认为是《拙政园诗馀》中抒发黍离之悲的最称翘楚之词。谭献在《箧中词》中指出，此词传达的“兴亡之感”“相国（陈之遴）愧之”[①]。陈廷焯在《白雨斋词话》亦赞其末二句：“既超逸，又和雅，笔意在五代北宋之间。”[②]

（五）言外义

言外义通常是作者在诗句内未曾言明，而读者可以品味或意会到的意义。作者通过对语词、诗句的剪裁安排，可以不诉诸言辞，而能在诗行间暗示或寄托韵味或含义。如严羽在《沧浪诗话》中，倡导作诗应“惟在兴趣，羚羊挂角无迹可求。故其妙处透彻玲珑不可凑泊，如空中之音、相中之色、水中之月、镜中之像，言有尽而意无穷。”[③]司马光《续诗话》中云：“古人为诗贵于意在言外，使人思而得之，故言之者无罪，闻之者足以戒也。”[④]

---

① （清）谭献：《箧中词》卷五//《续修四库全书・集部・词类》，清光绪八年（1882）刻本，第695页。

② （清）陈廷焯：《白雨斋词话》，上海：上海古籍出版社，2009年版，第163页。

③ （宋）严羽：《沧浪诗话》，北京：中华书局，1985年版，第6—7页。

④ （宋）司马光：《温公续诗话》//王大鹏等编选：《中国历代诗话选》一，长沙：岳麓书社，1985年版，第172页。

奉新宋婉仙的《后山春望》云："满山春树寻常见，独抚孤松未忍回。黛色参天阴覆地，曾经历尽霜雪来。"[①]依题意看似乎是对后山春景的描写，但全诗的主题却是古松。一句"曾经历尽霜雪来"，塑造了独松高洁之状，实质上也是言外自况。许俪琼用"东风金谷梦，细雨玉钩魂"来写蝴蝶，用"歌催绮席月初上，花扑玉缸香正浓"[②]来咏酒，都不是从正面叙述，而是通过与周边事物的关系、相关物事及其形态等来衬托。全诗神思精妙，动静得宜，灵动轻脱，足见诗心晶莹，不落俗套，不堕言筌。

女诗人熊琏也善于通过一些小诗，来表达丰富的言外之意。其《萤火》[③]一诗云：

水面光先乱，风前影更轻。背灯兼背月，原不向人明。

萤火虫掠过湖面，拂皱湖上月光。不靠灯光显耀，不借月色清辉，但却暗自孤灯独明。文学史上的萤火虫之形象多是衬托寂寞闲愁之物，如杜牧《秋夕》中"轻罗小扇扑流萤"。但熊琏此诗却将萤火虫的情态充分拟人化，把萤火虫"不向人明"的默默发光，与诗人孀居深闺、半生劳苦之行为写得如同一辙，充分表达了她孤寂荒寒、但又孤持自许的心境。此首咏萤火之诗，不仅物象极新，咏人所未咏，而用词虽质，意极传神。

二、境界论

诗歌艺术的分析离不开诗境与意境的创造。境通常被认为是诗意

---

① (清)沈善宝：《名媛诗话》卷二//王英志编：《清代闺秀诗话丛刊》，南京：凤凰出版社，2010年版，第383页。

② (清)沈善宝：《名媛诗话》卷三//王英志编：《清代闺秀诗话丛刊》，南京：凤凰出版社，2010年版，第385页。

③ (清)熊琏：《澹仙诗钞》卷一//肖亚男编：《清代闺秀集丛刊》第十七册，北京：国家图书馆出版社，2014年版，第459页。

构建的时空阈限,因而既有写境,也有造境。意境是文学分析时最常使用的概念,但其具体内涵及相互关系则众说纷纭。不论何种解法,由诗词所构筑之境,大体上由两类要素而组成:一是实写之情景或物态,翩翩然"如在目前",即谓"境";另一则是寄寓之理想或生命之律动,可感受但多"见于言外",可谓"意"。前者偏实,后者略虚;前者为载体,后者为升华;前者多描写或直呈,后者多共鸣或启迪;前者主要依托创作之主体,后者则需要读者的参与和品味。佳者则情景交融,虚实相生,主客浑成。王国维在《人间词乙稿序》中说:"文学之事,其内足以摅己,而外足以感人者,意与境二者而已。上焉者意与境浑,其次或以境胜,或以意胜,苟缺其一,不足以言文学。原夫文学之所以有意境者,以其能观也。出于观我者,意余于境;而出于观物者,境多于意。然非物无以见我,而观我之时,又自有我在。故二者常互相错综,能有所偏重,而不能有所偏废也。文学之工与不工,亦视其意境之有无,与其深浅而已。"①

所谓境界者,冯友兰认为,则有自然境界、功利境界、道德境界与天地境界,可知境界并不限于文学一域。② 境界虽亦与"境"相连,但其内涵之可感者,似更多偏重于主观之情志、思维之宽窄、格局之大小。由此对艺术作品境界之评判,不仅决于诗词本身,还决于作者的审美修养、思想水平、襟怀格局、心胸气度等,与诗人的经历、品格、感悟思考世界的能力和选取的艺术表达形式息息相关。由此,境界的品与悟,也因人的修养造诣等而呈现出一定程度的阶段性。王国维先生讲:"古今之成大事业、大学问者,必经过三种之境界。'昨夜西风凋碧树,独上高楼,望尽天涯路',此第一境也;'衣带渐宽终不悔,为伊消得人憔悴',此第二境也;

① 王国维撰,陈永正笺注:《王国维诗词笺注》,上海:上海古籍出版社,2013 年版,第 589—590 页。

② 冯友兰:《新原人》,上海:上海书店出版社,1996 年版,第 30—42 页。

'众里寻他千百度,回头蓦见,那人正在灯火阑珊处',此第三境也。"[①]而三种境界者,皆着"我"之色彩,皆与本人修为有关,皆是"有我之境"。因为境界的判断往往与主体性有关,故而又与认知、情怀、格局、气象等紧密相连。

才媛诗歌大体是轻灵婉约、清真秀丽,历来较少以境来论。但清代才媛在写境与造境方面已有极大进展,而围绕境界二字呈现出的丰富性多样性亦为过去所少见,确有必要做初步的揭示。

(一)清幽雅澹

处身于境,诗情自生。才媛心思缜密、情感幽微,取境自以清幽要眇为尚。张学雅的《蝶恋花·夜雨》一词[②]云:

> 门掩苍苔春寂寂。暮雨潇潇、隔著窗儿滴。小院黄昏人独立,一双飞鸟归栖急。　万里潇湘云雾湿。帘外风声、疑是吹芦荻。肠断梅花和泪泣,还惊夜半高楼笛。

全词写夜雨孤阁,感时泣涕,是平素才媛声气。但"小院黄昏人独立,一双飞鸟归栖急"一句,既是外部的实境,亦是从多首诗词中模拟、幻化而来。孙觌《吴门道中二首》其一云:"数间茅屋水边村,杨柳依依绿映门。渡口唤船人独立,一蓑烟雨湿黄昏。"此诗描写村津傍晚景象,而歌咏的对象是撑船摆渡的船夫,颇有遗世独立的味道。晏几道《临江仙》的名句"落花人独立,微雨燕双飞",用片片落英、双双燕子反衬愁人独立、春恨绵绵。宋代辛弃疾本为豪放派的著名词人,但在其《满江红》一词中,上下阕分别有"人去后,吹箫声断,倚楼人独"和"最苦是,立尽月黄

① 王国维撰,施议对注:《人间词话》,长沙:岳麓书社,2003年版,第47页。
② 苏者聪选注:《中国历代妇女作品选》,上海:上海古籍出版社,1987年版,第436页。

昏、栏干曲”两句，既点出了倚楼人独的画面，也写出了“立尽黄昏”的难留之痛，与晏几道的词一样曲尽怀人之幽情。张学雅把独立之境置于女子生于斯长于斯的小院之中，把时间定格在黄昏之际，分寸天地之中佳人默然独立，与双飞归鸟急于还巢的动态景象构成鲜明对比，不仅浓缩了人与物、情与景的时空，而且托境写心，构成一个更加幽凄的意境。

南海女士陈琼，号琼华，师恽南田，擅花卉。其《晓起》云“嫩寒绿瘦池塘草，小雨红肥镜阁花”[①]，于熟境中翻出新意，巧妙之极，清雅之极。

（二）文情典正

意境的生成有待于诗人情感与物象的组合。诗笔所及，情与境偕。钱塘女诗人朱柔则为“蕉园七子”之一，其夫沈用济亦是清初著名诗人。二人诗歌唱和较多，柔则尝作画卷，系以诗，寄用济，用济即日归，一时传为美谈。故其诗格正，少悲音，而多温情。如其五律《寄远曲三首》其一[②]云：

恨少垂杨柳，殷勤系玉鞍。夕阳鸦背暖，春雪马蹄寒。入世逢迎拙，依人去住难。痴儿啼向我，昨夜梦长安。

首联与颔联写诗人想象夫君远行在外，奔波辛苦。颈联写诗人为其夫的盘桓找到了可供安慰的理由，尾联回到现实，以痴儿梦语代指诗人的思念。其中可玩味者，当是颔联“夕阳鸦背暖，春雪马蹄寒”。“鸦背”通常是登高远望时晨昏分割的典型物象。这种时间上的标志又与惜别、伤逝的情感相连，如温庭筠《春日野行》的“蝶翎朝粉尽，鸦背夕阳多”，贺

---

① （清）法式善：《梧门诗话》卷十五条四//王英志编：《清代闺秀诗话丛刊》，南京：凤凰出版社，2010 年版，第 2401 页。

② 苏者聪选注：《中国历代妇女作品选》，上海：上海古籍出版社，1987 年 11 月第一版，第 392 页。

铸《临江仙》的“鸦背夕阳山映断，绿杨风扫津亭”等。以上两首诗词在使用“鸦背”时都是从景观或色彩上加以描绘，而朱诗则将“鸦背”与寒温相联系，将传统意象从视觉转移为触觉。“春雪马蹄”亦有旧句，如王维《观猎》五律中有“草枯鹰眼疾，雪尽马蹄轻”二句，上险下秀；徐熥《河间宵征》有“清霜蛩语急，斜月马蹄寒”。但朱诗将“马蹄”意象与离别之情、行旅之思结合起来，与前诗相比有了不同的情感色彩。

虽然历史上不少诗词都使用了“鸦背”“马蹄”这两个意象，朱柔则在这首寄外诗中第一次把“鸦背”与“马蹄”并立使用，对仗工整，独见匠心。“夕阳鸦背暖”一句，把过去使用的夕阳西下而鸦背生寒之意，转化为夕阳晚照仍能寄予寒鸦温暖之意；而“春雪马蹄寒”则指春雪之后瘦马踯躅难行，蹄掌都带有寒意，要比“霜草马蹄寒”“斜月马蹄寒”在意义联系上更加紧密。进而言之，“夕阳鸦背暖，春雪马蹄寒”虽是写景，但一暖一寒，表明丈夫已离家在外多个寒暑，同时这一联既是对丈夫行旅的描写，也是诗人登楼凝望与想象的综合性表达。以“寒”“暖”二字，指去者形单影只而留者空自相望，情深难言、寄意绵远，写景亦能传情，正是温暖的境与味之所在。俞陛云《清代闺秀诗话》评其“诗格与诗情，并臻佳境”。[①] 沈善宝《名媛诗话》赞其“情深于词，笔妙如环”[②]，由此可见一斑。

（三）含蓄蕴藉

境有深浅，依诗人而有所不同。才媛诗词多直寻，故境新，但亦有深沉隐约之境，比较清初徐灿与宋代李清照可以有所体会。徐灿和李清照

---

① 俞陛云：《清代闺秀诗话》，转引自《中国古典文学名著分类集成》之《诗歌》六，天津：百花文艺出版社，1994 年版，第 286 页。

② （清）沈善宝：《名媛诗话》卷一//王英志编：《清代闺秀诗话丛刊》，南京：凤凰出版社，2010 年版，第 355 页。

平生经历多有相似之处：二人均生于读书官宦之家，幼年起即接受诗文教育，才情为父所重；自小聪颖，性格豪爽，耽溺文史，工诗擅词，在当时皆被推为第一才女①；所嫁之人皆出身诗书望族，她们也因个人才学而受夫君敬重；都随夫沉浮宦海数年，同遭国破家变，而感易代之悲。但时光斗转五百年，二人所处的赵宋与满清之社会文化特别是对女教的规约，发生了不同的变化；文人对才媛诗学词学之观念，亦有较大更革。

李清照气质独特、才情高举，许多诗词都以显性的方式表意传情，具有强烈的主观色彩。小令如《如梦令·昨日雨疏风骤》，所述情形为词人宿醉晓起后与侍女的对话，先酝酿铺垫而后反问直陈，表达方式虽婉转含蓄，但词意生动跳跃，尤其“绿肥红瘦”道前人所未道，惜花之情跃然纸上。因显直而不事雕琢、不加“收拾”，又使得小令流动自然。即便在《声声慢·寻寻觅觅》中写凄惨之意时，她都是用白描手法，加上回环往复的叠字、明白如话的字句甚至口语，来敷陈“幽咽泉流”的情感。因此，李词显而不隔，直而见真，不加修饰，故能自然清新。而徐灿词特别是其小令则不与此同，更为深隐幽咽。特别是入清之后，国破家变带来的世间惨剧与其夫入仕新朝的扶摇直上，以及对旧朝道义上的顾念与对新朝政局尚不明朗的恐惧，造成了诗人心灵上的冲击与矛盾。这种难以道破的幽咽痛楚只能用曲折的方式表达，故徐词往往欲说还休、哀感莫名。如小令《忆秦娥·春感次素庵韵》：“春时节，昨朝似雨今朝雪。今朝雪，半春残暖，竟成抛撇。销魂不待君先说，凄凄似痛还如咽。还如咽，旧恩新宠，晓云流月。”②虽同写乍暖还寒的初春景象，此处的春天实是影射国

① 王灼在《碧鸡漫志》卷二中评李清照云“若本朝妇人，当推词采第一”；陈廷焯《白雨斋词话》卷五评徐灿云：“国朝闺秀工词者，自以徐湘蘋为第一。”

② (清)徐灿：《拙政园诗馀》卷上，民国十一年(1922)上海博古斋刻《拜经楼丛书》本，第11页。

家社稷。“春天”“春魂”在徐灿笔下多次出现，寄寓的都是作者对于故明的追思。上片“竟成抛撇”意指崇祯帝竭力支撑政局但“辛苦兴邦却丧邦”，广袤山河如同残暖之春被风雪漫卷、瞬间抛下。过片转入与陈之遴的对话，这里的“销魂”则比“莫道不消魂”更深一层，不仅因为时节黯黯、江山易主，更因为丈夫迎降入仕为贰臣。这种沉痛已是幽咽难言，而明清两朝“旧恩新宠”虽则浩荡，毕竟仍如“晓云流月”转眼将逝。自此观之，徐灿小令深隐曲折处，比清照犹似过之。

（四）苍茫宏阔

诗词皆有妙境，但气象不同。有的以细致胜，有的以宏深胜。李清照的名作如《醉花阴·薄雾浓云愁永昼》《蝶恋花·离情》《庆清朝慢·禁幄低张》等，皆是从闺阁生活、季节风物等起笔，用词精致工巧、珠圆玉润，表情则细致专深。如“莫道不消魂，帘卷西风，人比黄花瘦”，措辞雅致、比喻精到，是“深刻的生活感受与高度的艺术技巧相结合的产物”[①]。由于李词着墨于闺中物事较多，“小我”情怀缱绻，但徐灿的许多小令、慢词，却开合吞吐、纵横捭阖、气象宏深。小令《少年游·有感》“衰杨霜遍灞陵桥，何物似前朝。夜来明月、依然相照，还认楚宫腰。金尊半掩琵琶恨，旧谙为谁调。翡翠楼前、胭脂井畔，魂与落花飘”[②]，感怀盛世零落，而从衰杨经霜起笔写深秋景象，用发问语气展开，气势排奡横放；用词哀艳精巧，点染故实而不感堆砌；声律稳饬，烘托出无尽哀感。陈廷焯在《词则·大雅集》中称：“感慨苍凉，似金元人最高之作。”[③]慢词《满江

---

① （宋）李清照著，黄默谷辑校：《重辑李清照集》，北京：中华书局，2009年版，第12页。

② （清）徐灿：《拙政园诗馀》卷上，民国十一年（1922）上海博古斋刻《拜经楼丛书》本，第8页。

③ 陈廷焯：《词则·大雅集》，上海：上海古籍出版社，1984年版，第278页。

红·感事》:"过眼韶华,凄凄又、凉秋时节。听是处、捣衣声急,阵鸿凄切。往事堪悲闻玉树,采莲歌杳啼鹃血。叹当年、富贵已东流,金瓯缺。风共雨,何曾歇。翘首望,乡关月。看金戈满地,万山云叠。斧钺行边遗恨在,楼船横海随波灭。到而今、空有断肠碑,英雄业。"[①]从眼前之景铺叙,由捣衣、归鸿回思往事,慨叹南朝被灭、蜀帝化鹃,江山残缺;过片以"风共雨,何曾歇"警策之语截断前思,回到当今,看干戈蔓延、狼烟遍地,边事海战转眼都成灰飞。碧云犹叠旧山河,英雄空有残碑在,这种易代之悲、家国之痛,绵延于古今,也充塞于天地。全词用典绵密但词意含蓄典重,意象流动但布局严密堂皇,特别是溢于词外的沉郁悲痛之情、古今盛衰之思,令人慨然涕下。其他慢词如《满江红·和王昭仪韵》中的"双泪不知笳鼓梦,几番流到君王侧。叹狂风、一霎剪鸳鸯,惊魂歇"[②];《念奴娇·初冬》中的"黄花过了,见碧空云尽,素秋无际""眼前梦里,不知何处乡国""燕山一片,古今多少羁客"[③],亦见恢弘苍茫之气格。自李、徐观之,可见闺词中关于内容、情感、字词选择的约束已然褪去,而气象上的新变凸显出来。

(五)情深高致

格之高下,关系境界之高低。人格卑下,则诗多琐屑;气格不凡,而诗多雄音。过去才媛之诗,多感叹自身命运之不公,但才人不遇,皆有史例,如屈原被谤,太史罹刑,蔡琰被虏,婕妤见弃,李白流徙,易安遭逐等

① (清)徐灿:《拙政园诗馀》卷下,民国十一年(1922)上海博古斋刻《拜经楼丛书》本,第5页。

② (清)徐灿:《拙政园诗馀》卷下,民国十一年(1922)上海博古斋刻《拜经楼丛书》本,第4页。

③ (清)徐灿:《拙政园诗馀》卷下,民国十一年(1922)上海博古斋刻《拜经楼丛书》本,第6页。

等，不一而足。虽然清代才媛对自身的坎坷命运悲愤有加，但与过往才媛不同，她们跳出了“自怜自艾”的小我之悲或“同类相惜、同性相怜”的群我之悲，而进入了白居易在《琵琶行》中“同是天涯沦落人，相逢何必曾相识”的大我之叹。这种“同声相应、同气相求”，不停留于自身悲剧命运之饮泣，而是由自己之遭际而推及群体之人生，超越性别之藩篱而生发千古才人之同悲，乃是开出了诗词中的新格局，更见珍贵。

一是对女性悲剧命运的同情。自古才媛多薄命，在很长时间里成了笼罩在女性诗人词人身上的一个“魔咒”。正是在福慧难双、才命相妨的传统观念支配下，才媛诗词之中，流露着对坎坷经历之慨叹，以及对不幸命运之悲鸣。她们或吟咏知名女性的身世遭遇以自况，或唱和流传久远的诗词以传达心声。这其中，又以对牡丹亭中一恸而逝的杜丽娘、挑灯闲看牡丹亭的冯小青以及明末叶家三姐妹等虚拟或现实人物的感叹为多。传为明末冯小青所作的《无题》其五云：“冷雨幽窗不可听，挑灯闲看《牡丹亭》。人间亦有痴于我，岂独伤心是小青。”[①]清代才媛和此较多，如熊琏的《蝶恋花·题挑灯闲看牡丹亭图》[②]，便是其中一例：

> 门掩黄昏深院宇，窗里孤灯，窗外芭蕉雨。万种低徊无可语，虫声四壁凉如许。　　怪底临川遗恨谱。死死生生，看到伤心处。薄命情痴同是苦，古来多少聪明误。

杜丽娘、冯小青和熊琏本人，都是一往情深，却佳人薄命，与恋人阴阳相隔。挑灯读南曲，坐听芭蕉雨，都是伤心低吟。天公酷妒，韶颜易悴于雨打风吹，此哀见诸诗词。正如凌祉媛在读完《袁家三妹合稿》后感喟

---

① （明）冯小青《无题》//（清）王端淑辑：《名媛诗纬初编》清康熙六年（1667）清音堂刻本，第10、18b页。

② （清）熊琏《澹仙词》//（清）徐乃昌辑：《小檀栾室汇刻闺秀词》第六集，清光绪二十二年（1896）南陵徐氏刻本，第2.11b页。

成诗云："漫将薄命归前数，总为多才累此生。"（《读袁家三妹合稿感题卷尾》）[①]

二是对性别束缚的不平。从悲惨遭遇往下深入，才媛发现许多女性悲剧命运的根源在于性别差异。身为红颜，就有诸多禁忌，不得一展才华，可谓有志难伸。才媛对此选择了不同的表达方式。如吴藻作杂剧《饮酒读骚图曲》（又名《乔影》），其中有一首"北雁儿落带得胜令"云：

我待趁烟波泛画挠，我待御天风游蓬岛，我待拨铜琵向江上歌，我待看青萍在灯前啸。呀，我待拂长虹入海钓金鳌，我待吸长鲸买酒解金貂，我待理朱弦作幽兰操，我待著宫袍把水月捞，我待吹箫、比子晋更年少，我待题糕、笑刘郎空自豪，笑刘郎空自豪。[②]

才媛无法在现实中施展抱负，只能通过剧曲一抒心声。《乔影》一剧在当时引起了强烈的反响，传唱遍及大江南北。相比之下，王筠和沈善宝的反应则更加激昂。王筠《鹧鸪天》云"闺阁沉埋十数年，不能身贵不能仙。读书每羡班超志，把酒长吟李白篇。怀壮气，欲冲天，木兰崇事无缘。玉堂金马生无分，好把心情付梦诠。"[③]沈善宝二十一岁就写出了"我欲乘槎游碧落，不愁无路问银潢。放开眼界山川小，付与文章笔墨狂"[④]的豪情诗句，但国势衰微，难以救亡，只能空生浩叹：

滚滚银涛，泻不尽、心头热血。想当年、山头擂鼓，是何事业。肘后难悬苏季印，囊中剩有文通笔。数古来、巾帼几英雄，愁难说。

望北固，秋烟碧。指浮玉，秋阳赤。把蓬窗倚遍，唾壶击缺。游子征衫搀泪雨，高堂短鬓飞霜雪。问苍苍、生我欲何为，空磨折。

---

① （清）凌祉媛：《翠螺阁诗词稿》，清咸丰四年（1854）延庆堂丁氏刻本，第3.2a—3.2b页。
② （清）吴藻：《乔影》，清（1820—1911）刻本，第6b—7a页。现藏于国家博物馆。
③ 苏者聪选注：《中国历代妇女作品选》，上海：上海古籍出版社1987年版，第451页。
④ （清）沈善宝：《鸿雪楼初集》，民国十三年（1924）钱塘沈氏铅印本，第2.5b页。

(《满江红·渡扬子江》)[1]

这种根于社会而系于女性的不平使得清代许多才媛对壮志难酬的闺秀、红颜多舛的命运有了发自内心的愤懑。如吴尚熹的《满江红·秋夜有感》[2]云：

一晌清凉，西风起、吹来帘幕。恰又是、虫鸣四壁，虚澄小阁。怪底秋声偏著耳，窗前淡月还同昨。叹年来，何处寄愁心？腰如削。

乡梦远，浑难托；琴书案，全抛却。但消磨羁旅，壮怀牢落。百岁韶华弹指过，鸿回燕去空漂泊。问襟期，原不让男儿，天生错。

这种不能跻于男儿之列一展壮怀的遗憾与悲愤，在作品中流淌、回荡，增添了不少沉郁之气。

相似的情绪与心曲，在女诗人吴筠的诗歌中也有流露。其《述怀》[3]云：

我欲参经疑，扶风高弟摇手訾。各家健儿竖赤帜，何人肯拜曹家师？我欲修国史，绮阁不封女学士。兰台表志妹补之，刊书未曾列名氏。我欲从军征鸱张，立功异域驱天狼，木兰荀灌相颉颃。昨闻军中下严令，妇人在营气勿扬。……谢女絮，苏姬图，古今传者能有几？纵传何足当有无。苍天使我不丈夫，娟然面目何为乎？持铁如意击唾壶，今生已矣来生殊。

三是对士女怀才不遇的共感。如果仅仅只执着于自身的遭际，而看不到文士与才女面临的不公正待遇，那还是比较狭隘的。在清代才媛的

---

① (清)沈善宝：《鸿雪楼外集》，民国十三年(1924)钱塘沈氏铅印本，第5.5b页。

② (清)吴尚熹：《写均楼词》//(清)徐乃昌辑：《小檀栾室汇刻闺秀词》第四集，清光绪二十二年(1896)年南陵徐氏刻本，第7a页。

③ (清)吴筠：《述怀》//郑光仪主编：《中国历代才女诗歌鉴赏辞典》，北京：中国工人出版社1991年版，第1785页。

眼中，不仅有才情的女性易为封建社会所不容，事实上无论才媛还是士子，都难以受到当权者和社会的认可，都难以获得公正的待遇。因此，她们用弱笔一枝，为普天下所有怀才不遇的人士一哭一叹。

如熊琏学诗时曾向吴廷燮（字梅原）、江干（字片石）两位先生请教。梅原先生善文章、通诗赋，文声斐然，但科举不顺，屡荐不售，终致染疾，郁郁而终。片石先生性情孤介，好苦吟，诗词音调激越，节律慷慨，可惜文名虽盛而命运坎坷。熊琏多与两位先生唱和，如其《百字令·送吴梅原夫子北上》①云：

> 骚坛树帜，把诗文、吐尽山川秀气。直恁才高偏不遇，让与膏粱竖子。白首传经，青灯误老，夜夜藜光里。消磨慧业，从来天意如此。　　又同伯道凄凉，担囊独往，迢递三千里。胸富五车双眼阔，谁是天涯知己。醉帽风前，吟鞭柳外，暗洒英雄涕。鹏飞何日，佳音频望双鲤。

此词标举梅原先生的才华，亦含对频传佳音的期许。熊琏又有《沁园春·题片石夫子独立图》②云：

> 有句惊人，无钱使鬼，与水同清。望长空万里，萧萧暮景；荒原一带，浩浩秋声。胸里奇书，意中往哲，此外何妨影伴形。余何有？有奚囊锦灿，彩笔花生。　　词流从古飘零，唯挥洒千言抒不平。叹青云梦冷，才人薄命；红尘福浊，竖子成名。门掩疏灯，村丛黄竹，风冷霜高鹤自鸣。谁堪拟，似苍松独秀、皓月孤明。

从此词看，词人胸中有怒涛千顷，笔下则欲言又止、含而不露，既有

---

① （清）熊琏：《澹仙词》卷三//徐乃昌辑《小檀栾室汇刻闺秀词》第六集，清光绪二十二年（1896）南陵徐氏刊本，第557页。

② （清）熊琏：《澹仙词》卷三，徐乃昌辑《小檀栾室汇刻闺秀词》第六集，清光绪二十二年（1896）南陵徐氏刊本，第560—561页。

对两位先生“才高不遇”而让“竖子成名”的不平，也表达了对他们人格独立、精神超卓的敬仰。

正是这种眼光、心胸与襟怀，才使得熊琏对于耽于穷途而空怀才学的士人与才女充满了同情。她在词中写道：

> 斜阳馆，雁断不成行。今古才人都冷落，一腔歌哭付文章，把卷立苍茫。（熊琏《望江南·题黄楚桥先生独立图》）①

一句“今古才人都冷落”超越了狭隘的性别视野，刻画了文士才媛共有的蹇塞遭遇。后两句则说明他（她）们的共同选择，就是把欢歌与恸哭寄予在“不朽”文事中，携卷面对苍茫而难以捉摸的命运。同时，这也是一种审美性的感悟，把悲剧命运和普遍同情上升为可被欣赏、被理解的共同意识，诗意地呈现在作者和读者的面前。

四是对古今才人同悲的关怀。真正伟大的作品必然超越性别而直指人性的本质。熊琏所作的《金缕曲》，传递出对才人易折、红粉飘零的悲悯；吴藻所作《金缕曲》，也具有悲天悯人的情怀。这些揭示了传统力量对社会成员个性与才能的抑制，从才媛个人遭际折射出才人普遍性命运的作品，必然能够穿越时空而直抵人心、产生共鸣。吴藻的《乳燕飞·愁》云：

> 不信愁来早，自生成，如形共影，依依相绕。一点灵根随处有，阅尽古今谁扫。问散作，几般怀抱。豪士悲歌儿女泪，更文园、善病河阳老。感斯意，即同调。　　助愁尚有闲中料，满天涯，晓风残月，夕阳芳草。我亦人间沦落者，此味尽教尝到。况早晚、又添多少。眼底眉头担不住，向纱窗、握管还吟啸。打一幅，写愁稿。（吴

---

① （清）熊琏：《澹仙词》卷二//徐乃昌辑：《小檀栾室汇刻闺秀词》第六集，清光绪二十二年（1896）南陵徐氏刊本，第556—547页。

藻《乳燕飞·愁》)[①]

无力反抗现实之恸,以及“豪士悲歌儿女泪”“我亦人间沦落者”“感斯意,即同调”的古今才人同悲之慨,击穿古今、响彻千古,足见才媛超越性别的历史胸怀和人生见解。

三、风格论

美学风格是诗人思想境界、个性气质、美学观念等在诗词中的凝定,是使诗人及其作品区别于他人的显著特色和鲜明特征。风格是多种多样的,不同的诗人甚至同一诗人在不同时期的作品,也会表现出不同的风格。因此,对风格的认知和判断,当以作者长期的创作实践和代表性的诗词作品为基础,深入分析诗词的语言特点、体式特征、诗法技巧,并对诗人的人格特征、人生经历、精神境界等有充分的观照。风格是对作者人格与作品艺术性的综合把握。本书选取清代一些代表性才媛诗人,对其诗歌风格作尝试性归纳。

(一)方维仪:质朴清拔

方维仪原著有《清芬集》,但已亡佚,目前留存的诗歌约有九十多首。方维仪孀居多年,但诗歌创作范围较宽,覆盖赠别、赠答、抒情、咏物、边塞、题画、咏史、记梦、叙事等多种题材,使用了五绝、五律、七绝、七律等多种体裁。从艺术的表现手法看,她擅长以景显情、以情驭景,精于白描工笔,诗作言简意真、清远拔俗。无论是写景、抒情还是叙事,无论情感

① (清)吴藻:《花帘词》//(清)徐乃昌辑:《小檀栾室汇刻闺秀词》第五集,清光绪二十二年(1896)南陵徐氏刊本,第8a页。

基调是细腻、悲楚还是激昂，她总善于以直朴的语言表达，精炼简洁，不加雕琢，加上渗透、融入了个人的情感意蕴，创造出了质朴无华、清远脱俗的艺术风格。体现方维仪这一风格的代表作，主要有《三叹诗》（前已分析），以及《古意》《寒菊》《秋雨吟》《暮秋》《伯姊之粤有赠》《赠新安吴节妇》等。

《古意》①云：

晓来望天气，山头飞鸟远。空余一片石，相对白云间。

诗名《古意》，意涵丰富。一方面是指诗歌并非严格合律，而是古体诗；另一方面则是指诗句传递出来的意蕴是古逸高远的。从全诗来看，词句平淡简洁，并无绮丽形象。除“望”字之外，全诗均无对诗人主观思想、行为的描写。集中传递“古意”的后两句，由磐石相对白云，虽是孤寂，但也有笃定而坚韧的品格与意愿蕴含其中。身如空石，面对天外云卷云舒，《古意》似乎更多的是对方维仪苦节生活的一种审美表达。

《暮秋》②云：

一夜深秋雨，山林天色青。揽衣出房户，落叶暗阶庭。寒露沾枯草，飞鸿乱远汀。苍茫河汉没，惟见两三星。

这是一首极具行动画面感的诗作，用词又是清新、质朴的。经过一夜秋雨，诗人早早起床，观望清晨周围的景象。经过雨水浇漓，山外林木郁葱，天青欲晓。披上衣服踏出房门，庭前小径已落满枯叶。近看枯草之上，秋露尚依枯草；远观沙洲远汀，飞鸿交错飞行。抬头望天，河汉渐渐隐去，依稀看见两三颗星还挂在空中。在由“秋雨”“落叶”“寒露”“枯

① （清）方维仪：《古意》//（清）王端淑辑：《名媛诗纬初编》卷十二，清康熙六年（1667）清音堂刻本，第10a页。

② （清）潘江辑，彭君华主编：《龙眠风雅全编》第二册，合肥：黄山书社，2013年版，第545—546页。

草”“飞鸿”构成的晚秋破晓图中，诗人的心绪是黯淡、伤感的，但同时又是平静的。这种为季节变换而生发的不能抹去的悲凉，是通过冷静而平淡的语句缓缓托出，显示出作者对于自身情感的理性的控制。

方维仪现存的诗歌中，赠别诗数量最多，共 12 首。《伯姊之粤有赠》[①]云：

昨岁长溪来，今岁粤中去。此别又数年，离情复何语。明发皖城渚，山川隔烟雾。皓月临苍波，春风满江树。

此是方维仪为其姊方如耀随夫赴广东出任按察使时的赠别之作。本诗首联叙事，暗示姐妹之间原本就聚少离多。颔联抒情，此次一别之后，宦期经年，难以相见，浓浓的离情不知何时才能倾诉。颈联写姐姐明日即将远赴广东，山川阻隔。尾联则以写景作结，展现的是月夜当空照临江川，春风掠过江边树杪的情形。这一幅图景是离人远去的背景，也是送行人伫望的图画；是融满惜别之情的景，也是充满送别之景的情。结句涵淡悠远，于平实中见真情。

（二）徐灿：悲咽跌宕[②]

清初文人常将徐灿与李清照并称。如朱孝臧《望江南》词称其“词似易安”，而陈维崧也称其词“娰蓄清照”，评徐灿“才锋遒丽，生平著小词绝佳，盖南宋以来闺房之秀，一人而已”[③]。周铭在《林下词选》中赞其词

---

① （清）潘江辑，彭君华主编：《龙眠风雅全编》第二册，合肥：黄山书社，2013 年版，第 537 页。

② 本部分关于徐灿诗词特质和美学品格的分析，可见本人的论文：《徐灿与清初才媛诗词创新》，《北京师范大学学报（社会科学版）》2020 年第 5 期，第 151—158 页。

③ （清）陈维崧：《妇人集》//王英志编：《清代闺秀诗话丛刊》，南京：凤凰出版社，2010 年版，第 4 页。

“得北宋风格，绝去纤佻之习。其冠冕处，即李易安亦当避席”。[①] 陈廷焯在《白雨斋词话》卷七中谓“闺秀工为词者，前则李易安，后则徐湘蘋”[②]；又在《词则·放歌集》卷六中评其《永遇乐·舟中感旧》词时，推为“可与李易安并峙千古”[③]；陈廷焯在《词则·闲情集》卷六中评其《水龙吟·春闺》词云：“神味渊永，故自不让李易安。”[④]但自其代表性诗词来看，恐“悲咽跌宕”更为近之。

徐灿的《青玉案·吊古》[⑤]云：

> 伤心误到芜城路。携血泪，无挥处。半月模糊霜几树。紫箫低远，翠翘明灭，隐隐羊车度。　鲸波碧浸横江锁，故垒萧萧芦荻浦。烟水不知人事错。戈船千里，降帆一片，莫怨莲花步。

此词当是女诗人徐灿应其夫陈之遴相招，于顺治初年自苏州起身，途经金陵、扬州前往北京时所作的。上阕的“芜城”即广陵城。南朝宋竟陵王刘诞据此城而反，后被破，城遂荒芜，鲍照曾作《芜城赋》以讽之。李商隐《隋宫》诗：“紫泉宫殿锁烟霞，欲取芜城作帝家。”苏轼《和陶饮酒》之十八曾题：“芜城阅兴废，雷塘几开塞。”明清鼎革之际，清兵攻破扬州，史可法壮烈殉国。清军屠城十日，老百姓遭遇空前劫难。因此，徐灿从芜城起笔，就已经着眼历史兴亡。

上阕写作者亲见此地之荒凉，与过去箫声低回悠远，宫女们头戴翠翘环钗明灭闪烁，宫中羊车行进、车水马龙的情形形成强烈对比，其中用到了西晋武帝“羊车”故事。追溯过去的繁荣，再看今日的一片荒芜，表

① 胡晓明，彭国忠主编《江南女性别集》五编，合肥：黄山书社，2019 年版，第 310 页。
② （清）陈廷焯：《白雨斋词话》，上海：上海古籍出版社，2009 年版，第 163 页。
③ （清）陈廷焯：《词则》上，上海：上海古籍出版社，1984 年版，第 526 页。
④ （清）陈廷焯：《词则》下，上海：上海古籍出版社，1984 年版，第 1111 页。
⑤ （清）徐灿：《拙政园诗馀》卷中，民国十一年（1922）上海博古斋刻《拜经楼丛书》本，第 5 页。

现了诗人深沉的历史沧桑感。这与元人张养浩“望西都，意踌躇，伤心秦汉经行处，宫阙万间都做了土”的感慨相似，不禁令人喟叹。

下阕再放眼城边，诗人在写景述怀的同时，也对世俗总将政权斗争的失败归咎于女子的做法提出了异议。“鲸波碧浸横江锁”中用晋武帝大将王濬沿江东下破吴之故实，“故垒萧萧芦荻浦”和“降帆一片”则化用唐代诗人刘禹锡《西塞山怀古》诗句，“莫怨莲花步”用齐东昏侯凿金为莲花贴地故事。全阕暗示，虽人事代谢、历史变迁，但烟水不知、风景不殊，山河仍在，更让诗人无限感慨。结句“莫怨莲花步”，显示了作者对历史功过的不同看法，认为不应由弱女子来承担责任。这又与五代十国时期后蜀花蕊夫人的《述国亡诗》“君王城上竖降旗，妾在深宫那得知。十四万人齐解甲，宁无一个是男儿?”在意义上有相似之处。

从上下阕的分析可知，这首词既讲今昔对比，又以古喻今、以晋吴易代喻明清鼎革，还评说历史功过，因此至少隐藏了三层含义。一些分析者将此词与姜夔的《扬州慢·淮左名都》相对比。姜词侧重描写战乱给扬州带来的创伤记忆，“自胡马窥江去后，废池乔木，犹厌言兵”一句尤为词评家所叹赏。徐词则更进一步，不仅写金陵扬州一带之荒芜，也进一步写到对明亡原因的沉思，可以说在思考的深度上更进一层。徐灿此作当时就为人激赏，如张德瀛《词徵》卷六评：“陈素庵室徐湘蘋，晚年皈依佛法，号紫管氏。曾制《青玉案·吊古》词，为世传诵，即《林下词选》所云得北宋风调者。”[①]倪一擎《续名媛词话》评此词“跌宕雄浑”“非绣箔中人语”。今人程郁缀在《徐灿词新释辑评》一书中亦云：“(此词)在历代众多金陵怀古的诗词中，仍占有一席之地。”[②]

---

① (清)张德瀛：《词徵》卷六//唐圭璋编：《词话丛编》，北京：中华书局，2012年版，第4188页。

② 程郁缀：《徐灿词新释辑评》，北京：中国书店，2003年版，第122页。

徐灿诗词中的悲咽跌宕，在《少年游·有感》《踏莎行·初春》《永遇乐·舟中感旧》《满江红·闻雁》《满江红·将至京寄素庵》《风流子·同素庵感旧》等词中体现得也很突出。如《满江红·闻雁》[①]则由"秋雁"起兴，以设问开篇，从蓟州秋日风景，过渡到羁旅处境以至人生的感喟，由近及远，由浅入深。全词云：

既是随阳，何不向、东吴西越。也只在、黄尘燕市，共人凄切。几字吹残风雨夜，一声叫落关山月。正瑶琴、弹到望江南，冰弦歇。

悲还喜，工还拙。廿载事，心闻叠。却从头唤起，满前罗列。凤沼鱼矶何处是，荷衣玉佩凭谁决。且徐飞、莫便没高云，明春别。

鸿雁随季节变化而南迁，因此亦称"阳鸟"(《尚书·禹贡》)。秋雁本应到吴越江南宿栖，但淹留燕京，似乎是理解诗人天涯沦落而故意徘徊不去。几声凄雁哀鸣，关河月隐，弹奏《望江南》的瑶琴亦为之暂歇。上片状物写景，仅着雁、琴两物，可谓"无人之境"。下片转归自身，讲诗人与之遴结缡20年，经过风风雨雨、起起落落、悲悲喜喜，如今往事在秋夜霎时涌起，不能断绝。"凤沼鱼矶"是脱尘出俗的隐居之地，"荷衣玉佩"多为简古高逸的隐士之服，但诗人既不知身归何处，亦无法决断何时退隐。万般无奈，只能寄语征雁，愿它徐徐翩飞而不是高翔入云，最好来春再相别。纵观全词，由雁起兴、写景，而至诗人感发、寄托，心绪从秋雁引至自身，末句又从自身回到秋雁，形成了一个物与情的回环，使萧瑟意绪缠绵蕴藉，身世之感层见错出，而又丝丝紧扣、首尾相应，绝不一泻而出。陈廷焯评此词"意惬飞动，姿态绝饶"[②]似乎是弄错了诗人的情绪基调，

① (清)徐灿：《拙政园诗馀》卷下，民国十一年(1922)上海博古斋刻《拜经楼丛书》本，第5页。
② (清)陈廷焯：《词则·大雅集》，上海：上海古籍出版社，1984年版，第278页。

但此词在幽咽低徊中托物言志，确是得风雅之旨。

由于早年埋首经书带来的深厚学养，身逢乱世经历的起落流离，不仅增加了她的学识，也加深了她的阅历。特别是历宦海沉浮、经风波险恶，南渡北返且迭遭朔方流放，忧患困顿既丰富了她的情感，也锻炼了她的意志，更开阔了她的襟抱。这使得徐灿能够将视野从一时一地的关注中转移出来，摆脱狭隘之思与浮靡之气，而关注更为广阔的历史、社会及现实。总的来说，徐灿的诗词立意较高、取境较宽，越出了以柔婉为本色、以清丽细腻为主要特征的婉约传统。在许多诗词之中，徐灿以沉郁幽咽之笔，写兴亡之感，叙黍离之悲，哀身世之痛，呈现出悲咽跌宕的风格，表现出比李清照更大的强度和更劲峭的力度。她不断化用优秀词作塑造意境和氛围，大大增加了艺术厚度。故才媛诗词至徐灿，眼界日开，感慨渐深，取境尤广，气象宏大。徐灿这些“有笔力、有感慨”的作品，使她赢得了清代词评家的赞赏。徐灿对于清初才媛诗词的创新，在题材内容、情感意志和风神气格上都有了更深一步的发展，是一种诗词境界气象的升华而不是仅仅是风格的转折，是一次闺阁诗词向广度和深度上的开掘而不是简单的向男性传统的靠拢。甚至可以说，徐灿的诗词特别是中后期的词，本身就是清词中兴的重要内容和表征。

（三）朱中楣：疏淡散朗

朱中楣，字懿则，又字远山，李元鼎室，明宗室辅国中尉议汶次女，有《随草诗馀》《镜阁新声》《随草续编》《亦园嗣响》等收录在《石园全集》中。徐灿与朱中楣在京城相识，交往颇厚。与徐灿一样，朱中楣自幼聪颖，遍观全书。徐、朱同感易代之悲，有遭际之叹，但在诗词上的表现则有很大不同。朱中楣虽贵为“天潢之裔”，明朝覆灭对其影响更巨，但“每拈题送韵，不为交谪之言，多有开愁之句。”[①]故诗词中表现黍离之悲的作品并不多，且多以曲笔暗示为主，如《题燕》：“巢寻旧宇悲前代，粒哺新雏慰晚饥”[②]；《丁亥元日试笔》：“山川如旧冠裳改，城北城南起暮笳。”[③]《宗伯年嫂相期沧浪亭观女伎演秣陵春漫成七绝》：“兴亡瞬息成千古，谁吊荒陵过白门。”[④]这些诗作虽也都流露出故国之思，感慨之深则不及徐灿中晚期的诗篇。自词言之，朱中楣所作《满江红·丁酉仲夏读陈素庵夫人词感和》：“乍雨还晴，怨怨怨、天无分别。更那堪、淮流泾水，共人悲咽。佳节每从愁里过，清光又向云中没。怪啼痕，欲续调难成，柔肠绝。　花弄影，红残缬。冰荷覆，瑶琴歇。问梁间燕子，共谁凄切。举目关河空拭泪，伤心杯酒空邀月。叹人生，如梦许多般，皆虚掷。”[⑤]其中表意最为显露的，也就是词中的“举目关河空拭泪，伤心杯酒空邀月”等句，与徐灿《满江红·有感》中的“问今春、曾梦到乡关，惊鶗鴂”[⑥]等相比，伤叹有余而沉痛不足。

与徐灿不同，朱中楣是通过在归隐山林、赏菊东篱的恬淡中，放逐对故国远去的哀感，实现内心的平和与安定。她对李元鼎在入清后的仕途多有不安，往往通过诗词婉转表达思归之意，如《长相思·思归》云：“忆

① (清)李元鼎：《倡和初集序三》//李雷编：《清代闺阁诗集萃编》第一册，北京：中华书局，2015年版，第460页。

② (清)朱中楣：《朱中楣集》//李雷编：《清代闺阁诗集萃编》第一册，北京：中华书局，2015年版，第481页。

③ (清)朱中楣：《朱中楣集》//李雷编：《清代闺阁诗集萃编》第一册，北京：中华书局，2015年版，第482页。

④ (清)朱中楣：《朱中楣集》//李雷编：《清代闺阁诗集萃编》第一册，北京：中华书局，2015年版，第513—514页。

⑤ (清)朱中楣：《朱中楣集》//李雷编：《清代闺阁诗集萃编》第一册，北京：中华书局，2015年版，第503页。

⑥ (清)徐灿：《拙政园诗馀》卷下，民国十一年(1922)上海博古斋刻《拜经楼丛书》本，第3页。

家山，盼家山，世乱纷纷求退难。罗衣泪染斑。昔为官，又为官，甚日归兮把钓竿。空看枫叶丹。”[①]自李元鼎于1653年南归之后，夫妻二人偕隐南昌。《妇人集》引《文江唱酬集序》写二人遭际云：“雕轩文驷，骖玉马以北朝；翟茀鞠衣，伴角巾而冬下。水晶帘幕，镇日焚香；云母莲花，午年辟蠹。岂若敬通见抵，但对孺人；子美漂流，长随妻子。”[②]生活的平静与心态的宁静造就了她醉心山林、怡然自适的逸兴与幽思。其《满江红·秋雨》[③]词曰：

点染时光，早不觉、黄花俱酿。只连宵、嫉风腻雨，略愁微恙。金粟香生清磬远，芙蓉锦抹秋江上。念公车、此日近长安，离怀放。

丘壑志，琴书况。疏林内，茶烟漾。乍云敛溪澄，一轮初荡。醉叶似传青女信，新词更喜红儿唱。倚雕阑、无事听归鸿，襟期畅。

昔日远去，过往不堪恋，词人除了关心儿子的状况，不再忧心世事。远望江边，清秋黄花盛开，木芙蓉如丽锦铺展。隐居在疏林之内，以琴书自娱，看云卷云舒，月圆月缺，听红叶传信，儿女轻唱，胸中无事，自然舒畅爽朗。全词写诗人怡然自得，萧淡自适，充满了生命中简单而真实的快乐。随着生活的安顿与经历的沉淀，朱远山襟抱更加开阔，境界更加自然，旷放萧爽之气多，而怨囿促迫之意绝少。即便用《满江红》的词牌，她也写的都是俭素平居的从容与疏淡、雅意与闲情，与徐灿《满江红》的苍凉悲慨形成了鲜明对比。

朱中楣经历风浪波涛，云烟变幻，但处变而不惊，逢乱而不与世浮

---

① (清)朱中楣：《朱中楣集》//李雷编：《清代闺阁诗集萃编》第一册，北京：中华书局，2015年版，第495页。

② (清)陈维崧：《妇人集》//王英志编：《清代闺秀诗话丛刊》，南京：凤凰出版社，2010年版，第36页。

③ (清)朱中楣：《朱中楣集》//李雷编：《清代闺阁诗集萃编》第一册，北京：中华书局，2015年版，第531页。

沉,诗词的总体风格以疏放、俊爽、萧散为主。其夫李元鼎《随草序》称“其一段渊秀朗彻之神,博大澹远之思,绝无脂粉,如列须眉”[①]。

(四)蔡琬:雄健悲凉

清初女诗人蔡琬,字季玉,汉军正白旗人,辽阳人。生于清圣祖康熙三十四年(1695),卒于高宗乾隆二十年(1755),年六十一岁。蔡琬为绥远将军蔡毓荣之女,尚书高其倬室,著有《蕴真轩诗草》。蔡琬谙熟政事,《名媛诗话》记其“才识过人,鱼轩所至,几半天下”,所适尚书文良公,虽“名重一时,奏疏移檄,每与夫人商定”[②]。嘉庆时铁保集录满洲、汉军旗人诗,编为《熙朝雅颂集》,以琬诗开篇,称其为八旗闺秀文学之首。清史稿评其“《辰龙关》《关锁岭》《江西坡》《九峰寺》诸篇,追怀其父战绩,尤悲壮,为世传诵”。[③]

《辰龙关题壁》[④]云:

> 一径登危独惘然,重关寂寂锁寒烟。遗民老剩头闲雪,战地秋闲郭外田。闻道万人随匹马,曾经六月堕飞鸢。残碑洒尽诸军泪,苔蚀尘封四十年。

《关锁岭》[⑤]云:

> 山从绝域势遥分,天限西南自昔闻。烽静戍楼狐上屋,风喧古

---

① (清)朱中楣:《朱中楣集》//李雷编:《清代闺阁诗集萃编》第一册,北京:中华书局,2015年版,第474页。

② (清)沈善宝:《名媛诗话》卷一//王英志编:《清代闺秀诗话丛刊》,南京:凤凰出版社,2010年版,第358—359页。

③ (清)赵尔巽:《清史稿》卷五百八,北京:中华书局,1977年版,第14050页。

④ (清)蔡琬:《蕴真轩诗草》//李雷编:《清代闺阁诗集萃编》第二册,北京:中华书局,2015年版,第1166页。

⑤ (清)蔡琬:《蕴真轩诗草》//李雷编:《清代闺阁诗集萃编》第二册,北京:中华书局,2015年版,第1166页。

木鹤惊群。横盘石磴危通马，深锁雄关冷护云。叱驭升平犹觉险，挥戈谁忆旧将军。

《江西坡》[①]云：

西岭千重簇剑铓，曾麾万骑蓦羊肠。鬼镫明灭团青血，野冢荒凉啸白杨。梦断层霄空漠漠，事随流水去茫茫。只今剩有残兵卒，指点空山说战场。

上述三诗以吊怀古隘为题，以清廷平定吴三桂中最为关键的三次战役为背景，以雄奇的想象、极具气势的地形描写和极具张力的今昔对比，追怀其父叱咤风云的英姿和平定云贵的丰功伟绩，又渗透着人事代谢、往来古今的沧桑之感。《名媛诗话》评蔡琬为"闺阁中具经济才者，诗笔极其雄健"[②]，由三诗观之，气象宏大，音律顿挫，感慨悲凉，诗境苍老。沈德潜在其《国朝诗别裁集》有"四章皆怀滇南征战地，悲歌感慨"之评，认为蔡琬诗"皆掷地有声者"[③]。

（五）顾若璞：华净淡冶

钟嵘的《诗品》中评王粲"文体华净，少病累"，淡冶义为"素雅而秀丽"。清初女诗人顾若璞在诗中融合陶柳，渗透遁世避隐、不事俗华的高致之风，亦呈显其性情之真，被认为是清时学陶的代表。其《西园作》[④]中所云：

人生良有癖，所贵非谬巧。适目尽芳华，代谢如鸿爪。轻风扑

---

① （清）蔡琬：《蕴真轩诗草》//李雷编：《清代闺阁诗集萃编》第二册，北京：中华书局，2015年版，第1166页。

② （清）沈善宝：《名媛诗话》卷一//王英志编：《清代闺秀诗话丛刊》，南京：凤凰出版社，2010年版，第358—359页。

③ 苏者聪选注：《中国历代妇女作品选》，上海：上海古籍出版社，1987年版，第405页。

④ （清）顾若璞：《卧月轩稿》卷二，清光绪二十三年（1897）钱塘丁氏嘉惠堂刻本，第9a页。

面来,秋色盈怀抱。柳絮不成绵,花茵何必扫。竹柏得其真,亭亭寄吾傲。

前文曾提到顾的《同夫子坐浮梅槛并序》[①]:

榜人遥泛绿,杏叶乱飞黄。缚竹为新槛,逢渔认野航。树摇山合影,波动月分光。闻说西施面,梅花不倩妆。

这首诗既有颜色之纷纷,也有光影之变幻,用字精到、清秀,而笔触细腻、器局开阔,相较南朝何逊的"草光天际合,霞影水中浮"更为灵动。

即便是悼念亡夫的诗,顾若璞也善于把浓浓的思念之情寓于真切平淡的语句之中,通过含蓄而隽永的情景来避免一览无余的抒发和铺陈,让恬淡莹澈又清空悠远的情感蕴含其中,让人感到哀而不伤,冷而不绝。例如她晚年的《追和夫子西溪落梅》[②]:

逦迤入西溪,溪深深几曲。断岸挂鱼罾,茅檐覆修竹。翠羽何啁啾,满林香扑簌。晴雪飞残英,坐爱倾蚁绿。鹿门迹未湮,与子同归宿。

(六) 熊琏:冷寂凄恻

熊琏一生苦节,晚景萧疏,生境困厄。翁方纲曾题澹仙词:"雉水骚坛老主盟,手持一卷属论衡。须眉强半因才累,巾帼何堪与命争。辞赋缠绵根至性,文章哀艳感人情。师门衣钵真传在,粉海脂山见老成。"[③]因自身承受的不幸遭遇,熊琏的诗渗透着一种悲凉、冷寂甚至绝望交织的心绪,让人读后有"用血写成"的深刻感受。这种冷寂凄绝的风

---

① (清)顾若璞:《卧月轩稿》卷二,清光绪二十三年(1897)钱塘丁氏嘉惠堂刻本,第9a页。

② (清)顾若璞:《卧月轩稿》卷三,清光绪二十三年(1897)钱塘丁氏嘉惠堂刻本,第14a页。

③ 胡晓明,彭国忠主编:《江南女性别集》五编,合肥:黄山书社,2019年版,第660页。

格背后，是一个才媛诗人贞刚自守、高洁持重的品格与形象。

如《浣溪沙·秋况》[①]云：

> 冷境谁将冷笔描，愁人百感鬓先凋。梦回一缕篆烟飘。荒砌风凄虫语碎，海棠红惨蝶魂消。催寒疏雨又萧萧。

如《浪淘沙·秋感》[②]：

> 身世悟蜉蝣，岁岁惊秋。旧心易冷藕丝抽。无雨无风都惨切，况是飕飕。　催白少年头，第一穷愁。苍山不改水长流。滚滚浮生如梦里，驹隙弥留。

坐对深秋，回首人生，愁感云集。身世飘零，心已凄冷，即便没有秋风秋雨愁煞人，心里也是惨惨切切。直觉人生犹如白驹过隙，浮世一梦，慨叹难留。在熊琏的笔下，冷寂笔调和凄绝心曲揉为一体，让人不忍卒读。

如果结合熊琏的身世，这些心境又都是可以理解的。在《感旧》等诗中，她也透露出一生的遭际。《感旧》[③]云：

> 刺绣余闲就塾时，也从花里谒名师。贪看夜月憎眠早，倦挽春云上学迟。琴案屡吟秋柳句，锦笺频写落花诗。而今回忆皆成梦，怅望当年旧董帷。(其一)
>
> 叹我浮生不自由，娇痴未惯早知愁。弱龄已醒繁华梦，薄命先分骨肉忧。亲老偏逢多病日，家贫常值不登秋。眼前俱是伤心事，几度临风泪暗流。(其二)

---

① (清)熊琏：《澹仙词钞》卷三//胡晓明、彭国忠主编：《江南女性别集》五编，合肥：黄山书社，2008 年版，第 733 页。

② (清)熊琏：《澹仙词钞》卷三//胡晓明、彭国忠主编：《江南女性别集》五编，合肥：黄山书社版，2008 年版，第 733 页。

③ (清)熊琏：《澹仙诗钞》卷一//肖亚男编：《清代闺秀集丛刊》第十七册，北京：国家图书馆出版社，2014 年版，第 452 页。

（七）席佩兰：明丽和婉

席佩兰才情高妙，袁枚对其诗集盛赞不已，认为“字字出于性灵，不拾古人牙慧，而能天机清妙，音节琮净。似此诗才，不独闺阁中罕有其俪也。其佳处总在先有作意，而后有诗，今之号称诗家者愧矣”[①]。在《随园女弟子诗选》中，席佩兰的诗作就有 49 首。席佩兰与孙原湘结缡后，虽然当面请益的机会很少，但仍以袁枚为师，细心揣摩。

席佩兰的诗歌富于生机意趣，又不离闺阁本色，情感细腻、真挚，又含蓄委婉。其《同外作》[②]云：“水沉添取博山温，一院梨花深闭门。燕子不来风正静，小楼人语月黄昏。”静谧的小楼景色深幽，一对璧人正在黄昏的窗下对语，俨然是一幅温馨蕴藉的画面。

《夏夜示外》云：“夜深衣薄露华凝，屡欲催眠恐未应。恰有天风解人意，窗前吹灭读书灯。”[③]与袁枚《寒夜》诗“寒夜读书忘却眠，锦衾香烬炉无烟。美人含怒夺灯去，问郎知是几更天”[④]相比，不仅立意更正，而诗语更工，把含怒夺灯的愤怒变成了天风吹落的善解人意，更加符合席佩兰作为一个妻子的角色。席佩兰自云“内美贵有含”“曲始味愈出”，这些诗作出了生动的诠释。

夫妻两人情深意重，相互扶持，是清代少有的才子佳人，婚姻美满，故其诗歌少伤怨之气，显平丽和婉之风。其个人之特质与诗作之风格，

---

① （清）席佩兰：《长真阁集・序》//肖亚男编：《清代闺秀集丛刊》第十八册，北京：国家图书馆出版社，2014 年版，第 133 页。

② （清）席佩兰：《长真阁集》卷一//肖亚男编：《清代闺秀集丛刊》第十八册，北京：国家图书馆出版社，2014 年版，第 138 页。

③ （清）席佩兰：《长真阁集》卷二//肖亚男编：《清代闺秀集丛刊》第十八册，北京：国家图书馆出版社，2014 年版，第 192 页。

④ （清）袁枚：《小仓山房诗集》卷六//王英志主编：《袁枚全集》，南京：江苏古籍出版社，1993 年版，第 106 页。

正如其所写的《梅花》诗一样,不与桃李为伍,但又清婉含芳。《长真阁集》开篇之作《梅花》[①]云:

玉是肌肤铁是肠,孤山岑寂抱孤芳。君才岂借春为力,天意应惭雪不香。色相空诸明月里,神仙宛在白云乡。便令开入浓华队,桃李原非姊妹行。

席佩兰作诗往往有感而发,直抒性情,用语自然清新,极具情趣,情感色彩又温和明畅,在理论和实践上都对性灵诗观有所生发,不愧为随园女弟子中性灵派的翘楚。

(八)汪端:沉郁雄浑

汪端熟读历史,多对史上功败垂成的人物带有同情怜惜之意。加上她本人又参与诗人结社,在公公陈文述的影响下与文人广为交结,因而眼界雄阔、见识超拔,与寻常女性不同。在她的笔下,杂糅史实、风物、情景的咏史怀古诗尤见沉郁雄浑之功力。在古风《读贾谊传》[②]中,她表达了对命运蹇塞的才子的同情:

贾生王佐才,忧时心独苦。一上治安策,廷臣色如土。屏弃长沙迁,寂寞宣室语。日斜鹏鸟来,感慨涕零雨。生不绛灌列,殁竟屈宋侣。肯逐燕雀翔,摧伤黄鹄羽。

贾谊有远见卓识,更具王佐之才,但与屈原一样,忠而被谤、信而见疑,抱负无法施展,而且遭到贬谪,最终郁郁而逝。但像贾谊这样具有鸿鹄之志的才士,又怎么能屈列于燕雀之中,逢迎曲意呢?不平之中,又带

① (清)席佩兰:《长真阁集》//肖亚男编:《清代闺秀集丛刊》第十八册,北京:国家图书馆出版社,2014年版,第135页。

② (清)汪端:《自然好学斋诗钞》卷三//(清)冒俊辑:《林下雅音集》,清光绪十年(1884)刻本,第20a页。

一丝理解，进一步加重了全诗的叹惋之情。

《南都遗事诗》之四①云：

> 江潮东下夕阳黄，遗事南朝问建康。高庙桥陵云惨澹，中山功业月荒凉。歌场泪洒桃花扇，词客秋寻石子冈。王谢堂前双燕翦，飞飞如解说兴亡。

这首诗以金陵为叙述中心，把围绕建康的前后史实串接起来，同时也将文学作品中的南都形象加以统摄，最后化用刘禹锡的《乌衣巷》，将对朝代更替、千秋兴亡的感慨，用一对双飞的燕子加以牵引和淡化。全诗既视野开阔、意象跳跃，而情景相叠、文史互现、动静错综，隐藏着作者的悲古之情和郁结之憾。由此可以感受到，汪端长期的史识积累，为她的咏史怀古诗增加了深厚的意蕴。她的诗笔力苍健、气韵沉雄，见解独到，不尚空论，沉郁雄浑。

（九）吴藻：豪俊慷慨

吴藻词境慷慨，超越闺秀之思，而气魄豪俊。如其《金缕曲》②云：

> 生本青莲界。自翻来、几重愁案，替谁交代。愿掬银河三千丈，一洗女儿故态。收拾起、断脂零黛。莫学兰台愁秋语，但大言、打破乾坤隘。拔长剑，倚天外。　人间不少莺花海，尽饶它，旗亭画壁、双鬟低拜。酒散歌阑仍撒手，万事总归无奈。问昔日、劫灰安在。识得无无真道理，便神仙、也被虚空碍。尘世事，复何怪。

在此词之中，吴藻不甘“雌伏”，厌弃封建社会为女性诗人划出的狭

① （清）汪端：《自然好学斋诗钞》卷三//（清）冒俊辑：《林下雅音集》，清光绪十年（1884）刻本，第20a页。

② （清）吴藻：《花帘词》//（清）徐乃昌辑：《小檀栾室汇刻闺秀词》第五集，清光绪二十二年（1896）南陵徐氏刻本，第4页。

小界域,期望打破世俗对女儿的桎梏,表现出沉雄豪迈的艺术风格。

吴藻名称当时,身后亦有人凭吊。当时著名剧作家黄燮清与吴藻有文字之交,在《国朝词综续编》[①]中云:

> 续刻《香南雪北词》,则以清微婉约为宗,亦久而愈醇也。尝与研订词学,辄多慧解创论,时下名流往往不逮。其名噪大江南北,信不诬也。

葛庆曾《乔影跋》中"才人冷落,古今同慨"一句道出了《乔影》一曲对当时文人的震撼。他谈起《乔影》:

> 余与其兄梦蕉游,得读此本,恍如湘江千顷,澄波无际,君山飘渺,烟鬟雾鬓,相对出没,兰桡桂枻,容与乎中流。复如山鬼晨吟,林猨暮陳,夜郎迁谪,长沙被放,才人沦落,古今同慨。余也羁栖海上,过类蓬飘,秋士能悲,中年多感。爰志伤心之曲,聊书缀尾之词。[②]

与吴藻同时代的许乃穀曾为《乔影》题辞云:"我欲散发凌九州,狂饮一写三闾忧。我欲长江变美酒,六合人人杯在手。世人大笑谓我痴,不信闺阁先得之。"题辞显然是对上曲的模仿,结句"世人大笑谓我痴,不信闺阁先得之"[③],则表现了他对吴藻的推崇以及强烈的知己之感。

(十)顾太清:风神隽逸

顾太清身为满人,不仅才情高妙、性格豪爽,而且气度不凡、个性独特。她始终以不受抑勒的自然情怀,坦然面对父辈之牵连、相爱之欢歌、家族之鄙弃、命运之逆转,在诗中表现生之逸乐、生之美慧、生之忧惧。

---

① (清)黄燮清编:《国朝词综续编》卷二十四"吴藻条",上海:上海中华书局,1933年版,第四册,第128页,现藏于北京大学图书馆。

② 蔡毅编:《中国古典戏曲序跋汇编》,济南:齐鲁书社,1989年版,第1129页。

③ 转引自冯沅君著:《古剧说汇》,北京:作家出版社,1956年版,第374—375页。

她用清新自然、平淡真切的语言，把一生遭际化作风神俊逸、格调平畅的诗歌，显出洞达世事、淡泊超然的宁静心态。

如《念奴娇・木香花》①：

柔条细叶，爱微风吹起，一棚香雾。剪到牡丹春已尽，又把春光勾住。琐碎繁英，零落小朵，枝上摇清露。飞琼何事，羽衣似斗轻絜。　　昨夜入梦香清，晓来香已透、碧窗朱户。蝶浪蜂憨无检束，绕遍深丛处处。璎珞垂珠，绿云蔽日，谁忍攀条去。来年春日，愿教香雪盈树。

全词充满清新怡人的视觉、味觉和触感，透出赏心悦目的美感，“剪”“勾”“摇”“透”“盈”等字，又写出了动感。“愿教香雪盈树”尤其衬托出对美善之物的憧憬与追求。

奕绘雅好古董，颇喜收藏，尤爱品评古物并以诗纪之。而品物题诗，也成了夫妇之间唱和的主题。在《翠羽吟・以十金得古玉笛一枝，喜度此曲》一词中，奕绘由古笛想象到“大破蚩尤”“洞庭张宴群妃”的场景，又描绘“风起云卷落花飞”等场面，可谓大气恢弘，气势云卷。而顾太清在《苍梧谣・夫子以十金易得古玉笛一枝，且约同咏，先成〈翠羽吟〉一阕。骊珠已得，不敢复作慢词，谨赋〈十六字令〉，聊博一笑塞责》②，以十六字小令和之：

听，黄鹤楼中三两声。仙人去，天地有余青。

与丈夫奕绘纵横捭阖的气势不同，太清的小令由实入虚，由声入景，以清新脱俗的想象，营造出神仙飘渺的迷离，引出天人幻化之感。小令

---

① (清)顾太清、奕绘著，张璋编校：《顾太清奕绘诗词合集》，上海：上海古籍出版社，1998年版，第213页。

② (清)顾太清、奕绘著，张璋编校：《顾太清奕绘诗词合集》，上海：上海古籍出版社，1998年版，第190页。

之中，道骨仙风飘荡，神游万物之间。

顾太清超越性别的拘束和时代的阈隔，展现出自由、洒脱的性情。在她的诗词中，既有“任海天寥廓，飞跃此生中”的豪迈，也有“待何年归去、谈笑各争雄”的自信，亦有“世人莫恋花香好，花到香浓是谢时”的超脱，高蹈遨游，挥洒性灵。

第九章　才媛诗学批评与美学趣尚

诗学批评是中国古代史诗歌理论中独具特色的组成部分。诗学批评源自钟嵘《诗品》，诗话则始于欧阳修《六一诗话》。自女诗人而言，诗学批评之始，当为西汉署名“唐山夫人”的《安世房中歌》。遞经李清照等杰出才媛的贡献，才媛诗学批评一直在实践中发展。入清之后，不仅才媛诗词创作进入繁盛期，有关的诗学批评著作也层出不穷。自主体言之，此批评既有“女性批评”，即才媛对文学批评的著作；也有“批评女性”，即文士对才媛诗作的品评，本章兼而论之，但以才媛作出的批评为主。自内容言之，则有专门性的诗评、诗话著作，但才媛对诗词水平的判断、对诗格诗风的偏好、对诗学理论的争论，也散见于才媛诗歌总集的例言、别集的序言、文本凡例、题词、跋等文中，有的更广泛地分散于唱和诗、论诗诗、论诗词以及书札、笔记之中，范围十分广阔。从当前对清前中期才媛诗词的研究看，虽关注者渐众，但多聚焦于对少数才媛作品的分析与“知人论世”式的介绍，而较少涉及才媛诗词背后的诗学主张。本章拟围绕此一主题进行梳理，并籍此展现清代才媛对诗歌美的本质、来源、规律等方面的认知。

一、才媛诗学批评的内涵与形态

自概念的外延言之，“才媛诗学批评”大体上涵盖两类：一类是“以才媛为对象的诗批评”，主要是对女诗人身世、小传、作品特点等的评鉴，批评主体既有文士，也有才媛；另一类是“由才媛作出的诗学批评”，其评论对象既有文士作品、也有才媛作品，但主体是才媛。本文着重探讨后一类。

如前所述，才媛诗文中带有诗学批评性质的作品，最早可追溯到汉初署名“唐山夫人”的《安世房中歌》。该歌重视孝道推崇美德，“孝道随世，我署文章”二句，指出了文章具有淳化风俗的教化功能。其后班婕妤则有“君子之思，必成文兮；盍各言志，慕古人兮”，呈露其写作动机。但最知名者是李清照的《词论》，评点前代词人并一一指出不足，强调“词别是一家”。时至明清，才媛论者增多，而批评的形态也日益多样。概括起来，不外如下几种。

其一，是才媛作品的选本。如钱谦益在《列朝诗集》中评方维仪所编《宫闺诗评》言其“删古今宫闱诗史，主于刊落淫哇，区明风烈，君子尚其志焉”[①]，此书惜已散佚。柳如是在钱谦益的鼓励下，“讎校香奁诸什，偶有管窥，辄加笺记”[②]，参与了《列朝诗集·闰集》的编选。王端淑所编《名媛诗纬》“或评其人或评其诗，务求其当，凡一人必详其生平，家世未详者，网之以备稽考云”。[③] 完颜恽珠所编《国朝闺秀正始集》，“积数十年之力，蒐罗既富，选择必精，用以显微阐幽，垂为懿范，使妇人女子之学诗者，发乎情、止乎礼义”。[④] 这些诗歌总集的例言，往往阐述诗歌的刊选主旨、编排方式；文中还列出作者小传，对诗歌的内容、风格、技巧加以评价，这些都实际发挥着批评的功能。

---

① （明）钱谦益：《列朝诗集小传》，上海：古典文学出版社，1957年版，第736页。

② （明）钱谦益：《列朝诗集》，上海：上海三联书店，1988年据汲古阁刊本缩版影印版，第684页中。

③ （清）王端淑：《名媛诗纬初编序》，康熙六年（1667）清音堂刻本，第2a页。

④ （清）潘素心：《国朝闺秀正始集序》，清道光十一至十六年红香馆刻本，第2a页。

其二，是诗歌别集的序言。才媛对诗歌编选目的、创作动机、追慕典范的思考与认识，一般都在其诗集的序言中表达出来，由此构成了才媛诗学批评中最广泛、也最直接的批评样式。典型的如“蕉园诗社”的林以宁所作《字字香》序，潘素心为完颜恽珠辑的《国朝闺秀正始集》所作之序，孙蕙媛为归淑芬《古今名媛百花诗馀》作的题词，骆绮兰的《听秋轩闺中同人集》自序等，或叙为诗之旨，或自抒诗歌见解。其他如凡例、题词、跋等，也都具有类似批评的性质。

其三，是才媛撰写的诗话。诗话是我国古代诗歌赏鉴、评点最主要的文学形态，体式独特，数量甚巨。从内容看，或评诗格高下，或较流派优劣，或言创作技法，或录诗人故实，或聊记偶感，或摘录异事，但多简练亲切，切中肯綮。清代出现了由才媛独立撰述的专门诗话、词话，如熊琏有《澹仙诗话》和《澹仙词话》。施淑仪的《清代闺阁诗人征略》，也带有诗评的性质。沈善宝的《名媛诗话》共计十五卷，载录了716位才女的诗、词、文、赋，地域上覆盖全国而以江浙皖为主。《名媛诗话》既述作者生平，又记其事迹；既抄录作品，又多方考论，穿插评说，引古论今，着力传扬名媛才艺，可谓有清一代成就最高的才媛诗话作品。

其四，是论诗诗等韵文形式的批评。“论诗诗”在《诗经》中已见雏形，如“吉甫作诵，其诗孔硕。其风肆好，以赠申伯”“吉甫作诵，穆如清风”等。杜甫《戏为六绝句》、元好问《论诗三十首》，以及《二十四诗品》，都推动了论诗诗的发展。清代才媛论诗诗十分兴盛，如陈芸《小黛轩论诗诗》有诗二百二十一首，函括闺秀著作千余家；项衡《夜读随园女弟子诗》、沈善宝《读吴萍香夫人〈花帘词稿〉》、沈彩《论妇人诗绝句四十九首》、张佩纶《论闺秀诗二十四首》均为此类。此外，才媛还发展了论词诗、论曲诗、论词词等形式，如吴淑仪的套曲《题王佛云藏叶小鸾眉子砚》

是兼论明末才女叶小鸾文学成就的“论诗曲”，程蕙英《自题弹词〈凤双飞〉后寄杨香畹》是“论弹词诗”，沈善宝《题黄韵珊孝廉〈凌波影〉传奇》是“论传奇诗”，朱中楣的《凤栖梧・自嘲》是“论词词”。

其五，唱和诗、书札、笔记等其他形式。清代结社风气浓厚，蕉园诗社、清溪吟社、随园诗社、秋红吟社等才媛诗社相继兴起，颇具盛名。诗社成员时常雅集，才媛分韵题诗，相互切磋，客观上推动了才媛诗艺的提升。许多酬唱诗带有批评性质，如高篃《论宫闺诗十三首》、汪端《论宫闺诗十三首和高湘筠女史》即是此类。而潘奕隽在谈吴中清溪吟社情况时亦云曰：“国子任君文田，居震泽之滨，稽古而能文；淑配张滋兰，好学而善咏，即刻共唱和之什为一编。一时间闻风应和者，张紫蘩、陆素窗、李婉兮、席兰枝、朱德音、江碧岑、沈蕙孙、尤素兰、沈佩之皆共诗以相质，于是文田汇而刻之，题曰《吴中女士诗钞》。”①

这些不同体裁、不同载体、不同形式的著作、文章或诗词，从不同侧面展示出才媛对诗歌基本问题的思考，共同履行了批评功能，也展现了这一时期才媛诗学的新动向。

二、清前中期才媛诗学与美学发展历史回顾

王鹏运在为徐乃昌辑的《小檀栾室汇刻闺秀词》作序时云：“然夷考其时，《花间》所载，乃绝无闺彦词。即两宋妇人传作，李清照、朱淑真哀然成集外，余亦皆断香零粉，篇幅畸零。观松陵周氏《林下词选》所录四朝闺秀词，合之名妓、女冠、才鬼，不过百余家。岂为之者少哉？盖生长闺闱，内言不出，无登临游观唱酬啸咏之乐，以发抒其才藻，故所作无多，

① （清）潘奕隽：《吴中女士诗钞序》，清乾隆五十四年林屋吟榭刻本，第3b—4a页。

其传已不能远，更无人焉为辑而录之。”[①]历代才媛作品保存流传本来就少，涉及诗歌理论探求的只言片语留存下来的就更少。

但从明清时期开始，女性文学批评逐步发展起来，理论的自足程度特别是抽象程度更高，理论深度整体要高于前代，特别是关于诗学的观点更加丰富、更成体系，文艺批评和审美表达的形态更加多样、更加完备，规模也较前代要大[②]。

（一）顺康雍时期：顺晚明之流而扬其波

晚明以降，诗文领域复古之潮逐步退却，文人更多关注文学的革新问题。公安和竟陵两派对此着力尤多，如江盈科编《闺秀诗评》首开对闺秀诗歌的品评之风；钟惺编《名媛诗归》，标举“幽”“雅”“直”“厚”等特点，强调诗歌应自然天成、“天然去雕饰”，反对简单模仿。郑文昂编《古今名媛汇诗》，共收 337 位女性的诗作 1705 首，《凡例》中称汇诗“但凭文辞之佳丽，不论德行之贞淫”“凡宫闺、闾巷、鬼怪、神仙、女冠、倡妓、姬妾之属，皆为平等，不定品格高低，但以五七言古今体分为门类，因时代之后先为姓氏之次第”[③]；赵世杰的《古今女史》是一部闺媛诗文词总集，前十二卷为文，后八卷为诗，作者自云对妇女著作“遍加搜辑、以备古今之阙逸”，目的是令“异日有修彤史者，不至揣摩人于寤寐中，而取之缃缃，以

---

① 胡文楷编：《历代妇女著作考序、跋选》//王英志编：《清代闺秀诗话丛刊》，南京：凤凰出版社，2010 年版，第 2546 页。

② 这就包括大量以序、跋、题辞等形式出现的关于文学批评的单篇文章，以及向诗评、诗话等相对正式、专业和严肃的理论著作，以及各种论诗诗、论词词、论曲诗、论曲曲等兼含文学创作和文艺评论形式的作品。

③ (明)郑文昂辑：《古今名媛汇诗》，明泰昌元年(1620)张正岳刻本，凡例 1a 页，总第 17 页。

振骚雅之遗音。则涵洪并纤，而无所不具足，故亦名之曰史。”[①]这些诗人或编选者希冀通过对才媛作品中真性情的开掘，纠正复古派形式化之流弊，引发了编辑刻印才媛诗词的潮流。同时一些才媛也开始回顾总结才媛诗文的发展历程，如沈宜修选编的诗文选本《伊人思》，共收录 69 名女诗人的 220 首作品，其中 42 人是同时代的才媛，体现了虽“沿古”但又广罗今人的目的。这些著作评论创作特点，褒扬作品价值，奠定了才媛诗学批评的基础。

顺康雍时期是自清兵入关至雍正时期。清军攻陷北京推翻大顺政权，逐出李自成起义军后挥师南指，消灭南明、成功削藩并进而稳固了统治。有鉴于前明复古调高启和公安竟陵末流的“俚俗”和“幽峭”等问题，这一时期文坛出现了整理和批判有明一代文学风气的潮流，许多学者文人撰述省思，试图肃清文风弊病，使“览者可以明夫得失之故矣”。[②] 叶燮总结明代诗坛的总体演变趋势时说：“近代论诗者，则曰：三百篇尚矣，五言必建安、黄初，其余诸体，必唐之初、盛而后可。非是者，必斥焉。如明李梦阳不读唐以后书，李攀龙谓唐无古诗，又谓‘陈子昂以其古诗为古诗，弗取也’。自若辈之论出，天下从而和之，推为诗家正宗，家弦而户习。习之既久，乃有起而掊之，矫而反之者，诚是也。然又往往溺于偏畸私说。”[③]因此，这一时期的诗人也提出了不同的诗学主张。大儒王夫之认为诗人要抒写自己的真性情，情为主、景为宾，反对格式、诗法和门户之见等诗病，推崇玄微淡远而又自然的诗境；叶燮在《原诗》中从本原论提出了气、理、事、情相统一的观点，强调作诗当有才、胆、实、力等四个要

---

① （明）赵世杰辑：《古今女史》//胡文楷编：《中国历代妇女著作考》，上海：上海古籍出版社，2008 年版，第 889 页。

② （清）朱彝尊编：《明诗综》，北京：中华书局，2007 年版，第 1 页。

③ （清）叶燮撰，霍松林点校：《原诗》，北京：人民文学出版社，1987 年版，第 3 页。

素；王士祯提出了神韵说，强调有感而发、主张妙悟，崇高天机凑泊、妙合自然，推重陶渊明、王维、韦应物。

这一时期才媛诗学及批评活动的主要特点：一是延续了明中后期才媛作诗的潮流，才媛诗歌别集和总集明显增加。清初出版商刘云份云："有明三百年间，闺阁琅函，几成瀚海。"[①]季娴在《闺秀集》序中云："自景德以后，风雅一道，浸遍闺阁，至万历而盛矣。启祯以来，继响不绝。"[②]

二是在才德关系上更加注重女诗人的才情。明朝宫廷倡导德行闺范，普遍认为"女子无才便是德"。但到明代中后期，这种观念遭到批驳，如明末冯梦龙从逻辑上驳斥："无才而可以为德，则天下之懵妇人毋乃皆德类也乎？"[③]同时，许多编选者对女子的德行也很强调，尤其是女性编选者。

三是诗学批评的形式基本确立，载体亦进一步丰富。古代文学批评的形式主要有"选本、摘句、诗格、论诗诗、诗话、评点等六种"[④]。这一时期，才媛作品选本是最为主要的批评形式。清初陈维崧的《妇人集》列明作者小传、作品、评语、轶事，奠定了清代闺秀诗评诗话的主导结构。王端淑所选的《名媛诗纬》，对每一作者的评价都"务求其当"。在内部体例上，也由小传、点评、作品构成了选本的主要内容。此外，这一时期还出现了《古今名媛百花诗余》《本朝名媛诗钞》《林下词选》《众香词》等四部才媛诗词选本。此一时期序跋、行述、小传等单篇的文章也多涌现，如

---

① （清）刘云份：《名媛诗选翠楼集》序//施蛰存主编：《名媛诗选翠楼集附新集》，中国文学珍本丛书第一集，上海：上海杂志公司，1936年版，第1页。

② （清）季娴编，李婧、安侣氏参校：《闺秀集》，两淮盐政采进本，第4页。

③ （明）冯梦龙：《智囊全集》，北京：中华书局，2007年版，第622页。

④ 张伯伟：《中国古代文艺批评方法研究》导言，北京：中华书局，2002年版，第9页。

《闺秀集》正文前是编者季娴的自序，李淑仪在为《绿净轩诗钞序》作序时采用了四六体的骈文。

1. 陈维崧《妇人集》

陈维崧，字其年，号迦陵，江苏宜兴人。因其父陈贞慧病故投故友冒襄门下，得与王士禄、王士祯兄弟交厚，三人共同关注才媛诗文。陈维崧的《妇人集》，是记载清代才媛诗词的开山之作，也是带有品评性质的诗话著作，为王士禄等人编辑评价才媛诗词提供了参考。继陈维崧后，冒丹书仿《妇人集》体例，编辑了《妇人集补》。

2. 王士禄《然脂集》

王士禄，字子底，山东新城人。其人仕途不畅，著书颇丰，著有《表微堂诗存》《炊闻集》《读史蒙拾》等。所撰《然脂集》揽撷上古至清初的闺阁诗文至百六十卷，影响甚大，以至此后许多书籍以"然脂"为名[①]。王士祯评此书"宏博精核""说部尤创获，为古人未有"[②]。王蕴章评"妇女文学，向列闺馀，选家辑香，辄跻诸方外广贤之列。自湖海陈髯，别张一军；新城西樵，雅集然脂；始稍稍为闺帏吐气"[③]，充分肯定了《妇人集》《然脂集》在保存、传播才媛文学上的贡献。

3. 季娴《闺秀集》

季娴(1614—1683)，字静娩，一字扆月，号元衣女子，江苏泰兴人。

---

① "然脂"二字来源于南朝徐陵的《玉台新咏》序言："于是然脂暝写，弄笔晨书，选录艳歌，凡为十卷。"但四库全书对王士禄引用此名颇有微议。《四库全书总目提要》云："《然脂集例》一卷，国朝王士禄撰。士禄尝欲辑古今闺阁之文为一书，取徐陵《玉台新咏·序》'然脂暝写'之语为名。然陵所撰乃艳歌，非女子诗，士禄盖误引也。"但《然脂集》对后来的女性文学编写有借鉴意义，如近代萧道管编有《然脂新话》，傅宛编有《然脂一百韵》，南社社员王蕴章著有《然脂余韵》等。

② (清)王士祯：《王士祯全集》，济南：齐鲁书社，2007年版，第4643—4644页。

③ 王蕴章：《清代妇女文学史序》//梁乙真：《清代妇女文学史》，上海：上海中华书局，1932年版，第1页。

季寓庸之女，李长昂室，撰述有《学古馀论》《前因纪》《学禅诨语》《百吟窗》《近存集》《季静姎诗》《雨泉龛诗选》，但以《闺秀集》得声名。其编选初旨，乃是鉴于女子诗作“湮没不传者多矣”，故“简览之暇手录一编，遴其尤者”[①]。此集规模虽小，除所附的词外，对诗歌均加以点评和赏析，并坚持前期诗选如郑文昂《名媛汇诗》的选诗标准，不以身份为凭，但以诗品为高，甚至将名媛、贫妇与风尘女子同编一卷，从诗学角度加以鉴赏。这是才媛诗歌编选评点中较罕见的。

4. 王端淑《名媛诗纬》

王端淑（1621—1701 年），字玉映，号映然子、吟红主人，又号青芜子，浙江山阴人，殉节明臣王思任次女，钱塘丁肇圣室。其人撰述颇丰，但仅有《吟红集》《名媛诗纬》流传后世。王端淑自幼淹贯经史，工诗赋，能古文，丈夫丁肇圣称其“不屑事女工，黛余灯隙，吟咏不绝”[②]，吴德旋评其诗“疏落苍秀”[③]。王端淑编《名媛诗纬》，意在“退处于纬之足以存经也”[④]，共收录 830 名女性的 2028 篇作品，涵盖诗、词、曲三种体裁。《名媛诗纬》开篇即为所选女诗人写传，采取知人论世之法，评论了每位诗人及其诗歌内容、风格、创作技巧，每以“端淑曰”始，颇有太史公风。王端淑另作《留箧集》，得到毛奇龄作序，王猷定、孟称舜作传。

5. 归淑芬《古今名媛百花诗馀》

归淑芬，字素英，浙江嘉兴人，有《云和阁静斋诗馀》。诗画兼擅，与

---

① （清）季娴编：《闺秀集》，两淮盐政采进本，第 2 页，现藏于上海师范大学图书馆。

② （清）王端淑：《吟红集序》//胡文楷编撰：《中国历代妇女著作考》，上海：上海古籍出版社，2008 年版，第 249 页。

③ （清）吴德旋：《初月楼续闻见录》卷一，《丛书集成三编》第 76 册，台北：新文丰出版公司，1997 年版，第 543 页。

④ （清）王端淑：《名媛诗纬初编》序，康熙六年（1667）清音堂刻本，第 1b 页。

黄媛介、徐灿、黄德贞[①]等有交往。归淑芬与孙蕙媛[②]、沈恂仲[③]、沈琼山编辑《百花诗馀》，取意“分四序之名葩，合四代之名媛，可谓瑶华萃聚，炫若锦帔者耳”[④]。孙蕙媛在《古今名媛百花诗馀》题词中云：“用是笔开翡翠，砚贮琉璃，纂辑花史，续以诗馀，四时分列，百花备举；选句则锦字朱霏，摛藻则玉台琼积；且香且艳，可咏可歌，洵纱幔之芳编，绣帏之瑶史也。……斯真花史而女史，词韵而人韵者也。”[⑤]

6. 柳如是《列朝诗集·闰集》

柳如是虽出身风尘，但在钱谦益的鼓励下，“承夫子之命，雠校香奁诸什，偶有管窥，辄加椠记”[⑥]，参与了《列朝诗集·闰集》的编选。《闰集》分为三个部分：《香奁上》选36人，为公主后妃以及受朝廷表彰的节妇；《香奁中》选52人，为官宦家眷，也包括脱籍从良的妓女；《香奁下》选31人，为青楼女子。虽从分类看，仍然倾向于按女子身份和社会地位的标准，但钱、柳在具体选评诗歌时，主要以诗歌的艺术成就为标准，而不排斥歌妓之作。[⑦]

---

① 黄德贞，约活动于1640年前后，字月辉，嘉兴人，司理黄守正孙女，孙曾楠之妻。著有《劈莲词》。

② 孙蕙媛，字静畹，嘉兴人，孙曾楠与黄德贞次女，适桐乡举人庄国英，著有《愁余草》，与姊兰媛齐名。《林下词选》载：“静畹工小令，能与介畹（孙兰媛）争胜。”

③ 沈栗，字恂仲，号麟溪内史，嘉善人，明南昌司理沈玉虬次女，归诸生陈仲严，著有《麟溪内史集》。《众香词》云其诗“多正始之音，入佺期集，何让武塘才子”。

④ 王秀琴编，胡文楷选订：《历代名媛文苑简编》，上海：商务印书馆，1947年版，第61页。

⑤ （清）孙蕙媛：《古今名媛百花诗馀》序//王英志编：《清代闺秀诗话丛刊》，南京：凤凰出版社，2010年版，第2551页。

⑥ （清）柳如是编选：《列朝诗集·闰集》//胡文楷编著，张宏生等增订：《历代妇女著作考（增订本）》，上海：上海古籍出版社，2008年版，第433页。

⑦ 所选明代女性诗人中，王微以61首成为榜首，其他如景翩翩52首，周绮生20首，杨宛19首，呼文如17首，梁小玉15首。而当时被称为“吴门二大家”的闺秀诗人徐媛和陆卿子却只有分别2首和8首，且对陆卿子的评价较低。

7. 其他编者

除上述所论之外，清初其他文士也对才媛诗歌创作多有扶携。毛奇龄收徐昭华、王端淑等为弟子①，与女诗人商景兰、黄媛介等来往密切，为多部才媛诗集撰写序跋，所编《越郡诗选》辟"闺秀"卷收录女性诗歌。清初著名诗人吴伟业与卞玉京、黄媛介等女诗人甚厚，与吴绡唱和②，为龚静照③诗集作序。邹漪④自云"仆本伧人，癖耽奁制，薄游吴越，加意网罗"⑤，辑女性诗选《诗媛八名家选》《诗媛十名家选》；汇辑才媛诗作"遗闻"，又编成《红蕉集》。王士祯《带经堂诗话》专列"闺阁类"收录才媛诗作，《池北偶谈》《香祖笔记》等也记录了当时的才媛。他还通过唱和与女诗人相往还，如他于顺治丁酉年间倡秋柳诗社，"南北和者至数百人，广

---

① 如王端淑《留箧集》是由毛奇龄命名。他在《闺秀王玉映留箧集序》评价王端淑的著作云："《吟红集》诗文多激切，而《留箧》反之，《留箧》独有诗。然其诗已及刘禹锡、韩翃，闺秀莫及焉。《留箧》者，予为之名也。"亦有诗云："江南女士一代稀，王家玉映声先知。著书不数汉时史，织锦岂怜机上诗。清晖阁中父书在，落笔争开写眉黛。吟成细雨滴口脂，行即青藤绕裙带。风流遗世姿独姝，猗嗟四壁贫无知。牵萝补屋愁不耐，天寒袖薄侵肌肤。只今兵革满途路，欲走西陵过江去。崎岖宛转进退难，只恐行来更多误。昨宵行李隘巷宿，绣帙香奁解书轴。今朝寂历风雨来，令我停弦抚心曲。梧宫木落无复愁，清溪桃叶今难留。君行渺欲向何所，长江浩浩还东流。"见：(清)陈维崧辑：《妇人集》//王英志编：《清代闺秀诗话丛刊》，南京：凤凰出版社，2010 年版，第 19 页。

② 徐乃昌云："其诗清丽婉约，集中有与梅村祭酒相倡和者，称祭酒曰兄，殆梅村之女弟也。"吴绡与吴伟业确是同宗。

③ 龚静照，字冰轮，号鹃红、永愁人，无锡人。工诗善画，尤精于花卉。有《永愁人集》、《鹃红集》、《梅花百咏》。其父龚廷祥为内阁中书，明亡投水而死。

④ 邹漪，字流绮，又字西村，梁溪人，吴伟业弟子，以著述等身而名，主要是"撰史"与"选诗"。康熙元年(1662 年)，邹漪为其父邹式金的《杂剧三编》作序，曰："近世诗学大兴，选家竞出，而南北九宫，弃置不讲，以为此优伶之能事，非儒雅之兼长，淫哇杂进，风雅云亡。余既有《百名家诗选》，力追盛唐之响，兹复有三十种杂剧可夺元人之席。"康熙十九年(1680)，邹漪编《五大家诗钞》，集钱谦益、吴伟业、熊文举、龚鼎孳、宋琬五人的诗作。参见：蔡毅编著：《中国古典戏曲序跋汇编》，齐鲁书社，1989 年版，第 467 页。

⑤ (清)邹漪：《红蕉集》//胡文楷编著，张宏生等增订：《历代妇女著作考(增订本》，上海：上海古籍出版社，2008 年版，第 898 页。

陵闺秀李季娴、王璐卿亦有和作”[①]，“后三年官扬州，则江南北和者前此，已数十家，闺秀亦多和作”[②]。因此，其“影响于妇女文学者，实不在袁简斋、陈云伯下也”[③]。“江左三大家”之一的朱彝尊在其《明诗综》设四卷收录106位女诗人的诗作168首，《词综》一卷收宋代28位女词人的词，《静志居诗话》专论闺门诗歌。清初戏曲家尤侗欣赏才媛诗词，为《林下词选》《众香词》作序，曾著《宫闺小名录》。刘云份刻了《名媛诗选翠楼集》《唐宫闺诗》两部女性诗歌选本，其中《翠楼集》选明代201位女诗人的700余首诗，《唐宫闺诗》则汇辑115位唐代女诗人的作品，刊印极精。范端昂编选了《香奁诗泐》《奁诗泐补》《奁制续泐》《奁泐续补》等四部才媛诗集。纳兰揆叙受康熙之命选编《历朝闺雅》，收录了自唐迄明的才媛诗歌。

（二）乾嘉道时期：集大成与向传统诗教的回归

这一时期，诗歌理论流派继起，蔚为大观。清中期以后，“雅正之风”兴起，大多要求诗文当“清真雅正，理法兼备”[④]，有利于淳风化俗，符合儒家温柔敦厚之旨。诗学方面，沈德潜提出了“格调说”，在编选《唐诗别裁集》时云：“既审其宗旨，复观其体裁，徐讽其音节，未尝立异，不求苟同，大约去淫滥以归于雅正，于古人所云微而婉、和而庄者，庶几一合焉。此微意所存也。”[⑤]他在《重订唐诗别裁集序》中进一步云：“至于诗教之尊，可以和性情，厚人伦，匡政治，感神明，以及作诗之先审宗旨，继论题

---

① （清）王士祯：《王士祯全集》，齐鲁书社，2007年版，第4907页。

② （清）王士祯：《王士祯全集》，齐鲁书社，2007年版，第4752页。

③ 梁乙真：《清代妇女文学史》，上海：上海中华书局，1932年版，第51页。

④ 梁启超：《中国近三百年学术史》，北京：中国社会科学文献出版社，2008年版，第22页。

⑤ （清）沈德潜编：《唐诗别裁集》，上海：上海古籍出版社，1979年版，第2页。

材，继论音节，继论神韵，而一归于中正和平。”[①]词学方面，则出现了以张惠言为代表的“常州词派”所提出的“比兴寄托”“低徊要眇”等主张。同时，袁枚提出了“性灵说”，主张诗以达“性情”为主，强调天巧、人工并重，不分朝代、不拘一体。

才媛文学及批评主体更加多元化。随着乾嘉学术的繁荣，文坛名士如袁枚、陈文述，藏书大家如汪启淑、吴骞等，纷纷加入才媛诗学及其批评活动。女诗人拜文士为师，文士与才媛之间亦师亦友的交游唱和，以及搜罗刊刻才媛诗歌等文化活动大量出现。

才媛诗学批评的集大成和回归诗教传统倾向同时出现。郭绍虞先生在《清诗话续编序》中说：“诗话之作，至清代登峰造极。清人诗话约有三、四百种，不特数量远较前代繁富，而评述之精当亦超前人。”[②]这一时期，袁枚、陈文述、沈善宝、完颜恽珠等评论著作迭出，诗歌批评的形式从过去的选本、序跋，逐渐过渡到诗话形式[③]。此外，论诗诗、论词词等新的评论形式也发展起来。从此时诗学批评所蕴含的价值取向看，诗评家又逐渐向诗教传统回归，体现在编选才媛诗集、诗话评论中更重德行操守和伦理规范的倾向上。一些评者对才媛诗歌的品鉴以德为主，重视才媛的出身，“诗歌非女子之事”等观念开始复现。

---

① （清）沈德潜编：《重订唐诗别裁集》，上海：上海古籍出版社，1979年版，第4页。

② 郭绍虞：《清诗话续编序》//郭绍虞：《照隅室杂著》，上海：上海古籍出版社，2009年版，第505页。

③ 乾隆以降，女性诗话不断增多，如倪一擎《续名媛词话》、李佳恒《闺秀诗话》、杨芸《金箱荟说》、王琼《名媛诗话》、蒋徽《闺秀诗话》等多部女性诗话。不过，这些著作规模都不大，且都已经散佚，难以得知其内容和特色。道光二十六年（1846年），沈善宝《名媛诗话》印出，算为标志之作。此后，陆续有梁章钜《闽川闺秀诗话》、淮山棣华园主人《闺秀诗评》、丁芸《闽川闺秀诗话续编》、杨全荫《绾春楼诗话》《绾春楼词话》、王蕴章《燃脂余韵》、苕溪生《闺秀诗话》、金燕《香奁诗话》、雷瑨《闺秀诗话》《闺秀词话》等，对才媛诗词进行评述。

才媛结社的风气更为浓厚。历史上有文字记载的最早的女子结社出现于北朝东魏时期，女子因造佛像刻佛经而结成了社团。[①] 之后，女子社团便不绝如缕。至清，由才媛组成的诗社成为女子结社中非常重要的一脉。如乾隆年间由任兆麟、张允滋夫妇开创的“清溪吟社”，吸引了很多女诗人积极参与，诗社中的才媛群体称为“吴中十子”，作品成集为《吴中女士诗钞》。有文士在诗集序中写到：“国子任君文田，居震泽之滨，稽古而能文；淑配张滋兰，好学而善咏，即刻共唱和之什为一编。一时间闻风应和者，张紫蘩、陆素窗、李婉兮、席兰枝、朱德音、江碧岑、沈蕙孙、尤素兰、沈佩之皆共诗以相质。”[②]才媛诗社不仅可帮助女诗人不断精进诗技，沟通情感，更会对女诗人起到激励的作用，带动更多女诗人进行创作。女诗人江珠描述社员的活动为：“香奁小社，拈险韵以联吟；花月深宵，劈蛮笺而酬酢。”[③]除清溪吟社外，蕉园诗社、随园诗社、秋红吟社等皆为颇具盛名的才媛诗社。

1. 沈德潜

沈德潜，字确士，号归愚，长洲人，曾受业于叶燮，论诗主格调，提倡温柔敦厚之诗教，著《说诗晬语》，编《古诗源》以及唐诗、明诗、清诗别裁等诗集。《说诗晬语》开篇即言：“诗之为道，可以理性情，善伦物，感鬼神，设教邦国，应对诸侯，用如此其重也。”[④]《清诗别裁集》凡例云：“诗之为道，不外孔子教小子教伯鱼数言，而其立言，一归于温柔敦厚，无古今

① 宁可、郝春文：《北朝至隋唐五代间的女子结社》，《北京师范学院学报（社会科学版）》1990 年第 5 期，第 16—19 页。

② （清）潘奕隽：《吴中女士诗钞序》//（清）任兆麟辑，张滋兰选：《吴中女士诗钞》，清乾隆五十四年（1789）刻本，第 3b 页。

③ 胡晓明、彭国忠主编，赵厚均本册主编：《江南女性别集》二编下册，合肥：黄山书社，2010 年版，第 837 页。

④ （清）叶燮、沈德潜：《原诗・说诗晬语》，南京：凤凰出版社，2010 年版，第 81 页。

一也。”[①]《清诗别裁集》以德为首要准则选辑才媛诗歌：“闺阁诗，前人诸选中，多取风云月露之词。故青楼、失行妇女，每津津道之，非所以垂教也。选本所录，罔非贤媛，有贞静博洽，可上追班大家、韦逞母之遗风者，宜发言为诗，均可维名教伦常之大；而风格之高，又其馀事也。以尊诗品，以端壶范，谁曰不宜。”[②]沈德潜提携、支持才媛从事诗歌，曾为女诗人宋凌云[③]的《轩渠初集》、吴永和[④]的《苔窗拾稿》、常熟许玉仙《小丁卯集》和《茹荼百咏》等诗集作序。

2. 袁枚

袁枚，字子才，号简斋，晚年号仓山居士、随园主人、随园老人，钱塘人，清代诗人、散文家，与赵翼、张问陶并称乾嘉诗坛性灵派三大家。袁枚认同明末学者对人欲的肯定，认为男女情欲是人之常情，反对女子缠足、反对守节。他也不主张分朝断代以评诗歌之优劣，反对诗歌受格律束缚，要求提笔即问性情，如《随园诗话》云：“《三百篇》半是劳人思妇率意言情之事；谁为之格，谁为之律？”[⑤]他广收女弟子，形成“随园女弟子”群体，并于乾隆五十五年、五十七年，分别在宝石山庄和西湖举行诗会，遍邀女弟子参加，并编辑《随园女弟子诗选》。[⑥] 他将其妹袁机、袁杼、袁棠的诗集合刻为《袁家三妹合稿》，也为陈淑兰《陈淑兰女子诗》、鲍之蕙《清娱阁合刻诗》、骆绮兰《听秋轩诗集》、席佩兰《长真阁集》等诗集作序

---

① （清）沈德潜编：《清诗别裁集》，上海：上海古籍出版社，1984 年版，第 1 页。

② （清）沈德潜编：《清诗别裁集》，上海：上海古籍出版社，1984 年版，第 3 页。

③ 宋凌云，字逸仙，吴县人，宋南园女，李博妻，才女李赤虹母。幼喜吟咏，雅擅诗词。著有《轩渠初集》，戏曲有《瑶池宴》。

④ 吴永和（1655—1727），字文璧，武进人，董玉苍妻。

⑤ （清）袁枚：《随园闺秀诗话》//王英志编：《清代闺秀诗话丛刊》，南京：凤凰出版社，2010 年版，第 57 页。

⑥ （清）袁枚：《随园诗话》卷六，杭州：浙江古籍出版社，2011 年版，第 411 页。

题词。

3. 陈文述

陈文述(1771—1843),初名文杰,后改名文述,别号元龙、退庵、云伯,又号碧城外史、颐道居士、莲可居士,钱塘人,嘉庆时举人,官昭文、全椒等知县。陈文述嘉庆间“聚在京师”,时与杨芳灿、法式善等人往来,颇有诗名,时称“杨陈”,有《碧城诗馆诗钞》《颐道堂集》《秣陵集》《西泠闺咏》《兰因集》和《西泠怀古集》等。陈文述追慕袁枚,与席佩兰、孙云凤、屈秉绮等多位随园女弟子唱和。继袁枚之后,他还公开招收女弟子,并将女弟子诗歌结集为《碧城仙馆女弟子诗》。陈文述与家中女眷共同整理完成了《西泠闺咏》,为女诗人杨芸《金箱荟说》[①]、李晨兰《生香馆诗词集》、胡相端[②]《抱月楼小律》、屈宛仙《温玉楼遗诗》、沈縠[③]《画理斋诗稿》等作序。

4. 章学诚

章学诚(1738—1801年),字实斋,号少岩,浙江会稽人。乾隆三十四年进士,著有《文史通义》。章学诚在诗文创作上反对桐城派专讲“义法”,也反对袁枚专讲“性灵”。他在《文德》《与朱少白论文》中提出“修辞立诚”,要“主敬”;在《妇学》中强调“古之妇学,必由礼以通诗;今之妇学,转因诗而败礼,礼防决而人心风俗不可复言矣”[④],主张妇学应首先恪守

---

① 《金箱荟说》又名《古今闺阁诗话》。

② 胡相端,字智珠,大兴人,知府文锉女,诸生许荫基室,工没骨法,得瓯香馆笔意。荫基亦工写兰竹,夫妇以画相唱和,有《抱月楼集》《散花天室稿》。

③ 沈縠,字采石,号琼宫仙史,道光时人,浙江嘉兴人,侯官曾颐吉妻,著有《画理斋诗稿》《白云洞天词》《蓝因集》《履园从话》等。

④ (清)章学诚:《妇学》//(清)章学诚著,叶瑛校注:《文史通义校注》,北京:中华书局,2014年版,第537页。

礼教，所谓“学必以礼为本”，故“虽文藻出于天娴，而范思不逾阃外”①。

在礼教基础上，章学诚对诗女子的态度比较开明。他认为班昭、蔡文姬应载入列女传，云：“班姬之盛德，曹昭之史才，蔡琰之文学，岂转不及方技伶官之伦，更无可传之道哉？”②他反对列女传“章首皆用郡望夫名”的做法，也反对女子为父母、丈夫等至亲割股疗病等极端行为。③ 他对女诗人出身或身份的看法较为平正，“名妓工诗，亦通古义。转以男女慕悦之实，托诸诗人温厚之辞，故其遗言雅而有则，真而不秽，流传千载，得耀简编，不能以人废也”④。

5. 阮元

阮元，字伯元，号芸台、雷塘庵主，晚号怡性老人，江苏仪征人，乾隆五十四年进士，历乾隆、嘉庆、道光三朝，屡任重职，被称为“三朝阁老、九省疆臣、一代文宗”。阮元治经史，修浙、广通志，宗汉学，广编书，章绝学，天文律算金石之学无所不涉猎。“历官所至，振兴文教。……撰十三经校勘记、经籍籑诂、皇清经解百八十馀种。”⑤他主持学坛数十载，海内学者奉为泰斗。阮元重女学，亲授女儿诗书，主张“闺媛以德言为先务”⑥，通过学诗致知礼。其家“一门风雅”，妻孔璐华、妾唐庆云、女阮

① (清)章学诚：《妇学》//(清)章学诚著，叶瑛校注：《文史通义校注》，北京：中华书局，2014 年版，第 537 页。

② (清)章学诚：《答甄秀才论修志第二书》//(清)章学诚著，叶瑛校注：《文史通义校注》，北京：中华书局，2014 年版，第 829 页。

③ (清)章学诚：《永清县志烈女列传序例》//(清)章学诚著，叶瑛校注：《文史通义校注》，北京：中华书局，2014 年版，第 702 页。

④ (清)章学诚：《妇学》//(清)章学诚著，叶瑛校注：《文史通义校注》，北京：中华书局 2014 年版，第 535 页。

⑤ (清)赵尔巽：《清史稿》卷三百六十，北京：中华书局，1977 年版，第 11424 页。

⑥ (清)阮元编：《两浙輶轩录》//《续修四库全书》集部第 1684 册，上海：上海古籍出版社，2002 年版，第 110 页。

安、女孙阮恩滦[①]皆擅辞藻，有诗集。阮元也重视编选和保存才媛诗集，曾与王豫一同编《种竹轩闺秀联珠集》，选女诗人王琼[②]、王乃德、王乃容、季芳的诗集合刻而成。阮元还编有《淮海英灵集》和《两浙輶轩录》，收录才媛诗人 210 余家。

6. 汪启淑

汪启淑，字秀峰、慎义，号讱庵、悔堂，安徽歙县绵潭人。他雅好诗文，著有《讱庵诗存》，参加了厉鹗等人组织的“南屏诗社”，又与释明中、厉鹗、杭世骏等创立了“东皋吟社”。乾隆三十八年(1773 年)辑刻《撷芳集》共八十卷，收录顺治至乾隆间女诗人 1 600 多家。为每位女诗人所作的小传，皆为汪启淑自各种省志、县志、行状、墓志、诗集序跋等文献中搜集撰述。此集按女子德行编订次序，分别为节妇诗、贞女诗、才媛诗、姬侍诗、方外诗、青楼诗、无名诗和仙鬼诗。

7. 吴骞

吴骞，字槎客，号兔床，海宁人，“笃嗜典籍，遇善本倾囊购之弗惜。所得不下五万卷，筑拜经楼藏之”，[③]著有《愚谷文序》《拜经楼诗集》《诗话》等。乾嘉间刻《海昌丽则》，记录家乡海宁的闺秀之诗。其中，吴骞搜集并重新校勘印刻了明代海宁女诗人朱妙端的《静庵剩稿》、清代才媛徐

---

① 孙恩滦，字媚川，江苏仪征人，沈霖元妻，能诗善画，尤嗜琴，阮元呼为“琴女孙”，著有《慈晖馆诗集》。

② 王琼，字碧云，晚号爱兰老人，著有《爱兰书屋诗选》、《名媛诗话》八卷，可惜都已散失。法式善《梧门诗话》中有几则提及《名媛诗话》，他说此书“持论严峻，有功诗学”，可见法式善见过此书。《清代闺阁诗人征略》载：“王琼，幼即能诗，与兄齐名。年十五，赋《扫径》诗，有‘我正有心呼婢扫，哪知风过为吹开’之句。太史袁枚采入《随园诗话》，且特过豫访琼。琼以为非礼，竟不之见。性贞静而敦厚，多读经、史、儒先书，与诸女交，诗筒遍天下。”

③ (清)李圭、刘蔚仁修：《海宁州志稿》卷二十九《文苑》吴骞条，民国十一年(1922)海宁州署铅印本，第 1760 页，现藏于北京大学图书馆。

灿的《拙政园诗集》《拙政园诗馀》、葛宜的《玉窗遗稿》、钟韫的《梅花园存稿》，黄香冰的《月珠楼吟稿》和徐贞的《珠楼遗稿》，并为这些别集撰写了序跋。

8. 吴翌凤

吴翌凤，字伊仲，号枚庵、一作眉庵，安徽人，著名词人、藏书家，撰有《怀旧集》《东斋脞语》。孙麟趾选吴翌凤与厉鹗、林蕃钟、吴锡麒、郭麐、汪全德、周之琦七人词，编为《清七家词选》。谭献评“枚庵（吴翌凤）高朗、频伽（郭麐）清疏，浙派为之一变”[①]。吴翌凤“酷嗜异书”，曾选编《唐诗选》《宋金元诗选》《明诗选》《古诗录》《乐府选》《国朝诗》《女士诗录》等诗集，其中《女士诗录》收录了丁素娟、陆珍、徐映玉等 24 位女诗人的作品。

9. 黄秩模

黄秩模，字子全，一字正伯，号立生，又号耐轩、小树、惟忍居士、容乃山人、恒耐山人，江西宜黄人，藏书家。他穷尽毕生精力编辑《国朝闺秀诗柳絮集》，成书于咸丰三年，然因编撰时间跨度长，论其影响，仍可算入此一时期。《柳絮集》收录诗人 1 949 家，共 8 343 首诗，是现存规模最大的清代女性诗歌总集。全书取诗“主性情、风格、音节”，按照姓氏“依韵编次”，对才媛无论存殁皆“博采无遗”。黄秩模在凡例中说明“毫无性情者不取，肤浅佻纤者不取，村腔野调者不取”[②]，可见对性情才华的推重。

10. 完颜恽珠

完颜恽珠，字星联，一字珍浦，晚号蓉湖道人、蓉湖散人，自称毘陵女史，江苏武进人，是清中期颇值得关注的才媛诗人与编者。恽珠是传统

---

① （清）谭献辑：《箧中词》卷三//《续修四库全书》集部 1733 册，上海：上海古籍出版社，2002 年版，第 651 页。

② （清）黄秩模：《国朝闺秀诗柳絮集校补》，北京：人民文学出版社，2011 年版，第 1 页。

的名门闺秀，对儒家伦理和女教规范遵奉不移，故选诗之时首重德行、次及文采。从《国朝闺秀正始集》的编辑体例就可窥其意旨，其卷一从第一首到第十二首，辑录的诗人诗作及作者编排的目的分别是：一列满人县君《题自画牡丹》，以“尊天潢”；二列科德氏《池上夜坐》，为“述祖德”；三列恽冰《题自画菊》，以“重家学”；四、五列毕著《纪事》、《村居》，以“标奇孝”；六列乌云珠《春日书怀》，以“树贤淑”；七录李氏之《辞襄人建堂作》，以“昭慈范”；八列林氏《绝命词》，以“扬贞烈”；九、十列钮祜禄希光《述志》、《新年拜墓》，以“彰苦节”；十一列沈蕙玉《自箴》，以“示女箴”；十二列李毓清《一桂轩诗钞》之诗作，因其“诗格朴老”，可“敦诗品”。

11. 沈善宝

沈善宝，字湘佩，沈学琳女，武凌云继室，钱塘人，师从陈文述。沈善宝出身望族，幼秉家学，工吟咏，善丹青。但十二岁时沈学琳卒于任上，家道中落，备尝艰辛，曾“以润笔所入奉母课弟，且葬本支三世及族属数榰，远近皆称其孝贤”[①]。沈善宝嫁与武凌云后住在北京，与顾太清、项屏山等交好，成立“秋红吟社”，著有《鸿雪楼诗选初集》《鸿雪楼词》《名媛诗话》。《名媛诗话》是现存规模最大的女性诗话。《名媛诗话》按时代顺序编次，既收录当时才媛的序跋题词及相关批评性质的文献，也记录了作者与同时代女诗人的交往，保留了许多清代女子生活及文学活动的片段。《名媛诗话》对众多女诗人及其作品进行评点，理论性有所增强，诗学思考更加深入，其中流露出的保存才媛作品的自觉意识和“性情”为上的诗学观念尤为可贵。

---

① (清)施淑仪：《清代闺阁诗人征略》卷八//王英志编：《清代闺秀诗话丛刊》，南京：凤凰出版社，2010年版，第2056页。

三、 才媛美学核心观点论争

诗学批评涉及一个时期人们对诗词文本阅读的感悟，涉及对创作灵感来源的体认，涉及对诗词美的本质的理解，以及美的标准的判断。因此，艺术批评既是一个鉴赏体验活动，更是一个从实践上升到理论层面的抽象思维活动，同时也会对诗词创作本身起到导向引领作用。毫无疑问，在古代文士主导的文学传统下，才媛诗学批评必然受其影响。清代前中期是才媛参与文艺创作的繁盛期，才媛诗人扩展传统诗歌题材，运用丰富的表现手法，提出了独特的创作观念和审美主张。从诗歌的批评范围、批评标准、批评术语、批评方式等方面，才媛对历史传统既有承继，也有创新，在本体论、作家论、创作论、鉴赏论等一些核心议题上与文士有观点上的争锋，成为中国诗学批评中很难一见的“性别对话”景象。

（一）正当论

中国古代社会规范大体由传统礼仪、当朝法典、社会习俗三部分构成。女子长居闺门之内，与外部较少交接，因此言行更多受传统礼仪与社会习俗之规约。治国先齐家，齐家先修身，修身与齐家自古即为文士处世第一要义，守护家族清誉必严治其家。女子助男子持家理家，也是家内受保护与规约的对象。但何者是闺阁可为之事，何者是闺中不可为之事，不仅是女子的私事，也是族内关心之事，具体到才媛的诗文创作也是如此。才媛究竟可否为诗，诗应重德还是重才，是许多文士和才媛关注和讨论的问题。

1. 禁与作：才媛创作的合法性

女子参与诗词创作活动是否符合“闺范”，是贯穿才媛诗学论争始终的问题。对女子从事、参与创作及其作品刊刻、传播的认识，主要观点有：

其一，诗文非闺中事，即完全禁止女子从事诗词学习和创作。一些传统士大夫家重视女教，却严格限制女子的诗文创作。司马光《家范》云"女子在家，不可不读《孝经》《论语》及《诗》《礼》，略通大义，其女功则不过桑麻、织绩、制衣裳、为酒食而已，至于刺绣花巧、管弦歌诗，皆非女子所宜习也"，进而还强调"古之贤女，无不观图史以自鉴"。[①] 吕坤《昏前翼》云："女子固不宜弄文墨，但古之贤女未尝不读书，如《孝经》《论语》《女诫》《女训》之类，何可不读？妇女邪正不专在此，古如魏、李、孙、朱，固为可成，若班婕妤、徐贤妃，何害于文墨乎？诗词歌咏，断乎不可。"[②]

受此观念影响，清代许多才媛的父母虽倡女教，却不许才媛为诗。女诗人潘素心的父亲潘汝炯认为"诗非女子事也"，虽教女儿认字，但"且禁读诗"。[③] 女诗人姚益敬的父亲姚慧田自为女启蒙起，只教授《孝经》《女诫》等书，使之通晓大义，而禁其从事文翰，也不对外出示姚益敬的诗作。孙云鹤在自己的《听雨楼词集》叙亦云："昔先严有言：闺中儿女之言，不足为外人道。"[④]

家族中长辈对待才媛创作的态度，也直接影响女诗人的认知。吴筠闺中偶作诗，喜汉魏风骨。诗人嫁给李贻德之后，舅姑认为吟诗作赋非闺阁之所宜，吴筠便绝口不敢言，只能在入寝后与李贻德篝灯对谈，彻夜

① (宋)司马光著，王宗志注释：《温公家范》，天津：天津古籍出版社，1995 年版，第 108 页。

② (明)吕坤：《昏前翼・书史》//《古今图书集成》卷三，上海：中华书局，1934 年版，第 15 页。

③ (清)黄秩模辑：《国朝闺秀诗柳絮集》，北京：人民文学出版社，2011 年版，第 592 页。

④ (清)孙云鹤：《听雨楼词叙》//(清)徐乃昌辑：《小檀栾室汇刻闺秀词》第六集，清光绪二十二年南陵徐氏刻本，第 1a 页。

联吟，至于达旦。张因[①]也由此拒绝了外人求诗的要求，据《国朝画征补录》载："长官慕其名，求见其诗者，闭门谢曰：'本不识字也'。"[②]

其二，内言不出于阃，即允许闺内吟咏，但不对外言及，亦不允许身后流传。明清时期，仍不断有人针对才媛刻印书籍评论道："从来妇言不出阃，即使闺中有此韵事，亦仅可于琴瑟在御时，作赏鉴之资，胡可刊版流传，夸耀于世乎？"[③]尽管许多才媛将自己创作的诗词汇编成集，但仍不愿流传于世，往往于临终选择付之一炬。《妇人集》记载，宗梅岑的母亲陈夫人，"郡丞九室公（名辅尧）女，有妇德，兼工文咏。然唱随外，不以示人，每有所作，梅岑欲受而录之，辄不许，恐言之出于壶也。临终，取生平所作尽焚之，故不传一字。梅岑每言及，痛手泽之不存，犹叹慕者久之"。[④] 陈芸感叹："涂鸦巢燕职思居，写韵传经读父书。我欲尽罗归帼箧，可堪大半是焚除。"[⑤]

沈善宝载震泽女诗人沈畹亭[⑥]的《自箴》四章，其二云：

> 先民有言，言不出阃。牝鸡司晨，厥家用损。节以应佩，琴以和神。辞或苟发，宁默而存。勿尚尔舌，寸心是驰。既悔而追，不胫千

---

① 张因（1741—1807），字淑华，号净因道人，扬州人，黄文旸妻，善画，著有《绿秋书屋诗集》《双桐馆诗钞》。

② （清）黄秩模辑：《国朝闺秀诗柳絮集》，北京：人民文学出版社，2011 年版，第 941 页。

③ （清）清凉道人：《吴吴山三妇合评牡丹亭不当刊版流传》//《听雨轩笔记》//《笔记小说大观》第 25 册，扬州：江苏广陵古籍刻印社，1984 年版，第 358 页。

④ （清）陈维崧：《妇人集》//王英志编：《清代闺秀诗话丛刊》，南京：凤凰出版社，2010 年版，第 15 页。

⑤ （清）陈芸：《小黛轩论诗诗》//王英志编：《清代闺秀诗话丛刊》，南京：凤凰出版社，2010 年版，第 1605 页。

⑥ 沈畹亭，名蕙玉，贡生学涵室，有《聊一轩诗存》。行至孝，姑亡，欲殉不得，遂得心疾。后母卒，竟以哀痛死。

里。嗟嗟愚盲，慎其德音。鹦鹉多言，只名文禽。①

以上诸种情形，虽程度不同，但大抵是不赞成才媛传播诗文的。

其三，孔子删诗不废女作，故而主张才媛雅擅诗词不违背儒家规范。这种从圣人角度论证才媛从事文学活动合法性的观点，从明代就已出现，得到文士的颔许。如明代女诗人王凤娴之兄王献吉在其《焚余草》序②中云：

> （孺人）俯仰三四十年间，荣华雕落，奄忽变迁，触物兴情，惊离吊往，无不于诗焉发之。孺人亦雅不以屑意，成辄弃去，所存无几何。一日谓不肖曰："妇道无文，我且付之祖龙。"余曰："是不然，《诗》三百篇，大都出于妇人女子，关雎之求，卷耳之思，螽斯之祥，柏舟之变，删《诗》者采而辑之，列之《国风》，以为化始。廼孺人自闺阁以淑行著称，鸡鸣相夫，丸熊诲子，一身遍历甘苦，女德妇道母仪，备于是矣。"

王献吉以《诗》三百为例驳斥了"妇道无文"的故训，鼓励王凤娴将诗稿付梓，《焚余草》才得以传世。

戴鉴为《国朝闺秀香咳集》作序，云："诗，所以道性情也，固尽人而有者也。是多云女子不宜为诗，即偶有吟咏，亦不当示人以流传之。噫，何其所见之浅也。昔夫子订诗，《周南》十有一篇，妇女所作居其七；《召南》十有四篇，妇女所作居其九。温柔敦厚之教，必宫闱始。使内言不出于阃之说，则早删而去之，何为载之篇章，被之管弦，以昭示来兹也哉？"③

---

① （清）沈善宝：《名媛诗话》卷三//王英志编：《清代闺秀诗话丛刊》，南京：凤凰出版社，2010年版，第247页。

② 胡文楷编著，张宏生等增订：《历代妇女著作考（增订本）》，上海：上海古籍出版社，2008年版，第91页。

③ （清）戴鉴：《国朝闺秀香咳集》序//王英志编：《清代闺秀诗话丛刊》，南京：凤凰出版社，2010年版，第2564页。

清代太仆寺卿陈兆崙，为陈长生、陈端生的祖父，明确主张女子接受诗教，允许她们参与文学创作，并认为这有助于治家相夫课子。其所撰《才女说》[①]云：

> 顾世之论者每云女子不可以才名，凡有才名者，往往福薄。余独谓不然，福本不易得，亦不易全，古来薄福之女，奚啻千万亿？而知名者，代不过数人，则正以其才之不可没故也。又况才福亦常不相妨，……浏览坟索，讽习篇章，因以多识故典，大启性灵，则于治家相夫课子，皆非无助。……又经解云：温柔敦厚，诗教也。柔与厚，皆地道也、妻道也。由此思之，则女教莫诗为近，才也而德即寓焉矣。

清代的出版家刘云份在所辑的《唐宫闺诗》自序中亦云："女子之诗，不从近世始矣。昔者圣人删定风雅，王化首于'二南'。然自后妃以下，女子所作为多。"[②]

自才媛自身而言，明代陆卿子在为项兰贞[③]诗集作的序言中，明确指出了从事诗文创作的正当性[④]：

> 我辈酒浆烹饪是务，固其职也。病且戒无所事，则效往古女流遗风胜响而为诗；诗故非大丈夫事业，实我辈分内物也。

---

① (清)陈兆崙：《紫竹山房文集》卷七，清乾隆刻本，第7页，现藏于山东大学图书馆。

② 胡文楷：《历代妇女著作考序、跋选》//王英志编：《清代闺秀诗话丛刊》，南京：凤凰出版社，2010年版，第2537页。

③ 项兰贞，一名淑，字孟畹，秀水(今浙江嘉兴)人，生卒年均不详，约明神宗万历中前后在世，嫁贡生黄卯锡，一生酷爱诗，常与姑母黄柔则唱和。她临终说："吾于尘世，他无所恋，惟《裁云》《浣露》小诗，得附名闺秀足矣。"其人著有《裁云草》一卷，《浣露吟》一卷。

④ (明)陆卿子：《题项淑〈裁云草〉序》//胡文楷编著，张宏生等增订：《历代妇女著作考(增订本)》，上海：上海古籍出版社，2008年版，第176页。

陆卿子接受社会对女子规定的“酒浆烹饪”之职，但如能“效法往古女流遗风胜响”而为诗，则诵诗作文亦为女子“分内物”，论证了女子从事诗歌创作的合法性。

到清代，才媛诗人对于传诗重要性的认识也进了一步，如沈彩为女子吟诗作文所找的理由颇为有趣，在《跋嘉兴徐范集八妇人书真迹卷》[①]云：

才藻，非妇人职也。然孔子尝以臧文仲妾织蒲为不仁，则士大夫家闺阁佳丽，苟勤于纺织，与茅檐穷嫠争利，是亦非宜。而身心又不可使逸，则舍笔劄文史，其何所事哉？

女子在不影响酒浆缝纫这一“主业”的前提下，为了避免身心游逸，可以把笔劄文史作为消遣余闲的方式，成为“士大夫家闺阁佳丽”的另一种“女功”。这一观点从避免与农家贫苦寡妇争利的角度，为女子“出入经史”找到了一个现实依据。她小心措辞，叙述了闺秀佳丽从事诗文创作的必要性和合理性。

顾静婉在谈到自己的创作时云“益困顿无聊之境，借以自娱外，每嘱存稿，余颇以为非；窃恐率尔涂鸦，反资谈柄焉”，但“绣倦炊闲，偶检旧笥，得昔年咏句约百首，并近作，挑灯手录，原知篇不成篇、句不成句，岂曰鸣其不平、鸣其不幸耶？亦第抒写性情，工拙诚所弗计，庶几当‘穷饿其身，愁思其心肠’之会，凭秃管为解嘲而已”。[②]

随园女诗人孙云凤的《湖楼送别序》云：“夫太史有采风之职，而周南多女子之诗，此夏侯所以授经义于宫中，东坡所以遇名媛于海上也。况

---

① （清）沈彩：《跋嘉兴徐范集八妇人书真迹卷》//王秀琴编，胡文楷选订：《历代名媛文苑简编》二卷，商务印书馆，1947年版，第53页。

② 胡文楷：《历代妇女著作考序、跋选》//王英志编：《清代闺秀诗话丛刊》，南京：凤凰出版社，2010年版，第2542页。

乎西湖之盛，具见前人，北海之樽，重开今日哉？”[①]骆绮兰在《听秋馆闺中同人集序》中云：“兰思三百篇中，大半出乎妇人之什，葛覃卷耳，后妃所作；采蘩采蘋，夫人命妇所作；鸡鸣昧旦，士妇所作。使大圣人拘拘束焉以内言不出之义绳之，则早删而逸之矣。而仍存之于经，何哉？”[②]二者引用经典来论证女子宜诗，态度十分鲜明。身为“蕉园七子”之一的女诗人毛媞，幼承庭训，刻苦吟诗，年老无子，尝自持其诗卷曰：“是我神明所钟，即我子也。”[③]其人对其诗集看重如此。

四是积极赋诗成稿，并认为刊刻成文应为己任。胡孝思在为《本朝名媛诗钞》作序时引友人张倩语云：“诗言志，歌永言，男女咏歌，亦各言其性情志节而已。安在闺媛之诗，不可以公于世哉？子独忘夫古诗三千，圣人删存三百乎？妇女之作，什居三四；即以‘二南’论，后妃女子之诗，约居其半。卒未闻畏人之多言，遂秘而不传者。且我之谋付剞劂，亦非漫无谓也，夫亦谓性情所在，志节所存欤？风化攸关，固未可珍之以自好尔。”[④]这既说明了女子为诗的重要性，也强调了刊刻行世、以利风化的正面价值。

顾若璞旗帜鲜明地支持闺秀们诵习诗文，认为女子习文能真正地通古今之大道，使妇德臻于完美。当有妇人责备她不守妇道之时，顾若璞

---

① （清）孙云凤：《湖楼送别序》//（清）袁枚辑：《随园女弟子诗选》卷一，清嘉庆道光年间（1796—1850）坊刻巾箱本，第26a—27b页。

② （清）骆绮兰：《听秋馆闺中同人集》//胡文楷编著，张宏生等增订：《历代妇女著作考（增订本）》，上海：上海古籍出版社，2008年版，第939页。

③ （清）沈善宝：《名媛诗话》卷一//王英志编：《清代闺秀诗话丛刊》，南京：凤凰出版社，2010年版，第357页。

④ 胡文楷：《历代妇女著作考序、跋选》//王英志编：《清代闺秀诗话丛刊》，南京：凤凰出版社，2010年版，第2562页。

也用长诗作为回应[①]：

> 延师训女，若将求名。舍彼女红，诵习徒勤。余闻斯语，未得吾情。人生有别，妇德难纯。拒以闺壸，弗师古人。邑姜文母，十乱并称。大家有训，内则宜明。自愧伫愚，寡过不能。哀今之人，修容饰襟。弗端蒙养，有愧家声。学以聚之，问辩研精。四德三从，古道作程。斧之藻之，淑善其身。岂期显荣，愆尤是惩。管见未然，问诸先生。

在解嘲诗中，顾若璞认为延请塾师培育子女并非为了逐名，而恰恰是为了革除当下仅注重修饰仪容的粗浅做法。妇德的训育不同于女工的练习，须从发蒙阶段开始，聚学而知之，问辩而精之，谙于古道，方能使四德三从更为纯粹。只有文教和妇德兼修，才能令女子"淑善其身"，担当起贤妻和慈母的职责。

在《卧月轩稿自序》[②]之中，她从古代才媛大家的例子出发，认可"彤管与箴管并陈"的做法，要求将才媛从事文学创作作为分内之事，持之以恒：

> 尝读诗，知妇女之职，惟酒食是议耳，其敢弄笔墨以与文士争长乎？然物有不平则鸣，自古在昔，如班、左诸淑媛，颇著文章自娱，则彤管与箴管并陈，或亦非分外事也。璞也不才，少不若于母训，笄而执箕帚名门，所惧增羞父母，酒浆组纴，勤不告劳，数十年如一日矣。

序言虽短，但也可以看出顾若璞的态度。她虽认可传统两性分工，但参考借鉴往古杰出的女辈，学习其不平则鸣的写作态度和著述以自娱

---

① (清)顾若璞：《延师训女或有讽者故作解嘲》//《卧月轩稿》卷二，清光绪嘉惠堂丁氏刻本，第 1b—2a 页。

② (清)顾若璞：《卧月轩稿自序》//《卧月轩稿》，清光绪嘉惠堂丁氏刻本，第序 1 页。

的独立姿态，使家庭生活和文学活动可以并举，作诗不仅不会“增羞父母”，更可被视作分内之事。识字为诗不是“弄笔墨以与文士争长”，而是“不平则鸣”，是对女子遭遇和生活的文学性表达。这已经比上述第三种观点更加积极、正面、主动，而且与文学传统中“不平则鸣”的主张联系了起来。

2. 才与德：才媛选诗的标准

诗文品评源出人物品评。曹操求才三令，求贤若渴，德行与才学之争论遂起，也成为后世党争政祸打击异己的利刃，此起彼伏，千年不绝。朝堂上的论争在诗文品评上依然存有余绪。才媛诗文的选编标准，亦是德与才之争。文士编才媛诗主张德才兼备，但有侧重。叶绍袁在《午梦堂集》中说：“丈夫有三不朽，立德立功立言，而妇人亦有三焉，德也，才与色也，几昭昭乎鼎千古矣。”[①]叶绍袁认为德、才、色是为女子三不朽，德为首。郦琥在《彤管遗编》序中有言：“学行并茂，置诸首选；文优于行，取次列后。”[②]他的选诗标准亦是先德行后文艺。德重于才的标准并非世所通行，也有文士反对此种做法。郑文昂编《名媛汇诗》的选诗宗旨即是“但凭文辞之佳丽，不论德行之贞淫”[③]。赵世杰编纂的《古今女史》，也认为“仅取文辞艳丽，而德行之纯疵所不计也”[④]。文士编选才媛诗，虽侧重不同，但对出身风尘与地位卑微的女诗人作品依旧收录，多放入选集之后。

---

① (清)叶绍袁：《午梦堂集序》//冀勤校注：《午梦堂集》，北京：中华书局，1998年版，第1页。

② (明)郦琥：《彤管遗编》//胡文楷编著，张宏生等增订：《历代妇女著作考(增订本)》，上海：上海古籍出版社，2008年版，第879页。

③ (明)郑文昂辑：《名媛汇诗》//四库全书存目丛书编纂委员会编《四库全书存目丛书》集部三百八十三册，济南：齐鲁书社，1997年版，第10页。

④ (明)赵世杰：《古今女史》，明崇祯问奇阁刻本，第12b页，现藏于哈佛大学燕京图书馆。

清代不同时期的才媛对德行的态度亦不同。清初风云变幻，诗坛气象万千，思维十分活跃。徐灿对把丧国归结于女子失德的看法表示质疑，其《咏史》诗云“……国以姚宋兴，殄瘁乃林甫。梅落杨亦枯，邪正在千古。不若弹鸣琴，金瓯岂须补”[①]，指唐玄宗前其依靠姚崇宋璟而成就开元盛世，后因误用奸相而致朝破国丧、金瓯欠缺，对女德及其影响的认识较为公允。顾若璞称许“德才兼备”，如她在为女诗人黄鸿[②]《闺晚吟》序中云：“妇德兼妇言，古识之矣。卷耳之什，首列风人，未见逾节，柳絮单词，流耀千载，安在具体静而正，思而不伤，近齐梁之纤丽，而不失汉魏之高古。若斯编者，可以传矣。”[③]可见才媛对于女子之德行、才艺何者为先的认识并不定于一尊。乾嘉以后，重“德”轻“才”倾向日益强烈。黄秩模在《国朝闺秀诗柳絮集》凡例言，取诗“主性情、风格、音节”，“毫无性情”“险仄肤庸”“佻纤淫荡”“村腔野调”者，概置不录。毛国姬在《湖南女士诗钞所见》例言中说：“是选意在激扬表著，有关节义者必收入，期有合女史之箴，无失性情之正。”[④]完颜恽珠于道光十一年（1831）出版的《兰闺宝录》，其编次原则明确为“首录孝行，贤德，慈范，昭三从也，继以节烈，时穷而义见也。若夫智略才华，亦金闺之彦，故又次之”[⑤]，处处流露出德在才先、以德为首的编选原则。在《国朝闺秀正始集》序中，她又再次阐明其编选原则云：“凡篆刻云霞，寄怀风月，而义不合于雅教者，虽美

---

① （清）徐灿：《拙政园诗集》卷下，民国十一年（1922）上海博古斋刻《拜经楼丛书》本，第1b页。

② 黄鸿，字鸿辉，钱塘人，顾若璞弟，诸生顾若群室，有《广寒集》《闺晚吟》。

③ （清）顾若璞：《〈闺晚吟〉序》//胡文楷编著，张宏生等增订：《历代妇女著作考（增订本）》，上海：上海古籍出版社，2008年版，第182页。

④ 贝京校点：《湖南女士诗钞》，长沙：湖南人民出版社，2010年版，第4页。

⑤ （清）完颜恽珠：《兰闺宝录》例言，道光十一年（1931）红香馆刻版，第1a页，现藏于哈佛大学燕京图书馆。

弗录。是卷所存，仅得其半，定集名曰《正始》，体裁不一，性情各正，雪艳冰清，琴和玉润，庶无惭女史之箴，有合风人之旨尔。”[①]但在席佩兰看来，诗教与才德或可并立。她以《周南》为榜样，博闻、通才而达理。在《闻宛仙亦以弟子礼见随园喜极奉简》中她就写道：“诗教从来通内则，美人兼爱擅才名。何当并立袁门雪，赌咏风前柳絮轻。”[②]

德、才，何者为第一，主要是价值判断。但在道德水平对诗文质量的影响上，一些文士倾向于认为德行有助于创作或塑造良好的作品。才媛在温婉贤淑的品德观照下，创作出雅正醇厚的诗词文赋，与他们所倡导的儒家诗教观一致。沈德潜曾说：“苟能以婉顺幽贞之德，而发为温柔敦厚之诗，斯固彤管之美谈，闺阁之盛事矣。”[③]他指出了德行与文风的关系，肯定了才媛诗诗歌创作的意义。秦焕在为沈善宝所作的《名媛诗话》序中云：“性情之章，修齐之助也；学问之什，陶淑之原也；赠答之文，道义之范也；感慨之语，名节之箴也。”[④]陈燮在为江珠的《小维摩诗稿》作序亦言“夫人（江珠）固以德胜，又耽于经史之学，而诗其余事”[⑤]，将德行置于知识之前，将经史之价值置于诗歌之先。完颜恽珠在《国朝闺秀正始集》的编纂主旨中，阐明了处理作者德行、文风和身份三者关系的原则：“是集所选，以性情贞淑、音律和雅为最，风格之高，其余事。至女冠缁尼，不乏能诗之人，殊不足以当闺秀，概置不录。然如夏龙隐、周羽步诸

① 胡文楷：《历代妇女著作考序、跋选》//王英志编：《清代闺秀诗话丛刊》，南京：凤凰出版社，2010年版，第2532页。

② （清）席佩兰：《长真阁集》//肖亚男编：《清代闺秀集丛刊》第十八册，北京：国家图书馆出版社，2014年版，第203页。

③ （清）沈德潜：《沈德潜诗文集》，北京：人民文学出版社，2011年版，第1996页。

④ （清）秦涣：《名媛诗话序》//王英志编：《清代闺秀诗话丛刊》，南京：凤凰出版社，2010年版，第345页。

⑤ （清）陈燮：《小维摩诗稿序》//胡晓明、彭国忠编：江南女性别集二编下册，合肥：黄山书社，2010年版，第863页。

人，实有逃命全节之隐，故特附录以扬潜德。”①

总体而言，才媛自编诗集的采诗标准较文士更为严格，德行往往被置于才学之前。诗集中所收才媛诗大体按才媛的德行与地位收录，一些诗集对出身风尘与地位卑微的女子所作之诗删去不录。出现这种情形，首先当与编者的立场有关，许多选诗者皆为名门闺秀，自身受到的女教规范本就严格；其次当是与被选者的心态相关，许多才媛因家门清誉与自身襟怀有所顾虑，不愿与风尘、方外女子同列；再次，德以才显，才以德著，德行与才学出众之女子，其创作与作品流布上也可获得家族与文坛的支持，也有助于提升在同时代女性群体中的地位。

（二）风格论

除才德关系这一基本命题外，才媛诗作当以何种风格为尚，也是才媛诗学批评中的核心问题。文学史上对此争论不一，而才媛的看法亦各不同。

1. 男与女：才媛诗歌的本色

本色乃是文学史上的命题之一。“一代有一代之文学”虽未必全然合理，但也道出各朝文气使然。诗有诗之声韵格律，词有词之婉约情志，文学体裁的“本色”之争由来已久。陈师道在《后山诗话》中论宋词之语云：“退之以文为诗，子瞻以诗为词，如教坊雷大使之舞，虽极天下之工，要非本色”。② 李清照在《词论》中称赞南唐中主“小楼吹彻玉笙寒”、冯延巳“吹皱一池春水”为奇，又指晏殊、欧阳修、苏轼虽“学际天人”，但“作

---

① 胡文楷：《历代妇女著作考序、跋选》//王英志编：《清代闺秀诗话丛刊》，南京：凤凰出版社，2010 年版，第 2534 页。

② （宋）陈师道：《后山诗话》//（清）何文焕辑：《历代诗话》上册，北京：中华书局，1981 年版，第 309 页。

为小歌词，直如酌蠡水于大海，然皆句读不葺之诗尔”，“王介甫、曾子固，文章似西汉，若作一小歌词，则人必绝倒，不可读也。乃知词别是一家，知之者少”[①]，可见文宗亦未必为词宗。严羽《沧浪诗话》云：“大抵禅道惟在妙悟，诗道亦在妙悟，且孟襄阳学力下韩退之远甚，而其诗独出退之之上者，一味妙悟而已。惟悟乃为当行，乃为本色。”[②]明时戏曲以是否符合“本色”为评判标准，“汤沈之争”即是明证。至于才媛之诗是否应当保持本色，以及何为本色当行，也是才媛诗学中的重要论题。

其一，主张才媛诗歌当不离闺秀本色，具“女郎正格”。明代论词重婉丽，何良俊《草堂诗余序》云：“柔情曼声，摹写殆尽，正词家所谓当行、所谓本色者也。”[③]钱谦益曾在《士女黄皆令集序》中言“皆令之诗近于僧。夫侠与僧，非女子本色也。”[④]清代诗人尤侗在为周铭所编《林下词选》作序时云：“愚独谓韦母《周官》、大家《汉志》、宋尚宫《论语》、郑孺人《孝经》，未免女学究气。小窗工课，吟咏为宜，而诗馀一道，尤为合拍；正以柳屯田‘晓风残月’，必须十七八女郎，红牙缓唱。即髯苏‘大江东去’，终不如王子霞歌‘花褪残红’，使人‘肠断天涯芳草’也”[⑤]，对闺秀词与文人词做了区分，且认为词应当符合女性特点。刘云份亦云：“近因辑中晚唐人诗，遍阅诸集，念此帘幕中人，兰静蕙弱，何能搦数寸之管，与文章之士竞长斗工？彼其微思别致，托物寄情，婉约可风，精神凝注，亦于白首

① （宋）李清照：《词论》//（宋）李清照著，黄墨谷辑校：《重辑李清照集》，北京：中华书局，2009 年版，第 54 页。

② 郭绍虞：《沧浪诗话校释》，北京：人民文学出版社，1961 年版，第 150 页。

③ （明）何良俊：《草堂诗余序》//施蛰存主编：《词籍序跋萃编》，北京：中国社会科学出版社，1994 年版，第 657 页。

④ （清）钱谦益撰，钱仲联标校：《牧斋初学集》，上海：上海古籍出版社，1985 年版，第 967 页。

⑤ 胡文楷：《历代妇女著作考序、跋选》//王英志编：《清代闺秀诗话丛刊》，南京：凤凰出版社，2010 年版，第 2547 页。

沉吟者，辉耀后世，可谓卓越矣。”①女诗人吴绮对诗词的不同风格也有主张，在《众香词》序开篇即言“诗求沉郁，抒壮夫磊块之思；词贵柔靡，写曼脸媌嫇之态”，而女子“舌翻鹦鹉，对酒舍以调笙；针绣鸳鸯，傍绮窗而题帕。协诸紫笛，多在支鬟撩鬓之余；吹向紫箫，是宜刻沓尼椒之地。视金猊之烟尽，始识夜长；感玉树之露零，俄惊秋至。莺梭织锦，芳心每逐花魂；雁阵冲寒，香梦时萦桂魄。继大家之风范，直教诸妇堪师；睹道韫之才华，直令男儿短气”②，对女郎本色表示肯定。薛雪在《一瓢诗话》中，用杜甫《月夜》中的“香雾云鬟湿，清辉玉臂寒”，来批评那些贬低女郎诗的观点：“先生休讪女郎诗，山石拈来压晚枝。千古杜陵佳句在，云鬟玉臂也堪师。”③《玉镜阳秋》则引女诗人梁孟昭“为诗大旨”，认为李白与杜甫诗风与闺秀相去甚远，不宜仿效：“闺阁诗较词人为难，辞章放达，则伤大雅。诗家以李杜为极，李之轻脱奔放，杜之奇郁悲壮，其闺阁所宜?”④

其二，主张才媛诗歌当脱尽纨绮，“去脂粉气”。由于传统的诗文标准多由文士构建，相对才媛来说，这一主张本质上是对女性诗词“脂粉气”的否定，要求才媛诗人不停留于镂月裁云、表达幽情伤绪，而要进一步扩大吟咏的范围，超越闺阁气息和情怀。因此，评家往往用“一洗绮罗香泽之态”“绝无闺阁女儿故态”，作为对这类作品的肯定褒扬之语。如

① 胡文楷：《历代妇女著作考序、跋选》//王英志编：《清代闺秀诗话丛刊》，南京：凤凰出版社，2010 年版，第 2552 页。

② 胡文楷：《历代妇女著作考序、跋选》//王英志编：《清代闺秀诗话丛刊》，南京：凤凰出版社，2010 年版，第 2550 页。

③ 郭绍虞主编：《原诗・一瓢诗话・说诗晬语》，北京：人民文学出版社，1979 年版，第 137 页。

④ 胡文楷编著，张宏生等增订：《历代妇女著作考(增订本)》，上海：上海古籍出版社，2008 年版，第 879 页。

邹漪评卞玄文诗云:"儿女情多,英雄气少,此从来所以病彤管玑囊也,清照之《漱玉》、淑真之《断肠》犹不免焉。而卞家母子异是,清越淡远,嶔岩历落,读之者但见如高人,如宿衲,如羁臣孤客,求一闺阁相了不可得,盖香奁粉黛一洗尽矣。"[①]法式善评岳钟琪妻高氏的诗作"不作寻常巾帼语"[②],评方芳佩诗"风格清醇,无闺阁语,名媛中一大作手也"[③],评赵凌霄《巢云阁诗》"格力遒上",其《武侯祠》《泊嘉州》《闻雁》三首诗作"脱尽纨绮之习,亦闺中异才也"[④]。《见山楼墨话》评"蕉园七子"的钱凤纶:"诗笔高古,脱尽巾帼纤媚之气,所著《古香楼诗》,决为可传。"[⑤]蒋机秀在《国朝名媛诗绣针》例言中云:"有女儿情,无风云气,昔贤之论备已。予谓徵才闺阁,蕙心兰腕,着纸生芬,儿女情不必无,脂粉气特不可有也。"[⑥]

许多才媛也有意摆脱"脂粉气"。如席佩兰强调作诗不应为性别所拘,而要体现出志存高远的见识与胸怀。她在《题归佩珊绣余诗稿》[⑦]云:

> 碧桃花下写乌丝,生就聪明笔一枝。脱口定兼仙佛气,高情不

---

① (清)邹斯漪:《卞玄文诗小引》//胡文楷:《历代妇女著作考序、跋选》//王英志编:《清代闺秀诗话丛刊》,南京:凤凰出版社,2010年版,第2519页。

② (清)法式善:《梧门诗话》卷十五//王英志编:《清代闺秀诗话丛刊》,南京:凤凰出版社,2010年版,第2384页。

③ (清)法式善:《梧门诗话》卷十五//王英志编:《清代闺秀诗话丛刊》,南京:凤凰出版社,2010年版,第2386页。

④ (清)法式善:《梧门诗话》卷十六//王英志编:《清代闺秀诗话丛刊》,南京:凤凰出版社,2010年版,第2409页。

⑤ 胡文楷:《历代妇女著作考序、跋选》//王英志编:《清代闺秀诗话丛刊》,南京:凤凰出版社,2010年版,第2539页。

⑥ 胡文楷:《历代妇女著作考序、跋选》//王英志编:《清代闺秀诗话丛刊》,南京:凤凰出版社,2010年版,第2564页。

⑦ (清)席佩兰:《长真阁集》卷五//肖亚男编:《清代闺秀集丛刊》第十八册,北京:国家图书馆出版社,2014年版,第289页。

作女郎诗。

席佩兰认为归懋仪清吟自妍为高，认为其格调高雅、洗尽铅华。在另一首《寒夜喜佩珊至》[①]诗中，她也表达了对其尽除闺阁之气的倾慕：

> 高论尽除闺阁气，名家不作女郎诗。双鬟煮茗供清话，忘却更长瞌睡时。

尽管才媛较少先入为主、鲜有流派门户之见，为诗能独抒胸臆，不拘格套，但由于身处闺门，见识、视野受到限制，其诗词或陷旖旎绮丽之气，或堕纤佻轻艳之病，境界、格调不高。宽容者但当赏其慧，勿容责其纤，批评者则指其“总有习气，非调脂弄粉，剪翠裁红，失之纤小，即妆台镜阁，剌剌与婢子语，俚俗尤多。”[②]王端淑在《名媛诗纬初编》评“孟淑卿”条云：“官家有冠冕气，仙家有瓢笠气，僧家有蔬笋气，女士家有脂粉气，俱未脱凡性耳。”[③]因有脂粉气的存在，才媛的诗歌就难以达到高格：因多脂粉气，故诗格往往难高。王端淑评“周洁”条云：“女士诗未易深老，柔则无骨，轻则无意，浅则无学，欲臻浑博难矣。蔡琰不离汉气，文君尚多古音，后之薛涛、清照未易侔也。”[④]因此，去“脂粉气”就意味着对单纯关注闺阁气的否定，要求才媛视野更加开阔、作品题材更加丰富、风格更加多样。

比较两种观点，可以明显感受到，无论是对才德关系还是诗词风格的争论，背后都潜藏着一个诗学批评的“性别悖论”。就才德关系而言，传统社会中女子的才德之辩，更近似于士人的义利之论。文士作品固然

---

① (清)席佩兰：《长真阁集》卷六//肖亚男编：《清代闺秀集丛刊》第十八册，北京：国家图书馆出版社，2014年版，第344页。

② (清)王嵩高：《跋清娱阁诗钞》//胡晓明、彭国忠编：《江南女性别集》三编上册，合肥：黄山书社，2012年版，第335页。

③ (清)王端淑辑：《名媛诗纬初编》卷三，康熙六年(1667)清音堂刻本，第7b页。

④ (清)王端淑辑：《名媛诗纬初编》卷五，康熙六年(1667)清音堂刻本，第19—20b页。

会受到正统观念的审视，如鼎革之际晚明的一些文坛领袖因迎降满清而被世人不齿，但文名仍盛；女子受到的伦理约束比以往更重，对女子才学的判断受贞节操行的影响程度更大。

就诗词风格而言，内在悖论更加明显。如果强调保持闺秀本色，就要求才媛在创作时应选择适当的体裁，采用体现女子身份的技巧、语言，选择符合女子特色的时空、物象、背景、情境，体现女子独有的口吻、韵律、节奏，适应社会对女子情绪特点和审美感受的普遍认识，总而言之就是要在诗作中展现出女子的温柔娴淑、坚贞隐忍的一面，作品呈现出清新淡远、平和渊雅的风格。然而照此路径发展下去，才媛将大多描写春花秋月，表达闲情逸致，流露幽怨悱恻，诗歌创作势必日益走向封闭。而如果强调"去脂粉气"，才媛诗歌固然因超越了闺阁视野和襟怀，而获得普遍的社会承认特别是文士的赞赏，但却容易把具有一定独特性的才媛诗学引入误区。女诗人沈彩在《与汪映辉夫人论诗书》[①]中谈道：

> 来札谓再得苍老高古、一洗绮罗香泽之习，则竿头更进矣，窃以为此语犹可商也。夫诗者，道性情也。性情者，依乎所居之位也。身既为绮罗香泽之人，乃欲脱绮罗香泽之习，是其辞皆不根乎性情。不根乎性情，又安能以作诗哉？……顾今之评妇人诗者，不曰是分少陵一席，则曰是绝无脂粉气。洵如是，以偎红曳翠之姝，而唱铁板大江东，此与翰音登天、牝鸡司晨何异？

沈彩主张诗歌创作当以性情为根本，反对以"绝无脂粉气"为能事，认为诗歌以根于性、发乎情为要义，而不能以"一洗绮罗香泽之习"为追求，可看作对上述观点的反拨。

---

① (清)沈彩：《与汪映辉夫人论诗书》//王秀琴编、胡文楷选订：《历代名媛文苑简编》二卷，上海：商务印书馆，1947年版，第63页。

"性别悖论"背后，有着比较深刻的背景。第一，中国的诗学传统大体上由文士构建，这是不争的事实。才媛在此时大量参与创作，对诗学大潮无疑是一股不可抑制的新风气新力量。虽然无法颠覆从前的诗学传统，但是由于新成员的加入，势必会对诗学传统带来新风，很多明末清初的诗家最先感受到这种变化。以此之故，才媛诗歌进入传统诗学系统，虽然在诗技与风格上与主流有所差异，但在性灵、情真等方面对传统诗学也是重要的补充。第二，诗学传统经过千年的积淀，是一个较为成熟的言志与抒情相结合的系统。才媛虽然发展了诗学传统中"情"之一脉，在言志上却难以与文士相提并论。君子志在千里，云游四海，出可为将，入可为相。明清时期才媛活动范围虽有所扩大，但终不比君子。他们虽共享同一轮日月，却不共享同一方天地，这也势必造成所思所感之不同。从这一视角来看，不能踏出闺门，也就无法与情志等传统相接。第三，不同的才媛接受的女教虽相差无几，但其生活轨迹、生活经验大不相同，由此产生的感受与诗思也不相同。有些才媛渴望有所突破，有些才媛则主张固守传统，这也造成了才媛诗人群体内部对本色的不同理解。

其三，才媛创作当多方取益，对不同风格宜兼容并包。女诗人中，王端淑、沈善宝就表现出很大程度的灵活性。王端淑对于去"脂粉气"的诗作颇为赞赏，在《名媛诗纬》卷二"刘氏"条云："毫无女郎习气，若动以春花秋月烟云飞鸟字面措辞，尽落时蹊，为可惜也。"①但她不一味批判"脂粉气"，而更看重诗歌本色，如卷十二"蔡娟娟条"云："以女郎诗赠女郎方是当行本色。"②沈善宝也认为女性作诗的风格应当多样，在她以花论诗

---

① (清)王端淑辑:《名媛诗纬初编》卷二，清康熙六年(1667)清音堂刻本，第8a页。

② (清)王端淑辑:《名媛诗纬初编》卷十二，清康熙六年(1667)清音堂刻本，第21b页。

的观点中流露出这一点:“余常论,诗犹花也。牡丹芍药俱国色天香,一望知其富贵。他如梅品孤高,水仙清洁,杏桃浓艳,兰菊幽贞。此外,则或以香胜,或以色著,但具一致,皆足赏心,何必泥定一格也?”棣华园主人曾在《闺秀诗评》中云:“柔情烈性两不相妨。”[①]

自这一观点观之,“闺阁本色”与“去脂粉气”并不矛盾,是两种不同的艺术风格,而不是相互排斥的艺术标准。事实上,由于个人在不同时期的学养、认知、经历等不同,清代才媛诗歌的风格也存在阶段性差异。一些才媛诗人早年的诗词清丽纤细,而因时代变迁、个人遭际等积淀塑造,或雄浑劲健,或幽咽曲折,或沉郁跌宕。词人吴藻的早期作品《如梦令·燕子》[②]有“延伫、延伫,含笑回他不许”之句,描绘了闺中女儿的真实情态,受评家肯定;而她中晚年则写出了“但大言、打破乾坤隘,拔长剑、倚天外”[③]等境界廓大的作品。再如徐灿“始历恬愉,晚遭坎壈”[④],平生遭际与感慨诉诸笔墨,留下了数量可观的诗词,刊刻于《拙政园诗馀》和《拙政园诗集》之中。在词中,她的早期作品或才锋遒丽或直抒性灵,而后期作品则表现出经历国变之后的一种身世之感与故国之戚;其诗作更是渗透了一种已然独立于荒老天地之间的历史孤独感,一种看破世间沉浮而转向内心的幽静冷寂感。这使得她的诗词或萧淡婉丽、蕴藉含蓄,或幽咽凄切、沉郁浑厚。这种艺术境界与美感特质的丰富性,成了她

---

① (清)淮山棣华园主人:《闺秀诗评》//王英志编:《清代闺秀诗话丛刊》,南京:凤凰出版社,2010年版,第2286页。

② (清)吴藻:《花簾词》//(清)徐乃昌辑:《小檀栾室汇刻闺秀词》第五集,清光绪二十二年(1896)南陵徐氏刻本,第5a页。

③ (清)吴藻:《花簾词》//(清)徐乃昌辑:《小檀栾室汇刻闺秀词》第五集,清光绪二十二年(1896)南陵徐氏刻本,第116页。

④ (清)陈元龙:《海宁陈氏宗谱家传》//李雷主编:《清代闺阁诗集萃编》第一册,北京:中华书局,2015年版,第544页。

作为清初杰出才媛诗人之标志。因此，对于才媛诗歌本色及其讨论，既不能忽视她们在开辟不同诗歌风格上所做的努力，也要结合当时的整体状况对其成就作客观的评价。

2. 古与今：才媛诗歌的典范

对于诗歌是否当“学古”以及如何“学古”，文学史上的争论不绝如缕，又以明代最为激烈。这个问题之所以重要，是因为“尊崇某一朝代或某一流派，其实意味着是对某一风格、类型的选择”①。明代前后七子循着严羽《沧浪诗话》的评诗路径，坚持“文必秦汉、诗必盛唐”的复古主张，有明一代也对学古产生了极大的争论，这种观点上的分歧一直延续到清朝。才媛之中，对于学古的典范也有不同主张。

第一，主张学习汉魏。王端淑主张五言古诗当学渊明，其论五言诗格云：“五言诗格取晋，惟彭泽尚焉，以其元淡也。五言古与五言绝同旨而异归，故五言古不可有绝句气，五言绝不可无古诗意，此五绝格法也。”②

顾若璞强调要取材汉魏，学习陶柳。她说：“如是有年，取材于汉魏，览兴于骚雅，以咏以陶，出为幽折淡远之笔，未尝刻画古人，而时有隽永之致，绕其笔端。”如此浸润日深，那些性情相近的后学，引之而觉亲切；即便未达化境，积累日久亦有所成，会使文气通达顺畅，而词句清醇厚重。如此，“自余以后，竭力宗陶、柳一派。性之近者，引而愈亲；学未至者，积而能化。气欲其邃而昌，词欲其清而厚，久而践之，自有得焉，可以做西河之后劲，接南国之前徽矣”。③

① 朱良志、肖鹰等：《中国美学通史·清代卷》第七卷//叶朗主编：《中国美学通史》，南京：江苏人民出版社，2014 年版，第 198 页。

② (清)王端淑辑：《名媛诗纬初编》卷十一，康熙六年(1667)清音堂刻本，第 15a 页。

③ (清)钱凤纶：《古香楼集》//胡文楷编著，张宏生等增订：《历代妇女著作考(增订本)》，上海：上海古籍出版社，2008 年版，第 758 页。

第二，主张学习唐朝。其中又分三种习法，**一是主张独宗盛唐，**尤以杜甫为宗。如女诗人柴季娴（静仪）曾为蕉园诗社女士“祭酒”，诸子问作诗之法，她口占一绝云：“四杰新吟开正始，高岑诸子各称能。英华敛尽归真朴，太白还应让少陵。”[①]**二是主张兼宗“三唐”**。女诗人王端淑主张学习唐诗，但并不局限于盛唐。她在《名媛诗纬》卷十六“朱德蓉”条说：“三唐各不相袭，始并行不悖千百年。岂有长盛唐哉？抹杀中晚一概才子，群趋盛唐门面，识陋心愚胆痴才劣，有识者岂蹈此病？”[②]卷八“邓太妙”条云：“秋冬森肃，春气妍丽，朱明昌大。四时之质，各标其美而不妒，乃成造化。水清山瘦，木殒霜降，人爱其洁。孰知从富贵繁华中来，剥落推迁，所谓绚烂归平澹也。浅人不察其故，睥睨六朝，则奴视徐、庾；涂抹四唐，则心轻温、李，绝代才子，供时讪诋。家中人笑尔耳食久矣。”[③]**三是主张宋元亦可学习**。徐叶昭[④]《职思斋学文稿》自序云：“年过二十，始知其非，非程朱不观，以为文以载道，文字徒工无益也。所以为文径直少情，如直口布袋。”[⑤]女诗人中爱好宋诗的亦有多人，如安徽歙县徐娴雅，“性爱宋诗”，《名媛诗话》记载其部分流传的诗句如《山居》云“山色有无疏竹外，诗情浓淡落花前”“女萝叶密全遮屋，扁豆花多半碍门”“石界双流横作涧，山围一掌窄成村”“山嘴忽明松吐月，陇头生艳柏经霜”；《蔚然居》云：“怕雨不教蕉放叶，验风常看柳摇丝”；《舟过梅溪》云“一尺短帘沽酒店，几堆残烧打鱼家”，颇富宋人风韵。沈善宝评其诗“置之《剑南集》

① （清）柴静仪：《诸子有问余诗法者口占二绝句直抒臆见勿作诗观》之二//（清）胡孝思辑：《本朝名媛诗钞》，清康熙五十五年（1716）凌云阁刻本，第6、3b—6、4a页。

② （清）王端淑辑：《名媛诗纬初编》卷十六，清康熙六年（1667）清音堂刻本，第13a页。

③ （清）王端淑辑：《名媛诗纬初编》卷八，清康熙六年（1667）清音堂刻本，第17b页。

④ 徐叶昭，字克庄，乌程人，徐绳甲女，海宁许亮咨妻。

⑤ （清）徐叶昭：《职思斋学文稿序》，清刻本，第1a页，现藏于北京大学图书馆。

中，几不可辨”。[①] 沈善宝在评女诗人陆瑛的词时就说“素窗工填词，得宋元人神韵，佳句如‘杨柳晓风人别后，杏花微雨燕来初’‘青山城郭斜阳外，黄叶人家细雨中’，元人佳境不能过此”[②]，对宋元诗风表示认可。

第三，主张今人不拘一格，别开生面。王端淑细数了诗歌发展的历程，总结了有明一代学古的得失[③]：

> 诗有心，心之所在，运则如烟，入则如发。以浮词掩映，浮景撮合者均非心也。有宋君子，离却幽渺，矜才任气，诗之心已不复见。历下声起，变为弘壮整练，诗之声律愈振，诗之心曲愈杳矣。竟陵始寻思理，一抛宿习而不无矫枉过正。其派一流浅学，以空拳取胜，竟陵独得处，肤浅人共引为捷径，使抱才怀奇之士笑为俭腹、为劣才，俱末学之失。今日起衰救弊之道，在别辟孤异，无蹈历下竟陵余波可也。海内巨眼，当自有去取耳。

正因为如此，王端淑认为学古不可盲目，否则只得其皮毛，未得其神髓。在《名媛诗纬》卷七“徐媛”[④]中，她提出：

> 学子美而不得其老，则近于板而俚；学长吉而不得其奇，则近于涩而凿；太白丑处，狂语浮蔓；香山丑处，学究打油；襄阳单俭，东阳酸寒。非古人一无是处，俱学而不得其佳也。古人不轻易学，况纷历下、竟陵乎？一尺之冠、惹地之袖，倏而低就，发窄帖肤，何长短之效颦乎？且用古典处，非凑即尖，其老句多糟粕耳。越人喙长三尺，卒拾吴儿玉唾，可感也。

---

① （清）沈善宝：《名媛诗话》卷二//王英志编：《清代闺秀诗话丛刊》，南京：凤凰出版社，2010 年版，第 374—375 页。

② （清）沈善宝：《名媛诗话》卷四//王英志编：《清代闺秀诗话丛刊》，南京：凤凰出版社，2010 年版，第 406 页。

③ （清）王端淑辑：《名媛诗纬初编》卷三，清康熙六年（1667），清音堂刻本，第 3. 1a 页。

④ （清）王端淑辑：《名媛诗纬初编》卷七，清康熙六年（1667），清音堂刻本，第 6b 页。

席佩兰既是主动参与诗歌创作的典范，也是发展和扬弃性灵诗观的主力。她关于诗学理论的独立思考，也进一步继承和发展了袁枚的性灵派观点。比如，她的《论诗绝句》四首[①]其一云：

> 枵腹何曾会吐珠，詅痴又恐作书厨。游蜂酿蜜衔花去，到得成时一朵无。

该诗充分说明学古不要泥古，而要像蜜蜂采花酿蜜一样，采撷百花，酝酿吸收再造，迨酿成蜜时，已不见百花踪迹。

江珠在《清溪诗集题词》[②]中有言：

> 余尝与心斋先生论诗言：今之作者必曰学李杜、效王孟，拘牵心力，刻画古人，反不能自道性情，此未知诗耳。

汪嫈在对待唐宋诗的争论上保持十分开明的态度，只要是植根性情、语出天然，就是好诗。她在《答云生侄谕诗》中就写道"好诗字字出天成，万卷全融入性情。风雅元音足千古，不须唐宋太分明"[③]，反对关于唐宋的纷争。

沈善宝也持"不拘一格""众花皆赏"的观点。她在《名媛诗话》卷七[④]中提出：

> 余尝论：诗犹花也，牡丹、芍药具国色天香，一望知其富贵。他如梅品孤高，水仙清洁，杏桃浓艳，兰菊幽贞，此外则或以香胜，或以色著。但具一致皆足赏心，何必泥定一格也？

显然，对于怎样学习古人、表达今意，才媛既有心目中各自取法的代

---

① 胡晓明、彭国忠编：《江南女性别集》初编上册，安徽：黄山书社，2008 年版，第 497 页。
② 胡晓明、彭国忠编：《江南女性别集》初编上册，安徽：黄山书社，2008 年版，第 854 页。
③ (清)黄秩模编辑，付琼补校：《国朝闺秀诗柳絮集校补》，北京：人民文学出版社，2011 年版，第 1731 页。
④ (清)沈善宝：《名媛诗话》卷七//王英志编：《清代闺秀诗话丛刊》，南京：凤凰出版社，2010 年版，第 467 页。

表性朝代和典型先辈,又不“泥定一格”,而对多方学习、吸收再造持有十分开放的态度,在古今关系上显示出相当程度的灵活性。熊琏关于宋以后包括清代的诗歌评价,则似更为中允:“宋诗别开生面,着笔过重,少风致;元诗极鲜丽,未免流于纤;明诗清隽近唐音,其味稍薄;国朝诗清醇健朗,佳处当在宋元之上。”[①]她反对诗歌价值逐代递降的看法,对同时代的佳作褒扬有加。

(三)作家论

1. 求名与自适:才媛作诗的动机

即便已论证了才媛为诗的合法性、正当性,诗歌创作仍潜藏着一个目的或动机问题。一种是作诗以求名。晚明以降,社会文化现象中值得关注的方面之一,就是士商互动。社会对文士作品价值的追捧,潜移默化地影响了当时的文人行为。[②] 清代文士如钱谦益、陈维崧、毛西河、袁枚、陈文述等,对才媛创作十分支持,也投入精力编选才媛诗词。围绕袁枚、陈文述等文人,还分别形成了随园女弟子群体和碧城仙馆女弟子群体。这些社会交往让才媛体会到诗词作品价值的社会性,虽结社、撰文、刊印固然基于共同或相似的诗学观念,也不排除名利兼收的内在动机[③]。求名倾向逐渐扩散,一些才媛也以将诗作付梓为己任。

第二种是吟诗以自解。清代许多才媛丧夫而守贞苦节,诗词创作使才媛聊解愁绪,支撑其精神世界。如顾若璞的丈夫黄茂梧因病离世后,

---

① (清)熊琏:《澹仙诗话》卷四,清嘉庆间(1796—1820)南山居刻本,第8a页,现藏于国家图书馆。

② 余英时:《现代儒学的回顾与展望》,北京:生活·读书·新知三联书店,2012年版,第197—206页。

③ 沈沫:《清代女性文学研究的问题与分析》//《中国文论中的“体”:古代文学理论研究第四十六辑》,上海:华东师范大学出版社,2018年版,第440页。

她为担负持家教子的重任而开始学习经史，兼涉诗词。她在《与胞弟书》中[①]云：

> 日月渐多，闻见与积，圣经贤传，育德洗心，旁及《骚》、《雅》共诸词赋，游焉息焉，冀以自发其哀思，舒其愤闷，幸不底予幽忧之疾。

学习骚雅辞赋为她提供了“发其哀思、抒其愤懑”的途径，使她不致沉溺于悲惨境遇而不得排解。

第三种则是赋诗以“自适”。朱良志在论及中国艺术中的生命愉悦观念时，将之概括为“可行可望的一般愉悦、可居可游的自由愉悦以及忘情物我的忘乐之乐”。[②] 历史上一些女诗人如薛涛、孙淑等，都把诗歌写作看做“自适之适”，无需社会承认。这一观点也存在于明清才媛中，如王薇曾言：“参诵之余，一言一咏，或散怀花雨，或笺志山水，喟然而兴，寄意而止”[③]。据李淑仪所载，徐德音居于湖山之间，每睹烟霞云锦，鸢飞鱼跃，便觉亲人可人，于是“留连景光”，“吟小诗以自适”[④]。陈端生在陈述《再生缘》的创作背景时赋诗云：“闺帷无事小窗前，秋夜初寒转未眠。灯影斜摇书案侧，雨声频滴曲栏边。闲拈新思难成句，略捡微词可作篇。今夜安闲权自适，聊将彩笔写良缘。”[⑤]季娴在编《闺秀集》时云，编此书“用自怡悦，兼勖女婧，俱凭臆见，浪为点乙，非敢问世也”[⑥]。吴静在其

---

① (清)顾若璞：《与胞弟书》//(清)周寿昌辑：《宫闺文选》卷一，清道光二十六年(1846)小蓬莱山馆本，第7.18a页。

② 朱良志：《中国艺术的生命精神》，合肥：安徽教育出版社，2006年版，第329页。

③ (明)王薇：《樾馆诗自叙》//王秀琴编、胡文楷校订：《历代名媛文苑简编》，上海：商务印书馆，1947年版，第59页。

④ (清)李淑仪：《缘净轩诗抄序》///王秀琴编、胡文楷校订：《历代名媛文苑简编》，上海：商务印书馆，1947年版，第173页。

⑤ (清)陈端生：《绣像绘图再生缘全传》，清道光二年(1822)宝仁堂刊本，第17页。

⑥ (清)季娴：《闺秀集·自序》//四库全书总目丛书编纂委员会编：《四库全书存目丛书》集部第414册，济南：齐鲁书社，1997年版，第330页。

诗集自序中云“间有所作，不过自适已”①，都道出了作诗编诗的自适之用。张品香在《九十自寿》云：“八旬刚喜集华裾，花里频年奉彩舆。身阅平安还是福，耳听歌颂恐嫌虚。养生有术惟知命，遣兴无方只看书。九十光阴行万里，尽凭白发笑盈梳。”②虽寥寥数语，但清楚道出了读书作诗的自适之意。

2. 存人与存诗：才媛传诗的导向

才媛诗歌的流传，要言之，不出两途：其一为因诗存人，另一为因人存诗。因诗存人重在诗，只要诗歌有情采，体现审美价值就加以遴选和刻印，余则不论；因人存诗重在人，必须首先考察诗人品行是否符合世范、身份地位如何再加以选定，其诗是否文质兼美、情采斐然则次之甚至不复传抄收录，也即编者看重的是作品背后作家主体的伦理境界或示范意义。

重人与重诗的倾向，既关于时代变化，也关于性别差异。明代郑文昂《名媛汇诗》，对才媛之诗不定品格，不立高下，概依体裁编之③。清初选家也不排斥风尘、方外等女诗人的作品，如冒愈昌专门编选《秦淮四姬诗》，康熙年间的纳兰揆叙也收录相关诗作。但同时代胡孝思的选本，就弃置品行不洁的女子的作品。乾嘉时期选编女子诗作的诗集有了既定的编排顺序，先为节妇、贞女，继为才媛，后为方外、青楼。而道光之后，青楼、女尼、尼冠等的诗作往往被摒弃不选。

才媛自行编选的诗集之中，方维仪和王端淑编评诗歌不弃女妓、女尼之作。毛国姬在编选《湖南女士诗钞所见》则态度鲜明：“其道冠缁尼

① （清）施淑仪：《清代闺阁诗人征略》，上海：上海书店，1987 年版，第 203 页。

② （清）张淑莲：《张淑莲诗稿》一卷，第 5a—5b 页，现藏于国家图书馆。（古籍未注年份）

③ （明）郑文昂辑：《名媛汇诗》//四库全书总目编纂委员会编：《四库全书存目丛书》集部第 383 册，济南：齐鲁书社，1997 年版。

及青楼失行之妇，虽有雕镂风月之作，概不收录。”[①]完颜恽珠编《国朝闺秀正始集》力倡德行，但也选录了部分青楼失行的妇人的诗歌。她在该书《凡例》中特别说明：“青楼失行妇人，每多风云月露之作，前人诸选，津津乐道，兹集不录。然柳如是、卫融香、湘云、蔡闰诸人，实能以晚节盖，故遵国家准旌之例，选入附录，以示节取。”[②]

鉴于才媛习诗比文士为难，而保存、流传更不容易，沈善宝编《名媛诗话》时“不辞摭拾搜辑”。她在《名媛诗话》卷一[③]中云：

窃思闺秀之学，与文士不同；而闺秀之传，又较文士不易。盖文士自幼即肄业经史，旁及诗赋，有父兄教诲，师友讨论；闺秀则既无文士之师承，又不能专习诗文，故非聪慧绝伦者，万不能诗。生于名门巨族，遇父兄师友知诗者，传扬尚易；倘生于蓬筚，嫁于村俗，则湮没无闻者，不知凡几。余有深感焉，故不辞摭拾搜辑而为是编。惟余拙于语言，见闻未广，意在存其断句零章，话之工拙，不复计也。

在存人与存诗的关系上，道光时吴廷康[④]在《徐烈妇诗钞》序[⑤]的看法更有综合性。其序云：

若夫奇节懿行，卓然自有千古，而吟咏所寄，虽零章断句，亦足以想见其生平。是因其人而传其诗，其人固不仅以诗传也。如绛雪者，有才亦传，无才亦传，而何必计其诗之所存者鲜乎？余既传绛雪

① 贝京校点：《湖南女士诗钞》，长沙：湖南人民出版社，2010年版，第4页。

② （清）完颜恽珠：《国朝闺秀正始集》例言，清道光十一年（1831）红香馆刻本，第5a页。

③ （清）沈善宝：《名媛诗话》卷一//王英志编：《清代闺秀诗话丛刊》，南京：凤凰出版社，2010年版，第349页。

④ 吴廷康（1799—1888），字元生、云山、晋斋等，又号康甫，一作赞甫，别号晋斋，晚号菇芝，安徽桐城人，官浙江县丞，精金石考据，有《慕陶轩古砖录》《桃溪雪传奇》等。

⑤ 胡晓明、彭国忠主编，查正贤册主编：《江南女性别集》二编上，安徽：黄山书社，2010年版，第5页。

之烈，因以传绛雪之才一，则诗又乌可以不传？

吴绛雪面对叛军威逼，为保全百姓慨然赴义，令人感佩。[①] 在吴廷康看来，对于有奇节懿德、卓然千古的女子，既当传人、亦当传诗。

（四）本质论

1. 天籁与人工：才媛创作的源泉

"天籁"，语出《庄子·齐物论》。所谓天籁，指"天然""自己而然"，非假于外物也。诗歌创作上的"天籁"，当指诗才非关后天的努力，而是天性之慧。由于传统社会女性并无接受完整教育的机会，其在诗歌中展示出的才华，就难以用饱读诗书等原因来解释。因此明清时，许多男性对才媛诗作中流露出的才情称赞有加，如范端昂在《奁泐续补》自序中云："夫诗抒写性情者也，必须清丽之笔，而清莫清于香奁，丽莫丽于美女。……举凡天地间之一草一木，古今人之一言一行，国风汉魏以来之一字一句，皆会于胸中，充然行于笔下。诗惟奁制，穷乎不可尚已。"[②]章学诚亦云："妇人文字，非其职业，间有擅者，出于天性之优，非有争于风气，骛于声名者也。"[③]袁枚在《南园诗选序》中云："诗不成于人，而成于

---

① 其中所叙吴绛雪事，梗概如下：吴绛雪（1650—1674），名宗爱，浙江永康人，徐明英室。父士骐，曾任仙居、嘉善、嵊县教谕。绛雪自幼秉承家学，聪颖多能，9 岁通音律，11 岁作七绝《题晴湖春泛图》，12 岁时以诗入画，擅长花卉、人物，兼善写生，传世画作有《梅鹊图》《落英》等。清康熙十三年（1674），耿精忠在福建叛乱，部将徐尚朝进兵浙江，六月兵至永康。尚朝慕绛雪才色，扬言"只有献出绛雪，才能免除永康全城屠戮"。绛雪"弗忍以一身转累阖境，遂慨然登骑往"，挟行三十里，至白窖岭下桃溪，绛雪命取饮水，乘护送者不备，纵马驰向山崖，坠涧身亡，时年二十五岁。道光年间，永康县丞、桐城吴廷康撰《桃溪雪》记其事；海盐词曲家黄韵珊编《桃溪雪传奇》，海宁许楣为之传。

② （清）范端昂辑：《奁泐续补三卷》自序//胡文楷编著，张宏生等增订：《历代妇女著作考（增订本）》，上海：上海古籍出版社，2008 年版，第 905 页。

③ （清）章学诚：《妇学》//（清）章学诚著，叶瑛校注：《文史通义校注》，北京：中华书局，2014 年版，第 532 页。

其人之天。其人之天有诗,脱口能吟;其人之天无诗,虽吟而不如其无吟。同一石,独取泗滨之磬;同一铜,独取商山之钟:无他,其物之天殊也。舜之庭,独皋陶赓歌;孔门,独子夏、子贡可与言诗:无他,其人之天殊也。"[①]邱壑为其妻、女诗人许琼思之《宛怀韵语》作序云:"故其诗真,由其性真;其性真,未始有诗;未始知有诗,汩汩然来,故不必能诗,而为能诗者之所必不能。不识今古,遑论源流,不计工拙,遑问正变,此真《三百篇》之性情自然流出也;此真不学而能之,能不虑而知,无不知爱,无不知敬之所发也。是可以序矣,固序其不能诗不知诗,而岂以其知诗而诗也哉?"[②]这些评语都肯定女性诗才卓异,不全然知诗,然诗思如泉涌,自然流出,汩汩不绝。不虑而知,不学而能,当是天授,而非人力所为。

许多才媛亦视天籁为自然、为内在,非后天所习。顾若璞为钱凤纶《古香楼集》作序云:"自欧阳子有言,诗穷然后工,于是学士大夫镂肌锲骨,皓首穷年,设为幽忧之辞,以求当于'穷而后工'之语。虽形神宛似,而求之天籁,其失愈远,曾不若候虫之音,自鸣自已也。"[③]

席佩兰在《论诗绝句》中谈及诗歌创作时,指出诗如音乐,宫商相协之曲,声律和平自然,均非人力所致。《论诗绝句》其二[④]云:

> 风吹铁马响轻圆,听去宫商协自然。有意敲来浑不似,始知人籁不如天。

① (清)袁枚:《何南园诗序》//王英志主编:《袁枚全集》第二册,南京:江苏古籍出版社,1993年版,第494页。

② 胡文楷:《历代妇女著作考序、跋选》//王英志编:《清代闺秀诗话丛刊》,南京:凤凰出版社,2010年版,第2530页。

③ 胡文楷:《历代妇女著作考序、跋选》//王英志编:《清代闺秀诗话丛刊》,南京:凤凰出版社,2010年版,第2540页。

④ 胡晓明、彭国忠主编,查正贤册主编:《江南女性别集》二编上册,合肥:黄山书社,2008年版,第497页。

沈善宝认为:“诗本天籁,情真景真皆为佳作。”[①]她在评论下层妇女蒋氏《昭关怀古》时即叹道:“笔致老练,殆天授也。”[②]蒋氏受教育不多,而能作诗发怀古之思,诗句老道,当是天籁自鸣也。

在诗的本质上称“天籁”,在诗法上则倡导钟嵘说的“直寻”。席佩兰《论诗绝句》四首其二[③]云:

> 沉思冥索苦吟哦,忽听儿童踏臂歌。字字入人心坎里,原来好景眼前多。

沈善宝评诗也重视真实情感在诗中的抒发,如她评庄盘珠《病中》“霜华欲下秋虫觉,节序将来病骨知”之句:“余谓此语见于多病人,尤觉其妙。”[④]她评袁绮文诗句“为寻古籍书抽乱,多绣繁枝线放长”、王梅卿诗句“纵横书卷难容镜,罗列牙签半近床”为:“眼前语拈出,竟成绝唱。”[⑤]可见只要是抒发真实感情,状写真实人生,体现女子的真实处境的诗作,她都会予以肯定。

直寻又与妙悟相联系。方芳佩在《吴好山先生贻论诗五则赋谢》中写道,“剪裁湖草日婆娑,岛瘦郊寒奈若何。近向小窗临乞残,剩来新句苦无多”[⑥],以孟郊、贾岛来比拟自身创作辛苦,即便面向疏窗苦苦搜寻

① (清)沈善宝:《名媛诗话》卷七//王英志编:《清代闺秀诗话丛刊》,南京:凤凰出版社,2010年版,第474页。

② (清)沈善宝:《名媛诗话》卷三//王英志编:《清代闺秀诗话丛刊》,南京:凤凰出版社,2010年版,第349页。

③ 胡晓明、彭国忠编:《江南女性别集》初编,合肥:黄山书社,2008年版,第497页。

④ (清)沈善宝:《名媛诗话》卷三//王英志编:《清代闺秀诗话丛刊》,南京:凤凰出版社,2010年版,第397页。。

⑤ (清)沈善宝:《名媛诗话》卷四//王英志编:《清代闺秀诗话丛刊》,南京:凤凰出版社,2010年版,第411页。

⑥ (清)方芳佩:《在璞堂吟稿》续稿//肖亚男编:《清代闺秀集丛刊》第十册,北京:国家图书馆出版社,2014年版,第367页。

也未见新句;而后句“少年诗格苦支离,几度推敲得句迟。举示无声弦指妙,安排或已胜当时”[①],写诗人在推敲无计时,发现妙悟得句比当时刻意思索得句反而更胜。熊琏在《澹仙诗话》中,对于诗歌评价有一个比喻:“一勺不饮而有醉意,一偈不参而有禅意,一石不晓而有画意,一字不识而有诗意,此特取其意耳,是得风雅三昧。”[②]

“人工”,主要是重后天的积累,通过学习、经历和不断磨砺来增进诗歌技艺。进益之道,大体是读书与游历两条。熊琏对人工与性灵的关系的体认就更加深刻,她在《诗话》中云:“归愚谓开废学之渐,恐其流于薄。予谓有性灵者可以加人工,有人工愈以养性灵,譬如碧空澄彻,霁日晴云,明霞朗月,点缀更佳。”[③]

其一为读书。由于社会地位和知识教育的局限,传统女子在学问涵养上具有体制性的劣势。但许多才媛读书求学之热情,经年持久,长时不衰。如山阴女诗人商景徽年八十,“犹吟诗读书不衰”。[④] 蔡琬是清前期较为知名的女诗人,其事迹在《清史稿》《碑传集补》《清诗别裁集》《大清畿辅先哲传》《清诗纪事》等史籍中的《列女传》或《名媛》中均有记载。对于她的诗,时人认为没有哀怨情愁和脂粉气息,充满着宏阔磅礴的刚强气势,故有“古丈夫遗风”之评。史载蔡琬“明艳娴雅,淹贯群书”“无书不读”[⑤],其诗歌水平之高当与其用心读书有关。淹贯古今,以奇才博

---

① (清)方芳佩:《在璞堂续稿》//《四库未收书辑刊》拾集·二十册,北京:北京出版社,1997年版,第563页。

② (清)熊琏:《澹仙诗话》卷一,清嘉庆间(1796—1820)南山居刻本,第21a页,现藏于国家图书馆。

③ (清)熊琏:《澹仙诗话》卷二,清嘉庆间(1796—1820)南山居刻本,第6b页。

④ (清)沈善宝:《名媛诗话》卷一//王英志编:《清代闺秀诗话丛刊》,南京:凤凰出版社,2010年版,第351页。

⑤ (清)赵尔巽等:《清史稿》卷五百零八《列女传一》,北京:中华书局,1977年版,第14050页。

识，力扫铅华，自然能提升诗的境界。王端淑对那些不重读书的人更是痛加鞭之："今人未有才情妄言学问。不能读书，抄写典故，少观载籍，不知气韵。故随人步趋，鸟言虫响遍于天下，时去一空。古今以来，负虚名者不乏人，何况簪珥？"①

诗人江珠在《绣余集序》中云："盖诗旨虽微，必多读书，包罗庞魄而后陶钧诗思，语无不工。"②作诗不应只是寻章摘句，而应多掌握事典故实，胸中包罗万象，下笔成文，则诗格自高。熊琏亦云："读书作文总由父师驱使，唯吟咏出于兴会，未可强致。能诗人必好诗，好则有夙契，学之易入。"③

《名媛诗话》记载的精于学问的才媛数量极多。如莆田女诗人周庚的尺牍"颇为清老"，她的《与仲嫂其五》："《三国志》经嫂点定，更应穷其赞辞。但不解于古人何所厚薄，只觉此心为刘。"《与夫子陈挟公其三》云："《离骚》之所以妙者，在乱辞无绪。绪益乱，所及益远，古人亦不能自明。读者当危坐诚正以求，然后知其粹然一出于正，即不得以奥郁高深奇之也。"④沈善宝评云："仲嫂能定《三国志》，林媛能做《松石图》，新妇俱于此不凡。"⑤常熟沈素君，"读书数行并下，博通经史、律例之学。其著作有《文集》四卷、《四六》二卷、《唾花词》一卷、《管窥一得》十二卷、《徐庾补注》四卷"，"著作等身，笔情超迈"。但她"年二十一而卒"，沈善宝亦

① (清)王端淑辑：《名媛诗纬初编》卷三"陈德懿"条。清康熙六年(1667)清音堂刻本，第1a页。

② 胡晓明、彭国忠主编，赵厚均册主编：《江南女性别集》二编下，合肥：黄山书社，2010年版，第855页。

③ (清)熊琏：《澹仙诗话》卷一，清嘉庆间(1796—1820)南山居刻本，第22a页。

④ 王秀琴编、胡文楷选订：《历代名媛书简》卷三，上海：商务印书馆，1941年版，第68、70页。

⑤ (清)沈善宝：《名媛诗话》卷一//王英志编：《清代闺秀诗话丛刊》，南京：凤凰出版社，2010年版，第362—363页。

感叹:"弱龄夭折,其夙慧天授欤?"[①]一些才媛也在诗歌中描绘了沉迷经史的乐趣。同里女诗人徐淑则[②]《秋怀》十五律其一云:"鶗鸡啁哳雁邕邕,扶病闲吟倚短筇。浪掷精神搜四库,难将穷达恃三冬。石家金谷鸣驺盛,扬子元亭蔓草封。萧艾敷荣偏载道,涉江吾欲采芙蓉。"[③]

其二为游历。"天籁"是所有艺术创作之高标,是自然之性、人之灵府与艺术之混溶,无论是才媛与文士,非人人皆天才,非人人有慧根。天籁的艺术境界虽高,也最不易得。而游历,既有"游览"之含义,亦有"经历"之内涵。刘勰在《文心雕龙·物色》中云:"然屈平所以能洞鉴风骚之情者,抑亦江山之助乎。"欧阳文忠公在《梅圣俞诗集序》中云:"然则非诗人能穷人,殆穷而后工也。"[④]

所谓江山之助,就是通过身历山川,神游八极,使身心受到人文或自然的陶冶与激发,形成情景之间的碰撞、自然与神思的融合,激发创作的灵感,廓大作者的胸怀和格局。明清时期,女子因随父、随夫仕宦,游历的范围比过去明显扩大。《红楼梦》中薛宝琴就随父游览了许多古迹,因而有诗十首,使宝玉、黛玉等猜度时颇费心思。在现实中,随宦对才媛的诗歌创作大有裨益。潘素心云:"山川云物,荡涤性灵,烟墨所染,自成馨逸。"[⑤]阮元评梁德绳诗云:"恭人平生无世俗之好,唯耽吟咏,自幼随宦,

---

① (清)沈善宝:《名媛诗话》卷一//王英志编:《清代闺秀诗话丛刊》,南京:凤凰出版社,2010年版,第364页。

② 徐德音,字淑则,为总督谥清献旭龄女,进士许迎年室,同知佩璜母。

③ (清)沈善宝:《名媛诗话》卷一//王英志编:《清代闺秀诗话丛刊》,南京:凤凰出版社,2010年版,第364页。

④ (宋)欧阳修著,洪本健校笺:《欧阳修诗文集校笺》,上海:上海古籍出版社,2009年版,第1092—1093页。

⑤ (清)潘素心:《古春轩诗钞序》//(清)梁德绳:《古春轩诗钞》,清道光二十九年(1849)刻本,第1b页。

身行万里半天下，且得江山之助。”[①]袁克家在分析袁镜蓉随夫宦游对其创作诗歌的益处时，也明确指出；

一至楚，再至蜀。道经数万里，奔走二十年，凡名山大川，以及虫鱼草木、风云鸟兽之状类，人情喜怒哀乐之变态，无不蕴于中而发于诗。其言或幽吟俯唱，或慷慨悲歌，类皆本于性情，见于阅历者。[②]

所谓人穷之思，如欧阳文忠公言："盖世所传诗者，多出于古穷人之辞也。凡士之蕴其所有，而不得施于世者，多喜自放于山巅水涯之外，见虫鱼草木风云鸟兽之状类，往往探其奇怪。内有忧思感愤之郁积，其兴于怨刺，以道羁臣寡妇之所叹，而写人情之难言，盖愈穷而愈工。"[③]因穷而放达，吐露胸中意，人方能安顿此不平之意与悲苦之人生。"穷"而后"工"也是梁章钜评梁韵书诗"益工"之因："蓉函从莲叔后得其指授，又获江山之助，故所作益工。"[④]

当然，江山之助亦不能脱离性灵之根。熊琏云："文人韵士游览生情，发为诗愈奇愈秀，固得江山之助，要亦具有性灵。否则历遍名区，何能脱俗？泛泛题咏，亦罕见出色句。"[⑤]性灵深植，佳句方有源。

2. 性灵与格调：才媛诗歌的特质

明清时期文人论诗，重格律声调。《玉镜阳秋》评黄皆令的诗云："近

---

① (清)阮元：《梁恭人传》//(清)梁德绳：《古春轩诗钞》，清道光二十九年(1849)刻本，第2b页。

② 胡晓明、彭国忠主编，赵厚均册主编：《江南女性别集》二编下，合肥：黄山书社，2010年版，第904页。

③ (宋)欧阳修：《梅圣俞诗集序》//(宋)欧阳著，洪本健校笺：《欧阳修诗文集校笺》，上海：上海古籍出版社，2009年版，第1092—1093页。

④ (清)梁章钜：《闽川闺秀诗话》卷三//王英志编：《清代闺秀诗话丛刊》，南京：凤凰出版社，2010年版，第229页。

⑤ (清)熊琏：《澹仙诗话》卷一，清嘉庆间(1796—1820)南山居刻本，第33a—33b页。

日闺媛，以文翰与当时相酬应者：王玉映以才胜，皆令以法胜。皆令诗及赋颂诸文，并老成有矩矱。”[①]体格是衡量诗词水准高低的标准，也为才媛论诗时所看重。王端淑论诗虽重性情，但不废体格。《名媛诗纬初编》“孔娴”条有云：“世称其诗体格高丽，远出三唐，无闺中纤媚诸习。”[②]“黄修娟”条云：“媚清诗可谓极有体格，若五律，其细处阔处，惟杜老近之。”[③]格调为明代复古派所推崇，体格正统是诗歌价值高的重要标志。

苏兰畹在《闺吟集秀自序》[④]中谈到，才媛诗歌创作也须讲求体格、法度等，不能游戏笔墨。她说：

> 三代之兴，窈窕妃嫒，有盖世文才，搦管挥毫，驰骋于法度之中，为世所传，以兴内教。近代以来，少习文章，六艺之奥，湮没无闻。发华缄而思飞，嗟林下之风致，不及远矣！……妾自省愚陋，弄文舞字，非妇人所便；每为一字，若不由规矩，虚费精神……闻之前志，观者勿以妇人玩弄笔墨为诮焉则足矣！

三代妃嫒之文为世所传，因其既有文采，又重法度，有裨内教，故后世追奉。近世才媛写诗作文，未习文章，不通六艺，故而不及。才媛之诗，如无一字不合规矩，则属弄文墨、费精神，徒留虚名，易招观者讥诮。可见其心中法度、规矩对于作诗的重要性。

席佩兰的劝夫诗“君不见杜陵野老诗中豪，谪仙才子声价高。能为

---

① 胡文楷：《历代妇女著作考》//王英志编：《清代闺秀诗话丛刊》，南京：凤凰出版社，2010年版，第2537页。

② （清）王端淑辑：《名媛诗纬初编》卷九，康熙六年（1667）清音堂刻本，第6b页。

③ （清）王端淑辑：《名媛诗纬初编》卷十一，康熙六年（1667）清音堂刻本，第21a页。

④ （清）苏兰畹：《闺吟集秀自序》//王秀琴编，胡文楷选订：《历代名媛文苑简编》，上海：商务印书馆，1947年版，第180—181页。

骚坛千古推巨手，不得制科一代名为标”[①]，对其夫孙原湘的诗歌评价甚高，肯定其创作优点，也为孙原湘科场失利开解，亦表达出她通达乐观的个性，以及对功名利禄的淡然。一首歌行体诗歌，衬托出她不为浮名所累、卓尔不群、屹立自得的襟怀。她甚至在《竹桥礼部为作长真阁诗序二诗奉酬》中明确写道“闺中也入怜才格，家食无忘报国心”[②]，表达了对女子大情怀、大境界、大胸襟的追求。女诗人白华[③]《咏兰》云“出世不知媚，无人只自芳”，《咏竹》云“生来杆自直，不赖好风扶”，《咏梅》云：“有骨方知傲，无心不畏寒”，张倩的《名媛诗话》评价云：“由此可想见其品概云。”[④]沈善宝在评价女诗人的作品时注重体制风格，如评顾若璞“文多经济大篇，有西京气格”[⑤]；评柴静仪“季娴诗落落大方，无脂粉习气”[⑥]；又如评林以宁“亚清诗笔苍老，不愧大家。”[⑦]

但相比格调，性灵之论更为才媛所推重。性灵二字自古皆传，焦竑《雅语阁集序》云：“诗非他，人之性灵之所寄也。苟其感不至，则情不深；情不深，则无以惊心而动魄，垂世而行远。”[⑧]公安、竟陵两派都标举性

---

① (清)席佩兰：《长真阁集》卷一//胡晓明、彭国忠主编：《江南女性别集》初编，合肥：黄山书社，2008年版，第446页。

② (清)席佩兰：《长真阁集》卷三//胡晓明、彭国忠主编：《江南女性别集》初编，合肥：黄山书社，2008年版，第486页。

③ 白华，字兰陔，号髻侬，淳溪牧樵妻，著有《思媚堂诗草》。

④ 胡文楷：《历代妇女著作考序、跋选》//王英志编：《清代闺秀诗话丛刊》，南京：凤凰出版社，2010年版，第2525页。

⑤ (清)沈善宝：《名媛诗话》卷一//王英志编：《清代闺秀诗话丛刊》，南京：凤凰出版社，2010年版，第349页。

⑥ (清)沈善宝：《名媛诗话》卷一//王英志编：《清代闺秀诗话丛刊》，南京：凤凰出版社，2010年版，第354页。

⑦ (清)沈善宝：《名媛诗话》卷一//王英志编：《清代闺秀诗话丛刊》，南京：凤凰出版社，2010年版，第356页。

⑧ (明)焦竑：《澹园集》卷一五，北京：中华书局，1999年版，第155页。

灵，袁中道在《阮集之诗序》中称其兄中郎诗云："其志以发抒性灵为主，始大畅其意所欲言，极其韵致，穷其变化，谢华启秀，耳目为之一新。"[①]谭元春《诗归序》称"真有性灵之言，常浮现纸上，决不与众言伍"[②]。袁枚主张"性灵"，但多由"性情""情韵""风趣"等相关概念发扬。而择其要旨，则莫如其在《钱屿沙先生诗序》中的界定，"今人浮慕诗名而强为之，既离性情，又乏灵机，转不若野氓之击辕相杵，犹应《风》《雅》焉"[③]，可明了一二。

性灵者，性情与灵机之合称，强调人生体验的直接表现，偏重即时性感触的自我抒发。诗者，由情而生，情与性通，有性情，便有格律，便有风格，便有华采，便有声调。诗由性灵，则自出机杼，涤除陈言，即情即景，风韵天然，心诚情深，貌似无意为之，而意趣清幽。性灵实在有极大的包容性，有多重面向，多种趣味，故而得到许多才媛拥趸。

才情是才媛品诗的标准之一。王端淑评张倩倩《蝶恋花》词云："情至之词，自然感于心胸，虽欲脱略，而伤心自见。"[④]王端淑评王微《捣练子·清夜送远》时云："落想空灵，吐句慧远。他人说尽千行纸，不若修微寥寥数字。绝非温李，谁说苏辛，词家胜地，已为修微占尽。胸中若无万卷书，眼中若无五岳潇湘，必不能梦到、想到。"[⑤]此处谈灵，王端淑更强调诗人词人的灵心慧性。情思灵动，句辞慧远，而意境空灵。故诗词之

---

① (明)袁中道：《阮集之诗序》//(明)袁中道撰，钱伯城点校：《柯雪斋集》上册，上海：上海古籍出版社，1989年版，第462页。

② (明)谭元春：《诗归序》//《谭元春集》卷二十二，上海：上海古籍出版社，1998年版，第594页。

③ (清)袁枚：《小仓山房续文集》卷二八//王英志主编：《袁枚全集》第2册，南京：江苏古籍出版社，1993年版，第487页。

④ (清)王端淑辑：《名媛诗纬初编》卷三十五，清康熙六年(1667年)清音堂刻本，第4页。

⑤ (清)王端淑辑：《名媛诗纬初编》卷三十六，清康熙六年(1667年)清音堂刻本，第3页。

中，可看出才媛的兰心蕙性。

一些才媛通过诗歌创作和诗文品评，对性灵说做了许多精彩的发挥。严蕊珠借评价其师的机会，道出了性灵派的诗歌创作主张和创作特点：

> 人但知先生之四六用典，而不知先生之诗用典乎？先生之诗，专主性灵，故运化成语，驱使百家，人习而不察。譬如盐在水中，食者但知盐味，不见有盐也。然非读破万卷且细心者，不能指其出处。[①]

随园诗社女诗人席佩兰受业于袁枚，继承了袁枚的性灵论诗学观念，论诗以性情为首，甚至多次与袁枚关于诗歌对性情的重要性进行讨论。席佩兰接过这一命题，进一步分析了情与辞的关系。如在《与侄妇谢翠霞论诗》[②]一诗中，她说：

> 性情其本根，辞意属枝节。本根如不厚，芬葩讵能结。

才媛金逸被袁枚视为闺中"知己"，她对诗歌创作也有十分独到的见解。作为性灵派的女诗人，她论诗注重性情。她在与丈夫陈基的《偕竹士联句论诗》[③]中云：

> 谈何容易说工诗，(基)事在千秋笔一枝。人道葫芦依故样，(逸)天生花叶竟谁师？性情以外无传作，(基)唐宋之间有等差。今日放言狂不讳，(逸)识君已恨十年迟。

---

① (清)袁枚：《闺秀诗话》卷二《随园诗话补遗》//王英志编：《清代闺秀诗话丛刊》，南京：凤凰出版社，2010年版，第145页。

② (清)席佩兰：《长真阁集》卷一//胡晓明、彭国忠主编：《江南女性别集》初编，合肥：黄山书社，2008年版，第504页。

③ (清)金逸：《偕竹士联句论诗》//(清)袁枚辑：《随园女弟子诗选》卷二，清嘉庆道光年间坊刻巾箱本，第3a页。

在《喜简斋夫子枉过里门奉呈》[①]：

格律何如主性灵，早先持论剧清新。惟公能独开生面，此席愁难有替人。比佛慈悲容世佞，得仙居处与湖邻。古来著作传多少，那似袁安见及身。

沈彩有《论妇人诗绝句四十九首》[②]，她以才媛身份论女性诗，也显示对不同诗歌倾向的偏好。如《论妇人诗绝句四十九首》之四云：

咏絮才高发自然，妍词秀极欲冲天。千秋艳说回文锦，何似登山道韫篇？

虽然苏蕙的回文诗获得千秋艳评，但是比不上谢道韫的"咏絮才"和《登山》。而之所以作此判断，主要因为咏絮才高全出自然，不加修饰，因而更胜一筹。

而熊琏在《澹仙诗话》开卷第一则即言："诗本性灵，如松间之风、石上之泉，触之成声，自成天籁。古人用笔各有佳处，岂可别执一见，弃此尚彼？或云法宋元，或云宗三唐，究竟摹仿不来，空失本来面目。"[③]性灵源于自然，如松风石泉，自然成文，岂可一意摹仿？至情至性之处，必有好诗。

沈善宝论诗也重性灵。她为张繡英《澹菊轩诗初稿》作序[④]云：

盖以芬芳悱恻之怀，写离合悲欢之境，性灵结撰，根孝弟以立言；意匠经营，茹古今而达意。思深语雅，胸有千秋。格隽调高，目

---

① (清)金逸：《喜简斋夫子枉过里门奉呈》//(清)袁枚辑：《随园女弟子诗选》卷二，清嘉庆道光年间坊刻巾箱本，第7b页。

② (清)沈彩：《春雨楼集》，清乾隆间刻本，肖亚男编：《清代闺秀集丛刊》第十五册，北京：国家图书馆出版社，2014年版，第139页。

③ (清)熊琏：《澹仙诗话》卷一，清嘉庆南山居刻本，第1a页。

④ (清)沈善宝：《澹菊轩诗初稿序》//(清)张繡英：《澹菊轩诗初稿》，清道光二十年(1840)宛邻书屋刻本，第序2b页。

无余子。庾清鲍俊，垂秋露于海苔；柳月秦云，播春风于琼管。此诚闺阁之仙才，岂筝筝琶之凡响。

王端淑在《名媛诗纬》卷五“董少玉”条[①]对诗歌的美学特征做了比较完整的概括。

> 诗，情物，以繁筵艳阁求之，则非其地；诗，灵物，以死景死笔咏之，则非其人；诗，冷物，以锦茵绣幕处之，则非其质；诗，静物，以喧嚣秽杂居之，则非其时。故神必欲闲，景必欲冷，思必欲远，想必欲慧，意必欲别，笔必欲健。

这一段话概括了王端淑对于诗歌本质的看法。诗歌兼具“情”“灵”“冷”“静”四种特质，决定了诗人在创作上必须具备神闲、景冷、思远、意别、笔健等条件。从某种程度而言，这一概括代表了女诗人对于诗歌本质的综合性认识。

四、才媛论诗的美学范畴

王岳川在论及艺术本体论时指出：“当哲学本体论将人的感性生命活力、人的生存意义作为生存本体论加以确立时，立即引起了艺术本体论的转换，即从摹仿外部世界的艺术，走向了本体论的诗（艺术）。诗不再是去意指实在的绝对本体，而是生存本体自身的诗化，是感性存在自身的诗意的显现。”[②]才媛既把自身存在作为诗歌书写的对象，也将对美的感悟与认知渗透在对诗歌的评论品鉴之中。一些才媛更是试图将诗歌创作、审美感悟与理性认知融合起来，以诗歌批评的形式加以呈现，这

---

① （清）王端淑辑：《各媛诗纬初编》卷五，清康熙六年（1667）清音堂刻本，第 1 页。

② 王岳川：《艺术本体论》，北京：中国社会科学出版社，2005 年版，第 15 页。

些内容广泛分布于才媛诗人诗歌总集、别集的序跋、评点和专门性诗话、论诗诗之中。其佳者，当属王端淑的《名媛诗纬》、熊琏的《澹仙诗话》、沈善宝的《名媛诗话》、陈黛的论诗诗。尽管这些探索尚未系统化、专门化、理论化，但是可以看出才媛对诗歌创作过程、诗歌品评标准以及诗学素养等加以理论概括的努力从未停止过。

在这些形式多样的诗学批评中，清代才媛对诗歌典型风格进行了分类阐释，对诗歌的佳处做了绘声绘色的描摹；其内容既涉及诗歌构思的技巧，也讨论诗歌创作的规律，还涉及诗歌发展的历程与鉴赏的方法，特别是才媛推崇的美学观点。概言之，才媛在诗话中倡导的美学风格及话语大体可分以下类型。

（一）清

清之为美，固有传统，诗词皆尚。范端昂在《奁泐续补》序中云："夫诗抒写性情者也，必须清丽之笔，而清莫清于香奁，丽莫丽于美女，其心虚灵，名利牵引，声势依附之，汩没其性聪慧。举凡天地间之一草一木，古今人之一言一行，《国风》、汉魏以来之一字一句，皆会于胸中，充然行之笔下。诗为奁制，夐乎不可尚已。"[①]袁枚评黄宗羲论诗之语云："黄梨洲先生云，'诗人萃天地之清气，以月露、风云、花鸟为其性情。月露、风云、花鸟之在天地间，俄顷灭没；惟诗人能结之于不散。'先生不以诗见长，而言之有味。"[②]朱彝尊、厉鹗都认同"清空"的标准，厉鹗甚至主张

① （清）范端昂：《奁泐续补》序//王英志编：《清代闺秀诗话丛刊》，南京：凤凰出版社，2010年版，第2555页。

② （清）袁枚：《随园诗话》卷三之"论诗之性情"//（清）袁枚著，顾学颉校点：《随园诗话》，北京：人民文学出版社，1982年版，第75页。

“未有不至于清而可以言诗者，亦未有不本乎性情而可以言清者”[①]。张炎在《词源》中云：“清空则古雅峭拔，质实则凝涩晦昧。姜白石词如野云孤飞，去留无迹。吴梦窗词如七宝楼台，眩人眼目，碎拆下来，不成片段。”[②]清词之中，浙西词派继承南宋姜夔、张炎等人的词学主张，注重格律、声韵和遣词等在词中的重要性，以及对“清空”词境的认可。刘永济云：“清空云者，词意浑脱超妙，看似平淡，而义蕴无穷，不可指实。其源盖出于楚人之骚，其法盖由于诗人之兴，作者以善觉、善感之才，遇可感、可觉之境，于是触物类情而发于不自觉者也。惟其如此，故往往因小可以见大，即近可以明远。”[③]针对浙西词派后期呈现出的浅薄之风与蔓延阐缓之病[④]，常州词派等后起诸人，在继承“清空”的基础上，进一步强调“寄托”和“浑厚”，为之赋予了新的功能内涵。总之，“‘清’作为文士美学的核心范畴，日渐成为文人自觉意识和体会，不仅形成‘词要清空’的艺术主张，也日益深入到人生的各种情境中”[⑤]。“清”展现的是一种风格、一种境界、一种气质。

清代以降，“清”也成为才媛使用频率最高的具有美学意涵的词汇。王端淑在《名媛诗纬》卷八“邓太妙”条云：“孰知从富贵繁华中来，剥落

---

① (清)厉鹗：《樊榭山房文集・双溪阁诗银序》，上海：上海古籍出版社，2002 年版，第 899 页。

② (南宋)张炎著，夏承焘注：《词源注》，北京：人民文学出版社，1981 年版，第 16 页。

③ 刘永济：《词论》，上海：上海古籍出版社，1981 年版，第 66 页。

④ 如常州学派周济的弟子董士锡在论“清”时指出：“盖尝论秦之长，清以和；周之长，清以折；而同趋于丽。苏、辛之长，清以雄；姜、张之长，清以逸；而苏、辛不自调律，但以文辞相高，以成一格，此其异也。六子者两宋诸家皆不能过焉。然学秦病平，学周病涩，学苏病疏，学辛病纵，学姜、张病肤，盖取其丽与雄与逸而遗其清，则五病杂见，而三长亦渐以失。”参见：(清)董士锡：《餐花吟馆词叙》//清代诗文集汇编编纂委员会编：《清代诗文集汇编》第 537 册，上海：上海古籍出版社，2010 年版，第 458 页。

⑤ 朱立元主编：《美学大辞典》，上海：上海辞书出版社，2010 年版，第 160 页。

推迁，所谓绚烂归平澹也。”[①]顾若璞力主学陶柳，追求诗歌风格的“清”。她说：“气欲其遽而昌，词欲其清而厚，久而跂之，自有得焉。”[②]她的《山雨》一诗：“山空啼鸟乱，天漏客行稀。林密烟迷径，云多合翠微。”[③]整首诗对仗工整，清幽韵致，颇具陶柳诗风。王端淑评马淑祉的《捣练子》云：“高老清孤，光风霁月，此是词家风流潇洛。”[④]词以婉约妩媚为尚，但王端淑却拈出“清孤”二字作为评价语，可见“清”之价值。

“清”与“真”并，为熊琏所重。其《澹仙诗话》卷二引金标霞《与友人论诗》云：“诗格清真是作家，那争冠冕与繁华。要知越女堪怜处，不在吴宫在浣花。”[⑤]“清真”成为她最为珍视的美学品格。

沈善宝用“清”来品评女性的诗歌，更符合女性诗歌本身的风格。《名媛诗话》中所提及的“清”包括“文清”“格清”“情清”和“神清。”她在评黄汉荿《咏孤雁》和其妹黄汉宫《咏月》诗时说：“两人诗笔颇清，似工于愁者。”[⑥]她评李筠仙、吕静闲等人的诗时说：“皆生长极边而诗才清卓。”[⑦]《国朝闺秀正始集》中收辑了郭六芳的《论诗》。郭六芳云：“玉溪獭祭非偏论，长吉鬼才亦妙评。侬爱湘江江水好，有波澜处十分清。”[⑧]“厨下调羹已六年，酸碱情性笑人偏。近来领略诗中味，百八珍馐

---

① （清）王端淑辑：《名媛诗纬初编》卷八，清康熙六年（1667）清音堂刻本，第17b页。

② 胡文楷：《历代妇女著作考》//王英志编：《清代闺秀诗话丛刊》，南京：凤凰出版社，2010年版，第2540—2541页。

③ （清）顾若璞：《卧月轩稿》卷一，清光绪二十三年（1897）钱塘丁氏嘉惠堂刻本，第4页。

④ （清）王端淑辑：《名媛诗纬初编》卷三十五，清康熙六年（1667年）清音堂刻本，第10页。

⑤ （清）熊琏：《澹仙诗话》卷二，清嘉庆南山居刻本，第21b页，现藏于国家图书馆。

⑥ （清）沈善宝：《名媛诗话》卷一//王英志编：《清代闺秀诗话丛刊》，南京：凤凰出版社，2010年版，第352页。

⑦ （清）沈善宝：《名媛诗话》卷一//王英志编：《清代闺秀诗话丛刊》，南京：凤凰出版社，2010年版，第352页。

⑧ （清）郭漱玉：《论诗》//完颜恽珠辑：《国朝闺秀正始集》卷二十，清道光十一年（1831）红香馆刻本，第19b—20a页。

总要鲜。”[①]六芳诗强调才媛诗歌应清澈、新鲜,沈善宝以为“可谓实获我心矣”[②],充分表明了对于“清”的认同。

（二）真

真者,有真心,有真意,有真情,有真趣,而一皆为性情之真。李贽云“夫童心者,真心也”,“天下之至文,未有不出于童心焉者也”[③]。

凡真者,必自然。顾若璞评其孙妇钱凤纶的诗云:“如是有年,取材于汉魏,览兴于骚雅,以咏以陶,出为幽折淡远之笔,未尝刻画古人,而时有隽永之致,绕其笔端。”[④]这里的“幽折淡远”是为清新,“未尝刻画”可谓自然。

凡真者,必天然。汪嫈作诗师从徽州名宿黄秋平及女史张净因,其诗作往往别具一格。《论诗·吟风弄月雅非宜》:“吟风弄月雅非宜,浑朴天真悱恻思,一片清光渣滓净,无人知是女郎诗。”[⑤]尽管是对其师诗文的评语,但也可从中看出作者崇实求真的价值追求。而归懋仪在《读渊明诗》中,表达对陶诗自然天真特点的认同:“身居义熙心羲皇,一任天真脱尘俗。”[⑥]

凡真者,必真挚。在沈善宝看来,诗歌源于性灵,是情感的自然流露

---

① (清)郭漱玉:《论诗》//完颜恽珠辑:《国朝闺秀正始集》卷二十,清道光十一年(1831)红香馆刻本,第19b—20a页。

② (清)沈善宝:《名媛诗话》卷七//王英志编:《清代闺秀诗话丛刊》,南京:凤凰出版社,2010年版,第467页。

③ (明)李贽:《焚书》卷三,北京:中华书局,1975年版,第98—99页。

④ (清)钱凤纶:《古香楼集》//胡文楷编著,张宏生等增订:《历代妇女著作考(增订本)》,上海:上海古籍出版社,2008年版,第758页。

⑤ (清)汪嫈:《论诗六首寄示徐玉卿》//单士釐辑:《闺秀正始再续集》上,1911年活字印本,第17a页。

⑥ 胡晓明,彭国忠主编:《江南女性别集》二编下,合肥:黄山书社,2010年版,第816页。

和景物的真实描写，无需人工雕琢，故而自然天成。她在评汤紫筠诗时说："诗笔真挚，言近旨远，天籁自鸣。"[①]评郭笙愉诗："诗皆性灵结撰，无堆砌斧凿之痕，为可贵也。"[②]评顾太清词："直化去笔墨之痕，全以神行矣。"[③]

（三）丽

刘勰云："五言流调，清丽居宗。""清""真"之外，"丽"亦为重要的特质。丽则摇荡情性，独出机杼，意韵新颖，用语清圆，而声响悦耳。才媛论诗词，则多配以其他饰字。

云"典丽"者，则重诗格高情正，如王端淑评"吴素"条云："墨引诗情景潇洒，典丽宛然，中晚以下手腕。"[④]

云"清丽"者，则重诗淡远空灵。女诗人颜柔仙的《送春》中有"绿酣莺语老，红瘦蝶魂痴"[⑤]之句，化用前人诗而无痕迹，语句工整而意蕴清新，沈善宝评"亦颇清丽"[⑥]。其评屈宛仙诗"清丽圆稳"[⑦]、吴佩芳"秀丽清切"、张静芬"秀逸如芬"、朱琴仙"风神秀美"等，都是从这些方面来评价的。

---

① （清）沈善宝：《名媛诗话》卷十一//王英志编：《清代闺秀诗话丛刊》，南京：凤凰出版社，2010 年版，第 538 页。

② （清）沈善宝：《名媛诗话》卷七//王英志编：《清代闺秀诗话丛刊》，南京：凤凰出版社，2010 年版，第 463 页。

③ （清）沈善宝：《名媛诗话》卷八//王英志编：《清代闺秀诗话丛刊》，南京：凤凰出版社，2010 年版，第 479 页。

④ （清）王端淑辑：《名媛诗纬初编》卷八，清康熙六年（1667）清音堂刻本，第 21b 页。

⑤ （清）沈善宝：《名媛诗话》卷一//王英志编：《清代闺秀诗话丛刊》，南京：凤凰出版社，2010 年版，第 358 页。

⑥ （清）沈善宝：《名媛诗话》卷一//王英志编：《清代闺秀诗话丛刊》，南京：凤凰出版社，2010 年版，第 358 页。

⑦ （清）沈善宝：《名媛诗话》卷三//王英志编：《清代闺秀诗话丛刊》，南京：凤凰出版社，2010 年版，第 400 页。

云“婉丽”者，则重诗婉约蕴藉。王端淑评“薛蕙英”条：“含情宛丽，有竹衣缥缈之音。此等格韵，后人不能效其万一。”[①]

云“妍丽”者，则重诗思致细密，沈善宝评徐灿“学绣青衣闲刺凤，自把金针，代补翎毛空”句：“缠绵妍丽，可销读者之魂。”[②]

诗欲丽，而词欲秀。王端淑评刘佩香《传言玉女·赠友》一词时云：“作词与诗不同，诗老词秀，总之，此词不离一秀字。”[③]所谓老者，当是技巧化于无形；所谓秀者，则贵在新巧、言辞婉美。而秀字引申，则有秀艳，如其评孙月《恋情深·念友》“香嫩处正是其秀艳”[④]；有秀媚，如其评杨晓英《感恩多寄友》“轻清秀媚”[⑤]。

诗词共同之处，则有“流丽”。“流丽”的入手处，则在以口头语、现成话入词。王端淑评叶小鸾《捣练子·春暮》云：“词家口头语，正写不出。在笔尖头写得出便轻松流丽，淡处渐浓，闲处耐想，足以供人咀味，何必苏、刘、秦、柳始称上品。”[⑥]

才媛论诗虽重“丽”与“秀”，但对可能存在的流弊亦有认识。王端淑就频频指出闺阁作诗当防“柔、浅、轻”，因为“柔则无骨、轻则无意、浅则无学”，易落入纤巧卑弱的缺点。

（四）雅

女子心无功利之思，而更不为权势诗名所拘，故能维系风雅。王端

① (清)王端淑辑：《名媛诗纬初编》卷二，清康熙六年(1667)清音堂刻本，第5a页。

② (清)沈善宝：《名媛诗话》卷二//王英志编：《清代闺秀诗话丛刊》，南京：凤凰出版社，2010年版，第370页。

③ (清)王端淑辑：《名媛诗纬初编》卷三十六，清康熙六年(1667年)清音堂刻本，第18页。

④ (清)王端淑辑：《名媛诗纬初编》卷三十六，清康熙六年(1667年)清音堂刻本，第19页。

⑤ (清)王端淑辑：《名媛诗纬初编》卷三十六，清康熙六年(1667年)清音堂刻本，第15页。

⑥ (清)王端淑辑：《名媛诗纬初编》卷三十五，清康熙六年(1667年)清音堂刻本，第8页。

淑认为才媛创作亦是疗救明末诗歌流弊的一条途径，在《名媛诗纬》卷六评“刘苑华”条云：“独士女之诗名心不存、才思不炫，风雅一线犹留红粉中。”[①]评“铁长女”云：“长女诗凄婉激切，是足动人，调格俱雅，虽无警异之思，特流离造次之中而能出语容与，风雅尚在。”[②]。

风雅者，既是“思无邪”，又是典重。风雅所系，就是才媛创作的诗歌符合诗三百的精神与趣味。王端淑在《名媛诗纬初编》卷十四“张静纨”条中云：“文琳三诗俱情思悲怆，怨而不怒，且朗朗明映，绝去堆积，居然风雅遗音。”[③]卷六评“范氏”条云：“夫人《忆母》诗词严而正，意深而厚，是三百篇余音。”[④]

风雅关乎体格，而清雅兼有之，又更重志趣。熊琏云：“闺秀诗妙在清雅。近见管夫人罗霞绮《习静轩遗稿》，全无香奁气息，时出警句，如《五色鸡冠花》云：‘待漏衔来云满诏，斗风赢得锦缠头。’《秋燕》云：‘须识飘零终客邸，那堪时候异炎凉。’《罗汉松》云：‘贝叶几疑飘法雨，涛声时听落天风。’《眼镜》云：‘小草何妨灯下起，好花不似雾中看。’”[⑤]“清雅”是才媛们摆脱了绮罗香泽而获得精神独立的标志，但也是基于闺秀特质的美学品格。

（五）韵

韵者，景中之佳致，诗中之神品也。熊琏高才，以花喻之：“花品之高者，第一梅与兰；次则荷菊，非特香色清奇，尤取其韵耳。诗更宜韵。赏

---

① （清）王端淑辑：《名媛诗纬初编》卷六，清康熙六年（1667）清音堂刻本，第12b页。
② （清）王端淑辑：《名媛诗纬初编》卷三，清康熙六年（1667）清音堂刻本，第12b—13a页。
③ （清）王端淑辑：《名媛诗纬初编》卷十三，清康熙六年（1667）清音堂刻本，第43a—44b页。
④ （清）王端淑辑：《名媛诗纬初编》卷三，清康熙六年（1667）清音堂刻本，第1a页。
⑤ （清）熊琏：《澹仙诗话》卷三，清嘉庆南山居刻本，第35b页。

牡丹、芍药，宜笙歌，宜红灯，宜锦障；对梅兰与荷菊，唯宜赋诗挥毫煮茗得佳句，方是幽花知己。”①

韵者，有声韵，有气韵，有意蕴，有神韵。声韵者，重在诗词的平仄格律，类于戏曲中的声腔韵调，亦是形式美的依存。气韵者，因与古典哲学中的“气”相关联，而多为论诗者阐发。黄传骥为《国朝闺秀诗柳絮集》作序云：“山川灵淑之气，无所不钟。厚者为孝子忠臣，秀者为文人才女，其郁而不宣者，结为奇珍异实；余而不尽者，散为芳草奇花。”②因此，“气”之所钟，人为之分；气韵流动，诗词高下现矣。女诗人中，王端淑论诗最重“气韵”，认为“气韵”之重要远在才情、学问之上。她在《名媛诗纬》卷三“陈德懿”③条中云：

> 诗以气韵为上，才情次之，学问又次之。靖节、摩诘、襄阳、龙标只此气韵便已超越今古。才如太白，学如工部，未能凌而下之。

意韵者，则重诗词的含蓄蕴藉，强调言外之意。熊琏在评查慎行的诗句时曾云：“予读查初白太史诗，爱其每句有几层意，如‘短笛声凄霜后竹，孤桐弦冷爨余薪’‘诗贪记忆关心读，话到苍凉掣泪听’‘阅世人来棋散后，出山云澹雨晴初’‘贫思保暖原奇福，老恋桑榆亦至情’，结句如‘莫怪下车还久立，老来光景怕临歧’‘芦花枫叶残秋路，不听琵琶亦黯然’，言有尽而意无穷，有味外味。”④景物之外，含有深情；诗句之外，犹有况味，人生之体验浓缩在片言只语之中，含咀不尽。由重意韵出发，在做法上则贵曲。席佩兰在《与侄妇谢翠霞论诗》中云：“真体贵有曲，曲始味愈

---

① (清)熊琏：《澹仙诗话》卷四，清嘉庆南山居刻本，第 19a—19b 页。

② 胡文楷：《历代妇女著作考》//王英志编：《清代闺秀诗话丛刊》，南京：凤凰出版社，2010 年版，第 2568 页。

③ (清)王端淑辑：《名媛诗纬初编》卷三，清康熙六年(1667)清音堂刻本，第 10b—11a 页。

④ (清)熊琏：《澹仙诗话》卷一，清嘉庆南山居刻本，第 1b 页。

出。内美贵有含，不含易衰竭。”①所谓“贵有曲”就是指作诗讲究蕴藉含蓄。

神韵者，则重诗词的风神韵度，偏于精神气质。自诗法言之，则强调诗句当既传神写照，又富于余韵。熊琏品诗重神韵，以为“诗以神韵胜者，许子逊《伤春》诗云：‘梦回遥夜惊明烛，人对残春怜落晖。’汪周士《独夜》云：‘径仄秋花迎客座，夜深凉月恋人衣。’吴漪堂《答兄》云：‘梦来乘夜月，诗好代家书。’刘南庐《山中》云：‘十年见雁无乡信，万里看山有泪痕。’云庐老人《残菊》云：‘夜月照孤三径鹤，西风吹老一篱秋。’《泛雨》云：‘短棹烟中转，遥山画里迎。’”。②

（六）趣

趣者，有灵趣，有意趣。灵趣为性灵之呈现，故王端淑评价黄幼藻诗云：“诗有灵趣，在遣烟运墨之间，浅人以字句为诗，诗之趣尽失矣。三百篇皆趣也。趣之外有骨、有韵、有声、有光，皆不离于趣也。今只言诗者变为假气象、假格调，而趣亡矣。”③无趣，骨力、气韵、声律、光彩无以附着，诗之义亦消亡不见了。如此，趣亦有真意。

灵趣亦是天趣，如席佩兰在注重“性情”的同时，也强调作诗须得天然之趣。她在《题煮石山农王元章墨梅长卷》诗中说：“山农画梅不画形，落笔先得梅性情。繁枝乱插不经意，奇趣直是天生成。”④此诗虽是论

---

① （清）席佩兰：《长真阁集》卷四//胡晓明、彭国忠主编：《江南女性别集》初编，合肥：黄山书社，2008年版，第504—505页。

② （清）熊琏：《澹仙诗话》卷二，清嘉庆间（1796—1820）南山居刻本，第19a页。

③ （清）王端淑辑：《名媛诗纬初编》卷五，清康熙六年（1667）清音堂刻本，第15a—15b页。

④ （清）席佩兰：《长真阁集》卷五//胡晓明、彭国忠主编：《江南女性别集》初编，合肥：黄山书社，2008年版，第520页。

画，然而“画境如诗写性灵”（袁枚《题女史何仙裳云山水画册》），与诗歌的创作是相联系的，自然性情在不经意间也会产生新的“奇趣”。

尚趣则重取意。故才媛的诗歌评价中，言趣往往观意。而以意言之，则有真意，前面已有论及；也有古意，如评诗格高古。但才媛评诗更多强调新意，即取材新、立意新、境界新。罗丽生《春夜》云：“空明如水转回廊，来烛闻房夜有光。渐到中庭花影乱，一春莺燕梦中忙。”[①]沈善宝对此诗的评价是：“见花影而想入莺燕梦中，固已新矣，然不如湘阴李伴霞《池上口占》之自然也。李云：‘流萤无数故飞飞，闲步西池露气微。却爱数枝荷叶影，忽随明月上人衣。’人皆知用花影，此独用荷叶影，立意更新。”[②]女诗人的一些评价用语，如“前歌意深，此歌意直。然尚有幽响，不觉其肤浅”“幽深澹宕，皆自无意中作想”，也体现了这种立意出新、求深的取向。

意趣固当尚之，但诗句之中，趣在何处？王端淑在《名媛诗纬初编》卷六“沈天孙”条中云：“诗者，思也，为心之声，声以达情。以门面典故了之，焉以诗为？而浅之者，止拾烟云陈迹、花鸟字面，又为不读书人借口。句中有意，字中有情，句字之外有趣，斯为得之。”[③]诗之意趣，不在句中，而在诗外。无趣，则门面典故为装饰，无真情实意，价值低下。

外于诗句则有味。席佩兰《长真阁集》卷六《杨花》其二云：“东风小院昼隐隐，飞入梨花未可寻。笑语蜜蜂须认得，外边无蒂内无心。”[④]此

① （清）沈善宝：《名媛诗话》卷七//王英志编：《清代闺秀诗话丛刊》，南京：凤凰出版社，2010年版，第467页。

② （清）沈善宝：《名媛诗话》卷七//王英志编：《清代闺秀诗话丛刊》，南京：凤凰出版社，2010年版，第467页。

③ （清）王端淑辑：《名媛诗纬初编》卷六，清康熙六年（1667）清音堂刻本，第5b页。

④ （清）席佩兰：《长真阁集》卷六//胡晓明、彭国忠主编：《江南女性别集》初编，合肥：黄山书社，2008年版，第540页。

诗以细腻的笔调描写出生活中再小不过的细节，句句透露着作者的风趣和轻松的意味。在诗法上，则强调含蓄不尽。熊琏云："诗中最忌一语说尽，了无余味。窃谓酒宜半醉，月宜半圆，花宜半放。半者，有余不尽之谓。淋漓快畅，自是健笔，譬之长江大河一泻千里，其中仍要停顿，收束处尤宜绵邈，如临去秋波。"[①]

（七）逸

逸者，取其遗世高蹈、卓然不群而清隽淡远之意。《二十四诗品》描绘"飘逸"云："落落欲往，矫矫不群。缑山之鹤，华顶之云。高人画中，令色絪缊。御风蓬叶，泛彼无垠。如不可执，如将有闻。识者已领，期之愈分。"[②]从才媛的诗学批评看，则又分孤逸、秀逸、隐逸、高逸之语。

孤逸者，如王静淑[③]《秋日庵居》云：

> 空斋度深夜，高卧一床秋。苔老寒无色，溪清浅欲留。尘随红叶扫，心付白云收。萧瑟闻征雁，添将万斛愁。

风格冲淡玄远，可见其高情逸致。

秀逸者，当是清秀中有逸志。沈善宝评郑佩香："海昌郑佩香年十四，工诗善画，词学三李，其吟稿为许听樵孝廉携至都门，云林嘱余采入诗话，爰得披读，秀逸之气扑人眉宇。"[④]

隐逸者，可在顾若璞《秋日过偕隐园》[⑤]中领略其悠游园林、终老一

① （清）熊琏：《澹仙诗话》卷一，清嘉庆南山居刻本，第3a页，现藏于国家图书馆。

② 朱良志：《二十四诗品讲记》，北京：中华书局，2017年版，第185页。

③ 王静淑，字玉隐，号隐禅子，为明朝佥事王思任女，著有《清凉集》，夫亡后清节自守。参见：王英志编：《清代闺秀诗话丛刊》，南京：凤凰出版社，2010年版，第369页。

④ （清）沈善宝：《名媛诗话》卷九//王英志编：《清代闺秀诗话丛刊》，南京：凤凰出版社，2010年版，第500页。

⑤ （清）顾若璞：《卧月轩稿》卷四，清顺治八年（1651）黄灿、黄炜卧月轩刻本，第10a—10b页。

生之意：

地僻曾无车马喧，个中结个小淇园。独开一径松筠老，肯让三春桃李繁。倩我羽觞骄弄月，任他飞盖傲乘轩。凭谁说与幽栖事，瀌瀌泉声到夕原。

顾氏崇尚陶柳之风，而此诗化用无痕，神旨亦近。

高逸者，精神超迈，高格远韵，如张蘩女史为熊湄的《碧沧道人集》作序云："高者如孤云离岫，素鹤凌空；丽者如春葩竞秀，秋月呈辉；远者如叔度千倾，汪洋莫测；逸者如穆王八骏，驰骋无穷。虽变化百端，纵横万状，莫不缘情随事，因物赋形，而一本性情，其得以香奁小技目之？"[①]可见其对熊湄高远逸丽之诗极为叹赏。

欲达飘逸，则笔致当取淡，意境当求远。如熊琏云："诗之佳处澹而远，远则有致。芙蓉秋水，远景也；澹墨平林，远境也；山钟夜度，远声也。风情缥缈，正令人玩味无穷。"[②]

（八）健

笔力劲健者，为才媛不易得，而擅长者则为"作手"。《二十四诗品》之"劲健"："行神如空，行气如虹。巫峡千寻，走云连风。饮真茹强，蓄素守中。喻彼行健，是谓存雄。天地与立，神化攸同。期之以实，御之以终。"才媛评诗，则对脱脂粉气的作品予以好评，如王端淑在《名媛诗纬初编》卷二十四中评赵丽华云"诗雄健无粉黛气"[③]，卷一评曹静照云"月士

---

① 胡文楷：《历代妇女著作考》//王英志编：《清代闺秀诗话丛刊》，南京：凤凰出版社，2010 年版，第 2568、2538 页。

② （清）熊琏：《澹仙诗话》卷二，清嘉庆南山居刻本，第 1b 页，现藏于国家图书馆。

③ （清）王端淑辑：《名媛诗纬初编》卷二十四，清康熙六年（1667）清音堂刻本，第 12b 页。

不特才情双绝，而笔力雄健可敌万人，此等格调，惟李杜能之”[①]。前述清初蔡琬的怀古诗，被沈善宝评为“闺阁中具经济才者，诗笔极其雄健”[②]。熊琏则要求诗之寒瘦中亦当有劲：“诗能寒瘦，自是高格。但寒要清，不能失之陋；瘦要劲，不可近于弱。”[③]

劲健中之有骨力者，则为深浑；劲健中之有豪气者，则为雄浑；劲健而有简淡者，则为朴浑；劲健而有古意者，则有苍浑。王端淑对此四种特色颇为重视，而为后世才媛论诗者所少阐发。如卷五评“周洁”云：“女士诗未易深老，柔则无骨，轻则无意，浅则无学，欲臻浑博难矣。蔡琰不离汉气，文君尚多古音，后之薛涛清照未易……玉如诗深浑而气骨复老，无闺阁气习。”[④]卷九评“吴贞闺”条云：“诗朴浑幽健，不媚不轻，女士中之有骨力者。”[⑤]卷四评颜氏云“其诗庄重不苟，绝无轻媚，苍然老气”[⑥]，评杨文俪“诗特苍朴，无玉台媚态”[⑦]。对于常熟女诗人沈绮（字素君）的《大风泊舟包山》，沈善宝评“写奇险之境，历历如画，诗亦苍劲”[⑧]。而顾春曾赞沈善宝的诗云：“不意闺阁中有此如椽巨笔，不特扫尽脂粉之习，且驾焦园七子而上之。”[⑨]

---

① （清）王端淑辑：《名媛诗纬初编》卷一，清康熙六年（1667）清音堂刻本，第 10a 页。

② （清）沈善宝：《名媛诗话》卷一//王英志编：《清代闺秀诗话丛刊》，南京：凤凰出版社，2010 年版，第 358—359 页。

③ （清）熊琏：《澹仙诗话》卷二，清嘉庆南山居刻本，第 14b 页。

④ （清）王端淑辑：《名媛诗纬初编》卷五，清康熙六年（1667）清音堂刻本，第 19b—20a 页。

⑤ （清）王端淑辑：《名媛诗纬初编》卷九，清康熙六年（1667）清音堂刻本，第 17a 页。

⑥ （清）王端淑辑：《名媛诗纬初编》卷四，清康熙六年（1667）清音堂刻本，第 5b—6a 页。

⑦ （清）王端淑辑：《名媛诗纬初编》卷四，清康熙六年（1667）清音堂刻本，第 10b 页。

⑧ （清）沈善宝：《名媛诗话》卷一//王英志编：《清代闺秀诗话丛刊》，南京：凤凰出版社，2010 年版，第 364 页。

⑨ （清）顾太清、奕绘著，张璋编校：《顾太清奕绘诗词合集》，上海：上海古籍出版社，1998 年版，第 67 页。

五、小结

本章对明清时期特别是清前中期的才媛诗学批评进行梳理，对有关议题进行总结，特别是以才媛作为主体的诗论主张、美学观点和批评话语作出的分析，目的就是把握这一时期才媛诗学的整体状况，进一步扩大女性文学史、中国古代文学批评史的研究对象，有助于进一步弄清历史事实，修正学界在研究上的一些偏颇看法。清代才媛诗学批评理论和实践的发展，特别是像熊琏、王端淑、席佩兰、沈善宝等杰出才媛作家的努力，将女性批评的视角和思维方式引入了诗歌创作，为过去一直以文士为中心的文学批评观念提供一个可贵的他者“视野”。

研究发现，一大批才媛极大地扩展了传统的诗歌题材，尝试了丰富的表现手法，撰述或编选了规模宏大的诗歌总集、选集和别集。这一时期也见证了才媛诗学批评的发展，大量以序、跋、题辞等形式出现的批评文章，以诗话、诗评等为代表的专业性著作，以及各种论诗诗、论词词、论曲诗等韵文形式的诗学批评，极大丰富了才媛诗学批评的整体景观。她们不仅汇编诗歌，而且将审美感悟与理性认知融合起来，提出了“清”“真”“丽”“雅”“韵”等批评话语，集中体现了当时才媛诗人的美学主张。

尽管清前中期诗学批评没有形成代表性的诗学理论，诗学的观点仍比较零散，但经过这一时期才媛的开拓，已形成了一批丰富而独特的论题，集中呈现了才媛对于诗歌美学本质、来源、规律的认知，展现了才媛在诗歌创作上的主动性和自觉性。在诗才来源上，才媛更强调天籁自鸣、独抒性灵，但也不排斥读书游历等修习之道。在创作目的上，才媛受到以诗传名等意识的影响，也十分重视诗歌创作带来的解脱或适意，为之开辟了超凡的精神境界。在追慕的典范上，才媛既肯定学古的价值，同时也强调“转益多师”。与明清时文士在复古上的门户之争相比，才媛表现出兼容并包的态度和不拘一格的气度，对学习盛唐、中晚唐甚至宋元的诗法都持相当开放的心态。在评判的准则上，明末清初的才媛诗人把文采放到比较显著的位置，乾嘉以降，传统女教思想和意识形态的渗透更加深入，才媛对诗歌认可的标准也逐渐从重文采向重德行过渡，显示出“文与世变”的趋势。在倡导的风格上，才媛中存在闺阁本色当行与去“脂粉气”的不同主张，但她们对这些主张可能潜在的问题也有较为清醒的认识。

诗学批评中存在的“性别悖论”意味着，后人在看待才媛诗歌及其批评著作时应有客观、通达的态度，既欣赏其不拾古人牙慧、字字出于性灵的特点，肯定其轻灵、清真、幽眇、性情等闺秀本色；又应正视才媛发出闺秀雄音、型塑苍老风格等的主观努力，以及她们在开辟不同文艺风格上所作出的探索。特别是应当结合才媛所处的时代与环境，结合个人的性格特点、家庭角色、生活阅历与人生际遇等因素，对才媛诗歌及其批评作综合的、客观的评价，如此方能找出破解“性别悖论”的理论之关捩。

第四编 结语

结　语

记忆与唤醒，接触与理解，揭示与呈现，是本书对于中国传统才媛精神世界的打开方式。这些方式代表着一种努力，即改变过去的思维预设，防止简单地从男权主导的视角去认识、看待、评价传统社会女性，摒弃那种把才媛诗文创作附着于所谓文艺创作主流而无意忽略抑或有意忽视的做法，而致力于从思想、观念、实践和特征、风格、路径等层面，向世人呈现传统社会中才媛的诗学与美学。

在当代语境下理解传统社会的女性具有相当大的难度。一方面，研究者需要面对民国、五四以来批判旧文学的余绪。梁启超、胡适等对女性传统文学创作的实践持批评态度，认为她们做的只是悲春伤秋、闺阁闲情的假学问，抑或连篇累犊的不痛不痒的诗词而已。而五四以来抨击传统文化的思潮，也把女性完全看作宗法制度和封建礼教的附庸，认为她们被禁锢在男性的压迫和摧残之中。因此，对传统文学批判夹杂着与过去决裂的意志，构成了对才媛创作加以贬低和否认的深层意识。另一方面，研究者还要面对海外汉学家日益多元的研究成果。一些汉学家开始超越"冲击—回应"范式，重估中国近代转型时表现出的与西方完全不同的特点与路径。此外，还有女性主义或女权主义者倾向于用西方女性解放的理论与进程来"框架"东方女性，看不到即便是相似的性别问题因深度嵌入不同的文化背景中，而具有不同的涵义。

由这些相互激荡的观念出发，跳出"传统—现代"简单的二元对立模式和"东西等同"线性思维，而深入到具体的历史情境之中，估量当时的社会面貌、群体结构、性别特质、主流价值以及社会互动等等,赋予才媛书写的全新价值与意义,并阐释才媛在诗学和美学方面作出的独出机杼的创造,就成为本研究的基本理路。

一、初步结论

其一,清代才媛对诗词创作的积极参与,有着深刻的社会生活背景。明代以后产生的重大变局、在经济形态上发生的重大变化,特别是时代精神和意识的明显转向,为女性参与社会生活、重塑两性分工、扩大社会参与、增进精神追求提供了条件和契机。明代以后至清前中期,正统思想的控制和官方约束的收紧并没有在女性社会上造成万马齐喑的局面,才媛反而借助经济发展、技术进步、社会制度、家学传承等条件并通过自身的努力,不断扩展自己的社会角色、家庭地位和思想空间,推动她们自身持续参与文化活动并以此获得社会认可。

其二,从诗歌蕴含的女教观念及渗透的诗教观念看,才媛总体认可儒家传统伦理确立的性别规范,但在诗文创作领域所遵循的思想脉络与风格却表现出很大的差异性。清代才媛认同儒家诗教观念所强调的温柔敦厚这一核心价值,肯定诗歌的德行教化功能,对平和雅正的诗格诗风多有赞同。但是在许多女性的诗歌总集、别集中,也流露出当时女性对儒家规范的变通、逾越乃至背反。当然,这并不意味着诗歌创作与伦理规范的完全背离,而是诗歌实践丰富性、变动性的体现。特别是释道思想的流行以及“三教合一”趋势的增强,使得女性在现实生活中有较多思想资源可供选择,这为她们纾解生活困难、家庭困境、生命困顿提供了途径,也为其诗歌创作增添了更为丰富的路向与意境。

其三,才媛是中国抒情传统的重要建构者,清代才媛诗词既继承又发展了这个传统,形成了不少独特的抒情典范。不仅女性诗歌表达的情感范围大大超越了前代,抒情的程式也不再局限于男性代言体诗歌塑造的传统,在行文上灵活运用比兴、衬托、指事、用典等手法或技巧。相关分析进一步指出,清代才媛的创作呈现出抒情视角独特、方式多样、题材丰富等特点。在诗文创作中呈现出的情感真实合理性、情感浓烈深刻性、物我观照的情感关系,以及男女诗人在诗文中对形象塑造的差异性,语词韵律运用等诸多方面,都呈现出以清代才媛为代表的女性文人的独特风格。这种诗文创作主体性的凸显,不仅打破了传统诗歌创作中的性别失衡,也为中国文学抒情传统增加了柔美底色、温雅韵度与别样景致。

其四,与"五四"时期盛行的绝大部分女性文学作品缺乏价值的观点相反,本研究认为清代才媛诗歌达到了很高的艺术水平。通过对明末清初至前中期女性诗歌的题材和体裁、语言和意象、意境和风格的分析可知,这一时期的才媛诗歌覆盖了历代诗歌吟咏的所有题材,不仅在抒情、性灵等一般认为女性特质最为突出的领域颇有建树,而且在通常被视作是男性较为擅长的酬赠、乡旅、边关、民生、黍离、悼亡、咏史、怀古、征战、讽喻、学问等领域,才媛也能够凭借一己之力成功浸透并深入实践,诗歌创作的数量和质量都有了质的提高。清代一些才媛在诗歌语义的丰富性、多义性上不断探索,在用典、用事、句法、布局、意象上集成创新,在意境的化用和重构上不断努力,相当一部分诗词或意蕴深隐、或气象宏阔、或格局日高,从文法修辞到意象境界都达到了相当的高度。徐灿、方维仪、朱中楣、蔡琬、顾若璞、熊琏、席佩兰、汪端、吴藻、顾太清等才媛诗人之翘楚,形成了独特的诗格诗风。特别是一些才媛在诗歌中流露出的主体意识、平等观念、家国情怀、人生境界等,超越了闺阁或性别的界限,而具有普遍性关怀。

其五,才媛把自发形成的诗学观念不断理论化、体系化,“美在闺阁,不在马上”成为这一时期美学的时代特征。与历朝相比,这一时期的女性文学批评特别是以才媛为主体展开的诗学批评,其理论的抽象程度、自足程度更高,诗学观点和主张更加丰富、更有体系,批评形态更加多样、更加完备,规模也较前代有了很大提高。许多才媛的诗词作品具有较高诗学与美学价值,堪与文士比肩。因此,这一时期也见证了涉及才媛书写的“禁与作”“才与德”“男与女”“古与今”“正与变”“言志与抒情”“自适与求名”“存人与存诗”等诸多论争。值得注意的是,这一时期的才媛在诗歌的本体论、作家论、创作论等方面都发出了自己的声音,高扬起“清”“真”“丽”“雅”“趣”“意”“逸”“健”等重要的美学主张和批评话语,成为清代诗学词学复兴中的闪光篇章。

二、 一些启示

以本研究为基础,本人未来的才媛美学研究将朝以下三个方面进一步深化与拓展:

其一,揭示中国古典女性的精神世界。在笔者看来,才媛研究有自身的特殊性,清代才媛的诗文与男性文士作品不同,不能只关注这些作品的文学性或史学上的真实性。这些女性的书写具有直接性、即时性,她们直陈遭际、感悟甚至血泪,描写她们的生活。在对清代才媛思想传统的梳理、抒情方式的比较、美学意象的生成、诗歌批评的演进中,可以明显感到一种女性相对于男性的独立性、一种日益明晰的主体性。从诗学与美学的角度进入,就会发现这千万颗“玲珑诗心”背后的真实,才是直抵中国古典女性的“真实”,进而深入中国古典女性的精神世界。而这种思想世界和精神世界是有传承性的,正是清代女性对道德、经史、文学、艺术、科学的追求,才为近代以秋谨为代表的杰出女性的出现奠定了深厚的思想文化根基。因此,当代、近代与清代之间既有断裂,也有传承,近现代众多优秀女性的涌现并非偶然,而是有历史传承的脉络之故。这就需要花很大的功夫在文海中梳理这些脉络,这部书稿只是揭示了其中一角,仍有大量工作需付诸未来。

其二,展现清代才媛群体的真实性与丰富性。北京大学向来有研究《红楼梦》的传统,其中的才媛更是让一代又一代的研究者着迷。但摊开清代才媛们的诗文集不难发现,钗黛等的吟咏可能只是其中相对比较"平常"的部分。研究者们从不同视角来解析《红楼梦》,把它作为明清小说中的一颗明珠。事实上,清代代表性才媛作家的芳华与文采,比钗黛等要更为精彩、真实,而少数才媛的命运比小说所述更为坎坷甚至悲壮。一部记叙了旧时贵族家庭崩塌、刻画了若干出色女性的小说就能引起如此大的反响、如此持久的关注,而对清代真实存在过的三四千名才媛作家,后世的人们却鲜有关注,甚或抱持冷漠与忽视的态度,这不啻为一种巨大的落差。清代才媛在诗词造诣、思想认识和个人境界上达到的高度,亦是以钗黛为代表的红楼女子难以比拟的。

其三,注重对当代的反观和回应。现代女性面临的情感、精神等困惑,在二三百年前的才媛诗文中已有所反映。她们的出处进退、情感表达、行为选择等心灵历程,对于现代女性也有启示。传统社会中女性的思想观念、文艺才华与精神世界被我们长期忽略了,而重新"整理"与"发现",将有助于对当代问题的反观与回应。

从上述启示言之,虽然本书从诗学与美学角度切入,努力让这些才媛的作品与精神不至埋没于荒烟蔓草中,但是全书的钩沉与探讨,却不仅仅只有文学史、美学史的意义,更具有性别史的意义。在此基础上的学科交叉与融合,亦是本人应当努力研究的方向。

主要参考文献

王端淑辑. 名媛诗纬初编. 清康熙六年清音堂刻本. 北京大学藏 1667.

顾若璞. 卧月轩稿. 清顺治八年刻本. 北京大学藏 1651.

席佩兰. 长真阁诗集. 扫叶山房石印本. 郑州大学藏 1913.

汪启淑辑. 撷芳集. 清乾隆五十年古歙汪氏飞鸿堂刻本. 北京大学藏 1785.

骆绮兰. 听秋轩诗集. 清乾隆六十年金陵龚氏刻本. 北京大学藏 1795.

熊琏. 澹仙诗钞. 澹仙词钞. 赋钞. 文钞. 清嘉庆二年刻本. 华东师范大学藏 1797.

徐灿. 拙政园诗馀. 清乾隆三十三年海宁吴氏耕烟馆刻本. 北京大学藏 1768.

完颜恽珠辑. 兰闺宝录. 清道光十一年红香馆藏版. 北京大学藏 1831.

完颜恽珠辑. 国朝闺秀正始集. 清道光十一年红香馆藏版. 北京大学藏 1831.

吴琼仙. 写韵楼诗集. 清道光十二年刻本. 苏州大学藏 1832.

吴藻. 花帘词. 清道光十年刻本. 1830.

沈善宝. 鸿雪楼诗选初集. 清道光十六年刻本. 北京大学藏 1836.

张藻. 培远堂诗集四库未收书辑刊. 北京出版社. 1997.

张纶英. 绿槐书屋诗稿. 清道光二十五年宛邻书屋刻本. 北京大学藏 1845.

沈善宝. 名媛诗话. 清道光二十六年刻本. 北京大学藏 1846.

施淑仪辑. 清代闺阁诗人征略. 上海书店出版社. 1985.
王相笺注. 状元阁女四书卷首. 清光绪十一年共赏书局刻本. 北京师范大学藏 1885.
顾太清. 天游阁诗集. 北京古籍出版社. 1998.
叶绍袁. 午梦堂集. 中华书局. 1998.
钟惺编. 名媛诗归. 四库全书存目丛书. 齐鲁书社. 1997.
郑文昂编. 古今名媛汇诗·四库全书存目丛书. 齐鲁书社. 1997.
赵世杰编. 古今女史. 明崇祯元年问奇阁刻本. 1628.
钱谦益. 列朝诗集小传. 上海古籍出版社. 1983.
沈德潜. 清诗别裁集. 上海古籍出版社. 1984.
袁枚. 随园诗话. 江苏古籍出版社. 1993.
谭献编. 箧中词. 清光绪八年刻本. 北京大学藏. 1882.
徐乃昌辑. 小檀栾室汇刻闺秀词附闺秀词钞. 清光绪二十一年南陵徐氏刻本. 华东师范大学藏 1895.
谢无量. 中国妇女文学史. 上海中华书局. 1916.
梁乙真. 中国妇女文学史纲. 开明书店. 1932.
谭正璧. 中国女性的文学史话. 上海光明书局. 1930.
胡文楷. 历代妇女著作考(增订本). 上海古籍出版社. 1985.
唐圭璋编. 词话从编. 中华书局. 1986.
严迪昌编. 金元明清词精选. 江苏古籍出版社. 1992.
陈寅恪. 柳如是别传. 上海古籍出版社. 1980 年.
陈寅恪. 寒柳堂集. 生活·读书·新知三联书店,2015.
王英志主编. 袁枚全集. 江苏古籍出版社. 1993.
王英志主编. 清代闺秀诗话丛刊. 凤凰出版社. 2010.
胡晓明、彭国忠主编. 江南女性别集初编. 黄山书社. 2008.

胡晓明、彭国忠主编. 江南女性别集二编. 黄山书社. 2010.
胡晓明、彭国忠主编. 江南女性别集三编. 黄山书社. 2011.
胡晓明、彭国忠主编. 江南女性别集四编. 黄山书社. 2014.
胡晓明、彭国忠主编. 江南女性别集五编. 黄山书社. 2019.
肖亚男主编. 清代闺秀集丛刊. 国家图书馆出版社. 2014.
李雷主编. 清代闺阁诗集萃编. 中华书局. 2015.

后 记

寂夜独坐筱墨轩，抬眼向窗外望去，心中无限平静。直至此刻我心中仍未停止思量，今日的女性与我笔下数百年前的才媛究竟有几分不同？抬手最后一次翻阅书稿，再次低声浅吟一首首闺秀才媛诗，细细思量一件件千古深闺事。方恍然，千百年来“物是人非”，时空与王朝跌宕共舞，这大历史中不仅有帝王良将、君子贤哲的“你方唱罢”，更有亘古未变的女儿心事。文人志士的历史刻之于书，闺秀才媛的玲珑诗心也不该就此掩埋。思及此，我心底的坚定便又多了几分。

诗心能够跨越时空而彼此照映，而书稿却必须在当下完成。从心生为清代才媛“立言”的初念，到奉上成稿，这一兑现诗心的过程，凝结着茉茉无尽的辛酸和眼泪，更凝聚着师友和家人的关心和支持。

首先要感谢王岳川教授。四载光阴倏忽而过，但老师的谆谆教诲声声在耳，一日不曾忘怀。甫入师门，王老师即手书“天道酬勤”四字送我，勉励我以勤补拙、以勤修业、以勤增知。在本书即将付梓之际，他又亲题书名“筱轩楮墨”四字以示期许、以示激励、以示肯定。其次要感谢的是华东师范大学彭国忠教授。彭教授虽未授业于我，但却对茉茉的博士论文倾注无限心血。两位教授的批评意见犀利，肯定之处也不吝墨。最后还要把敬意献给朱良志教授。吾师从不曾因茉茉天性驽钝而疏远，不因进步迟缓而放任，反而在我迷茫之时多次给予指导关怀，在踯躅不前时屡加敦促鞭策，才使得本书不致中辍，终于完稿。回想过往，三位恩师让茉茉感受到他们身为人师的高贵品行，体会到了学术研究的尊严与坚守。这虽常常使我因自感能力不足而陷入自责，但高山仰止，也进一步坚定了我走学术道路的决心。正是对三位老师的劳苦铭感五内，茉茉读书一朝不敢荒废，求学一夕不敢轻慢，思索一日不敢停辍，不为显名，只怕学问不得精进、义理未能阐明，深负老师之望。

感谢华东师范大学出版社卜于骏老师、曹琛老师。本书出版过程中，两位老师辛劳最多，没有他们的帮助，此书不可能顺利出版。

感谢我的家人。先生大我七岁，行政事务较多。可我的学术苦旅，却成为了他内心的一个安慰，因为我走了他当年心心念念想走的路，对他而言不啻于一种补偿。眼下书稿付梓在即，惟愿此书能够寄托茉茉之心意，让先生一同回味起求学初心，一起共圆学术的梦想。

掩卷搁笔，寂漠无人。唯春风泠泠雨，琅玕亭亭青。倚轩窗处，待月华升。

2021 年 3 月 23 日

燕园筱墨轩